W0385017

Das Halstuch

Der Schlüssel

Der Siegelring

Francis Durbridge

Das Halstuch

Der Schlüssel

Der Siegelring

Drei Romane

area

Francis Durbridge: Das Halstuch
Copyright © 1962 by Dörnersche Verlagsgesellschaft, Reinbek
Titel der Originalausgabe: The Scarf
Copyright © 1960 by Francis Durbridge
in der deutschen Übersetzung von Helmut Eilers

Francis Durbridge: Der Schlüssel
Titel der Originalausgabe: The Desperate People
Copyright © 1966 by Francis Durbridge
in der deutschen Übersetzung von Erwin Schuhmacher

Francis Durbridge: Der Siegelring
Alle Rechte der deutschen Übersetzung von Peter Th. Clemens
liegen beim Wilhelm Goldmann Verlag, München, einem
Unternehmen der Verlagsgruppe Random House GmbH
Titel der Originalausgabe: Dead to the World
Copyright © 1967 by Francis Durbridge
in der deutschen Übersetzung von Peter Th. Clemens

Copyright © by area verlag gmbh, Erftstadt
Alle Rechte vorbehalten

Einbandgestaltung: agilmedien, Köln
Einbandabbildung: Zefa, Düsseldorf
Schlusskorrektur: Christina Kuhn, Köln
Satz & Layout: Bernhard Heun, Rüssingen

Printed in Czech Republic 2006

ISBN-13 978-3-89996-522-3
ISBN-10 3-89996-522-1

www.area-verlag.de

Inhalt

Das Halstuch

I

Wenn die guten Leute von Littleshaw während der Urlaubszeit nach Ausflügen in die verkehrsträchtigen Küstengebiete in ihren Heimatort zurückkehrten, empfanden sie stets ein überwältigendes Gefühl der Erleichterung über die Tatsache, daß ihr geliebtes Littleshaw ein wenig abseits der Hauptverkehrsadern des Landes lag. Mochten überspannte jugendliche Existentialisten das Städtchen ruhig als stinklangweiliges Dorf am Ende der Welt bezeichnen, die meisten Einwohner von Littleshaw gaben ihrer Stadt den Vorzug vor den Riesenschlafsälen – denn nichts anderes waren die Vororte der Großstädte ja – in der Umgebung Londons. Es gab in Littleshaw genügend Geschäfte, wo man einkaufen konnte, und nur selten mußte man etwas warten, bevor man bedient wurde.

Im Dragoon Hotel konnten die Besucher übernachten und die Geschäftsleute des Ortes ein Gläschen trinken. Im Country Club gingen alle sozialen Ereignisse von Bedeutung über die Bühne, und es gab sogar ein kleines Kino, das zur Verwunderung aller trotz der erdrückenden Konkurrenz des Fernsehens noch existierte.

Vielleicht gab es einige Alteingesessene, die den neu hinzugezogenen Bewohnern der modernen Bungalows, die ein geschäftstüchtiger Bauunternehmer erbaut hatte, mit Mißtrauen begegneten; aber genaugenommen gab es genügend Platz für jedermann, und die meisten der Neuzugezogenen lebten sich bereits nach kurzer Zeit in das soziale Gefüge des Ortes ein. Gefiel es ihnen nicht, so blieb ihnen immer noch London, das nur siebenundzwanzig Meilen entfernt war und alle Möglichkeiten der Zerstreuung bot, die ein Menschenherz ersehnen konnte.

Vielleicht hatten einige der Veränderungen, die die vergangenen dreißig Jahre mit sich gebracht haben, einen weiten Bogen um Littleshaw gemacht, aber die Mehrzahl der Einwohner war übereinstimmend der Meinung, daß es sich in ihrer Stadt äußerst angenehm leben ließ. Das heißt bis zu einem bestimmten Tag im vergangenen Januar.

An einem feuchtkalten Januarmorgen des Jahres kam Reverend Nigel Matthews, der Vikar von Littleshaw, aus seinem Vikaramt. Der Wind wehte aus Osten und trieb den Regen vor sich her – ein Regen, von dem der Vikar pessimistisch voraussagte, er werde sich bald in Schnee verwandeln.

Matthews war um die Fünfundvierzig, von untersetzter Gestalt und gesundem Aussehen. Sein dünnes braunes Haar begann langsam grau zu werden, und seine braunen Augen blickten sanft und vertrauensvoll auf seine Umwelt. Er erfreute sich allgemeiner Beliebtheit bei den Einwohnern von Littleshaw, denn trotz seiner etwas salbungsvollen Art hatte er Sinn für Humor, einen Humor allerdings, der gelegentlich in beißenden Spott umschlagen konnte. Er war Junggeselle und betreute die Gemeinde von Littleshaw seit seiner Entlassung aus dem Militärdienst.

Im großen und ganzen war Nigel Matthews ein Mann, der die Welt als einen durchaus angenehmen Aufenthaltsort betrachtete, wenn er auch von Zeit zu Zeit sündigem Zynismus verfiel und in solchen Augenblicken der Ansicht Ausdruck verlieh, es gebe Orte, wo es gewiß leichter war, die Herrlichkeit Gottes auf Erden zu verkünden. Immerhin erschienen seine Schäflein, wenn auch nicht sehr zahlreich, so doch mit erfreulicher Regelmäßigkeit zum Gottesdienst, und seine neue Konfirmandenklasse war erst kürzlich durch drei ordentliche kleine Burschen verstärkt worden.

Der Vikar hauchte mit wenig Erfolg warmen Atem gegen seine klammen Finger und schlug seinen Mantelkragen hoch. Er steckte die linke Hand in seine Tasche, um sich davon zu überzeugen, daß sich ein kleines Päckchen darin befand, mit der rechten Hand umschloß er den wärmespendenden Kopf seiner Tabakspfeife. Danach zwängte er sich hinter das Steuer seines nicht mehr ganz neuen, doch gutgepflegten Morris und fuhr zur High Street.

Matthews schleuste sich vorsichtig in den Verkehr auf der High Street ein und bog am Stadtrand in eine schmale Straße ab. Ein Traktor fiel ihm auf, der einen großen Anhänger von einem Acker herunter auf die Straße zog, und er trat auf die Bremse, um ihm die Vorfahrt zu lassen. Er kannte den Treckerfahrer; Bill Royd arbeitete auf der Kingsbury Farm. Royd war ein lebenslustiger Bursche, den Matthews vor fünf Jahren in seiner Kirche getraut hatte.

Der Anhänger war mit einer großen, wasserdichten Plane zugedeckt. Er wird Zuckerrüben auf dem Anhänger haben, sagte sich der Vikar. Hoffen wir, daß die Ernte gut ausgefallen ist. Bill Royd winkte ihm einen fröhlichen Gruß zu, und Matthews dachte, während er seinen Wagen an dem Fuhrwerk vorbeisteuerte, was für eine kalte Angelegenheit es sein mußte, bei diesem Wetter Zuckerrüben zu laden.

Im ›Greensteps‹, einem Haus mittlerer Größe am Rande von Littleshaw, lebte ein weiteres Mitglied der Gemeinde des Vikars in weitaus weniger ausgeglichenem Gemütszustand. Edward Collins war offensichtlich verärgert und äußerst ungeduldig.

Edward Collins, ein Mann von dreißig Jahren, war dunkelhaarig, groß und hager. Sein widerspenstiges, schwarzes Haar paßte gut zu dem schmalen, intelligenten Gesicht. Jede seiner Bewegungen verriet die rastlose Nervosität, die ihn erfüllte. Er ging mühselig mit Hilfe eines Stockes. Drei Jahre zuvor war er an Kinderlähmung erkrankt und hatte die medizinische Fachwelt in große Verwunderung versetzt, als er mit Erfolg Gehversuche anstellte.

Nachdem er zum erstenmal unter unglaublichen Qualen und angefeuert von den Zurufen seiner Mitpatienten fünfzehn

Meter auf dem Korridor des Hospitals zurückgelegt hatte, eröffnete ihm ein menschenfreundlicher Doktor, der es längst aufgegeben hatte, an Wunder zu glauben, er würde niemals wieder in der Lage sein, ohne die Hilfe eines Stockes zu gehen, und daß sein eines Bein immer etwas kürzer bleiben würde als das andere. Für Edward Collins war das ein kaum zu verwindender Schlag. Glücklicherweise stammte er aus vermögendem Hause, aber dadurch wurde das Problem der Nutzung seiner schier unerschöpflichen Energiequellen nicht gelöst. Seine Tätigkeit als Musiklehrer in Littleshaw vermochte auch nur einen kleinen Ausgleich zu schaffen. Seine beklagenswerten Schüler wurden nur zu oft Opfer seiner Verzweiflungsausbrüche, und sie ertrugen die Laune ihres Maestros nur, weil sie zweifellos sehr viel von ihm lernten.

Musik war Edwards alles verzehrende Leidenschaft. Er spielte das Piano und die Violine mit einer brennenden Intensität. Beinahe war es, als hasse er die Instrumente, denen er soviel Wohlklang zu entlocken verstand. Wer von den Einwohnern Littleshaws genügend Toleranz aufbrachte, empfand nichts als Mitleid für den bedauernswerten Edward. Reverend Nigel Matthews jedoch verstand ihn wahrscheinlich besser als alle anderen …

Das Wohnzimmer im »Greensteps« war mit viel Geschmack und Aufwand eingerichtet. In einer Ecke des Raumes stand ein kleiner Stutzflügel, auf dem sich Berge von ungeöffneten Briefen und Päckchen stapelten. Auf einem Seitentischchen, das einer ganzen Batterie von Flaschen als Standquartier diente, lagen zahlreiche Geburtstagskarten aller Geschmacksrichtungen. Edward Collins stand mit bitterböser Miene, auf seinen Stock gestützt, am Telefontisch. Seine Fingernägel vollführten einen nervösen Trommelwirbel auf der blankpolierten Tischplatte. Er hielt den Hörer an sein Ohr gepreßt.

Eine gleichgültige Stimme sagte am anderen Ende des Drahtes: »Tut mir leid, Sir, es antwortet niemand.«

»Versuchen Sie es weiter!« knurrte Edward.

Das Fräulein vom Amt stieß einen deutlich hörbaren Seufzer aus. »Wie Sie wünschen, Sir.« Collins zog das Ebenholzkästchen mit den Zigaretten heran, steckte sich eine an und zerdrückte sie schon nach wenigen Zügen wieder im Aschenbecher. Der Apparat am anderen Ende der Leitung klingelte mit fruchtloser Beständigkeit.

Mrs. Lloyd, die Haushälterin, betrat das Zimmer. Mrs. Lloyd war eine ältliche, geruhsame Frau, die es schrecklich fand, daß Edward über jede Kleinigkeit in schäumende Erregung geriet. Sie sagte: »Gerald Quincey ist hier. Wollen Sie ihn empfangen?«

Edward knallte den Hörer auf die Gabel und wirbelte herum. Er beherrschte sich jedoch und strich sich mit müder Bewegung über die Augen. »Entschuldigen Sie bitte, Mrs. Lloyd. Was haben Sie gesagt?«

»Gerald Quincey ist hier«, wiederholte Mrs. Lloyd geduldig. »Wollen Sie ihn empfangen?«

»Es dürfte einige Schwierigkeiten bereiten, ihm Geigenunterricht zu erteilen, wenn ich ihn nicht sehen kann«, sagte Edward übellaunig.

So ist es richtig, dachte Mrs. Lloyd. Laß es nur an mir aus. Laut sagte sie: »Nun, ich glaubte, weil er zu spät kam …«

»Ach, schon gut«, fiel Edward der Frau ins Wort. »Lassen Sie ihn herein.«

Gerald Quincey kam zögernden Schrittes in das Zimmer. Er war Brillenträger, ein ernsthafter junger Mann von achtzehn Jahren und beseelt von dem Wunsch, es jedermann recht zu machen. Unter dem Arm trug er einen Geigenkasten, und in der Hand hielt er eine Pralinenschachtel. »Guten Tag, Edward«, sagte er. »Verzeihen Sie bitte mein Zuspätkommen.«

»Haben Sie sich verspätet?« Edwards Tonfall und Gesichtsausdruck wirkten nicht sehr ermutigend auf den jungen Mann. Quincey jedoch klammerte sich an die Frage wie ein Ertrinkender.

»O ja«, sagte er hastig. »Sie sagten, um halb elf. Ich fürchte, es ist bereits kurz vor elf.«

»Das spielt keine Rolle«, murmelte Edward. »Ich fühle mich heute morgen sowieso nicht zum Arbeiten aufgelegt.«

»Oh«, sagte Gerald. Es klang enttäuscht.

Edward bemühte sich ernsthaft, seiner üblen Laune Herr zu werden. »Es tut mir leid, Gerald«, sagte er. »Dieses elendige Bein macht mir in letzter Zeit schwer zu schaffen. Niemand wird erwarten, daß ein verkrüppelter Musiklehrer jedesmal einen Freudensprung vollführt, wenn einer seiner Schüler auftaucht.« Er deutete auf die Pralinenschachtel. »Soll das ein Geburtstagsgeschenk für Fay sein?«

»Ja. Mir wollte nichts Rechtes einfallen, aber – mit Pralinen kann man bei einem Mädchen wohl kaum danebentippen, oder?«

»Keine Ahnung«, sagte Edward. »Außerdem ist meine Schwester gar nicht da. Sie ist gestern abend nicht nach Hause gekommen.«

»Sie ist nicht gekommen?« Gerald schien fassungslos.

»Nein. Ich weiß nicht, was wieder einmal geschehen ist.« Collins versuchte mit wenig Erfolg, seinen Zorn zu unterdrücken. »Ich habe den ganzen Abend hier herumgesessen und auf sie gewartet, aber sie hat sich nicht blicken lassen. Sie nimmt ja niemals Rücksicht auf ihre Mitmenschen.« Er wandte sich um, als die Haushälterin an die Tür klopfte. »Was gibt es denn nun schon wieder, Mrs. Lloyd?«

»Vikar Matthews möchte Sie sprechen.«

»Na schön, führen Sie ihn herein«, sagte Edward ungeduldig. Er deutete auf die Pralinenschachtel. »Was soll damit werden, Gerald? Wollen Sie sie hierlassen, oder möchten Sie lieber heute nachmittag noch einmal wiederkommen?«

»Wird Fay denn heute nachmittag hier sein?«

Edward zuckte die Schultern. »Weiß der Himmel! Aber ich denke doch, daß sie noch kommen wird.« Erbitterung schwang in seiner Stimme mit. »Irgendwann wird sie sich schon blicken lassen – ganz wie es dem gnädigen Fräulein genehm ist.«

»Ich werde sie hierlassen«, entschied sich Gerald und stellte die Pralinen zu den anderen Päckchen auf dem Flügel. »Gratulieren Sie ihr in meinem Namen.«

»In meinem Namen wird sie einige andere Dinge zu hören bekommen«, erwiderte Edward.

Der Vikar trat ein. »Guten Morgen, Edward«, begrüßte er Collins liebenswürdig.

»'n Tag, Nigel«, sagte Collins mit wenig Begeisterung. »Sie kennen doch Gerald Quincey, nicht wahr?«

»Aber ja«, sagte der Vikar und schüttelte dem jungen Mann die Hand. »Wie geht es Ihnen, Gerald?«

»Danke, ausgezeichnet, Sir«, antwortete Gerald. Er klemmte seinen Geigenkasten unter den Arm und wandte sich an Collins. »Ich gehe jetzt lieber, Edward.«

»Es tut mir leid wegen des Unterrichts«, sagte Collins etwas freundlicher. »Aber Sie wissen ja, wie das ist. Dieses verflixte Bein …«

»Das kann ich verstehen«, sagte Gerald. »Machen Sie sich meinetwegen keine Sorgen. Ich werde Dienstag wiederkommen. Hoffentlich geht es Ihnen bis dahin wieder besser.«

Collins nickte. »Bis Dienstag dann. Wiedersehen, Gerald.«

Quincey ging, und Matthews bedachte den jungen Musiklehrer mit einem argwöhnischen Seitenblick. »Was ist los? Macht Ihnen Ihr Bein wieder einmal Schwierigkeiten?«

»Stellen Sie sich vor, Nigel, es ist tatsächlich mein Bein«, erwiderte Collins ironisch lächelnd. »Von jemandem, der im Mannesalter von der Kinderlähmung heimgesucht wird und mit verkrüppeltem Fahrgestell auf der Strecke bleibt, kann man wohl kaum erwarten, daß er herumtollt wie ein zweijähriges Füllen. Gewiß, die eine Stunde Geigenunterricht hätte mich auch nicht umgebracht, aber – nun, ich hatte heute einfach keine Lust.«

Matthews lächelte spöttisch. »Und was hat den hohen Herrn heute morgen um seine Arbeitsfreude gebracht?«

»Fay«, lautete Collins' bündige Antwort.

»Oh? Was hat sie denn getan?«

»Fragen Sie lieber, was sie nicht getan hat! Obwohl sie mir fest versprochen hat, gestern abend zu kommen, hat sie sich nicht blicken lassen. Nicht, daß ich ihren Versprechungen allzuviel Wert beimesse. Aber schließlich wollten wir uns gestern aus einem besonderen Anlaß zusammensetzen.«

Der Vikar seufzte. »Wie bedauerlich. Anscheinend haben Sie sich wieder einmal mit Ihrer Schwester zerstritten.«

»Sie werden's kaum glauben – aber seit Monaten hat es keinen Krach mehr zwischen uns gegeben.«

»Welch erfreulicher Wandel!« rief der Vikar, aber es klang nicht sehr überzeugt.

»Das ist es ja gerade, was mich so verärgert«, sagte Edward. »Kaum beginnen sich unsere Beziehungen ein wenig zu bessern, da fällt sie mir in den Rücken und läßt mich einfach sitzen. Ich hatte das Abendessen vorbereitet und wollte nett mit ihr feiern.« Er zerdrückte seine halb aufgerauchte Zigarette im Aschenbecher und zündete sich sogleich eine neue an.

Der Vikar zog eine altertümliche, verräucherte Tabakspfeife aus seiner Westentasche und bat Collins um Feuer. »Sie sollten es auch mit Pfeifenrauchen versuchen, Edward.«

»Für mich ist das nichts. Ich würde mehr Zündhölzer rauchen als Tabak.«

Matthews musterte Collins durch den Qualm hindurch. »Wann haben Sie Fay zum letztenmal gesehen?«

»Moment. Lassen Sie mich überlegen. Es wird etwa vierzehn Tage her sein. Letztes Wochenende rief sie mich an und erzählte mir, wie sehr sie sich auf ihren Geburtstag freute, weil wir ihn gemeinsam feiern wollten. Es war allerdings ihre Absicht. Ich habe sie nicht darin bestärkt. Ich sagte ihr, sie könne an ihrem Geburtstag machen, was sie wolle.«

Matthews lächelte. »Das war aber sehr – geschwisterlich von Ihnen, Edward.«

Collins winkte ärgerlich ab. »So unverblümt habe ich es auch nicht gesagt. Sie wissen schon, was ich meine, Nigel.«

Der Vikar nickte. »Ja, natürlich.« Sein Blick glitt über die vielen Päckchen und Briefe auf dem Flügel. »Anscheinend haben viele Menschen an sie gedacht. Auch ich bin ihretwegen gekommen. Hier, ich habe ihr etwas mitgebracht.« Er zog sein Päckchen aus der Tasche und legte es zu den anderen. »Ich fürchte, ich weiß nicht allzuviel über Fays Lesewünsche. Ich kann nur hoffen, ihr gefällt es.«

»Literatur und Fay sind einander so fern wie Mars und Venus«, sagte Edward griesgrämig.

Matthews sog nachdenklich an seiner Pfeife. Nach einer Weile fragte er: »Hat Fay im Augenblick ein Engagement?«

»Nein«, erwiderte Edward. »Sie arbeitet nicht. Wie man so schön im Bühnenjargon sagt: Sie pausiert.«

»Sie pausiert?«

»Ins Allgemeinverständliche übertragen bedeutet das soviel wie: Sie ist stellungslos«, erklärte Edward. »Das überrascht mich nicht weiter.«

»Hat sie Ihnen denn mit keiner Silbe angedeutet, was sie im Augenblick treibt?«

»Darüber hat sie kein Wort fallenlassen. Allerdings schien sie mir etwas niedergeschlagen. Wissen Sie, diese Sache mit einer eigenen Wohnung in der Stadt wirkt sich auf die Dauer äußerst unvorteilhaft aus, Nigel. Ich habe von Anfang an meine Zweifel gehabt.«

»Ich war gegenteiliger Ansicht«, bemerkte der Vikar.

»Wie meinen Sie das?«

»Nun«, sagte Matthews bedächtig, »Sie kommen recht gut ohne Fay aus. Vor sechs Monaten waren Sie noch an den Rollstuhl gefesselt – Sie waren allein völlig hilflos. Jetzt scheinen Sie auf fremde Hilfe nicht mehr angewiesen zu sein. An einem der letzten Tage habe ich Sie sogar in der High Street beim Einkaufen gesehen.«

Edward erhob sich von seinem Stuhl und ging zum Telefon. »So, gesehen haben Sie mich?« fragte er verdrossen. »Ich habe nicht eingekauft, sondern ich war in der Apotheke. Für den Hinweg benötigte ich eine Stunde, für den Rückweg anderthalb. O ja, ich bin unabhängig – wenn Sie damit meinen, daß ich niemanden brauche, mich im Rollstuhl hin und her zu schieben. Ich hätte gern jemanden in der Nähe, der mich aufhebt, wenn ich hinfalle.«

Matthews schwieg. Er kannte Edward und seine Psyche – ein Konglomerat aus echter Verzweiflung, Selbstbedauern und Verfolgungswahn. Sein größtes Handicap ist, dachte Nigel, daß er niemals erwachsen geworden ist.

Collins nahm wieder den Hörer von der Gabel. »Versuchen Sie es noch einmal mit derselben Nummer«, sagte er dem Fräulein vom Amt. »Mayfair 72110.«

»Ist das Fays Wohnung?« fragte Matthews.

Collins nickte. Edward wartete mit zusammengepreßten Lippen und gefurchter Stirn. Seine Finger begannen wieder auf die Tischplatte zu trommeln. Niemand antwortete dem geduldig ertönenden Rufzeichen am anderen Ende der Leitung.

Gutgläubigen Zeitungslesern möge die Ansicht verziehen sein, daß alle Farmer auf der britischen Insel mit dem Preisgefüge der Nahrungsmittelindustrie, den Behörden und den Elementen in einem unablässigen, hoffnungslosen Kampf stehen. Alistair Goodman jedenfalls bildete eine Ausnahme. Er nannte drei große Güter in der Umgebung Littleshaws sein eigen, und solche und ähnliche Probleme existierten für ihn nicht.

Goodman, ein Endvierziger von stämmiger Gestalt und gutem Aussehen, liebte es, sich als erfolgreicher und unternehmungslustiger Farmer zu geben. Als äußeren Beweis dafür trug er fast immer eine gutsitzende Jägerjoppe, Bridgeshosen aus feinstem Cord und Reitstiefel aus weichem Leder, die für ihn nach Maß in einem exklusiven Schuhgeschäft in der St. James Street in London angefertigt wurden. Unterhielt man sich mit ihm, so konnte man gewiß sein, daß er früher oder später die Rede auf seine beiden Fahrzeuge brachte. Er war stolzer Besitzer eines Bentley und eines Aston Villa. Auf alle Fälle konnte man ihm gewisse organisatorische Fähigkeiten nicht absprechen, und seine Angestellten zweifelten niemals an seinen Entscheidungen. Goodman überquerte den großen Hofplatz und ging mit langen Schritten auf den Trecker mit dem Anhänger zu, den Bill Royd gerade hereingefahren hatte.

Er klopfte Royd leutselig auf die Schulter, wies auf den Anhänger und sagte: »Ich würde noch heute nachmittag mit dem Abladen anfangen, Bill.«

»Sofort, Sir«, erwiderte Royd.

Royd begann, die Verschnürung zu lösen, mit der die Plane am Anhänger befestigt war. Er deckte erst die vordere Hälfte ab und ging dann hinter den Wagen, um die Plane aufzurollen.

Während der Arbeit pfiff er fröhlich vor sich hin. Als er die aufgerollte Plane vom Anhänger hob, brach sein Pfeifkonzert unvermittelt ab.

Auf dem Anhänger lag der Körper eines Mädchens.

Mit einem Blick stellte Royd fest, die Frau war tot. Ihm fiel auf, wie schön das Mädchen war. Sie hatte blondes Haar und mochte etwa fünfundzwanzig Jahre alt sein. Ein Bein hatte sie ein wenig angezogen, und ihr linker Arm war leicht verrenkt vom Körper weggestreckt. Die roten Stellen an ihrem wohlgeformten, weißen Hals und die weitaufgerissenen, gebrochenen Augen sagten alles.

»Erdrosselt!« keuchte Bill Royd. Dann wandte er sich ab und rannte auf das Wohngebäude zu.

Innerhalb von einer halben Stunde wimmelte der Haupthof der Kingsbury Farm von Polizisten in Zivil und Uniform. Die flüchtige Untersuchung der Leiche durch den Polizeiarzt war wenig mehr als eine bloße Formalität.

Kriminalinspektor Yates von der Hertfordshire Polizei löste sich aus einer Gruppe von Polizisten und gesellte sich zu Alistair Goodman, der mit dem noch völlig verstörten Bill Royd etwas abseits stand. Yates war etwa vierzig Jahre alt, von mittlerer Größe und leicht saloppem Aussehen. Man hätte ihn für einen Vertreter halten können oder für einen kleinen Angestellten im öffentlichen Dienst. Tatsächlich jedoch war er ein bemerkenswert scharfsinniger Kriminalist, der seinen jetzigen Dienstgrad bereits als verhältnismäßig junger Mann erreicht hatte. Als Sergeant Jeffreys zum erstenmal in seinem Leben ein Elektronengehirn bei der Arbeit sah, erinnerte es ihn sogleich an seinen Vorgesetzten Inspektor Harry Yates. Sein Gehirn schien mit der gleichen Präzision und Unfehlbarkeit zu arbeiten wie diese unheimliche Maschine. Nur kam bei Yates hinzu, daß ihn ein Fall um so mehr begeisterte, je verworrener und undurchsichtiger er war.

Yates schob seinen leicht ramponierten Hut in den Nacken, vergrub seine Hände in den Taschen seines Regenmantels und bedachte Goodman und Royd mit einem mehr als durchdringenden Blick.

Seine Augen waren von einem verwaschenen und trotzdem eindrucksvollen Hellblau. Sie blickten ein wenig starr und hatten etwas von der Wachsamkeit eines kleinen Raubtieres an sich.

Für gewöhnlich bediente er sich eines kultivierten, fast sanften Tonfalles. Er sagte: »Sie hatten recht, Mr. Goodman. Sie heißt Collins, Fay Collins.«

Goodman nagte auf seiner fleischigen Unterlippe und tastete nervös nach seinem Krawattenknoten. »Das arme Mädchen kam mir gleich so bekannt vor. Sie ist eine Freundin von Marian – meiner Verlobten. Verdammt unangenehme Sache.«

Yates wandte sich an Bill Royd. »Sie sagen, Sie hätten den Anhänger gestern nachmittag beladen?«

»So ist es«, erwiderte Royd. »So gegen vier Uhr.«

»Und vor elf Uhr heute morgen haben Sie sich nicht wieder an dem Anhänger zu schaffen gemacht?«

Royd schüttelte energisch den Kopf. »Ich habe ihn nicht angerührt, bis ich ihn heute morgen hier auf den Hof fuhr.«

»Eigentlich wollten wir ihn erst morgen entladen«, erklärte Goodman. »Aber wir sind heute nachmittag mit der Arbeit gut vorangekommen, und deshalb habe ich Bill vorgeschlagen, noch heute damit zu beginnen.«

»Aha«, sagte Yates. Nachdenklich betastete er sein Kinn. »Wie weit ist es von dem Acker bis hierher?«

»Wenn Sie über diese Wiese gehen, sind es nicht mehr als vierhundert Meter«, sagte Royd. »Auf der Straße ist es etwa doppelt so weit.«

Yates nickte. Fast schien es, als beschäftigten sich seine Gedanken mit anderen Dingen. Sein Blick wanderte zum Traktor hinüber. Ein kleiner, schwarzer Lieferwagen war eingetroffen, und zwei Männer mit einer Bahre gingen auf den Anhänger zu.

»Hören Sie, Inspektor«, sagte Goodman zögernd. »Dieses Mädchen – wie – äh – ich meine, auf welche Weise ist sie umgekommen?«

Es klang beinahe, als erwähnte er eine Nebensächlichkeit, als Yates antwortete: »Sie wurde erdrosselt, Mr. Goodman.«

2

Inspektor Yates zweifelte keinen Augenblick daran, daß das Gespräch mit Edward Collins nicht einfach sein würde. Yates gab sich diesbezüglich keinen Illusionen hin. Er hatte es mit einem schwierigen Menschen zu tun. Collins war überempfindlich, vermutlich schmerzerfüllt und seelisch geknickt.

Gleich zu Beginn hatte es Schwierigkeiten gegeben. Collins war abwechselnd beleidigend, ausweichend, defensiv und angriffslustig. Bis Yates in ruhigem Tonfall sagte: »Mir bereitet diese ganze Geschichte so wenig Vergnügen wie Ihnen, Sir. Aber Sie müssen einsehen, daß es gewisse Fragen gibt, die der Beantwortung bedürfen. Bitte, erschweren Sie mir meine Aufgabe nicht unnötig.«

Edward reagierte prompt. Seine verzerrten, hageren Gesichtszüge entspannten sich ein wenig, und er wirkte erstaunlich jung und hilflos. »Es tut mir leid, Inspektor«, sagte er. »Ich werde versuchen, mich zusammenzunehmen. Ich bitte um Verzeihung.«

»Schon gut, Mr. Collins«, meinte Yates liebenswürdig. »An Ihrer Stelle würde ich vermutlich nicht anders fühlen und reagieren.« Er schlug sein Notizbuch auf und beschäftigte sich für einen Augenblick mit den Eintragungen. »Also, Sie haben erklärt, gestern abend hätten Sie sich in Ihrem Hause mit Ihrer Schwester treffen wollen, sie sei jedoch aus irgendeinem unbekannten Grunde nicht gekommen.«

Collins nickte. »Ja, das stimmt.«

Yates blätterte wieder in seinem Notizbuch. Edward ahnte, daß der Inspektor seine Notizen in Wirklichkeit gar nicht benötigte. »Ihren Angaben zufolge arbeitete Miss Collins als Schauspielerin und Fotomodell und bewohnte ein Appartement in London – Welbeck Square 28 a, nicht wahr?«

»Ja.«

Yates blickte auf. »Seit wann wohnte sie dort, Sir?«

»Sie ist vor rund sechs Monaten eingezogen.«

»Und davor?«

»Hat sie hier im Hause gewohnt.«

Yates nickte, offensichtlich befriedigt von dem Verlauf der Unterhaltung. »Mr. Alistair Goodman von der Kingsbury Farm hat Ihre Schwester identifiziert, Sir«, fuhr er fort. »Er sagte, sie sei eine Freundin seiner Verlobten gewesen.«

»Das stimmt«, sagte Collins. »Marian Hastings. Sie besitzt einen Modesalon in der High Street.«

»War Ihre Schwester ebenfalls mit Mr. Goodman befreundet?«

Edward schüttelte den Kopf. »Das kann ich mir nicht vorstellen. Natürlich kannten sie sich flüchtig, aber als Freunde würde ich sie nicht bezeichnen.«

»Verstehe«, meinte Yates. Er verstaute sein Notizbuch zwischen einem unordentlichen Bündel Zettel in seiner Brusttasche. »Und nun beantworten Sie mir bitte folgende Frage, Mr. Collins: War Ihre Schwester mit irgendeiner Person in Littleshaw besonders eng befreundet?«

Yates, der Collins nicht aus den Augen ließ, bemerkte, wie sich die Gesichtszüge des anderen verhärteten. »Nein«, sagte Edward nach längerer Pause. »Besonders eng befreundet war sie mit niemandem.«

»Sind Sie sich dessen sicher?«

»Verdammt, Inspektor, ich habe doch Ihre Frage klar und deutlich beantwortet, oder nicht?«

»Das haben Sie, Sir«, bestätigte Yates ihm freundlich. Mit einer Kopfbewegung deutete er auf die zahlreichen Päckchen auf dem Stutzflügel. »Erstaunlich viele Geschenke für jemanden, der so gut wie keine Freunde in Littleshaw hatte«, meinte er.

»Worauf wollen Sie hinaus?« knurrte Collins. »Ich habe Ihnen doch gerade erklärt …«

»Ich will die Frage etwas anders formulieren«, sagte Yates ruhig. »Wenn Ihre Schwester eine Wohnung in der Stadt hatte, warum haben ihre Freunde die Geburtstagsgeschenke dann hierher geschickt?«

»Vermutlich stammen die meisten dieser Päckchen von Leuten, die in Littleshaw ansässig sind«, sagte Collins. »Sie – ist viel herumgekommen, müssen Sie wissen. Sie verstand es, sich mit allen Leuten gut zu stellen.«

»Demnach wußte eine ganze Reihe von Personen von ihrer bevorstehenden Ankunft, nicht wahr?«

»Das dürfte ja wohl ziemlich augenscheinlich sein, oder?« bemerkte Collins sarkastisch.

Der Inspektor ließ sich nicht beirren. Er blieb unverändert höflich. »Vielen Dank, Mr. Collins«, sagte er und wandte sich zum Gehen. »Oh, übrigens – würden Sie die Liebenswürdigkeit haben, mir eine Liste aller Personen anzufertigen, die Ihrer Schwester Grüße und Geschenke zum Geburtstag übermittelt haben?«

»Wenn Sie das für unbedingt notwendig halten«, sagte Collins wenig begeistert.

»Ich wäre Ihnen wirklich dankbar dafür, Sir«, meinte Yates. »Sie brauchen sich nicht besonders zu beeilen; wenn es Ihnen nichts ausmacht, können Sie mir die Liste morgen früh in mein Büro bringen.«

»Ist gut, Inspektor«, sagte Collins.

Noch lange, nachdem Yates gegangen war, stand Edward in der Mitte des Raumes und starrte auf die Tür, die der Inspektor geräuschlos hinter sich geschlossen hatte. Seine Hände öffneten und schlossen sich unablässig, als wollte er sie von einem Krampf lösen. Die Knöchel der Hand, mit der er den Griff seines Stockes umklammerte, traten weiß hervor. Er ging an den Tisch mit den Flaschen, griff nach einer und schenkte sich ein halbes Wasserglas voll Whisky ein. Er goß etwas Sodawasser hinzu und trank die Hälfte des Inhalts auf einen Zug. Danach ließ er sich in einen Sessel sinken und vergrub sein Gesicht in den Händen.

Yates betrat sein Büro und hängte Hut und Mantel auf. Auf seinem Schreibtisch lag ein braunes Paket, das er mit einem neugierigen Blick streifte. Konstabler Kent, ein eifriger junger Mann, für den der Mordfall das große Ereignis seines Polizistendaseins war, betrat den Raum mit einem braunen Umschlag in der Hand.

Yates wies auf das Paket. »Was ist das?«

»Ich weiß nicht, Sir«, sagte Kent. »Es ist mit der Post gekommen.« Er studierte die Beschriftung auf dem Aufkleber. »Es ist an das Polizeirevier Littleshaw adressiert.«

»Ich kann nichts ticken hören«, spöttelte Yates. »Holen Sie den Sergeanten. Er soll es öffnen. Halten Sie einen Eimer mit Wasser bereit, falls es sich um eine Bombe handeln sollte.«

Kent lächelte pflichtbewußt. War er auch jung und unerfahren, so wußte er doch, daß die Launen der Vorgesetzten wechselhaft waren wie das Wetter im April. »Wird gemacht, Sir.«

Yates schloß seinen Schreibtisch auf. »Hat Dr. Watts angerufen?«

»Nein, Sir. Aber vor etwa zehn Minuten ist er hier gewesen und hat diesen Umschlag gebracht.«

»Danke.« Yates nahm den Umschlag. »Schicken Sie Sergeant Jeffreys zu mir, sobald er sich blicken läßt.«

Dem Bericht des Arztes konnte Yates nur wenig entnehmen. »Tod durch Erdrosseln mit einem Halstuch oder einem ähnlichen Gegenstand ... Keinerlei Anzeichen einer vorausgegangenen Vergewaltigung ...« – Diese Feststellung, dachte Yates mit einigem Zynismus, dürfte zur Folge haben, daß sich nicht wenige der Reporter unverzüglich und enttäuscht auf den Heimweg machen würden. Ihr Bericht über den Mord in Littleshaw würde kaum mehr als zwei Zeilen lang sein.

Sergeant Jeffreys betrat das Büro mit einer Aktentasche unter dem Arm. »Nun?« fragte Yates.

»Wir haben ihre Handtasche gefunden«, sagte Jeffreys. Er öffnete seine Aktentasche und entnahm ihr eine rotlederne Handtasche.

»Wo haben Sie die gefunden?«

»Im Graben, etwa zwanzig Meter von der Stelle entfernt, wo der Anhänger abgestellt war.«

»Ist Harrison noch an der Arbeit?«

»Ja. Er untersucht die Fußabdrücke noch einmal.«

»Wie viele verschiedene Fußabdrücke haben Sie gefunden?«

»Insgesamt drei«, erwiderte Jeffreys. »Die von Bill Royd,

dem Treckerfahrer, dem Mädchen und einer dritten, bislang unbekannten Person.«

»Dann sagen Sie Harrison, er soll aufhören mit Suchen und sogleich Gipsabdrücke von dem dritten Paar anfertigen. Ich möchte sie so schnell wie möglich zur Verfügung haben.«

Jeffreys lächelte. »Ist bereits geschehen, Sir.« Er zog den Gipsabguß der Fußabdrücke aus seiner Aktentasche.

Yates, der mit Lob spärlich umzugehen pflegte, sagte lediglich: »Gute Arbeit.« Er untersuchte das Gipsmodell. »Hat Harrison irgend etwas erwähnt?«

»Nur bezüglich der Größe«, sagte Jeffreys.

»Gut«, sagte Yates wieder. Er stellte den Gipsabdruck auf den Schreibtisch und lehnte sich in seinem Sessel zurück. »Wie weit sind Sie heute gekommen, Jeff?«

Jeffreys setzte sich auf die Armlehne des Besucherstuhles. »Ich fürchte, ich habe nicht allzuviel erreicht. Seit gestern abend habe ich mindestens hundert Personen ausgequetscht. Ich habe keinen Menschen ausfindig machen können, der Fay Collins Mittwoch abend gesehen hat. Wenn ihr jemand begegnet ist, so scheint er nichts darüber verlauten lassen zu wollen.«

»Wie steht es mit dieser Freundin mit dem Modesalon? Ich kann mich im Augenblick nicht auf ihren Namen besinnen.«

»Sie meinen Marian Hastings, Goodmans Verlobte.«

Yates nickte.

»Sie ist zur Zeit auf einer Urlaubsreise. Ich weiß nicht, wo.«

Yates tippte auf den Umschlag. »Hier habe ich den Bericht des Arztes. Er besagt, daß es nach neun und nicht später als halb elf passiert ist. Der Arzt glaubt, der Mörder muß ein seidenes Halstuch oder etwas Ähnliches benutzt haben. Er könnte recht haben, nur ...«

»Sagten Sie, er hat ein Halstuch benutzt?« unterbrach ihn Jeffreys. »Das ist mehr als merkwürdig.«

»Was ist merkwürdig?«

Jeffreys antwortete nicht sofort. Er griff nach der Handtasche und entleerte sie auf den Schreibtisch. Sie enthielt die üblichen, typisch weiblichen Utensilien: Lippenstift, Puderdose, Taschentuch, Spiegel und Kamm. Außerdem mehrere kleine Münzen und ein Telegramm. Jeffreys nahm das Telegramm und las laut: »Vielen Dank für das Halstuch. Gruß, Terry.«

Yates starrte den Sergeanten einen Augenblick an. Dann streckte er seine Hand aus. »Lassen Sie sehen.«

Yates studierte schweigend und mit gefurchter Stirn das Telegramm. Schließlich sagte er langsam: »Es ist an Fay Collins, Welbeck Square 28 a, London S. W. 1, adressiert ... am 4. Januar aufgegeben ...«

»Das war vor fünf Tagen«, bemerkte Jeffreys.

»Hm.« Yates überlegte. »Auf dem Postamt in der Oxford Street. Ich werde der Sache nachgehen, Jeff.«

»Das ist sehr merkwürdig, nicht wahr?« meinte Jeffreys. »Im Zusammenhang mit dem Bericht des Arztes ...«

Yates studierte immer noch das Telegramm. »Das kann man wohl sagen«, murmelte er.

Konstabler Kent steckte seinen Kopf zur Tür herein. »Verzeihen Sie, Sir. Mr. Collins möchte Sie sprechen.«

»Warten Sie noch einen Augenblick«, sagte Yates, »dann führen Sie ihn herein.« Er hatte sich erhoben und ging um den Schreibtisch herum und auf Jeffreys zu. »Jeff, kennen Sie einen Mann namens John Hopedean?«

»Ja«, antwortete Jeffreys. »Er wohnt in der Bellmore Avenue.«

»Wissen Sie Näheres über ihn?«

»Nicht sehr viel. Er ist Kunstmaler oder so etwas – freischaffend. Ich glaube, es geht ihm recht gut. Verheiratet, kinderlos. Warum fragen Sie?«

»Ich habe mit meiner Frau über diesen Fall gesprochen«, erklärte Yates. »Sie wußte zu berichten, daß dieser Hopedean vor einiger Zeit mit Fay Collins eng befreundet war. Offensichtlich wurde damals viel im Ort darüber geredet.«

»Jetzt, da Sie es erwähnen, glaube ich mich zu erinnern«, sagte Jeffreys. »Allerdings weiß ich nicht, ob etwas Wahres daran ist. Jedenfalls habe ich diesen Hopedean heute morgen aufgesucht. Das heißt, ich wollte es. Er war unterwegs. Ich habe mit seiner Frau gesprochen.«

»Und?«

Jeffreys schüttelte seinen Kopf. »Nichts zu machen. Sie sagte, ihr Mann und sie wären Mittwoch abend zu Hause gewesen, die ganze Nacht. Er hat gearbeitet, und sie hat sich das Fernsehprogramm angesehen.«

Yates nickte. Kent war wieder an der Tür. Er fragte: »Wollen Sie jetzt Mr. Collins empfangen, Sir?«

»Er soll hereinkommen«, sagte Yates.

Für einige Sekunden schien es, als wolle Yates die Anwesenheit seines Besuchers ignorieren, nachdem Collins hereingehumpelt war. Unversehens blickte er auf und lächelte freundlich.

»Ich habe Ihnen die Liste gebracht, die ich Ihnen anfertigen sollte«, sagte Collins. Er zog einen zusammengefalteten Bogen aus seiner Brieftasche und reichte ihn Yates.

»Das ist sehr nett von Ihnen, Mr. Collins«, meinte Yates. Er warf einen flüchtigen Blick auf die Liste und steckte sie in die Tasche. »Bitte, nehmen Sie doch Platz.«

Collins ließ sich auf dem Besucherstuhl nieder. Sein Blick fiel auf die Handtasche auf dem Schreibtisch. »Wie ich sehe, haben Sie die Tasche meiner Schwester gefunden«, bemerkte er.

»Sergeant Jeffreys hat sie gefunden«, sagte Yates.

»Wo?« fragte Collins.

»Sie lag im Graben, Sir«, erwiderte Jeffreys.

»Dieses Telegramm befand sich in der Handtasche«, sagte Yates. Er reichte Collins das Formular. »Zweifellos von einem Freund Ihrer Schwester. Jemand namens Terry.«

»Terry?« sagte Collins. Er betrachtete das Telegramm mit gerunzelter Stirn. Yates warf Jeffreys einen vielsagenden Blick zu. Edwards Zögern bei der Erwähnung des Namens Terry hatte alles andere als überzeugend gewirkt.

»Haben Sie eine Ahnung, um wen es sich handeln könnte?« fragte Yates.

Collins blickte auf. »Äh – nein, ich fürchte, nicht«, sagte er. »Aber wer immer er auch sein mag, er scheint auf großem Fuße zu leben.«

»Und woraus schließen Sie das?« fragte Yates.

Collins zog ein flaches Schmuckkästchen aus seiner Manteltasche. »Dieses hier hatte er meiner Schwester als Geburtstagsgeschenk zugedacht.« Er entnahm der Schachtel ein funkelndes, brillantenbesetztes Armband. »Man sollte es kaum für möglich halten – ein Geschenk, von dem die Mädchen ein Leben lang träumen.«

Yates ließ sich das Armband aushändigen und unterzog es einer eingehenden Untersuchung. »Donnerwetter«, murmelte er. »So etwas läßt man sich gerne schenken.«

»War ein Brief oder eine Karte dabei?« fragte Jeffreys.

Collins zog ein kleines Kärtchen aus der Tasche. »Ja, dieser kurze Gruß kam zusammen mit dem Armband. Keine Adresse, nichts. Nur: ›Von Terry – zur Erinnerung an Le Lavencher‹. Das ist alles.«

Yates warf einen Blick auf die Karte und gab sie an Jeffreys weiter. Dann betrachtete er wieder das Armband. »Ich nehme doch an, daß es sich um echte Brillanten handelt«, sagte er zu Collins gewandt.

»Unbedingt«, meinte Collins. »Ich bin damit zu Milton in der High Street gegangen. Der Juwelier hat sie sofort für echt erklärt. Das Ding muß mindestens tausend Pfund gekostet haben.«

Jeffreys hatte sich mit der Grußkarte beschäftigt. »Was ist ›Le Lavencher‹?« fragte er.

»Das ist ein Dorf in Frankreich«, erklärte Collins. »In der Provinz Haute Savoie.«

»Sind Sie dort gewesen?« fragte Yates.

»Nein«, sagte Collins. »Ich hatte den Namen noch nie gehört. Aber als ich aus dem Haus gehen wollte, besuchte mich der Vikar. Ich zeigte ihm die Karte, und wir haben im Atlas nachgesehen.«

»Und Sie wissen auch nicht, ob Ihre Schwester jemals dort gewesen ist?« fragte Yates.

Edward schüttelte den Kopf. »Soviel ich weiß, ist sie niemals weiter südlich als Paris gewesen.«

»Haben Sie Mr. Matthews das Armband gezeigt?« fragte Yates.

»Ja«, sagte Collins. »Die Idee, damit zum Juwelier zu gehen, stammte von ihm. Wir konnten nicht mit Sicherheit sagen, ob die Steine echt waren oder nicht.«

»Ich verstehe«, murmelte Yates. Er ließ das Armband von seinem Finger herunterhängen. Es schimmerte in allen Farben. »Wenn Sie nichts dagegen haben, würde ich es gerne eine Weile hierbehalten.«

»Vermutlich würden Sie es auch behalten, wenn ich etwas dagegen hätte«, sagte Collins.

Yates lächelte verbindlich. »Keine Sorge, Sir. Ich werde es hüten wie meinen Augapfel.« Er schwieg einen Augenblick und fuhr dann fort: »Noch etwas anderes, Mr. Collins. Heute morgen war ich in London. Bei der Gelegenheit habe ich mir die Wohnung ihrer Schwester angesehen.«

»Tatsächlich?« Collins schien wenig interessiert.

»Ja. Sehr eindrucksvoll, Sir. Ich nehme doch an, daß Sie die Wohnung kennen?«

»Sie irren, Inspektor«, sagte Collins mit einem Anflug von Ärger in der Stimme. »Ich war von Anfang an gegen ihre Absicht, sich eine eigene Wohnung in London zu mieten. Deshalb habe ich sie auch nie dort besucht.«

»Aha«, sagte Yates. »Nun, man kann es getrost ein Luxusappartement nennen. Miss Collins hat fünfunddreißig Pfund die Woche dafür bezahlt.«

»Wirklich?« Collins zuckte die Schultern. »Ich wüßte nicht, was das mit mir zu tun haben soll.«

»Ich habe mir nur die berechtigte Frage gestellt, ob Ihre Schwester sich eine dermaßen kostspielige Wohnung leisten konnte«, bohrte Yates.

»Wenn sie darin gewohnt hat, konnte sie vermutlich auch die Miete aufbringen. Meinen Sie nicht auch?«

Yates lächelte. »Das ist nicht immer der Fall«, sagte er.

»Nun, vielleicht hat jemand anders die Miete für sie bezahlt«, sagte Collins schulterzuckend. »Was meine Schwester in London trieb, ging mich letzten Endes nichts an.« Er wirkte müde und abgespannt, als er sich von seinem Stuhl erhob. »Wenn es etwas Neues gibt oder wenn Sie mich zu sprechen wünschen, wissen Sie, wo Sie mich erreichen können.«

Yates nickte. »Selbstverständlich, Mr. Collins. Vielen Dank für Ihren Besuch.«

Yates und Collins verließen das Büro gemeinsam. Jeffreys blieb allein zurück. Das Gespräch mit Collins hatte nicht gerade zur Aufbesserung der Stimmung des vielbeschäftigten Sergeanten beigetragen. Gewiß, die Folgen der Kinderlähmung hatten einen verbitterten Mann aus Collins gemacht, aber war das ein hinreichender Grund dafür, der Polizei jede Hilfeleistung bei der Aufklärung des Mordes an seiner Schwester zu versagen? Jeffreys schüttelte verärgert seinen Kopf. Schließlich ließen die Beamten nichts unversucht, um den gemeinen Mörder so schnell wie möglich dingfest zu machen, und dieser schmallippige, leicht erregbare Musiklehrer hatte nichts Besseres zu tun, als den zornigen jungen Mann zu spielen.

Jeffreys seufzte. Seit dem Mord an Fay Collins hatte er keine ruhige Minute mehr gehabt. Unablässig war er von Haus zu Haus gegangen, hatte scheinbar dumme Fragen gestellt und noch dümmere Antworten erhalten von Leuten, die es entweder tatsächlich nicht besser wußten oder aber nur nichts wissen wollten. So manches Mal wünschte er sich, wieder seine blaue

Uniform tragen und seinen Achtstundendienst versehen zu dürfen, ohne viel Verantwortung und Kopfzerbrechen, nur den Anordnungen seiner Vorgesetzten Folge leistend.

Yates, mit dem war es anders. Der schien sich nie große Sorgen zu machen um den Ausgang eines Falles wie diesen. Aber der Inspektor war auch so etwas wie eine Ausnahme. Er war wie ein Terrier: Er verbiß sich in eine Sache und ließ sie nicht mehr los, bis er wußte, was dahintersteckte. Und wie ein Terrier schien er großes Vergnügen dabei zu empfinden. Ach, verdammt! dachte Jeffreys. Wenn ich hier herumsitze und mich selbst bemitleide, wird nie etwas aus meiner Beförderung.

Er griff nach dem Armband und betrachtete es nochmals eingehend. Eine prächtige Arbeit, darüber gab es keinen Zweifel. Er fand es irgendwie bedenklich, daß ein bildschönes Mädchen wie Fay Collins, das ein Luxusappartement für fünfunddreißig Pfund Wochenmiete bewohnte, das einen Mann zum Freund hatte, der es mit kostbaren Juwelen überschüttete, plötzlich ermordet, bestialisch erdrosselt auf einem mit Rüben beladenen Anhänger aufgefunden wird. Vermutlich hatte sie einen ihrer Verehrer gegen einen anderen ausgespielt, oder sie hatte versucht, sich einen kleinen Nebenverdienst durch Erpressung zu verschaffen. Da sah man wieder einmal, daß man bei allen Dingen, die das weibliche Geschlecht betrafen, nicht vorsichtig genug sein konnte. Jeffreys, ein Junggeselle aus Überzeugung, nahm sich vor, in Zukunft noch mehr Sorgfalt im Umgang mit Frauen walten zu lassen als bisher.

Konstabler Kent betrat das Büro und unterbrach somit die Gedankenflüge des Sergeanten Jeffreys. »Verzeihung, Sergeant«, sagte Kent. »Ein junger Bursche namens Gerald Quincey wartet im Vorzimmer. Er möchte den Inspektor sprechen.«

»Gut, lassen Sie ihn hereinkommen«, sagte Jeffreys.

Gerald Quincey schob sich durch die Tür. Verlegen blieb er stehen und rückte seine Krawatte zurecht. »Ich – äh – ich würde furchtbar gerne mit Inspektor Yates sprechen – wenn es sich einrichten läßt«, stammelte der furchtsame Jüngling.

»Er muß jeden Augenblick zurückkommen«, sagte Jeffreys. »Kann ich irgend etwas für Sie tun?«

»Ist das nicht schrecklich – diese Sache mit Fay Collins?« sagte Gerald.

»Das kann man wohl sagen«, pflichtete Jeffreys ihm bei.

»Nun – äh – genaugenommen wollte ich den Inspektor in eben dieser Angelegenheit sprechen«, stotterte Quincey.

»Sie meinen wegen des Mordes?«

Quincey schluckte. Jeffreys konnte deutlich den Adamsapfel des jungen Mannes auf und ab hüpfen sehen.

»Ja. Ich weiß nicht, ob es von Wichtigkeit ist, aber – nun, ich habe sie Mittwoch abend gesehen.« Die letzten Worte stieß er hastig hervor, als fürchtete er, vorzeitig den Mut zu verlieren.

»Sie haben Fay Collins gesehen?« fragte Jeffreys ungläubig.

In diesem Augenblick kam Yates herein. Er bedachte Gerald Quincey mit einem durchdringenden Blick. »Habe ich Sie sagen hören, Sie hätten Fay Collins Mittwoch abend gesehen?«

»Ja, ich ...«

»Das ist Gerald Quincey, Inspektor«, erklärte Jeffreys.

Yates wandte sich an den jungen Mann. »Wo haben Sie Fay Collins gesehen?«

»In der Nähe der Layton Avenue«, sagte Gerald, dem offensichtlich nicht wohl zumute war.

»Welche Uhrzeit?« Yates Stimme war plötzlich frei von aller Sanftheit.

»Gegen halb acht.«

»Sind Sie fest davon überzeugt, daß es sich um Fay Collins handelte?«

»Ich weiß es genau.«

»Kannten Sie das Mädchen denn? Waren Sie mit ihr befreundet?«

»Ich kannte sie seit Jahren«, sagte Gerald unglücklich. »Edward – ihr Bruder – erteilt mir Geigenunterricht.«

Yates ließ sich auf einer Ecke des Schreibtisches nieder. Er fuhr fort, seinen Gast durchdringend anzustarren. Endlich schien er einen Entschluß gefaßt zu haben. »Es ist alles in Ordnung, Gerald«, sagte er freundlich. »Beruhigen Sie sich erst einmal, und dann erzählen Sie mir in allen Einzelheiten, wie das Mittwoch abend gewesen ist.«

Quincey holte tief Luft. »Da gibt es nicht viel zu erzählen«, sagte er in bedauerndem Tonfall. »Ich kam aus dem Klub – von einem Tischtennisturnier – und befand mich auf der Heimfahrt. Als ich in die Oxford Close einbog, sah ich Fay. Sie war auf der anderen Straßenseite, nicht weit von der Layton Avenue.«

»War sie allein?«

»Ja.«

»Wissen Sie das genau?«

Gerald nickte heftig. »Ich weiß es.«

»Hat Fay Collins Sie gesehen?«

»Nein, das glaube ich nicht. Ich möchte beinahe behaupten, daß sie mich nicht gesehen hat.«

»Nun, wie hat sie sich denn verhalten?«

»Wie sie sich verhalten hat? Sie stand ganz einfach an der Ecke und …« Quincey beendete seinen Satz mit einem Schulterzucken.

»Hat sie auf jemanden gewartet?«

Quincey zögerte. »Das weiß ich nicht; vermutlich. Ich habe mir keine Gedanken darüber gemacht.«

»Haben Sie mit irgendeinem Menschen über Ihre Begegnung mit Fay Collins gesprochen?«

»Nein. Fast hätte ich es Edward – Mr. Collins – erzählt, aber ich dachte, vielleicht …«

»Wann sind Sie mit Mr. Collins zusammengetroffen?« schaltete Jeffreys sich ein.

»Gestern vormittag. Eigentlich sollte er mir Unterricht erteilen, aber er hatte sehr schlechte Laune, weil Fay nicht gekommen war. Es war ihr Geburtstag, wissen Sie?«

Yates nickte. »Ich weiß. Warum haben Sie Mr. Collins nichts von Ihrer Begegnung mit Fay am Abend zuvor gesagt?«

Gerald betrachtete seine Schuhspitzen. »Ich – äh – ich war der Ansicht, daß es mich eigentlich nichts anging«, sagte er langsam. »Wissen Sie, Edward und Fay standen nicht allzu gut miteinander, und deshalb nahm ich an, daß sie bei einer Freundin übernachtete.«

»Bei wem, zum Beispiel?«

»Das weiß ich nicht«, sagte Gerald unbestimmt. »Sie kennt so viele Leute hier.«

»Erzählen Sie weiter«, forderte Yates ihn auf.

»Nun, Edward ist ein bißchen sonderbar«, sagte Gerald, dessen Selbstsicherheit zunahm. »Bitte, mißverstehen Sie mich nicht. Ich mag ihn furchtbar gerne. Ich meine, er ist ein erstklassiger Lehrer und so. Aber – nun, wenn man ihm irgendwie verkehrt kommt, wenn man ihn ganz unbeabsichtigt reizt ...«

»Das weiß ich nur zu gut«, sagte der Inspektor trocken. »Mir ergeht es nicht anders mit ihm als Ihnen.«

Konstabler Kent klopfte und trat ein. Sein Gesichtsausdruck war nicht sehr geistreich. Zwischen Daumen und Zeigefinger seiner rechten Hand hielt er einen Schuh. Yates starrte ihn fragend an. »Was, zum Teufel, bringen Sie denn da, Kent?«

Der junge Polizist schüttelte seinen Kopf. »Ich weiß nicht, ob das ein Witz sein soll, Sir – aber dieser Schuh hier war in dem Paket, das ich auf Ihre Anordnung hin geöffnet habe.«

Yates nahm den Schuh und betrachtete ihn. Es war ein gewöhnlicher, schwarzer Halbschuh. Er war ziemlich groß; Yates schätzte ihn auf Größe drei- oder sogar vierundvierzig. Die Verarbeitung ließ auf eine Spezialanfertigung schließen. Er war mit Staub und Schmutz bedeckt.

»Befand sich außerdem noch etwas in dem Paket?« fragte Yates.

»Nein, Sir. Nichts.«

»Wo ist es aufgegeben worden?«

»Das weiß ich nicht, Sir.«

»Bringen Sie mir den Karton, das Papier, die Schnur, alles, was dazugehört«, sagte Yates.

Kent eilte aus dem Büro, und Yates widmete sich wieder der Betrachtung des Schuhes. »Merkwürdig«, murmelte er. Er griff nach dem Gipsabdruck auf dem Schreibtisch und hielt den Schuh dagegen. Er entsprach genau der Größe des Abdruckes.

Später am Nachmittag saß Yates in seinem Büro und tippte den Bericht für den Polizeichef. Wie das bei Polizisten so üblich ist, benutzte er lediglich seine beiden Zeigefinger zum Schreiben.

Yates las den Bericht noch einmal durch und war selbstkritisch genug, um sich einzugestehen, daß sein Geschreibsel nicht sehr aufschlußreich war. Da gab es zu viele Fragezeichen, zu viele Lücken, zu viele unerklärliche Geschehnisse. Tatsächlich war ein Bericht in diesem Stadium der Aufklärung des Mordfalles nichts anderes als pure Zeitverschwendung. Die Tatsachen, die er da mit Hilfe seiner museumsreifen Schreibmaschine aneinanderreihte, würden lediglich dazu beitragen, die ohnehin recht ansehnliche Akte der Mordsache Fay Collins noch weiter anschwellen zu lassen. Gewiß, an Verdächtigen mangelte es keinesfalls. Dafür existierte aber auch kein einziges Indiz gegen einen von ihnen.

Er hatte kein Indiz, keinen Zeugen, keinen Anhaltspunkt, lediglich die Leiche einer schönen jungen Frau, die, soweit er es beurteilen konnte, während der letzten Jahre eine ganze Armee von Freunden und Liebhabern verschlissen hatte.

Yates seufzte. Wenn der Chef einen Bericht erwartete, dann sollte er auch einen haben. Nur zu bald, das wußte er, würden sich die gräßlichen Begleiterscheinungen eines jeden Mordfalles einstellen. Spezialisten aus London würden kommen, die sich mit der Absicht trugen, den Fall vom Schreibtisch aus aufzuklären. Die Zeitungsleute würden immer zudringlicher werden, bis man sie eines Tages beleidigte und sie einen in aller Öffentlichkeit einen Trottel schimpften. Falsche Geständnisse; anonyme Briefe; Männer, die nicht umhinkonnten, darauf hinzuweisen, und Frauen, denen zufällig etwas zu Ohren gekommen war.

Der Inspektor las den Bericht zum zweitenmal durch. Er wurde nicht besser dadurch. Trotzdem gelang es ihm, mit seiner Arbeit einigermaßen zufrieden zu sein. Er setzte zwei Kommas ein, korrigierte zwei Rechtschreibfehler und unterzeichnete den Schrieb. Dann rief er sich ins Gedächtnis zurück, daß sein Zigarettenkonsum seit dem Mord an Fay Collins um fünfzehn Stück am Tag angestiegen war.

Trotzdem konnte er der Versuchung nicht widerstehen, sich die dreizehnte Zigarette an diesem Tage anzustecken. Als er den ersten Zug tat, kam Konstabler Kent herein. Er sagte: »Da ist eine Miss Hastings, die Sie zu sprechen wünscht, Sir.«

»Ist das nicht die Frau aus dem Modesalon?«

»Das ist sie, Sir.«

»Aber ich dachte, sie wäre auf Reisen?«

»Ich weiß nicht, Sir. Im Augenblick steht sie jedenfalls draußen vor der Tür.«

»In Ordnung«, sagte Yates und grinste ein bißchen. »Schikken Sie die Dame herein.«

Marian Hastings konnte nicht viel älter als Dreißig sein. Sie war elegant gekleidet und gab sich sehr selbstsicher und intellektuell. Yates, der eine ganze Menge über Frauen wußte, stufte sie in die Gruppe der gutaussehenden, intelligenten, scharfzüngigen und egozentrischen Mitglieder des »schwachen« Geschlechtes ein. Er fragte sich, warum sie sich mit Alistair Goodman verlobt hatte, und beschloß, daß sie es nur auf dessen Geld abgesehen haben konnte. Undurchschaubar wie immer sagte er: »Ich glaube, wir kennen einander noch nicht, Miss Hastings. Ich bin Kriminalinspektor Yates.«

»Guten Abend, Inspektor.« Ihre Stimme war kultiviert, ihr Tonfall ein wenig zu förmlich. Yates hatte den Eindruck, als fühle sich Miss Hastings trotz ihrer selbstsicheren Art alles andere als wohl in ihrer Haut. Er deutete auf den Besucherstuhl, und sie ließ sich darauf nieder.

Yates stellte ohne großes Interesse fest, daß sie sich nicht zierte, ein Paar besonders wohlgeformter Beine zur Schau zu stellen.

»Ich weiß nicht, ob Sie informiert sind oder nicht«, begann Miss Hastings, »aber ich war verreist. Ich bin erst heute morgen zurückgekehrt.«

»Ich erfuhr es von Ihrem Verlobten, Mr. Goodman«, sagte Yates und setzte sich gleichfalls.

»Erst gestern habe ich von dem Mord erfahren«, sagte Marian Hastings. »Zufällig kaufte ich gestern eine englische Zeitung in Chamonix – ich war völlig erschlagen!«

Yates nickte mitfühlend.

»In der Zeitung war der 7. Januar als ihr – als ihr Todestag angegeben.«

»Das ist richtig. Mittwoch vergangener Woche. Vor sechs Tagen.«

Sie sagte zögernd: »Also, ich habe Fay Collins an dem Abend gesehen, an dem sie ermordet wurde.«

»Sie haben Fay Collins gesehen? Wo denn?«

»Hier – in Littleshaw.«

Yates rauchte seelenruhig seine Zigarette. »Fahren Sie fort, Miss Hastings.«

»Es war Viertel vor neun«, sagte sie. »Ich war mit dem Wagen auf dem Wege nach London. Dort verbrachte ich die Nacht bei einer Freundin und flog am nächsten Morgen nach Venedig.«

»Aha«, sagte Yates. »Bitte, erzählen Sie weiter.«

»Nun, ich sah Fay und winkte ihr zu. Sie stand an der Ecke von der Layton Avenue.«

»Hat Fay Collins sie gesehen?«

»Ja, natürlich. Sie hat zurückgewinkt.«

»War sie alleine?«

Marian Hastings schüttelte ihren Kopf. »Nein. Ein Mann war bei ihr.«

»Kannten Sie ihn?«

»Nein, ich hatte ihn noch nie gesehen.«

»Wissen Sie das ganz genau?«

»Aber ja.«

Yates Finger vollführten einen gedämpften Trommelwirbel auf der Schreibtischplatte. »Würden Sie ihn wiedererkennen, wenn Sie ihm begegneten?«

»Ja«, sagte sie. »Ich denke doch. Um ehrlich zu sein – ich wußte, Sie würden diese Frage stellen, und deshalb habe ich auf dem Weg hierher darüber nachgedacht.«

»Gut«, sagte Yates. »Dann versuchen Sie doch bitte einmal, mir diesen Mann zu beschreiben.«

»Du meine Güte«, sagte Marian Hastings. »Ich weiß nicht, ob ich das zustande bringe. Ich meine, es war eben nur irgendein Mann – er hatte nichts Auffälliges an sich.«

»Es gibt keinen Menschen, der sich nicht irgendwie von den anderen unterscheidet«, drang Yates in sie. »Zunächst einmal – wie groß war er?«

»So um die einsachtzig herum, würde ich sagen.«

»War er glattrasiert, oder trug er einen Bart?«

»Er hatte keinen Bart.«

»Wie alt mag er gewesen sein?«

»Acht- oder Neununddreißig, vielleicht – oder auch Anfang Vierzig. Ich fürchte, Sie können nicht allzuviel mit meiner Beschreibung anfangen, Inspektor. Sicherlich gibt es Millionen Männer wie ihn in England.«

»Daran wage ich nicht zu zweifeln«, lächelte Yates. »Erinnern Sie sich an seine Kleidung?«

Sie überlegte einen Augenblick. »Er trug einen dunklen

Mantel und einen schwarzen Homburg, das weiß ich genau. Auch glaube ich, daß er Handschuhe trug, aber das kann ich nicht mit Sicherheit behaupten. O ja, noch eines – er trug ein Halstuch.«

»Ein Halstuch«, sagte Yates leise. »Ich danke Ihnen vielmals, Miss Hastings.«

›Marians‹ – Marian Hastings Modesalon – lag ein wenig unglücklich eingezwängt zwischen ›Pflug und Egge‹ und einem Süßwarengeschäft in der High Street.

Marian Hastings beschäftigte lediglich eine Gehilfin, Phyllis North, eine hübsche, hohlköpfige und schwatzhafte Brünette. An diesem Vormittag war sie ganz besonders gesprächig.

Phyllis war dabei, ein Abendkleid auf eine Puppe zu stecken. Später wollte sie das Modell ins Schaufenster stellen. Marian hörte nur mit halbem Ohr auf das Geplapper ihrer Assistentin, während sie einen Blumenstrauß von seiner Papierhülle befreite.

Marian nutzte geschickt eine Pause im Redefluß des Mädchens und sagte: »Sei so gut und gib mir eine Zeitung herüber, ja? Dort auf dem Schrank liegen welche.«

Phyllis trat einen Schritt zurück und betrachtete kritisch die elegant gekleidete Puppe. Sie sagte: »Wie steht es mit dem Hut, Miss Hastings? Wollen wir den noch im Schaufenster lassen?«

Marian atmete tief den Duft der Blumen ein. »Ich denke, doch, Phyllis«, sagte sie, ohne den Kopf zu wenden.

»Aber beißt der Hut sich nicht mit dem Abendkleid?«

»Nun, wenn es an dem ist, nehmen wir ihn eben heraus«, meinte Marian.

Phyllis zupfte noch etwas an dem Abendkleid herum und seufzte sehnsüchtig: »Ist es nicht wunderschön? Diese Farbenzusammenstellung! Einfach zauberhaft! Das muß man ihm lassen – er versteht sich aufs Modellieren. Wissen Sie auch, wem dieses Kleid ganz prächtig gestanden hätte? Fay Collins – sie hätte wie eine Königin darin ausgesehen.«

Marian blickte von der Blumenvase auf und lächelte. »Fay konnte anziehen, was sie wollte, sie sah immer zauberhaft aus.«

»Ja, wirklich«, sagte Phyllis nicht sehr geistreich und stand sekundenlang tief in Gedanken versunken. »Wissen Sie, Miss Hastings, ich glaube, sie werden ihn niemals fassen.«

»Wen werden sie niemals fassen?« fragte Marian.

»Den Mörder. Jetzt sind schon vierzehn Tage vergangen. Vater sagt, mit der Polizei ist es ein hoffnungsloser Fall. Die würden noch nicht mal 'nen Schnupfen kriegen, geschweige denn den Mörder.«

Phyllis bedachte die Polizei in ihrer Gesamtheit mit einem verächtlichen Schnauben und machte sich wieder an dem Abendkleid zu schaffen. Sie würde toll darin aussehen, genau die richtige Größe und alles. Dann seufzte sie schicksalsergeben. Ihr augenblicklicher Verehrer verdiente zwar recht ordentlich, aber er hatte eine Schwäche für Windhundrennen.

Marian Hastings ordnete die letzte Blume in den Strauß ein. Ihr Blick fiel auf die Zeitung, die Phyllis für sie auf den Tisch gelegt hatte. Sie las die Überschriften und zuckte plötzlich zusammen. Mit beiden Händen griff sie nach dem Blatt. »Himmel ...!«

»Was gibt es?« fragte Phyllis.

Marian starrte immer noch auf die Zeitung. Phyllis stellte sich hinter sie und blickte ihr über die Schulter.

Die fettgedruckte Überschrift lautete: NEW YORK–LONDON. NEUER REKORD IM PASSAGIERVERKEHR. Darunter war ein Foto, auf dem mehrere Passagiere zu sehen waren, die einer ›Comet‹ der BOAC auf dem Londoner Flugplatz entstiegen. Einer von den Fluggästen war ein großer, schlanker, elegant wirkender Mann Anfang Vierzig. Er trug einen Mantel und einen schwarzen Homburg. Um den Hals trug er ein modisch geschlungenes Halstuch.

Marian faltete die Zeitung zusammen und griff nach ihrem Mantel. »Kümmere dich ums Geschäft, Phyllis«, sagte sie. »Ich habe eine Verabredung.«

»Sind Sie ganz sicher, daß dies der Mann ist, den Sie mit Fay Collins zusammen gesehen haben?« fragte Yates.

»Ganz sicher«, erwiderte Marian.

Yates schob die Zeitung in seine Schublade. »Vielen Dank, Miss Hastings.«

Marian sagte: »Aber wer ist das? Wissen Sie es?«

»Nein«, antwortete Yates. »Aber das werden wir bald herausgefunden haben ...«

Yates verließ den Lift im dritten Stock des Appartementhauses im West End und las das Namensschild an einer der Wohnungstüren. Auf dem Emailleschild stand: Mr. Clifton Morris. Yates legte seinen Finger auf den Klingelknopf.

Ein Bediensteter öffnete augenblicklich, ein schmächtiger, blasser Mann von etwa dreißig Jahren. Er war in eine weiße Hausjacke gekleidet. Dazu trug er schwarze Hosen. Sein »Guten Abend, Sir« klang wie eine Frage.

»Ist Mr. Morris zu Hause?« fragte Yates.

Der Butler zögerte. »Äh – ja. Aber ich fürchte, er kann Sie jetzt nicht empfangen. Er ist sehr beschäftigt ...«

»Wenn er hört, wer ihn besuchen will, wird er alles stehen- und liegenlassen und mich freudig begrüßen«, sagte Yates unverdrossen. »Bitte, informieren Sie Mr. Morris, daß es sehr dringend ist. Mein Name ist Yates – Kriminalinspektor Yates.«

Der Butler trat zur Seite. »Verzeihen Sie, Sir. Bitte, kommen Sie herein, Inspektor.«

Yates befand sich in einem mit unnachahmlicher Eleganz ausgestatteten Wohnzimmer. Mr. Clifton Morris, dachte Yates, ist ein Mann mit einem kostspieligen, aber guten Geschmack.

Clifton Morris kam aus dem Schlafzimmer, und Yates erkannte in ihm sogleich den Mann aus der Zeitung wieder. Sein Alter schätzte er auf zweiundvierzig Jahre. Er sah gut aus.

Morris stand im Begriff, seine Smokingjacke anzuziehen, als

er aus dem Schlafzimmer kam. Zu einem weißen, gestärkten Hemd trug er eine schwarzseidene Fliege. Der sieht zu gut aus, um echt zu sein, dachte Yates.

Der Hausherr trug lederne Pantoffeln an den Füßen, rief dem Butler zu: »Eric, wo, um alles in der Welt, haben Sie denn meine Schuhe gelassen? Ich habe sie schon überall gesucht, aber ...« Als sein Blick auf Yates fiel, verstummte er.

»Der Herr ist ein Inspektor von der Polizei«, erklärte Eric.

Morris schien nicht weiter überrascht. »Ah, guten Abend, Inspektor. Nett von Ihnen, sich so schnell hierherzubemühen.«

Yates sagte: »Guten Abend, Sir.«

»Nun, was gibt es Neues?« fragte Morris. »Haben Sie sie gefunden?«

Yates war verblüfft. »Was soll ich gefunden haben, Sir?«

»Na, die Aktentasche. Was denn sonst?«

»Haben Sie Ihre Aktentasche verloren, Sir?« fragte Yates, der nicht recht wußte, woran er war.

»Ja, natürlich habe ich sie verloren, und meinen Mantel auch. Verloren ist vielleicht nicht der richtige Ausdruck. Sie sind mir heute morgen aus meinem Wagen gestohlen worden. Vor zwei oder drei Stunden habe ich der Polizei den Verlust gemeldet.«

Yates schüttelte verwundert seinen Kopf. »Leider ist mir darüber nichts bekannt, Sir. Mein Name ist Yates – Kriminalinspektor Yates. Ich komme aus Littleshaw.«

Morris lächelte liebenswürdig. »Wir scheinen aneinander vorbeizureden, Inspektor. Ich nahm an, Sie kämen von Scotland Yard wegen dieser Sache mit der gestohlenen Tasche und dem Mantel.«

»Ich habe Sie aus einem anderen Grunde aufgesucht, Sir«, sagte Yates.

»Sagten Sie Littleshaw? In Herfordshire?«

»So ist es, Sir«, sagte Yates. »Kennen Sie den Ort?«

»Ich besitze ein Haus in Birkendale – das liegt etwa zehn Meilen von Littleshaw entfernt.«

Yates nickte. »Ich kenne Birkendale sehr gut, Sir.«

Morris warf einen Blick auf seine Armbanduhr. »Eric«, sagte er. »Nun suchen Sie doch endlich nach den Schuhen!«

Eric verließ fluchtartig den Raum. Morris wandte sich an Yates. »Also, was kann ich für Sie tun, Inspektor?«

Yates blickte Morris prüfend von der Seite an. Er kam zu dem Schluß, den Mann mit Vorsicht zu behandeln. Ein falsches Wort, eine leichtfertige Bemerkung, und Morris war genau der Mann, der ihm großen Ärger bereiten konnte. »Ich bin zur Zeit mit der Aufklärung eines Mordfalles beschäftigt«, sagte er. »Vor vierzehn Tagen wurde ein Mädchen namens Fay Collins in Littleshaw ermordet aufgefunden. Sie wurde erdrosselt.«

»Darüber habe ich einiges gelesen. Die Zeitungen stehen im Augenblick voll davon.«

Yates fragte: »Haben Sie Fay Collins gekannt, Sir?« Er sprach so beiläufig wie Morris.

Der schien überrascht. »Ob ich Fay Collins gekannt ...«

»Ob Sie Fay Collins gekannt haben, Sir. Ganz recht.«

»Aber nein!«

»Sind Sie ihr niemals begegnet? Zu irgendeinem Zeitpunkt?«

»Nicht daß ich wüßte. Jedenfalls erinnere ich mich nicht daran.«

»Wenn Sie ihr jemals begegnet wären, würden Sie sich auch an sie erinnern. Sie war ein bildschönes Mädchen.«

»Mein Beruf bringt mich mit sehr vielen schönen Mädchen zusammen, Inspektor«, sagte Morris.

»Ich wollte, ich könnte von mir dasselbe behaupten«, meinte Yates bedauernd.

Morris lächelte. »Bitte, verstehen Sie mich nicht falsch. Ich bin kein Filmproduzent oder etwas Ähnliches. Aber mir gehören zwei Modejournale, und daher arbeite ich viel mit Modellen.«

»Ich weiß, Sir«, unterbrach ihn Yates. »Ich habe im ›Who's Who‹ nachgeschlagen, bevor ich zu Ihnen kam.«

Morris' Augenbrauen verschoben sich ein wenig nach oben. »Tatsächlich?« fragte er kühl.

»Ja«, sagte Yates. »Ihre zahlreichen Interessen haben mich sehr beeindruckt, Mr. Morris.«

Morris senkte den Kopf. »Sie schmeicheln mir, Inspektor.«

»Sie müssen ein vielbeschäftigter Mann sein«, fuhr Yates im Gesprächston fort.

»Ich bin so beschäftigt, daß ich es sehr begrüßen würde, wenn Sie endlich auf den Grund Ihres Besuches zu sprechen kämen, Inspektor.« Sein Tonfall war nun nicht mehr sehr liebenswürdig. »Was führt Sie zu mir?«

Yates beobachtete Morris zwischen zusammengekniffenen Lidern hervor. Ohne den Blick abzuwenden, zog er die Zeitung aus der Tasche und reichte sie dem Modeverleger. »Haben Sie dieses Bild schon einmal gesehen?«

Morris streifte die Fotografie mit einem flüchtigen Blick. »Ja«, sagte er. »Der dort in der Mitte, das bin ich. Sehr gut getroffen, finden Sie nicht auch? Das Bild ist letzte Woche aufgenommen worden, als ich aus New York zurückkehrte.«

»So ist es«, sagte Yates. »Wie lange haben Sie sich in den Staaten aufgehalten, Mr. Morris?«

»Zwei Wochen.«

»Genau zwei Wochen?«

Morris überlegte einen Augenblick. »Ich bin am 8. Januar von London abgeflogen.«

»Fay Collins wurde am 7. Januar abends ermordet«, sagte Yates mit ruhiger Stimme.

»Tatsächlich?« fragte Morris, der etwas zu augenfällig den höflich Interessierten spielte.

»Ja.«

»Nun, wenn Sie es sagen, dann wird es wohl stimmen, Inspektor.«

»Wo haben Sie sich in der Mordnacht aufgehalten, Sir?« forschte Yates. »In der Nacht vor Ihrem Abflug nach New York?«

»Ich war hier in London. Warum?«

»Können Sie sich daran erinnern, wie Sie den Abend zugebracht haben?«

Morris ließ ein gekünsteltes Lachen hören. »Ich bitte Sie, Inspektor«, sagte er. »Sie werden doch wohl nicht erwarten, daß ich ein genaues Tagebuch führe, nur um der Polizei jederzeit dienlich sein zu können.«

Yates überhörte die spöttische Bemerkung des anderen und setzte erneut zum Angriff an. »Vielleicht wäre es besser, wenn Sie meine Frage so genau wie möglich beantworten würden, Sir.«

Morris nickte nachgiebig. »Gut. Ich werde mich bemühen. Also – ich verließ mein Büro um halb sieben. Ich speiste in meinem Klub und ging anschließend ins Kino.«

»Welches Kino?«

Morris seufzte gequält. »In der Curzon Street.«

»Waren Sie allein?«

»Nun, jedenfalls befand ich mich nicht in Begleitung von Fay Collins, wenn Sie darauf hinauswollen.« Morris lächelte entwaffnend.

Yates erwiderte das Lächeln nicht. »Sind Sie von irgend jemandem in dem Kino gesehen worden?«

Morris feingeschwungene Augenbrauen zogen sich zusammen und bildeten einen Strich. »Hören Sie, Inspektor«, sagte er abweisend. »Dieses Verhör ist weit genug gegangen.« Er deutete auf die Zeitung. »Worum handelt es sich denn überhaupt? Ich habe nichts dagegen, die Polizei nach Kräften zu unterstützen. Aber es gibt da doch Grenzen.«

Yates sagte: »Eine gewisse Marian Hastings behauptet, Sie in Littleshaw gesehen zu haben. Sie unterhielten sich mit Fay Collins an der Ecke High Street und Layton Avenue, am Abend des 7. Januar.« Er schwieg einen Augenblick und fügte dann mit Betonung hinzu: »In der Mordnacht. Miss Hastings hat Sie anhand des Fotos identifiziert.«

»Aber das ist völlig absurd!« rief Morris. »An jenem Abend war ich weder in Littleshaw noch irgendwo in der näheren Umgebung dieser bemerkenswerten Stadt.«

»Miss Hastings scheint ihrer Sache sehr sicher zu sein«, sagte Yates.

»Und wenn sie noch so fest davon überzeugt ist«, erwiderte Morris, »sie irrt. Sie kann mich nicht gesehen haben.«

»Ich verstehe«, sagte Yates. Er ließ die Zeitung wieder in seiner Manteltasche verschwinden.

»Wer ist denn diese Miss Hastings überhaupt?« wollte Morris wissen.

»In der bemerkenswerten Stadt Littleshaw ist sie recht bekannt«, sagte Yates lächelnd. »Sie hat einen Modesalon in der High Street. Außerdem ist sie mit dem Gutsbesitzer Goodman verlobt.«

»Goodman?«

»Ja. Alistair Goodman. Von dem haben Sie sicherlich schon gehört, oder?«

Morris schüttelte seinen Kopf. »Die einzige mir bekannte Person in Littleshaw ist Vikar Nigel Matthews. Wir studierten zusammen in Cambridge.«

Yates nickte. »Den Vikar kenne ich sehr gut. Wie lange ist es her, seit Sie zum letztenmal in Birkendale waren, Sir?«

»Oh, so um die vier Monate, denke ich. Vielleicht auch länger.«

»Sagten Sie nicht, Sie hätten ein Haus in Birkendale?«

»Ja und?« parierte Morris sofort. »Deshalb halte ich mich trotzdem nicht allzuhäufig dort auf. Ich besitze ebenfalls ein Haus in Angmering. Dort lasse ich mich noch seltener sehen.«

»Hm. Vielen Dank, Mr. Morris«, sagte Yates verbindlich. »Bitte, verzeihen Sie die Störung. Nur noch eines, Sir.« Er tippte auf die Zeitung in seiner Manteltasche. »Auf der Fotografie tragen Sie ein Halstuch – das ist auch mit ein Grund dafür, daß Miss Hastings Sie wiedererkannt haben will. Der

Mann, den sie gesehen hat, trug ebenfalls ein Halstuch – eines wie Ihres.«

»So?«

»Würden Sie mir Ihr Halstuch vielleicht einmal zeigen, Sir?«

»Selbstverständlich«, sagte Morris bereitwillig. »Ich gehe und hole es Ihnen.« Er wandte sich ab und ging auf die Tür zu, die in das Schlafzimmer führte. Plötzlich blieb er stehen. »Oh, es tut mir leid, Inspektor – ich fürchte, Sie können sich das Halstuch nicht ansehen. Ich habe es heute nachmittag getragen. Es steckte in der Tasche des Mantels, der mir gestohlen wurde.«

»Ist nicht weiter schlimm«, sagte Yates.

Eric betrat das Wohnzimmer mit einem Paar Lackschuhe in der Hand. Über dem Arm trug er einen dunklen Mantel. In der anderen Hand hielt er einen schwarzen Homburg. Als das Telefon klingelte, legte er alles aufs Sofa.

Eric sagte: »Park 4322 …« Er hörte einen Augenblick zu und gab dann den Hörer an Morris weiter. »Die Polizei, Sir.«

Während Morris telefonierte, griff Yates nach einem der beiden Schuhe und betrachtete ihn eingehend. Größe 43 oder 44, schätzte er. Er stellte den Schuh wieder zu dem anderen und hörte dem Gespräch zu.

Morris sagte: »Ausgezeichnet! Recht herzlichen Dank … und wie steht es mit dem Feuerzeug? … O ja. Ich verstehe … Ich werde die Aktentasche in einer viertel Stunde abholen … Nebenbei – wo haben Sie die Tasche gefunden? … Wie seltsam … Nochmals vielen Dank … Auf Wiederhören.«

»Anscheinend hat sich Ihre Aktentasche wieder angefunden«, meinte Yates.

»Ja«, sagte Morris. »Ein Schüler hat sie vor zwanzig Minuten im Regent Park gefunden.«

»Und wie steht es mit dem Mantel?«

»Ich fürchte, den hat der Dieb behalten.«

»Wie sind Ihnen denn diese Sachen überhaupt abhanden gekommen, Sir?« fragte Yates.

»Ich mußte zu einer Konferenz«, erklärte Morris. »Weil ich mich bereits verspätet hatte, warf ich die Tasche und den Mantel in aller Eile auf den Rücksitz des Wagens. Ich telefonierte nur, und als ich zurückkam, waren die Sachen verschwunden. Der Mantel ist mir völlig einerlei, aber mein Feuerzeug steckte darin.« Er blickte wieder auf seine Armbanduhr. »Wenn Sie mich nun bitte entschuldigen wollen – ich habe eine Verabredung um acht Uhr, und ich werde ohnehin bereits zu spät kommen.« Er zog sich die Schuhe an.

»Ich verstehe, Sir«, sagte Yates. »Nochmals vielen Dank und guten Abend.«

Morris richtete sich auf. »Ich bedaure, Ihnen nicht weiterhelfen zu können«, sagte er.

»Oh, ganz im Gegenteil«, widersprach Yates. »Das Gespräch mit Ihnen war außerordentlich aufschlußreich.«

Als Yates auf die Tür zuging, sagte Morris leise: »Ach, Inspektor …«

Yates blickte zurück.

Morris stellte einen Fuß auf den Stuhl und tippte mit dem Zeigefinger auf den glänzenden Schuh. »Diese hier sind mir ein bißchen zu eng«, sagte er mit der Andeutung eines Lächelns. »Im allgemeinen trage ich Größe 44.«

»Vielen Dank, Mr. Morris«, sagte Yates freundlich. »Das werde ich mir merken. Gute Nacht, Sir. Ich finde alleine hinaus.«

Als Yates gegangen war, wandte sich der Butler an Morris und sagte in besorgtem Tonfall: »Es tut mir aufrichtig leid, Sir. Ich war der festen Überzeugung, er wäre wegen der Aktentasche gekommen.«

»Das macht nichts, Eric«, sagte Morris gleichgültig. Er richtete sich auf, und Eric half ihm in den Mantel. »Gegen elf Uhr werde ich wieder hier sein. Sollte irgend etwas Wichtiges sein, so können Sie mich im Restaurant erreichen.«

»Sehr wohl, Sir. Sie meinen doch das Lokal in der Dover Street, nicht wahr?«

»Richtig«, sagte Morris. »Die Nummer steht im Telefonbuch. Le Lavencher ...«

3

Nur wenn Edward Collins allein vor seinem Flügel saß, gelang es ihm, sich etwas zu entspannen. Am Morgen des 1. Februar jedoch konnte nicht einmal Beethoven ihn von seiner niederdrückenden Stimmung befreien.

Die Zeiger der Uhr standen auf Viertel vor elf, doch Edward war immer noch im Schlafanzug, über den er lediglich einen Hausmantel gezogen hatte. Sein Haar war zerwühlt, er hatte sich nicht rasiert, und die dunklen Ringe unter seinen Augen stachen noch deutlicher hervor als sonst. Er nippte an der Kaffeetasse, die auf dem Flügel stand, und schob sie mit einer Grimasse beiseite. Der Kaffee war lauwarm. Er überlegte, ob er Mrs. Lloyd um eine neue Tasse bitten sollte, besann sich jedoch eines Besseren. Erst vorhin hatte er ihren Zorn hervorgerufen, als er ihrer Aufforderung zum Frühstück mit übellauniger Ablehnung begegnete.

Edward steckte sich eine neue Zigarette zwischen die Lippen und schlug ein paar dröhnende Akkorde an. Das schrille Läuten des Telefons war eine äußerst unwillkommene Begleitmusik dazu. Edward schlug den Deckel mit lautem Knall zu und ging zum Telefontisch hinüber. Gerald Quincey betrat das Zimmer in dem Augenblick, als er den Hörer an sein Ohr hob. Edward knurrte ungehalten, als er den Violinkasten unter dem Arm des Jünglings entdeckte, und drehte ihm kurzerhand den Rücken zu. »Hallo! ... hier ist Littleshaw 134!« brüllte er in das Telefon.

Inspektor Yates meldete sich. »Mr. Collins?«

»Am Apparat«, bellte Collins, als wolle er den anderen zwingen, sogleich erschrocken aufzulegen.

»Hier ist Yates. Guten Morgen, Sir.«

»Morgen. Was kann ich tun für Sie?«

»Bitte, entschuldigen Sie die Störung, Sir«, sagte Yates. Es klang ganz und gar nicht bedauernd. »Ich war gestern abend in London und traf dort zufällig einen alten Freund Ihrer Schwester – einen gewissen Mr. Clifton Morris.«

»Clifton Morris?« Collins wiederholte den Namen, als spräche er von einer Kreuzotter.

»Ganz recht, Sir. Er war doch mit Ihrer Schwester befreundet, oder nicht?«

»Das weiß ich nicht«, sagte Collins. »Ich höre den Namen zum erstenmal.«

Yates schien überrascht. »Tatsächlich?«

»Ich habe es doch gerade eben gesagt!«

»Nun, in dem Fall entschuldigen Sie bitte vielmals die Störung«, sagte Yates. »Auf Wiedersehen, Sir.«

Collins starrte finster auf den Hörer, bevor er ihn auf die Gabel zurücklegte. Plötzlich machte er auf dem Absatz kehrt und richtete den Blick mit solcher Abneigung auf Gerald Quincey, daß dem armen Burschen die Knie weich wurden.

»Es tut mir furchtbar leid, Edward«, sagte Gerald. »Bitte, verzeihen Sie mir.«

Edward zog fragend die Augenbrauen in die Höhe. »Was soll ich verzeihen?«

Gerald trat von einem Fuß auf den anderen. »Mein Zuspätkommen.«

»Aber Sie bessern sich ganz entschieden«, sagte Edward. »Letzten Dienstag kamen Sie zwanzig Minuten zu spät. Heute ist es nur eine viertel Stunde!«

»Ich weiß«, stammelte Gerald. »Aber als ich schon unterwegs war, fiel mir plötzlich ein, daß ich in der Bibliothek noch die Bücher meiner Mutter umtauschen mußte, und als ich ins Haus zurückkehrte, war die Uhr bereits …«

Es gibt Leute, die eine Entschuldigung, sei sie auch noch so erbärmlich, stets bedingungslos akzeptieren. Edward Collins gehörte keinesfalls zu diesen Menschen. »Sagen Sie, Gerald«, unterbrach er den jungen Mann in eisigem Tonfall, »warum spielt sich dieses blödsinnige Techtelmechtel zwischen Ihnen, Ihrer Mutter und der Bibliothek eigentlich ausgerechnet immer dienstags und freitags ab?«

»Das kann ich Ihnen beim besten Willen auch nicht erklären«, gestand Gerald. Mit einem Edward Collins in dieser Stimmung konnte er es nie und nimmer aufnehmen.

»Wie wär's denn, wenn Sie das einmal klären würden?« schlug Collins vor.

»Es tut mir wirklich schrecklich leid, Edward«, sagte Gerald. Diese Quälerei mußte doch einmal ein Ende nehmen.

Collins wechselte tatsächlich das Thema. »Was wollen wir denn heute morgen durchgehen? Den Paganini?«

Gerald griff erleichtert nach dem rettenden Strohhalm. »Ja, das wäre fein.«

»Dann würde ich allen Ernstes vorschlagen anzufangen.«

Gerald legte seinen Geigenkasten auf den Flügel und öffnete ihn. Edward hantierte mit einigen losen Notenblättern herum. Gerald konnte seiner Neugierde nicht widerstehen und fragte: »War das Inspektor Yates, mit dem Sie gerade telefoniert haben?«

»Ja«, brummte Edward.

»Hat er womöglich von einem Mann namens Clifton Morris geredet?«

»Das hat er wirklich«, sagte Edward. »Wie kommen Sie darauf?«

»Ach, ich weiß nicht«, sagte Gerald. »Es ist nur – ich habe den Namen irgendwann schon einmal gehört.«

»So?«

»Ich bin fest davon überzeugt. Ist er nicht Musikverleger oder so etwas Ähnliches?«

»Das weiß ich nicht«, sagte Edward im Tonfall eines Mannes, der das Thema zu wechseln wünscht.

Gerald jedoch war hartnäckig. »Ich glaube mich ganz bestimmt darauf zu besinnen, daß Clifton Morris ein Musikverleger ist.«

»Und ich glaube mich ganz bestimmt darauf zu besinnen, daß Sie zu mir gekommen sind, um das Geigenspielen zu erlernen«, sagte Collins voller Ungeduld. »Wollen wir endlich beginnen?«

Gerald griff hastig nach seinem Geigenkasten. »Aber ja, Edward. Entschuldigen Sie bitte.«

Edward seufzte gequält, und Gerald öffnete den Kasten. Er nahm die Violine heraus und legte sie auf den Flügel. Danach stand er bewegungslos und starrte verwundert in den geöffneten Behälter. Er schluckte ein paarmal, als wollte er sprechen, doch kein Laut kam über seine Lippen.

»Was, zum Teufel, ist denn nun wieder los? Was gibt es denn da zu starren?« fragte Collins.

Gerald antwortete nicht. Er zog ein buntgemustertes Seidentuch aus dem Geigenkasten. Er ließ das Halstuch kurz durch die Finger gleiten und stammelte dann: »Wie ... wie ... Das begreife ich nicht ...«

»Gehört es Ihnen?« fragte Collins brüsk.

»Nein«, erwiderte Gerald nach einer Weile. »Nein, meines ist es nicht ...«

»Vermutlich ist es nicht von Wichtigkeit«, sagte Collins. »Aber ich erinnerte mich an das Telegramm, in dem von einem Halstuch die Rede war, sowie an den Bericht des Polizeiarztes, demzufolge sie mit einem Schal oder Seidenhalstuch erdrosselt wurde. Hoffentlich habe ich recht gehandelt, indem ich Sie herbitten ließ, Inspektor.«

»Ganz gewiß, Sir«, sagte Yates. Nachdenklich strich er mit den Fingern über das glatte Gewebe des Halstuches.

Gerald Quinceys Augen weiteten sich. »Fay mit einem Halstuch erdrosselt?« rief er. »Ist das wahr, Inspektor?«

Yates nickte. »Entweder mit einem Halstuch oder mit einer Seidenschärpe. Sie behaupten, dieses Tuch noch nie gesehen zu haben? Und es befand sich nicht im Geigenkasten, als Sie sich auf den Weg zu Mr. Collins machten?«

»Ganz bestimmt nicht«, sagte Gerald.

»Wohin sind Sie von Ihrem Hause aus gegangen?« fragte Yates. »Sind Sie sofort hierhergekommen?«

»Na ja, das hatte ich vor«, sagte Gerald und streifte Collins mit einem zerknirschten Seitenblick. »Dann fiel mir ein, daß ich die Bücher meiner Mutter noch nicht umgetauscht hatte, und ich fuhr zuerst zur Bücherei.«

»Und danach?«

»Danach fuhr ich zurück nach Hause, brachte meiner Mutter das Buch und machte mich auf den Weg zu Edward.«

»Wie lange haben Sie sich in der Bibliothek aufgehalten?«

»Fünf Minuten, schätze ich. Gewiß nicht länger.«

»Und wo befand sich der Geigenkasten während dieser Zeit?« fragte Yates.

»In meinem Wagen – ich hatte ihn auf dem Parkplatz abgestellt.«

»Ist Ihnen ein Bekannter begegnet?«

Gerald überlegte einen Augenblick. »Ja, ich habe Mr. Goodman gesehen«, sagte er.

»Sie meinen Alistair Goodman von der Kingsbury Farm?«

»Ja.«

»Und wo haben Sie ihn gesehen?«

»Er fuhr gerade vom Parkplatz, als ich ausstieg«, sagte Gerald.

»Hat er Sie angesprochen?«

»O ja. Das tut er immer.« Gerald grinste. »Jedesmal sagt er dasselbe: ›Immer noch am Fiedeln, Gerald?‹«

»Ist Ihnen sonst noch jemand begegnet?«

»Nein. Doch – ich habe den Vikar gesehen – Mr. Matthews.«

»Wann war das?«

»Als ich von der Bücherei zurück nach Hause kam. Er ging gerade. Er hatte meine Mutter besucht.«

Yates rieb sich nachdenklich das Kinn. »Und als Sie nach Hause kamen – mit dem Buch –, haben Sie doch sicherlich Ihren Geigenkasten so lange im Wagen gelassen, nicht wahr?«

»Ja, das stimmt. Ich war ja nur eine Minute im Haus.«

»Vielen Dank, Gerald«, sagte Yates. Er wandte sich an Edward. »Ich bedanke mich für Ihren Anruf, Sir.«

Collins wies auf das Halstuch auf dem Tisch. »Was wollen Sie damit tun? Wollen Sie Scotland Yard damit beglücken?«

»Schon möglich, Sir«, sagte Yates. Er nickte den beiden Männern zu und ging hinaus.

Jill, die bessere Hälfte des sorgengeplagten Inspektors, war in der Küche beschäftigt, als Yates sein Heim betrat. Es duftete nach frischem Toast. Jill hatte das Weißbrot auf gut Glück geröstet, denn in diesen Tagen war es höchst ungewiß, wann und ob überhaupt der Herr Gemahl zum Essen nach Hause kommen würde.

Er rief »'n Abend, Liebling!« durch die angelehnte Küchentür und begab sich sofort in sein Arbeitszimmer, wo er sich an seinen Schreibtisch setzte, ›Gerald ehrlich überrascht über Halstuch in seinem Geigenkasten‹ in sein Notizbuch schrieb und sich auf seinem Stuhl zurücklehnte, um auf den Tee zu warten, den seine Frau ihm bringen sollte.

»Was hast du für einen Tag gehabt?« fragte sie, als sie hereinkam.

»Es geht. Ich renne immer noch im Kreis herum, ohne etwas zu erreichen.«

Yates griff nach dem warmen Toast und bestrich ihn mit Leberwurst. Plötzlich sagte er: »Jill, wenn du jemanden umgebracht hättest – wenn du jemanden mit einem Halstuch erdrosselt hattest – was würdest du damit anfangen?«

Jill lächelte. Sie hatte es gern, wenn Harry einen Fall mit ihr durchsprach. »Mit dem Halstuch?«

Yates nickte und schlürfte seinen Tee.

»Nun, ich würde versuchen, es so schnell wie möglich loszuwerden«, entgegnete seine Frau. »Bestimmt würde ich keinen großen Wert darauf legen, meinen Hals damit warm zu halten.«

»Auf welche Art würdest du dich von dem Tuch trennen?«

»Vermutlich würde ich es verbrennen«, meinte Jill.

»Natürlich würdest du es verbrennen«, sagte Yates. »Genau wie ich. Jeder halbwegs intelligente Mensch würde so handeln. Nicht so dieser verdammte Kerl – o nein! Dafür ist er viel zu gerissen. Er versteckt es in einem Geigenkasten, weil er genau weiß, daß es dort innerhalb von wenigen Stunden gefunden wird.«

»Sind das nicht etwas voreilige Schlüsse, die du da ziehst?« fragte Jill.

»Wie meinst du das?«

»Vielleicht handelt es sich gar nicht um das Halstuch, nach dem du suchst.«

Yates seufzte. »Doch, es ist das Tuch. Ich habe es Marian Hastings gezeigt. Sie hat es identifiziert.«

»Sie könnte sich geirrt haben«, gab Jill zu bedenken. »In dem letzten Hut, den sie mir verkauft hat, hat sie sich auch geirrt.«

»In diesem Fall dürfte ein Irrtum ausgeschlossen sein«, meinte Yates und grinste über den typisch weiblichen Vergleich. Er blickte zur Tür, die geöffnet wurde. »Da kommt Jeff. Wollen mal hören, was die Leute vom Laboratorium dazu meinen.«

Jeffreys kam herein. Er trug seinen Mantel über dem Arm und eine Aktentasche in der Hand. Jill sagte: »Sie sehen aus, als könnten Sie eine Tasse Tee gebrauchen.«

»Und ob!« rief der Sergeant. »Ich könnte einen ganzen Eimer voll Tee vertragen!« Jill eilte in die Küche, und Yates fragte: »Was ist geschehen?«

»Ich habe mit einem Burschen namens Osborne verhandelt«, sagte Jeffreys.

»Ein kleines Kerlchen mit einer dunklen Brille und Waliser Akzent?«

»Das ist er.«

Yates nickte zustimmend. »Der ist gut. Arbeitet schon jahrelang im Labor. Was hat er gesagt?«

Jeffreys öffnete die Aktentasche und zog das Halstuch heraus. »Es besteht kein Zweifel, Harry, der Mörder hat dieses Tuch benützt. Osborne hat mehrere Haare daran gefunden und etwas Gesichtspuder. Die Haare stammen vom Kopf des toten Mädchens.«

»Gut. Wir machen Fortschritte.«

Jill brachte eine zweite Tasse. Jeffreys nippte vorsichtig an der dampfenden, goldbraunen Flüssigkeit.

»Nun«, sagte Yates, »nachdem Sie sich den ganzen Vormittag im Labor herumgetrieben haben, werden Sie den Nachmittag sicherlich sehr nutzbringend verwendet haben, nicht wahr? Was haben Sie angestellt? Sind Sie ins Kino gegangen?«

Jeffreys warf dem Inspektor einen vorwurfsvollen Blick zu. »Trauen Sie mir so etwas zu?«

»Ohne weiteres«, lächelte Yates. »Solange Sie davon überzeugt sind, daß Ihnen niemand auf die Schliche kommt.«

»Jedenfalls bin ich nicht ins Kino gegangen«, sagte Jeff und erwiderte das Lächeln. »Statt dessen habe ich das Geschäft, in dem man ein Halstuch wie jenes erstehen kann, besucht. Sehr feudaler Laden – Briggs & Howland in der Bond Street.«

»Und?«

»Leider konnte ich nicht allzuviel erfahren. Dieses Halstuch stammt offensichtlich aus Italien – es gehört nicht zu den Tüchern, die sie für gewöhnlich auf Lager haben. Unglücklicherweise ist der Verkäufer, der mir Näheres sagen könnte, im Augenblick nicht im Geschäft zu erreichen – er hat Grippe oder so etwas Ähnliches. Aber ich habe seine Adresse. Er wohnt ganz in der Nähe des Geschäftes.«

»Haben Sie die Leute nach Clifton Morris gefragt?«

Jeffreys nickte. »Mit Auskünften über ihre Kunden sind diese Burschen sehr zurückhaltend. Immerhin waren sie der Ansicht, daß ein Mr. Clifton Morris durchaus zu ihrem Kundenkreis gehören könnte. Aber mit Sicherheit könnten sie das nicht sagen.«

»Und dann?« fragte Yates.

Jeffreys trank von seinem Tee. »Dann bin ich zum Polizeirevier in der Savile Row gegangen.« Er schwieg und blätterte in seinem Notizbuch. »Morris hat sich zum erstenmal Dienstag abend mit ihnen in Verbindung gesetzt. Wegen des Mantels und wegen der Aktentasche. Seitdem hat er wiederholt angerufen und nach seinem Feuerzeug gefragt.«

»Hat er das Halstuch erwähnt?«

»Nein«, sagte Yates. »Anscheinend geht es ihm nur um das Feuerzeug.«

Jeffreys wurde von dem hartnäckigen Geklingel der Türglocke unterbrochen. »Erwartest du jemanden, Harry?« fragte Jill.

»Nein«, sagte Yates, und Jill ging, um den späten Gast einzulassen. Yates wandte sich an seinen Kollegen. »Jeff, mit wem haben Sie auf der Revierwache gesprochen?«

»Mit Inspektor Rowland. Netter Bursche. Er hat versprochen, uns Bescheid zu geben, sobald man den Mantel findet.«

»Gut«, murmelte Yates.

Jill machte ein leicht verwundertes Gesicht, als sie wieder hereinkam. »Harry, Mr. Hopedean ist hier und möchte dich sprechen.«

»Hopedean?« fragte Yates überrascht.

»Das ist dieser Kunstmaler«, bemerkte Jeffreys. »Der Bursche, der mit Fay Collins befreundet war.«

»Er sagt, er müsse dringend mit dir persönlich sprechen«, erklärte Jill. »Wenn es jetzt nicht ginge, wolle er später wiederkommen. Aber ich glaube, du solltest dich gleich um ihn kümmern. Er ist reichlich aufgeregt.«

»In Ordnung«, sagte Yates. »Jeff, sag ihm, er soll hereinkommen.«

Jeffreys verschwand, und Yates griff nach der Hand seiner Frau. »Laß uns allein mit ihm, Liebling. Ich habe so ein Gefühl, als wäre das bevorstehende Gespräch nur für Männerohren bestimmt.«

»Oh, hast du das?« fragte Jill spitz. »Dafür scheint dir jedes Gefühl für deine Familie abzugehen. Hast du vergessen, daß dieser Abend dein freier Tag sein soll?«

»Ich muß dauernd daran denken«, murmelte Yates und mimte schlechtes Gewissen. »Sobald ich den Mann hinauskomplimentiert habe, rufe ich dich wieder herein.«

»Heißen Dank, mein teurer Gatte«, flötete Jill. »Dann werde ich gesprungen kommen und die Aschenbecher leeren.«

»So ist es recht«, lächelte Yates. »Trag's mit Humor. Sicherlich wird es nicht allzulange dauern.«

»Das möchte ich auch geraten haben«, sagte Jill hintergründig.

Auf den ersten Blick machte John Hopedean durchaus den Eindruck eines gutaussehenden Mannes Anfang Fünfzig, der sein üppiges graues Haar ein wenig länger trug, als es unter Männern im allgemeinen üblich ist. Sein Anzug wirkte ein bißchen lässig, war jedoch erstklassig geschneidert. Die locker gebundene Fliege aus rotem Samt und das seidene Taschentuch in der Brusttasche standen ihm – im Gegensatz zu anderen Männern, die dadurch affektiert gewirkt hätten – ausgezeichnet zu Gesicht. Doch trotz dieser eindrucksvollen äußerlichen Aufmachung schien es dem Inspektor, als fühle sich der Künstler ganz und gar nicht wohl in seiner Haut. Yates und Hopedean schüttelten einander die Hand. Den Sergeanten bedachte der Kunstmaler mit einem kurzen Nicken und den Worten: »Wir kennen uns bereits.«

Yates fragte ohne lange Umschweife: »Was kann ich für Sie tun, Sir?«

Hopedean zog einen Brief aus der Innentasche seines Jacketts und gab ihn dem Inspektor. »Lesen Sie das!« sagte er indigniert.

Die Handschrift auf dem Umschlag war die eines ungebildeten Menschen. Für den Namen und die Anschrift hatte der Absender einen Kugelschreiber benützt. Yates entnahm dem Kuvert einen einzelnen blauen Briefbogen.

Yates las mit halblauter Stimme: »Du schmutziger Mörder. Wenn du glaubst, du kommst ungestraft davon …« Er hörte auf zu lesen und warf Hopedean einen verwunderten Blick zu. »Das ist aber ein sehr unfreundlicher Brief, Sir, um mich gelinde auszudrücken.«

»Das ist nicht der erste dieser Sorte«, sagte Hopedean. »Ich habe davon schon mindestens ein halbes Dutzend bekommen.«

»Mit dem gleichen Wortlaut?« fragte Yates.

»Mehr oder weniger. Einige waren nicht ganz so schlimm; andere – wenn das überhaupt noch möglich ist – waren noch krasser abgefaßt.« Hopedean schüttelte seinen Kopf, als wolle er sich von einer lästigen Erinnerung befreien. Er fuhr fort: »Ich bin auch mehrmals angerufen worden. Gestern abend zum Beispiel meldete sich ein merkwürdiges Frauenzimmer am Apparat.«

»Was hat sie gesagt?«

»Nun, so ziemlich die gleichen Dinge, die in dem Brief stehen – ›gemeiner Mörder, Würger‹ … Inspektor, zuerst habe ich mich nicht groß darum gekümmert, aber jetzt beginnt meine Frau, sich zu sorgen und, offen gestanden, es fängt allmählich an, mir auf die Nerven zu gehen.« Hopedean holte tief Luft und blickte den Inspektor erwartungsvoll an.

»Das ist nur zu begreiflich, Sir«, murmelte Yates. »Haben Sie die anderen Briefe mitgebracht?«

Hopedeans Nasenflügel bebten voller Abscheu. »Selbstverständlich nicht. Für Schmutz dieser Art gibt es nur eins – das Feuer. Ich habe sie alle verbrannt.«

Yates wies auf den Brief in seiner Hand. »Wann ist dieser eingetroffen?«

»Heute morgen«, sagte Hopedean. »Dieser Brief war zugleich an mich und an meine Frau adressiert, und deshalb ist er unglücklicherweise ...«

»... Ihrer Frau in die Hände gefallen«, ergänzte Yates und lächelte mitfühlend.

»Hm, ja«, sagte Hopedean mit saurer Miene. »Sie wissen ja, wie Frauen sind.«

»Das weiß ich, Sir«, meinte Yates. Und ein wenig boshaft fügte er hinzu: »Und Sergeant Jeffreys hier, der weiß es auch.«

Jeffreys sagte: »Kann ich den Brief mal sehen, Inspektor?«

Yates reichte ihm den zerknitterten Bogen.

Jeffreys studierte die Handschrift eine Weile. »Das scheint mir die Handschrift einer Frau zu sein«, erklärte er schließlich. »Hm ... aufgegeben in Hampstead gestern morgen.« Er wandte sich an Hopedean. »Sie haben natürlich keine Ahnung, von wem dieses Schreiben stammen könnte, nicht wahr?«

»Keinen Schimmer«, sagte Hopedean mit Nachdruck.

»Und die Stimme am Telefon kam Ihnen auch nicht bekannt vor?« fragte Yates.

Hopedean schüttelte seinen Kopf. »Leider nicht. Das Gespräch dauerte nur ein paar Sekunden – das war mehr als genug.«

»Ganz recht, Sir«, murmelte Yates. Er deutete auf einen Sessel. »Bitte, nehmen Sie doch Platz.«

Hopedean ließ sich schwerfällig in den Sessel sinken. Er fuhr sich mit der Hand durch die Künstlermähne. »Sie werden verstehen, Inspektor«, sagte er, »daß diese ganze Geschichte mir äußerst unangenehm ist.«

»Selbstverständlich, Sir«, pflichtete Yates ihm mit ernster Stimme bei. »Und nun sagen Sie mir bitte, was ich in dieser Angelegenheit unternehmen soll. Möchten Sie, daß ich versuche, den Absender ausfindig zu machen?«

»Im Grunde genommen ist es mir völlig einerlei, wer mir die Briefe ins Haus schickt«, sagte Hopedean verdrossen. »Ich will nur, daß sie endlich damit aufhören.«

»Das zu erreichen, dürfte nicht ganz einfach sein, Sir«, meinte Yates. Er hielt den Brief sekundenlang gegen das Licht. »Letzten Endes ist so etwas ganz und gar nicht ungewöhnlich.«

»Ein ganz alltäglicher Fall, natürlich, Inspektor«, sagte Hopedean schneidend. »Was mir die Angelegenheit aber nicht weniger unerträglich erscheinen läßt.«

»Sie wären überrascht, wenn Sie wüßten, wie viele Menschen solche anonymen Schmähbriefe erhalten«, fuhr Yates fort. »Ich selber habe bereits welche bekommen.«

»Das tut nichts zur Sache«, sagte Hopedean irritiert. »Diese Briefe beunruhigen mich keinesfalls, nicht mich persönlich. Es ist nur ...«

»Sie wirken aber doch recht beunruhigt, Sir«, bemerkte Yates.

Hopedean beugte sich unversehens vor. »Inspektor, ich will ganz aufrichtig mit Ihnen reden.«

»Das würde ich sehr begrüßen, Sir«, murmelte Yates. Sein aufmerksamer, durchdringender Blick wich keinen Augenblick von dem geröteten Gesicht seines Gegenübers.

»Die Sache liegt so«, begann Hopedean zögernd. »Nun – äh – ich weiß nicht, wie ich es ausdrücken soll.«

Yates erwiderte nichts und wartete.

Plötzlich kamen die Worte in rascher Folge. »Inspektor, ich habe wegen dieser Fay Collins bereits einen Zusammenstoß mit meiner Frau gehabt, und ich will auf keinen Fall, daß es noch einmal dazu kommt.«

»Aber Miss Collins ist doch tot, Sir«, gab Jeffreys zu bedenken.

»Einen Moment, Jeff.« Yates hob seine Hand. »Wann haben Sie denn diesen Zusammenstoß – wie Sie es nennen – mit Ihrer Frau gehabt?«

Hopedean zögerte wieder. Offensichtlich bereute er bereits, dieses Thema überhaupt angeschnitten zu haben. Vielleicht, dachte Yates zynisch, kommt doch noch etwas Vernünftiges hierbei heraus, eine Spur, ein Anhaltspunkt. Zumindest erfahren wir einiges über das Privatleben des Mr. Hopedean – und vielleicht auch der toten Fay Collins.

Hopedean sagte nach längerer Pause: »Vor etwa einem Jahr.«

»Und wie ging das vor sich?« fragte Yates.

»Meine Frau verließ mich.«

Yates nickte. »Und danach?«

Hopedean zuckte hilflos mit den Schultern. »Nun, sie ging ganz einfach auf und davon, das ist alles.«

»Ich nehme doch an«, sagte Yates vorsichtig, »daß Ihre Frau Sie verlassen hatte, weil sie glaubte, Sie hätten eine Affäre mit dieser Fay Collins.«

Hopedean zupfte nervös an seiner Fliege. »Ja, das war wohl der Grund.«

»Und entsprach diese Vermutung Ihrer Gattin den Tatsachen?« fragte Yates unbekümmert.

Hopedeans ausdrucksvolles Gesicht überzog sich mit dunkler Röte. »Wirklich, Inspektor«, sagte er hölzern, »die Frage finde ich äußerst – äh – unpassend.«

»Es ist nicht immer ganz einfach, im Verlaufe der Untersuchung eines Mordfalles den guten Ton zu wahren«, sagte Yates.

»Nun, es war nichts Wahres daran«, murmelte Hopedean mit gekränkter Miene. »Ich war – mit Fay befreundet, das stimmt. Wir waren sehr gute Freunde, das kann man wohl sagen. Uns verband viel Gemeinsames. Aber wir hatten kein Liebesverhältnis miteinander.«

»Schon gut, Sir, schon gut«, sagte Yates. »Schließlich sind wir beide Männer von Welt, und Ihre Freundschaft mit Fay Collins gehört nicht zur Sache. Aber da Sie nun schon einmal hier sind, hätte ich gerne noch eine Frage beantwortet.«

»Und die wäre?« fragte Hopedean, wachsam wie ein Kettenhund.

»Wenn ich mich recht besinne, haben Sie Sergeant Jeffreys

erklärt, Sie hätten Fay Collins im August vergangenen Jahres zum letztenmal gesehen.«

»Das ist richtig«, sagte Hopedean.

»Das war kurz vor ihrem Umzug nach London, nicht wahr?«

Hopedean nickte. »Ja.«

»Mit anderen Worten«, sagte Yates gedehnt, »Sie haben Miss Collins nie mehr zu Gesicht bekommen, nachdem sie aus Littleshaw fortgezogen war?«

Hopedean zögerte einen Augenblick. »Äh – ja, so ist es, Inspektor.«

Die Augen des Inspektors blickten scharf und durchdringend, doch seine Stimme hatte nichts von ihrer Freundlichkeit verloren, als er fragte: »Und Sie sind kein einziges Mal mit ihr in der Stadt zusammengetroffen?«

»Nein.«

»Sie haben Fay Collins niemals in ihrer Wohnung besucht?«

Dieses Mal zögerte Hopedean noch auffälliger. »Nein, das habe ich nicht.«

»Ich möchte, daß Sie dessen ganz sicher sind, Sir«, drängte Yates.

Hopedeans Blick wanderte von Yates zu Jeffreys und wieder zurück. Sie trugen beide den gleichen Gesichtsausdruck zur Schau – höflich, erwartungsvoll. Diese verheirateten Romeos in den besseren Jahren gleichen einander aufs Haar, dachte Yates nachsichtig. Sie wollen von beiden Seiten das Beste. Mr. John Hopedean war ohne Zweifel ein Experte auf diesem Gebiet.

»Genaugenommen«, sagte Hopedean vorsichtig, »– ich habe Fay vor etwa sechs Wochen in ihrer Wohnung besucht. Ich war mit einigen Arbeiten nach London gefahren, die ich für Zeitschriften angefertigt hatte. Dabei traf ich sie zufällig, als ich aus einem Café kam.«

»Erzählen Sie weiter«, ermunterte Yates den Kunstmaler.

»Nun, sie lud mich zu sich in ihre Wohnung ein. Wir leerten

ein paar Gläser zusammen und haben uns etwa eine halbe Stunde lang angeregt miteinander unterhalten.«

»Was für einen Eindruck machte Fay Collins auf Sie? War sie niedergeschlagen? Litt sie unter Depressionen?«

»Ganz im Gegenteil«, sagte Hopedean. »Sie war bei bester Laune und machte den Vorschlag, wir sollten gemeinsam essen gehen. Wir ließen uns im ›Le Lavencher‹ einen Tisch reservieren.«

»Im ›Le Lavencher‹?« fragte Yates.

»Ja; das ist ein Restaurant in der Dover Street. Es ist recht bekannt – eine Menge Theaterleute verkehren dort. Na, ich war jedenfalls wie verabredet um ein Uhr dort, aber zu meiner Überraschung fand ich lediglich eine Nachricht von Fay vor. Sie ließ mir bestellen, Sie könnte die Verabredung leider nicht einhalten.«

»Hatte sie ihre Absage begründet?« fragte Jeffreys.

»Nein«, erwiderte Hopedean. »Ich rief sie in ihrer Wohnung an, doch niemand meldete sich.«

»Haben Sie vielen Dank, Mr. Hopedean«, sagte Yates freundlich. Er überlegte einen Augenblick und fuhr dann fort: »Wie mir Sergeant Jeffreys mitgeteilt hat, sind Sie Kunstmaler.«

Hopedean zupfte an seiner Fliege. »Das bin ich.«

»Sie arbeiten für Zeitschriften und Tageszeitungen?«

»Ja«, erwiderte Hopedean. »Fast alle meine Arbeiten fertige ich für Presseorgane an.«

»Dann ist Ihnen vielleicht auch ein Mann namens Clifton Morris bekannt?« fragte Yates, als handelte es sich um eine Nebensächlichkeit.

Hopedeans Miene spiegelte Überraschung wider. »Clifton Morris?«

»Ja.«

Hopedean lachte verächtlich. »Natürlich habe ich von ihm gehört, aber er gehört zur Geldaristokratie. Mit Leuten seiner

Gattung komme ich nicht zusammen – die liegen weit außerhalb meiner finanziellen Möglichkeiten.«

»War Fay Collins mit ihm bekannt?«

Hopedean lachte wieder. »O nein. Wohl kaum.«

»Wissen Sie das genau?«

»Ich bin fest davon überzeugt«, sagte Hopedean. »Wenn Fay und Clifton befreundet gewesen wären, wüßte die Öffentlichkeit davon.«

Yates erhob sich und streckte seinem Besucher die Hand entgegen. »Das wäre dann wohl alles, Mr. Hopedean, und nochmals vielen Dank.« Er schnipste mit dem Mittelfinger gegen den Brief in seiner Hand. »Und wegen dieser anonymen Briefschreiberei würde ich mir an Ihrer Stelle keine allzu großen Sorgen machen. Sagen Sie Ihrer Frau, daß es noch eine Reihe von anderen Leuten gibt, die nach der Ermordung des Mädchens gleichfalls mit Überraschungen dieser Art beglückt wurden.«

Hopedean machte ein erstauntes Gesicht. »Ist das der Fall?«

Yates lächelte entwaffnend. »Jedenfalls können Sie Ihrer Frau das sagen.«

Hopedean schien erleichtert. »Ausgezeichnete Idee, Inspektor! Das werde ich ganz gewiß tun.«

Sie gingen zusammen zur Tür, und Yates sagte: »Sollten Sie noch mehrere Briefe erhalten, so händigen Sie sie mir unverzüglich aus. Werden Sie daran denken?«

»Wird gemacht, Inspektor.«

»Das ist von großer Wichtigkeit«, sagte Yates bedeutungsvoll.

»Ich verstehe, Inspektor.«

Als Hopedean gegangen war, kam Jill Yates in das Zimmer. Sie trug die Miene einer in ihr Schicksal ergebenen Hausfrau zur Schau. Jeffreys sagte in übermäßig freundlichem Tonfall: »Könnte ich wohl noch eine Tasse Tee haben?«

»Ja, natürlich«, sagte Jill.

»Ich nehme auch noch eine, Liebling«, ließ sich der Inspektor vernehmen.

»Pah!« sagte Jill. »Dir sollte man Arsen in den Tee schütten, du Mann von Welt!«

Yates setzte eine zerknirschte Miene auf und zwinkerte gleichzeitig dem Sergeanten zu.

Das Telefon läutete, und Yates meldete sich.

»Hier ist Konstabler Shaw, Sir, von der Savile-Row-Revierwache«, sagte die Stimme am anderen Ende der Leitung. »Spreche ich mit Inspektor Yates?«

»Ja«, antwortete Yates.

»Bitte, entschuldigen Sie die Störung, Sir, aber Inspektor Rowland hat mir aufgetragen, mich mit Ihnen in Verbindung zu setzen. Wir haben den Mantel von Mr. Morris gefunden.«

»Gut«, sagte Yates.

»Wenn ich richtig verstanden habe, wünschen Sie den Mantel erst zu sehen, bevor wir Mr. Morris Bescheid geben.«

»Das stimmt«, sagte Yates. Er warf einen Blick auf seine Armbanduhr. »Ich werde um halb acht bei Ihnen sein.«

Shaw sagte: »In Ordnung, Sir«, und hängte auf.

Yates trank seinen Tee aus und wandte sich an Jill. »Es tut mir leid, Liebling. Ich fürchte, ich muß auf dem schnellsten Wege nach London.«

Jill war es gewohnt, an den freien Nachmittagen ihres Mannes nur wenig von ihm zu haben. Von Zeit zu Zeit jedoch bestand sie hartnäckig darauf, abends von ihm ausgeführt zu werden.

Sie seufzte betrübt, doch dann zwang sie sich zu einem Lächeln des Verzichts. Bis der Mörder der armen Fay Collins gefunden war, würden die gemeinsamen Stunden spärlich gesät sein, und sie mußte sich damit abfinden. So sagte sie: »Ist schon gut, Harry. Bleib nicht so lange ...«

4

Inspektor Robert Rowland saß in seinem Büro in der Savile-Row-Revierwache und brütete über einem umfangreichen Aktenbündel. Er sah ein wenig müde und abgespannt aus, und seine Augen blinzelten von dem unbarmherzig grellen Licht der starken Glühbirne. Ein Blick auf seine Uhr sagte ihm, daß es bereits nach halb sieben war. Verflixt spät am Tage, wenn man bedachte, daß er bereits seit neun Uhr morgens im Dienst war.

Er wollte gerade nach seiner Uniformmütze am Garderobenhaken greifen, als an seine Tür geklopft wurde. Konstabler Shaw kam herein. Er hatte einen Zettel in der Hand. Rowland seufzte schicksalsergeben und hängte die Mütze zurück an den Haken. Shaws leicht erregter Gesichtsausdruck verriet dem Inspektor, daß es den Feierabend noch für eine Weile aufzuschieben galt.

»Das ist gerade gekommen, Sir«, sagte Shaw.

Rowland nickte geistesabwesend und griff nach dem maschinenbeschriebenen Blatt. Es handelte sich um den Bericht des Konstablers Jackson, der einen Einbrecher auf dem Welbeck Square gestellt hatte. Rowland las den zweiten Absatz und blickte auf. »Was ist das?« fragte er. »Jackson ist gefallen und hat sich verletzt? Ist es schlimm?«

Shaw grinste. »Nein, Sir – nur ein paar Prellungen. Er verfolgte den Mann bis in den Hyde Park und stolperte dort.«

»Stolperte über was?« fragte Rowland.

»Über ein Liebespaar«, sagte Shaw spöttisch. »Meiner Meinung nach ist es noch reichlich kalt für so etwas in dieser Jahreszeit. Aber Sie wissen ja, wie die's dort treiben.«

»Schon gut, Shaw«, winkte Rowland ab. »Ersparen Sie mir die Einzelheiten. Lassen Sie mich wissen, wenn Jackson sich wieder einfindet.«

»Ja, Sir«, sagte Shaw. Er deutete auf den Bericht. »Inspektor Yates würde sich sicherlich brennend dafür interessieren.«

»Warum?« wollte Rowland wissen.

»Nun, das ist die Adresse von dem Mädchen, das ermordet wurde.«

»Welches Mädchens?«

»Dieser Fay Collins, Sir, die in Littleshaw erdrosselt wurde. In ihre Wohnung wollte der Mann einbrechen.«

Rowland las weiter. »Sie haben heute Ihren schlauen Tag«, sagte er nach einer Weile. »Welbeck Square 28 a ... ganz recht, Shaw.«

Shaw lächelte geschmeichelt und verließ den Raum. Kaum war er gegangen, als Yates eintrat. Rowland erhob sich, und die beiden Männer schüttelten sich die Hände. »Freut mich, Sie wieder einmal zu sehen«, sagte Rowland.

»Vielen Dank für den Anruf«, meinte Yates. »Es wäre sehr zu begrüßen, wenn alle Polizeidienststellen so gut zusammenarbeiten würden.«

»Das gehört zu den Gepflogenheiten dieses Reviers«, brummte Rowland. »Ich werde den Mantel herschaffen lassen.« Er drückte auf einen Knopf seiner Sprechanlage und gab ein paar Anordnungen durch. Danach griff er nach dem Bericht von Jackson. »Dieses hier dürfte für Sie von noch größerem Interesse sein als der Mantel, Yates. Vor etwa einer Stunde versuchte ein Mann in Fay Collins' Wohnung am Welbeck Square einzubrechen. Die Alarmanlage setzte ein, und einer meiner Leute – Konstabler Jackson – verfolgte den Einbrecher in den Hyde Park.«

»Hat er ihn gefaßt?« fragte Yates.

Rowland lächelte bedauernd. »Unglücklicherweise stolperte Jackson über ein Liebespaar im Gras, und der Mann entkam.«

»Haben Sie eine Personenbeschreibung von ihm?«

»Die finden Sie in diesem Bericht«, sagte Rowland. »Allerdings läßt sich nicht sehr viel damit anfangen. Es war dunkel, und Jackson konnte ihn nicht allzu deutlich erkennen.«

Yates las den Bericht, dem er entnehmen konnte, daß es sich bei dem Einbrecher um einen jüngeren Mann mittlerer Größe handelte. »Da haben Sie recht«, bemerkte er. »Das ist wirklich nicht viel.«

Konstabler Shaw kam mit dem Mantel herein. Er war schwarz und hatte einen Samtkragen.

Rowland sagte: »Clifton Morris hat vor etwa einer halben Stunde angerufen.«

»Was wollte er?« fragte Yates.

Rowland lächelte. »Glücklicherweise erkundigte er sich nicht nach dem Mantel. Er fragte nur, ob wir sein Feuerzeug bereits gefunden hätten.«

»Befand es sich nicht in dem Mantel?«

Rowland schüttelte seinen Kopf. »Nein. Nur ein Paar Handschuhe, sonst nichts.«

Yates strich nachdenklich über den Samtkragen des eleganten Mantels. »Wo haben Sie ihn gefunden?«

»Ein Parkplatzwächter brachte ihn – er hatte ihn auf einem unbebauten Grundstück gefunden. Der Dieb wird die Taschen geleert und ihn dorthin geworfen haben.«

»Hm.« Yates starrte gedankenverloren auf seine Finger. »Rowland, würden Sie mir einen Gefallen erweisen?«

»Ich will's versuchen«, meinte Rowland.

»Nun«, fuhr Yates behutsam fort, »Sie könnten es als einen Übergriff in Ihr Revier betrachten.«

»Ach, greifen Sie ruhig über, wenn es Ihnen Spaß macht«, sagte Rowland vergnügt. »Uns bleibt immer noch genug zu tun. Sie erweisen mir einen Gefallen, wenn Sie mir Arbeit abnehmen.«

»Aus einem ganz bestimmten Grunde möchte ich diesen Mantel persönlich bei Clifton Morris abliefern – heute abend noch.«

Rowland blickte Yates fragend an. Er antwortete nicht sofort. Nach einer Weile sagte er: »In Ordnung. Das ist Ihr Fall. Ich brauche Sie wohl nicht darüber zu belehren, wie vorsichtig unsereiner mit Leuten seines Schlages umspringen muß.«

»Nein. Vielen Dank, Rowland«, sagte Yates.

Shaw kam herein. »Jackson ist hier«, sagte er. »Dr. Thompson ist bei ihm.«

»Ich komme«, sagte Rowland, und an Yates gewandt: »Gehen Sie noch nicht. Ich bin gleich wieder da.«

Rowland schloß die Tür hinter sich, und Yates zog das Halstuch aus seiner Tasche und verstaute es in der Manteltasche des Modeverlegers Clifton Morris ...

Der Jaguar raste mit halsbrecherischer Geschwindigkeit die Fulham Road entlang. Vor einer Telefonzelle trat der Fahrer auf das Bremspedal, und der Wagen kam schleudernd und unter grellem Reifengekreische zum Stehen. Eric, das Hausfaktotum des Clifton Morris, sprang aus dem Sportwagen und begab sich eiligst in das Telefonhäuschen. Schweratmend lehnte er sich sekundenlang gegen den großen schwarzen Münzapparat. Er durchsuchte seine Taschen nach passenden Geldstücken, fand sie und wählte eine Nummer. Auf seiner Stirn formten sich kleine Schweißtropfen, obwohl es eine bitterkalte Nacht war. Die Stimme einer Frau meldete sich und säuselte ›Acorn Café‹ durch die Leitung. Eric knallte den Hörer auf die Gabel und wählte noch einmal.

Clifton Morris schritt nervös auf dem dicken Teppich in seinem Arbeitszimmer hin und her. Er trug eine bequeme Flanelljacke und pelzgefütterte Hausschuhe. Von Zeit zu Zeit zog er an einer schwarzen Zigarre, die in einer Elfenbeinspitze steckte. Zweimal griff er nach der Whiskyflasche, doch jedesmal stellte er sie wieder zurück auf den Tisch zu den anderen Flaschen. Beim dritten Mal endlich entschloß er sich, sein Glas zu füllen, als das Telefon klingelte. Er griff nach dem Hörer und nannte die Nummer seines Anschlusses statt seinen Namen. Erics Stimme drang erregt durch die Leitung. Morris sagte: »Wo, zum Teufel, sind Sie, Eric? Was ist geschehen?«

»Ich rufe aus einer Telefonzelle in der Fulham Road an«,

keuchte Eric. Es klang, als hätte er einen Marathonlauf hinter sich.

»Was treiben Sie denn in der Fulham Road?« fragte Morris.

»Ich konnte nur mit knapper Not entwischen«, erwiderte Eric. »Ein Polizist sah mich aus ihrer Wohnung kommen.«

»Sie Wahnsinniger! Hat er Sie gesehen?«

»Gesehen hat er mich, aber ich konnte ihm entkommen.«

»Wird er Sie wiedererkennen?«

»Das bezweifle ich; dazu war es zu dunkel. Aber es war verdammt knapp.«

Morris fragte gespannt: »Haben Sie den –?«

Die Stimme seines Butlers unterbrach ihn: »Nein, er ist nicht dort –«

»Zum Teufel«, fluchte Morris. »Haben Sie überall nachgesehen?«

»Überall. Ich habe jeden Schrank und jedes Schubfach durchwühlt. Wenn Sie mich fragen – Sie haben zu lange gewartet, Mr. Morris!«

Morris sagte nachdenklich: »Sieht ganz so aus. Welchen Wagen haben Sie, Eric?«

»Den Jaguar.«

»Dann fahren Sie nach Angmering und bleiben Sie dort, bis Sie von mir hören.«

Morris hängte ein. Bevor er nach seinem Drink griff, warf er seine halb aufgerauchte Zigarre in das Kaminfeuer. Er trank und starrte mit dem Glas in der Hand in die Flammen. Die Türglocke läutete und durchbrach schrill die lähmende Stille in der Wohnung. Hastig, mit nervösen Fingern, steckte er sich schließlich eine Zigarette an, inhalierte mehrere Male den Rauch und ging schließlich zur Haustür, um zu öffnen. Yates begrüßte ihn mit höflich gleichgültigem Lächeln. Den Mantel trug er über dem Arm. Er hätte genausogut ein Bote von der Reinigungsanstalt sein können.

Morris rührte sich nicht und wartete darauf, daß Yates sein

Kommen erklärte. Der sagte lediglich: »Guten Abend, Sir.« Morris erholte sich schnell von seiner Überraschung.

»Hallo, Inspektor«, sagte er nicht unfreundlich. »Was führt Sie zu mir?«

Yates deutete auf den Mantel. »Wir haben Ihren Überzieher gefunden, Mr. Morris.« Sein Tonfall war weder ironisch noch aggressiv. Er sprach mit gleichgültiger, ausdrucksloser Stimme.

»Aha«, sagte Morris. »Wollen Sie nicht näher treten?«

»Danke, Sir.« Yates folgte Morris in das Wohnzimmer. »Ein Parkwächter hat ihn auf einem unbekannten Grundstück in der Nähe des Ludgate Circus gefunden.«

Morris nahm den Mantel und betrachtete ihn. »Der gehört mir, daran besteht kein Zweifel«, sagte er. »Aber wie, um alles in der Welt, ist er in die Gegend von Ludgate gekommen?«

»Ich habe keine Ahnung, Sir«, sagte Yates. Sein Blick löste sich von seinem Gesprächspartner und wanderte durch den Raum. »Leider ist das Feuerzeug immer noch verschwunden.«

»Oh, verdammt!« sagte Morris mit gespielter Verärgerung. »Nur daran war ich wirklich interessiert.« Er legte den Mantel über einen Stuhl. Yates sah aufmerksam zu, wie er erst die Handschuhe und dann das Halstuch aus den Taschen nahm – das Halstuch, das Yates dort hineingesteckt hatte. Morris streifte Handschuhe und Schal mit gleichgültigem Blick und warf sie achtlos auf den Tisch.

»Haben wir eine Beschreibung des Feuerzeugs, Sir?« brach Yates das Schweigen.

»O ja«, erwiderte Morris. Er deutete die Größe des Feuerzeugs mit Finger und Daumen an. »Es ist etwa so groß – eine sehr feine Arbeit.« Er lächelte, als er sah, wie Yates sich mit seinem eigenen Feuerzeug abquälte, um seine Zigarette anzustecken. Offensichtlich brauchte er einen neuen Feuerstein. »Und es hat immer funktioniert.« Morris griff nach einem Tischfeuerzeug und gab dem Inspektor Feuer. »Es ist aus neunkarätigem Gold«, fuhr er fort. »Mit einem Regimentswappen darauf.«

»Welches Regiment, Sir?« fragte Yates.

»Dem Middlesex Regiment«, sagte Morris. »Waren Sie jemals beim Militär, Inspektor?«

»Nein, Sir«, murmelte Yates, und es klang, als wäre er tief betrübt über diese Tatsache. »Dieses Glück ist mir nie zuteil geworden. Na, vielleicht finden wir das Feuerzeug doch noch. Der Mantel und die Aktentasche sind ja auch aufgetaucht.«

»Ja. Welch ein Glück«, sagte Morris gleichgültig.

Yates blickte sich prüfend um. »Ist Ihr Butler heute abend nicht zu Hause?«

»Äh – nein«, antwortete Morris nach kaum merklichem Zögern. »Er ist für zwei oder drei Tage nach Schottland gereist – gestern ist er weggefahren. Seine alte Mutter oder seine Schwester leben dort oben im Norden.«

Yates nickte. Er griff nach dem Tischfeuerzeug und ließ es mehrere Male aufflammen.

»Wie wär's mit einem Drink, Inspektor?« erkundigte sich Morris.

»Nicht für mich, Sir. Vielen Dank«, lehnte Yates ab.

»Sie trinken wohl nicht im Dienst, was?« spöttelte Morris. Er stand da und musterte Yates mit unerschütterlichem Gleichmut.

Yates deutete auf den Mantel. »Sind Sie felsenfest davon überzeugt, daß es sich um Ihren Mantel handelt, Sir?«

»O ja«, sagte Morris. »Darüber besteht kein Zweifel.«

»Und das Halstuch?«

Morris strich mit der Hand über das rot- und blaugemusterte Seidentuch. »Doch. Ich denke, es gehört mir. Das ist doch der eigentliche Grund Ihres Besuches, nicht wahr?«

»Ist das Ihr Halstuch?« fragte Yates mit ausdrucksloser Stimme.

Morris sah erst das Tuch an und dann Yates. »Ja«, wiederholte er. »Das ist mein Halstuch.«

Yates nickte bedächtig. Er nahm Morris das Halstuch aus der Hand. »Ich glaube, Sie sollten wissen, was es mit diesem Schal für eine Bewandtnis hat, Mr. Morris.«

»Wirklich?« Morris tat gelangweilt.

»Zunächst einmal«, sagte Morris ruhig, »haben wir das Halstuch gar nicht in Ihrem Mantel gefunden. Zum anderen … «

»Sie haben es nicht in dem Mantel gefunden?« fragte Morris ungläubig. »Wo, zum Teufel, haben Sie es denn entdeckt?«

»In einem Geigenkasten, der einem jungen Mann namens Gerald Quincey gehört«, sagte Yates leichthin.

»In einem Geigenkasten …« Morris lachte schallend. »Aber das ist ja lächerlich, Inspektor! Sie belieben zu scherzen!«

Yates schüttelte seinen Kopf. »Ich habe es im Scotland Yard untersuchen lassen. Fay Collins wurde damit erdrosselt, Mr. Morris. Mit diesem Halstuch.«

Morris' Oberlippe schob sich vor. »Ich verstehe«, sagte er kühl. »Also haben Sie das Halstuch in meine Manteltasche gesteckt …«

»Das habe ich«, bekannte Yates freimütig.

»… und mich bewußt dazu verleitet, zuzugeben, daß es meines ist.«

Yates runzelte die Stirn. »Sie dazu verleitet, Sir? Entweder es handelt sich um Ihr Halstuch oder nicht. Ich verlange nichts weiter von Ihnen, als diesen Seidenfetzen zu identifizieren.«

Morris steckte sich eine Zigarette an. Jede seiner Bewegungen zeugte von seiner Verärgerung. Er sagte: »Nun hören Sie mal, Inspektor. Angenommen, jemand bringt Ihnen Ihren Mantel, und Sie finden ein Halstuch in der Tasche – ein Halstuch, das dem Ihren aufs Haar gleicht –«

Yates betrachtete angelegentlich seine Fingernägel. »Und?«

»Würden Sie nicht automatisch erklären, das Halstuch gehöre Ihnen?«

Yates lächelte. »Ich bemühe mich angestrengt, keine automatischen Rückschlüsse zu ziehen, Sir.«

»Wenn Sie mich fragen«, sagte Morris kalt, »so tun Sie genau das und nichts anderes. In meinem ganzen Leben hat man mir noch keinen solchen Blödsinn aufgetischt!«

Der Inspektor zuckte nur mit den Schultern und sagte nichts.

Morris trat einen Schritt vor. Er stand nun unmittelbar vor Yates. »Sie glauben, ich hätte Fay Collins ermordet, nicht wahr?«

Yates sagte: »Es ist Ihr Halstuch, oder nicht?«

Morris wandte sich ab. »Das ist nicht mein Halstuch«, sagte er kalt. »Ich habe mich geirrt. Die ganze Sache ist sowieso absurd. Ich habe Fay Collins nicht einmal gekannt, und in der Mordnacht war ich von diesem Nest Littleshaw so weit entfernt wie jetzt in diesem Augenblick.«

»Zu dumm, daß Sie das nicht beweisen können, Sir«, sagte Yates im Gesprächston.

Morris drehte sich langsam um und betastete sein Kinn. »Nun, vielleicht kann ich das doch«, sagte er. »Seit Ihrem ersten Besuch habe ich angestrengt darüber nachgedacht, was sich an jenem Abend abgespielt hat. Ich habe versucht, mir Einzelheiten ins Gedächtnis zurückzurufen, scheinbar nebensächliche Dinge.«

»Und wie weit sind Ihre Bemühungen bisher gediehen?« fragte Yates.

»Nun, erst heute morgen fiel mir ein ...«

»Das Gedächtnis ist doch eine seltsame Institution«, lächelte Yates.

»An dem Abend, als Fay Collins ermordet wurde, bin ich ins Kino gegangen.«

»Wann war die Vorstellung aus?«

»Etwa um Viertel vor zehn. In dem Augenblick, als ich in ein Taxi stieg, kam ein Mädchen aus dem Kino. Ich schenkte ihr keine besondere Beachtung, obwohl ich es kannte.«

»Hat dieses Mädchen Sie auch erkannt?« fragte Yates.

Morris nickte. »Ich glaube, schon.«

»Wer ist die Dame?«

»Sie heißt Diana Winston und ist Journalistin.«

»Arbeitet sie für Sie?«

»Nein«, sagte Morris. »Sie arbeitet freischaffend. Vor einigen Jahren hat sie mehrere Artikel für eines meiner Blätter geschrieben, aber sie waren nicht besonders.«

»Haben Sie seitdem mit Miss Winston in Verbindung gestanden?«

»Du lieber Himmel! Nein! Ich habe Ihnen doch gerade eben erklärt – die ganze Geschichte ist mir erst heute morgen eingefallen.«

»An Ihrer Stelle würde ich mich unverzüglich mit dieser Dame in Verbindung setzen, Sir«, empfahl Yates. »Ich möchte beinahe behaupten, daß die Aussage dieses Mädchens von entscheidender Bedeutung für Sie sein könnte.«

»Ist gut, Inspektor«, sagte Morris.

Yates ließ das Halstuch in seiner Hosentasche verschwinden. »Wann haben Sie Miss Winston kennengelernt, Mr. Morris?«

»Kennengelernt habe ich sie eigentlich gar nicht richtig. Ich traf sie zufällig vor fünf Jahren auf einer Party.«

»Vor fünf Jahren?« Yates schien erstaunt. »Sie müssen ein bemerkenswert gutes Gedächtnis für Gesichter haben, Sir.«

»Das ist eine hervorstechende Eigenschaft von erfolgreichen Geschäftsleuten«, erwiderte Morris.

Yates schüttelte zweifelnd seinen Kopf. »Nun, dann wollen wir nur hoffen, daß Miss Winston auf diesem Gebiet nicht weniger talentiert ist als Sie. Gute Nacht, Mr. Morris.«

Als Yates gegangen war, stellte Morris ein paar hastige Überlegungen an. Er sah nach, wie spät es war, und ließ sich an seinem Schreibtisch nieder. Nach kurzem Suchen fand er die Nummer in seinem Notizbuch und hob den Hörer ab. Er wählte, und wenig später meldete sich eine förmliche, kultivierte Stimme. »Hyde Park 31832…«

Das war Norman Thackeray, einer von Morris' engsten Mitarbeitern. Thackeray war jung und ehrgeizig und für seinen Chef zu jeder Schandtat bereit. Morris hatte ihn in letzter Zeit mit mehreren sehr heiklen Aufgaben betreut und es bisher noch nicht bereut.

Morris sagte: »Norman? Hier ist Morris …«

»Oh, guten Abend, Sir«, sagte Thackeray. »Ich wollte Sie gerade anrufen. Ich habe vor einer Stunde ein Telegramm aus Montreal erhalten, wegen dieser neuen Sache, wissen Sie …«

»Das ist im Augenblick uninteressant, Norman«, unterbrach Morris den jungen Mann. »Erinnern Sie sich an ein Mädchen namens Diana Winston?«

Thackeray war etwas überrascht, doch er antwortete sofort. »Das ist eine freie Journalistin … hat früher einmal ein paar Artikel für uns geschrieben.«

»Das ist sie«, sagte Morris zufrieden. »Veranlassen Sie, daß sich diese Dame morgen früh in meinem Büro einfindet. Nach zehn Uhr, wenn es geht …«

»Geht es nicht vielleicht morgen nachmittag?« fragte Thackeray.

»Warum erst morgen nachmittag?« ereiferte sich Morris.

»Nun, ich muß mich erst mit ihr in Verbindung setzen«, erklärte Thackeray. »Und dann benötigt sie auch noch etwas Zeit, um herzukommen.«

»Wieso denn das?« fragte Morris. »Wo ist sie denn?«

»In Paris. Sie arbeitet dort für Flaubert.«

Morris überlegte. Das hatte er nicht erwartet. »Seit wann ist sie denn bereits in Paris?«

»Seit anderthalb Jahren, wenn ich richtig informiert bin.«

Eine kleine Pause entstand. »Ich werde sie gewiß ausfindig machen können«, meinte Thackeray.

»Schon gut, Norman«, sagte Morris. »Vergessen Sie die ganze Sache.«

Kaum hatte Morris aufgelegt, als das Telefon klingelte. Er zögerte einen Augenblick, bevor er abhob.

Eine angenehme weiche Frauenstimme meldete sich. Unter anderen Umständen wäre Morris gewiß erfreut gewesen. So sagte er nur mürrisch: »Clifton Morris. Was wünschen Sie?«

Die Stimme sagte: »Sind Sie immer noch an dem Brief interessiert, Mr. Morris?«

»An was für einem Brief?« fragte Morris.

»Den Sie sich heute nachmittag aneignen wollten«, erklärte die Stimme.

»Ich weiß nicht, wovon Sie sprechen«, knurrte Morris wütend. »Bitte, drücken Sie sich etwas deutlicher aus. Wer spricht denn dort eigentlich?«

Morris vernahm die Andeutung eines Seufzers am anderen Ende der Leitung. »Wenn Sie nicht wissen, wovon die Rede ist, mein Lieber, dann hat es auch wenig Zweck, Ihnen zu sagen, wer ich bin. Tschüs …«

»Halt! Einen Augenblick«, sagte Morris hastig. »Hängen Sie noch nicht auf!« Er sprach nun ruhiger, weniger irritiert. »Bitte, sagen Sie mir doch, wer Sie sind.«

»Fay Collins war eine Freundin von mir«, sagte die Stimme, als wenn damit alles geklärt wäre.

»Ich verstehe. Und was wollen Sie nun?«

»Es handelt sich nicht darum, was ich will, mein Lieber«, flötete die Stimme mit aufreizender Gleichgültigkeit, »sondern vielmehr darum, was Sie wollen. Kennen Sie das ›Finale‹?«

»Nein«, sagte Morris. »Wo ist das?«

»Das ist ein Klub in der Helston Street.« Die Stimme klang leicht verwundert. »Das ist aber merkwürdig, daß ein Geschäftsmann von Ihrem Format das ›Finale‹ nicht kennt. Kommen Sie doch mal vorbei, Süßer« … die Stimme bekam unvermutet einen durchdringenden, scharfen Klang … »heute abend noch, wenn es Ihnen recht ist.«

Morris fragte nervös: »Aber wie finde ich Sie?«

»Fragen Sie nur nach Kim«, sagte die Stimme.

»Aber hören Sie …«, begann Morris. Doch am anderen

Ende ertönte nur noch ein Knacken, das seltsam herausfordernd klang …

Das ›Finale‹ befindet sich irgendwo in dem Straßengewirr, das sich rings um die Wardour Street hinzieht. Es gehört zu jener Art von Etablissements, die typisch sind für die neuerlichen Auswüchse unserer großstädtischen Zivilisation.

Clifton Morris tastete sich durch einen halbdunklen Korridor zur Garderobe und begegnete Hector, dem Manne, der zwei Berufe zur gleichen Zeit ausübte – den des Hausdieners und den des Rausschmeißers. Er war fett, unansehnlich und hatte sich an diesem Tage noch nicht rasiert. Er saß auf einer leeren Whiskykiste, studierte die Rennergebnisse und steckte sich von Zeit zu Zeit Kartoffelchips aus einer halbvollen Tüte in den Mund.

Hector bedachte Morris mit einem finsteren Seitenblick. »Was wollen Sie?« fragte er. »Gästen ist der Zutritt verboten.«

»Ich hätte gerne mit einer jungen Dame namens Kim gesprochen«, erklärte Morris.

»Wie lustig«, sagte Hector mit einem Anflug von Ironie. »Und wie kommen Sie auf die Schnapsidee, daß Kim mit Ihnen was zu tun haben will?«

Morris entnahm seiner Brieftasche eine Pfundnote und glättete sie herausfordernd zwischen Daumen und Zeigefinger. Hector beäugte den Schein mit aufkeimendem Interesse. »Verdoppeln Sie den Einsatz, und ich werde Ihnen den Umkleideraum zeigen«, ließ er sich schließlich vernehmen.

Morris seufzte und holte eine weitere Pfundnote hervor. Hector ließ die beiden Scheine in der Tasche seiner speckigen Weste verschwinden und deutete mit dem Daumen auf eine Tür. »Sie ist dort drinnen«, sagte er kurz angebunden.

Das erste, was Morris zu sehen bekam, als er nach kurzem Klopfen die Tür öffnete, war ein ungewöhnlich hübsches, wohlproportioniertes, blondes Mädchen, das vor dem Frisiertisch saß und seine sinnlich vollen Lippen nachzog. Ihr spärliches Kostüm bestand aus einer schwarzen Strumpfhose aus fischnetzartigem Gewebe, hochhackigen Schuhen, einem Büstenhalter, der einen ungemein wohlgeformten Busen in seine Schranken verwies, und einer sich einsam fühlenden roten Nelke in der Gegend ihres Nabels. Sie vervollständigte ihr Make-up und schenkte ihm auf dem Umweg über den Spiegel ein strahlendes Lächeln.

Morris sagte zögernd: »Sind Sie Kim?«

»Das bin ich, mein Lieber«, sagte das Mädchen. Sie wies auf einen wackligen Stuhl. »Machen Sie sich's bequem.«

Morris entfernte einen Morgenmantel, einen Büstenhalter und ein Päckchen mit Zigaretten von der Sitzfläche und ließ sich vorsichtig darauf nieder.

»Wie steht's mit einem Drink?« fragte Kim. Mit einladender Geste deutete sie auf einen Ecktisch, auf dem mehrere halbvolle Flaschen standen. »Es ist alles da.«

»Nein, vielen Dank«, sagte Morris hölzern.

»Sie haben wohl nichts dagegen, wenn ich mir einen genehmige, oder? Die Jungens haben mir heute ziemlich arg mitgespielt.« Mit lässigen Bewegungen mixte sie sich einen Drink aus einer großen Portion Gin und einem kleinen Schuß Sodawasser. »Diese senilen Geschäftsleute können einen manchmal zur Verzweiflung bringen«, klärte sie ihn auf. »Nur weil sie sich von ihren Ehefrauen mißverstanden glauben, sind sie der Ansicht, ich hätte die Lösung all ihrer Probleme zur Hand. Na, bis zu einem gewissen Grade kann man das ja verstehen, nicht wahr?« Sie betrachtete wohlgefällig ihre edelgeformten Beine.

Morris räusperte sich. »Miss – äh … ich frage mich …«, begann er stockend.

»Marshall ist mein Name«, sagte sie. »Aber sie können mich ruhig Kim nennen. Warum sollen wir nicht als Freunde miteinander sprechen?« Die Worte waren leichthin gesprochen, doch Morris glaubte eine versteckte Drohung herauszuhören.

»Miss Marshall«, versuchte er es vorsichtig. »Ich habe nicht allzuviel Zeit.«

Kim Marshall beobachtete ihn unter halbgeschlossenen Lidern hervor. »Ist das wahr, Süßer?«

»Ja, das ist wahr«, sagte Morris mit etwas mehr Nachdruck. »Ich bin ein vielbeschäftigter Mann, und um halb elf habe ich eine andere Verabredung. Deshalb würde ich es sehr begrüßen, wenn ...«

»Immer mit der Ruhe, mein Lieber«, fiel ihm Kim ins Wort. »Entspannen Sie sich – nehmen Sie sich Zeit!« Sie nippte genußvoll an ihrem Drink. »Haben Sie die Show gesehen?«

»Nein«, erwiderte Morris.

»Das sollten Sie aber«, sagte Kim. Ihr Tonfall deutete an, daß Morris kaum gelebt haben konnte, bevor er Mitglied des ›Finale‹ wurde. »Kommen Sie doch mal nachmittags. Das ist die beste Zeit. Es wird Ihnen Spaß machen.«

»Ich bin kein großer Theaterfreund«, sagte Morris frostig.

Kim lachte – ein unbeschwertes, fröhliches Lachen. »Sie belieben zu scherzen«, sagte sie. »Dies ist kein Theater, Süßer. Sie würden sich hier wie zu Hause fühlen – an manchen Nachmittagen ist es wie bei einer Vorstandssitzung oder so etwas Ähnlichem – lauter Wirtschaftskapitäne und Bonzen.«

Morris verharrte schweigend. Kim warf ihm einen prüfenden Blick zu und sagte: »Nun, vielleicht sind Sie an echter Kunst nicht sehr interessiert, aber hier habe ich etwas, von dem ich annehme, daß es Ihr Interesse finden wird.« Sie stand auf und begab sich in eine Ecke des Raumes. Als sie zurückkehrte, hielt sie ein Tonbandgerät in der Hand.

»Feine Sache, so etwas«, bemerkte Kim. Sie stellte das Gerät auf den Frisiertisch und mixte sich einen neuen Drink. »Aber vermutlich haben Sie viel bessere und größere in Ihrem fabelhaften Verlag, nicht wahr?«

Morris rutschte ungeduldig auf seinem Stuhl hin und her. »Sie erwähnten etwas von einem Brief«, murmelte er.

Kim nickte. »Ganz recht«, sagte sie. Sie setzte sich wieder hin, faltete ihre Hände über der roten Nelke und musterte ihn mit herausfordernder Frivolität.

»Um was für einen Brief handelt es sich denn?« fragte Morris.

Kim zog die Augenbrauen hoch. »Das wissen Sie nicht?«

»Nein«, sagte Morris gedehnt. »Nein, das weiß ich nicht.«

Kim ließ achtlos Zigarettenasche auf den schäbigen Teppich fallen, der den Betonfußboden bedeckte. »Warum sind Sie dann überhaupt gekommen?«

Morris zuckte mit den Schultern. »Ich war neugierig.«

Kim warf ihren Kopf in den Nacken und lachte. Offensichtlich hielt sie die drei Worte für den Witz des Tages. »Neugierig?« prustete sie. »Sie reden daher wie einer von unseren Stammkunden.«

»Ich verstehe nicht, was Sie damit sagen wollen«, murmelte Morris.

»Lassen wir das«, meinte Kim und lachte wieder.

Morris senkte den Blick und sagte: »War Fay Collins eine Freundin von Ihnen?«

»Das war sie allerdings«, bestätigte Kim mit Nachdruck. »Eine sehr gute Freundin.« Sie zwinkerte mit den Augen. »Waren Sie auch mit ihr befreundet, Süßer?«

»Nein«, sagte Morris.

Kim blickte in den Spiegel und unterzog ihre linke Augenbraue einer eingehenden Untersuchung. »Warum haben Sie dann mit ihr telefoniert – und ihr einen Brief geschrieben? Ein liebes, kleines Briefchen ...?«

Morris erhob sich halb von seinem Stuhl und setzte sich wieder. »Woher wissen Sie, daß ich mit ihr telefoniert habe?«

Kim lächelte. Können Katzen lächeln? Fast schien es so. »Jedenfalls haben Sie mit ihr telefoniert, oder etwa nicht?«

»Also gut, ich habe sie angerufen«, sagte Morris gereizt. »Aber nur einmal – von einer öffentlichen Telefonzelle aus.«

»Einmal genügte«, meinte Kim vieldeutig.

»Wie meinen Sie das?«

Sie bedachte ihn mit einem durchdringenden, starren Blick. Dann schaltete sie das Tonbandgerät ein. »Hören Sie sich das an, Süßer.«

»Was ist das?« fragte Morris besorgt.

»Warten Sie nur ab.«

Aus dem Gerät drangen merkwürdige Geräusche. Es hörte sich an, als betätigte jemand die Wählscheibe eines Fernsprechers. Münzen fielen in einen Metallbehälter.

Er hörte eine Frauenstimme, unwirklich, wie aus weiter Ferne. »Hallo?«

Dann vernahm er seine eigene Stimme, angespannt und eindringlich. »Fay? Hier ist Terry ...«

Die Stimme des Mädchens klang plötzlich erregt. »Was gibt es? Was willst du von mir?«

»Hast du meinen Brief erhalten?«

»Ja, ich habe ihn bekommen – und ich habe mich nicht gerade darüber gefreut. Drohbriefe gehören nicht zu meiner Lieblingslektüre, Terry!«

Morris klammerte sich an seinen Stuhl, als er seine eigene Stimme wieder hörte. Es war, als wollte er verhindern, daß er aufsprang und davonlief.

»Also ... was schlägst du vor?«

Eine kleine Pause entstand. Dann erklang wieder Fays Stimme. »Können wir uns nicht treffen und die Angelegenheit besprechen?«

»Wenn du glaubst, dadurch etwas zu erreichen – warum nicht?«

»Das glaube ich, Terry. Können wir uns an einem Tag im Laufe der nächsten Woche treffen?«

»Gut. Mir soll es recht sein«, sagte Morris mit ruhiger Stimme. »Wann und wo?«

Morris blickte zu Kim hinüber, doch die schien vollauf damit beschäftigt zu sein, ihre Augenbrauen nachzuziehen.

Die Stimme der toten Fay Collins fuhr fort: »Also gut. Wir treffen uns nächsten Mittwoch in Littleshaw.« Sie sprach nun in geschäftsmäßigem Tonfall, ohne jede Erregung. »Ich werde um neun Uhr an der Ecke Layton Avenue und High Street auf dich warten …«

Morris hörte sich sagen: »Ich werde kommen, Fay.« Danach das Klappern des Hörers, der aufgelegt wurde. Kim drückte auf eine Taste, und das Tonbandgerät schwieg. »Was halten Sie davon?« fragte sie erwartungsvoll.

Morris antwortete nicht. Kim fuhr fort: »Dies ist nicht das einzige Band – es existiert noch ein anderes. Es ist noch deutlicher als dieses.« Sie sprach, als unterhielte sie sich über das Wetter.

Hector steckte seinen Kopf zur Tür herein. Er musterte Morris mit neugierigem Blick und sagte: »Drei Minuten, Kim.«

»Okay, Hector«, rief Kim vergnügt. Sie stand auf und streckte sich, wodurch ihre vollendeten Formen voll zur Geltung kamen.

Morris starrte auf den Teppich. »Haben Sie den Brief?« fragte er, ohne aufzublicken.

»Nein«, sagte Kim gleichgültig. »Aber ich kann ihn beschaffen.«

Morris sah sie an. »Wieviel?«

»Ihr Interesse scheint tatsächlich erwacht zu sein, was?« spöttelte Kim. Sie bückte sich, um die Nähte ihrer Netzstrümpfe zurechtzuziehen, und ging auf die Tür zu. Über die Schulter gewandt sagte sie: »Ich werde mich mit Ihnen in Verbindung setzen, Süßer.«

Die Tür fiel leise hinter ihr ins Schloß, und Morris blieb alleine zurück, den Blick starr auf das Tonband gerichtet.

Yates saß an seinem Schreibtisch und las ein Protokoll, als Konstabler Kent hereinkam. Yates blickte auf. »Ist Mr. Matthews eingetroffen?« fragte er.

»Nein, Sir«, erwiderte Kent. »Aber Mr. Goodman wünscht mit Ihnen zu sprechen.«

»Goodman? Hat er gesagt, was er will?«

»Nein, Sir. Er meinte nur, es wäre dringend.«

»Ist gut, Kent. Er soll hereinkommen.«

Bevor Kent aus dem Zimmer ging, drehte er sich noch einmal um. »Oh, Inspektor«, sagte er zögernd. »Da ist etwas, worüber Sie Bescheid wissen sollten.«

»So?«

»Nun ja, meine Frau und ich, wir waren gestern abend im ›Fox and Goose‹.«

»Ja?«

»Mr. Collins war auch dort. Er hielt große Reden an sein Volk und beschimpfte die Polizei im allgemeinen und Sie im besonderen, Sir. Er sagte, der Mörder seiner Schwester würde immer noch frei herumlaufen, und die Polizei würde auf ihren Bürosesseln hocken und keinen Finger rühren.«

»Hoffentlich haben Sie ihm Kontra gegeben«, bemerkte Yates, den die Sache nicht weiter anzufechten schien.

Kent zögerte. »Äh – nein, Sir – das habe ich nicht, Sir. Er hatte tüchtig einen sitzen, und meine Frau wollte nicht, daß ich mich einmische. Dadurch würde nur unnötig Staub aufgewirbelt, meinte sie.«

Yates nickte zustimmend. »Ganz recht, Kent. Wir haben so schon genug Schwierigkeiten mit den Leuten. Und nun schicken Sie mir Goodman herein, ja?«

Alistair Goodman rauschte herein, die Leutseligkeit in Person. »Guten Morgen, Sir«, begrüßte Yates den wohlhabenden Farmer. »Nehmen Sie Platz.«

»Morgen, Inspektor«, sagte Goodman herzlich. »Entschuldigen Sie die Störung. Ein elendes Sauwetter, nicht wahr?«

»Ja, es ist nicht gerade schön«, pflichtete Yates ihm bei.

Goodman ließ sich schnaufend auf dem Besucherstuhl nieder. Seine Reithosen, die Schaftstiefel und die knappsitzende Lodenjoppe standen ihm wie eine Uniform zu Gesicht.

»Was kann ich für Sie tun, Mr. Goodman?« fragte Yates.

»Ich habe ein paar Neuigkeiten für Sie, Inspektor. Natürlich weiß ich nicht, ob es wichtig ist, aber ich dachte, Sie sollten es trotzdem wissen. Heute morgen hatte einer meiner Leute – ein Bursche namens Kelsey – etwas auf dem Viertacker zu erledigen. Das ist das Feld, wo Fay Collins …«

Yates nickte. »Ich weiß.«

»Kurz und gut, ich hatte Kelsey gesagt, er solle die vordere Hälfte des Feldes umpflügen. Ist 'n verdammt hartes Stück Arbeit bei dem schlechten Wetter, und der Boden ist noch steinhart gefroren. Na, was sage ich, hat der alte Trottel doch das Paraffin zu Hause liegenlassen – der würde seinen Hintern vergessen, wenn er nicht angewachsen wäre – und muß zur Farm zurücklaufen. Kelsey kommt ein bißchen in die Jahre, wissen Sie, aber wenn er will, kann er den jungen Burschen immer noch was vormachen …«

»Würden Sie bitte zur Sache kommen, Sir?« murmelte Yates geduldig.

»Aber ja. Natürlich! Also, um es kurz zu machen …«

»Sie brauchen sich nicht kurz zu fassen, Sir. Schildern Sie mir die Dinge, auf die es ankommt, in allen Einzelheiten.« Die Geduld des Inspektors schien merklich nachzulassen.

Goodman ließ seine große, mit Sommersprossen bedeckte Hand in der schrägen Seitentasche seiner Jacke verschwinden. »Also, um es kurz zu machen – ich wollte sagen, der alte Kelsey fand dieses Ding hier in der Nähe des Grabens, in dem die Handtasche gefunden wurde.« Er brachte ein Feuerzeug zum Vorschein und gab es Yates.

Das kleine Gerät sah sehr kostspielig aus. Allem Anschein nach war es aus purem Gold. Auf einer Seite war ein Regimentswappen eingraviert. Yates untersuchte es sorgfältig und deutete schließlich auf das Wappen. »In Militärdingen bin ich nicht sehr bewandert, Mr. Goodman. Waren Sie Soldat während des Krieges?«

»Das kann man wohl sagen!« erwiderte Goodman erfreut. »Ich war bei der Infanterie, wissen Sie? Den ganzen Afrikafeldzug und später Italien habe ich mitgemacht. Unmittelbar nach der Invasion ...«

Wenn ich ihn reden lasse, dachte Yates, erfahre ich während der nächsten drei Stunden alle seine Kriegserlebnisse. »Dieses Wappen hier, Mr. Goodman«, fiel er dem Gutsbesitzer ins Wort, »können Sie mir sagen, zu welchem Regiment es gehört?«

Goodman betrachtete es für eine Weile. »Lassen Sie sehen ... hm ... früher habe ich sie alle gekannt ... Green Howards? Nein, die nicht ... Ah, jetzt hab' ich's! Das Wappen gehört zum alten Middlesex Regiment, war 'ne verdammt gute Einheit. In Afrika hatten wir einen von ihnen bei uns in der Kompanie ...«

»Wissen Sie genau, daß es sich um das Middlesex Regiment handelt?« fragte Yates.

»Wie bitte? O ja – ganz sicher. Das waren noch Kerle! Ich erinnere mich ...«

»Vielen Dank, Mr. Goodman«, sagte Yates ruhig.

Jeffreys kam herein. Als er Goodman sah, blieb er überrascht stehen. »Verzeihung, Sir«, sagte er an Yates gewandt. »Ich dachte, Sie wären alleine.«

»Sie können bleiben«, sagte Yates erleichtert. »Mr. Goodman wollte gerade gehen.«

Goodman zog sich jovial grüßend zurück, und Jeffreys blickte ihm mit gerunzelter Stirn nach. »Ich möchte nur wissen, was Marian Hastings an dem Kerl findet. Erstens ist er ein Schwätzer, und zweitens ist er um Jahre älter als sie.«

»Und sitzt auf einem Sack voll Gold«, ergänzte Yates.

»Ist er wirklich so vermögend?«

»Nun, auf alle Fälle wird ihm das nachgesagt. Die Kingsbury Farm gehört ihm, und außerdem besitzt er drei- oder vierhundert Morgen Land auf der anderen Seite der Stadt. Marian Hastings wird schon wissen, was sie an dem alten Quasselkopf hat.« Er zeigte dem Sergeanten das Feuerzeug. »Das hat Goodman gebracht. Einer seiner Leute hat es gefunden.«

Yates nahm das Feuerzeug und betrachtete es. »Wo?«

»Auf dem Acker, ganz in der Nähe von der Stelle, wo die Handtasche gefunden wurde.«

Jeffreys kniff die Augen zusammen. »Dieses Ding hier kann keinem anderen als Clifton Morris gehören. Allerdings hat er behauptet, es hätte in dem Mantel gesteckt, der ihm gestohlen wurde.«

»Richtig«, sagte Yates. »Die Sache mit dem Mantel ist natürlich höchst zweifelhaft.« Er nahm Jeffreys das Feuerzeug aus der Hand und legte es auf den Schreibtisch.

»Was hat es heute morgen gegeben? Haben Sie mit dem jungen Mann aus dem Geschäft gesprochen?«

»Ja, ich habe mich eine halbe Stunde lang mit ihm unterhalten. Er heißt Ripley.«

»Und?«

Jeffreys zog das Halstuch aus seiner Manteltasche und hängte es über die Stuhllehne. »Er kann sich daran erinnern, dieses Halstuch oder ein ähnliches an Fay Collins verkauft zu haben.«

»Wann?«

»Vor mehreren Wochen – einige Tage vor dem Mord. Das stimmt mit dem Wortlaut des Telegramms überein, nicht wahr?«

»Das könnte sein«, meinte Yates.

»Also haben wir ihn!« sagte Jeffreys triumphierend. »Wenn wir beweisen können, daß Morris das Telegramm abgesandt hat …«

Yates hob seine Hand. »Einen Augenblick! Nicht so eilig … dieser Ripley wird doch eine ganze Menge von diesen Halstüchern verkauft haben. Wieso erinnert er sich ausgerechnet an Fay Collins?«

»Ich habe ihm eine Fotografie von ihr gezeigt.«

»Und er hat sie wiedererkannt?«

»Mit Bestimmtheit«, sagte Jeffreys. »Aber auch ohne das Bild konnte er sich recht gut an sie erinnern. Wie es scheint, konnte Fay Collins sich nicht dazu entschließen, welches Halstuch sie nehmen sollte. Sie setzte dem Verkäufer auseinander, daß es für einen Freund von ihr bestimmt war, der sehr vermögend und sehr eigensinnig in der Wahl seiner Kleidungsstücke sei. Ripley sagt, sie hätte es sich mehrmals anders überlegt. Einmal wollte sie einen Morgenmantel, dann wieder ein Paar Hausschuhe, einen Pyjama, einen Pullover und ein Sporthemd. Es hat nicht viel gefehlt, und sie wäre mit einer Smokingjacke abgezogen.«

»Eine Smokingjacke?« meinte Yates nachdenklich.

»Ja«, knurrte Jeffreys. »Ich wollte, ich hätte 'ne Freundin wie die.«

»Vielleicht blüht Ihnen auch noch einmal das Glück«, lächelte Yates. Er nahm das Halstuch und verschloß es in seiner Schreibtischschublade. »Ich habe Ihnen zu danken, Jeff«, sagte er. »Sie haben einen großen Fang gemacht.«

Jeffreys schien ein wenig verdattert ob des unerwarteten Lobes. Letzten Endes hatte es sich doch lediglich um eine Routinearbeit gehandelt. In diesem Augenblick betrat Reverend Nigel Matthews das Büro.

»Guten Morgen, Sir«, sagte Yates liebenswürdig. Er nickte Jeffreys zu. »Wir sehen uns später.«

Jeffreys ging, und Yates bot seinem Besucher einen Stuhl an.

»Sie müssen ein vielbeschäftigter Mann sein, Inspektor«, meinte Matthews.

»Ja«, sagte Yates. »Das kann man wohl behaupten.«

»Was meine Neugierde nicht gerade verringert«, sagte Matthews. »Ich frage mich, was Sie wohl bewogen haben mag, mich hierherzubitten.«

»Dafür habe ich einen sehr triftigen Grund«, erklärte Yates.

Er blickte dem Geistlichen fest in die Augen. »Mr. Matthews, wenn ich richtig informiert bin, sind Sie mit einem Manne namens Clifton Morris bekannt oder befreundet.«

»Terry Morris?« fragte Matthews verwundert. »Den kenne ich allerdings. Recht gut sogar.«

»Sein Name ist Clifton, Sir, und nicht Terry.«

Matthews lächelte. »Ich weiß. Aber ich finde, Eltern, die ihre Kinder mit solchen Namen behaftet auf die Menschheit loslassen, sind sehr engherzig. Sie machen sich keinen Begriff davon, mit welch ausgefallenen Namen die Eltern manchmal bei mir erscheinen, um ihre Kinder taufen zu lassen ... «

»Wir sprachen über Clifton Morris«, bemerkte Yates lächelnd.

»Ach ja, natürlich. Nun, vermutlich läßt er sich lieber Terry nennen statt Clifton, und daraus kann man ihm wohl keinen Vorwurf machen. Ob seine Verwandten ihn auch Terry nennen, weiß ich nicht. In Cambridge wurde er nur Terry genannt, und ich nehme doch an, das ist bis auf den heutigen Tag so geblieben.«

»Sind Sie näher befreundet mit ihm?« fragte Yates.

Der Vikar überlegte einen Augenblick. »Nein, das würde ich nicht sagen. Er ist ein Mann, der mir sympathisch ist und den ich bewundere.«

»Warum bewundern Sie ihn, Sir?«

»Na ja, er hat sich sehr gut herausgemacht, müssen Sie wissen. Er ist, was man landläufig einen Selfmademan nennt. In Cambridge war er alles andere, nur kein erfolgreicher Student. Zugegeben, er bestand sein Examen, aber das auch nur mit knapper Not. Dann kam der Krieg. Terry mußte einrücken, aber ich zweifle daran, daß seine Teilnahme an den militärischen Aktionen unserer glorreichen Armee in irgendeiner Weise zum Endsieg beigetragen hat.«

»Was wollen Sie damit zum Ausdruck bringen, Sir?« fragte Yates.

Matthews lächelte. »Ich glaube, er hat alles darangesetzt, einen gewissen Clifton Morris unbeschadet in die harten Friedenszeiten hinüberzuretten.«

Yates nickte. »Ich kann mir schon denken, wie Sie das meinen. Wie ging es nach dem Krieg weiter?«

»1946 gelang es Terry, einen von diesen Textilmillionären zu überreden, einer ganz neuartigen Zeitschrift finanzielle Rückendeckung zu gewähren. Einige Fachleute hielten das für reine Geldverschwendung, aber Terry hatte einige ausgezeichnete Ideen aus Paris importiert, und er verstand es glänzend, die allgemeine Sucht nach Luxus und Eleganz, die den Kriegsjahren folgte, finanziell auszuschlachten. Innerhalb von zwei Jahren hatte er ein zweites, ihm allein gehörendes Modejournal lanciert, und heute dürfte er sich zu den besonders wohlhabenden Kreisen unseres Landes zählen.«

»Wann haben Sie zum ersten Male seine Bekanntschaft gemacht?« fragte Yates.

Matthews überlegte einen Augenblick. »Das muß 1938 gewesen sein. Ich kannte seinen Bruder recht gut – Wrenson ... «

»Wrenson?«

»Ja; komischer Name, nicht wahr? Die Familie Morris hatte wirklich einen ausgefallenen Geschmack. Clifton und Wrenson!« Matthews hob unversehens den Kopf und blickte den Inspektor durchdringend an. »Warum sind Sie eigentlich an Terry so interessiert?«

»Im Vertrauen, Sir«, sagte Yates leise. »Wir verfügen über gewisse Indizien, die darauf schließen lassen, daß Morris etwas mit dem Mord an Fay Collins zu schaffen hatte.«

Matthews machte ein erschrockenes Gesicht. »Aber das ist doch absurd, Inspektor!« protestierte er. »Sie irren sich ganz bestimmt!«

Yates schüttelte seinen Kopf. »Das glaube ich nicht, Sir. Wir vermuten, daß er in der Mordnacht mit Fay Collins zusammengetroffen ist.«

»Was sagt Terry denn dazu? Haben Sie bereits mit ihm darüber gesprochen?«

»Er behauptet, in der fraglichen Nacht in London im Kino gewesen zu sein. Als Zeugin dafür hat er eine gewisse Diana Winston benannt.«

»Und hat sie seine Angaben bestätigt?«

»Bisher noch nicht – leider.«

»Aber wie sind Sie denn überhaupt auf Terry gekommen?« fragte Matthews, der seinen Ohren nicht trauen wollte.

»Miss Hastings hat uns auf ihn aufmerksam gemacht«, erklärte Yates. »Vor einigen Tagen entdeckte sie auf einem Zeitungsfoto einen Mann, der ihrer Meinung nach mit der Person identisch war, die sie in der Mordnacht zusammen mit Fay Collins gesehen hat.«

»Ich verstehe«, sagte der Vikar, der sich anscheinend große Sorgen um seinen Freund machte.

»Selbstverständlich hat sie uns den Mann gleich nach ihrer Rückkehr von der Europareise beschrieben«, fuhr der Inspektor fort, »aber damit konnten wir leider nicht viel ...»

»Sagten Sie – Europareise?« unterbrach Matthews den Inspektor.

»Das sagte sie«, erwiderte Yates.

Matthews schien verwundert. »Wann hat sich Miss Hastings denn auf dem Kontinent aufgehalten?«

»Am Morgen nach dem Mord ist sie nach Genf geflogen.«

Der Vikar zog ein verblüfftes Gesicht. »Ich fürchte, ich kann Ihnen da nicht ganz folgen, Inspektor. Ich war der Ansicht, der Mord an Fay Collins wurde in der Nacht vom 7. auf den 8. Januar begangen?«

»Sie haben recht«, bestätigte Yates. »Mittwoch, dem 7. Januar.«

»Und wann ist sie aus Genf zurückgekommen?«

»Noch am gleichen Tage, als sie aus der Zeitung von dem

Mord an Fay Collins erfuhr. Ich glaube, das war eine Woche später, am 11. oder 12. Januar.«

Matthews schüttelte verwundert seinen Kopf. »Aber das ist sonderbar, sehr sonderbar … «

»Was ist sonderbar, Sir?« fragte Yates. Er stand auf und ging um den Schreibtisch herum.

Matthews sagte langsam: »Miss Hastings war Freitag morgen in London, Freitag, den 9. Januar. Ich habe sie in der Regent Street in ein Taxi steigen sehen.«

»Hat Miss Hastings Sie ebenfalls gesehen?«

»Nein.«

»Und Sie sind fest davon überzeugt, daß es Miss Hastings war, die in das Taxi stieg?«

»Felsenfest«, versicherte Matthews mit Nachdruck.

»Und das Datum wissen Sie auch mit Bestimmtheit?«

Wieder nickte Matthews. »Ganz sicher. Es war der 9. Januar.«

Yates bedachte den Vikar mit einem zweifelnden Blick. Matthews schob nervös den Zeigefinger zwischen Hals und Pastorenkragen. »Inspektor«, sagte er. »Ich versichere Ihnen, daß ich diese Sache mit Miss Hastings nicht erfunden habe. Ich bleibe dabei, Marian Hastings in London am 9. Januar gesehen zu haben. Sie glauben mir doch, oder?«

»Ja, Mr. Matthews«, sagte Yates mit leiser Stimme, so leise, als spräche er zu sich selber. »Ich glaube Ihnen …«

5

Die Blicke der beiden Männer begegneten einander über der hellgelben Flamme des Feuerzeugs, als Clifton Morris dem Inspektor Feuer gab. Weder der eine noch der andere wollte mit seinem Blick irgend etwas zum Ausdruck bringen. Es war lediglich ein Testen, ein Vorfühlen. Morris wog das Feuerzeug in seiner rechten Hand, bevor er es in der Tasche verschwinden ließ. »Ich kann Ihnen gar nicht sagen, wie dankbar ich für die Wiederbeschaffung des Feuerzeugs bin«, meinte er. »Mein Kommandeur hat es mir während des Krieges geschenkt, und der Verlust dieses Erinnerungsstückes hätte mich sehr schmerzlich berührt.«

Sie saßen einander in der Wohnung des Modeverlegers gegenüber, und auf der Wanduhr war es sechs Uhr dreißig. Morris trug einen eleganten Abendanzug und tat äußerst gelassen. Yates fragte sich, was wohl geschehen müßte, um diesen Mann aus dem Gleichgewicht zu bringen.

»Falls es Sie interessieren sollte, Sir«, sagte Yates. »Dieses Feuerzeug wurde auf einem Acker in Littleshaw gefunden.« Das, dachte der Inspektor, sollte ihn zumindest ein wenig nachdenklich stimmen.

Aber Morris reagierte lediglich mit höflicher Verwunderung. »In Littleshaw?«

»Ja«, sagte Yates. Er wartete einen Augenblick, bevor er weitersprach. »Etwa zwanzig Meter von der Stelle entfernt, an der Fay Collins ermordet wurde.«

Morris saß sekundenlang bewegungslos auf dem Sofa. Dann nahm er das Feuerzeug aus der Tasche und betrachtete es. »Und jetzt glauben Sie, ich hätte gelogen, nicht wahr?« fragte er. »Sie haben sich die Ansicht zu eigen gemacht, ich könnte das Ding nur zu dem Zeitpunkt verloren haben, als Fay Collins erdrosselt wurde.« Er blickte den Inspektor mit ausdruckslosen Augen an.

»Ist das der Fall?« fragte Yates.

Morris schüttelte seinen Kopf. »Tut mir leid, Inspektor. Die Antwortet lautet nein.«

Yates beugte sich ein wenig vor. »Mr. Morris, erinnern Sie sich an das Halstuch, das ich Ihnen gestern gezeigt habe?«

»Natürlich«, sagte Morris schulterzuckend. »So etwas vergißt man doch nicht.«

»Angenommen, dieses Halstuch gehört Ihnen nicht – dann besitzen Sie sicherlich eines, das dem Tuch, das ich Ihnen zeigte, aufs Haar gleicht, nicht wahr?«

»Ja, das habe ich. Aber es ist noch nicht gefunden worden.«

»Wo haben Sie es gekauft, Sir?«

Morris überlegte sekundenlang. »In einem Geschäft in der Bond Street. Briggs & Howland heißt der Laden, wenn ich mich recht besinne.«

»Wann?« fragte Yates.

»Oh, das wird vor einem Jahr gewesen sein«, erwiderte Morris leichthin. »Ich habe sogar zwei von diesen Tüchern gekauft.«

»Zwei?«

»Ja. Das eine, das mir abhanden gekommen ist, und ein anderes, weißes.« Er wies auf ein Seidentuch, das über der Rückenlehne des Sofas ausgebreitet lag. »Dort liegt es. Eines für den Tag, eines für den Abend.«

»Aha«, sagte Yates. »Miss Collins hat ebenfalls ein Halstuch bei Briggs & Howland gekauft« – er ließ seine Finger über den weißen Schal gleiten –, »nicht weiß wie dieses, sondern bunt.«

»Und?« sagte Morris. Seine Stimme klang uninteressiert.

Yates zog ein Telegramm aus der Tasche. »Sie schickte das Halstuch ihrem Freund, und der bedankte sich dafür mit diesem Telegramm. Wollen Sie wissen, was darin stand?«

»Sagen Sie es mir«, schlug Morris vor und lächelte spöttisch.

Yates las: »Vielen Dank für das Halstuch. Gruß Terry.« Er verstaute das Telegramm wieder in seiner Rocktasche. »Der Inhalt scheint Sie nicht sehr zu überraschen, Sir«, bemerkte er. »Soll das heißen, daß Sie es abgesandt haben?«

»Selbstverständlich nicht, und zwar aus gutem Grunde.«

»Der wäre?«

Morris unterdrückte ein Gähnen. »Sie hat mir das Halstuch nicht geschickt.«

»Ich verstehe«, sagte Yates ruhig. »Ich danke Ihnen von ganzem Herzen, Sir. Sie waren eine große Hilfe.«

Morris zog seine Augenbrauen in die Höhe. »Zumindest habe ich versucht, Ihnen behilflich zu sein, Inspektor.«

»Übrigens, Sir«, sagte Yates. »Kennen Sie zufällig ein Restaurant ›Le Lav…‹ Jetzt habe ich den Namen vergessen. Jedenfalls war es irgend etwas Französisches.«

»›Le Lavencher‹«, kam ihm Morris zu Hilfe. »Ich gehe oft dorthin. Ist ein sehr nettes Lokal.«

»Miss Collins schien der gleichen Ansicht zu sein. Sie verkehrte auch dort.« Yates ließ Morris nicht aus den Augen.

Morris war nicht zu schlagen. »Eine ganze Anzahl von Leuten besucht das ›Le Lavencher‹ regelmäßig, Inspektor. Es ist sehr beliebt.«

»Das glaube ich«, murmelte Yates. »Äh – würden Sie den Namen des Restaurants bitte noch einmal wiederholen?«

»Le Lavencher.« Morris sprach das französische Wort akzentfrei und ohne Mühe aus.

»Würden Sie die Güte haben, es für mich aufzuschreiben, Sir?« fragte Yates. »Französisch war noch nie mein Fall.« Er reichte Morris einen Kugelschreiber und einen Umschlag.

Morris blickte Yates durchdringend an. Dann schrieb er den Namen auf den Umschlag und gab ihn zurück.

»Vielen Dank«, sagte Yates.

Morris erhob sich von dem Sofa und stand in der Mitte des Raumes mit auf dem Rücken verschränkten Händen. »Inspektor«, sagte er freundlich. »Sie haben mir während der letzten vierundzwanzig Stunden eine Unmenge von Fragen gestellt. Darf ich zur Abwechslung einmal eine Frage an Sie richten?«

»Aber selbstverständlich«, sagte Yates. »Nur zu!«

»Warum haben Sie mich noch nicht verhaftet?« wollte Morris wissen. »Sie sind doch zweifellos der Ansicht, daß ich und kein anderer Fay Collins ermordete. Mit den Beweisen, die Sie in der Hand halten, könnten Sie doch jederzeit einen Haftbefehl gegen mich erwirken.«

Yates lächelte vielsagend. »Vor zwölf Monaten war ich zum Scotland Yard abgestellt«, sagte er. »Eines Tages ließ ich mir auf Grund einiger Indizien, die ich in der Hand hielt, und gegen meine innere Überzeugung einen Haftbefehl ausstellen. Das war ein Fehler, und nun erfreue ich mich wieder der frischen Landluft in Littleshaw. Mir gefällt es dort ganz gut, und deshalb möchte ich, wenn es irgend geht, nicht noch einen Fehler dieser Art begehen. Ist Ihre Frage damit beantwortet, Mr. Morris?«

»Ja«, sagte Morris frostig.

»Dann werde ich mich verabschieden«, sagte Yates. »Schon gut, Sir. Ich finde den Weg allein.« In der Tür drehte er sich noch einmal um. »Ich nehme doch an, daß Sie das Mädchen noch nicht gefunden haben, oder?«

»Mädchen?« fragte Morris verwundert. »Welches Mädchen meinen Sie denn?«

»Das Mädchen aus dem Kino. Diana – wie war ihr Name doch gleich?«

»Oh, Sie sprechen von Diana Winston«, sagte Morris. »Nein, ich fürchte, die Dame habe ich noch nicht auftreiben können. Hält sich gut versteckt, das Mädchen.«

»Ich würde an Ihrer Stelle alles daransetzen, um sie aufzuspüren«, sagte Yates bedeutungsvoll und zog geräuschlos die Tür hinter sich ins Schloß.

Morris wartete, bis Yates das Gebäude verlassen hatte. Dann warf er einen Blick auf seine Armbanduhr und schlüpfte in seinen Mantel. Als er sich zum Gehen wandte, klingelte das Telefon.

»Hier ist Norman«, meldete sich der Anrufer. »Ich habe mich mit den Steuerberatern in Verbindung gesetzt. Die Berechnungen und Angaben, die Sie angefordert haben, sind bereits unterwegs. Morgen früh mit der ersten Post können Sie damit rechnen.«

»Danke, Norman«, sagte Morris.

»Da ist noch etwas, Sir«, fuhr Thackeray fort. »Es handelt sich um das Mädchen, von dem Sie sprachen – Diana Winston.«

»Was ist mir ihr?«

»Bedauerlicherweise ist mir da ein Fehler unterlaufen, Sir«, sagte Thackeray. »Sie hält sich gar nicht mehr in Paris auf. Flaubert hat sie bereits vor über einem Jahr an die frische Luft gesetzt.«

»Und wo befindet sich diese Dame jetzt?«

»Sie ist wieder in London und arbeitet als freie Journalistin wie zuvor.«

Morris sagte schnell: »Rufen Sie die Frau sofort an und vereinbaren Sie ein Treffen mit ihr …«

»Das ist bereits geschehen«, unterbrach Thackeray seinen Chef. »Sie wird morgen nachmittag in Ihrem Büro vorsprechen.«

»Gut«, sagte Morris. »Sowie sie sich blicken läßt, rufen Sie ein Taxi und schicken die Dame zu mir in die Wohnung. Ist das klar?«

»Wenn sie pünktlich ist, können Sie um Viertel nach drei mit ihrem Eintreffen rechnen«, sagte Thackeray.

Morris' angespannte Gesichtszüge glätteten sich, und er begann zu lächeln. Es sah ganz so aus, als würde zu guter Letzt doch noch alles nach Wunsch verlaufen. »Vielen Dank, Norman«, sagte er.

Kriminalinspektor Yates war ein wenig verbittert. Zur Abwechslung, so dachte er, könnte einer der mit dem Mordfall in Verbindung gebrachten Leute ruhig einmal die Wahrheit sagen oder zumindest ein einziges Mal nicht versuchen, sich hinter billigen Ausflüchten zu verstecken und die Polizei an der Nase herumzuführen. Marian Hastings machte keinerlei Anstalten, diesem seinem Wunsch zu entsprechen. Sie saß ihm gegenüber in seinem Büro, tadellos frisiert und nach der neuesten Mode gekleidet. Sie war sehr selbstbewußt, hoheitsvoll, blickte verächtlich auf ihre Umgebung herab und schien keinesfalls bereit, dem geplagten Inspektor bei der Aufklärung des Mordfalles auch nur mit dem kleinen Finger helfen zu wollen.

Yates beglückwünschte sich im stillen zu der Tatsache, daß er nicht Alistair Goodman hieß, und sagte geduldig: »Sie haben meine Frage immer noch nicht beantwortet, Miss Hastings.«

»Das hat seinen guten Grund«, sagte sie spitz. »Ich habe sie nämlich nicht begriffen.«

»Aber das kann doch nicht so schwer sein«, stöhnte Yates. »Ich will nichts weiter von Ihnen, als daß Sie mir ausführlich darüber Rechenschaft ablegen, wo Sie sich in der Zeit vom 7. bis zum 13. Januar dieses Jahres aufgehalten haben.«

»Warum, um alles in der Welt, sollte ich das wohl?« empörte sie sich. »Sie wissen, wo ich mich am 7. Januar, also in der Mordnacht, aufhielt. Das sollte genügen.«

Yates beschäftigte sich angelegentlich mit seinem Notizbuch. »Und wo waren Sie am 8. Januar?«

»Das habe ich Ihnen doch bereits mitgeteilt«, sagte Marian. »Ich bin nach Genf gereist und von dort mit dem Wagen nach Chamonix weitergefahren. Warum allerdings diese Tatsache für irgend jemanden von Interesse sein soll, ist mir völlig schleierhaft.«

»Wo haben Sie in Chamonix gewohnt?« fragte Yates.

»In einem Hotel, das ›La Petit Boheme‹ heißt.«

Yates verewigte den Namen in seinem Notizbuch. »Danke sehr.«

»Es liegt in der Avenue de Gaulle, da Sie sich ja so sehr dafür interessieren.«

Yates verkniff sich eine bissige Bemerkung und lächelte stattdessen. »Vielen Dank, Miss Hastings. Jetzt wollen wir die Termine zur Sicherheit noch einmal durchgehen, damit ein Irrtum ausgeschlossen ist. Also – Sie verließen Littleshaw am Abend des 7. Januar, einem Mittwoch. Sie übernachteten in London und flogen am nächsten Morgen – Donnerstag, dem 8. Januar …«

Marian Hastings lächelte hoheitsvoll. »Das ist ein Irrtum«, flötete sie.

»Das ist was?«

Sie schüttelte indigniert ihren wohlfrisierten Kopf. »Ich bin zwar Donnerstag morgen nach Genf abgereist, aber ich bin nicht geflogen. Ich nahm den Zug.«

»Aber wenn ich mich recht erinnere«, sagte Yates, »so haben Sie mir bei Ihrem ersten Besuch erklärt, Sie seien geflogen.«

»Das ist völlig ausgeschlossen. Ich habe den Zug genommen. Ich verabscheue Flugzeuge, und wenn ich es irgend einrichten kann, reise ich mit der Bahn.« Sie bedachte Yates mit einem herausfordernden Blick.

Yates gestattete sich die Andeutung eines Seufzers. »Soso. Und dann sind Sie also am Freitag, 9. Januar, in Genf eingetroffen.«

Sie nickte. »Das stimmt. Eine Freundin von mir holte mich auf dem Bahnhof ab, und wir fuhren mit dem Wagen nach Chamonix. Dort sind wir gegen vier Uhr nachmittags eingetroffen.«

Yates klappte sein Notizbuch zu und stand auf. Er setzte sich auf eine Ecke seines Schreibtisches und verschränkte die Arme über der Brust. »Miss Hastings«, sagte er. »Was würden Sie dazu sagen, wenn ich Ihnen erklärte, daß Sie von einem Freund von mir am Morgen des 9. Januar in London gesehen wurden?«

Marian schüttelte energisch ihren Kopf. »Ich würde sagen, daß Ihr Freund entweder einen über den Durst getrunken hatte oder sich vom Augenarzt eine Brille verschreiben lassen sollte, vielleicht sogar beides.« Sie erhob sich und rückte ihre Nerzstola zurecht. »Sie können leicht herausfinden, ob ich die

Wahrheit gesagt habe. Sie brauchen sich ja nur mit dem Hotel in Verbindung zu setzen.«

»Ich danke Ihnen, Miss Hastings«, sagte Yates liebenswürdig.

»Jedenfalls«, fuhr sie fort, »ist es mir nach wie vor unbegreiflich, warum Sie wissen wollen, wo ich mich am Freitag, dem 9. oder 10., oder welcher Tag es auch gewesen sein mag …«

»Es war der 9.«, sagte Yates freundlich.

Ihr Blick war eine offene Kriegserklärung. »Also gut, der 9. Und was ist, wenn ich an diesem Tag in London gewesen bin?«

»In dem Fall«, sagte Yates, »hätten Sie aus den Zeitungen noch an dem betreffenden Morgen von dem Mord an Fay Collins erfahren.«

»Und?«

»Sie haben sich bei mir jedoch erst sechs Tage nach dem Mord eingefunden.« Er sprach in leicht vorwurfsvollem Tonfall. »In dem Fall würde ich wissen wollen, warum Sie sechs Tage lang gewartet haben.«

»Jetzt verstehe ich, was Sie meinen.« Sie entledigte sich des Problems mit arrogantem Schulterzucken. »Nun, Sie wissen ja, was sich in Wirklichkeit zugetragen hat. Ich war in der Schweiz und wußte nichts von der ganzen Affäre.«

»Natürlich«, beeilte sich Yates ihr beizupflichten.

Marian Hastings öffnete ihren geschminkten Mund, um etwas zu sagen, besann sich jedoch eines Besseren und schwieg. Jeffreys betrat das Büro mit einem langen Umschlag in der Hand. »Verzeihung, Sir«, sagte er. »Dies hier ist gerade eingetroffen.«

»Danke«, sagte Yates. Er bedachte Marian mit einem entwaffnenden Lächeln. »Miss Hastings wollte gerade gehen, Sergeant.« Sie funkelte erst Yates und dann Jeffreys an und rauschte majestätisch zum Zimmer hinaus.

Jeffreys schloß die Tür hinter ihr. »Nun, was haben Sie erreicht?« fragte er.

»Was würden Sie bei einer Frau wie der erreichen?« entgegnete Yates.

»Hm.« Jeffreys überlegte einen Augenblick. »Wenn ich genügend Zeit hätte, würde ich ...«

»Ich kann mir schon denken, was Sie tun würden«, sagte Yates und wurde plötzlich sehr geschäftig. »Rufen Sie sofort Scotland Yard an. Die sollen sich mit dem Hotel ›Petit Boheme‹ in Chamonix in Verbindung setzen und anfragen, ob Marian Hastings sich dort aufgehalten hat und wann. Wenn sie keine befriedigende Antwort erhalten können, sollen sie bei der Paßkontrolle Erkundigungen einziehen. Wenn diese junge Dame denkt, ich ließe mir von ihr einen Wollstrumpf über den Kopf ziehen, dann soll sie sich getäuscht haben. Wissen Sie, was Sie zu tun haben?«

Jeffreys nickte. »Jawohl.«

Yates schlitzte den Umschlag auf und entnahm ihm ein einzelnes Blatt Papier. »Allmählich kommen wir vorwärts«, sagte er und tippte mit dem Finger auf den Bogen. »Die Handschrift unseres Freundes Clifton Morris ist mit derjenigen verglichen worden, die uns Edward Collins gebracht hat – die von dem Glückwunsch, der dem Armband beilag. Clifton Morris hat die Karte geschrieben.«

»Das überrascht mich nicht weiter«, meinte Jeffreys.

»Mich auch nicht«, sagte Yates. Er legte den Bogen in eines der Schreibtischfächer und streckte sich. »Ich verschwinde jetzt. Heute möchte ich endlich einmal wieder zu Hause mittagessen – ewig diese belegten Brote und der lauwarme Tee, das kann der gesündeste Magen auf die Dauer nicht aushalten. Wir sehen uns heute nachmittag.«

»Nur noch eine Frage, Inspektor«, sagte Jeffreys.

»Ja?«

»Was ist mit Marian Hastings? Hat sie die Wahrheit gesagt?«

Yates schüttelte seinen Kopf. »Das möchte ich bezweifeln, Jeff. Ich setze mein Geld auf den Vikar. Aber bei diesem verschrobenen Fall weiß man wirklich nicht mehr, wem man glauben soll und wem nicht.«

»Aber was mag sie nur in London getrieben haben?« fragte Jeffreys. Yates schwieg und warf dem Sergeanten lediglich einen bedeutsamen Blick zu. Jeffreys grinste. »Ich kapiere. Sie vermuten, das alte Mädchen hat einen kleinen Freund in London und setzt ihrem Alistair Goodman Hörner auf, was?«

»Stellen Sie sich vor, an so etwas Ähnliches habe ich tatsächlich gedacht«, lächelte Yates. »Wir werden doch noch einen brauchbaren Kriminalbeamten aus Ihnen machen, Sergeant ...«

Clifton Morris saß in lässiger Haltung auf der Couch in seinem Wohnzimmer und betrachtete sein attraktives Gegenüber mit Kennermiene. Diana Winston war schlank, dunkelhaarig und was man landläufig eine Schönheit nennt. Ihr glänzendschwarzes Haar und ihr weißes Gesicht verliehen ihr ein fast madonnenhaftes Aussehen, doch war sie in Wirklichkeit ganz und gar keine Madonna, sondern eine ausgekochte junge Journalistin mit einem beträchtlichen Spürsinn für gute Storys. Sie saß fast ein wenig herausfordernd und völlig entspannt in ihrem Sessel und erwiderte gelassen den prüfenden Blick ihres Gastgebers.

Er schob ihr sein silbernes Zigarettenetui zu und ließ sein Feuerzeug aufflammen. Lächelnd sagte er: »Vermutlich werden Sie sich fragen, was diese ganze Angelegenheit eigentlich bedeuten soll.«

Diana Winston sog genüßlich den Rauch in ihre Lungen. Sie erwiderte sein Lächeln und antwortete nach kurzer Pause: »Zugegeben, Mr. Thackerays Anruf hat mich ein wenig überrascht. Noch erstaunter freilich war ich, als er mich in ein Taxi verfrachtete und hierher zu Ihnen entführte.«

»Und warum waren Sie überrascht?« fragte Morris.

»Norman Thackeray hat nicht viel übrig für mich, Mr. Morris, und noch viel weniger für meine Arbeiten.«

»Aber, aber«, sagte Morris geschmeidig. »Soviel ich weiß, hat er eine sehr hohe Meinung von Ihnen.«

»Wenn das der Fall ist, versteht er es ausgezeichnet, seine Meinung geheimzuhalten.«

Morris zuckte mit den Schultern. »So ist das Leben nun einmal, nicht wahr? Um ehrlich zu sein, ich stimme mit Norman auch nicht immer überein, vor allen Dingen, was seine Ansichten über freischaffende Journalisten betrifft. Ich persönlich schätze Ihre Arbeiten sehr hoch ein – dieser Artikel von Ihnen über Monte Carlo war wirklich ganz ausgezeichnet.«

»Vielen Dank«, meinte Diana Winston spöttisch. »Ich wollte, ich hätte ihn geschrieben.«

»Das ist doch sonderbar. Ich hätte schwören können, er stammt aus Ihrer Feder.«

Sie schüttelte ihren Kopf.

»Was kann es denn sein, woran ich denke?«

Sie lächelte. »Das möchte ich auch wissen, Mr. Morris.«

Morris ließ seine Finger zusammenschnappen. »Aber natürlich, wie dumm von mir! Die französische Riviera war es ja gar nicht. Sie haben für mich einen Artikel über die italienische Riviera geschrieben, nicht wahr?«

»Richtig.«

»Das war vor etwa vier Jahren …«

Diana Winston nickte. »Stimmt auch.«

»Er war sehr gut«, sagte Morris herzlich. »Ein ausgezeichneter Artikel, wirklich.«

Diana Winston zog die Stirn in Falten. »Ich bin erstaunt, daß Sie sich überhaupt an die Story erinnern. Ich meinerseits erinnere mich lediglich an den hübschen Scheck, den ich dafür bekommen habe.«

»Ich pflege ordentliche Arbeit gut zu bezahlen«, sagte Morris. »Und weil Ihr Artikel sehr gut war, habe ich ihn auch nicht vergessen. Offen gestanden haben wir mit dem Gedanken gespielt, Sie eine ganze Serie von Artikeln für uns schreiben zu lassen. Leider war irgend jemand – ich weiß nicht mehr wer – dagegen, und deshalb wurde nichts daraus.«

»Norman Thackeray war dagegen, nicht wahr?« erkundigte sich Diana.

Morris sagte: »Ich kann mich nicht mehr darauf besinnen, wer es war.«

»Na ja, das ist letzten Endes einerlei«, meinte Diana Winston. »Und was verschafft mir jetzt die Ehre Ihres Interesses?«

»Ich habe Sie nicht hergebeten, um mit Ihnen über Ihre Vergangenheit zu sprechen«, sagte Morris. »Ich möchte Ihnen vielmehr einen sehr konkreten Vorschlag unterbreiten. Sicherlich werden Sie mein Angebot verlockend finden.«

»Erzählen Sie mir mehr darüber«, forderte sie ihn auf.

Morris wirkte bei weitem nicht mehr so selbstsicher wie zuvor. Ihm war inzwischen klargeworden, daß diese wenig kompromißbereite junge Frau ihm so gut wie keine Gelegenheit geben würde, sich und seine Absichten in ein gutes Licht zu setzen. Sie war nach wie vor äußerst wachsam und ließ deutlich genug durchblicken, daß sie mehr hinter diesem Zusammentreffen vermutete als bloßes Interesse an ihrer Arbeit. Er sagte ein wenig schwerfällig: »Nun, zunächst einmal – äh – habe ich Ihnen überhaupt schon einen Drink angeboten?«

»Nein«, erklärte Diana Winston. »Das haben Sie nicht.«

»Darf ich Ihnen etwas mixen?«

»Ja. Einen Dry Martini – so trocken wie möglich.«

Morris machte sich an dem Getränkeschrank zu schaffen. Er füllte Gin und Wermut in ein Glas und fügte Eis hinzu. Während er die Flüssigkeit umrührte, fragte er über die Schulter hinweg: »Was haben Sie in den letzten Jahren getrieben?«

»Eine Zeitlang war ich in Paris für ein Modejournal tätig.«

Morris schenkte sich selber einen Whisky ein und reichte der jungen Frau das Glas mit dem Martini. »Skoal!« sagte er lächelnd. Diana nippte an ihrem Drink und sah Morris über den Rand ihres Glases hinweg an.

»Warum sind Sie dort fortgegangen?« fragte Morris.

»Der Verleger und Diana Winston waren verschiedener Meinung«, sagte sie fröhlich.

Morris mußte lächeln. »So etwas soll vorkommen«, sagte er.

»Ganz besonders in Paris«, fügte Diana Winston hinzu.

Morris betrachtete nachdenklich die goldgelbe Flüssigkeit in seinem Glas und ließ die Eisstückchen zusammenklirren. »Miss Winston«, sagte er schließlich. »Vermutlich werden Sie meine Frage als recht außergewöhnlich empfinden.«

»Versuchen Sie's«, forderte sie ihn auf. »Mir sind in meinem bewegten Leben schon eine Menge außergewöhnlicher Fragen gestellt worden.«

»Können Sie sich daran erinnern, wo Sie sich am 7. Januar dieses Jahres aufgehalten haben und was Sie an diesem Tag gemacht haben?«

Diana Winston schien nicht sonderlich überrascht. Sie griff nach ihrer Handtasche und entnahm ihr ein kleines Tagebuch. Sie sagte: »Einige Leute halten die Angewohnheit, ein Tagebuch zu führen, für außerordentlich gefährlich, Mr. Morris.«

»Das kommt auf den Inhalt an«, meinte Morris.

Sie blätterte einen Augenblick in den Seiten herum, bevor sie sagte: »Hier haben wir's. Vormittags war ich beim Friseur. Was ich nachmittags und abends getrieben habe, geht aus meinen Aufzeichnungen nicht hervor.« Sie warf Morris einen fragenden Blick zu. »Das ist in der Tat eine sonderbare Frage. Warum wollen Sie das denn wissen?«

»Ich stecke in einer etwas kniffligen Situation«, sagte Morris vorsichtig. »In diesem Zusammenhang möchte ich Sie um einen Gefallen bitten. Die ganze Angelegenheit ist mir natürlich furchtbar unangenehm.«

»Früher habe ich einmal für eine Illustrierte die Rubrik ›Einsame Herzen‹ bearbeitet«, spöttelte Diana.

»Außerdem habe ich Ihnen, wie bereits zuvor erwähnt, einen

interessanten Vorschlag zu unterbreiten«, fuhr Morris behutsam fort.

»Ein Gefallen und ein Vorschlag«, sagte sie. »Das hört sich nicht übel an. Hängt das eine vom andern ab?«

»Nein.«

»Sind Sie sich dessen auch ganz sicher?« Sie schien überrascht.

»Ganz sicher.«

»Da muß es sich aber um einen einmaligen Vorschlag handeln«, sagte sie.

»Das klingt sehr zynisch.«

»Kann schon sein. Nun lassen Sie erst einmal Ihren Vorschlag hören.«

Das kann ja heiter werden, dachte Morris. Die weiß alle Antworten im voraus und läßt sich so leicht nicht aufs Glatteis führen. Laut sagte er: »Ich trage mich mit dem Gedanken, noch ein weiteres Modejournal auf die Beine zu stellen. Die Firma Romano in Italien will die Sache mit mir gemeinsam machen, wobei die Grundidee ist, die Zeitschrift gleichzeitig in Italien und in England herauszubringen.«

Sie nickte. »Das hört sich gut an. Erzählen Sie mir mehr darüber.«

»Das könnte eine gesunde Sache werden«, fuhr Morris fort. »Aber natürlich ist auch ein erhebliches Risiko damit verbunden.«

»Auf alle Fälle nicht zu riskant für Sie, was?«

Morris lächelte. »Das nehme ich nicht an. Nun würde ich Sie gern für sechs Monate nach Rom schicken, nach außen hin zu dem Zweck, einige Artikel für uns zu schreiben. In Wirklichkeit sollen Sie die Romano-Leute kennenlernen – deren ganze Arbeitsweise, ihre Möglichkeiten und ihre Stabilität. Nach Ablauf des halben Jahres sollen Sie mir einen detaillierten Bericht über diese Firma liefern.«

Diana Winston nahm einen kleinen Schluck von ihrem Martini. »Wie kommen Sie darauf, daß ich so etwas könnte?«

»Sind Sie nicht dazu in der Lage?«

»Doch, ich glaube schon«, erwiderte sie. »Außer mit Norman Thackeray komme ich mit allen Leuten sehr gut zurecht, und ich spreche auch ganz ordentlich Italienisch. Im Herumschnüffeln bin ich auch nicht die Schlechteste.«

»Also sind Sie interessiert?« fragte Morris.

»Das bin ich«, erwiderte Diana.

»Also, abgemacht. Dreihundert Pfund im Monat und Spesen. Wie hört sich das an?«

»Nicht schlecht. Ich denke, damit haben wir die Sache mit dem Angebot hinter uns gebracht, nicht wahr? Wie steht es nun mit dem Gefallen?«

Morris drückte seinen Zigarettenstummel aus. »In der Nacht zum 8. Januar wurde ein Mädchen namens Fay Collins ermordet, und zwar nicht sehr weit von London, in Littleshaw. Unsinnigerweise neigt die Polizei zu der Ansicht, ich könnte den Mord begangen haben.«

»Und haben Sie ihn begangen?« Die Frage klang wie eine völlig nebensächliche Bemerkung, aber der Gesichtsausdruck des Mädchens verriet, wie sehr sie auf der Hut war.

Morris schüttelte energisch seinen Kopf. »Nein, das habe ich nicht. Ich habe Fay Collins nicht einmal gekannt. An dem betreffenden Abend war ich im Kino – in dem Theater in der Curzon Street. Bedauerlicherweise bin ich allein dorthin gegangen.«

»Keine Zeugen, wie?«

»Ich habe der Polizei gegenüber behauptet, daß ich beim Verlassen des Kinos von einer bekannten Person gesehen wurde. Ich weiß nicht, ob man mir glaubt oder nicht, aber auf alle Fälle würde ein neuer Zeuge meiner Aussage bedeutend mehr Rückhalt verleihen.«

»Das ist verständlich«, sagte Diana Winston. »Und nun wollen Sie also, daß ich Ihnen das begehrte Alibi verschaffe, oder?«

»Das ist in etwa, worum ich Sie bitten wollte.«

»Ich soll der Polizei erzählen, ich hätte Sie aus dem Kino kommen sehen?«

»Ja.«

Diana Winston nahm eine Zigarette aus dem silbernen Etui. Als Morris sich zu ihr hinüberneigte, um ihr Feuer zu geben, sagte sie: »Und das ist alles?«

»Ja«, sagte Morris. »Das ist alles.«

»Und wenn ich Ihr Alibi auffliegen lasse?«

»Was meinen Sie damit?« fragte Morris in scharfem Tonfall.

»Sie werden schon wissen, was ich meine, Mr. Morris. Wenn ich sage, ich hätte Sie im Kino gesehen, bekomme ich den Job in Italien. Falls nicht ...«

»So ist das ganz und gar nicht«, ereiferte sich Morris. »Wie ich Ihnen bereits sagte, haben die beiden Dinge nichts miteinander zu schaffen.«

Diana Winston nickte, scheinbar zufriedengestellt. »Sind Sie wirklich in das Kino gegangen?« fragte sie.

»Ja.«

»Wie hieß der Film?«

»Wenn die Kraniche ziehen.«

»Hat er Ihnen gefallen?«

»Sehr.«

Diana lachte unversehens. Es war ein fröhliches, sorgloses Lachen, das den ganzen Raum heller erscheinen ließ. Mit einem Schluck trank sie den Rest ihres Martinis aus. »Mir hat der Film auch sehr gut gefallen, Mr. Morris«, sagte sie.

Morris atmete erleichtert auf. »Ich danke Ihnen«, sagte er leise. »Und nun gibt es noch verschiedene Dinge zu besprechen, die Ihre Italienreise betreffen. Ich würde vorschlagen, Sie kommen morgen früh in mein Büro, oder« – er hielt einen Augenblick inne und sah sie fragend an – »oder vielleicht würden Sie vorziehen, Freitag abend mit mir zu essen und bei der Gelegenheit alle weiteren Fragen mit mir zu besprechen – ich stelle das ganz in Ihr Ermessen.«

Diana Winston erhob sich mit unnachahmlicher Grazie von ihrem Stuhl. »Pranzianno assienel, Signor Morris«, sagte sie.

Morris lächelte ein wenig hilflos. »Was soll denn das heißen?«

Sie trat einen Schritt auf ihn zu, und der angenehm dezente Duft ihres Parfums stieg ihm in die Nase. »Auf alle Fälle heißt es nicht, daß ich morgen früh in Ihr Büro kommen werde ...«

Sergeant Jeffreys befand sich allein im Dienstzimmer. Yates war unterwegs, und er hatte seinen Untergebenen nicht darüber informiert, warum und wohin er unterwegs war. Er hatte Jeffreys lediglich angewiesen, am Telefon sitzen zu bleiben und darauf aufzupassen, daß sich der Hörer nicht selbständig machte. Das war um halb zwei gewesen. Der Apparat hatte sich immer noch nicht gerührt, obwohl es inzwischen vier Uhr geworden war.

Jeffreys legte seine Füße auf den Schreibtisch, steckte sich eine Zigarette an und breitete die Abendzeitung aus. Als erstes nahm er zur Kenntnis, daß ein Pferd, auf das er noch vor einer Woche zehn Schillinge gesetzt und verloren hatte, gestern als Sieger durchs Ziel gelaufen war. Die Wettquote war zwanzig zu eins. Jeffreys stieß einen Fluch aus, der so verboten war, daß er ihn nicht einmal sich selber wiederholen konnte, und widmete seine Aufmerksamkeit den Schlagzeilen auf der Titelseite.

Allem Anschein nach hatte die Presse jegliches Interesse an dem Mord an Fay Collins verloren. Lediglich ein paar Zeilen unter dem Wetterbericht waren dem Fall gewidmet.

Das Telefon klingelte. Jeffreys meldete sich. Die Stimme am anderen Ende der Leitung gehörte unverkennbar Clifton Morris. »Kann ich mit Inspektor Yates sprechen, bitte?« fragte Morris.

»Er ist leider nicht in seinem Büro«, sagte Jeffreys. »Kann ich irgend etwas für Sie tun – hier spricht Sergeant Jeffreys.«

»Ja«, sagte Morris. »Vielleicht haben Sie die Güte, Inspektor Yates zu bestellen, daß ich Miss Winston endlich gefunden habe. Sie erwartet seinen Besuch. Ihre Adresse ist Chelsea, Rylands Close 14.«

Jeffreys notierte hastig Straße und Hausnummer und sagte: »Ich habe es aufgeschrieben, Sir. Ich werde ihm Bescheid geben.«

Morris hängte ein. Jeffreys legte den Hörer langsam und nachdenklich auf die Gabel zurück. Er fragte sich, warum Morris' Stimme wohl so selbstzufrieden geklungen hatte.

6

Clifton Morris überflog den Wortlaut des Telegrammes noch einmal, bevor er es zusammenknüllte und ins Feuer warf. Der Text war kurzgehalten und nicht mißzuverstehen. ›Erwarte dich heute abend, Liebster. Kim.‹ Morris nahm Hut und Mantel und verließ sein Appartement. Als er auf die Straße hinaustrat, blickte er etliche Male um sich, um sicherzugehen, daß ihm niemand folgte.

Das ›Finale‹ machte den gleichen schauderhaften Eindruck auf Morris wie bei seinem ersten Besuch. Er betrat das Klublokal durch einen Seiteneingang und fand sich sogleich in einem Schwarm von jungen Damen wieder, die außer hohen, schwarzen Zylinderhüten nur sehr wenig anhatten. Jede einzelne von ihnen musterte ihn mit unverhohlenem Interesse.

Hector wälzte seinen Fleischkloß von einem Körper den Gang entlang auf Morris zu. Er schenkte den Mädchen so wenig Beachtung, als wären sie in unförmige Säcke gekleidet. Er rief Morris zu: »Wollen Sie Kim besuchen?«

»Ja«, erwiderte Morris.

»Hier entlang, Bruderherz«, sagte Hector und zwinkerte vertraulich mit den Augen.

Hector öffnete die Tür zu Kims Umkleideraum, ohne zu

klopfen, und steckte seinen Kopf durch den Spalt. Morris konnte die Stimme der jungen Dame hören, und was er vernahm, klang nicht gerade ermutigend. »Was, zum Teufel, willst du schon wieder? Und warum klopfst du nicht an?«

Hector kümmerte sich nicht um den Protest und schob Morris in den Raum hinein. »Du hast 'nen Besucher«, sagte er lakonisch.

»Das sehe ich«, sagte Kim. Sie war respektierlicher gekleidet als bei Morris' erstem Besuch. Morris mußte sich eingestehen, daß sie in dem grünen Kostüm nicht nur äußerst attraktiv, sondern sogar elegant aussah.

Hector lümmelte sich immer noch an der Tür herum. »Na, warum verschwindest du nicht?« rief Kim. »Heute abend gibt es nichts zu sehen.«

Hector grinste. »Monty sagt, er will die Reihenfolge ab morgen ändern. Du mußt dann nach der Montmartre-Szene auftreten.«

»Du kannst Monty bestellen, er soll sich zum Teufel scheren«, sagte Kim übelgelaunt. »Und nun mach, daß du fortkommst!«

Der bullige Rausschmeißer griente und verschwand. Kim wandte sich ihrem Gast zu. »Haben Sie heute abend die Show gesehen?«

»Nein«, erwiderte Morris.

Kim deutete mit dem Kopf die Richtung zur Bühne an. »Was für ein Publikum! Und wenn ich mir die Haut vom Leibe ziehen würde, dieses Volk würde immer noch auf den Händen sitzen. Setzen Sie sich. Ich bringe Ihnen einen Drink.«

»Miss Marshall, ich habe nicht allzuviel Zeit«, mahnte Morris.

»Nun hören Sie doch endlich damit auf, mich mit Miss Marshall zu beschimpfen«, sagte Kim. Sie stemmte die Hände in die Hüften und neigte sich vornüber. Die sich ihm bietenden Aussichten wirkten irgendwie beunruhigend auf sein Nervensystem. »Haben Sie immer noch Ameisen in den Hosen?«

fragte sie mit heiserer Stimme. »Was ist denn mit mir – habe ich die Pest?« Sie füllte ein großes Glas fast bis zum Rand mit Gin, fügte einen Tropfen Sodawasser hinzu und reichte Morris das Getränk. »Hier, führen Sie sich das zu Gemüte.«

»Nein, vielen Dank«, sagte Morris hölzern.

»Ach, nun tauen Sie doch endlich auf!« sagte Kim ungeduldig. Sie trank selber aus dem Glas.

»Ich habe Ihr Telegramm erhalten«, meinte Morris vorsichtig.

»Das glaube ich Ihnen aufs Wort«, sagte Kim. »Sonst wären Sie nicht gekommen.« Sie ließ sich in einen Sessel sinken. Der Rocksaum ihres hautengen Kleides verlagerte sich aufwärts und gab den Blick frei auf den weitaus größten Teil eines formvollendeten Beinpaares. »Also, Mr. Eiszapfen. Ich kann Ihnen einen Vorschlag unterbreiten. Ich habe mit meinem Freund gesprochen.«

»Ihrem Freund?«

»Dem Mann, der im Besitz des Briefes ist.«

»Ich war der Ansicht, Sie hätten den Brief«, sagte Morris.

»Aber nein«, erwiderte Kim. »Ich sagte, ich könnte ihn für Sie beschaffen. Sie fragten: ›Wieviel?‹ Erinnern Sie sich?«

Er nickte.

Kim setzte sich auf die Bank vor ihrem Toilettentisch. Sie nahm einen Lippenstift und versah ihren Mund mit einer dicken Schicht flammendroter Farbe. In den Spiegel hinein sagte sie mit leiser, jedoch deutlicher Stimme: »Sie werden achtzehntausend Pfund dafür auf den Tisch des Hauses legen müssen.«

Morris starrte einen Augenblick verblüfft auf ihr Spiegelbild und lachte dann. »Habe ich Sie achtzehntausend Pfund sagen hören?«

»Wie schön für Sie. Ihr Gehör funktioniert einwandfrei.« Sie beäugte kritisch das Produkt ihrer Malarbeit und begann sich mit ihrer linken Augenbraue zu beschäftigen.

»Halten Sie mich für wahnsinnig?«

Kim fuhr herum und blickte ihn aus schmalen Augen an. »Sie haben doch den Brief geschrieben, oder nicht?«

»Das habe ich«, sagte Morris.

Sie drehte ihr Gesicht wieder zum Spiegel hin. »Dann sind Sie wirklich wahnsinnig!«

Morris überlegte einen Augenblick. »Wie soll ich wissen, ob Ihr Freund den Brief wirklich hat? Die Tatsache, daß Sie im Besitz eines Tonbandes mit einem Telefongespräch sind, bedeutet noch lange nicht ...«

»Dann sehen Sie sich das hier einmal an«, unterbrach Kim ihn. Sie zog ein zusammengefaltetes Blatt Papier aus ihrem Ausschnitt. Morris erhob sich und nahm es. »Mit herzlichem Gruß von meinem Freund«, sagte sie. »Das ist eine Fotokopie. Was halten Sie davon?«

Morris studierte das Dokument mit größter Sorgfalt. »Also gut«, meinte er nach längerer Pause. »Er hat den Brief, und er will achtzehntausend Pfund dafür haben. Und was geschieht, wenn er das Geld nicht bekommt?«

»Dann wird er den Brief der Polizei übergeben, weiter nichts«, sagte Kim. »Die werden einen Freudentanz aufführen.«

»Und ich schwöre, dieses Schreiben niemals verfaßt zu haben.«

»Oh, wie raffiniert!« höhnte Kim. »Ich werde Ihnen etwas sagen, Mr. Großprotz. Sie können so lange schwören, bis Sie schwarz werden. Das ist Ihre Handschrift. Der Brief beweist, daß Sie Fay Collins kannten und daß Sie sich mit ihr treffen wollten.«

»Ja, aber aus der Zusammenkunft ist nichts geworden.«

»O doch, daraus ist etwas geworden. Sie haben den Treffpunkt per Telefon vereinbart.« Sie tippte auf das Tonbandgerät. »Mich können Sie nicht für dumm verkaufen.«

»Ich habe die Verabredung nicht eingehalten.«

Kim wandte ihm ihr geschminktes Gesicht zu. »Wer soll Ihnen das glauben?«

Morris lächelte. »Ich kann es beweisen. Es tut mir leid, Ihren Freund enttäuschen zu müssen, aber ich habe ein Alibi. An dem Abend, an dem Fay Collins ermordet wurde, war ich im Kino. Zu meinem Glück wurde ich dort von jemandem gesehen.«

»Ach, erzählen Sie doch keine faulen Witze«, sagte sie. »Wissen Sie was? Ich glaube Ihnen kein Wort. Bei mir verfangen Ihre Geschäftsmethoden nicht. Mit Leuten wie Ihnen habe ich meine Erfahrungen.«

»Zu schade um Ihre Erfahrungen«, sagte Morris. »Ich habe nämlich die Wahrheit gesagt.«

»Und wenn«, meinte Kim etwas weniger zuversichtlich. »Der Brief ist trotzdem von Wichtigkeit, selbst wenn Sie ein Alibi haben.«

»Das läßt sich nicht ableugnen«, sagte Morris. »Aber nicht mehr so wichtig wie noch vor kurzem. Ganz gewiß werde ich keine achtzehntausend Pfund dafür bezahlen.«

Kim versuchte es mit einer neuen Taktik. »Nehmen Sie doch Vernunft an, mein Lieber«, sagte sie. »Sie sind doch ein vermögender Mann, Sie schwimmen doch im Geld! Was sind schon achtzehntausend Pfund für Sie?«

»Wissen Sie auch, warum ich ein vermögender Mann bin?« fragte Morris.

»Nein; aber ich lasse mir das gerne von Ihnen verraten, Mr. Großprotz. Ein paar Unterrichtsstunden über dieses Thema können nicht schaden.«

»Weil«, sagte Morris mit eisiger Stimme, »Leute wie Sie und Ihr ehrenwerter Freund mich ständig unterschätzen. Sie können ihm bestellen, ich zahle achthundert Pfund und keinen Pfennig mehr, für den Brief und für das Tonband.«

Kim schien ihren Ohren nicht zu trauen. »Achthundert?«

Morris nickte. »Sie haben recht gehört. Und ich werde das Angebot nicht allzulange aufrechterhalten.«

Kim schluckte einige Male, bevor sie sagte: »Sie sind total verrückt. Glauben Sie etwa, er wird das akzeptieren?«

Morris zuckte mit den Schultern und griff nach seinem Hut. »Schicken Sie mir mal wieder ein Telegramm, Süße«, sagte er lächelnd und ging hinaus.

Kim Marshall sagte etwas sehr Unfeines. Dann packte sie ihr leeres Glas und schleuderte es gegen die Tür …

Clifton Morris kletterte aus dem Taxi, bezahlte den Chauffeur und fuhr mit dem Lift in seine Wohnung hinauf. Er verspürte große physische Müdigkeit, doch sein Verstand funktionierte einwandfrei. Im großen und ganzen, sagte er sich, brauchte er sich um den weiteren Verlauf der Angelegenheit mit Fay Collins keine Sorgen mehr zu machen. Er kam zu dem Schluß, daß er Kim gegenüber genau die richtige Taktik angewandt hatte.

Er zog seinen Wohnungsschlüssel aus der Tasche und schloß die Tür auf. Verwundert stellte er fest, daß in seinem Wohnzimmer das Licht brannte. Er stieß die angelehnte Tür auf und sah als erstes den Körper einer Frau auf seiner Couch liegen. Morris erkannte sie sofort. Diana Winston. Er bedurfte nicht der Bestätigung durch Inspektor Yates, zweier weiterer Männer in Zivil und eines uniformierten Polizeibeamten, daß die Frau auf der Couch tot war …

Wie aus weiter Ferne hörte Morris die Stimme von Superintendent Nash. »Sind Sie Clifton Morris?« fragte Nash.

»Ja«, erwiderte Morris. Er kannte seine eigene Stimme nicht wieder.

Nash wies auf den Leichnam. »Kennen Sie diese Frau?«

Morris trat einen Schritt vor und zwang sich dazu, das Gesicht der Frau anzusehen. »Ich kenne sie«, brachte er mühsam heraus. »Ihr Name ist Diana Winston.« Er wandte sich an Yates. »Um Gottes willen, Inspektor – was ist denn geschehen?«

»Superintendent Nash erhielt einen anonymen Anruf«, sagte

Yates. »Der Unbekannte teilte mit, daß in dieser Wohnung ein Mädchen umgebracht wurde.«

Morris blickte bestürzt von einem zum anderen. Nash ließ ihn nicht aus den Augen. »Aber das verstehe ich nicht! Wer hat sie hierhergebracht ?«

»Die Wohnungstür war nur angelehnt«, erklärte Nash. »Wir kamen herein und fanden die Frau.«

»Ist sie tot?« fragte Morris überflüssigerweise.

Der Polizeiarzt ließ sich zum erstenmal vernehmen. »Sie wurde erdrosselt.«

»Aber wie? Ich meine, warum ...«

Yates steckte eine Hand in seine Manteltasche und brachte ein Halstuch zum Vorschein, das er Morris unter die Nase hielt.

»Sie wurde mit Ihrem Halstuch ermordet, Mr. Morris«, sagte er.

Der uniformierte Sergeant, der eifrig in einer Kartei blätterte, musterte Jeffreys ohne große Begeisterung.

»Guten Abend«, grüßte Jeffreys liebenswürdig. »Dem Vernehmen nach soll Inspektor Yates hier sein?«

»Und wer sind Sie?« knurrte der Sergeant bedeutend weniger freundlich.

»Sergeant Jeffreys von der Hertfordshire County Kriminalpolizei.« Er zeigte dem uniformierten Beamten seinen Ausweis.

»Er ist beim Chef«, sagte der Sergeant. »Ich kann ihn im Augenblick nicht stören.«

»Ich fürchte, das werden Sie doch tun müssen«, sagte Jeffreys. Er holte sein Notizbuch hervor, kritzelte ein paar Worte auf eine Seite und riß sie heraus. »Bitte, geben Sie das dem Chef, ja?« Lächelnd blickte er auf die Unordnung auf dem Schreibtisch des Sergeanten. »Sie machen Überstunden, was?«

»Überstunden?« Der Sergeant lachte schneidend. »Heute ist mein freier Tag. Ihr Zivilisten wißt überhaupt nicht, was Arbeit ist.«

Superintendent Nash saß mit grimmiger Miene an seinem Schreibtisch. Zu seiner Linken saß Yates und ihm gegenüber Clifton Morris. Ein uniformierter Konstabler schrieb eilig mit.

»Ihren Angaben zufolge«, sagte Nash, »befand sich dieses Halstuch in einem Schubfach im Umkleideraum?«

Morris nickte. »Das stimmt. Im allgemeinen trage ich es nur zum Abendanzug, aber merkwürdigerweise hätte ich es beinahe heute nachmittag angelegt.« Seine Lippen preßten sich bedauernd aufeinander. »Leider habe ich es mir dann doch anders überlegt.«

»Wieviel Uhr war es, als Sie Ihre Wohnung verließen?« fragte Nash.

»Gegen halb fünf.«

»Das war nach Ihrer Unterredung mit Diana Winston?«

»Ja.«

Nash zog den Notizblock zu Rate, der vor ihm auf dem Schreibtisch lag. »Im Anschluß an den Besuch Diana Winstons gingen Sie in Ihr Büro und hielten sich dort bis sechs Uhr dreißig auf. Danach aßen Sie in Ihrem Klub zu Abend und kehrten gegen acht Uhr fünfundvierzig in Ihr Büro zurück.«

»So ist es«, sagte Morris.

»Und wie lange sind Sie dann in Ihrem Büro geblieben?« wollte Nash wissen.

Morris blickte auf seine Armbanduhr. »Vor einer Stunde bin ich gegangen.«

»Befand sich außer Ihnen noch jemand in den Geschäftsräumen? Ihre Sekretärin vielleicht?«

Morris schüttelte seinen Kopf. »Nein; ich hatte sehr viel zu tun und wollte allein sein.«

Nash lehnte sich ein wenig vor. »Also hat Sie niemand gesehen?«

»Im Büro hat mich niemand gesehen«, erwiderte Morris leicht verärgert. »Aber im Klub bin ich von einer ganzen Reihe von Leuten gesehen worden.«

»Das war viel früher«, bemerkte Nash. »Uns interessiert vor allen Dingen, was Sie nach halb zehn getrieben haben.«

»Von halb zehn bis zu dem Zeitpunkt, als ich meine Wohnung betrat, saß ich in einem sehr großen Büro an einem sehr großen Schreibtisch und beschäftigte mich mit einer äußerst umfangreichen Spesenabrechnung – nicht der meinigen, möchte ich noch hinzufügen.«

Yates lächelte flüchtig. »Wie man mir mitteilte, haben Sie mich heute nachmittag angerufen, Mr. Morris«, sagte er.

»Das habe ich. Ich wollte Sie mit Miss Winston zusammenbringen. Sie konnte sich darauf besinnen, mich an dem Abend, an dem Fay Collins ermordet wurde, im Kino gesehen zu haben.«

»Ich verstehe«, sagte Yates ruhig.

»Ich kann nur ein Stoßgebet zum Himmel schicken, daß Sie mich tatsächlich verstehen«, entgegnete Morris. »Denn jetzt, nachdem sie tot ist, haben Sie nur mein Wort als Unterpfand dafür, daß ich die Wahrheit gesagt habe.«

»Daran habe ich auch schon gedacht«, meinte Yates unverbindlich.

Der Sergeant kam mit dem Zettel Jeffreys' herein. »Ein Sergeant Jeffreys wartet draußen, Sir. Er hat mir das hier für Sie gegeben.«

Yates nahm den Zettel und las, was darauf stand. Dann gab er ihn an Nash weiter. Nash studierte die gekritzelten Worte mit gefurchter Stirn und sah Morris unter buschigen Augenbrauen hervor an. »Es ist gut, Mr. Morris«, sagte er. »Haben Sie vielen Dank. Ich glaube, für den Augenblick wäre das alles. Falls wir Sie brauchen sollten, wissen wir ja, wo wir Sie erreichen können. Auf alle Fälle werden Sie uns über jeden Wohnungswechsel informieren, nicht wahr?«

Morris, dem diese unverhoffte Verabschiedung offensichtlich die Sprache verschlagen hatte, erhob sich von seinem Stuhl, nickte Yates kurz zu und verließ den Raum.

Als Morris gegangen war, sagte Nash zu dem Sergeanten: »Lassen Sie Jeffreys hereinkommen.« Er las noch einmal, was Jeffreys auf den Zettel geschrieben hatte. »Warum, um alles in der Welt, hat er uns denn nicht gesagt, daß er im ›Finale‹ gewesen ist?«

»Das ist eine gute Frage, Sir«, meinte Yates.

Kaum hatte Jeffreys einen Fuß in das Büro gesetzt, als Nash ihn auch schon fragte: »Wie spät war es, als er aus dem Klub kam?«

»Halb neun, Sir.«

»Und wann hat er sein Büro verlassen?«

»Er hat sich dort bis zehn Uhr aufgehalten, dann hat er eine Taxe genommen und ist zum ›Finale‹ gefahren. Da blieb er bis Viertel vor elf.«

Nash kratzte sich nachdenklich sein kantiges Kinn. »Und Sie wissen ganz genau, daß er sein Büro nicht vor zehn Uhr verlassen hat?«

»Ganz genau, Sir.«

»Wo ist sein Büro?«

»In der South Audley Street, eine Querstraße von der Park Lane entfernt.«

»Ist es ein modernes Geschäftshaus?«

»Ja, Sir.«

»Wie viele Eingänge?«

»Zwei, Sir. Aber ich hatte einen Mann vor jeder Tür aufgestellt. Er war überaus vorsichtig. Anscheinend ahnte er, daß wir ihn überwachten.«

Nash nickte. Yates zwinkerte Jeffreys beruhigend zu. Superintendent Nash stand bei Scotland Yard im Ruf, mit seinen Untergebenen nicht eben sanft umzuspringen. Yates wollte seinem Sergeanten andeuten, daß er sich gut aus der Affäre gezogen hatte.

»Vielen Dank, Sergeant«, sagte Nash.

7

Kann man nach harter, aufreibender Tagesarbeit endlich aufatmen und sich der wohlverdienten Erholung widmen, so ist ein steifer Whisky mit Soda genau das Richtige, um die müden Lebensgeister etwas aufzufrischen; vor dem Zubettgehen hingegen gibt es wohl kaum einen idealeren Schlaftrunk. Whisky pur jedoch, am hellen Mittag und auf nüchternen Magen getrunken, kann nur Unheil zur Folge haben – gewöhnlich nicht nur für den Trinker, sondern auch für den Unglücklichen, der mit ihm in Tuchfühlung gerät.

Edward Collins hatte sich zwischen elf Uhr dreißig und zwölf Uhr die größere Hälfte einer ganzen Flasche dieses unheilvollheilsamen Getränkes zu Gemüte geführt, welches dadurch nicht gerade an Sanftheit gewonnen hatte. Mit finsterer Miene und einem nahezu leeren Glas in der Hand saß er Inspektor Yates gegenüber und harrte der Dinge, die da kommen sollten. Sein leicht getrübter Blick fiel auf die fette Schlagzeile der Zeitung, die auf dem Tisch ausgebreitet lag.

Collins ausgestreckter Finger deutete auf die Schlagzeile. »Haben Sie das gesehen?« fragte er.

»Ich habe die Zeitung gelesen«, erwiderte Yates gleichgültig.

Collins fegte die Zeitung mit unbeherrschter Geste vom Tisch und stürzte den Rest der Flüssigkeit in einem Zug hinunter. Unverzüglich füllte er wieder nach. »Es ist ein Skandal!« erklärte er. »Ein völliges Versagen der Polizei! Wie viele Beweise brauchen Sie noch, bevor Sie diesen Kerl verhaften? Zwei Menschen hat er bereits umgebracht – vermutlich bedarf es noch einiger weiterer Opfer, damit Sie sich imstande sehen, ihm zumindest einen Strafzettel wegen falschen Parkens ins Haus zu schicken.«

»Diese Ansicht vertreten Sie, Sir«, sagte Yates freundlich.

»Welche Ansicht?«

»Daß er bereits zwei Morde auf dem Gewissen hat.«

»Aber der Fall liegt doch sonnenklar«, rief Collins. »Nur weil es sich um einen Millionär handelt …«

»Einen Augenblick, Mr. Collins«, sagte Yates. »Ich bin hergekommen, weil Sie mir eine Mitteilung machen wollten.«

»Ich habe Ihnen eine ganze Menge mitzuteilen«, knurrte Collins. Er nahm einen Schluck aus seinem Glas und holte tief Atem. »In erster Linie möchte ich meiner Unzufriedenheit über die Art und Weise Ausdruck verleihen, mit der Sie den Mord an meiner Schwester aufzuklären gedenken.«

»Das nehme ich zur Kenntnis.«

Collins funkelte ihn wütend an. »Damit dürfte es nicht getan sein. Tun Sie endlich etwas und verhaften Sie dieses Schwein!«

Yates betrachtete angelegentlich seine Fingernägel. »Und was, würden Sie vorschlagen, sollen wir ihm zum Vorwurf machen, Sir?«

»Kommen Sie mir nicht damit!« erregte sich Collins. »Sie wissen recht gut, was Sie ihm vorwerfen können – den Mord an meiner Schwester! Jedermann weiß, daß er sie umgebracht hat, nur die Polizei tappt im dunkeln! Ist er nicht hier in Littleshaw zusammen mit Fay gesehen worden?«

»Und was wird dadurch bewiesen?«

»Verfügen Sie denn über keinerlei Vorstellungskraft?« brauste Collins auf. »Akzeptieren Sie denn nur die Dinge als Tatsache, die Sie mit Ihren eigenen Augen leibhaftig vor sich sehen können? Ich werde Ihnen sagen, was dadurch bewiesen wird.«

»Bitte, tun Sie sich keinen Zwang an, Sir.« Yates hatte nichts von seiner Gelassenheit eingebüßt.

»Dadurch wird bewiesen, daß er meine Schwester gekannt hat«, sagte Collins. »Außerdem liefert er den Beweis dafür, daß er in der Mordnacht mit meiner Schwester verabredet gewesen war.«

»Fahren Sie fort, Sir«, murmelte Yates. »Ich bin ganz Ohr.«

Collins trank zunächst einmal von seinem Whisky. »Er ist ganz Ohr!« höhnte er. »Nahezu drei Wochen nach dem Mord ist Inspektor Yates ganz Ohr! Das finde ich aber außerordentlich beruhigend, Inspektor.« Ein wenig mühselig erhob er sich von seinem Stuhl und näherte sich Yates. »Nun, was wünschen Sie zu hören, Inspektor? Möchten Sie wissen, was ich fühle, was ich während der vergangenen drei Wochen durchgemacht habe? Sind Sie interessiert daran« – er tippte sich mit dem Zeigefinger gegen die Stirn – »was hier drinnen vor sich geht?«

»Das dürfen Sie mir glauben, Sir«, sagte Yates mitfühlend.

»Ich habe mir darüber Gedanken gemacht«, sagte Collins mit unnachahmlicher Überheblichkeit, »was für ein hoffnungslos unfähiger Beamter Sie doch sind.«

Yates gestattete sich die Andeutung eines Lächelns. »Nun, nachdem Sie sich das endlich von der Seele gesprochen haben, fühlen Sie sich hoffentlich besser.«

»Ich verbitte mir Ihren verächtlichen Tonfall!« knurrte Collins.

»Falls Sie sich wieder erinnern sollten, warum Sie mich hergebeten haben«, sagte Yates vorsichtig, »würde ich Sie mit größtem Vergnügen erneut aufsuchen.« Er bückte sich und hob einen glimmenden Zigarettenstummel vom Teppich auf. Er zerdrückte ihn im Aschenbecher, nickte Edward Collins freundlich lächelnd zu und verließ den Raum.

Collins stand leicht schwankend in der Mitte des Zimmers. Mit dumpfem Blick starrte er auf das leere Glas in seiner Hand und füllte es bis zum Rand mit Whisky. Danach trat er an den Telefontisch und nahm den Hörer ab. Er sagte: »Verbinden Sie mich mit Mayfair 18749 …«

Eine verhaltene Frauenstimme meldete sich mit den Worten: »New World Verlag.«

»Geben Sie mir Mr. Clifton Morris«, sagte Collins befehlend.

»Und wen darf ich melden?« fragte die Stimme.

»Sagen Sie ihm, mein Name ist Edward Collins, und ich wünsche unverzüglich mit ihm zu sprechen«, kommandierte Collins.

»Einen Augenblick, bitte, Mr. Collins«, trillerte die Stimme …

Yates ließ sich Zeit auf dem Rückweg in den Ort. Gemächlich schlenderte er die Straße entlang und atmete die saubere, frische Landluft. Er hatte zu viele Jahre im Polizeidienst hinter sich, um sich über Vorhaltungen und Beschimpfungen, wie er sie gerade eben zu hören bekommen hatte, sonderlich aufzuregen. Er brachte sogar ein gewisses Maß an Mitgefühl für Edward Collins auf, dessen Verbitterung er durchaus begreiflich fand. Auf den ersten Blick und noch dazu für einen Laien schienen wirklich ausreichende Gründe für eine Verhaftung Clifton Morris' vorzuliegen. Eine ganze Reihe von Indizien sprachen eindeutig gegen ihn, aber, verdammt noch einmal, nicht eindeutig genug!

»Hallo, alter Freund!« hörte er einen melodischen Bariton neben sich, und als er den Kopf zur Seite drehte, blickte er in das freundlich lächelnde Gesicht von Reverend Nigel Matthews, der hinter dem Steuer seines kleinen Wagens saß.

»Kann ich Sie irgendwohin mitnehmen?« fragte der Vikar.

»Nun, meiner Leber zu Gefallen wollte ich eigentlich zu Fuß gehen«, sagte Yates. »Wie es der Zufall will, wollte ich mich jedoch sowieso mit Ihnen unterhalten.« Er öffnete die Wagentür und setzte sich neben den Vikar.

»Sind Sie auf dem Weg zur Dienststelle?« fragte Matthews und löste die Handbremse.

»Nein, ich bin auf dem Heimweg. Wenn Sie mich an der Ecke Layton Avenue absetzen wollen, bin ich Ihnen sehr dankbar.«

»Mit dem größten Vergnügen«, sagte Matthews.

»Ich komme gerade von einem Besuch bei Mr. Collins«, bemerkte Yates.

Matthews überholte einen mit Baumstämmen beladenen Lastzug mit größter Vorsicht. »Und wie war das Befinden unseres gemeinsamen Freundes?«

»Oh, er war sehr aggressiv.«

Der Vikar seufzte. »Ich fürchte, er benimmt sich in letzter

Zeit allen Leuten gegenüber recht angriffslustig, um mich milde auszudrücken. Ich habe ebenfalls einige recht unangenehme Auftritte mit ihm erlebt. Neuerdings trinkt er sehr viel, wissen Sie.«

»Das weiß ich«, sagte Yates. »Während der halben Stunde, die ich bei ihm war, hat er fast eine ganze Flasche Whisky geleert.«

Matthews schüttelte betrübt seinen Kopf. »Es ist wirklich ein Jammer um ihn. Er ist so ein feiner Kerl, wenn man ihn näher kennenlernt.«

»Das Vergnügen steht mir hoffentlich noch bevor«, bemerkte Yates nicht ganz ohne Ironie. »Bis dahin wird mir Ihr Wort genügen müssen.«

»Mein lieber Freund, ich kann Ihnen nachfühlen, wie Ihnen zumute sein muß«, sagte der Vikar. Er sah Yates von der Seite an. »Äh – meinten Sie nicht vorhin, Sie hätten etwas mit mir zu besprechen?«

»Ja. Haben Sie heute morgen einen Blick in die Zeitung geworfen?«

»Nein«, antwortete Matthews. »Tatsächlich hatte ich in letzter Zeit sehr viel um die Ohren – meine Haushälterin ist verreist, müssen Sie wissen, und wenn ich erst einmal anfange, die Morgenzeitung zu lesen, ist der Vormittag auch schon halb herum – äh – warum fragten Sie?«

»Ein Mädchen namens Diana Winston wurde erdrosselt in der Wohnung Ihres Freundes Clifton Morris gefunden«, sagte Yates. »Zu Morris' Leidwesen handelt es sich ausgerechnet um die Person, die ihn am 7. Januar im Kino gesehen hat.«

»Aber das ist ja furchtbar«, murmelte der Vikar erschüttert.

»Für Morris war das ein schwerer Schlag«, sagte Yates.

Matthews runzelte verwundert die Stirn. »Aber was, um alles in der Welt, hatte denn das Mädchen in seiner Wohnung zu suchen? Hatte Terry sie eingeladen?«

»Anscheinend nicht.« Yates steckte sich eine Zigarette an.

»Mr. Matthews, als ich mich neulich mit Ihnen über Clifton Morris unterhielt, habe ich auch das Mädchen erwähnt.«

»Das haben Sie. Jetzt kann ich mich daran erinnern.«

»Sie haben den Namen der Frau doch sicherlich an keinen Dritten weitergegeben?«

Matthews überlegte einen Augenblick. »Hm – nein ... warum sollte ich auch?«

»Ach, das war nur so ein Gedanke.«

Der Vikar biß sich plötzlich auf die Lippen und schnitt ein unglückliches Gesicht. »Himmel, da fällt mir etwas ein ...!«

»Irgend etwas von Bedeutung, Sir?« fragte Yates.

»Nun, im Anschluß an unsere Unterhaltung traf ich zufällig mit Alistair Goodman zusammen, und er begann über Fay Collins und Clifton Morris zu reden. Ich wurde recht böse und habe ihn das – bedauerlicherweise – auch spüren lassen. Ich will Ihnen gegenüber ganz offen sein in dieser Beziehung, Inspektor. Jedermann sollte sich beherrschen können, und ganz besonders ein Geistlicher. Aber – nun, mir war das einfach ein bißchen zuviel.« Matthews zögerte, und sein ohnehin gerötetes Gesicht nahm eine noch dunklere Tönung an.

»Worum ging es bei diesem – Zusammenstoß?« fragte Yates.

»Wissen Sie, Alistair Goodman schien es als eine unumstößliche Tatsache hinzunehmen, daß nur Terry und kein anderer den Mord begangen haben konnte, und er weigerte sich beharrlich, die Meinung eines anderen neben seiner eigenen gelten zu lassen. Das schien mir doch recht unverzeihlich«, fuhr der Vikar fort. »Selbstverständlich verteidigte ich Terry – ich fühlte mich einfach verpflichtet dazu. Leider entschlüpfte mir in der Erregung der Name dieses unglücklichen Mädchens, Diana Winston.«

»Ach, das ist nicht weiter schlimm, Sir«, meinte Yates begütigend. »Damit haben Sie keinen Schaden angerichtet.«

»Ich bedaure das wirklich ganz außerordentlich, Inspektor«, sagte Matthews zerknirscht. »Es liegt mir fern, Ihr Vertrauen zu hintergehen.«

»Machen Sie sich keine unnötigen Sorgen deswegen, Sir. Ich hätte an Ihrer Stelle sicherlich nicht anders gehandelt.«

Eine Weile schwiegen sie beide, während der Vikar den Wagen durch den Verkehr steuerte. Yates sog nachdenklich an seiner Zigarette, und Reverend Matthews schien sich mit irgendwelchen nicht sehr erfreulichen Problemen zu beschäftigen.

Yates war es, der das Schweigen brach. »Mr. Matthews«, sagte er. »Wissen Sie noch, daß Sie mir erzählt haben, Sie hätten Miss Hastings in London gesehen?«

»Ja.«

»Ich habe mit Miss Hastings darüber gesprochen – selbstverständlich ohne Ihren Namen zu erwähnen. Sie wies Ihre Behauptung mit aller Entschiedenheit zurück. Am 9. Januar, so schwor sie, hätte sie sich bereits in Chamonix aufgehalten. Sie hat mir den Namen des Hotels genannt, in dem sie gewohnt hat.«

»Und haben Sie sich mit dem Hotel in Verbindung gesetzt?«

»Wir haben dort angerufen. Miss Hastings war tatsächlich in Chamonix. Sie ist dort am 9. Januar eingetroffen.«

Matthews schien höchst verwundert.

»Aus diesem Grunde können Sie Miss Hastings unmöglich in London gesehen haben«, schloß Yates.

»Aber ich habe sie gesehen, Inspektor!« protestierte der Vikar ein wenig verzweifelt. »Ich versichere Ihnen, ich kann mich gar nicht geirrt haben.«

»Würden Sie mich bitte hier absetzen?« fragte Yates höflich.

Als Yates in die Layton Avenue einbog, sah er einen rassigen Sportwagen vor seinem Hause stehen. Das Gesicht des Mannes am Steuer war hinter einer aufgeschlagenen Zeitung verborgen, doch als Yates näher kam, senkte der Mann das Blatt für einen Augenblick, und der Inspektor konnte die herben Gesichtszüge Alistair Goodmans erkennen.

»Guten Tag, Mr. Goodman«, rief Yates. »Was bringt Sie denn hierher?«

Goodmans Daumen deutete auf das Haus des Inspektors. »Ich warte auf meine Verlobte – sie hat gesagt, sie würde nur fünf Minuten bleiben. Das war vor zwanzig Minuten.«

»Ist sie bei meiner Frau?« erkundigte sich Yates.

»Ja. Ihre Gattin hat ein neues Kleid gekauft, und sie probiert es jetzt an.«

»Sie meinen, sie probiert es an, und ich habe es gekauft«, korrigierte Yates den Gutsbesitzer. »Kommen Sie mit herein und lassen Sie sich einen einschenken.«

»Das ist leider nicht möglich, mein Lieber«, bedauerte Goodman. Er warf einen Blick auf seine Armbanduhr. »Wir werden um halb eins in Amersham erwartet. Gehen Sie hinein und lassen Sie die Sitzung auffliegen. Legen Sie ihnen eine Bombe unter den Stuhl oder so etwas.«

»Ich werde es versuchen«, versprach Yates. Sein Blick blieb an der Zeitung in Goodmans Hand haften. »Sicherlich haben Sie über den neuesten Mord schon alles gelesen, nicht wahr?«

»Ja, das habe ich«, sagte Goodman. »Ist ja ein ganz ungewöhnlicher Fall, das Ganze. Sicher handelt es sich um ein und denselben Burschen, oder?«

»Welcher Bursche?«

»Nun, der Bursche, den Marian mit Fay Collins zusammen gesehen hat – wie war sein Name doch gleich –?« Er warf einen Blick auf seine Zeitung – »Hier steht es – Clifton Morris.«

Yates zog es vor zu schweigen.

Goodman strich sich über seinen Schnurrbart und steckte seinen Kopf zum Wagenfenster hinaus. Seine Stimme nahm einen plump vertraulichen Tonfall an. »Ich will Ihnen gewiß nicht zu nahe treten, aber wie viele unschuldige Menschen müssen noch dran glauben, bevor ihr diesen Kerl endlich hinter Schloß und Riegel bringt?«

»Ach, wir sind da nicht kleinlich«, meinte Yates unbekümmert.

Goodman sah ihn unsicher an. Er wußte mit der Bemerkung

nichts anzufangen. »Jedenfalls«, sagte er mit Nachdruck, »dürfte es ja wohl einwandfrei erwiesen sein, daß er diesen Mord auf dem Gewissen hat. Das wird doch wohl sogar die Polizei erkennen können.«

»Meinen Sie, Sir?« fragte Yates und machte ein unbeteiligtes Gesicht.

Goodman durchbohrte den Inspektor mit seinen Blicken, als hätte er einen Rekruten vor sich. »Himmeldonnerwetter, Mann! Wer soll es denn sonst gewesen sein? Schließlich ist sie doch in seiner Wohnung gefunden worden, oder?« Er sah wieder auf seine Zeitung. »Und verdammt gut ausgesehen hat sie auch.«

»Ein sehr hübsches Mädchen«, pflichtete Yates ihm bei. »Haben Sie die Dame übrigens gekannt?«

Goodmans eckiges Kinn schob sich vor wie der Bug eines Schlachtschiffes. »Ich? Du lieber Himmel, nein! Wie kommen Sie denn auf diese Idee?«

»Ach, das war nur so eine Frage, Sir.«

»Nun, Sie werden doch wohl einen Grund dafür gehabt haben, eine solch außergewöhnliche Frage zu stellen«, knurrte Goodman.

»Ich dachte, vielleicht sind Sie ihr irgendwann einmal begegnet. Hätte ja sein können, nicht wahr?«

»Ja, aber warum?« bohrte Goodman. »Warum dachten Sie das?«

»Sie ist in Littleshaw gewesen«, sagte Yates.

»Wann?«

»Das weiß ich nicht genau; aber sie ist hier gewesen und hat sich bei Ihrer Braut ein Kleid gekauft.« Yates nickte Goodman lächelnd zu und ging auf seine Gartenpforte zu.

»He! Einen Augenblick ...«, protestierte Goodman.

»Ich will mal nachsehen, ob ich eine Bombe finden kann«, sagte Yates und ging weiter.

Das leise Geplätscher zweier schwatzender Frauenstimmen

empfing ihn, als er seine Haustür öffnete. Er war sich darüber im klaren, daß männlicher Besuch in diesem Augenblick absolut unerwünscht war. Durch die angelehnte Wohnzimmertür hörte er, wie Marian Hastings sagte: »Meine Liebe, Sie machen sich kein Bild davon, was einige Leute heutzutage anziehen. Kleine, unansehnliche Frauen kommen zu mir ins Geschäft und versuchen mir weiszumachen, sie hätten eine Figur wie – wie Marilyn Monroe und könnten deshalb auch das gleiche tragen wie diese Sexbombe. Nachdem ich allen meinen Mut zusammengenommen habe und sie mit Hilfe eines Spiegels und meiner Überredungskunst eines Besseren belehren konnte, verlangen sie …« Sie hielt inne, als sie Yates sah, und winkte ihm höflich-reserviert zu. »Guten Morgen, Inspektor.«

Yates ging auf sie zu. »Ich komme gerade von einer Unterhaltung mit einem Mann, der aussah, als würde er jeden Augenblick vor Wut platzen«, sagte er. »Der Mann saß hinter dem Steuer eines Sportwagens, der vor meinem Haus geparkt war. Kennen Sie ihn?«

Marian Hastings hob erschrocken die Hand vor den Mund. »Himmel, das ist Alistair!« rief sie. »Den Ärmsten habe ich ganz vergessen. Wir sollten um halb eins in Amersham sein.«

»Das werden Sie wohl kaum schaffen«, meinte Yates.

Jill drehte sich im Kreis herum, um die Aufmerksamkeit ihres Mannes auf sich zu lenken. »Das ist das neue Kleid, von dem ich dir erzählt habe, Harry. Gefällt es dir?«

»Ja«, sagte Yates automatisch. »Wieviel kostet es?«

Jill zog ein beleidigtes Gesicht und wandte sich an Marian Hastings. »Ich bemühe mich, möglichst schön für ihn auszusehen, und alles, was ihn interessiert, ist der Preis. Kann einem da nicht das Herz im Leibe zerbrechen?«

»Ich bin begeistert«, beeilte sich Yates zu bemerken. Als er sah, daß Miss Hastings sich zum Gehen wandte, hob er die Hand. »Ich weiß, wie eilig Sie es haben, Miss Hastings. Trotzdem hätte ich gerne noch etwas mit Ihnen besprochen. Ich wollte Sie heute morgen in Ihrem Geschäft aufsuchen, aber Sie waren bereits gegangen.«

»Worum handelt es sich denn?«

»Vergangene Nacht ist wiederum ein Mord geschehen«, sagte Yates. »Eine gewisse Diana Winston ist erdrosselt worden.«

»Alistair hat mir davon erzählt«, sagte sie. »Offensichtlich war dieses Mädchen mit Clifton Morris befreundet.«

Yates nickte. »Ich habe das bedauernswerte Opfer kurz nach dem Mord gesehen. Sie trug ein blaues Kostüm, das aus Ihrem Geschäft stammte.«

»Wissen Sie das genau?«

»In die Kostümjacke war ein Firmenetikett mit Ihrem Namen eingenäht.«

»Ich kann mich an niemanden dieses Namens erinnern«, sagte Marian Hastings nachdenklich. »Jedenfalls gehört sie nicht zu meinem festen Kundenstamm.« Noch während sie sprach, erklang die Türglocke.

»Das wird Mr. Goodman sein«, meinte Jill und rannte zur Haustür.

»Dieses Mädchen«, sagte Marian Hastings, »wie hat sie ausgesehen?«

»Achtundzwanzig Jahre alt – brünett – ein Meter siebzig – sehr attraktiv. Ihr Foto war heute morgen in der Zeitung.«

»Natürlich«, sagte sie. »Jetzt erinnere ich mich. Ich habe das Foto gesehen. Ich fürchte, ich habe sie nicht wiedererkannt.«

»Vielleicht können Sie sich auf das Mädchen besinnen, wenn Sie Ihre Bücher durchsehen«, schlug Yates vor.

Sie nickte. »Das werde ich machen, Inspektor.«

Jill Yates kam zurück, jedoch nicht in Begleitung Alistair Goodmans. John Hopedean war es, der hinter ihr das Wohnzimmer betrat. Er sah ziemlich mitgenommen aus. In der Hand hielt er eine zerknüllte Zeitung. Er blickte unsicher von Marian Hastings zu Yates. »Hoffentlich störe ich nicht, Inspektor«, murmelte er.

»Ganz und gar nicht«, sagte Yates liebenswürdig. »Sie kennen sich doch, nicht wahr?«

»Ja, natürlich. Guten Tag, Marian.«

»Wie geht es Ihnen, John«, sagte Marian Hastings nicht sehr begeistert.

»Danke, ich kann nicht klagen« – er machte eine Kopfbewegung zur Haustür hin – »Ihr Verlobter scheint einen schlechten Tag zu haben. Er hat nicht einmal meinen Gruß erwidert.«

»Ach, du liebe Güte«, rief Marian Hastings aufgeregt. »Das ist ein schlechtes Zeichen. Jetzt aber nichts wie fort, sonst gibt es ein Unglück.« Eilig klapperte sie auf hohen Absätzen zur Tür hinaus.

»Ich habe auch noch allerlei zu erledigen«, meinte Jill und folgte ihrer Schneiderin. Yates hörte, wie die beiden Frauen an der Haustür noch einige Worte wechselten. Lächelnd schüttelte er seinen Kopf.

»Und nun, Sir«, sagte Yates und wandte sich an Hopedean. »Was kann ich für Sie tun? Haben Sie wieder einmal einen Drohbrief erhalten?«

Hopedean setzte zu einem theatralischen Auftritt an, besann sich jedoch schnell eines Besseren. »Nein, das nicht, dem Himmel sei's gedankt. Ich wollte mit Ihnen über diesen neuen, schrecklichen Mordfall sprechen. Die Nachricht hat mich völlig niedergeschmettert. Sie müssen wissen, daß es sich auch dieses Mal um eine gute Bekannte von mir handelt.«

»Demnach haben Sie Diana Winston gekannt?«

»Nun ja«, meinte Hopedean nach einigem Zögern. »Wir waren nicht sehr – äh – intim befreundet – nicht so wie mit Fay Collins, um ein Beispiel zu nennen. Aber trotzdem kann man wohl sagen, daß wir einander sehr gut kannten.«

»Aha«, sagte Yates. »Jetzt verstehe ich auch, warum Sie die Nachricht von dem Mord so niedergeschmettert hat. Wann haben Sie Diana Winston zum letztenmal gesehen?«

»Oh, das ist schon sehr lange her – anderthalb Jahre vielleicht. Ich glaubte sie noch in Paris.«

»Soviel ich weiß, hat sie sich eine Zeitlang in Paris aufgehalten.«

»Sie hat dort für Flaubert gearbeitet«, erklärte Hopedean.

»Wann haben Sie Diana Winston kennengelernt?«

Hopedean fuhr sich mit der Hand durch seine Künstlermähne, als müsse er sich erst genau besinnen. Fast hätte er dabei in den Spiegel über dem Kamin geschaut. »Vor drei Jahren etwa«, sagte er schließlich. »Ich fertigte seinerzeit einige Illustrationen für einen Artikel an, den sie geschrieben hatte. Danach planten wir, gemeinsam ein Buch herauszubringen. Wir haben uns damals sehr häufig gesehen, aber trotzdem ist nichts daraus geworden. Aus dem Buch, meine ich natürlich«, fügte er hastig hinzu.

»Wo haben Sie sich getroffen, in London?«

»Ja.«

»In ihrer Wohnung?«

»Nein«, antwortete Hopedean. »Selbstverständlich bin ich gelegentlich auch in ihrer Wohnung gewesen, aber meistens trafen wir uns in Bars und Restaurants.«

»Ist sie jemals in Littleshaw gewesen?« fragte Yates.

»Soviel ich weiß nicht.«

»Sie haben Diana niemals hierher eingeladen?«

Der bloße Gedanke daran schien Hopedean mit Schrecken zu erfüllen. »Großer Gott, nein! Auf eine solche Dummheit hätte ich mich niemals eingelassen. Es wird in dieser Stadt ohnehin schon genug geredet.«

»Ich nehme doch an, daß Ihre Frau nichts weiß über Ihre – äh – Bekanntschaft mit Diana Winston, oder?«

»Nein, sie hat keine Ahnung«, sagte Hopedean. Er tat vertraulich. »Das ist auch der Hauptgrund für meinen Besuch bei Ihnen, Inspektor. Ich dachte, wenn Sie unversehens herausfinden, daß ich mit Diana befreundet war, würden Sie sogleich bei mir erscheinen und eine Menge gräßlicher Fragen stellen.« Sein Lächeln war das eines Mannes von Welt, der sicher ist, auf allseitiges Verständnis zu stoßen.

Yates erwiderte das Lächeln. »Ich könnte immer noch eine Menge gräßlicher Fragen stellen«, meinte er.

Hopedean winkte erschrocken ab. »Aber bitte nicht in Gegenwart meiner Frau. Sie erregt sich so furchtbar leicht.«

»Ich weiß Ihre Offenheit in dieser Angelegenheit zu schätzen, Mr. Hopedean«, sagte Yates. »Allerdings wäre es mir noch lieber, Sie gäben alle Zurückhaltung auf und rückten mit der ganzen Wahrheit heraus.«

»Was meinen Sie denn damit?« fragte Hopedean gekränkt.

Yates sagte ohne zu zögern: »Hatten Sie eine Affäre mit Diana Winston?«

»Wo denken Sie hin!« empörte sich Hopedean. »Ich habe Ihnen doch gesagt, daß wir lediglich zusammengearbeitet haben.« Er seufzte schicksalsergeben. »Wissen Sie, es ist wirklich seltsam. Jedermann scheint zu glauben, ich unterhalte sozusagen am laufenden Band außereheliche Beziehungen zu irgendeiner Dame – man hält mich für einen Kleinstadt-Casanova.« Er lachte beziehungsvoll.

»In einer kleinen Stadt wie Littleshaw wird eben immer sehr viel geredet«, bemerkte Yates mitfühlend.

»Das ist gewiß nicht übertrieben«, erklärte Hopedean ernsthaft. »Ganz Littleshaw, meine Frau eingeschlossen, ist der festen Überzeugung, ich hätte ein Verhältnis mit Fay Collins gehabt, und nun sind Sie – und somit die gesamte Polizei dieser bezaubernden Stadt – der Ansicht, Diana Winston wäre ebenfalls meiner außerehelichen Abenteuerlust zum Opfer gefallen.« Er schüttelte in gespielter Verzweiflung seinen Kopf. »Allmählich halte ich mich selbst schon für einen Exzentriker. Dabei gehe ich tatsächlich nur zum Schlafen ins Bett.«

Yates lachte. »Die Polizei interessiert sich lediglich für das – ähem – Liebesleben eines Mannes, wenn sie hofft, dadurch einem Verbrecher auf die Spur zu kommen«, sagte er. »Wußten Sie übrigens, daß Diana Winston mit Clifton Morris befreundet war?«

»Davon hatte ich keine Ahnung«, erwiderte Hopedean. »In der Zeitung steht, er habe sie nur flüchtig gekannt.«

»Sie wurde in seiner Wohnung gefunden«, meinte Yates.

»Das stimmt. Aber dadurch ist noch nicht erwiesen, daß er sie näher gekannt hat.«

»Welche Erklärung soll es denn sonst für ihre Anwesenheit in Morris' Wohnung geben?«

»Morris ist ein sehr vermögender Mann«, sagte Hopedean. »Wer heutzutage reich ist, hat Feinde, das ist so üblich. Wer weiß? Vielleicht wollte ihn jemand hereinlegen?«

»Sie meinen, jemand wollte ihm absichtlich den Mord an den beiden Frauen in die Schuhe schieben?«

»Das ist durchaus möglich. Ist Ihnen dieser Gedanke noch nicht gekommen, Inspektor?«

»Nur flüchtig«, sagte Yates unverbindlich. »Haben Sie vielen Dank für Ihren Besuch, Sir. Ich werde über Ihre Worte nachdenken.«

Als Hopedean gegangen war, rief Jill von der Küche her: »Heute ist Montag, Harry!« Er ging zu ihr und schloß die Tür hinter sich.

Auf dem Küchentisch standen Platten mit kaltem Fleisch und verschiedenen Salaten. Es sah alles sehr verlockend aus. »Wollen wir hier essen?« fragte Yates.

»Ganz recht, Liebling«, sagte Jill vergnügt. »Wie jeden Montag.«

»Ach so«, murmelte Yates. Er trat an den Kühlschrank und schenkte sich ein Glas voll Milch ein.

Jill fragte: »Ist Picasso gegangen?«

»Ja.«

»Ich kann den Mann nicht ausstehen«, sagte Jill mit Bestimmtheit.

Yates häufte Salat auf einen Teller. »Du kennst ihn doch gar nicht.«

Unbeirrt wiederholte Jill: »Und trotzdem kann ich ihn nicht leiden. Er sollte sich einen Bart stehen lassen.«

»Welch ein Unsinn, Liebling«, sagte Yates. »Zu dieser Sorte von Malern gehört er wirklich nicht.«

»Und was wollte er?« fragte Jill. »Hat er wieder einen dieser unheimlichen Briefe bekommen?«

»Er sagt nein.«

»Glaubst du ihm denn nicht?«

»Nein.«

»Warum nicht?«

»Weil er erst heute morgen einen erhalten hat.« Yates schob sich genußvoll ein Schinkenröllchen in den Mund.

Jill sah ihren Mann voller Überraschung an. »Bist du sicher?«

»Ganz sicher«, erklärte Yates kauend. »Weißt du, ich habe ihn selbst geschrieben ...«

»Es hat wohl wenig Zweck, die Unterhaltung fortzusetzen«, sagte Clifton Morris. Er stand in der Mitte von Edward Collins' Wohnzimmer und sah auf seinen Gastgeber hinab, der mit einem Glas in der Hand in einem Armsessel hockte.

Morris sagte sich mit zunehmender Verärgerung, daß dieses Zusammentreffen wohl kaum zu einem positiven Ergebnis führen konnte. Collins' Benehmen grenzte an Unverschämtheit. Eine vernünftige Diskussion war völlig unmöglich.

Collins beantwortete Morris' Bemerkung mit feindseligem Schweigen und einem herzhaften Schluck aus seinem Whiskyglas. »Was immer ich auch vorbringen mag, Sie lassen sich von Ihrer vorgefaßten Meinung ja doch nicht abbringen«, fuhr Morris fort.

Collins erhob sich mühselig und stand auf seinen Stock gestützt vor seinem Gast. »Oh, ich weiß nicht«, sagte er. »Das will ich nicht einmal behaupten. Sie führen eine sehr beredte Zunge, und genau wie unser gemeinsamer Freund Yates lasse ich mich gerne von Ihnen belehren.«

»Ich kann Ihnen nur zum wiederholten Male versichern«, sagte Morris müde, »daß ich Ihre Schwester nicht umgebracht habe.«

»Worauf ich Ihnen nur von neuem erwidern kann, daß ich Ihnen nicht glaube«, entgegnete Collins.

»Aber warum glauben Sie mir denn nicht?«

»Weil Sie ein Lügner sind. Von Anfang an haben Sie nicht in einem einzigen Punkt die Wahrheit gesagt. Warum Sie immer noch frei herumlaufen, ist mir einfach unbegreiflich.«

»Vielleicht ist die Polizei anderer Meinung als Sie, was meine Person anbetrifft«, sagte Morris.

»O nein, das ist sie ganz gewiß nicht! Ich bin sogar fest davon überzeugt, daß Yates Sie für den Täter hält.«

»Aber wie können Sie mich für den Mörder halten, wenn ich Ihre Schwester nicht einmal gekannt habe!«

Collins fuhr auf. »Sie haben Fay nicht gekannt?«

»Nein«, sagte Morris.

»Aber warum sind Sie dann überhaupt hergekommen?«

»Weil ich Sie gerne kennenlernen wollte« – Morris zögerte für einen Augenblick – »und weil Sie mich neugierig gemacht hatten. Sie haben gesagt, Sie wollten mir etwas zeigen.«

»Ja, richtig ...« Collins humpelte mit seinem Glas zum Getränketisch hinüber und füllte es von neuem. »Aber nach dem, was Sie mir soeben mitgeteilt haben, ist das gegenstandslos geworden.«

»Was wollen Sie damit sagen?«

Collins stellte sein Glas ab. »Ich habe ein Buch gefunden, von dem ich glaubte, es könnte Sie interessieren. Ich habe mich geirrt.«

»Und?« fragte Morris.

»Meine Schwester hatte es im Besitz«, fuhr Collins fort. »Ich fand es in ihrem Schlafzimmer im ersten Stock. Vermutlich hat sie bei ihrem letzten Besuch darin gelesen.«

»Nun hören Sie doch endlich damit auf, in Rätseln zu reden«, stöhnte Morris. »Was ist denn das für ein Buch?«

»Ein Gedichtband.«

»Kann ich es mir ansehen?«

»Nein.«

Morris seufzte. »Warum nicht?«

»Weil – falls Sie mir soeben die Wahrheit gesagt haben – Sie an dem Buch gar nicht interessiert sein können.« Collins griff nach seinem Glas, trank von dem Whisky und starrte Morris höhnisch, herausfordernd an.

»Ich würde es mir trotzdem gerne ansehen«, sagte Morris. Es klang wie ein Befehl.

»Also gut«, sagte Collins. »Ich werde es Ihnen zeigen.« Er trat an einen Ecktisch, auf dem mehrere Bücher unordentlich herumlagen, nahm eines davon und warf es Morris quer durch den Raum zu. Morris fing es geschickt mit der rechten Hand auf.

»Die erste Seite ist die interessanteste an dem ganzen Buch«, meinte Collins. Er beobachtete Morris mit schmalen Augen.

Morris warf seinem Gastgeber einen prüfenden Blick zu und schlug das Buch auf. Die untere Hälfte der ersten Seite war mit einem Zettel beklebt, auf dem die Worte Ex Libris standen und darunter in Handschrift: Clifton Morris.

»Wollen Sie immer noch behaupten, meine Schwester Fay nicht gekannt zu haben?« fragte Collins lauernd.

Etwas in dem Tonfall des halbbetrunkenen Mannes ließ Morris aufblicken. Collins hielt eine Pistole in seiner rechten Hand. Die Mündung deutete unmißverständlich und merkwürdigerweise ohne zu schwanken auf Cliftons Magengrube …

»Machen Sie doch keinen Unsinn, Mann!« sagte Morris mit rauher Stimme. »Dieses Buch beweist doch gar nichts. Legen Sie die Waffe fort!«

»Beweist es gar nichts?« Collins hob die Pistole um einige Zentimeter. Jetzt war die Mündung genau auf Morris' Herz gerichtet. »Das ist Ihr Buch.«

»Ich weiß«, sagte Morris. »Das streite ich nicht ab.«

»Fay hat es von Ihnen ausgeliehen«, stieß Collins hervor. »Es ist doch wohl kaum anzunehmen, daß Fay sich ein Buch von jemandem lieh, den sie nicht kannte, oder?«

»So nehmen Sie doch Vernunft an!« rief Morris. »Ich kann erklären ...«

»Dazu werden Sie keine Gelegenheit erhalten«, sagte Collins. Mit seiner linken Hand lud er die Pistole durch.

Plötzlich klingelte das Telefon. Collins machte unwillkürlich eine Bewegung auf den Apparat zu. Für den Bruchteil einer Sekunde wurde seine Aufmerksamkeit von Morris abgelenkt, und der nutzte die Chance und schleuderte das Buch mit aller Kraft. Zu seinem Glück traf es die Hand, die die Pistole hielt, und die Waffe polterte zu Boden. Morris warf sich auf Collins, der gegen den Telefontisch prallte und der Länge nach auf den Teppich fiel, wobei er den Fernsprecher mit hinunterriß.

Collins kam auf die Knie und griff nach der Waffe, aber Morris war schneller, packte das Handgelenk seines schäumenden Gegners und verdrehte es brutal. Collins wehrte sich verzweifelt, doch Morris verstärkte den Druck auf das Handgelenk, und die Pistole fiel wieder zu Boden. Collins versuchte erneut, sich in den Besitz der Schußwaffe zu setzen, aber Morris gab ihm einen kräftigen Stoß vor die Brust, der den halbgelähmten Mann hintenüberfallen ließ. Es krachte dumpf, als Collins mit dem Kopf auf den Parkettfußboden schlug.

In dem unheimlichen Schweigen, das auf den Tumult folgte, konnte Morris deutlich eine Stimme vernehmen, die aus dem Telefonhörer kam und unablässig wiederholte: »Hallo ... melden Sie sich ... hier ist Inspektor Yates ... melden Sie sich ... Hallo ...«

Morris kniete schweratmend nieder und ließ eine Hand unter

das Hemd des reglos liegenden Collins gleiten. Dessen Herz schlug mit der Geschwindigkeit eines Trommelwirbels, sein Mund stand weit offen, und aus der Nase rann ihm ein dünner Blutfaden. Er stöhnte schwach, drehte den Kopf von einer Seite auf die andere und lag wieder bewegungslos. Morris erhob sich und sah sich im Zimmer um. Er bemerkte das Buch neben dem Tisch und steckte es in die Tasche. Sein Blick blieb auf der Pistole haften, und einen Augenblick schien es, als wollte er sie aufheben. Dann jedoch überlegte er es sich anders und ließ die Waffe, wo sie lag.

Er nahm seinen Hut und verließ den Raum in großer Eile …

»Fühlen Sie sich besser?« fragte Yates zehn Minuten später.

Edward Collins lag auf dem Sofa, seinen Kopf auf einen Stapel von Kissen gebettet. Jeffreys stand untätig dabei. In der Hand hielt er die Pistole.

Collins fuhr sich mit zitternden Fingern über die Augen. »Es ist alles in Ordnung«, sagte er.

»Sie sehen nicht so aus, als wäre alles in Ordnung«, meinte Yates. »Was ist geschehen?«

»Das weiß ich nicht«, sagte Collins abweisend.

Yates seufzte. »Damit dürfte es nicht getan sein, Mr. Collins. Wir fanden Sie besinnungslos auf dem Boden liegen. Neben Ihnen lag eine durchgeladene Pistole, und alle Anzeichen deuten darauf hin, daß ein Kampf stattgefunden hat. Und Sie behaupten, nicht zu wissen, was sich ereignet hat!« Yates nahm dem Sergeanten die Pistole aus der Hand. »Gehört dieses Ding Ihnen?«

»Ja«, sagte Collins feindselig.

»Wie lange schleppen Sie die bereits mit sich herum?«

»Das weiß ich nicht so genau – sechs Monate vielleicht.«

Der Inspektor schüttelte vorwurfsvoll seinen Kopf. »Sie haben die Pistole vor etwas über einer Woche in einem Geschäft in Camden Town gekauft. Bezahlt haben Sie dafür zwölf Pfund und zehn Schillinge, und Sie besitzen keinen Waffenschein dafür. Die Polizei ist nicht ganz so dumm, wie Sie zu glauben scheinen, Mr. Collins.«

Edward Collins ließ seinen Kopf wieder auf die Kissen sinken. »Warum sind Sie hergekommen?« fragte er.

»Ich habe Sie angerufen«, sagte Yates. »Ich hörte das Gekeuche und Gepolter. Es klang nicht gerade wie ein harmloses Tête-à-tête zweier Freunde.«

»Das war es auch nicht.«

»Wer war bei Ihnen?«

Collins schwieg verbissen.

»Ich habe Ihnen eine Frage gestellt«, sagte Yates ruhig.

»Wenn Sie es unbedingt wissen müssen«, knurrte Collins wütend: »Clifton Morris war hier.«

»Was wollte er?«

»Ich hatte ihn hergebeten. Ich wollte mir das Schwein mal aus der Nähe ansehen.«

Yates wog die Pistole in seiner Hand. »Haben Sie ihn hiermit bedroht?«

»Ja, das habe ich«, sagte Collins mit Nachdruck. »Bei Gott, ich wollte, ich hätte den Bastard erschossen!«

Yates Tonfall nahm einen harten Klang an. »Sie sind ein verdammter Narr. Außerdem haben Sie großes Glück, noch am Leben zu sein.«

»Sie wollen wohl sagen, Morris hat Glück gehabt«, knurrte Collins. »Wenn dieses elende Telefon nicht dazwischengekommen wäre, hätte ich ihn ins Jenseits befördert.«

»Das wäre das gewesen, was man in der Juristensprache Mord nennt«, sagte Yates mit ruhiger Stimme.

»Ja, und? Er hat Fay umgebracht – das weiß ich jetzt mit Bestimmtheit. Ich wußte es in dem Augenblick, als er das Buch aufschlug …«

»Welches Buch?« fiel Yates ihm ins Wort.

»Fay hatte sich einen Gedichtband von ihm ausgeliehen. Sein Name stand auf der ersten Seite.«

Yates konnte nur mühsam seinen Zorn unterdrücken. »Warum haben Sie das Buch nicht zu mir gebracht?«

»Weil ich es gestern erst gefunden habe«, sagte Collins mürrisch. »Außerdem hätten Sie vermutlich sowieso nichts damit anzufangen gewußt.«

»Zumindest hätten wir es jetzt noch«, sagte Yates.

Collins lag bewegungslos auf dem Sofa. Er war totenblaß, nur in Höhe seiner Backenknochen leuchteten zwei rote Flecken. Als er wieder sprach, war seine Stimme frei von Feindseligkeit. »Würden Sie mir bitte etwas zu trinken geben? Mir ist hundsmiserabel zumute.«

»Sie brauchen einen Arzt«, sagte Yates.

»Ich brauche einen Drink!«

Yates wandte sich schulterzuckend ab und trat an den Tisch mit den zahlreichen Flaschen darauf. »Brandy?«

Collins nickte. Yates schenkte ein und brachte ihm das Glas. »Wo ist Ihre Haushälterin?«

Collins stürzte den Alkohol mit einem Zug hinunter. »Sie ist fort – sie hat mich bereits vor einer Woche verlassen.«

Yates blickte den jungen Mann einen Augenblick schweigend an. »Was wollen Sie eigentlich?« fragte er schließlich in freundlichem Tonfall. »Was haben Sie eigentlich vor?«

»Clifton Morris hat Fay ermordet«, sagte Collins. »Sie sollen ihn endlich festnehmen; das ist alles, was ich will.«

»Das können wir nicht«, erklärte Yates. »Jedenfalls im Augenblick noch nicht. Für eine Verhaftung fehlen uns immer noch ausreichende Beweise.«

»Dann beschaffen Sie sich die Beweise!«

Yates zog einen Stuhl heran und setzte sich neben Collins. Er sagte: »Würden Sie mir dabei helfen, Mr. Collins?«

»Was glauben Sie denn?«

»Wissen Sie das auch ganz genau? Sie werden sich nicht mehr wie ein tollwütiger Stier benehmen und am Ende noch einen völlig Unschuldigen erschießen?«

Collins machte einen ausgebrannten Eindruck. Mit müder Stimme sagte er: »Ich werde alles tun, was Sie von mir verlangen.«

»Gut«, sagte Yates erleichtert. Er zog seinen Stuhl noch etwas näher an das Sofa heran. »Also, das ist es, worum ich Sie bitten wollte ...«

Clifton Morris stand unentschlossen inmitten seines Herrenzimmers. Er streifte das Buch, das er aus seiner Tasche gezogen hatte, mit einem flüchtigen Blick und stellte es auf ein Bücherbord. Die Türglocke ertönte. Ein Telegrammbote hielt ihm einen Umschlag entgegen. »Mr. Morris?«

»Ja.«

In dem Telegramm stand: ›Kommen Sie heute abend, Kim.‹

Im ›Finale‹, dem Eldorado abgekämpfter Geschäftsleute, ging es heiß her. Man war allgemein der Ansicht, daß die ›Cowgirls von Abilene‹ die beste Zugnummer waren, die das Haus seit langer Zeit geboten hatte. Die jungen Damen trugen breitrandige Stetsons auf den Köpfen, hochhackige Cowboystiefel an den Füßen, einen Coltgürtel um die Hüften und sonst nichts. Der Wilde Westen hatte seinen Einzug ins Londoner West End gehalten.

Hinter der Bühne herrschte geschäftiges Durcheinander, als die Cowgirls von Abilene sich in aller Eile für ihren nächsten Auftritt vorbereiteten, der sie von Texas nach Rio de Janeiro versetzen würde. Die kichernden und tuschelnden Mädchen stießen mit schwitzenden Bühnenarbeitern zusammen, die einige saftige Flüche von sich gaben und im gleichen Tonfall von den »Damen« beschimpft wurden.

Hector, der die Pflichten eines Bühnenmeisters übernommen hatte, rannte im Korridor mit Kim Marshall zusammen. »Heute abend geht es reichlich lebhaft zu«, bemerkte er.

»Das kann man wohl laut sagen!« schimpfte Kim wütend.

Hector wies mit dem Daumen auf die Tür zum Ankleideraum Kims. »Dein Busenfreund ist da drinnen – er wartet schon seit 'ner halben Stunde.«

»Okay«, sagte Kim.

In der Tür zu ihrem Raum blieb sie wie angewurzelt stehen, und ihr Mund öffnete sich in komisch wirkender Überraschung.

Auf dem schäbigen Besucherstuhl saß Kriminalinspektor Yates und lächelte still vor sich hin …

8

»Guten Tag, Kim«, sagte Yates und ließ die Asche seiner Zigarette achtlos zu Boden fallen.

Kim starrte ihn sekundenlang fassungslos an. »Was, zum Teufel, wollen Sie denn hier?«

Yates lächelte liebenswürdig. »Ich warte auf Sie, Kim. Eine halbe Stunde sitze ich nun schon hier.«

»Und was erwarten Sie nun von mir? Soll ich mich vielleicht entschuldigen? Ich kann mich nicht lange aufhalten. In drei Minuten ist mein nächster Auftritt.«

Yates schüttelte seinen Kopf. »Irrtum«, sagte er. »Erst in neun Minuten. Ich habe Hector gefragt.«

»Hector weiß nicht einmal, ob Ostern oder Weihnachten ist«, sagte Kim übellaunig. »Also, was wollen Sie von mir?«

»Wie geht es Vater?«

»Soviel ich weiß, ganz gut. Nun sagen Sie mir nur nicht, er steckt schon wieder in der Klemme!«

»Ganz und gar nicht«, erwiderte Yates. »Soweit ich unterrichtet bin, hält er sich im Augenblick aus allen Konflikten mit der Obrigkeit heraus. Seine Tochter ist es, um die ich mir ernsthafte Sorgen mache.«

»Sie sehen furchtbar besorgt aus«, bemerkte Kim ironisch.

Yates tippte sich vor die Stirn. »Hier drinnen befindet sich eine nette, kleine Kartei. Wenn die durcheinandergerät, pflege ich mir immer Sorgen zu machen.«

Kim verschränkte die Arme über ihrem Busen und sah den Inspektor forschend an. »Was wollen Sie denn damit sagen?«

»Ich hatte Sie unter ›B‹ für Bett registriert und nicht unter ›E‹ für Erpressung. Sie sollten mir wirklich Bescheid geben, wenn Sie einen solchen Wechsel vornehmen, meine Liebe.«

»Sehr komisch«, sagte Kim bissig. »Vielleicht würden Sie mir endlich Aufschluß darüber geben, wovon überhaupt die Rede ist.«

»Clifton Morris«, sagte Yates, ohne den Tonfall zu ändern.

»Clifton Morris?« Kim war auf der Hut.

»Ja. Ist er einer Ihrer zahlreichen Freunde?«

Kim zögerte einen Augenblick. Dann sagte sie in der Art einer Frau, die ohnehin nichts zu verlieren hat: »Ja, das ist er. Um es präziser auszudrücken: Wir sind sehr eng miteinander befreundet. Er hat mich mehrmals hier besucht.«

»Was Sie nicht sagen«, murmelte Yates. »Wie lange kennen Sie ihn denn bereits?«

»Seit zwei Wochen etwa«, sagte Kim. »Allerdings weiß ich nicht, was, zum Teufel, Sie das eigentlich angeht!«

»Ich fürchte, es geht mich sogar sehr viel an«, meinte Yates bedauernd.

»Also gut«, sagte Kim böse. »Er versorgt mich mit meiner Monatsration an Kaviar.« Sie streckte ihm ihre Hand entgegen. »Er hat mir diesen Ring gegeben.«

Yates gab einen Laut von sich, der sich anhörte wie tss tss … »Der ist aber nicht so besonders«, bemerkte er. »Sie sollten das Brillantenarmband sehen, das er Fay Collins geschenkt hat.« Er lehnte sich auf seinem Stuhl zurück, legte die Fingerspitzen aufeinander und betrachtete Kim mit unverhohlenem Wohlwollen. »Soll ich Ihnen mal etwas verraten?

Ich glaube nicht, daß Morris Ihnen den Ring geschenkt hat. Ich bezweifle sogar, daß er zu Ihren derzeitigen Verehrern gehört.«

»Ist das so?« zischte Kim. »Was glauben Sie denn?«

»Ich glaube, Ihr Spielchen mit Clifton Morris heißt Erpressung«, sagte Yates freundlich.

Kim antwortete nicht. Yates erhob sich von seinem Stuhl und begann, in dem muffigen, schlechterleuchteten Raum herumzuwandern. Er nahm einen Nylonstrumpf vom Frisiertisch und steckte seine Hand hinein. »Kim«, sagte er. »Wir kennen uns doch bereits seit einer ganzen Weile, nicht wahr? Erinnern Sie sich an unsere erste Begegnung – im Restaurant in der Tenby Street?«

»Das war ein Sauladen!« sagte Kim. »Ich bekam einen Zehner die Woche und mußte sechsmal am Abend auftreten.«

»Und wenn ich mich recht besinne, waren Sie sogar ein großer Erfolg«, sagte Yates anerkennend. »Können Sie sich auch noch daran erinnern, was ich Ihnen seinerzeit nahegelegt habe?«

Kim zündete sich eine Zigarette an, um ihre Nervosität zu verbergen. »Selbstverständlich kann ich mich erinnern. Ich habe mir eine Schallplatte damit bespielen lassen.«

»Die sollten Sie sich gelegentlich einmal anhören«, empfahl Yates. Er stand unmittelbar vor ihr und blickte auf ihre bloßen Schultern. In der Hand hielt er immer noch den Nylonstrumpf. »Was ist es eigentlich, womit Sie Morris das Geld aus der Tasche locken wollen?«

»Nur mit mir, verehrter Herr Kriminalinspektor. Ich habe sehr viel Spaß mit ihm, glauben Sie mir das. Diese reichen Männer sind angenehme Gesellschaft.«

»Clifton Morris gehört nicht zu dieser Sorte«, meinte Yates. »Er pflegt nicht zu spielen. Er nimmt alles ernst.«

»Das ist ein großartiger Witz«, erklärte Kim belustigt. »Sie scheinen Cliff nicht sehr gut zu kennen.«

»Cliff?« sagte Yates. »Niemand nennt ihn Cliff. Alle seine Freunde rufen ihn Terry.«

»Ich bin eben eine Ausnahme. Ich nenne ihn Cliff.«

Yates Stimme nahm einen fast flehenden Tonfall an. »Kim, was führen Sie im Schilde? Für wen arbeiten Sie?«

»Hören Sie«, sagte Kim ungeduldig. »Sie sind auf dem falschen Gleis. Es ist genau, wie ich sagte – Cliff unterscheidet sich in keiner Weise von den übrigen Besuchern dieses Etablissements. Er möchte sich amüsieren, ohne irgendwelche üblen Folgen befürchten zu müssen. Seien Sie kein Spielverderber, Harry – stellen Sie sich nicht zwischen Cliff und mich. Mit dem Burschen habe ich wirklich das große Los gezogen, der hat Geld wie Heu.«

Yates sah sie nachdenklich an. »Wieviel Bargeld besitzen Sie?«

»Was meinen Sie damit?« fragte sie mißtrauisch.

»Ich habe Ihnen eine Frage gestellt. Wieviel Geld haben Sie?«

»Ich komme ganz gut über die Runden«, sagte Kim verwundert.

»So? Dann gehen Sie auf die Reise«, ordnete Yates an. »Fahren Sie nach Paris – Rom – Neapel – irgendwohin. Aber verlassen Sie London!«

»Was, jetzt sofort?«

»Ja, sofort. Heute abend noch.«

Kim lachte nervös. »Was soll das heißen? Was haben Sie vor?«

»Wollen Sie das wirklich wissen, Kim?«

»Darauf können Sie sich verlassen.«

Yates stand einen Augenblick unbeweglich und betrachtete den Strumpf in seinen Händen. Dann legte er ihr das hauchdünne Etwas um den Hals. »Ich möchte verhindern, daß Sie mit einem Seidentuch um Ihren schönen Hals enden«, sagte er langsam.

Yates ging auf leisen Sohlen aus dem Zimmer, und Kim blickte in den Spiegel und stellte fest, daß sie merkwürdig blaß war um die Nase herum. Mit vorsichtiger Geste betastete sie ihre Kehle …

Es war kurz nach ein Uhr nachts, als das Klingeln des Fernsprechers Morris aus seinem Bett scheuchte. Er nahm den Hörer und vernahm die besorgte Stimme Kim Marshalls.

»Ein gewisser Yates ist eben bei mir gewesen«, sagte sie. »Er ist von der Kriminalpolizei …«

»Ich weiß«, unterbrach er sie schnell. »Er ist heute bereits bei mir gewesen. Deshalb konnte ich auch meine Verabredung mit Ihnen nicht einhalten.«

»Er hat von mir nichts erfahren«, sagte sie. »Von Fay Collins habe ich nichts erwähnt und auch nichts von dem Brief. Kapieren Sie?«

»Ich verstehe«, sagte Morris.

»Ich komme später zu Ihnen. So gegen halb drei – ist Ihnen das recht?«

Morris wirbelte herum, als plötzlich die Türglocke erklang. »Hören Sie«, sagte er hastig, »ich glaube, Yates steht vor der Tür. Was haben Sie ihm sonst noch erzählt?«

»Ich habe Sie als meinen derzeitigen Liebhaber ausgegeben. Sie haben mir einen Ring geschenkt. Ich nenne Sie Cliff, vergessen Sie das nicht …«

»Ist gut«, murmelte Morris. »Wir sehen uns später …«

Morris spielte den Überraschten, als er Yates einließ.

»'n Abend, Inspektor«, grüßte er schläfrig.

Yates sagte: »Guten Abend, Sir. Ich hätte gern auf ein Wort mit Ihnen gesprochen.« Er sprach mit gleichgültiger Stimme, doch Morris glaubte, einen leicht drohenden Unterton herauszuhören.

»Treten Sie näher, Inspektor.«

Yates verschwendete keine Zeit. »Mr. Morris, ich würde gerne wissen, warum Sie uns verschwiegen haben, daß Sie gestern abend im ›Finale‹ gewesen sind.«

»Das weiß ich selber nicht«, sagte Morris schulterzuckend. »Wie dumm von mir.«

»Ich fühle mich versucht, Ihnen da zuzustimmen, Sir«, sagte Yates.

Morris trat an den Schrank mit den Getränken. »Ich war drauf und dran, Sie heute morgen davon in Kenntnis zu setzen, aber ...«, er zögerte und fuhr dann fort: «... aber ich habe mich dann doch anders besonnen. Ich wollte verständlicherweise nicht bekanntwerden lassen, daß ich in Lokalen dieser Art verkehre.«

»Ich vermute, Sie haben aus einem ganz anderen Grund geschwiegen«, sagte Yates. Er sprach mit ruhiger, beinahe gleichgültiger Stimme. Keinen Augenblick ließ er Morris aus den Augen.

»Nun werden Sie nur nicht theatralisch«, sagte Morris im gleichen Tonfall. »Welch einen Grund kann ein Mann für den Besuch eines Lokales wie das ›Finale‹ schon haben?«

»Keine Ahnung, Sir«, meinte Yates. »Vielleicht klären Sie mich auf?«

»Mit Kim verbindet mich eine intime Freundschaft«, sagte Morris. »Was das bedeutet, darüber brauche ich Sie doch wohl nicht aufzuklären? Wir amüsieren uns zusammen, das ist alles.«

»Das nehme ich Ihnen nicht ab, Sir.«

»Sie scheinen Kim Marshall nicht zu kennen.«

»Ganz im Gegenteil«, erklärte Yates. »Ich kenne die Dame ganz außerordentlich gut, und zwar seit Jahren. Seit wann sind Sie denn mit ihr befreundet, Mr. Morris?«

»Äh – seit drei Wochen etwa«, sagte Morris nach kurzem Zögern.

Yates nickte. »Aha. Kim hat mir einen Brillantring gezeigt, den sie von Ihnen bekommen haben will.«

»Und?«

»Verschenken Sie immer Brillantringe an Damen, die Sie erst drei Wochen kennen?«

»Das kommt ganz darauf an. Wenn sie mir soviel Vergnügen bereiten wie Kim – dann ja, Inspektor.« Zum erstenmal klang leichte Verärgerung durch, als er fragte: »Aus welchem Grunde sind Sie eigentlich mitten in der Nacht zu mir gekommen?«

»Weil ich aus Kim nichts herausbekommen konnte. Ihre Behauptung, Sie wären nichts weiter als ihr derzeitiger Liebhaber, erschien mir zu fadenscheinig,«

Morris lächelte. »Sie sind schwer zu überzeugen, Inspektor.«

»Ich glaube nur, was ich sehe, Mr. Morris.«

»Und was wollen Sie damit sagen?«

»Offen gestanden«, sagte Yates, »Sie machen auf mich ganz und gar nicht den Eindruck eines Mannes, der sich mit Frauen vom Schlage Kim Marshalls abgibt. Außerdem bin ich fest davon überzeugt, daß Ihnen der Unterschied zwischen einem Rubin und einem Brillant geläufig ist. Bei dem Ring, den Kim mir zeigte, handelt es sich um einen Rubinring, Mr. Morris.«

Morris winkte geringschätzig ab. »Haben Sie noch mehr Tricks von der Sorte auf Lager, Inspektor?«

»Im Augenblick leider nicht, Sir«, sagte Yates. »Aber mir wird schon noch etwas einfallen.« Er kam etwas näher an Morris heran. »Als ich das letzte Mal bei Ihnen war, fragte ich Sie nach Fay Collins.«

»Sie haben niemals damit aufgehört, nach ihr zu fragen«, erwiderte Morris.

»Nun, hier ist noch eine Frage, Sir. Ist Fay Collins' Bruder ein Freund von Ihnen?«

»Sie werden es nicht glauben, aber er ist es nicht.«

»Warum sollte ich Ihnen nicht glauben?« meinte Yates freundlich. »Aber ich bedaure ganz außerordentlich, daß Sie mir den wahren Grund Ihres Besuches bei Kim Marshall nicht nennen wollen. Ich habe so ein Gefühl, als würde mir meine Arbeit durch eine offene Antwort nicht unerheblich erleichtert.«

»Nun ist es aber genug, Inspektor!« sagte Morris ungeduldig. »Ich dürfte mich doch wohl deutlich genug ausgedrückt haben, oder? Sie sind doch letzten Endes ein Mann von Welt!«

Yates lächelte vielsagend, wandte sich ab und ging auf die Tür zu.

»Einen Augenblick, Inspektor!« rief Morris hastig. »Warum haben Sie gefragt, ob ich mit Edward Collins befreundet bin?«

»Irgend jemand ist in sein Haus eingebrochen, und Collins ist dabei schwer verletzt worden. Er liegt im Krankenhaus.«

Morris preßte die Lippen aufeinander. »Wissen Sie bereits, was sich abgespielt hat? Steht es schlimm mit ihm?«

»Wir wissen noch nichts Genaues«, sagte Yates im Gesprächston. »In letzter Zeit hat es in der Umgebung von Littleshaw mehrere Raubüberfälle gegeben. Wir vermuten, daß jemand in sein Haus eingebrochen ist, und Collins hat ihn überrascht. Natürlich werden wir die Einzelheiten erfahren, wenn er wieder zu sich kommt – falls das geschieht.«

»Wie meinen Sie das?«

»Nun«, sagte Yates. »Es steht nicht zum besten mit ihm.« Er stülpte sich seinen Hut auf den Kopf. »Gute Nacht, Sir ...«

Morris mischte sich erst einmal einen kräftigen Drink, nachdem der Inspektor gegangen war. Die Neuigkeiten über Edward Collins hatten ihm einen gehörigen Schock versetzt. Die Tatsache, daß er in Notwehr gehandelt hatte, würde ihm kaum etwas nützen – im Gegenteil, vermutlich würde seine Lage dadurch nur noch verschlimmert werden.

Morris war sich im klaren darüber, daß Yates auf keinen Fall locker lassen würde und die Spuren, auf die er gestoßen war, weiterverfolgen würde, bis er den Mörder oder zumindest den Mann, den er dafür hielt, auf der Anklagebank sitzen hatte. Morris zündete sich eine Zigarette an, ließ sich in einen Sessel vor dem offenen Kamin sinken und grübelte über seine Lage nach, die ihm um so verfahrener erschien, je länger er darüber nachdachte. Nach geraumer Zeit blickte er auf seine Armbanduhr, die bereits halb vier anzeigte. Kim Marshall ließ immer noch auf sich warten.

Als sie endlich erschien, konnte sie nur wenig zur Lösung von Morris' Problemen beitragen. Sie trug einen Pelzmantel, der seine besten Zeiten augenscheinlich hinter sich hatte, und sie war außer Atem und höchst nervös.

»Es tut mir leid, daß es so spät geworden ist«, sagte sie. »Ich konnte mich erst um drei Uhr frei machen, und dann ließ sich weit und breit kein Taxi blicken.«

»Möchten Sie einen Drink?«

»Nein. Was ist geschehen – ist Yates bei Ihnen gewesen? Haben Sie etwas von dem Brief erwähnt?«

»Selbstverständlich nicht.«

»Ganz bestimmt nicht?«

»Mein liebes Mädchen«, sagte Morris ungeduldig. »Wenn ich mich mit der Absicht tragen würde, Yates etwas von dem Brief zu sagen, dann hätte ich mich niemals mit Ihnen in Verbindung gesetzt, und Sie könnten mich nicht erpressen.«

»Ich erpresse Sie ja auch gar nicht«, sagte Kim unschuldig.

»Wer denn?«

»Darüber wollte ich ja gerade mit Ihnen sprechen«, sagte Kim unsicher. »Ich – ich habe einen Fehler gemacht. Ich kann Ihnen den Brief nicht beschaffen.«

Morris umklammerte ihren Arm mit brutalem Griff. »Sie müssen ihn beschaffen! Seit Diana Winstons Tod ist es noch wichtiger geworden als vorher.«

Kim entzog sich seinem Griff und betastete mit wehleidiger Miene ihren Arm. »Ich weiß. Aber – nun, es tut mir leid, aber da ist nichts zu machen.«

»Wenn es eine Geldfrage ist …«

»Das ist nicht der Fall – Geld spielt keine Rolle mehr … ich habe mich ganz einfach anders besonnen, das ist alles.«

Morris' Augen nahmen einen gefährlichen Glanz an. »Sie

haben mir erklärt, Sie könnten ihn beschaffen. Sie haben gesagt, wenn ich zahlen würde …«

»Jaja«, sagte Kim verstockt. »Was ich gestern erklärt habe, ist heute bedeutungslos geworden. Ich kann den Brief nicht mehr bekommen.«

»Wer hat ihn denn?«

»Das weiß ich nicht.«

»Durch wen haben Sie denn überhaupt von der Existenz des Briefes erfahren?«

Kim zögerte. »Jemand, den ich kenne, hat mir davon erzählt. Man hat mich gebeten, mit Ihnen Kontakt aufzunehmen – als Verbindungsperson aufzutreten. Man hat mir zweihundert Pfund dafür versprochen.«

»Wer ist dieser ›Jemand‹?« wollte Morris wissen.

»Eine Freundin von mir.«

»Gut«, meinte Morris. »Sagen Sie Ihrer Freundin, sie soll sich mit mir in Verbindung setzen.«

»Ich glaube, das will sie nicht mehr. Ich bin sogar fest davon überzeugt, daß sie von dem Geschäft nichts mehr wissen will.«

»Versuchen Sie es trotzdem.«

Kim war unschlüssig. »Wenn ich mich einverstanden erkläre, wollen Sie mir dann einen Gefallen erweisen?«

»Vielleicht. Das hängt davon ab, was Sie von mir verlangen.«

»Wollen Sie mir versprechen, Yates gegenüber nichts über den wahren Grund unserer Bekanntschaft verlauten zu lassen?«

»Es liegt nicht in meiner Absicht, mich selbst zu belasten, indem ich Yates etwas über den Brief oder über Sie erzähle.«

Kim schien erleichtert. »Dann ist es gut. Ich werde morgen früh bei meiner Freundin anrufen.«

»Das hoffe ich«, sagte Morris. Er spürte, wie die Anspannung der letzten Stunden allmählich nachließ. »Und wie steht es jetzt mit einem Drink?«

»Geben Sie mir einen Brandy«, lautete Kims prompte Antwort. »Einen doppelten.«

Morris schenkte ein und lächelte ihr zu. »Yates hat Ihnen einen gehörigen Schrecken eingejagt, was?«

Kim nahm dankbar das Glas in Empfang. »Ehrlich gesagt«, gestand sie, »er hat mich das Fürchten gelehrt ...«

Marian Hastings saß im Büro des Inspektors und wartete ungeduldig auf sein Erscheinen. Sie hatte bereits ihre zweite Zigarette zu Ende geraucht, als er endlich mit einem umfangreichen Aktenbündel unter dem Arm eintrat.

»Bitte, verzeihen Sie, wenn ich Sie warten ließ, Miss Hastings.« Bei aller Höflichkeit im Ton glaubte Marian Hastings, aus den Worten des Inspektors leichten Spott heraushören zu können.

»Offensichtlich vergessen Sie, wie knapp meine Zeit bemessen ist, Inspektor«, sagte sie spitz. »Was wollen Sie überhaupt von mir?«

»Ich möchte mich mit Ihnen unterhalten«, sagte Yates liebenswürdig, setzte sich an seinen Schreibtisch und bedachte sie mit einem durchdringenden Blick.

»Daß es sich nicht um eine Einladung zum Tee handelte, habe ich mir bereits gedacht«, erwiderte sie gereizt.

Sie hatte kaum ausgesprochen, als Sergeant Jeffreys hereinkam und eine Tasse mit dampfendem Tee vor sie hinstellte.

»Vielleicht lassen Sie sich trotzdem überreden, eine Tasse Tee mit uns zu trinken«, meinte Yates lächelnd.

Marian Hastings war so leicht nicht zu besänftigen. »Nein, ganz gewiß nicht. Ich bin eine vielbeschäftigte Frau, und wenn Sie mir etwas mitzuteilen haben, so wäre ich dankbar, wenn das jetzt sofort geschehen würde.«

Yates blätterte in dem Aktenbündel, das vor ihm auf dem Schreibtisch lag. »Ich habe mich mit dem Hotel in Chamonix in Verbindung gesetzt, Miss Hastings. Die Besitzerin ist eine Dame namens Browning. Wie ich erfahren konnte, ist sie eine Freundin von Ihnen. Daher ist es auch nicht weiter verwunderlich, daß sie Ihre Behauptungen bestätigt. Aber, ehrlich gestanden, ich glaube ihr nicht.« Er stand plötzlich auf. »Ich möchte Ihren Paß sehn.«

Sie sprang auf die Füße. »Wollen Sie damit sagen, ich hätte gelogen?«

»Ich will damit sagen, daß Sie überhaupt nicht nach Chamonix gefahren sind. Wenn Sie mir Ihren Paß nicht zeigen wollen, frage ich bei der Paßkontrolle an. Das hängt von Ihnen ab.«

Marian Hastings biß sich auf die Lippen.

»Also – wie steht es, Miss Hastings?« drängte Yates.

Sie sah verlegen zum Fenster hinaus. »Sie haben völlig recht«, sagte sie nach längerer Pause. »Ich bin gar nicht in Chamonix gewesen. Ich war die ganze Zeit in London.«

»Dann haben Sie doch sicherlich unmittelbar nach der Tat von dem Mord erfahren, nicht wahr?«

»Ja.«

»Und warum haben Sie sich nicht sofort mit uns in Verbindung gesetzt?«

Sie zögerte. »Weil mein Verlobter mich in der Schweiz glaubte und ich – ich – nun, ich wollte ihm seine Illusionen nicht nehmen.«

»Das wäre auch nicht nötig gewesen. Sie hätten nur zu sagen brauchen, Sie wären mit dem Flugzeug aus Genf zurückgekehrt statt mit dem Omnibus aus London.«

Sie schüttelte ihren Kopf. »Er hätte mir nicht geglaubt. Alistair weiß, wie sehr mir die Fliegerei verhaßt ist.«

»Was haben Sie denn in London gemacht?«

Sie preßte die Lippen zusammen. »Das ist meine Sache.«

»Das will ich nicht bestreiten«, sagte Yates mit mildem Tadel. »Nur, wie die Dinge stehen, ist es leider auch zu meiner Angelegenheit geworden.«

»Das wage ich zu bezweifeln. Jedenfalls weigere ich mich, diese impertinente Frage zu beantworten.«

Yates seufzte betrübt. »Ich fürchte, früher oder später werden

Sie die Frage doch beantworten müssen. Glauben Sie mir, wir interessieren uns nicht im geringsten für Ihre Bindung an Alistair Goodman.« Er starrte sie einen Augenblick durchdringend an und fuhr dann mit ungewohnter Offenheit fort: »Falls Sie ein Verhältnis zu einem anderen Mann in der Stadt unterhalten sollten, möchte ich Ihnen versichern – – –«

Marian Hastings fuhr ihn wutentbrannt an: »Wie können Sie es wagen! Ich hätte nicht übel Lust, mich bei Ihrem Vorgesetzten über Sie zu beschweren!«

»Aber bitte sehr, dem steht nichts im Weg«, sagte Yates freundlich. »Darf ich Ihnen vorschlagen, sich an Superintendent Nash zu wenden? Ich bin fest davon überzeugt, daß er sich liebend gern mit Ihnen unterhalten würde.«

Marian Hastings suchte verzweifelt nach einer passenden Erwiderung. Ihr wollte nichts einfallen, und so sagte sie nur: »Ich denke, es ist zwecklos, dieses Gespräch weiterzuführen, Inspektor. Guten Morgen.« Sie rauschte zum Zimmer hinaus und stieß in der Tür beinahe mit Jeffreys zusammen, der zum Lohn mit einem vernichtenden Blick aus ihren mit künstlichen Wimpern bewehrten Augen bedacht wurde.

»Was ist denn geschehen?« wollte Jeffreys wissen.

»Verdammtes Frauenzimmer!« knurrte Yates. »Matthews hatte recht, Jeff. Sie hatte sich die ganze Zeit über in London aufgehalten. In Chamonix ist sie überhaupt nicht gewesen.«

»Aber warum hat sie dann so lange gewartet, bevor sie uns von Morris erzählte?«

»Dazu ist sie aufgefordert worden«, sagte Yates.

»Von wem?«

»Das ist die brennende Frage«, sagte Yates nachdenklich. Er entnahm der Akte auf seinem Schreibtisch einen Brief. »Haben Sie das Schreiben von der Versicherungsgesellschaft gelesen?«

»Nein. Was wollen die denn?«

»Es handelt sich um das Brillantarmband. Jemand hat es für

tausend Pfund versichert, und zwar vor über einem Jahr. Wissen Sie auch, wer dieser Jemand war?«

Jeffreys schüttelte stumm seinen Kopf.

»Fay Collins«, sagte Yates.

Jeffreys zog ein verblüfftes Gesicht. »Aber das ist doch unmöglich, Sir! Verdammt noch mal, sie hat es doch nie erhalten! Sie war tot, als ihr der Briefträger das Ding ins Haus ...« Er schwieg plötzlich und starrte Yates ungläubig an. »Soll das heißen, das Armband wäre schon immer Fay Collins' Eigentum gewesen?«

»Genau das. Jemand stahl es aus ihrer Wohnung, legte die Karte mit der Erinnerung an ›Le Lavencher‹ dazu und schickte es ihr mit der Post. Wer immer das auch war, er wußte genau, daß Fay Collins beim Eintreffen des Päckchens längst tot sein würde.«

»Demnach glauben Sie, Morris hat ihr das Armband gar nicht geschickt, nicht wahr?«

»So ist es«, sagte Yates. »Wir sollten durch dieses Manöver irregeführt und unsere Aufmerksamkeit auf Morris gelenkt werden.«

»Aber er hat die Karte geschrieben ...«, warf Jeffreys ein.

»O ja, die Karte hat er geschrieben, irgendwann einmal, und ganz gewiß hat er sie nicht zusammen mit dem Armband an sie abgesandt.«

»Ich beginne zu verstehen«, sagte Jeffreys aufgeregt. »Sie glauben, die Karte ist zu einem früheren Zeitpunkt mit einem Blumenstrauß oder mit einer Schachtel Pralinen bei Fay Collins eingetroffen.«

»Ausgezeichnet, Jeff!« Der Inspektor lächelte und drehte sich nach Konstabler Kent um, der das Büro betrat.

»Mr. Hopedean wartet draußen, Sir«, sagte Kent. »Er möchte mit Ihnen sprechen.«

»Gut. Schicken Sie ihn herein.«

Jeffreys nahm den Brief von der Versicherungsgesellschaft

vom Schreibtisch. »Dann glauben Sie also, Morris hat Fay Collins gar nicht ermordet, oder?« fragte er.

»Davon habe ich kein Wort gesagt«, verbesserte Yates seinen Sergeanten. »Ich habe lediglich festgestellt, daß er nicht der Absender des Armbandes war.«

John Hopedean machte den Eindruck eines Mannes, der sich bester Gesundheit und Laune erfreute. »Guten Morgen, die Herren«, grüßte er mit lauter Stimme.

»Guten Morgen, Mr. Hopedean«, sagte Yates. »Wollen Sie nicht Platz nehmen?«

»Ich will Sie nicht lange aufhalten, Inspektor. Ich habe nur einige Neuigkeiten für Sie, die Sie sicherlich interessieren werden.«

»Aber das ist doch kein Grund dafür, daß Sie stehen statt sitzen, solange Sie unser Gast sind, Sir«, sagte Yates liebenswürdig.

»Also gut, wie Sie wünschen.« Hopedean ließ sich auf dem Besucherstuhl nieder und schlug seine Beine übereinander. Er fuhr fort: »Ich war heute morgen in London in der Fleet Street, um ein paar Bilder beim Zeitungsverlag abzuliefern. Bei der Gelegenheit traf ich Finchley, einen guten Freund von mir. Er arbeitet für das *Weekly Spotlight.*«

»Ist das nicht eine von Clifton Morris' Zeitschriften?« fragte Jeffreys.

Hopedean nickte. »Wie es scheint, war Finchley sehr gut mit Diana Winston bekannt und noch wenige Stunden vor dem Mord mit ihr zusammen.«

»Wo?« fragte Yates.

»Ich glaube, er sagte im ›Savoy‹, aber ich weiß es nicht genau. Auf alle Fälle haben sie ein Gläschen zusammen getrunken. Diana Winston war, so sagt Finchley, völlig aus dem Häuschen. Sie erzählte Finchley, sie habe soeben ein phantastisches Angebot von Morris erhalten. Anscheinend sollte sie für Morris nach Rom gehen und dort die Herausgabe eines neuen Modejournals vorbereiten. Jedenfalls war sie furchtbar aufgeregt über die ganze Sache.«

»Hat dieser Bekannte von Ihnen über Diana Winston sonst noch etwas gesagt?«

»Nein, das ist alles. Ich fürchte, es ist nicht sehr viel, aber ich dachte, Sie sollten es trotzdem wissen.« Hopedean lächelte entwaffnend. »Schon aus Rücksicht Mr. Morris gegenüber«, fügte er hinzu.

»Ich kann Ihnen nicht ganz folgen, Sir«, sagte Yates.

Hopedean zeigte dem Inspektor mit theatralischer Geste seine Handflächen. »Natürlich weiß ich nur sehr wenig über den ganzen Fall«, sagte er. »Nur das, was man so aus den Zeitungen liest. Übrigens finde ich es geradezu empörend, in welcher Weise sich manche Reporter über die Arbeit der Polizei auslassen.«

»Wir sprachen von Mr. Morris, Sir«, bemerkte Yates.

»Jaja, natürlich.« Hopedean lächelte wieder und setzte sich etwas bequemer auf dem Stuhl zurecht. »Nun, jedermann scheint der Ansicht zu sein, Morris und kein anderer habe Diana Winston umgebracht. Doch wenn Finchley die Wahrheit sagt – und das ist zweifellos der Fall –, dann kommt Morris als Täter doch gar nicht in Frage« – er zuckte bedeutungsvoll mit den Schultern –, »ich meine, es ist doch völlig widersinnig, wenn jemand einem Mädchen erst eine fabelhafte Stellung anbietet und es gleich darauf ermordet, nicht wahr?«

»Das finde ich auch, Sir«, pflichtete Yates dem Kunstmaler bei. »Ihr Freund wird doch sicherlich Ihre Angaben bestätigen, oder?«

»Selbstverständlich. Sein Name ist P. J. Finchley. Er wohnt in Palmers Green. Sie finden ihn im Telefonbuch.« Hopedean erhob sich und wandte sich zum Gehen. Sein Lächeln schien an diesem Morgen wie festgefroren. »Ich hoffe, ich konnte Ihnen mit dieser Information ein wenig behilflich sein, Inspektor.«

Als Hopedean gegangen war, sagte Jeffreys: »Glauben Sie,

Morris hat Diana Winston die Stellung in Rom angeboten sozusagen im Tauschverfahren für ein Alibi?«

»Das ist möglich«, meinte Yates.

»Auf den Gedanken sind Sie natürlich längst gekommen, nicht wahr?«

»Ganz recht«, sagte Yates langsam. »Nun frage ich mich nur, ob vielleicht Hopedean ebenfalls auf den Gedanken gekommen ist …«

In Kim Marshalls Wohnschlafzimmer herrschte ein heilloses Durcheinander. Mäntel, Kleider und alle möglichen anderen Dinge lagen über das Bett und über den ganzen Raum verstreut. Ein bereits fertig gepackter Koffer stand auf dem Fußboden neben der Tür.

Kim mühte sich angestrengt damit ab, einen zweiten Koffer zu schließen und gab den Versuch schließlich auf. Sie fluchte wie ein Hafenarbeiter, ging zum Telefon und wählte eine Nummer.

Eine kühle, unpersönliche weibliche Stimme: »Clifton Morris Verlag …«

»Ich wünsche mit Mr. Morris zu sprechen«, sagte Kim.

»Bedaure«, sagte die Stimme. »Mr. Morris ist im Augenblick unabkömmlich.«

»Hören Sie«, rief Kim nervös, »ich versuche seit Stunden Mr. Morris zu erreichen. Verbinden Sie mich mit ihm, und zwar sofort! Melden Sie Ihrem hohen Boß, Miss Marshall wünscht ihn zu sprechen!«

Kim hörte etwas, das gewisse Ähnlichkeit mit einem unterdrückten Ausruf der Empörung hatte. »Einen Augenblick«, sagte die Stimme feindselig.

Morris meldete sich innerhalb von wenigen Sekunden. »Hallo – Kim …?«

»Sie spielen anscheinend Versteck, was?« fragte Kim. »Ich habe seit heute morgen nichts weiter getan, als Ihre Nummer vergeblich gewählt.«

»Das tut mir leid«, sagte Morris. »Haben Sie mir etwas mitzuteilen?«

»Ich habe mit meiner Freundin gesprochen. Irgend jemand wird sich mit Ihnen in Verbindung setzen.«

»Wann?«

»Das weiß ich nicht – vielleicht heute abend.«

»Ist gut, Kim«, sagte Morris abschließend. »Wir sehen uns. Viel Glück …«

»Sollte es Sie jemals nach Paris verschlagen, besuchen Sie mich, mein Lieber«, sagte Kim. »Sie werden mich in einem der Klubs zu finden wissen.« Sie hängte auf und begann wieder zu packen …

9

Marian hatte wirklich einen schlechten Tag erwischt. Erst den Ärger mit der Polizei, und nun wurde ihre Kundschaft auch noch rebellisch! Es hatte wahrlich Mühe genug gekostet, Mrs. Hudson davon zu überzeugen, daß ihr neues Cocktailkleid lang genug sein mußte, um die unförmigen Waden der unförmigen Dame zu verdecken. Nun bestand dieses aufsässige Frauenzimmer plötzlich auf einer Kleidlänge, die nicht nur ihre Waden, sondern auch noch ihre mit Krampfadern bedeckten Kniekehlen den Blicken ihrer bedauernswerten Umwelt aussetzen würde. Marian und Phyllis, jede mit einem Dutzend Nadeln zwischen den Lippen, versuchten, das Unmögliche möglich zu machen.

»Wie lange, glaubst du, wirst du dazu brauchen, Phyllis?« fragte Marian.

»Mit etwas Glück und Verstand sollte ich es in einer Stunde geschafft haben«, antwortete ihre Assistentin.

»Gut. Ich habe ihr gesagt, sie könnte es um drei Uhr haben, aber nur der Allmächtige weiß, wie sie darin aussehen wird.«

»Nicht einmal ihre besten Freundinnen werden wagen, ihr die Wahrheit zu sagen«, meinte Phyllis hellseherisch.

Alistair Goodman hatte gewiß einen ungünstigen Moment für sein Erscheinen ausgewählt. Mit einer großen Hutschachtel in der Hand polterte er zur Tür herein.

»Hallo, Alistair«, sagte Marian. Es klang nicht sehr begeistert.

Goodman drückte ihr einen feuchten Kuß auf die Wange und legte die Hutschachtel auf den Tisch. »Mit einem herzlichen Gruß von Mrs. Baxter«, erklärte er fröhlich. »Sie wird dir später ihre Aufwartung machen.«

»Ach, du liebe Güte!« stöhnte Marian. »Sie hat das verdammte Ding erst heute morgen gekauft.«

»Nun, inzwischen hat sie sich die Auffassung zu eigen gemacht, das verdammte Ding stünde ihr nicht besonders gut zu Gesicht«, meinte Goodman und grinste, als habe er soeben den Witz des Tages von sich gegeben.

»Natürlich steht er ihr nicht«, sagte Marian ärgerlich. »Nichts steht ihr. Sie sieht aus wie ein Pferd. Kann sich jemand ein Pferd mit einem Frühjahrshut vorstellen?«

»Nun, so verkauf' ihr doch ein Zaumzeug, meine Liebe«, witzelte Goodman. »Ein merkwürdiges Weibsbild – jedesmal, wenn sie mir begegnet, stellt sie mich als Laufbursche an.« Er lachte schallend. »Vermutlich hält sie mich für den Gemeindediener oder so etwas Ähnliches.«

Phyllis unterbrach ihre Nadelarbeit für einen Augenblick und kicherte verhalten. Marian lächelte säuerlich und sagte: »Wirst du mich zum Mittagessen ausführen, Alistair?«

»Das ist völlig ausgeschlossen, altes Mädchen, so leid es mir tut«, sagte Goodman. »Um zwei Uhr ist eine Zusammenkunft der Leute von der Molkereigenossenschaft. Übrigens – habe ich dich nicht heute morgen aus der Polizeiwache herauskommen sehen?«

»Ja«, erwiderte Marian kurz angebunden. »Inspektor Yates hatte mich hinbestellt.«

»Weshalb?«

»Oh, nichts Besonderes.«

»Nun, irgendeinen Grund wird er doch wohl gehabt haben«, drang Goodman in seine Verlobte.

»Was soll er schon für einen Grund gehabt haben?« sagte Marian böse. »Natürlich geht es wieder mal um Fay Collins.«

Goodman zupfte an seinem Schnurrbart. »Verdammt, was hast du damit zu schaffen? Was wollte er denn nun schon wieder?«

»Ich werde es dir heute abend erzählen, Alistair.« Ihr Tonfall ließ ihn erstaunt aufblicken.

»Also gut, altes Mädchen«, sagte Goodman. Er sah auf die Uhr. »Ich muß mich beeilen.« Er wiederholte die Kußzeremonie und winkte Phyllis zu. Vergnügt vor sich hin pfeifend ging er aus dem Laden.

Phyllis sagte: »Können Sie mir den Saum eben halten, Miss Hastings? Ich habe keine Nadeln mehr zur Hand.«

Marian Hastings saß in dem winzigen Erker, der ihr als Büro diente, als Phyllis triumphierend verkündete, daß die Schlacht um Mrs. Hudsons Kleidlänge als gewonnen betrachtet werden konnte. »Ich hab's geschafft«, rief sie. »Aber sicherlich wird sie nächste Woche zurückkommen und reklamieren, das Kleid wäre viel zu kurz.«

Marian unterzeichnete einen Brief, den sie soeben vollendet hatte. »Vielen Dank, Phyllis. In einer Stunde komme ich zurück. Dann kannst du gehen.«

»Ach, das eilt nicht«, sagte Phyllis. »David holt mich erst um fünf Uhr ab.«

Marian ging, und gleich darauf hörte die im Laden allein gelassene Phyllis lautes Kreischen von Autobremsen draußen auf der Straße und zwei Knalle, die wie Fehlzündungen eines vorüberfahrenden Lastwagens klangen. Im gleichen Augenblick ertönte der Entsetzensschrei einer zu Tode erschrockenen Frau, und Phyllis rannte zur Tür, um zu sehen, was es gegeben hatte.

Marian Hastings stand mit schreckgeweiteten Augen und bleichem Gesicht neben ihrem Wagen. Die Windschutzscheibe wies zwei dicht nebeneinander liegende Einschußlöcher auf. Aus allen Richtungen strömten die Neugierigen herbei. Einer der ersten, die bei Marian eintrafen, war Gerald Quincey, der sie hastig am Arm packte, als sie auf das Straßenpflaster zu sinken drohte. Mit einiger Anstrengung gelang es ihr, sich auf den Beinen zu halten. »Sind Sie verletzt?« keuchte Gerald.

Marian sah ihn wie durch Nebelschwaden hindurch an. Dann blickte sie auf ihre rechte Hand, die stark zu bluten begann. Nur mit Mühe konnte sie sprechen. Mit schwacher Stimme sagte sie: »Ich glaube nicht ...«

»Aber Ihre Hand ...!« sagte Gerald besorgt.

»Das wird nichts weiter sein. Vermutlich nur ein Glassplitter ...« Sie schwankte und fuhr sich mit der Hand über die Augen.

Phyllis ergriff ihren anderen Arm. »Was ist denn geschehen?« rief sie.

»Irgend jemand hat aus einem fahrenden Wagen auf sie geschossen«, sagte Quincey. »Zuerst dachte ich, es wäre ...«

»Vorsicht!« fiel ihm Phyllis ins Wort. »Sie wird ohnmächtig.«

Gerald Quincey fing sie rechtzeitig auf, bevor sie hinfallen konnte.

Sie schleppten Marian in das winzige Büro, wo sie schnell wieder zu sich kam. Sie setzte sich auf und blickte um sich.

»Es ist alles in Ordnung mit mir, Phyllis«, sagte sie. »Bitte, mach kein solches Theater.«

Sie saß in einem Armsessel, während Phyllis ihre zerschnittene Hand wusch. Gerald Quincey stand mit besorgtem Gesicht daneben. Marian wandte sich an den jungen Mann. »Haben Sie den Wagen gesehen?«

»Ja, das habe ich. Aber ich habe ihn nicht weiter beachtet. Zuerst dachte ich, die Schüsse seien Fehlzündungen.«

»Den Fahrer haben Sie sicherlich nicht erkannt, was?«

»Nein«, bedauerte Quincey. »Und ich bezweifle, daß ihn irgendein anderer erkennen konnte.«

»Warum?«

»Er hatte seinen Hut tief in die Stirn gezogen und trug eine dunkle Brille – da war nichts zu machen.«

Phyllis sah zum Fenster hinaus. Als ein Wagen vor dem Geschäft hielt, drehte sie sich um. »Die Polizei ist hier, Miss Hastings«, sagte sie.

Yates lief mit langen Schritten durch die große Empfangshalle des Londoner Flughafengebäudes. Er blickte suchend um sich, eilte die Treppe hinauf und öffnete die Flügeltüren zum Flughafenrestaurant. Kim Marshall saß an einem Tisch am Fenster. Er sah sie und ging auf sie zu. »Guten Tag, Kim«, sagte er freundlich.

Kim musterte ihn mißtrauisch. »Was wollen Sie denn jetzt schon wieder?«

»Ich wollte Sie nur beglückwünschen«, sagte Yates. Er zog sein Zigarettenetui, bot ihr eine Zigarette an und nahm selbst eine.

»Mich beglückwünschen? Wozu?«

»Ich hielt Sie nicht für gescheit genug, meinen Ratschlag zu befolgen.«

»Pah!« Kim warf den Kopf zurück. »Ich weiß nicht, wovon Sie sprechen. Ich habe mich überarbeitet und nehme Urlaub. Ende der Woche werde ich wieder in London sein.«

»Nicht wenn Sie ein kluges Mädchen sind«, sagte Yates belehrend. Er zog eine Zeitung aus seiner Rocktasche und breitete sie auf dem Tisch aus. »Haben Sie das gesehen?«

Yates wies auf eine Aufnahme auf der Titelseite des Blattes, auf dem Marian Hastings' Wagen mit der zerschossenen Windschutzscheibe zu sehen war. Ein kleineres Bild zeigte den Laden, und daneben war sogar noch Marian Hastings selber abgebildet.

Die Schlagzeile lautete:

SCHÜSSE AUF DER HAUPTSTRASSE VON LITTLESHAW
DREISTER MORDVERSUCH

Kim nickte. »Ja, ich hab's gesehen.«

»Sie sind doch mit Marian Hastings befreundet, nicht wahr?«

»Nein«, sagte Kim. »Ich habe die Frau in meinem ganzen Leben noch nicht gesehen. Ich habe keine Ahnung, worum es bei dieser Sache überhaupt geht.«

»Sind Sie da ganz sicher?«

»Selbstverständlich bin ich das! Glauben Sie etwa, ich wüßte nicht, wer alles zu meinen Freunden zählt?«

Yates steckte die Zeitung wieder in die Tasche. »Das erschwert die Sache allerdings ganz außerordentlich«, meinte er. »Ich war der festen Meinung, Sie hätten Marian Hastings sehr gut gekannt.« Er sah auf seine Uhr, und seine Stimme nahm einen befehlenden Klang an. »Nehmen Sie Ihr Gepäck. Wir fahren zurück zur Stadt.«

Kim starrte ihn ungläubig an. »Was soll das heißen? Wovon reden Sie?«

»Ich benötige gewisse Informationen über Marian Hastings«, sagte Yates. »Und ich bin der Ansicht, daß ich die von Ihnen bekommen kann. Falls Sie nichts wissen oder nichts wissen wollen, muß ich mir meine Informationen auf andere Weise beschaffen. Aber eines steht fest: Sie werden London erst verlassen, wenn ich alles erfahren habe.«

»Sie scherzen, Harry«, sagte Kim. Angst, nackte Angst saß in ihrem Blick. »Das bringen Sie nicht fertig.«

»Mir ist nicht zum Scherzen zumute«, sagte Yates mit ernster Miene. »Und daß ich es fertigbringe, werden Sie gleich sehen.«

Kim war verstört und unentschlossen.

»Es liegt ganz bei Ihnen«, sagte Yates.

Kim zerdrückte mit wütender Gebärde ihre Zigarette im Aschenbecher. »Also gut, Harry. Ich werde Ihnen alles sagen.«

»Vernünftiges Mädchen«, bemerkte Yates. Sie blickte um sich, als wollte sie sich überzeugen, daß sie nicht belauscht wurden. Dann lehnte sie sich zu ihm hinüber.

»Ich hatte keine Ahnung, in was ich mich da einließ«, sagte Kim kleinlaut. »Diese Marian Hastings kenne ich seit etwa einem halben Jahr. Sie hat mich gebeten, mit Morris Verbindung aufzunehmen – als Kontaktperson aufzutreten. Sie behauptete, einer ihrer Freunde besitze einen Brief, den Morris unbedingt haben wollte – einen Brief, den er an Fay Collins geschrieben hatte.«

»Hat sie eine Andeutung darüber gemacht, um wen es sich bei diesem Freund handelte?«

»Nein, das nicht« – Kims Stimme gewann an Festigkeit –, »aber sie hat furchtbare Angst vor ihm. Ich glaube, er ist der Mann, der Fay Collins ermordet hat.«

»Das glaube ich auch«, sagte Yates. Er sah Kim durchdringend an. »Kennen Sie den Namen des Mannes wirklich nicht?«

»Ich?« Kim schien ernstlich besorgt. »Ich weiß es wirklich nicht, Harry. Ich schwöre Ihnen, ich habe keine Ahnung!« Kims Mundwinkel zuckten merkwürdig, und Yates war anscheinend überzeugt.

»Schon gut«, sagte Yates. »Ich will Ihnen das glauben. Sie mögen den Mann nicht kennen, aber ich weiß seinen Namen« – er rückte ein wenig näher an die Tänzerin heran und zückte wieder sein Zigarettenetui – »und nun lassen Sie mal den Rest der Geschichte hören …«

Sergeant Jeffreys bewachte die elektrische Wanduhr im Büro des Inspektors. Er starrte sie an, als befürchte er, die Zeiger könnten sich jeden Augenblick selbständig machen. Es war zwanzig Minuten nach sechs. Konstabler Kent erschien mit einer dampfenden Tasse in der Hand.

»Fred hat Kaffee gekocht«, sagte Kent. »Möchten Sie eine Tasse?«

»Beschäftigt sich Fred außer mit Kaffeekochen gelegentlich auch mit anderen Dingen?« fragte Jeffreys.

Kent dachte über die Frage seines Vorgesetzten nach. »Manchmal gießt er auch einen ganz guten Tee auf.«

Jeffreys verglich seine Armbanduhr mit der Wanduhr. »Der Inspektor wollte um halb sieben angerufen werden, nicht wahr?«

»Pünktlich um halb sieben«, bestätigte Kent.

»Na, dann wollen wir mal«, sagte Jeffreys und griff nach dem Hörer ...

Clifton Morris stand vor dem Kamin im Herrenzimmer seines Appartements und begegnete dem forschenden Blick des Inspektors mit echter Empörung.

»Ich kann mir beim besten Willen nicht erklären«, sagte er, »wie Sie auf den Gedanken gekommen sind, ich könnte mit dieser Sache in Littleshaw etwas zu tun haben.«

»Dann ist es um Ihre Vorstellungskraft nicht sehr gut bestellt, Sir«, meinte Yates. »Miss Hastings ist die Person, die Sie mit Fay Collins zusammen gesehen hat.«

»Oh, ich verstehe«, sagte Morris sarkastisch. »Jetzt geht mir ein Licht auf. Miss Hastings hat mich zusammen mit Fay Collins gesehen, also wollte ich mich ihrer auf sehr eindrucksvolle Weise entledigen.«

»Irgend jemand wollte sich ihrer entledigen«, sagte Yates.

»Stellen Sie sich vor, dieser Irgendjemand heißt nicht Clifton Morris, Inspektor. Wann, sagten Sie, ereignete sich dieser Überfall?«

»Kurz vor halb zwei heute nachmittag.«

Morris lächelte. »Wie bedauerlich. In dem Fall werden Sie mich von Ihrer Liste der Verdächtigen streichen müssen. Von zehn Uhr vormittags bis annähernd halb vier heute nachmittag betätigte ich mich als mehr oder weniger aktives Mitglied einer Aufsichtsratssitzung.«

»Das hätten Sie mir auch gleich sagen können«, meinte Yates und warf einen Blick auf seine Uhr. In diesem Augenblick klingelte das Telefon.

Morris meldete sich und wandte sich mit einem Ausdruck der Verwunderung an Yates. »Für Sie, Inspektor.«

Yates tat überrascht. »Für mich?«

Jeffreys sprach wie gewöhnlich mit übermäßig lauter Stimme. »Entschuldigen Sie die Störung, Inspektor, aber wir haben soeben eine schlechte Nachricht über Edward Collins erhalten.«

»Was ist mit Edward Collins?« Yates warf Morris einen verstohlenen Blick zu.

»Er ist tot, Sir.«

»Das ist ja furchtbar«, sagte Yates. »Wann ist er denn gestorben?« Er hörte, wie Morris geräuschvoll Luft holte und dann den Atem anhielt.

»Das Krankenhaus hat vor fünf Minuten angerufen, Sir.«

»Ist gut, Jeff«, sagte Yates. »Wir sehen uns später.« Er legte den Hörer auf die Gabel zurück und sah Morris an. »Edward Collins ist tot«, erklärte er. »Wir haben soeben vom Krankenhaus Bescheid bekommen. Er ist heute nachmittag gestorben.«

Morris sagte: »O Gott ...!« Yates blickte ihn prüfend an und nahm seinen Hut.

»Sie werden mich entschuldigen, Sir«, sagte er. Ich muß sofort zurück nach Littleshaw ...«

Um halb elf kauerte Clifton Morris wie eine verlorene Seele in einem Sessel vor dem Kamin und starrte in die sterbenden Flammen. Eine lähmende Müdigkeit hatte ihn befallen, doch er wußte, daß er nicht schlafen würde, wenn er sich hinlegte.

Er hatte einen kleinen Tisch neben den Sessel gerückt, auf dem eine halbvolle Brandyflasche stand sowie ein Glas. Während er sich einschenkte, kam er zu dem Schluß, daß er zuviel trank, zuviel rauchte, zuwenig schlief und seine Firma vernachlässigte. Er trank in kleinen Schlucken, registrierte die angenehme Wärme in seinem Magen als Nebensächlichkeit und zündete sich eine neue Zigarette an.

Morris nahm den übervollen Aschenbecher und schüttete den Inhalt in das Feuer. Er gähnte und preßte die Handflächen gegen seine schmerzenden Schläfen. Ein weiterer Drink, sagte er sich, und ein heißes Bad würden ihm vielleicht den Schlaf bescheren, den er so dringend benötigte. Bevor er den Gedanken in die Tat umsetzen konnte, klingelte es. Morris stellte sein Glas hin und ging, um den späten Besucher zu empfangen.

Reverend Nigel Matthews stand vor der Tür und begehrte mit besorgtem Gesichtsausdruck Einlaß.

10

Matthews' Lächeln war voller Wärme und übte eine merkwürdig beruhigende Wirkung aus. »Guten Abend, Terry«, sagte er. »Du hast mich gewiß erwartet.«

»Das habe ich, Nigel«, erwiderte Morris. »Ich bin dir sehr dankbar dafür, daß du so schnell auf meinen Notruf reagiert hast.«

»Ich war gerade auf dem Wege zu einer Versammlung, als dein Anruf kam«, sagte der Vikar.

»Oh, das tut mir leid …«

»Das ist nicht nötig – ich suchte sowieso nach einem Grund, um nicht hinzugehen. Dein SOS-Ruf war ein hochwillkommener Anlaß.«

Morris führte Matthews in sein Herrenzimmer und drückte ihn in einen Sessel.

»Um was geht es denn eigentlich, Terry?« fragte der Vikar. »Dein Anruf hat mich sehr beunruhigt.«

»Wie du weißt, bringt mich die Polizei mit dem Mord an Fay Collins in Verbindung«, sagte Morris. »Sie sind fest davon überzeugt, ich und kein anderer hätte sie erdrosselt.«

»Ich weiß darüber nur, was in der Zeitung steht und was Inspektor Yates mir anvertraut hat.«

»Bist du denn mit Yates befreundet?«

Matthews nickte. »Ja, ich glaube, man kann uns als Freunde bezeichnen. Ich bin der Ansicht, er könnte auch durchaus zu deinen Freunden zählen, Terry, wenn du nur vernünftig genug sein wolltest, um dich ihm anzuvertrauen.«

»Ich fürchte, daraus wird nichts«, sagte Morris. »Yates glaubt mir kein Wort.«

»Ist das ausschließlich sein Verschulden?«

Morris wandte sich ab und stützte sich mit den Händen auf das Kaminsims. »Bist du der Ansicht, ich hätte Fay Collins umgebracht?« fragte er leise.

Matthews sah seinen Freund offen an. Sein Blick war freundlich, doch zugleich auch ein wenig vorwurfsvoll. »Nein«, sagte er. »Aber ich habe den Verdacht, daß du sie gekannt hast. Tatsächlich glaube ich, du warst sogar sehr eng mit ihr befreundet.«

Morris setzte sich auf die Armlehne des Sofas. »Du hast völlig recht«, sagte er langsam. »Ich habe sie sehr gut gekannt.«

»Terry, willst du mir nicht alles erzählen?« fragte Matthews. »Du weißt, daß du dich mir anvertrauen kannst.«

Morris schöpfte tief Atem. »Zum erstenmal begegnete ich Fay Collins vor sechs Monaten in einem Restaurant, das sich ›Le Lavencher‹ nennt. Ich gehe häufig in dieses Lokal. Man kann dort sehr gut speisen, und die Bedienung ist erstklassig. Du kennst diese Art von Restaurants sicherlich – lustige Wandmalereien, kleine, vor den Blicken der übrigen Gäste abgeschirmte Nischen, die wie geschaffen sind für geschäftliche Besprechungen und« – er zögerte einen Augenblick und fügte hinzu: »Nun, du verstehst schon.«

»Erzähle weiter …«

»Also, sie sagte, ihr Name sei Fay Edwards, sie sei Fotomodell und müsse ihren Ehemann unterhalten, der gelähmt sei. Als wir uns drei Monate kannten, lieh sie sich dreihundert Pfund von mir. Vierzehn Tage später zahlte sie das Geld zurück.«

»Ich verstehe«, sagte Matthews nachdenklich.

»Die dreihundert Pfund waren natürlich nur ein Köder«, fuhr Morris fort. »Selbstverständlich hatte ich seinerzeit den Verdacht, aber – nun, ich wollte es einfach nicht wahrhaben. Zwei Wochen später lieh sie sich fünfzehnhundert Pfund von mir. Kurz darauf aß ich mit einem australischen Geschäftsfreund zu Mittag; er kommt einmal im Jahr nach England, und wir treffen uns dann. Er behauptete, Fay zu kennen. Ihr Name sei nicht Edwards, sondern Collins. Außerdem sei sie unverheiratet und zähle zu den teuersten Damen der Londoner Lebewelt. Zuerst wollte ich ihm nicht glauben …«

»Das war ja auch zu unangenehm«, meinte Matthews verständnisvoll.

Morris nickte. »Trotzdem zog ich einige diskrete Erkundigungen über sie ein, und danach bestand kein Zweifel mehr darüber, daß er mir die Wahrheit erzählt hatte – Fay Collins hatte mich im wahrsten Sinne des Wortes aufs Glatteis geführt. Ich war wütend – nicht nur auf Fay Collins, sondern vor allem auf mich selbst.«

»Das kann ich begreifen«, murmelte der Vikar.

»Ich schrieb ihr einen geharnischten Brief«, fuhr Morris fort, »und verlangte die sofortige Rückzahlung der fünfzehnhundert Pfund. Sie antwortete nicht, also rief ich sie an.«

Morris machte eine Pause. »Und was geschah dann?« fragte Matthews?

»Sie bat mich um eine Zusammenkunft, bei der wir alles besprechen wollten. Ich war dumm genug, ihr diesen Wunsch zu erfüllen. Wir verabredeten uns am Abend des 7. Januar in Littleshaw.«

»Das war die Nacht, in der sie ermordet wurde.«

»Ja, ich weiß.«

»Hast du die Verabredung eingehalten?«

Morris fuhr sich mit der Hand über die Augen. »Nein. Ich hatte zwar die Absicht, ich fuhr sogar mit dem Wagen bis Oakdene. Aber dann überlegte ich es mir anders.«

»Warum?« fragte der Vikar.

»Weil es mir plötzlich wie Schuppen von den Augen fiel«, sagte Morris. »Ich schalt mich einen Idioten, beschloß, Fay und die fünfzehnhundert Pfund zu vergessen, und fuhr zurück in die Stadt. Ich stellte den Wagen im Hyde Park ab und ging in das Kino in der Curzon Street. Leider wurde ich dort von niemandem gesehen. Am nächsten Morgen erfuhr ich aus der Zeitung von dem Mord.«

»Ist das die volle Wahrheit, Terry?« fragte Matthews.

Morris nickte heftig. »Die volle Wahrheit, Nigel – ich kann es beschwören.«

Matthews lächelte. »Dann brauchst du dir auch keine unnötigen Sorgen zu machen.«

Morris lachte verbittert. »Du hast gut reden – und was ist mit Edward Collins?«

Der Vikar lächelte immer noch. »Na, wegen dieses Burschen brauchst du dir ganz gewiß nicht den Kopf zu zerbrechen. Wenn er sich nicht gerade wieder einen Rausch antrinkt, geht es ihm so gut wie dir und mir.«

»Was meinst du damit?« fragte Morris ungläubig. »Yates hat mir erzählt …«

»Yates wollte zur Abwechslung einmal deine Taktik anwenden«, sagte Matthews. »Er hat gelogen, was Collins anbetrifft. Er wollte dir auf die Weise nur die Wahrheit entlocken, Terry.«

Morris stieß einen lauten Seufzer der Erleichterung aus. »Das ist doch wirklich der Gipfel!« rief er, weniger empört als bewundernd. »Dieser Yates ist viel zu schade, um sein Leben als Polizist zu verbringen. Der sollte für mich arbeiten!«

Matthews lachte. »Er will, daß du für ihn arbeitest.«

Morris starrte seinen Freund verwundert an. »Was soll denn das nun wieder heißen?«

»Würdest du mir ein wenig Whisky mit viel Soda in ein Glas füllen, Terry? Danach werde ich dir alles erklären.«

Morris mischte die Getränke. »Hier – und nun heraus mit der Sprache, Nigel! Ich möchte doch gar zu gerne erfahren, was dieser Yates mit mir im Schilde führt …«

Reverend Nigel Matthews saß lächelnd auf dem Besucherstuhl im Dienstzimmer des Inspektors.

»Und so«, beendete er seinen Bericht, »habe ich Terry darüber belehrt, daß er sich selber viele Unannehmlichkeiten erspart hätte, wenn er von Anfang an bei der Wahrheit geblieben wäre. Ich ging sogar so weit, zu erklären, daß er vermutlich niemals in Verdacht geraten wäre.«

»Und was sagte er darauf?« erkundigte sich Yates.

»Er wollte mir nicht glauben«, seufzte der Vikar.

Yates lächelte. »Das überrascht mich nicht weiter, Sir. Morris wurde nicht verdächtigt, weil er log, müssen Sie wissen, sondern weil alle Begleitumstände auf ihn als einzig in Frage kommenden Täter deuteten.«

»Das verstehe ich«, sagte der Vikar. »Aber warum haben Sie ihn nicht verhaftet?«

»Weil – zum Glück für Morris – sich bei mir gewisse Zweifel eingestellt hatten.« Yates lächelte reuevoll. »Ich habe bereits einmal den falschen Mann verhaftet, und das hat mir eine Menge Unannehmlichkeiten eingetragen.« Yates erhob sich. »Sie haben sich außerordentlich nützlich gemacht, Mr. Matthews, und darum werde ich Ihre Neugierde befriedigen.«

Der Vikar lächelte schuldbewußt. »Wenn ich ganz ehrlich sein will – ich bin wirklich schrecklich neugierig, Inspektor.«

»Fay Collins hat für einen Erpresser gearbeitet«, erklärte Yates. »Wir wollen ihn zunächst einmal als Mr. A. bezeichnen. Mr. A. faßte den Entschluß, sich Fay Collins zu entledigen, und zwar auf so geschickte Art, daß der Verdacht nur auf Morris fallen konnte. Danach wollte er Morris erpressen. Fay hatte natürlich keine Ahnung von alledem und rannte blindlings in ihr Verderben.«

Matthews schüttelte traurig seinen Kopf. Das arme Mädchen war in mancherlei Beziehung zu bedauern.

»Ich möchte meinen Kopf darauf verwetten, daß Fay jemand anders für das Opfer hielt, das dann sie wurde«, meldete sich Jeffreys, der in einer Ecke des Raumes auf einem Hocker saß, zu Worte.

»Sie können Ihren Kopf behalten, Jeff«, sagte Yates. »Vermutlich haben Sie recht. Jedenfalls wurde der teuflische Plan in die Tat umgesetzt. Fay kaufte einen Schal, der genauso aussah wie das Halstuch, das Morris immer trug. Beim Kauf ließ sie keinen Zweifel daran aufkommen, daß es sich um ein Geschenk für einen vermögenden Herrn handelte. Das Telegramm, dessen Absender natürlich nur A. war, sollte bestätigen, daß Clifton Morris der vermögende Freund der Dame war. Später wurde Morris' Halstuch gestohlen und – so vermute ich – verbrannt.«

»Also war der Schal, den Fay Collins kaufte, derjenige ...«

»Mit dem sie erdrosselt wurde«, beendete Yates den Satz des Vikars. »Selbstverständlich war von vornherein eingeplant, das Halstuch früher oder später uns in die Hände zu spielen und uns glauben zu machen, es handelte sich um den Schal, den Fay unserem Freund Morris geschenkt hatte.«

»Und Miss Hastings war diejenige, die den Schal identifizierte?« fragte Matthews.

Yates nickte. »Ja; aber offensichtlich konnte sie sich nicht recht dazu entschließen, der Forderung des Mr. A. nachzukommen. Wie Sie wissen, meldete sie sich erst vier oder fünf Tage nach dem Mord bei uns.«

»Sie meinen, Mr. A. hatte von ihr verlangt, Morris und das Halstuch zu identifizieren?« fragte der Vikar.

»Richtig«, erwiderte Yates. »Zu ihrem großen Pech wurde

sie jedoch von Ihnen in London gesehen, und damit brach ihr Märchen von Chamonix in sich zusammen.«

Der Vikar lächelte ein wenig unglücklich. »Für Sie als Polizisten gehört die ganze Angelegenheit natürlich zu den Alltäglichkeiten. Für einen einfachen Landpfarrer jedoch ist das alles äußerst ungewöhnlich und überwältigend, besonders, wenn sich die Geschichte in seiner eigenen Gemeinde zuträgt.«

»Das dürfte nicht der erste Mord sein, der in einer stillen Kleinstadt verübt wurde«, meinte Yates.

»Vermutlich nicht, aber ich finde es trotzdem sehr beunruhigend.« Er schwieg für eine Weile und fragte dann langsam: »Würden Sie dann sagen, daß Miss Hastings an die Stelle von Fay Collins getreten ist?«

»Nein. Ich glaube, Marian Hastings arbeitet bereits seit geraumer Zeit mit diesem Mr. A. zusammen. Vermutlich wird sie auch weiterhin für ihn tätig sein, denn sie hat furchtbare Angst vor ihrem Auftraggeber, und der will diesen Zustand auf alle Fälle aufrechterhalten.«

»Dieser Überfall auf Marian Hastings spricht für Ihre Theorie«, meinte der Vikar.

»Und ebenfalls der Mord an Diana Winston«, sagte Yates. »Dadurch wurde Marian so eingeschüchtert, daß sie zum willigen Werkzeug des skrupellosen Erpressers wurde.« Er stand auf und schüttelte dem Vikar die Hand. »Nochmals vielen Dank, Sir. Sie haben mir einen großen Dienst erwiesen.«

»Verzeihen Sie, Sir«, sagte Jeffreys. »Mr. Collins ist hier. Er möchte mit Ihnen sprechen.«

Yates sah von seinem mit Schriftstücken übersäten Schreibtisch auf. »Ist gut, Jeff. Bringen Sie ihn herein.«

Mit Edward Collins war eine erstaunliche Veränderung vor sich gegangen. Von Feindseligkeit und Überheblichkeit war nichts mehr zu bemerken. Er wirkte bedeutend ruhiger und ausgeglichener, wie Yates mit einiger Erleichterung feststellte.

»Guten Tag, Mr. Collins«, sagte Yates freundlich. »Nehmen Sie bitte Platz.«

»Ich will Sie nicht lange aufhalten, Inspektor«, sagte Collins zurückhaltend. »Ich erhielt Ihre Nachricht, daß ich mich wieder in der Öffentlichkeit sehen lassen dürfte, und deshalb dachte ich …«

Yates lachte. »Haben Sie herzlichen Dank, Mr. Collins. Es war sehr freundlich von Ihnen, mir zu helfen.«

»Ihnen zu helfen?« Collins lächelte verlegen. »Ich habe Sie wohl eher behindert bei der Ausübung Ihrer Pflicht, Inspektor. Auf welche Weise ich Ihnen geholfen haben soll, ist mir nicht ganz klar, Sir.«

»Wirklich nicht?«

Collins zuckte mit den Schultern. »Sie haben mir lediglich aufgetragen, mich drei oder vier Tage nicht in der Öffentlichkeit blicken zu lassen. Das war nicht allzu schwierig. Ich war ohnehin nicht daran interessiert, mich unter die Menge zu mischen.«

Yates lächelte. »Erinnern Sie sich an Ihren Kampf mit Mr. Morris?«

»Nun, ich würde es nicht gerade als Kampf bezeichnen.«

»Nennen wir es also eine kleine Meinungsverschiedenheit. Jedenfalls hat Sie diese Angelegenheit doch ziemlich mitgenommen. Wenn ich mich recht erinnere, lagen Sie ohnmächtig auf dem Boden in Ihrem Wohnzimmer, als wir eintrafen.«

Die Erinnerung an den Zwischenfall mit Morris schien Collins unangenehm zu berühren. »Und?« fragte er.

»Ich habe Morris weisgemacht, Sie weilten nicht mehr unter den Lebenden«, erklärte Yates. »Er glaubte, Sie ermordet zu haben.«

Collins starrte den Inspektor verblüfft an. »Was wollten Sie denn damit erreichen?«

»Eine ganze Menge«, sagte Yates. »Er lernte dadurch das Fürchten und machte endlich den Mund auf. Wissen Sie, für einen schrecklichen Augenblick hielt er sich für einen Mörder. Und so seltsam Ihnen das erscheinen mag – Mr. Morris ist gar kein Mörder.«

Collins war völlig durcheinander. Er blickte bald den Inspektor und bald Jeffreys an. »Das geht über meinen Horizont«, murmelte er. »Wenn Morris meine Schwester nicht umgebracht hat, wer war es dann?«

»Ende der Woche können Sie mir die Frage gerne noch einmal stellen«, sagte Yates. »Bis dahin werde ich die Antwort parat haben.«

Collins betrachtete verlegen seine Fingernägel. »Ich fürchte, ich habe mich in dieser ganzen Angelegenheit ganz furchtbar aufgeführt. Von Rechts wegen hätte ich verdient, von Ihnen eingesperrt zu werden, Inspektor.«

Sieh einmal einer an! dachte der Inspektor. Die große Wandlung des Edward Collins. Aber nicht übel für den Anfang, nicht übel! Laut sagte er: »Wir wollen nicht mehr daran denken, Mr. Collins. Was macht Ihr Bein dieser Tage?«

»Es ist in letzter Zeit bedeutend besser geworden«, sagte Collins. »Wenn ich mir irgendwoher einen Wagen leihen kann, werde ich demnächst wohl einige Fahrversuche unternehmen.«

»Fein«, sagte Yates. »Rufen Sie mich Ende der Woche noch einmal an. Dann werde ich Ihnen sicherlich einige Neuigkeiten berichten können.«

Kaum war Collins gegangen, als das Telefon klingelte. Jeffreys meldete sich und reichte den Hörer an den Inspektor weiter. »Das ist Morris, Sir«, sagte er leise. »Ich glaube, er hat etwas entdeckt ...«

Der Polizeiwagen kam auf der Hammersmith-Brücke zum Stillstand. Yates winkte Clifton Morris, der eilig einstieg und auf dem Rücksitz Platz nahm.

»Was hat es gegeben?« fragte Yates kurz.

»Eine Frau hat mich angerufen«, sagte Morris.

»Wann?«

»Gestern abend gegen elf Uhr. Sie gab sich als eine Freundin Kim Marshalls aus.«

»Jetzt kommen wir allmählich zum Ziel.« Yates war hocherfreut. »Was hat sie sonst noch gesagt?«

»Sie sagte, sie würde mir den Brief aushändigen, wenn ich achttausend Pfund dafür bezahlen würde. Ich habe zugesagt.«

»Und weiter?«

»Sie will morgen kurz nach drei in meiner Wohnung anrufen.«

Yates nickte. Langsam begannen sich die Stücke zu einem großen Bild zusammenzufügen. »Wie will man das Geld haben – in Banknoten?«

»Ja.«

Yates Stimme nahm einen autoritativen Klang an. »Besorgen Sie sich morgen das Geld von der Bank«, befahl er. »Sie wissen, wie Sie sich zu verhalten haben. Weichen Sie in keinem Punkt von dem Plan ab. Nehmen Sie den Brief in Empfang und händigen Sie ihnen das Geld aus. Dann verschwinden Sie von der Bildfläche und überlassen uns alles übrige.« Er sah Morris durchdringend an. »Das ist ein Befehl, Sir – haben Sie verstanden?«

»Jawohl, Sir«, sagte Morris, als stünde er seinem Vorgesetzten gegenüber. Dann änderte sich sein Tonfall. »Ich bin noch nie sehr gut gewesen, wenn es um die Ausführung von Befehlen ging, Inspektor.«

»Dann machen Sie diesmal eine Ausnahme, Sir.«

Morris sagte ernsthaft: »Inspektor, wenn Sie einem Erpresser in die Hände fallen würden, der Ihnen zwei gemeine Morde in die Schuhe schieben will, wie würden Sie sich verhalten? Würden Sie sang- und klanglos von der Bildfläche verschwinden, ohne sich davon überzeugt zu haben, wer der liebe Mensch ist, der Ihnen alles das zufügen wollte?«

»Früher oder später werden Sie es ohnehin erfahren«, versicherte Yates dem Verleger.

»Sie haben meine Frage noch nicht beantwortet, Inspektor.«

»Das stimmt, Sir«, sagte Yates ausweichend. »Aber wissen Sie, Sie können sich nicht unbedingt danach richten, wie ich mich verhalten würde. Ich schlage meist etwas – äh – ungewöhnliche Wege ein. Das müssen Sie doch inzwischen bereits herausgefunden haben.«

»Das wage ich zu behaupten«, erklärte Morris grimmig. »Soll ich Ihnen etwas verraten? Ich pflege gleichfalls ungewöhnliche Wege einzuschlagen ...«

Neugierde und Abneigung mischten sich gleichermaßen in den Blick, mit dem Clifton Morris seine Besucherin in Augenschein nahm. Marian Hastings personifizierte wie immer Arroganz und Eleganz zu gleichen Teilen. In der Hand hielt sie eine große, cremefarbene Hutschachtel aus Pappe, die mit der Aufschrift Marian Hastings, Littleshaw, versehen war.

Sie sagte: »Ich glaube, Sie erwarten mich. Ich habe Dienstag abend mit Ihnen telefoniert.«

»Bitte, treten Sie doch näher«, sagte Morris. Er führte sie in sein Wohnzimmer.

»Bevor wir uns dem eigentlichen Zweck Ihres Besuches zuwenden«, sagte Morris, »möchte ich Gewißheit darüber haben, ob Sie den Brief auch bei sich haben.«

»Daß er sich in meinem Besitz befindet, wissen Sie bereits«, erwiderte sie. »Kim Marshall hat Ihnen die Fotokopie gezeigt.«

»Das beweist gar nichts.«

»Meinen Sie?« Marian Hastings war die Gelassenheit selber. Ihr Mienenspiel verriet keinerlei Erregung. »Nun, ich finde, es beweist doch etwas, Mr. Morris. Von einem Brief, den man nicht hat, kann man auch keine Fotokopie anfertigen. Aber Sie dürfen sich gerne überzeugen.« Sie öffnete die Hutschachtel und entnahm ihr ein aufgespultes Tonband und einen Briefumschlag. »Hier ist das Band, dessen Wortlaut Sie bereits kennen, und hier ist der Umschlag, in dem sich der Brief befand. Zufrieden?«

Morris nahm den Umschlag und betrachtete ihn eingehend. »Das ist der Umschlag«, sagte er. »Aber wo ist der Brief?«

Die Andeutung eines Lächelns umspielte Marian Hastings mattrot gefärbte Lippen. Ihr Zeigefinger tippte auf ihre Handtasche. Morris verstand. »Einen Augenblick«, sagte er und verschwand in seinem Schlafzimmer.

Sekunden später erschien er wieder mit einer Aktentasche unter dem Arm. Er öffnete die Tasche und entnahm ihr ein stattliches Bündel von Einpfundnoten. »Hier ist das Geld«, sagte er.

Ihre Augen weiteten sich den Bruchteil einer Sekunde, als sie auf das Geld blickte. Ohne ein weiteres Wort öffnete sie ihre Handtasche und holte einen Briefbogen hervor.

Morris las den Brief, während sie die Geldbündel aus der Aktentasche in die Hutschachtel umpackte. Als sie alles verstaut hatte, klemmte sie sich die Schachtel unter den Arm und wandte sich zum Gehen.

»Einen Augenblick noch«, sagte Morris mit ruhiger Stimme.

Sie blieb stehen. »Ja?«

Morris deutete auf die Hutschachtel. »Darf ich mir die Frage erlauben, was Sie sich hiervon versprechen? Auch Sie werden von ihm erpreßt, oder etwa nicht? Ist das nicht geradezu paradox?«

Sie zog die Augenbrauen in die Höhe. »Was ist paradox?«

»Daß wir beide im gleichen Boot sitzen«, sagte Morris.

»Ich weiß nicht, was Sie damit sagen wollen«, erklärte sie.

»Das wissen Sie recht gut«, sagte Morris freundlich. Er trat einen Schritt auf sie zu. »Ich frage mich, wie hoch Ihr Preis ist. Worum handelt es sich bei Ihnen? Um ein Bild? Einen Brief? Einen ungedeckten Scheck vielleicht?«

Zwei rote Flecken erschienen auf ihren Backenknochen. »Das geht nur mich etwas an«, sagte sie abweisend. Sie machte auf dem Absatz kehrt und marschierte zur Wohnung hinaus. Morris hörte das Klick-Klack ihrer hohen Absätze auf dem Parkettfußboden im Korridor.

Als er die Haustür zuschnappen hörte, griff Morris nach dem Telefon und wählte eine Nummer. Eine Stimme mit schottischem Akzent sagte: »Hallo? Fallstaff-Garage …«

»Jock!« sagte Morris in dringlichem Tonfall. »Hier ist Morris. Ich brauche den Bentley. Beeilen Sie sich, ja?«

»Dauert keine Minute, Sir«, erwiderte Jock …

An einer günstigen Stelle, keine zehn Meter von Marian Hastings Modesalon entfernt, saß Morris in seinem Bentley und wartete auf das Erscheinen der Besitzerin. Ein kleiner Wagen hielt vor dem Laden, und Marian stieg aus. Hastig blickte sie links und rechts die Straße hinunter und verschwand im Innern des Geschäftes. Morris konnte deutlich die Hutschachtel erkennen, die sie unter den Arm geklemmt hielt.

Zur gleichen Zeit fuhr ein Reparaturwagen von der Telefongesellschaft vor und parkte unauffällig auf der gegenüberliegenden Straßenseite.

Edward Collins machte irgendwie eine unglückliche Figur inmitten der für weibliche Kundschaft bestimmten Innendekoration des Ladens. Er sah Phyllis zu, die merkwürdige Gebilde, die vermutlich Knöpfe darstellen sollten, auf den Rücken eines Abendkleides nähte.

»Früher wohnte eine Frau in Amersham, zu der man mit solchen Sachen gehen konnte«, sagte Phyllis. »Aber ob sie jetzt noch dort zu erreichen ist, das weiß ich nicht« – sie hielt inne, als Marian Hastings in den Laden kam, und fuhr dann fort – »vielleicht kann Miss Hastings Ihnen weiterhelfen.«

»Guten Tag, Edward«, sagte Marian. »Welche Überraschung. Kann ich Ihnen helfen?«

»Tag, Marian«, sagte Edward. »Ich wollte nur wissen …«

»Mr. Collins möchte eine ganze Reihe von den Kleidern seiner Schwester verkaufen, Miss Hastings«, sagte Phyllis, zu deren unangenehmen Eigenschaften es gehörte, sich in jede Unterhaltung einzumischen. »Er fragt, ob wir ihm vielleicht helfen können.«

»Befinden sich die Kleider in Ihrem Haus oder in der Wohnung in London?« fragte Marian.

»Ich habe sie alle im Haus«, sagte Edward. »Die Wohnung habe ich längst räumen lassen.«

»Ah so«, sagte Marian.

»Es sind so schrecklich viele Sachen«, fuhr Collins fort. »Drei oder vier Mäntel, fünf oder sechs Abendkleider – ich weiß nicht, was ich mit dem ganzen Zeug anfangen soll.«

»Ich fürchte, ich kann Ihnen da auch nicht helfen, Edward«, sagte Marian. »Aber in Amersham ist eine Frau, die getragene Kleider und Mäntel aufkauft. Nur zahlt sie so wenig.«

»Das ist Nebensache«, erklärte Collins. »Hauptsache, ich werde die Kleider los.«

Marian Hastings, die immer noch die Hutschachtel in der Hand hielt, verschwand in ihrem kleinen Büro. »Ich schreibe Ihnen die Adresse und Telefonnummer der Frau auf«, rief sie.

Marian Hastings kam mit einem Zettel in der Hand zurück. »Hier, ich hab' es Ihnen aufgeschrieben«, sagte sie. »Vielleicht ist es besser, wenn Sie ihr schreiben. Am Telefon kann man nichts mit ihr anfangen.«

»Vielen Dank«, sagte Collins und steckte den Zettel ein. »Wiedersehen ...«

Als Collins gegangen war, wandte Marian sich an Phyllis. Mit vor Erregung heiserer Stimme fragte sie: »Hat Mr. Goodman angerufen?«

»Nein, Miss Hastings«, antwortete Phyllis. »Es ist furchtbar still gewesen, während Sie fort waren.«

Kaum hatte Phyllis ausgesprochen, als Alistair Goodman seinen Sportwagen auf der anderen Straßenseite hinter dem Kombi von der Telefongesellschaft zum Halten brachte. Goodman warf einen flüchtigen Blick auf den Reparaturwagen und blieb für ein paar Sekunden vor dem Schaufenster des Zigarettenladens stehen, um ein Tischfeuerzeug zu bewundern. Langsam schlenderte er auf das Geschäft seiner Verlobten zu.

Im Innern des Wagens von der Telefongesellschaft saßen zwei Polizisten in Zivil und beobachteten jede Bewegung des Farmers. Einer von ihnen hatte sich einen Kopfhörer über die Ohren gestreift. Sein Kollege sagte zu ihm: »Gib ihnen durch, daß Goodman aufgekreuzt ist.«

In einer Seitenstraße saßen Yates und Jeffreys auf dem Vordersitz eines Polizeiwagens. Auf dem Rücksitz harrten zwei uniformierte Beamte der Dinge, die da kommen sollten. Jeffreys trug Kopfhörer und hielt ein Mikrophon in der Hand. Er warf dem Inspektor einen bedeutsamen Blick zu. »Goodman ist eingetroffen«, sagte er.

Yates nickte. »Sie wissen, was sie zu tun haben …«

Goodman begrüßte Phyllis jovial wie immer. »Hallo, Kleines«, sagte er. »Ist meine Gebieterin zugegen?«

Phyllis kicherte. »Sie ist im Büro«, antwortete sie. »Ich gehe und sag' ihr Bescheid.«

»Das eilt nicht«, sagte Goodman liebenswürdig. Er betrachtete Phyllis zwischen zusammengekniffenen Lidern hindurch und streckte seine Hand aus, um ihr wohlgeformtes Hinterteil zu tätscheln. Im letzten Augenblick besann er sich eines anderen. »Sind Sie diese Woche schon im Kino gewesen, Phyllis?«

»Nein«, erwiderte Phyllis und lächelte ihm ermunternd zu.

»Da haben Sie aber etwas versäumt«, sagte Goodman. »Der Film hätte Ihnen bestimmt gefallen. Es drehte sich um einen Jungen, dessen Spezialgebiete Mädchenhandel und Marihuanarauchen waren.«

»Wie interessant!« Phyllis kicherte pflichtbewußt. »Da kommt Miss Hastings schon«, sagte sie.

Marian Hastings erschien mit der Hutschachtel unterm Arm. Goodman nahm den unförmigen Karton in Empfang, und Marian sagte: »Hier ist die Schachtel, Alistair.«

»Sehr schön«, meinte Goodman.

»Hast du die Adresse?«

»Aber ja. Die kennt doch jeder.«

Marian küßte ihn mit ungewohnter Herzlichkeit. »Wie lieb von dir, mir zu helfen, Liebling. Ich bin dir so dankbar.«

»Ach, das ist doch nichts Besonderes, altes Mädchen«, sagte Goodman. Er drückte ihr geräuschvoll einen Kuß auf die Wange und winkte Phyllis zu. »Aber immer habe ich natürlich keine Zeit für solche Dinge.«

Clifton Morris ließ die Ladentür nicht aus den Augen. Er sah Goodman mit der Hutschachtel in der Hand aus dem Geschäft kommen. Der Farmer warf die Schachtel auf den Rücksitz seines Sportwagens und fuhr los.

Morris folgte ihm in sicherem Abstand. Etwa zwei Meilen außerhalb der Stadt bog Goodman in eine schmale Seitenstraße ein. Er hielt vor der Einfahrt zu einem großen Landhaus und stieg aus. Morris fuhr langsam an dem Sportwagen vorüber und sah im Rückspiegel, wie Goodman mehrere zusammengebundene Fasanen vom Rücksitz seines Autos nahm und auf die Einfahrt zuging.

Morris parkte den Bentley hinter der nächsten Kurve, stieg aus und näherte sich vorsichtig dem Sportwagen des Gutsbesitzers. Erstaunt las er auf einem großen, hölzernen Schild neben der Einfahrt, daß es sich bei dem Landhaus um das Waisenhaus von Littleshaw handelte.

Er trat an den Wagen heran, vergewisserte sich, daß die Hutschachtel noch auf dem Rücksitz lag. Er hob den Deckel an und starrte ungläubig auf den winzigen, schwarzen Hut, der sich im Innern der Schachtel befand. Morris ließ den Deckel fallen und richtete sich auf. Als er sich umdrehte, sah er sich dem wutentbrannten Goodman gegenüber.

»Zum Teufel, was haben Sie denn in meinem Wagen zu suchen?« polterte der Farmer aufgebracht.

Morris benetzte seine Lippen. »Es ist mir schrecklich peinlich«, sagte er schließlich. »Offen gestanden, ich habe keinen Hut in der Schachtel erwartet – das heißt, ich dachte – äh –«

»Mir ist völlig einerlei, was Sie dachten!« brüllte Goodman. »Haben Sie den Verstand verloren? Wie kommen Sie dazu, in meinem Wagen herumzuschnüffeln?« Er trat zwei Schritte vor und brachte sein rotes Gesicht nahe an das des jungen Verlegers heran. »Hören Sie, habe ich Sie nicht schon irgendwo einmal gesehen?«

»Ich habe keine Zeit, Ihnen die ganze Geschichte jetzt zu erklären«, sagte Morris hastig. »Verraten Sie mir nur eines – hat Miss Hastings heute nachmittag eine Verabredung mit irgend jemandem?«

Goodman riß den Mund auf und vergaß, ihn wieder zu schließen. Nach einer Weile knurrte er: »Was, zum Teufel ...«

Morris packte seinen Arm. »Hat sie eine Verabredung?«

»Was geht hier eigentlich vor?« fragte Goodman, den der feste Griff des jungen Mannes offensichtlich wesentlich milder stimmte. »Soviel ich weiß, ist sie irgendwo hinbestellt.«

»Wohin?« rief Morris.

Goodman zupfte an seinem Schnurrbart und musterte Morris mit unverhohlener Abneigung. »Hören Sie!« beschwerte er sich. »Wenn Sie glauben, Sie können ...«

»Entschuldigen Sie bitte«, fiel Morris ihm ins Wort. »Sie müssen mich für völlig übergeschnappt halten. Aber ich muß wissen, wohin sie gegangen ist. Die Beantwortung dieser Frage ist von entscheidender Bedeutung, auch für Sie. Später werde ich Ihnen alles erklären.«

»Das möchte ich mir auch ausgebeten haben«, sagte Goodman viel ruhiger.

»Wissen Sie, wohin Marian Hastings gegangen ist?«

»Ich habe keine Ahnung«, sagte Goodman. »Es geht mich ja auch nichts an. Wissen Sie, Sie können von Glück sagen ...«

Morris hörte sich die Geschichte von seinem Glück nicht bis zum Schluß an. Er sprintete zu seinem Bentley zurück und brauste davon. Goodman starrte ihm verwundert nach. »Das hat die Welt noch nicht erlebt!« murmelte er und deckte die Hutschachtel wieder zu.

Marian Hastings umklammerte das Steuerrad ihres Wagens mit nervösen Händen und schlug die gleiche Richtung ein wie Alistair Goodman. Sie fuhr nicht ganz so weit wie er, sondern bog ein kurzes Stück außerhalb der Stadtgrenze in einen holperigen Feldweg ein. Ein weites, unbestelltes Feld lag zur Linken, und gleich neben der Einfahrt zu dem Acker stand eine Scheune. Auf der anderen Seite des Feldweges, auf einem schmalen Grasstreifen, war ein kleiner Wagen geparkt.

Marian Hastings nahm die Hutschachtel und eilte mit hastigen kleinen Schritten auf die Scheune zu.

In der Scheune befanden sich mehrere Strohballen, ein alter Handwagen und zwei oder drei leere Petroleumfässer. An der hinteren Wand waren Säcke mit Kartoffeln und Düngemitteln aufgestapelt. Verschiedene Geräte und Werkzeuge lagen unordentlich herum, und ein uralter Traktor fristete im halbdunklen Hintergrund ein rostiges Dasein.

Nur zögernd und sich vorsichtig nach allen Seiten umblickend betrat Marian den düsteren, von üblem Modergeruch angefüllten Schuppen. Sie legte die Hutschachtel auf einen Strohballen und erschauerte. Die Örtlichkeit übte eine niederdrückende, unheimliche Wirkung auf sie aus. Als eine Maus in dem Stroh zu ihren Füßen raschelte, zuckte sie erschrocken zusammen.

Sie stand im Begriff, sich eine Zigarette anzuzünden, als sie leichte Schritte vom Eingang her hörte. Sie wirbelte herum und sah sich einem Mann gegenüber, der in einen dunklen Leinenanzug gekleidet war. Locker um den Hals geknüpft trug er ein seidenes Halstuch.

»Du hast dich verspätet«, sagte John Hopedean leise …

11

Marian Hastings musterte Hopedean mit einer Miene, die gleichermaßen Furcht und Widerwillen ausdrückte. »Jedenfalls bin ich gekommen«, sagte sie kurz. »Das ist doch wohl die Hauptsache.«

Hopedean lächelte. »Ich schätze Pünktlichkeit bei meinen – äh – Mitarbeitern«, sagte er spöttisch.

»Hast du dir den Wagen, der draußen steht, geliehen?« fragte Marian.

»Ja, von Matthews. Die Kirche für mein Vorhaben einzuspannen, schien mir irgendwie passend, und aus verständlichen Gründen wollte ich nicht gerne meinen eigenen Wagen dafür verwenden. Der hohe geistliche Herr ist der Ansicht, ich würde den Nachmittag in der Tate Gallerie in London zubringen.« Er näherte sich ihr, den Blick auf die Hutschachtel gerichtet. »Weißt du, für einen Augenblick dachte ich schon, du würdest nicht kommen, Marian.«

»Es war nicht ganz einfach, mich möglichst unauffällig aus dem Geschäft zu entfernen«, sagte sie.

»Ist dir jemand gefolgt?«

»Nein – zumindest habe ich nichts davon gemerkt.«

»Du hast nichts davon gemerkt?« sagte Hopedean leise. »Das solltest du aber mit Sicherheit wissen. In unserem Fall ist einige Vorsicht geboten, meinst du nicht auch?«

»Ich habe doch gesagt, daß ich nichts gemerkt habe«, erwiderte sie nervös. Sie deutete auf die Hutschachtel. »Da ist das Geld. Du brauchst es nicht zu zählen.«

»Das liegt auch nicht in meiner Absicht«, sagte Hopedean uninteressiert. »Hat es irgendwelche Schwierigkeiten mit Morris gegeben?«

»Nein«, antwortete sie. »Ich habe ihm lediglich den Brief ausgehändigt, und er gab mir das Geld.«

»Ausgezeichnet«, sagte Hopedean. »Schlicht und unkompliziert. Alles ist soviel angenehmer, wenn es keine Komplikationen gibt, nicht wahr, Marian? Unglücklicherweise verläuft es nicht immer so reibungslos. Aber im großen und ganzen, wage ich zu behaupten, haben wir Glück gehabt.«

Marian wandte ihm ihr bleiches, angespanntes Gesicht zu. »Mußtest du Diana Winston unbedingt umbringen?«

Hopedean senkte den Blick und betastete sein Halstuch. »Ja, mir blieb keine andere Wahl. Sie wollte Morris ein Alibi verschaffen. Dadurch brachte sie unseren ganzen Plan in Gefahr.«

»Aber ich habe dir doch gesagt, daß ich an keinem weiteren Mord mitschuldig werden wollte!«

»Das hatte ich auch nicht vergessen«, meinte Hopedean gleichgültig.

»Und warum hast du es trotzdem getan?«

»Das habe ich dir doch eben erklärt.«

Marians Hände verkrampften sich ineinander. »John, ich habe einen Entschluß gefaßt«, sagte sie mit vor Erregung heiserer Stimme. »So kann es nicht mehr weitergehen – ich halte das nicht mehr aus – ich gehe zur Polizei!«

»Ich habe dich nicht verstanden. Was sagtest du?«

»Du hast mich recht gut verstanden. Ich werde alles gestehen.«

»Wie klug von dir«, sagte Hopedean. »Willst du mir nicht erklären, was du der Polizei alles gestehen willst? Da bin ich aber wirklich neugierig.«

»Ich werde sagen, was in jener Nacht geschehen ist.« Sie zögerte und fügte dann hastig hinzu: »Ich werde der Polizei sagen, daß ich jemanden mit dem Wagen angefahren habe und weiterfuhr, ohne – ohne anzuhalten.«

»Der bewundernswerte Inspektor Yates wird hocherfreut sein, wenn er davon erfährt«, meinte Hopedean sarkastisch. »Aber hast du nicht eine Kleinigkeit vergessen?«

»Was meinst du?«

»Daß du betrunken warst, als du die Frau überfahren hast«,

sagte Hopedean mit lauter Stimme. »Das zu erwähnen, würde ich auf keinen Fall versäumen – dadurch wird alles soviel aufregender.«

»Ich werde nichts vergessen«, sagte sie leise.

Hopedean schüttelte traurig seinen Kopf. »Aber meine liebe Marian, seit dem Tode der Frau ist ein volles Jahr vergangen, und durch dein Geständnis wird sie wohl kaum wieder zum Leben erweckt. Wem ist damit gedient, wenn du jetzt noch zur Polizei gehst?«

»Mir ist damit gedient«, erwiderte Marian. »Denn dann kannst du mich nicht mehr erpressen. Deine schmutzigen Geschäfte widern mich an, und ich werde dem ein für allemal ein Ende setzen.«

»Es ist sehr schmerzlich für mich, dich so reden zu hören«, sagte Hopedean vorwurfsvoll. »Ich habe fest an deine Freundschaft geglaubt.« Er legte ihr seine Hand auf den Arm. »Wir haben doch auch manch Schönes miteinander erlebt, Marian, das mußt du doch zugeben.«

»Trotzdem gehe ich zur Polizei.«

»Dann möchte ich dich bitten, meine Neugierde nur noch in einem Punkt zu befriedigen. Was wirst du ihnen antworten, wenn sie dich fragen, warum du mit deinem Geständnis zwölf Monate gewartet hast?«

»Ich werde sagen, ich hätte Angst gehabt vor dem Skandal.«

»Eine sehr überzeugende Erklärung«, meinte Hopedean. »Wirst du ihnen ebenfalls anvertrauen, daß du erpreßt worden bist?«

»Nein, natürlich nicht«, sagte sie hastig. »Das würde ich niemals wagen – denn wenn sie davon erfahren …«

»Wenn unser gemeinsamer Freund Inspektor Yates davon erfahren würde«, beendete Hopedean den Satz, »dann wird es ihm nicht schwerfallen, zwei und zwei zusammenzuzählen.« Seine Stimme hatte einen drohenden Tonfall angenommen, und Marian beobachtete ihn mit wachsender Besorgnis.

Mit langsamer Bewegung zog Hopedean das Halstuch unter seinem Rockkragen hervor. »Irgendeine innere Stimme flüstert mir zu«, fuhr er fort, »daß Yates keine große Mühe haben wird, zwei und zwei zusammenzuzählen, und ohne Zweifel wird das Ergebnis vier sein.«

Marian wandte sich plötzlich ab und versuchte ihr Heil in der Flucht. Hopedean hatte das erwartet und verstellte ihr den Weg. Seine Stimme sank zu einem Flüstern herab. »Du dachtest, du könntest mir entwischen, was? Du dummes, kleines Ding …«

In panischer Angst preßte sie die Faust vor den Mund. Ihre Zähne vergruben sich in ihren Handrücken. »Nein …«, keuchte sie. »Nein …« Sie fühlte, wie ihre Schultern gegen einen Strohballen gedrückt wurden.

»Hast du allen Ernstes geglaubt, ich würde dich zur Polizei gehen lassen?« flüsterte Hopedean. »Du bist noch viel dümmer, als ich dachte … Glaubtest du tatsächlich, ich würde dich nach diesem hier wieder unter die Menschen gehen lassen?«

Er stand unmittelbar vor ihr. Als sie zu schreien begann, preßte er ihr seine Hand auf die Lippen …

Die Tachometernadel zitterte bei 140, als Clifton Morris nach Littleshaw zurückraste. Als er Marian Hastings Wagen neben der Scheune stehen sah, trat er unbarmherzig auf die Fußbremse. Der Bentley schleuderte und stand. Morris sprang heraus, überquerte die Straße und rannte auf die Scheune zu.

Hopedean hatte inzwischen den Schal um Marians Hals geschlungen und begann zuzuziehen. Marian unternahm einen letzten, verzweifelten Versuch, sich zu befreien. Hopedeans rechte Hand lag wieder über ihrem Mund, und sie biß mit aller Kraft hinein. Hopedean stieß einen Schmerzensschrei aus und ließ das Halstuch fahren. Marian fiel halb besinnungslos über einen Strohballen. In diesem Augenblick erschien Morris in der Scheune.

Es gelang Morris, den Kunstmaler von hinten zu packen und dadurch einen kleinen Vorteil zu gewinnen, aber Hopedean war kräftiger, als es den Anschein hatte. Er stieß Morris mit dem Kopf unter das Kinn, und sie stürzten gemeinsam zu Boden. Hopedeans rechte Hand kam plötzlich mit kaltem Metall in Berührung. Er packte den schweren Schraubenschlüssel und ließ ihn auf das ungeschützte Haupt von Morris herabsausen.

Marian Hastings lag immer noch über dem Strohballen. Sie zitterte heftig. Das Halstuch lag zu ihren Füßen. Hopedean sah erst Marian an, dann das Halstuch und schließlich die Hutschachtel. Er ließ den Schraubenschlüssel fallen und griff nach der Hutschachtel. Mit langen Sätzen eilte er aus dem Schuppen.

Vor der Scheuneneinfahrt zögerte Hopedean unentschlossen, dann rannte er auf Matthews' Wagen zu. Bevor er ihn erreicht hatte, bogen zwei Polizeiautos in den Feldweg ein und blockierten den Fluchtweg. Sechs Polizisten sprangen heraus und begannen, Hopedean einzukreisen.

Der Kunstmaler schlug eine andere Richtung ein und lief auf die Straße zu. In diesem Augenblick erschien ein dritter Polizeiwagen und versperrte auch diese letzte Fluchtmöglichkeit. Inzwischen hatte sich die Zahl der Polizisten, die Hopedean liebevoll in die Mitte nahmen, auf zwanzig vergrößert. Hopedean unternahm einen letzten, verzweifelten Ausbruchsversuch. Er drückte die Hutschachtel wie einen Schild an sich, senkte den Kopf und stürmte auf die Feldausfahrt zu. Fünf athletische Polizisten stürzten sich auf ihn, aber es dauerte einige Zeit, bis sie den sich mit Händen und Füßen wehrenden Kunstmaler überwältigt hatten. Endlich lag er der Länge nach auf der Erde. Zwei Polizisten hielten seine Füße, und ein anderer kniete auf seiner Brust. Der Inspektor stand einen Augenblick wortlos und ohne ein Zeichen der Zufriedenheit oder Freude über ihn gebeugt. Dann nickte er Jeffreys zu, der abwartend neben ihm stand, und sagte: »Schafft ihn aufs Revier.«

Marian Hastings weinte leise vor sich hin, als sie von zwei Beamten abgeführt wurde. Morris saß auf dem Scheunenboden und rieb sich seinen schmerzenden Schädel. »Sind Sie verletzt, Sir?« erkundigte sich Yates.

Morris betastete seinen Hinterkopf und stöhnte, als seine Finger die riesige Beule berührten. »Nicht weiter schlimm«, sagte er nur.

»Jeffreys kann einen Arzt holen«, sagte Yates. »Es sieht übel aus.«

»Nein, das ist nicht nötig. Es geht schon wieder.« Morris rappelte sich mühselig auf und schwankte leicht, als er endlich auf den Beinen stand. »Haben Sie ihn gefaßt?«

»Ja«, sagte Yates. »Wir haben ihn.«

Jeffreys meldete: »Alles ist in bester Ordnung, Sir. Die Einsatzwagen sind soeben abgefahren.«

»Danke«, sagte Yates.

Die drei Männer verließen die Scheune gemeinsam. Jeffreys blieb plötzlich stehen. »Inspektor, seit wann haben Sie Hopedean unter Verdacht?« fragte er.

»Seit einiger Zeit«, erwiderte Yates. »Er trat für meinen Geschmack ein bißchen zu selbstsicher auf, und er benahm sich ein wenig zu auffällig. Er glaubte, auch nicht den geringsten Fehler begangen zu haben, und wurde daher unvorsichtig. Als er mir von diesen Drohbriefen erzählte, beschloß ich, mich auch einmal als anonymer Briefschreiber zu betätigen.«

»Sie haben ihm einen anonymen Brief geschrieben?« fragte Jeffreys ungläubig.

»Ja«, sagte Yates bescheiden. »War doch eine gute Idee, finden Sie nicht auch?«

»Das kann man wohl behaupten«, staunte Jeffreys. »Was haben Sie ihm denn mitgeteilt?«

»Ich habe davon Abstand genommen, ihn als Mörder zu beschimpfen«, erklärte Yates. »So brutal wollte ich nicht vorgehen.« Er grinste plötzlich. »Ich habe ihn nur einen schmutzigen Erpresser genannt und beschuldigte ihn der Erpressung an Miss

Hastings und Mr. Morris. Wenn ich ehrlich sein soll – ich habe da ein ekelhaftes Zeug zusammengeschrieben, aber so sind anonyme Drohbriefe ja nun einmal.«

Jeffreys dachte angestrengt nach. »Aber von dem Brief hat er uns nichts erzählt.«

»Das war sein großer Fehler«, sagte Yates. »Er hätte ihn zu mir bringen sollen. Aber das wollte er nicht riskieren, weil die Anschuldigungen der Wahrheit zu nahe kamen.« Er wandte sich an Morris. »Fühlen Sie sich besser, Sir?«

»Ja«, sagte Morris. »So gut, wie es die Umstände erlauben.«

Yates setzte eine gestrenge Miene auf. »Sie sollten nicht mit irgendwelchem Mitgefühl rechnen, Mr. Morris. Schließlich habe ich Sie gewarnt. Ich habe Ihnen gesagt, Sie sollten sich unsichtbar machen.«

Morris strich vorsichtig über seinen mißhandelten Hinterkopf. »Ich wollte, ich hätte Ihren Rat befolgt«, sagte er und lächelte.

Jeffreys verschwand noch einmal im Innern des Schuppens und kehrte gleich darauf mit Hopedeans Halstuch zurück. Er wandte sich an Morris. »Entschuldigen Sie, Sir – gehört dieser Schal Ihnen?«

Morris tat, als müßte er erst überlegen. »Sie werden es nicht glauben – aber er gehört mir tatsächlich nicht.«

Yates nahm Jeffreys den Schal aus der Hand und steckte ihn in seine Manteltasche. »Wir glauben Ihnen, Sir«, sagte er.

»Ich weiß nicht, wie es mit Ihnen ist, Jeff«, sagte Yates. »Aber ich könnte einen Drink vertragen.«

»Ich auch«, meinte Jeffreys. Es klang überzeugend. Er sah auf seine Uhr.

Sie gingen in die um diese Tageszeit menschenleere Dragoon Bar, und Yates bestellte zwei doppelte Whisky. Mit ernsten Gesichtern tranken sie einander zu.

Zwei amerikanische Soldaten betraten das Lokal. Mit offensichtlichem Mißvergnügen blickten sie um sich.

»Was für ein Loch!« sagte der eine von ihnen. Er wandte sich an Yates. »Ist denn in diesem Kaff gar nichts los, Mac?«

»Nicht sehr viel«, erwiderte Yates. »Dies ist eine ruhige, kleine Stadt. Ihr Burschen würdet sie vermutlich als Kuhdorf bezeichnen.«

»Das können Sie noch einmal sagen«, meinte der andere Amerikaner mitfühlend. »Sind die Mädchen in dieser Stadt genauso tot wie diese Budike hier?«

Yates zwinkerte Jeffreys zu und lächelte. »Nicht alle, Freunde. Nicht alle.«

ENDE

Der Schlüssel

I

Inspektor Hyde stand an einem offenen Fenster des Royal-Falcon-Hotels in Maidenhead und starrte nachdenklich auf den in der Septembersonne glitzernden Fluß.

Welche Ruhe diese Landschaft doch ausstrahlt, dachte er … und dennoch, in diesem behaglich ausgestatteten, mit seinen holzvertäfelten Wänden gemütlich wirkenden kleinen Landhotel hatte vor kurzem ein junger Soldat Selbstmord begangen …

Hydes versonnener Gedankengang wurde plötzlich durch das Kreischen stark gebremster Autoreifen auf dem Kies des Gartenweges unterbrochen. Ein silbergrauer Lancia-Flaminia war mit rasender Geschwindigkeit in den Hof eingefahren und dort vom Fahrer jäh zum Stehen gebracht worden. Ein etwa 35jähriger Mann sprang heraus und stürzte zum Eingang, wo ihm der dort postierte Polizeibeamte entgegentrat.

»Ich bin Philip Holt, der Bruder des Toten«, hörte Hyde den jungen Mann mit gepreßter Stimme sagen.

»Inspektor Hyde erwartet Sie bereits. Ich führe Sie sofort zu ihm.«

Als die beiden Männer außer Sicht waren, sah Hyde auf seine Armbanduhr. Selbst wenn man berücksichtigte, daß der Lancia ein schneller Sportwagen war, schien Holt doch keine Minute Zeit verloren zu haben, um von London nach Maidenhead zu gelangen. Es war kaum eine Stunde vergangen, seit die Polizei ihn in London angerufen hatte.

Kurz darauf klopfte es auch schon an der Tür, und Philip Holt wurde hereingeleitet.

»Sie haben wirklich ein tolles Tempo vorgelegt«, bemerkte Hyde, als er seinem Besucher die Hand reichte.

»Ich bin so schnell gefahren, wie es nur möglich war, Inspektor, und ich kenne die Straße sehr gut. Genau gesagt, ich war erst gestern abend hier in dieser Gegend. Ich war Mitglied der Jury bei einem Fotowettbewerb in Marlow.«

»Ach ja, Sie sind Berufsfotograf, wenn ich mich nicht irre. Haben Sie nicht ein Atelier in London?«

»So ist es, Inspektor. Mein Atelier mit direktem Zugang zu meiner Wohnung liegt in Westminster, nicht weit vom Parlamentsgebäude. Aber, was zum Teufel, hat mein Bruder nur in dieser Gegend getrieben? Ich war sehr überrascht, als ich die Nachricht bekam – denn er wollte doch nach Dublin reisen, wie er mir sagte.«

Hyde hob leicht die Augenbrauen, als er diese für ihn interessante Information erhielt, zog es jedoch vor, im Augenblick nichts dazu zu sagen. Vielmehr beobachtete er die salopp gekleidete Gestalt mit dem ungepflegten kastanienbraunen Haarschopf und den ernsten Gesichtszügen, die, was der Inspektor nicht wußte, ein warmes Lächeln sehr rasch verwandeln konnte.

»Kann ich meinen Bruder sehen?« fragte Philip.

Hyde nickte. »Der Leichnam ist zwar schon aus dem Hotelzimmer entfernt worden, doch muß ich Sie aus formalen Gründen bitten, ihn zu identifizieren.«

»Natürlich.« Philip holte sein Zigarettenetui hervor und zündete sich eine Zigarette an. Sein Gesicht war aschgrau, und seine Hand zitterte leicht, als er das Feuerzeug wieder in die Westentasche steckte.

»Zunächst einmal sollten Sie sich vielleicht das Zimmer Ihres Bruders ansehen«, sagte Hyde ruhig. »Darf ich Sie dorthin führen, Sir?«

Er geleitete Philip auf den Korridor hinaus und eine mit dicken Läufern belegte Treppenflucht hinauf.

Nr. 27 war ein Hotel-Schlafzimmer wie viele andere, jedoch vielleicht um eine Nuance komfortabler und reicher ausgestattet, als man es von einem Einzelzimmer in einem Hotel erwartet hätte. Das Bett war bereits abgezogen, und es waren keine Kriminalbeamten mehr mit der üblichen peinlich-genauen Durchsuchung des Raumes beschäftigt. Anscheinend hatten sie das schon erledigt, während Philip auf dem Wege von London nach Maidenhead war.

Auf dem Kopfkissen war ein kleiner Blutfleck sichtbar, und auf dem danebenstehenden Nachttisch lag ein Blatt Papier.

Inspektor Hyde nahm es auf. »Es ist an Sie gerichtet, Sir.«

Philip schien zu zögern.

»Wir haben die Fingerabdrücke bereits abgenommen. Sie können es ruhig in die Hand nehmen.«

Philip nahm das Blatt und las die kurze, handgeschriebene Mitteilung.

Mein lieber Philip,

bitte, verzeih mir. Dies ist der einzige Ausweg.

Rex.

Er stand lange sinnend da, den Zettel regungslos in der Hand haltend. Auf einmal war er sich der stummen Frage in den Augen des Inspektors bewußt.

»Ja, es stimmt. Das ist seine Handschrift.«

»Sind Sie dessen ganz sicher, Sir? Es ist sehr wichtig.«

»Doch, es gibt keinen Zweifel.«

Hyde nickte und nahm ihm den Zettel ab. »Wir haben den Toten selbstverständlich fotografiert, bevor wir die Leiche zur Autopsie abholen ließen.«

»Darf ich die Fotos sehen?«

»Ja, natürlich. Ich schlage vor, wir gehen jetzt nach unten. Dort hat uns der Geschäftsführer einen ruhigen Raum zur Verfügung gestellt, in dem wir uns ungestört unterhalten können. Sobald die Abzüge trocken sind, wird man sie dorthin bringen.«

Der Inspektor führte Philip in ein Privatzimmer, das vom

Duft frischer Rosen erfüllt und geschmackvoll eingerichtet war. Es war niemand anwesend und ganz still.

Während die beiden Männer sich unterhielten, klopfte es, und ein Kriminalbeamter brachte die erwarteten Fotos, die noch feucht waren. Der Inspektor beschäftigte sich diskret mit seiner Tabakspfeife, während Philip Holt die Bilder studierte.

Nach einer Weile raffte Philip sich zu einer Frage auf. »Besteht kein Zweifel daran, daß es Selbstmord war, Inspektor?«

Während der Zeit, die der Inspektor sich bewußt nahm, um seine Pfeife zu stopfen, sie anzuzünden und dabei ganz offensichtlich nach den richtigen Formulierungen zu suchen, hatte Philip genug Muße, ihn zu studieren. Ein Mann in den Fünfzigern, mit starkem, graumeliertem Haar. Sicherlich keiner von den »Scharfen« unter den Kriminalbeamten – vielmehr ein sanftmütiger Mensch, der sich zu seiner jetzigen Stellung zweifellos mehr durch Beharrlichkeit als durch Brillanz oder ungestümes Vorwärtsdrängen emporgearbeitet hatte. Keinesfalls jedoch ein Mensch, den man unterschätzen durfte, denn hinter der ruhigen Fassade war sicher ein scharfer Verstand am Werk.

»Erfahrung hat mich gelehrt, in solchen Fällen keine überstürzten Schlüsse zu ziehen«, antwortete Hyde schließlich. »Immerhin« – er deutete mit dem Pfeifenstiel auf das Bündel Fotos – »aus der Lage des Körpers, dem Winkel des Armeerevolvers, auf dem sich nur die Fingerabdrücke Ihres Bruders befinden, und aus der Mitteilung seines Selbstmordes an Sie, von der Sie sagen, daß sie zweifellos von seiner Hand geschrieben ist … aus alledem ergeben sich sehr starke Indizien für einen Selbstmord.«

Philip schüttelte ungeduldig den Kopf. »In diesem Falle sind zwei und zwei nicht einfach vier, Inspektor! Denn Rex war nicht der Typ, der Selbstmord begeht.«

Hyde hüstelte diskret. »Ich möchte sehr bezweifeln, ob es überhaupt ›den Typ‹ eines Selbstmörders gibt, Mr. Holt. Meiner Erfahrung nach ist die Zahl der Gründe, aus denen Menschen Selbstmord begehen, unendlich. Man muß im Leben des Verschiedenen nach Motiven suchen – etwa große Nervenanspannung, akute Angst oder irgendein überwältigender Kummer …«

»Rex war niemals wegen irgend etwas in seinem Leben bekümmert!« rief Philip aus. »Von Angst kann schon gar keine Rede sein. Als er mich am Montag nachmittag verließ, war er bester Stimmung. Er war eben erst auf Urlaub gekommen.«

»Ihre Beziehungen zueinander waren sehr eng?«

»Sehr. Wir waren beide noch ziemlich jung, als wir unsere Eltern verloren. Ich kann Ihnen versichern, Inspektor: Rex war ein lebenslustiger und lebenshungriger Bursche, der nichts anderes im Sinne hatte, als es sich gutgehen zu lassen.«

»Konnte er denn das, mit dem Sold eines einfachen Soldaten?«

»Sie wissen doch, wie das so ist, Inspektor. Ein Soldat braucht sich nicht um Miete, Stromrechnungen oder um die nächste Mahlzeit zu sorgen.«

»Schon, schon. Aber wie war es, wenn er Urlaub hatte?«

Philips starrer Gesichtsausdruck entspannte sich für einen Augenblick. »Ich darf wohl sagen, daß ich dann jedesmal die gute Fee spielte. Wie schon erwähnt, hatte er niemanden, an den er sich sonst hätte wenden können.«

»Haben Sie Ihrem Bruder für seinen letzten Urlaub Geld gegeben?«

Philip zuckte mit den Schultern. »Nur ein paar Pfund – nicht viel.«

Der Inspektor räusperte sich und spielte mit der Tabakspfeife, offensichtlich taktvoll bemüht, nicht die unvermeidliche nächste Frage stellen zu müssen.

»Dreißig Pfund, um es genau zu sagen«, antwortete sein Gegenüber freiwillig. »Ich gab sie ihm in Fünf-Pfund-Noten.«

»Danke.« Nach kurzer Pause sprach Hyde in ruhigem Ton weiter.

»Der Geschäftsführer hat mir berichtet, Ihr Bruder habe sich am Montag nachmittag um vier Uhr hier eingetragen. Das Zimmer hatte er am vorhergehenden Tage telefonisch bestellt; er kam in einem Morris-Minor-Leihwagen an.«

Philip schüttelte ärgerlich den Kopf. »Warum, zum Teufel, hat er mir nur nicht die Wahrheit gesagt? Mir erzählte er, daß er nach Dublin müsse und daß er um 3.15 Uhr vom St.-Pancras-Bahnhof abfahre. Ich habe ihn noch selbst ans Taxi begleitet und gehört, wie er dem Fahrer diesen Bahnhof als Fahrziel nannte. Warum hat er bloß seine Absicht geändert und ist hierher nach Maidenhead gefahren?«

Hyde machte ein etwas verlegenes Gesicht. »Ich glaube, er hat seine Absicht gar nicht geändert, Sir. Es war ja schon alles vorher arrangiert.«

»Ja, ja, natürlich. Sie sagten es – das Zimmer war vorbestellt und so weiter. Mit anderen Worten – er hat mich belogen … Und dennoch – das ergibt alles keinen Sinn.«

»Hat er Ihnen erzählt, warum er nach Dublin müsse?« fragte der Inspektor.

»Ja. Ein Regimentskamerad war bei einem Verkehrsunfall in Hamburg ums Leben gekommen. Rex war dort mit seiner Einheit stationiert, müssen Sie wissen.«

»Ja, das haben wir seinen Papieren entnommen.«

»Kurz bevor dieser Kamerad starb – ein Mann namens Sean Reynolds –, gab er Rex eine Brieftasche und bat ihn, sie seiner Frau nach Dublin zu bringen. Das kann Rex doch nicht gelogen haben! Er hat mir die Brieftasche sogar gezeigt! Es war auch ein Foto von Reynolds und seiner Frau darin.«

»Haben Sie die meisten Kameraden Ihres Bruders gekannt, Sir?«

»Ein paar schon, aber nicht Reynolds und dessen Frau. Sie muß eine Musikerin sein, glaube ich. Auf dem Foto, das Rex mir zeigte, spielte sie Akkordeon; ihr Mann stand hinter ihr und schaute ihr über die Schulter. Moment mal!« Philip unterbrach seinen Redefluß und starrte den Inspektor neugierig an. »Warum lassen Sie mich das alles erzählen? Sie müssen doch das Foto unter den Sachen von Rex gefunden haben.«

Einen Augenblick lang herrschte unbehagliches Schweigen.

»Was ist – haben Sie es nicht gefunden, Inspektor?«

»Nein, Sir. Wir haben die Brieftasche Ihres Bruders gefunden, seinen Paß, seine Fahrkarte und derlei Dinge; auch das Geld, das Sie ihm gegeben haben. Aber eine weitere Brieftasche war nicht dabei, ebensowenig eine Fotografie.«

Philip blickte verständnislos. Wieder herrschte Schweigen. Schließlich stand der Inspektor auf, ging zum Fenster hinüber und blickte auf den makellos grünen Rasen, der sich bis zum Flußufer hinunter erstreckte. Endlich wandte er sich wieder um und sagte: »Mr. Holt, alle Selbstmorde geben Rätsel auf, schon allein deshalb, weil die einzige Person, die Auskunft über die Tatsachen geben könnte, der Tote selbst ist. Aber dieser Fall hier ist rätselhafter als die meisten anderen. Das Bild, das Sie mir von Ihrem Bruder entworfen haben – und ich bezweifle nicht eine Sekunde, daß es der Wirklichkeit entspricht –, ist das eines jungen ›Bruder Leichtfuß‹, eines jungen Mannes von bester Gesundheit, der ohne finanzielle Sorgen und sonstigen Kummer lebte. Er war doch sicher auch nicht der Typ, der sich wegen einer unglücklichen Liebesgeschichte das Leben nimmt?«

Philip lächelte. »Sie haben sicher nicht das Porträt von Rex im Schaukasten meines Ateliers gesehen? Stenotypistinnen bleiben auf dem Weg zum Büro stehen, um es anzuhimmeln. Er war ein phantastisch gut aussehender junger Teufelskerl. Er brauchte nur den kleinen Finger zu krümmen, und die Mädchen liefen ihm nach. Die Frauen haben Rex ohne Zweifel ernst genommen, umgekehrt war dies aber bestimmt nicht der Fall.« Hyde nickte, und Philip sprach weiter: »Das war auch einer der Gründe, warum ihm das Soldatenleben gefiel. Das gebe ihm ein weites Betätigungsfeld, pflegte er zu sagen, vor allem die

Chance, sich rechtzeitig abzusetzen, wenn ein Mädchen ihn festnageln wollte. Deshalb hatte er auch keine Lust, bei mir ins Fotogeschäft einzusteigen. Wenn man sich erst einmal dazu habe verleiten lassen, einen richtigen Beruf auszuüben, dann ›haben sie einen beim Wickel‹. Heiraten – mit anderen Worten.«

»Sind Sie verheiratet, Mr. Holt?«

»Ich – ich war es.«

Der Inspektor nahm das leichte Zögern zur Kenntnis und wartete taktvoll auf ergänzende Äußerungen.

Philip kam ihm entgegen. »Ich hatte meine Sekretärin geheiratet. Nach ein paar Jahren klappte es eine Zeitlang nicht so recht mit dem Atelier, und ich war in Gefahr, meine Frau und auch mein Geschäft zu verlieren. Es hat mich eine Stange Geld gekostet, mir die Freiheit zurückzukaufen. Rex sagte immer, das solle mir eine Lehre sein.«

»Und jetzt? Ihr Atelier – äh, bringt es wieder genug ein?«

»Wenn Sie damit auf den Lancia anspielen – der soll hauptsächlich meine Kundschaft beeindrucken! Ich stecke noch bis zum Hals in Schulden, doch zeigt sich schon der bewußte Silberstreifen am Horizont.«

»Schönen Dank für Ihre freimütigen Antworten, Mr. Holt. Und nun zurück zu Ihrem Bruder: Hatte er Hobbys, irgendwelche besonders starken Interessen?«

Philip füllte die Pause vor seiner Antwort damit aus, daß er die Zigarette ausdrückte. Dann sagte er: »Ich glaube, das alte ›Wein, Weib und Gesang‹ drückt alles aus.«

»Könnten Sie das ausführlicher erläutern?«

»Nun ja, er war kein ausgesprochener Trinker, aber er liebte ein volles Glas – Bier mehr als Wein. Sein bester Freund, Korporal Andy Wilson, war der phänomenalste Biertrinker, der mir je begegnet ist … Frauen spielten in Rex' Leben gewiß eine Hauptrolle … Und was den Gesang anbetrifft, er und Andy verbrachten den größten Teil jedes Urlaubs in einem kleinen

Schallplattenladen in der Tottenham Court Road und hörten sich dort die Hitparade an, oder wie man das so nennt.«

Unauffällig, jedoch ohne jede Heimlichkeit, hatte der Inspektor ein abgegriffenes Notizbuch hervorgeholt und schnell zu schreiben begonnen.

»Korporal Andy Wilson, sagten Sie? Vom selben Regiment?«

»Ja. Er ist jetzt übrigens auch auf Urlaub. Beide kamen zusammen mit der Harwichfähre an.«

»Und der Musikalienladen in Tottenham Court Road – wissen Sie zufällig den Namen?«

»Ja, er heißt Pop's Corner. Besitzer ist ein sonderbarer Kauz namens Luther Harris.«

Hyde schrieb einen Augenblick lang weiter und sagte dann, ohne aufzuschauen: »Schlagerplatten, Frauen, Bier – welch seltsame Mischung in Verbindung mit einem ausgesprochenen Geschmack für Poesie.«

Philip schaute den Inspektor erstaunt an. »Poesie?«

»Ja, Sir. Soweit ich weiß, hat Ihr Bruder gern Gedichte gelesen.«

»Wer hat Sie denn auf diese Idee gebracht? Nie in seinem Leben hat Rex auch nur einen einzigen Vers gelesen – zumindest nicht, seitdem die Schule es aufgegeben hatte, ihm Gedichte einzupauken.«

Hyde betrachtete Philip mit verstärktem Interesse. »Sind Sie dessen ganz sicher, Mr. Holt?«

»Absolut. Das steht ganz außer Frage.«

»Manchmal wollen Leute ihre stille Neigung für Poesie nicht gerne publik machen, meine ich. Und schon gar nicht ein Soldat.«

»Mag sein. Aber Rex hatte für Gedichte nicht den geringsten Sinn, das kann ich Ihnen versichern.«

Eigenartigerweise nickte Hyde, als ob ihm eine eigene, private Theorie bestätigt wurde. Er wandte sich vom Fenster ab und griff nach der abgenutzten Aktentasche, die auf einem Schemel lag. Er öffnete sie mit einem Schlüssel und holte ein Buch heraus, das er Philip wortlos überreichte.

»Sonette und Verse«, las dieser laut. »Von Hilaire Belloc. Nun sagen Sie mir bloß nicht, das habe Rex gehört.«

»Haben Sie dieses Buch schon einmal gesehen?«

»Niemals. Woher haben Sie es?«

»Ihr Bruder hat während der letzten Tage anscheinend nichts anderes getan, als in diesem Buch zu lesen.«

»Woher wissen Sie das?« fragte Philip scharf. »Ach so, natürlich, Sie haben Nachforschungen angestellt – die Gäste befragt usw.«

»Die Gäste, den Geschäftsführer, die Kellner, Mrs. Curtis –«

»Wer ist Mrs. Curtis?«

»Es ist die Besitzerin des Hotels.« Inspektor Hyde blickte kurz auf seine Uhr. »Ich hatte ihr übrigens zugesagt, etwa um diese Zeit mit ihr zu sprechen. Sie ist eine vielbeschäftigte Frau und natürlich äußerst erregt, daß so etwas in ihrem Hotel passieren mußte. Deshalb tue ich mein Bestes, um ihr die Verhandlungen zu erleichtern. Wollen Sie mich jetzt bitte entschuldigen, Mr. Holt? Ich nehme an, ich kann Sie in Ihrem Atelier erreichen?«

Philip nickte und stand auf. »Sie haben ja meine Telefonnummer, Inspektor. Über sie werden Sie mich fast immer erreichen. Sollte ich nicht anwesend sein, nimmt meine Sekretärin die Bestellung entgegen. Wahrscheinlich werde ich jetzt erst einmal ziemlich beschäftigt sein – mit dem Begräbnis und anderen Dingen. Außerdem ist ja auch noch die Sache mit dem Testament zu klären.«

»Testament?« fragte Hyde, höflich und sanft wie zuvor. »Meinen Sie das Testament Ihres Bruders?«

»Ja. Er sollte ein ganz nettes Sümmchen erben, das ein Treuhänder für ihn verwaltet hat. In ein paar Monaten, an seinem Geburtstag, sollte es ihm ausgezahlt werden.«

»Du lieber Himmel, welch üble Tricks das Schicksal doch manchmal auf Lager hat«, murmelte der Inspektor. »Wissen Sie zufällig, an wen das Geld jetzt fällt?«

Einen Augenblick lang herrschte gespanntes Schweigen, nur unterbrochen von der Fehlzündung eines Autos auf der Straße. Dann antwortete Philip: »Die Frage ist genauso unangenehm wie die Antwort, Inspektor. Ich glaube, das Geld fällt an mich.«

Nachdem Hyde dafür gesorgt hatte, daß Philip Holt zum Leichenschauhaus gefahren wurde, stand er noch einige Minuten lang in Gedanken versunken am Fenster, bis er durch ein Klopfen an der Tür aufgeschreckt wurde.

»Herein! … Ach Sie, Sergeant Thompson«, sagte er, als die Tür geöffnet wurde. »Wartet Mrs. Curtis schon auf mich?«

»Jawohl, Sir. Soll ich sie hereinbitten?«

»Noch nicht gleich. Schließen Sie erst einmal die Tür und notieren Sie, was Sie als nächstes zu tun haben.«

Der Assistent des Inspektors notierte eilig für sich und seine Kollegen, was ihm Hyde, der jetzt nicht mehr so ruhig erschien, beim Auf- und Abwandern durch das Zimmer diktierte.

»Haben Sie alles mitgekriegt, Thompson?«

»Jawohl, Sir.«

»Luther Harris und der Musikladen sind im Augenblick nicht so dringend. Sehen Sie sich ihn mal kurz an und berichten Sie, was Sie davon halten … Ich würde sehr gerne mit Korporal Andy Wilson sprechen. Das Kriegsministerium oder sein Regiment in Deutschland werden seine Urlaubsanschrift haben … Von besonderer Wichtigkeit ist die Geschichte mit dem Unfall Reynolds' in Hamburg! Prüfen Sie das nach, forschen Sie auch nach seiner Witwe und finden Sie heraus, ob sie Akkordeon spielt. Auch dabei dürften die Armeedienststellen Hilfeleistung geben können … Noch etwas: Stellen Sie fest, ob gestern abend in Marlow ein fotografischer Wettbewerb stattgefunden hat und ob Philip Holt zur Jury gehörte.«

Thompson schaute interessiert von seinen Notizen auf. »Marlow? Das ist doch gar nicht weit von hier, glaube ich. Sir?«

»Das möchte ich gern ganz genau wissen, und zwar wieviel Zeit man benötigt, um von dort nach hier zu gelangen, zu Fuß, mit dem Rad und mit dem Auto. Und dann möchte ich noch alles wissen, was Sie über die finanzielle Lage von Holt in Erfahrung bringen können. Das wird vielleicht etwas schwierig sein, aber Sie werden schon irgendwie herankommen. Er sagte mir, daß die Geschäfte eine Zeitlang ziemlich schlecht gegangen seien, daß sie sich jetzt aber gebessert hätten. Ein paar handfeste Zahlen wären mir lieber. Außerdem wäre es sicherlich ganz aufschlußreich, zu erfahren, wieviel Unterhalt er seiner geschiedenen Frau zahlen muß.«

Thompson schloß sein Notizbuch mit einem hörbaren Seufzer. »Sind Sie ganz sicher, Sir, daß Sie nicht auch noch von mir zu erfahren wünschen, wieviel eigene Zähne Holt noch hat?« Inspektor Hyde lächelte kurz. »Und jetzt können Sie Mrs. Curtis hereinbitten«, sagte er.

2

Inspektor Hydes trügerisch sanfte Methode, eine Vernehmung durchzuführen, kam auf geradezu ideale Weise dem nervösen Zustand einer kleinen Frau wie Mrs. Curtis entgegen. Er hatte den Eindruck, sie würde in Tränen ausbrechen und aus dem Zimmer laufen, wenn sie jemand in barschem Ton anspräche.

Sie war wirklich erstaunlich klein, stellte Hyde fest, als sie so vor ihm saß; wohl kaum größer als 1,55 m. Ihr Alter schätzte er um die Vierzig ein, und als von Natur aus taktvoller Mann ließ er es bei der Vermutung bewenden.

»Ich will Sie nicht lange aufhalten, Mrs. Curtis«, begann er in betont geduldiger und um Vertrauen werbender Tonart.

»Das muß für Sie ja eine furchtbare Aufregung gewesen sein, meine ich.«

»O ja! Es ist schon schlimm, wenn so etwas in einem Hotel passiert«, antwortete sie weinerlich, während sie mit einer Brosche spielte, die am Kragen ihrer Bluse steckte. »Das unangenehme Gerede, in das unser Haus dadurch gekommen ist … und dann alle diese Kriminalbeamten und Journalisten, denen man auf Schritt und Tritt begegnet … Das Personal ist ganz außer Rand und Band. Und dann ist es doch auch fürchterlich aufregend für die anderen Gäste. Ich bin wirklich sehr überrascht, daß die meisten nicht sofort abgereist sind.«

In ihrer Jugend war sie vermutlich ganz hübsch gewesen, wenn auch etwas farblos; doch die nervenaufreibende Arbeit, das Hotel nach dem Ableben ihres Mannes vor zwei Jahren in Gang zu halten, war nicht spurlos an ihrem Äußeren vorübergegangen, und der schwere Schock, daß einer ihrer Gäste Selbstmord begangen hatte, ging beinahe über ihre Kraft.

»Ich kann Ihnen versichern, Mrs. Curtis, daß ich volles Verständnis für Ihre Schwierigkeiten habe. Meine Leute sind angewiesen, sich so unauffällig wie möglich zu verhalten, und ich werde auch mein möglichstes tun, um die Presse zu zügeln. Sobald wir alle notwendigen Informationen beisammen haben, verlassen wir unverzüglich Ihr Haus.«

»Aber was wollen Sie denn noch wissen?« jammerte Mrs. Curtis im Klageton. »Ich habe Ihnen doch schon alles über den Soldaten erzählt. Er gehörte nicht zu den regulären Gästen … wir hatten ihn nie zuvor gesehen und … ach, du liebe Güte, es muß wohl hart und herzlos klingen, aber warum um Himmels willen konnte er nicht anderswo Selbstmord begehen! Ein Hotel ist doch nicht mit einem Privathaus oder einem möblierten Zimmer zu vergleichen. Wir haben so viele andere …«

»Lassen wir das jetzt«, unterbrach Hyde ihren Redefluß. Er merkte, daß ihre Unterhaltung an diesem Vormittag kein Ende nehmen würde, wenn er nicht etwas energischer auftrat. »Ich möchte nur noch einmal einige Dinge bestätigt haben, die Sie mir heute früh erzählten. Mr. Holt hat das Zimmer am Sonntag telefonisch bestellt, sagten Sie?«

»Ja. Ich weiß aber nicht, von wo er angerufen hat.«

»Schön. Hat er gesagt, ob ihm jemand das Hotel empfohlen habe?«

»Nein. Es war ein sehr kurzes, geschäftliches Telefongespräch.«

»Hat ihn während seiner Anwesenheit hier jemand besucht?«

»Nicht, daß ich wüßte.«

»Hatten Sie den Eindruck, daß er sich mit irgend jemandem traf, der schon im Hotel wohnte?«

Mrs. Curtis strich sich eine Haarsträhne aus dem Auge und blickte nervös aus dem Fenster. »Das ist schwer zu sagen … ich glaube es nicht. Er war sehr zurückhaltend und verbrachte fast die ganze Zeit mit Lesen. Außer mit Dr. Linderhof habe ich ihn mit niemandem sprechen sehen.«

»Dr. Linderhof?«

»Ja, einer unserer Gäste. Der Herr ist Deutscher.«

»Ach! Ein Herr aus Deutschland … Sagen Sie bitte, Mrs. Curtis: Hat Dr. Linderhof schon früher einmal bei Ihnen gewohnt?«

»Nein, wir kannten ihn bisher nicht. Er ist jetzt schon etwas länger als eine Woche hier, glaube ich.«

»Wissen Sie zufällig, aus welchem Teil Deutschlands er stammt?«

»Du liebe Güte!« Mrs. Curtis war bemüht, sich zu konzentrieren. »Ja, ich glaube schon. Als er sich ins Anmelderegister eintrug, gab er eine Adresse in … Hamburg an. Ja, das war es – Hamburg.«

Hydes Haltung versteifte sich etwas. »Sind Sie sicher?«

»Ja, Inspektor.«

Einen Augenblick lang schwieg Hyde nachdenklich. Mrs. Curtis nutzte die Pause, um ihm eine Zigarette anzubieten, die er jedoch höflich ablehnte. Daraufhin zündete sie sich selbst eine an und rauchte sie mit kurzen, nervösen Zügen, wobei sie von Zeit zu Zeit auf ihre Armbanduhr blickte.

Hyde entschloß sich, auf diesen Wink einzugehen. »Sicherlich wird es Ihnen kleinlich und überflüssig erscheinen. Aber ich möchte mit Ihnen nochmals den Ablauf der Geschehnisse von gestern abend und heute früh rekapitulieren. Sobald wir das hinter uns haben, werde ich Sie nicht mehr belästigen.«

Mrs. Curtis nickte und zeigte ein gequältes Lächeln.

Nein, sie hatte sich nicht die Zeit gemerkt, zu der der Verstorbene nach oben ins Bett gegangen war. Die Theatervereinigung am Orte hatte einen reichlich turbulenten Gesellschaftsabend veranstaltet, so daß sie selbst und alle Angestellten außerordentlich beschäftigt gewesen waren. Nein, einen Schuß hatte sie nicht gehört. Im Laufe dieses fröhlichen Abends hatte es soviel Türenschlagen und Lärm gegeben, und als schließlich alles vorbei war und sie sich in den frühen Morgenstunden zu Bett legen konnte, hatte sie fest geschlafen wie ein Murmeltier.

Ja, Albert, der Zimmerkellner, hatte die Leiche als erster entdeckt, und zwar als er um halb neun das Frühstück auf Zimmer 27 trug. Nein, in den Zimmern nebenan waren keine anderen Gäste untergebracht – auf der einen Seite befand sich ein Bad, auf der anderen ein unbewohntes Zimmer.

Dieselbe Sackgasse wie zuvor, ging es Inspektor Hyde durch den Kopf. Jeder, den er bisher vernahm, hatte ihm die gleiche Geschichte erzählt.

»Würden Sie sagen, daß die Wände Ihres Hauses sehr dick sind, Mrs. Curtis? Ich meine die zwischen den Zimmern.«

»O ja, das sind sie. Das ganze Hotel ist sehr alt und solide gebaut. Alle Räume haben Doppeltüren und auf den Fluren liegen besonders dicke Läufer. Das ist es ja gerade, was unser Hotel so beliebt macht – die Atmosphäre der guten, alten Zeit, Ruhe und friedliche Stille. Selbst wenn in den unteren Räumen eine lautstarke fröhliche Gesellschaft tagt, werden die Gäste in der Etage darüber überhaupt nicht gestört.«

»Das ist wirklich ausgezeichnet«, murmelte der Inspektor höflich. »Ich muß Ihnen bestätigen, daß Sie ein wunderschönes Hotel haben.«

»Danke für das Kompliment. Natürlich kommt es mir zugute, daß ich einen sehr fähigen Geschäftsführer habe.«

»Ach ja! Ist das nicht Mr. Talbot? Ich muß gestehen, daß er auf mich einen sehr tüchtigen Eindruck machte, obwohl ich ihn erst ganz kurz gesprochen habe.«

»Er ist wirklich tüchtig«, bekräftigte Mrs. Curtis.

»Kommen wir bitte noch einmal auf Mr. Holt und seinen kurzen Aufenthalt hier zurück. Sie sagten, er habe keine Besucher gehabt. Hat er Post erhalten?«

»Keine – außer dem Paket mit dem Buch, von dem ich Ihnen erzählt habe.«

»Natürlich, das Buch mit den Gedichten, in dem er die ganze Zeit über gelesen hat. Er hat sich also ausgesprochen abgekapselt, wie mir scheint.«

»Wir hatten den Eindruck, daß er ganz für sich bleiben wollte, und haben seinen Wunsch respektiert.«

»Verständlich. Nun, das wäre es. Vielen Dank, Mrs. Curtis; ich glaube nicht, daß ich Sie vorläufig wieder belästigen muß. Möglicherweise muß ich mich später nochmals mit Ihnen unterhalten; doch werde ich versuchen, Ihnen nicht zur Last zu fallen.«

Als Antwort setzte Mrs. Curtis ein etwas gekünsteltes, doch erleichtertes Lächeln auf und erhob sich ruckartig von ihrem Platz.

Als sie an der Zimmertür angelangt war, schien sie sich ihrer beruflichen Pflichten zu erinnern. »Kann ich Ihnen etwas aufs Zimmer schicken lassen, Inspektor? Vielleicht einen Whisky oder eine Tasse Kaffee?«

»Wenn ich Sie um Kaffee bitten dürfte, das wäre wirklich nett von Ihnen«, antwortete Hyde höflich.

»Gut. Albert wird ihn gleich servieren.«

»Herzlichen Dank. Hätten Sie etwas dagegen, wenn ich Albert gleich für ein paar Minuten mit Beschlag belegte? Ich würde mich gern einen Augenblick mit ihm unterhalten.«

»Keineswegs.«

Albert trug die schwarz-grau gestreifte Morgenjacke des typischen Hotelzimmerkellners. Sein verdrießlicher Gesichtsausdruck deutete an, daß er sich als das Opfer eines ungerechten Schicksals betrachtete. Offensichtlich konnte er sich nur mühsam davon abhalten, laut heraus zu sagen: »Ich begreife nicht, warum das ausgerechnet mir passieren mußte.«

Seine Geschichte unterschied sich in nichts von dem, was er dem Inspektor schon am Morgen erzählt hatte. Seine Unterkunft im Hotel lag im obersten Stockwerk, ziemlich weit von Zimmer 27 entfernt. Er hatte keine Ahnung, wann Rex Holt schlafen gegangen war. Er hatte auch keinen Schuß gehört. Ja, auch er hatte den Eindruck gehabt, daß Rex Holt ganz für sich bleiben wollte. »Er hat überhaupt nichts weiter getan, als den ganzen Tag über seine Nase in dieses Buch zu stecken.«

Albert genoß es augenscheinlich, seine Geschichte erzählen zu können, und der Inspektor lauschte nochmals genau der Beschreibung, wie Albert Rex Holt tot im Bett gefunden hatte, als er das Frühstückstablett auf sein Zimmer brachte.

»Solch einen Schock habe ich mein' Lebtag nicht gehabt, Herr Inspektor! Und das, wo doch meine alte Pumpe alles andere als in Ordnung ist! Hat der Arzt mir doch gesagt, ich solle auf mich achten und mich nicht aufregen … und jetzt muß mir das passieren! Ich muß schon sagen, irgendwie ist das nicht fair.« Inspektor Hyde unterdrückte ein Lächeln. »Und das meinen auch alle anderen Angestellten hier im Hause: So etwas sollte im Royal-Falcon nicht vorkommen. Wenn schon einer das Bedürfnis hat, sich das Hirn aus dem Kopf zu schießen, dann sollte er taktvoll genug sein und das in einem Park oder einem billigen Zimmer sonstwo tun. Verstehen Sie, was ich meine? Einem so angesehenen Hause wie dem unseren soviel Unannehmlichkeiten und Ärger zu bereiten! Das ist einfach nicht fair uns gegenüber, auch nicht fair gegenüber den anderen Gästen. Und wirklich auch nicht fair gegenüber Mr. Talbot, meinen Sie nicht auch?«

»Ich habe den Eindruck, Sie alle halten ziemlich viel von Mr. Talbot?«

»Nur das Allerbeste, Sir. Er ist korrekt, umsichtig, doch das ist selbstverständlich bei solch einem Betrieb. In diesem Hotel hier hat er aber wahre Wunderdinge geleistet, wirklich! Das ›Falcon‹ ist wieder eines der angesehensten Häuser seiner Art in ganz England. Nachdem Mr. Curtis gestorben war, war es schnell bergab gegangen. Mrs. Curtis war völlig durcheinander; es war einfach zuviel für sie. Aber dann gelang es Mr. Talbot, dem ganzen Hause neues Leben einzuhauchen. Verstehen Sie, was ich meine?«

Hyde nickte und schlürfte seinen Kaffee. »Ich weiß schon, was Sie meinen. Der Kaffee ist übrigens auch ausgezeichnet.« Dann erhob er sich und geleitete Albert, der jetzt zur Geschwätzigkeit zu neigen schien, unauffällig zur Tür. »Ich danke Ihnen, Albert, Ihre Angaben waren sehr aufschlußreich. Leider muß ich noch sehr viele andere Leute befragen, so daß ...«

»Wen Sie sich mal ordentlich vornehmen sollten, das wäre der Dr. Linderhof, wenn ich so frei sein darf, Ihnen einen Rat zu geben. Das ist mir vielleicht ein komischer Vogel. Er führt sich auf, als ob er beabsichtigt, die ganze Welt in die Luft zu sprengen!«

Albert hatte trotz seiner etwas blumenreichen Redeweise ziemlich deutlich den Eindruck wiedergegeben, den auch Hyde beim ersten Zusammentreffen mit Dr. Linderhof gehabt hatte. Der deutsche Arzt wurde von Sergeant Thompson ins Zimmer geleitet. Er sah wirklich beinahe so aus, wie sich der kleine Fritz einen Wissenschaftler vorstellt, der in seinem teuflischen Hirn

Pläne wälzt, die ganze Welt in die Luft zu sprengen. Unter buschigen weißen Augenbrauen lugten blaue Augen mit durchbohrendem Blick hervor, und aus dem mächtigen Schädel sproß in unregelmäßigen Büscheln schütteres weißes Haar. Dr. Linderhof schien außerordentlich nervös – »total durchgedreht«, hätte Albert gesagt.

Es war irgendwie beruhigend, zu hören, daß Dr. Linderhof weder Doktor der Physik war noch mit Kernspaltung zu tun hatte, sondern daß er bloß ein guter, altmodischer praktischer Arzt war.

»Darf ich fragen, warum Sie nach England gekommen sind, Herr Doktor?« fragte Hyde.

»Ich … ich brauchte etwas Ruhe und Abstand von meiner Praxis«, lautete die Antwort. Er sprach ein gutes Englisch, wenn auch der starke gutturale Akzent unverkennbar war.

»Verstehe. Sie haben wahrscheinlich zuviel gearbeitet?«

»Man könnte es so nennen.«

»Ist dies Ihr erster Besuch in England?«

»Nein, ich war schon einmal hier.«

»Im Royal-Falcon?«

»Nein, nein. In London. Aber dort war es mir zu laut. Ein Bekannter hat mir dann geraten, hierher zu fahren, wenn ich einmal absolute Ruhe brauchte.«

»Soso. Und Sie haben eine Arztpraxis in Hamburg?«

»Ja.«

»Hatten Sie Rex Holt schon vorher mal gesehen?«

»Nein. Niemals.«

»Er war nämlich in Hamburg stationiert.«

Dr. Linderhof zuckte mit den schmalen Schultern. »Hamburg ist eine große Stadt.«

»Das stimmt. Sagen Sie, Doktor, was für einen Gesprächsstoff hatten Sie eigentlich mit Rex Holt?«

»Wer behauptet denn, daß ich mich mit ihm unterhalten hätte?« fragte Linderhof in scharfem Ton zurück.

»Mehrere Leute haben mir das bestätigt, Doktor.«

Das Gesicht des Deutschen lief vor Ärger blutrot an. »Alberne Schwätzer! Die Leute sollten sich um ihre eigenen Angelegenheiten kümmern! Ich habe kaum mit ihm gesprochen und ihn auch nie zuvor gesehen, das ist die Wahrheit. Schließlich bin ich hierhergekommen, um Ruhe zu haben, nicht um mich zu unterhalten!«

Hyde nickte höflich zustimmend. »Ich bin überzeugt, daß es so ist, Doktor. Immerhin haben Sie aber doch ein paar Worte mit ihm gewechselt. Worüber haben Sie gesprochen?«

Linderhof zuckte ärgerlich mit den Schultern. »Wie soll ich das jetzt noch wissen? Wahrscheinlich über das Wetter oder sonst etwas Unbedeutendes. Nein, warten Sie … er hatte da ein Buch … ja, das ist es, er besaß die Gedichte von Hilaire Belloc.«

»Interessant. Und weiter?«

»Es ist sicher unwichtig … aber ich sah zufällig, was er las. Und da ich persönlich viel für Poesie übrig habe, glaubte ich, ich hätte in ihm vielleicht eine … wie soll ich sagen, eine ›verwendete‹ Seele gefunden.«

»Eine verwandte Seele?« korrigierte Hyde unauffällig.

»Ja, das war es. Eine Seelenverwandtschaft. Aber ich hatte mich geirrt, Inspektor. Mr. Holt war in Wirklichkeit überhaupt kein echter Freund der Dichtkunst. Nein, da hatte ich mich sehr geirrt.«

»Wie kommen Sie darauf?«

Linderhof hob mit ausdrucksstarker Geste beide Hände. »Menschen, die für Poesie schwärmen, sprechen darüber gern mit Gleichgesinnten. Ich glaube, Inspektor, Mr. Holt kannte nicht einmal den Namen des Autors, den er zu lesen vorgab. Und als ich einige Verse von Belloc zitierte, und zwar aus dem Buch, in dem er las, erkannte er sie nicht wieder. Ich versichere Ihnen, Inspektor, der junge Mann war kein wahrer Freund der Dichtkunst.«

»Eine sehr aufschlußreiche Feststellung«, murmelte Inspektor Hyde.

»Das Buch ist inzwischen ins Labor geschickt worden, Sir«, berichtete Sergeant Thompson etwas später.

»Gut. Schicken Sie mir den Bericht, sobald er eingetroffen ist. Er ist sehr wichtig.«

»Jawohl, Sir. Was halten Sie von dem verrückten Wissenschaftler, Sir?«

»Dem was? ... Ach, Sie meinen Dr. Linderhof?« lachte Hyde vergnügt. »Äußerlich macht er den Eindruck eines harmlosen älteren Herrn. Das Sonderbare an ihm ist jedoch, daß er verteufelte Angst vor mir zu haben scheint.«

»Das ist mir auch aufgefallen, Sir. Vielleicht hat sich seine Mutter einmal vor einem Polizisten erschreckt, als sie in ...«

»Wie kommen Sie eigentlich mit dem ›count-down‹ der Zähne von Mr. Holt voran, Sergeant?« schnitt Hyde ihm energisch den Redefluß ab. »Ich meine, was ist mit seiner geschiedenen Frau?«

Thompson zog ein langes Gesicht. »Sie haben mir noch nicht genug Zeit gelassen, Sir. Ich habe den Yard angerufen, der einen Scheidungsspezialisten darauf angesetzt hat. Ich nehme an, daß wir bis zum Mittagessen mehr darüber wissen werden.«

»Gut. Und wie steht es um die Finanzen von Philip Holt?«

»Ich bin gerade dabei, seine Steuerberater aufzuspüren, Sir. Aber der Himmel mag wissen, ob sie sich irgendwas entlocken lassen. Der Filialleiter seiner Bank brachte einfach nicht die Zähne auseinander, als ich versuchte, ihn daraufhin anzusprechen. Immerhin habe ich eine handfeste Tatsache ausgegraben, und zwar über die Lokalzeitungen: Es hat gestern abend wirklich ein Fotowettbewerb für Amateure in Marlow stattgefunden, und Philip Holt war Mitglied der Jury. Spricht das für oder gegen Mr. Holt, Sir?«

»Das kommt ganz auf die Perspektive an, aus der man es betrachtet, Sergeant. Einerseits beweist es, daß er uns die Wahrheit gesagt hat. Andererseits bestätigt es die Tatsache, daß er in der Nacht, als sein Bruder starb, hier in der Nähe war. Wir könnten in dieser Sache jetzt entschieden ein Stück weiterkommen, Sergeant, wenn Sie, sofern Sie im Augenblick nichts anderes zu tun haben« – der Inspektor lächelte angesichts der ärgerlichen Grimasse Thompsons – »eine haargenaue Übersicht über sämtliche Unternehmungen von Mr. Philip Holt während seines Besuches in Marlow zusammenstellen könnten.«

Sergeant Thompson seufzte schwer. »Jawohl, Sir. Wird gemacht. Soll ich Ihnen jetzt diesen Nieselpriem von Talbot schicken?«

Jetzt war es an Hyde zu seufzen. »Thompson. Sie werden Ihr Leben lang Sergeant bleiben, wenn Sie nicht etwas mehr Takt aufzubringen vermögen. Man ›schickt nicht den Nieselpriem von Talbot‹ herein, sondern fragt den Geschäftsführer, ob es ihm möglich sei, uns ein paar Minuten seiner kostbaren Zeit zu widmen ...«

Auf den ersten Blick war Douglas Talbot ein Hotel-Geschäftsführer, wie er im Buche steht. Der Schnitt seines Anzuges, das blütenweiße Oberhemd, das markante, glattrasierte Gesicht und sein würdevolles Auftreten entsprachen genau dem, was Hyde erwartet hatte. Aber irgendwo stimmte etwas nicht, gab es einen Widerspruch. Hyde brauchte einige Sekunden, bis er des Rätsels Lösung gefunden hatte. Dann wußte er, daß es diesem Mann an der notwendigen Ehrerbietung gegenüber dem Gast fehlte.

Die meisten Hotelgeschäftsführer, denen Hyde in seinem privaten und beruflichen Leben begegnet war, hatten sich der Umwelt gegenüber in Sprache und Manieren einer Bescheidenheit befleißigt, die, selbst wenn sie nur oberflächlich war, dem Gast das Gefühl einer leichten Überlegenheit vermittelte. Diese subtile Eigenschaft fehlte Talbot völlig. Obwohl alles, was er sagte, durchaus höflich war, spürte der Inspektor doch einen Anflug von Arroganz in seinem Benehmen, der ihn nachdenklich stimmte. Sicherlich leitete dieser Mann ein sehr angesehenes und ertragreiches Hotel. Doch fragte Hyde sich, ob dieses Verhalten nicht zu Reibereien mit den empfindsameren Gästen führen mußte.

Aus diesem Grunde war der Inspektor auch nicht übermäßig überrascht zu erfahren, daß Talbot sich erst seit ein paar Jahren im Hotelfach betätigte.

»Ja«, berichtete Talbot in sehr selbstbewußtem Ton, »es war mir schon lange klar, daß die britische Hotelindustrie ganz entschieden eines Auftriebs bedurfte. Sehen Sie – die Geschäftsführung ist im allgemeinen zu nachlässig. Fast überall stehen zu viele unfähige Angestellte herum, die nur die Hand nach Trinkgeldern ausstrecken. Und außerdem gibt es in diesem Gewerbe zu viele Amateure, die sich nur mit halbem Herzen eines Geschäfts annehmen, das im Grunde sehr einfach ist, wenn man nur energisch und mit den richtigen Methoden an die Sache herangeht.«

»Soweit ich es beurteilen kann«, murmelte Hyde höflich, »scheinen Ihre Methoden in diesem Fall sehr erfolgreich gewesen zu sein.«

Talbot lächelte selbstgefällig. »Danke für das Kompliment. Natürlich ist dieser Selbstmord für uns ein böser Schlag. Andererseits ist es erstaunlich, wie schnell die Öffentlichkeit so etwas vergißt.«

Hyde nickte. »Ich bin wirklich froh, daß Sie es so ansehen. Vorhin habe ich schon versucht, Mrs. Curtis mit diesem Argument zu überzeugen; ich fürchte jedoch, sie will sich gar nicht trösten lassen.«

»Mrs. Curtis ist ein dummes –«, begann Talbot heftig, fing sich jedoch noch im rechten Augenblick. »Leider ist Mrs. Curtis im Augenblick ziemlich mit den Nerven herunter. Der Tod ihres Mannes wirkt immer noch nach, sie hat sich davon noch immer nicht recht erholt. Er starb vor einigen Jahren bei einem Flugzeugunglück.«

»Und damals hat sich dann Mrs. Curtis wegen der Geschäftsführung an Sie gewandt?«

»Ja. Ich war ein Freund und Berater der Familie. Zunächst war es ein nur vorübergehend gedachtes Arrangement, denn ich war damals in der City tätig, an der Börse.«

»Und jetzt leiten Sie den Betrieb hier fast mit der linken Hand«, warf Hyde schmunzelnd ein.

Talbot warf ihm einen schnellen, scharfen Blick zu, denn er wußte nicht genau, ob diese Worte doppelsinnig gemeint waren. Das freundliche Lächeln Hydes schien ihn jedoch zu beruhigen. »Ja, jetzt leite ich den Betrieb hier«, antwortete er.

Der Inspektor nickte und konzentrierte sich darauf, Talbot jede nur mögliche Information zu entlocken, die in irgendeinem Zusammenhang mit dem Tode von Rex Holt stehen konnte. Nach etwa einer halben Stunde, während deren Talbot die Fragen mit methodischer Genauigkeit und offensichtlicher Intelligenz beantwortete, hatte der Inspektor nichts Neues erfahren.

Es schien so, als sei ein vollkommen Fremder ins Royal-Falcon-Hotel eingezogen, hätte dort drei Tage mit der Lektüre eines Gedichtbandes verbracht und sich dann sorgsam eine Kugel in den Kopf gejagt. Das war entschieden kein Fundament, auf dem sich weitere Aktionen aufbauen ließen.

Nach dem Mittagessen, einer ausgezeichneten Mahlzeit, die ihm von einer hübschen irischen Kellnerin in einem Privatzimmer serviert wurde, legte Inspektor Hyde im Geist die Karten auf den Tisch.

Selbstmord?

Oder Mord?

Für beide Vermutungen lagen Beweise vor, doch gab es noch ein weites Feld unbekannter Fakten zu sichten. Im Augenblick blieb ihm kaum mehr übrig, als sich auf seine Intuition zu verlassen, doch war er zu vorsichtig, um Eingebungen zuviel Gewicht beizumessen.

Philip Holt, der Mann, der Rex Holt am besten gekannt hatte, weigerte sich, an Selbstmord zu glauben. Dennoch hatte er die Echtheit des Abschiedsbriefes bestätigt.

Rex Holt war bei den britischen Truppen in Hamburg stationiert gewesen, und in Hamburg war auch die Praxis, der Dr. Linderhof nachging. War das von Bedeutung, oder nur ein zufälliges Zusammentreffen? Warum war der deutsche Arzt so auffallend nervös? Und was war mit dem Gedichtband von Belloc, der so gar nicht zum Charakter und Geschmack des Verstorbenen paßte? War es wiederum reiner Zufall, daß Linderhof die Werke von Belloc kannte? Und was das Buch anging, so würde es interessant sein zu erfahren, was das Labor dazu zu sagen hätte.

Angenommen, es war Mord – wer zog dann daraus Vorteile?

Bis jetzt wies der Finger des Verdachts ausschließlich auf Philip Holt; zumindest war er derjenige, der Hydes Aufmerksamkeit auf die für ihn so unangenehmen Tatsachen gelenkt hatte. Sollte dies einfach Bluff sein, weil er sich darüber klar war, daß das Testament früher oder später doch bekannt werden würde? Oder war es einfach rückhaltlose Ehrlichkeit? Nach welcher Seite die Waage sich auch immer senken würde, Philip Holts Alibi und seine finanzielle Lage waren es sicherlich wert, näher untersucht zu werden.

Steckte wirklich etwas Wahres hinter der Geschichte von Sean Reynolds und dem fehlenden Foto? Entweder log Philip Holt, oder jemand hatte das Bild aus der Hinterlassenschaft seines Bruders gestohlen. Möglicherweise hatte Rex es auch selbst vernichtet.

Hyde schüttelte den Kopf und tadelte sich dafür, daß er in einem so frühen Stadium des Falles den Versuch unternommen hatte, die Lösung zu erraten. Es war seine Pflicht, die Augen offenzuhalten, bis weitere Tatbestände vorlagen.

Ein Telefonanruf am Nachmittag vermochte zwei davon zu klären.

»Hier spricht Sergeant Thompson, Sir. Habe jetzt alles über die Scheidung von Philip Holt zusammen, Sir. Mir scheint, er hat keineswegs übertrieben, wenn er sagte, die Frau habe ihn eine schöne Stange Geld gekostet.«

»Wieviel denn, Sergeant?«

Sergeant Thompson berichtete.

Hyde fragte zurück:

»Pro Jahr, meinen Sie doch wohl?«

»Nein, Sir. Pro Monat.«

Inspektor Hyde konnte ein bedeutungsvolles Pfeifen nicht unterdrücken.

»Das hat mir auch einen Pfiff entlockt, Sir«, meldete sich Thompson wieder. »Ich schätze, ich bleibe lieber ledig.«

»Was haben Sie denn sonst noch ausgraben können?«

»Ich habe alles über den Ablauf des Abends beisammen, den Holt in Marlow verbracht hat. Er kam um halb neun Uhr an, beteiligte sich an der Jury und verteilte einige Preise. Hat den ganzen Abend die Bühne nicht verlassen. Zeit der Abfahrt nach London: etwa zehn Minuten vor Mitternacht. Danach könnte er gerade zu der Zeit, als der bunte Abend der Theatergesellschaft seinen Höhepunkt erreicht hatte, durch Maidenhead gekommen sein. Meinen Sie nicht auch. Sir?«

»*Wenn* er durch Maidenhead gefahren ist.«

»Es gibt kaum einen anderen Weg, Sir. Oder doch?«

»Nein. Wie Sie schon sagten, es gibt kaum einen anderen Weg.«

3

Inspektor Hyde saß in seinem Büro und dachte über den Inhalt der Akten auf seinem Schreibtisch nach. Nach einer Weile griff er mit einem Gesichtsausdruck, der zur Hälfte Stirnrunzeln und zur Hälfte Lächeln war, nach einem Bleistift und schrieb damit langsam auf den Aktendeckel: *Porträt eines Mordverdächtigen.* Einen Augenblick starrte er nachdenklich auf diesen Vermerk und fügte dann langsam ein großes Fragezeichen hinzu.

Hyde befand sich in einer seltsam nachdenklichen und fabulierfreudigen Stimmung. Da aber der Bericht, sobald er seinen Schreibtisch verließ, sofort hinauf zum Chef mußte, griff Hyde nach einem Radiergummi und radierte die mit Bleistift geschriebene Aufschrift aus, bevor er die Akte zum x-ten und letzten Male durchlas.

Inspektor Hyde, Sergeant Thompson und ein Team unauffällig, aber sehr geschickt arbeitender Untersuchungsbeamter hatten ein detailliertes Bild von Philip Holt zusammengestellt. Es war eine bis ins einzelne gehende Schilderung aller seiner Angelegenheiten – finanziell, ehelich, beruflich, physisch – einschließlich der ganzen vielschichtigen Palette logischer und paradoxer Aspekte, die nun einmal zu einem menschlichen Wesen gehören.

Unter der Überschrift »Finanzielle Angelegenheiten« ergab sich aus einem Wust von Zahlen, welche die Beamten auf mysteriöse und beinahe wunderbare Weise erlangt hatten, das seltsam widersprüchliche Bild eines Mannes, der es trotz unzweifelhafter Begabung nicht verstand, aus seinem gutgehenden Geschäft entsprechenden finanziellen Nutzen zu ziehen. Es blieb bei der eindeutigen und unangenehmen Tatsache, daß Holt dringend Geld brauchte.

Unter der Rubrik »Berufliche Angelegenheiten« stieß man auf die ebenfalls verwirrende Tatsache, daß er sich in der Fachwelt einen Namen als Porträtfotograf gemacht hatte und daß er sich dennoch zwischendurch mit fast allen anderen Möglichkeiten seines Faches beschäftigte, von der Mode bis zu Landschaftsaufnahmen für Jahreskalender.

»Eheliche Angelegenheiten« – dieses Kapitel enthielt u. a. auch eine Bemerkung seiner geschiedenen Frau zu dieser besonderen beruflichen Einstellung ihres Mannes.

»Mrs. Turner, geschiedene Mrs. Philip Holt, die nach ihrer Scheidung wieder den Namen ihres ersten Mannes angenommen hat, nannte als einen der Gründe für ständige Auseinandersetzungen mit Mr. Holt dessen Weigerung, sich beruflich zu spezialisieren.«

Die gute Dame hatte es nicht ganz so formuliert, wie Inspektor Hyde sich mit einem trockenen Lächeln erinnerte. In der offiziellen Akte mußte man es natürlich etwas eleganter wiedergeben. In Wirklichkeit hatte sie zwischen dem dritten und vierten Martini erklärt: »Der Mann ist doch ein vollkommener Idiot. Er hätte Beaton und Karsh vom Thron der weitbesten Fotografen stoßen können, wenn er nur gewollt hätte. Alles, was Rang und Namen hatte, schrie danach, von ihm porträtiert zu werden – Herzoginnen standen praktisch Schlange, nur um auf seine Vormerkliste zu kommen. Er hätte nur ein wenig höflicher zu sein und etwas mehr aus sich selbst zu machen brauchen, und er hätte das angesehenste Atelier in London gehabt. Aber nein! Das war zuviel von ihm verlangt! Er sagte, das behindere ihn in seiner künstlerischen Freiheit.«

»Freiheit wozu?« hatte Hyde, der von der Hitze ihres Ausbruches und ihrem schneidenden Ton schockiert war, mißtrauisch gefragt.

»Um alles zu fotografieren, was ihm seine verrückte Phantasie eingab«, war sie herausgeplatzt und hatte mit einem Zug ihr Glas geleert.

»Welche Art von Gegenständen hat er denn für seine Aufnahmen gewählt?«

»Einfach alles! Menschen, Insekten, Maschinen – alles, worauf sein Schmetterlingsgehirn im Augenblick gerade verfiel. Gewöhnliche Mörder beim Verlassen der Anklagebank, eklige alte Männer, die unter den Seinebrücken herumstrolchen, Raupen, die sich aus ihrer Puppe befreien, oder wo sie sonst drin stecken. Einfach alles und jedes – und in jeder Menge!«

»Und deswegen hat er nicht genug verdient?«

»Genau deswegen. Raupen und Clochards sind kaum die geeigneten Kunden, aus denen man Geld herausholen kann, meinen Sie nicht auch? Er hat sich seine Karriere völlig ruiniert, nur, weil er sich weigerte, sich fachlich zu spezialisieren. Und hatte er einmal etwas Geld, dann gab er es entweder seinem Tunichtgut von Bruder oder verschleuderte es durch seine idiotische Vorliebe für schnelle Wagen.«

»Wagen? Wollen Sie sagen, er –«

»Jawohl. Seinen Wagen behält er niemals länger als ein halbes Jahr. Er ist wirklich wie ein kleiner Junge – ein kleiner Junge, dem eine Sixpencemünze ein Loch in die Hosentasche brennt. Er rennt hinter neuen Wagen her und liebäugelt mit ihnen wie andere Männer mit Mädchen. Und jedesmal, wenn er sein augenblickliches vierrädriges Idol für ein neues Modell einhandelt, verliert er natürlich einen Tausender oder zwei. Der Mensch hat überhaupt keinen Sinn für geschäftliche Dinge – ein absolut unmöglicher Mann, Inspektor! Man müßte eine Heilige sein, um mit ihm leben zu können.«

Hyde hatte versucht, noch tiefer in die private Sphäre von Holt einzudringen (wobei er sich seine höchst private Meinung über die nicht gerade mit einem Heiligenschein ausgestattete Mrs. Turner bildete), doch hatte er wenig herausgefunden, was dem Bilde des Mannes, mit dem er sich beschäftigte, schärfere Konturen verliehen hätte. Mit anderen Frauen schien er sich während seiner Ehe nicht eingelassen zu haben. Sofern es ein alkoholisches Problem gab, so war die Ursache eher bei seiner Frau als bei ihm zu suchen. Sonstige Extravaganzen? Holt hatte augenscheinlich viel Geld für seine Kleidung ausgegeben. Nach dem, was ein paar diskrete Erkundigungen in der Bond Street ergeben hatten, bewegten sich diese Ausgaben jedoch nicht annähernd auf einer so stratosphärischen Höhe wie die seiner Frau.

Hyde gelangte schließlich zu der Schlußfolgerung, der Hauptgrund für das Scheitern der Ehe von Philip Holt sei sein Unvermögen gewesen, seiner Frau den hohen Standard materiellen Luxus zu bieten, den zu fordern sie sich berechtigt fühlte. Und Hyde hatte noch immer nicht den Schock überwunden, den er erhielt, als er erfuhr, wieviel Unterhalt die gute Dame gefordert und tatsächlich auch erhalten hatte.

Der Inspektor schüttelte den Kopf und seufzte, als er die Seiten der Personalakte überflog. An sich war alles da, was man sich wünschen konnte. Herkunft aus guter Familie, eine bescheidene, aber ordentliche Erziehung und Bildung; eine meteorhaft steile Berufslaufbahn; ein Atelier plus Wohnung in Westminster; Mitgliedschaft in guten Klubs sowie in einer etwas obskuren Fotografengemeinschaft; außerberufliche Interessen Autos, Sport (Schwimmen, Korbball sowie Golf in Sunningdale)! Paßte das alles zum Bilde eines Mordverdächtigen? Das wackelige Alibi und der dringende Geldmangel (der durch die große Treuhandsumme für den jüngeren Bruder so einfach behoben wurde) – auch das stand in den Akten.

Nach einer nachdenklichen Pause schloß Hyde die Akte, zeichnete eine kurze Notiz für seinen Chef ab und machte es sich in seinem Sessel bequem, um seine Pfeife zu stopfen. Während des langanhaltenden Studiums aller Fakten war er nach und nach zu einem Entschluß gelangt. Die Krone hatte keinen Fall für eine Mordanklage.

Noch nicht. Die Krone konnte jedoch mancherlei Verdacht hegen; und Hyde hatte nicht die Absicht, Verdachtsmomente einfach auf Eis zu legen.

Als wenige Tage später der Coroner seinen Spruch über die vermutliche Todesursache fällte, präsentierte Inspektor Hyde der Außenwelt eine Fassade unbedingter Zustimmung. Mit voller Absicht akzeptierte er den Spruch: »Selbstmord ohne hinreichende Klarstellung der geistigen Verfassung des Verstorbenen.« Nur wer Hyde genauer kannte, konnte erraten, welche Gedanken ihn in Wirklichkeit unaufhörlich beschäftigten.

Und ein Mann, der ihn genau kannte, riskierte es, Hydes Gedankengang zu erraten. Sergeant Thompson beobachtete den Inspektor, als dieser sorgsam den Band *Sonette und Verse* von Hilaire Belloc studierte, der vor kurzem vom Labor zurückgeschickt worden war.

»Mit dem Buch ist alles in Butter, nicht wahr, Sir?« tippte Thompson vorsichtig an.

»Wie bitte? Ach so, ja. Die Leute vom Labor sagen, es sei nicht das geringste daran festzustellen«, antwortete Hyde, wobei er das Buch nachdenklich auf einer Handfläche wiegte. »Ich nehme an, die Leute haben recht, wie gewöhnlich. Und doch – ich kann mir nicht helfen: Irgend etwas stimmt damit nicht.«

»Warum nicht, Sir?«

»Ganz einfach. Ein Buch muß ja nicht unbedingt einen geheimen Code oder Mitteilungen mit unsichtbarer Tinte enthalten, um … eine bestimmte Bedeutung zu haben. Wissen Sie, es könnte vielleicht ganz aufschlußreich sein, wenn man dieses kleine Buch wieder unter die Leute bringt. Es könnte vielleicht wieder etwas in Gang setzen, etwas, was stagnierte, während es sich bei der Staatsanwaltschaft befand.«

»Und wie denken Sie sich das, Sir?«

Inspektor Hyde griff nach seinem Hut und antwortete in dem bekannt sanften Ton. »Nun, das korrekteste wäre doch wohl, alles Eigentum dem Bruder des Toten zu übergeben. Meinen Sie nicht auch, Sergeant?«

Der Inspektor stand vor der großen hellen Tür des Holtschen Studios in Westminster und hob gerade den Finger, um auf den

Klingelknopf zu drücken, als sein Blick auf ein großes Porträt des verstorbenen Rex Holt im Schaukasten an der Wand fiel. »Stenotypistinnen kommen von der anderen Straßenseite herüber, um es anzuhimmeln«, hatte Philip gesagt, und Hyde war jetzt überzeugt, daß diese Bemerkung zutreffend war.

Er sah diese Porträtstudie nicht zum erstenmal; einige der Sonntagszeitungen hatten sie in verkleinertem Maßstab gebracht. Rex Holt war wirklich »ein phantastisch aussehender junger Teufelskerl« gewesen, um die Worte seines älteren Bruders zu zitieren. Hatte er vielleicht zuviel Charme besessen, mehr als ihm guttat? fragte sich Hyde. Verriet nicht die Linie des Kinns eine Spur von Labilität, und deuteten die vollen Lippen nicht übermäßige Nachgiebigkeit gegenüber Stärkeren an? War es nicht, um es klipp und klar beim Namen zu nennen, das Gesicht eines verwöhnten jungen Burschen, dessen gutes Aussehen und mangelnde Charakterfestigkeit ihn in allzu tiefes Wasser gezogen hatten? Oder bildete Hyde sich das alles nur ein?

Er runzelte die Stirn und drückte auf den Klingelknopf.

Drinnen erklang das Klappern hoher Absätze, einen Augenblick später wurde geöffnet. Ein auffallend hübsches Gesicht mit grünen Augen lächelte ihn an.

»Sie sind Inspektor Hyde, nicht wahr? Ich habe Sie während der Leichenschau gesehen. Ich bin Ruth Sanders, die Sekretärin von Mr. Holt. Wollen Sie nicht eintreten?«

Während sie ihn eine kurze steile Treppe hinaufführte, konnte der Inspektor, obwohl er glücklich verheiratet war und seine Arbeit sehr ernst nahm, nicht umhin, die betörende Form ihrer Beine und Hüften zu bewundern.

Durch die offene Türe eines Büros, das sie betraten, konnte man einen Blick in das angrenzende, gut ausgestattete Fotoatelier werfen.

Philip Holt war nicht allein. An dem großen Schiebefenster, das einen schönen Blick auf Big Ben, den Fluß und einen Teil des Parlamentsgebäudes freigab, stand ein breitschultriger Soldat. Hyde erkannte in der etwas affenartig wirkenden Figur den Unteroffizier Andy Wilson, den besten Freund des Verstorbenen.

»Ich hoffe, ich störe Sie nicht?« sagte der Inspektor höflich.

Philip Holt grüßte Hyde über den Tisch hinweg, hinter dem er saß, während der Soldat am Fenster sich umdrehte. »Aber keineswegs, Inspektor. Dies ist Andy Wilson. Ich glaube, Sie kennen sich schon?«

Hyde und Korporal Wilson nickten einander zu, und Ruth Sanders, die der Szene mit hellen, klugen Augen folgte, entdeckte eine gewisse Frostigkeit in der Atmosphäre.

Der Korporal tat, als wolle er gehen. »Ich glaube, ich mache mich jetzt auf den Weg, Philip«, murmelte er und schlurfte mit schweren Schritten zu einem Armee-Koffer mit Reißverschluß hinüber.

»Bitte, meinetwegen brauchen Sie nicht zu gehen«, beeilte Hyde sich zu sagen. »Ich bleibe ohnehin nur einen Augenblick. Eigentlich bin ich nur gekommen, um Ihnen dieses Buch zurückzugeben, Mr. Holt.« Er nahm den schmalen Gedichtband aus der verschlissenen Aktentasche und legte ihn auf den Tisch, mitten unter einen Haufen von Rechnungen, Negativen und Fotoabzügen. »Die Laborleute sind damit fertig – es scheint, das Buch hat nicht die geringste Bedeutung – und Sie haben Anspruch darauf, nachdem die Untersuchungen abgeschlossen sind.«

»Ist der Fall denn *wirklich* abgeschlossen, Inspektor?« fragte Philip abrupt. »Der Coroner mag sich wohl dafür entschieden haben, es Selbstmord zu nennen. Schließlich mußte er etwas sagen, denn er konnte uns nicht alle den ganzen Tag herumsitzen lassen. Aber ich bin durchaus nicht so sicher. Was halten *Sie* für die wirkliche Todesursache meines Bruders?«

Hyde sah, daß ihn alle mit geschärfter Aufmerksamkeit beobachteten: Das hübsche Mädchen strahlte eine Welle des Interesses und des Mitgefühls aus; bei Philip Holt spürte man ganz deutlich eine ungeduldige Herausforderung, während Korporal Wilson, der schwerfällige, mürrische, wie ein Gorilla wirkende Wilson, auf dessen Stirn sich unterhalb der schütteren, strohfarbenen Haare verräterische winzige Schweißtropfen bildeten – Anzeichen von Furcht erkennen ließ.

Es war jetzt nicht der rechte Augenblick, aufrichtig zu sein, sagte sich Hyde. Während er seinen Blick kühl auf Wilson heftete, sprach er zu Philip: »Was glauben *Sie* denn, Mr. Holt?«

»Sie kennen meine Ansicht verdammt gut, Inspektor! Rex hat sich nicht das Lebenslicht ausgeblasen … das hat irgendein Schwein getan!«

»Sollten Sie Beweise für diese Behauptung haben, Mr. Holt, dann …«

»Natürlich habe ich keine Beweise, sonst wäre ich sofort damit zu Ihnen gekommen, Inspektor! Aber ich rühre weiterhin die alte Trommel: Rex war einfach nicht der Typ, der Selbstmord begeht, und nichts wird mich je von meiner Ansicht abbringen, daß er ermordet wurde!«

Andy Wilson räusperte sich und schluckte schwer, wie ein kleiner Schauspieler ohne Bühnenerfahrung, der alle Kraft zusammennimmt, um in seiner ersten Sprechrolle zu bestehen. »Was Philip damit sagen will, Inspektor, ist nur, daß Rex das Leben sehr leicht und unbekümmert nahm. Solche lebenslustigen Kerle begehen nicht so einfach Selbstmord.« Seine Stimme festigte sich, je mehr er sich an diesem Thema ereiferte, und schließlich riskierte er sogar ein Grinsen zu Ruth Sanders hinüber. »War doch so ein richtiger Schürzenjäger, nicht wahr, Ruthie? Mädchen haben sich nie lange geziert, und ich –«

»Nun hör endlich auf, Andy«, wies Philip ihn mit heftiger Stimme zurecht, und Andy brach seinen gerade erst richtig in Gang gekommenen Redefluß jäh ab.

Wieder irrte Hydes Blick unruhig von einem zum anderen, um dann an dem Fotografen haften zu bleiben. Ganz offensichtlich war Philip Holt verärgert. Aber warum eigentlich, überlegte Hyde. Die ungeschliffene Tonart Andys war keine ausreichende Erklärung für den Ausdruck äußerster Erregung in Holts Gesicht. Der Inspektor unterbrach die Stille, indem er nach seiner Aktentasche griff und sich verabschiedete.

»Ich muß jetzt leider gehen, Mr. Holt.« Als er an der offenen Tür des Büros angelangt war, wandte er sich noch einmal um, als sei ihm ganz plötzlich ein Gedanke gekommen. Er fixierte Andy Wilson mit durchdringendem Blick und fragte ihn: »Sind Sie ganz sicher, daß Sie Sean Reynolds in der Armee niemals begegnet sind? Ich weiß, daß ich Sie das schon einmal gefragt habe, aber …«

Andy Wilson sah erleichtert aus. »Nein, Inspektor. Wie ich Ihnen bereits sagte, bin ich der Ansicht, daß dieser Sean Reynolds eine erfundene Figur ist.«

Hyde nickte nachdenklich. »Vielleicht haben Sie recht. Bei allen unseren Nachforschungen haben wir nichts über seine Existenz herausgefunden. Die Geschichte von dem Verkehrsunfall in Hamburg oder von seiner Akkordeon spielenden Ehefrau konnte bisher durch nichts erhärtet werden.«

»Du lieber Himmel, Mann!« rief Philip ärgerlich. »Ich habe das Foto selbst gesehen! Hier in diesem Büro! Meinen Sie etwa, ich hätte mir das aus den Fingern gesogen? Hier in diesem Zimmer holte Rex seine Brieftasche hervor und zeigte mir das Foto einer Frau, die Akkordeon spielte, während ihr Mann ihr lächelnd über die Schulter schaute! Warum, zum Teufel, sollte ich so etwas erfinden?«

Hyde schüttelte hartnäckig den Kopf. »Tut mir leid, Sir, aber wir haben unter den Sachen Ihres Bruders weder eine Brieftasche noch ein Foto gefunden. Und leider bestreitet auch die Dienststelle der Armee jegliche Kenntnis von Sean Reynolds oder dem Verkehrsunfall. Es bleibt uns nichts weiter übrig, als es dabei zu belassen.«

»Sie scheinen entschlossen, diesen Fall schneller zu den

Akten zu legen als Ihre Nachforschungen bezüglich meines Alibis, Inspektor. Vielleicht glauben Sie sogar, ich bin auf dem Rückwege von Marlow mal schnell ins Royal-Falcon-Hotel hineingegangen, um meinen Bruder zu ermorden? Vergessen Sie nicht den Haufen Geld, den ich erben werde.«

»Aber, Philip, ich bitte Sie!« warf Ruth sichtlich erregt ein. »Sie sollten nicht so reden!«

Aus dem undurchdringlichen Gesicht des Inspektors war keine Reaktion herauszulesen. »Ich gehe jetzt, Sir«, antwortete er ruhig. »Guten Morgen, Miss Sanders. Es war mir ein Vergnügen, Sie kennenzulernen. Guten Morgen, meine Herren.«

Ruth begleitete den Inspektor die Stufen hinunter bis zur Straße, während Andy Wilson ein großes Taschentuch hervorholte und sich damit über die feuchtglänzenden Augenbrauen fuhr: »Puh! … Ich habe die Bullen nie gemocht, und dieser hier macht keine Ausnahme.«

»Was ist los mit dir, Andy. Ein schlechtes Gewissen?« fragte Philip freundlich, während er in die neben dem Studio liegende Dunkelkammer ging, um einige Abzüge zu holen.

»Nenn es, wie du willst«, antwortete Andy laut. »Ich kann es nur nicht leiden, wenn fremde Leute ihre Nase in meine Privatangelegenheiten stecken, das ist alles.«

Ruth, die eben die Treppe hochkam, hörte diese Bemerkung und sagte spitz, während sie zu ihrem Schreibtisch ging: »Meinen Sie nicht, daß dies auch für das Privatleben anderer gilt, Andy?«

»Tut mir leid, mein Schatz. Ich wußte nicht, daß Sie so mimosenhaft empfindlich sind.«

Ruth preßte die Lippen zusammen und tat, als sei sie ganz in ihre Arbeit vertieft. Als Philip ins Atelier zurückkam, griff sie beherrscht das Thema nochmals auf: »Beim nächsten Male erinnern Sie sich bitte daran, Andy, daß zwischen mir und Rex kein ernstes Verhältnis bestanden hat. Und außerdem ist das alles schon lange vorbei.«

Andy war viel zu einfältig, um zu durchschauen, daß diese Bemerkung gar nicht auf ihn zielte. Er grinste Philip an, tätschelte Ruths Schulter und schlurfte, den Koffer mit Reißverschluß in der Hand, die Treppe hinunter, wobei er vor sich hin murmelte, daß er umkommen werde, wenn er nicht bald ein Bier zu trinken kriege.

Das Schicksal wollte es, daß er zwischen dem Konsum einiger Biere beinahe wirklich umgekommen wäre.

Zwei Stunden später fand die Polizei ihn röchelnd auf dem Bürgersteig einer Straße nahe dem ›Elefanten‹ und dem ›Castle‹, halbwegs also zwischen zwei Kneipen. Drei Kugeln hatte man ihm in seinen massigen Bierbauch gejagt, drei Kugeln, die offenbar aus einem vorbeirasenden Wagen abgefeuert worden waren. Die Augenzeugen waren ehrlich genug, zuzugeben, daß sie sich mehr darauf konzentriert hatten, sich mit einem Hechtsprung in Sicherheit zu bringen, als den Wagen und seine Insassen zu beobachten.

Inspektor Hyde war der erste, der Philip und Ruth diese Nachricht überbrachte.

Ruth fragte leise: »Er ist doch hoffentlich nicht tot?«

»Nein, Miss Sanders. Aber sein Zustand ist sehr ernst und wird voraussichtlich auch lange so bleiben.«

»Wie entsetzlich! Ich schäme mich so.«

»Es ist doch nicht Ihre Schuld, Ruth. Sie haben doch nicht auf ihn geschossen«, beruhigte sie Philip.

»Mit meiner Zunge schon. Ich habe ihn ziemlich heftig angefahren, und das tut mir jetzt leid. Wissen Sie, es war nur –, Andy hat sich stets mit mir angelegt, auch früher schon, wenn er mit Rex hier auftauchte. Ich hatte immer das Gefühl, daß er auf Rex einen schlechten Einfluß ausübte, und …«

»Mr. Holt«, unterbrach der Inspektor, »können Sie sich erinnern, wann Wilson von hier weggegangen ist?«

»Aber natürlich. Wenige Minuten, nachdem Sie selbst aufgebrochen waren.«

»Danke. Und darf ich fragen, ob Sie beide den ganzen Nachmittag über hier im Studio gewesen sind?«

»Ich glaube schon ... Nein, warten Sie mal. Ich bin etwa eine halbe Stunde fortgewesen, nur um etwas Luft zu schnappen. Es schadet der Gesundheit, wenn man sich ständig in der Dunkelkammer aufhält. Ich bin die Straße hinuntergelaufen bis zur Lambeth-Brücke und wieder zurück. Ruth ist für einen Moment fortgegangen, um Briefe in den Kasten zu werfen und drüben im Unterhaus einige Probeabzüge abzuliefern.« Der Inspektor hob fragend die Augenbrauen, und Philip ergänzte seinen Bericht: »Hin und wieder kommen Abgeordnete ins Studio. Wenn sie mal ein besonders gutes Porträt haben wollen.«

»Verstehe.«

Der Inspektor holte seine Pfeife hervor und begann sie zu stopfen. Philip wartete inzwischen auf einen Schwall von Fragen, durch die er auf ganz genaue Zeitangaben festgelegt werden würde – so war es jedenfalls gewesen, als es um sein Alibi für die Nacht ging, in der Rex getötet worden war –, aber die Fragen blieben aus. Hyde schien an dieser Angelegenheit nicht weiter interessiert zu sein, und so erwies sich seine nächste Frage auch als eine ausgesprochene Überraschung.

»Mr. Holt – erinnern Sie sich des Gedichtbandes, den ich Ihnen heute früh zurückbrachte? Darf ich noch mal einen Blick darauf werfen?«

»Aber gewiß doch.« Philip durchwühlte den Stapel von Abzügen und Briefen auf seinem Tisch, runzelte die Stirn, durchsuchte erfolglos einige Schubladen und bat schließlich Ruth um Hilfe.

Sie lächelte ihn verständnisinnig an. Während sie selbst zu suchen begann, sagte sie über die Schulter hinweg zu Hyde: »Mein Chef ist der unordentlichste Mensch der Welt. Ich wette, eines Tages verlegt er noch seine Hosen und kommt ohne sie zur Arbeit.«

»Die Wohnung ist gottlob so nahe, daß nicht allzuviel dabei passieren würde«, murmelte Philip abwehrend, indem er weitersuchte.

»Stimmt, Sie wohnen ja auch hier auf dem Grundstück, nicht wahr, Sir?« fragte Hyde.

»Ja, die Wohnung ist über einen Verbindungsgang vom Studio aus zu erreichen.« Er deutete auf eine der Türen des Büros. »Das ist sehr bequem für mich.«

Ruth unterbrach die Suche und schüttelte den Kopf. »Das begreife ich nicht«, sagte sie mit gerunzelter Stirn. »Das Buch kann sich doch nicht in Luft aufgelöst haben. Ich sehe es noch genau vor mir, wie Inspektor Hyde es auf die Ecke dieses Tisches hier gelegt hat ...«

Hyde ließ die beiden noch eine Weile suchen und sagte schließlich befriedigt: »Ich glaube nicht, daß Sie das Buch finden, Mr. Holt. Genauer gesagt: Ich habe es bei mir.« Damit öffnete er seine Aktentasche und holte das Buch hervor.

Ruth und Philip sahen ihn konsterniert an. »Wie, zum Teufel, ist das denn wieder zu Ihnen gekommen?«

»Es lag in dem Koffer mit dem Reißverschluß, den Korporal Wilson trug.«

»In seinem Koffer ...? Wollen Sie damit sagen, Andy habe das Buch von meinem Schreibtisch genommen?«

»Wenn Sie es ihm nicht gegeben haben, muß er es genommen haben, Sir.«

»Natürlich habe ich es ihm nicht gegeben. Warum sollte ich auch?«

»Das weiß ich nicht, Sir«, antwortete Hyde ungerührt. »Überlegen Sie bitte ganz genau. Hat Wilson während seines Hierseins irgendwann einmal Zeit gehabt, das Buch an sich zu nehmen, ohne daß Sie es bemerken mußten?«

»Nein ... Ich glaube nicht. Wir waren doch die ganze Zeit über hier.«

»Miss Sanders war beispielsweise nicht ständig hier. Sie war so freundlich, mich die Treppe hinunter bis zur Straße zu begleiten. Wo waren Sie in dieser Zeit?«

»Großer Gott, ja. Es stimmt. Ich war für ein paar Sekunden in der Dunkelkammer. Verdammt noch mal! Ich habe schon immer gesagt, daß Andy ein Gauner ist, aber ich hatte nicht geglaubt –«

Das Läuten des Telefons unterbrach seine Entrüstung.

Ruth nahm den Hörer auf und wandte sich damit gleich darauf dem Inspektor zu. »Es ist für Sie, Inspektor.«

»Oh, ich hoffe, es stört Sie nicht«, entschuldigte sich Hyde. »Ich hatte im Büro hinterlassen, daß man mich in dringenden Fällen hier erreichen könne.«

Philip nickte zustimmend, und Ruth reichte Hyde den Hörer.

»Hier Hyde ... Ja ... Ja ... sprechen Sie ruhig weiter, Sergeant ... Wann war das? Verstehe ... Ist er noch bewußtlos? ... Gut so ... Nein, tun Sie das nicht, bleiben Sie bei ihm, ich werde mit Ihnen Verbindung halten. Schönen Dank für den Anruf.«

Hyde legte nachdenklich den Hörer auf. »Der Anruf kam aus dem Middlesex-Krankenhaus. Andy Wilson spricht im Delirium, doch ergibt einiges davon Sinn oder Unsinn. Ich bin nicht sicher, was es ist.«

»Was sagt er denn?«

»Offensichtlich spricht er von Ihnen, Sir. Er sagte u. a. ›Philip, vernichte das Foto‹.«

Einen Augenblick lang herrschte Schweigen. Dann wiederholte Ruth langsam den Satz: »Vernichte das Foto ...? Welches Foto? Wir haben doch Tausende hier im Studio. Von welchem spricht er nur?«

Inspektor Hyde sagte nichts, sondern starrte Philip an.

Plötzlich flackerte in Philip ein Schimmer des Verständnisses auf. »Es wäre doch seltsam, wenn er das von Reynolds und seiner Frau meinte, nicht wahr, Inspektor?«

»Das wäre es in der Tat«, stimmte Hyde zu.

»Dann scheinen Sie doch daran zu glauben, daß so ein Foto existiert oder zumindest existiert hat?«

Der Inspektor gab dazu keinen Kommentar.

»Vernichte das Foto«, überlegte Philip laut. »Alles schön und gut, alter Junge. Aber, wie zum Teufel, kann ich etwas vernichten, was ich gar nicht besitze?«

Er begann mit unruhigen Schritten im Zimmer auf und ab zu gehen, während Hyde ihn mit unverhülltem Interesse beobachtete.

»Eines sage ich Ihnen: Ich gäbe viel darum, wenn ich das Foto noch einmal in die Hand bekäme.«

Knapp vierundzwanzig Stunden später hatte er alle Ursache, sich dieser Worte zu erinnern.

4

Am folgenden Morgen läutete das Telefon auf dem Schreibtisch von Inspektor Hyde.

Am anderen Ende der Leitung erklang die aufgeregte Stimme von Philip Holt.

»Ich habe Neuigkeiten für Sie, Inspektor, die ich Ihnen unbedingt erzählen muß.«

»Schießen Sie los … ich höre.«

»Meine Sekretärin kam heute morgen später zum Dienst, so daß ich selbst die eingegangene Post öffnete. Darunter befand sich auch ein großer Umschlag, auf dem nur meine Adresse und ein Londoner Poststempel zu sehen sind. Ich habe ihn für eine eventuelle Untersuchung aufbewahrt.«

»Das ist sehr vernünftig gehandelt. Erzählen Sie bitte weiter.«

»Im Umschlag befand sich ein Foto – das Porträt meines Bruders –, eine genaue Kopie der Porträtstudie, die ich im Schaukasten vor meinem Studio hängen habe.«

»Eine Aufnahme, die Sie selbst gemacht haben?«

»So ist es, Inspektor. Als dann Miss Sanders kam, haben wir zunächst einige Zeit damit verbracht, des Rätsels Lösung zu finden. Schließlich nahmen wir an, daß es sich um einen Scherz handelte und daß jemand das Porträt aus dem Schaukasten geholt und mir durch die Post zugeschickt haben müsse.«

»Das wäre aber ein recht geschmackloser Scherz, würde ich sagen«, kommentierte Hyde. »*War* es denn das Foto aus dem Schaukasten, Mr. Holt?«

»Das ist ja gerade das Tolle an der Sache, Inspektor. Das Bild von Rex war aus dem Kasten verschwunden, und an seiner Stelle hing dort das Bild von Sean Reynolds und seiner Frau mit dem Akkordeon.«

Es gab eine lange, spannungsgeladene Pause, in der Inspektor Hyde die Neuigkeit offensichtlich erst einmal verdauen mußte. Dann sagte er: »Das ist wirklich seltsam ...«

»Ich hoffe, Sie können jetzt herausfinden, wer das Paar ist«, sagte Philip eifrig. »Dann werden wir endlich einen Ausgangspunkt für weitere Nachforschungen haben.«

»Selbstverständlich gehe ich der Angelegenheit nach, Sir. Ein Beamter wird gleich zu Ihnen kommen, um das Foto und den Umschlag abzuholen sowie den Schaukasten zu untersuchen.«

»Gut. Ich selbst werde heute vormittag nicht dasein, aber Miss Sanders wird Ihren Beamten empfangen.«

»Was haben Sie denn vor, wenn ich mir die Frage erlauben darf?«

Philip war über diese Frage verblüfft. »Ja, Inspektor, wenn ich ehrlich sein soll, dann muß ich gestehen, daß ich mir einen Tag frei nehmen wollte, um selbst etwas den Spürhund zu spielen, wenn Sie nichts dagegen haben. Ich bin im Royal-Falcon-Hotel in Maidenhead zu erreichen und gedenke meine Zeit dort mit dem Studium des Gästebuchs zu verbringen. Ist das erlaubt?«

Ruth konnte ihre Aufregung kaum zügeln. In Hydes Stimme klang ein Anflug von Ironie mit, als er antwortete: »Wir leben in einem freien Lande, Sir.«

Philip wollte gerade auflegen, als der Inspektor noch etwas hinzufügte: »Nur noch eine Frage, Mr. Holt. Können Sie oder Miss Sanders sich erinnern, wann Sie zum letzten Male in den Schaukasten geblickt haben –, ich meine, bevor die Bilder ausgetauscht wurden?«

»Oh – da bin ich nicht ganz sicher – Sie wissen doch, wie das so ist – man sieht dasselbe Ding tagaus, tagein und bemerkt dann kaum …«

»Natürlich. Sagen Sie mir bitte: Wessen Idee war es? Ich meine, wer kam auf den Gedanken, nach dem Schaukasten zu sehen? Waren Sie es oder Miss Sanders?«

Philip dachte einen Augenblick nach. »Hol mich der Teufel, wenn ich mich daran erinnere. Ich glaube aber, es war Ruth, die auf die Idee kam.«

Es war sicher ein glücklicher Zufall, daß Talbot, der Geschäftsführer des Hotels, nicht anwesend war, als Holt dort vorsprach. Sonst wäre ihm seine Bitte, das Gästebuch einsehen zu dürfen, vermutlich abgeschlagen worden. Mrs. Curtis machte zwar in der für sie typischen ewig zerstreuten Manier ziemlich viel Umstände, doch konnte Philip ihren Widerstand schließlich überwinden.

»Was ich ganz dringend brauche, Mrs. Curtis«, sagte Philip unter Aufbietung seines ganzen verfügbaren Charmes, »das sind die Namen und Adressen aller Gäste, die während der Woche vor dem Tode meines Bruders im Hotel wohnten.«

»Du liebe Güte … das ist aber ein ziemlich ungewöhnliches Verlangen, meinen Sie nicht auch? … Na schön, ich nehme an, daß Sie einen guten Zweck damit verfolgen, aber ich kann wirklich nicht einsehen, warum Sie …«

»Weil ich mit dem Spruch des Coroners nicht einverstanden bin, Mrs. Curtis. Ich weigere mich glattweg zu glauben, daß mein Bruder Selbstmord begangen haben soll, und will der Sache weiter nachgehen, da die Polizei ja im Stehen schläft.«

»Ach! ... und ich dachte, Inspektor Hyde sei ein so netter Mensch – ein wirklicher Gentleman ...«

»Das ist es ja gerade – er ist *zu sehr* Gentleman und zu nachsichtig. Ich wünschte, er wäre aktiver gewesen. Der Mann hat kostbare Zeit vergeudet – und zwar zumeist mit Nachforschungen über mich. Meiner Ansicht nach sollte er sich mehr um die wahren Verbrecher kümmern; beispielsweise um die Ganoven, die gestern bei vollem Tageslicht auf Andy Wilson geschossen haben.«

»Auf Andy Wilson geschossen?« Die Augenlider von Mrs. Curtis flatterten nervös. »Da kann ich Ihnen wirklich nicht mehr folgen.«

»Haben Sie es denn nicht in den Zeitungen gelesen, Mrs. Curtis?«

Sie schüttelte den Kopf und schenkte ihm ein Lächeln, das in ihrer Jugend zweifellos eine Herausforderung gewesen wäre, jetzt aber nur geziert wirkte.

Philip berichtete ihr die Geschichte von dem Mordanschlag auf Andy Wilson und schloß mit den Worten: »Ich bin der Ansicht, daß der Versuch, Andy Wilson umzubringen, mit dem Tode meines Bruders in Zusammenhang steht.«

»Aber, mein Lieber, das ist ja entsetzlich. Denkt die Polizei ebenso?«

»Ich weiß wirklich nicht, was die Polizei denkt. Und ich habe es auch satt, herumzusitzen und darauf zu warten, daß sie endlich etwas in die Wege leitet. Deshalb stelle ich jetzt eben eine private Untersuchung des Falles an.« Er lächelte sie an, in der Hoffnung, endlich ihre Zustimmung zu erhalten.

Die erhielt er auch, oder zumindest willigte sie ein, daß er sich das Gästebuch ansah. »Also gut, Mr. Holt. Das geht in

Ordnung. Ich will Ihnen jedoch gleich sagen, daß alle Gäste, die zu der Zeit hier waren, als … daß mir alle Gaste persönlich bekannt sind. Ausgenommen Dr. Linderhof, natürlich.«

»Ach ja, der Arzt aus Hamburg. Ob vielleicht eine Möglichkeit besteht, daß ich mich mit ihm ein wenig unterhalte?«

Mrs. Curtis hob beide Hände in gespielter Verzweiflung:

»Stellen Sie sich vor, Dr. Linderhof ist heute früh nach dem Frühstück abgereist.«

»Verdammt!«

Philip sah so aus, als hätte er diesen halb unterdrückten Fluch gerne noch etwas deftiger gestaltet. Aber er war nicht sicher, ob Mrs. Curtis' zarte Nerven das ertragen hätten. Deshalb verfiel er schnellstens wieder in seine charmante Tonart. Sie blickte ihn mit zitternden Augenlidern an und ging endlich fort, um das Gästebuch zu holen.

Anschließend führte sie ihn in ein Privatzimmer, wo er, wie sie ihm versprach, seine Arbeit ungestört ausführen konnte. Zu Philips größter Enttäuschung blieb sie jedoch bei ihm, während er die Namen und Adressen aller Personen notierte, die in der fraglichen Zeit im Hotel gewohnt hatten. Er stellte Fragen nach den Gästen, soweit er es zu tun wagte, und war mit seiner Liste beinahe fertig, als Albert, der mürrische Zimmerkellner, der bei der Leichenschau als Zeuge aufgetreten war, mit einer Mitteilung hereinkam und Mrs. Curtis abrief.

Philip nutzte die Gelegenheit und holte eine japanische Kleinbildkamera aus der Tasche. Schnell fotografierte er die Seiten, die seiner Ansicht nach nützlich sein konnten. Das hatte er zwar schon von vornherein beabsichtigt, hatte davon jedoch abgesehen – aus Angst, Mrs. Curtis könnte sein Tun mißbilligen und ihre Erlaubnis rückgängig machen. Bis sie ins Zimmer zurückkam, hatte er alle Seiten des Gästebuches, auf die es ihm ankam, auf Mikrofilm aufgenommen und die winzige Kamera in der Tasche verschwinden lassen.

Als er gerade dabei war, seine Notizen zu verwahren und

Mrs. Curtis für ihre liebenswürdige Hilfe zu danken, kündigte sich eine weitere Störung an.

Die Tür des Zimmers wurde ohne vorheriges Anklopfen halb geöffnet, und ein lang aufgeschossener, magerer Körper rankte sich zur Hälfte um den Türpfosten.

»Oh, Verzeihung, Vanessa. Ich wußte nicht, daß du Herrenbesuch hast«, erklang eine affektierte nasale Stimme.

»Komm nur herein, Thomas.« Mrs. Curtis schien ziemlich verlegen. »Komm und laß dich mit Mr. Philip Holt bekannt machen.«

Der restliche Teil des gewundenen Körpers löste sich vom Türpfosten und wurde voll sichtbar.

Mrs. Curtis gab ein etwas gequältes leises Lachen von sich und stellte vor: »Mr. Holt, darf ich Sie mit meinem Bruder, Thomas Quayle, bekannt machen?«

Thomas Quayle bot einen seltsamen Anblick. Um mehrere Zoll größer als seine Schwester, erschien er wegen seiner ungewöhnlichen Magerkeit viel länger, als er in Wirklichkeit war. Er trug einen dunkelblauen Anzug mit ungewöhnlich hohen Rockaufschlägen und ganz eng geschnittenen Röhrenhosen. Diese an sich schon aufsehenerregende Wirkung wurde noch gekrönt durch eine weiße Blume im Knopfloch und eine nicht angezündete Zigarette in einer weißen Zigarettenspitze. Auf dem Arm trug er ein kleines weißes Hündchen.

Philip reichte ihm die Hand. Die Hand des Ankömmlings hatte ein so schmales, zartes Handgelenk, daß Philip sich wunderte, daß es bei seinem Händedruck nicht kraftlos ab-brach.

»Das ist aber wirklich ein Vergnügen. Philip Holt hast du gesagt, Vanessa? *Der* Philip Holt? Habe ich nicht vor kurzem eine phantastische Ausstellung Ihrer Arbeiten in der Fleet Street gesehen?«

»Das ist aber schon *sehr* lange her«, antwortete Philip trotz der Schmeichelei etwas selbstgefällig.

»Sie sehen aber, wie sehr diese Ausstellung in meinem Gedächtnis haftengeblieben ist. Ich erinnere mich noch ganz besonders des Clochards, mit der in Nebelschwaden gehüllten Seine als Hintergrund. Und dann Ihre Shakespeare-Zusammenstellung. Das sind bestimmt Fotos, die man so schnell nicht vergißt.«

»Ich danke Ihnen. Das Lob freut mich wirklich, vor allem, da es von einem Kenner zu kommen scheint.«

»Eine üble Geschichte, die Sache mit Ihrem Bruder, muß ich schon sagen. Sie haben mein tiefstes Mitgefühl. So etwas kann einen wohl aus dem Gleichgewicht bringen. Es muß für Sie ein furchtbarer Schock gewesen sein.«

»Das war es auch.«

»Wie ich höre, hatten Sie geglaubt, er sei nach Irland gefahren.«

»Stimmt. Mir hatte er erzählt, er werde nach Dublin reisen.«

Quayle streichelte das weiche, sanfte Fell des winzigen Hündchens in seinem Arm und meinte nachdenklich: »Das ist doch wirklich seltsam.«

Mrs. Curtis verzog offensichtlich geniert das Gesicht. »Thomas, könntest du nicht bitte …«

»Lassen Sie nur«, sagte Philip rasch, »ich bin ohnehin fertig und mache mich wieder auf den Weg.«

Quayle öffnete ihm mit eleganter Geste die Tür und stellte sich seitwärts daneben, während Philip seine letzten Notizen zusammenraffte und sie in seiner Aktentasche verstaute.

»Sie werden doch hoffentlich bald mal wieder eine Ausstellung veranstalten, Mr. Holt?« fragte Quayle.

»Ich fürchte, nein. Die Werbeagenturen halten mich ziemlich in Atem. Das ist zwar keine wirkliche Kunst, aber ich brauche das Geld.«

Quayle bedauerte: »Das sind eben die trüben pekuniären Seiten unseres Lebens. Ich fühle ganz mit Ihnen.«

»Betätigen Sie sich auch im Hotelfach, wenn ich fragen darf?« fragte Philip, der auf einmal neugierig wurde.

Quayle hob gleichsam protestierend seine gebrechliche Hand. »Um Gottes willen. Fettige Teller und Wärmflaschen für alte Jungfern – das ist nichts für mich. Diese Tätigkeit überlasse ich Vanessa. Nein, ich handle mit Antiquitäten und habe in Brighton einen kleinen Laden. Er kann zwar nicht gerade mit Mallett konkurrieren, hilft mir aber, mich vor Unannehmlichkeiten zu bewahren. Nicht wahr, Whitie?« fügte er hinzu und kraulte den Kopf des Hündchens.

»Thomas, um Himmels willen! Ich bitte dich – –«, protestierte Vanessa.

Philip beeilte sich mit seinem Aufbruch, verabschiedete sich hastig und verließ den Raum.

Als er gerade das Hotel verlassen wollte, wurde er von Albert angesprochen, der hinter dem Bartisch Gläser spülte und andeutete, daß er gern mit Philip privat gesprochen hätte. Philip nickte und wartete neben dem Hoteleingang auf ihn. Plötzlich fiel sein Blick auf einen lilafarbenen Austin, der im Vorhof stand. Ob der wohl Quayle gehörte? Jedenfalls würde er absolut zu ihm passen. Während Philip zu dem Wagen hinüberging, um ihn sich näher anzusehen, kam Albert ihm außer Atem nach und zog, als er ihn erreicht hatte, einen Sicherheitsschlüssel aus der Tasche. »Ich glaube, er gehörte Ihrem Herrn Bruder, Sir.«

»Oh, danke schön.«

»Doreen, das Zimmermädchen, hat ihn in seinem Zimmer gefunden. Nr. 27.«

»Es wird der Schlüssel zu meiner Wohnung sein. Ich habe ihn meinem Bruder während seines letzten Urlaubs geliehen. Erstaunlich, daß die Polizei ihn nicht gefunden hat, als sie das Zimmer durchsuchte.«

»Er war in eine Spalte zwischen den Dielen des Fußbodens gefallen, Sir. Doreen hätte ihn sicher auch nie gefunden, wenn die Geschäftsführung nicht beschlossen hätte, das Zimmer neu einzurichten, nachdem Ihr …« Er brach plötzlich ab und schwieg verlegen.

»Ich habe Verständnis dafür«, antwortete Philip ruhig.

Albert lungerte erwartungsvoll weiter herum, wobei er ein kaum wahrnehmbares Staubfleckchen von der Haube des lilafarbenen Wagens entfernte.

Philip holte das Trinkgeld hervor, auf das der Mann offensichtlich wartete. »Gehört dieser Wagen Mr. Quayle?« fragte er freundlich.

»Oh, danke schön, Sir! Nein, Sir – ich weiß nicht, wo seiner steht.« Er schaute sich suchend um. »Der hier gehört Mrs. Curtis.«

»Ach so.« Philip bedankte sich für die Auskunft und für den Schlüssel und kletterte in seinen Lancia.

Er fuhr zurück nach Westminster. Normalerweise beschäftigte er sich bei jeder Autofahrt mit den anderen Wagen auf der Straße, die entweder Begeisterung oder Kritik bei ihm herausforderten. Diesmal war er jedoch so in Gedanken versunken, daß er die anderen Fahrzeuge kaum wahrnahm. Er dachte über die Notizen nach, die er sich während seines Gesprächs mit Vanessa Curtis gemacht hatte. Es schien so, als habe er wenig erreicht, und es überkam ihn ein Gefühl der Enttäuschung, weil es ihm nicht gelungen war, mit Dr. Linderhof zu sprechen.

Nachdem er den Lancia geparkt hatte, ging er zur Vordertür seiner Wohnung und schob den Schlüssel, den Albert ihm gegeben hatte, ins Schlüsselloch. Er drehte sich aber nicht; irgend etwas am Mechanismus mußte sich verklemmt haben. Als er gerade den Schlüssel herausgezogen hatte, um sich ihn näher anzusehen, wurde die Tür von innen geöffnet.

»Ich habe Sie schon durch das Fenster kommen sehen«, sagte Ruth. »Sie haben Besuch.«

»Ist er wichtig? Ich habe ziemlich viel zu tun und –«

»Ich glaube, für diesen Besucher werden Sie sich die Zeit nehmen«, antwortete sie, während sie beide die Treppe nach oben gingen. »Es ist der deutsche Arzt aus dem Hotel – Dr. Linderhof.«

»Mein Gott!« rief Philip völlig überrascht aus. »Natürlich werde ich mit ihm sprechen, Ruth. Hat er gesagt, was er will?«

Ruth schüttelte den Kopf. »Mir wollte er es nicht sagen. Er schien ein wenig aufgeregt.«

Dr. Linderhof ging nervös im Büro auf und ab, wobei seine kurzsichtigen Augen die vielen Porträts, Naturstudien und Landschaften anschauten, die in modernen randlosen Glasrahmen an den Wänden hingen. Als Philip ins Zimmer trat, zeigte des Doktors Gesicht eine verwirrende Mischung von Erleichterung und Besorgnis. Es war ein Blick, wie ihn Zahnärzte besonders gut kennen, nämlich von Patienten, die sich für die unangenehme Behandlung zusammenreißen, wohl wissend, daß sie sich besser fühlen werden, wenn alles vorbei ist.

Philip trat auf den Arzt zu.

»Guten Tag, Doktor. Ich dachte, Sie seien schon nach Deutschland abgereist.«

»Ich fliege heute nachmittag und habe gerade noch Zeit für diesen Besuch vor dem Abflug.«

»Ich freue mich, Sie zu sehen. Was haben Sie auf dem Herzen?«

Linderhof warf einen fragenden Blick auf Ruth, die sich taktvoll aus dem Büro zurückzog.

Linderhof wartete, bis die Tür geschlossen war. »Es gibt da etwas, was ich Ihnen unbedingt erzählen muß«, begann er mit leiser Stimme. »Ich werde in Deutschland keine Ruhe haben, wenn ich es nicht jemandem gesagt habe. Es handelt sich um Ihren Bruder.«

Philip versuchte, seine Stimme so zu beherrschten, daß sie seine aufwallende Erregung nicht verriet. »Wollen Sie nicht erst Platz nehmen?«

Linderhof schüttelte den Kopf und holte tief Luft. »Ich glaube nicht, daß Ihr Bruder sich erschossen hat.«

»Das glaube ich auch nicht, Doktor. Aber haben Sie etwas, worauf Ihre Ansicht sich stützt?«

Der Arzt schüttelte seinen silberweißen Kopf. »Ich weiß nicht, was in jener Nacht wirklich geschehen ist, aber ich bin sicher, daß es kein Selbstmord war. Wissen Sie ... von Zeit zu Zeit fühle ich mich nicht wohl. Ich habe ein Magengeschwür, das gelegentlich schmerzt, vor allem nachts. Das war auch in jener Nacht der Fall. Ich mußte aufstehen und über den Flur zum Badezimmer gehen. Ich trug Hausschuhe, und da auf den Korridoren sehr dicke Läufer liegen, hat mich niemand gehört. Erinnern Sie sich, Mr. Holt, wo das Badezimmer des zweiten Stocks im Royal-Falcon-Hotel liegt?«

»Ja. Direkt neben Zimmer Nr. 27.«

»Stimmt. Neben dem Raum, in dem Ihr Bruder schlief. Nur, er schlief nicht, sondern stritt sich mit jemandem. Ich hörte erregte Stimmen in seinem Zimmer.«

»Sind Sie sicher, daß sie aus dem Zimmer 27 und nicht aus irgendeinem anderen Raum kamen?«

»Absolut. Auf der anderen Seite des Badezimmers ist kein Zimmer. Die Stimmen kamen aus Nr. 27.«

»Konnten Sie hören, was gesprochen wurde, Doktor? Haben Sie eine Ahnung, worum der Streit ging?«

»Ich hörte nicht alles, nur Bruchstücke der Unterhaltung. Als es plötzlich ziemlich laut wurde, hörte ich Ihren Bruder sagen: ›Ich fahre jetzt nach London zurück und habe keine Lust, noch länger hier mit diesem verdammten Buch herumzusitzen.‹ Genau das hat er gesagt.«

»Bestimmt? Sind Sie ganz sicher, daß er das gesagt hat?«

»Jawohl. Das habe ich ganz deutlich gehört.«

»Und was antwortete der Mann, mit dem er stritt? Was sagte der?«

»Es war kein Mann, Mr. Holt.« Dr. Linderhof zögerte, seine hellblauen Augen glitzerten unruhig. »Es war eine Frauenstimme.«

»Konnten Sie hören, was sie sagte?«

»Sie sagte: ›Wenn ich Sie wäre, würde ich warten, und wenn

es die ganze Woche dauern sollte.‹ Daraufhin schrie Ihr Bruder sie an: ›Ich warte nicht einen Tag länger. Das ist mein letztes Wort.‹«

»Was geschah dann?«

»Sie muß ihn gebeten haben, nicht so laut zu sein, denn ich konnte nichts mehr hören. Ich wollte es ja auch gar nicht. Es ist nicht anständig, Gesprächen anderer zuzuhören, sie zu belauschen. Ich ging auf mein Zimmer zurück. Am Morgen hörte ich dann zu meinem Entsetzen, daß Ihr Bruder tot war, in den Kopf geschossen.«

»Und den Schuß haben Sie nicht gehört?«

»Nein! Das hätte ich natürlich der Polizei gesagt.«

Philip wanderte im Zimmer auf und ab, innerlich damit beschäftigt, zu ergründen, was von dem, was der wild ausschauende weißhaarige Mann ihm eben erzählt hatte, wohl wahr sein mochte. Dann sagte er: »Wissen Sie, was ich nicht begreifen kann? Warum sind Sie mit dieser Information nicht zur Polizei gegangen. Ich nehme jedenfalls an, Sie haben es nicht gemeldet, sonst wäre es doch wohl bei der Leichenschau erwähnt worden.«

»Nein, ich habe es nicht gemeldet«, antwortete Linderhof verlegen.

»Warum nicht, Doktor? Nur, weil Sie die weibliche Stimme nicht identifizieren konnten?«

Linderhofs Antwort ließ den auf und ab wandernden Philip wie angewurzelt stehenbleiben. »Ich habe sie ja identifizieren können. Es war Mrs. Curtis.«

»Mrs. Curtis? Die Hotelbesitzerin?«

»Ja.«

»Dessen sind Sie ganz sicher?«

»Es gibt nicht den geringsten Zweifel. Wissen Sie, ihre Stimme ... sie gleicht der eines wehleidigen Kindes; man kann sich gar nicht irren, sie ist unverkennbar.«

Philip starrte den Doktor fassungslos an. Er gewann immer

mehr den Eindruck, daß der Mann die Wahrheit sagte. Und doch ...?

»Ich bin sprachlos, Doktor. Hier stehen Sie, im Besitz eines entscheidenden Beweisstückes, und da kommen Sie zu mir, statt zur Polizei zu gehen. Warum? Was, um Himmels willen, hat Sie daran gehindert, all das Inspektor Hyde zu erzählen?«

Der kleine Mann schrumpfte förmlich zu einem Häufchen Verlegenheit zusammen. Er zuckte mit den Schultern und murmelte etwas Unverständliches in seiner Muttersprache.

»Also gut, Doktor. Ich gebe Ihnen mein Wort, daß dies unter uns bleibt. Ich verspreche Ihnen, daß niemand sonst etwas erfahren wird.«

»Dann ist es gut. Die Sache muß wirklich einige Zeit unter uns bleiben. Ich kann damit nicht zur Polizei gehen, weil ich ... weil ich im Augenblick keinerlei Publizität gebrauchen kann. Beim leisesten Anzeichen eines Skandals wäre ich ruiniert. Nächste Woche muß ich mich vor einem ärztlichen Ehrengericht in Hamburg verantworten. Es ... es liegen gewisse Anschuldigungen gegen mich vor. Geht die Sache für mich schlecht aus, darf ich nie wieder als Arzt praktizieren.«

»Was sind das für Anschuldigungen?«

»Lügen!« stammelte Linderhof, wobei sein Gesicht vor Ärger rot anlief. »Nichts als Lügen, fabriziert von Leuten, die Langeweile haben und darum ihre Nase in anderer Leute Angelegenheiten stecken. Einzelheiten würden Sie ohnehin nicht interessieren, Mr. Holt; doch können Sie gewiß sein, daß ich meinen guten Namen wiederherstellen werde. Aus diesem Grunde bin ich auch nach England gekommen, damit mich keine deutsche Zeitung aufspüren konnte. Und darum kann ich es mir nicht erlauben, irgendwie in eine polizeiliche Untersuchung verwickelt zu werden. Ich befinde mich in einer sehr schwierigen Lage.«

»Ich verstehe ...«

Es war eine seltsame Geschichte, und doch schien sie wahr zu sein. Es mußte den kleinen Mann einen ziemlichen Gewissenskampf gekostet haben, bevor er sich entschloß, zumindest soweit zu gehen.

»Es ist hoch anständig von Ihnen, Doktor, daß Sie zu mir gekommen sind. Ich weiß das zu würdigen.«

»Wirklich? Dann werden Sie mir wohl auch einen kleinen Gefallen tun?«

»Wenn es möglich ist, bestimmt.«

»Sollten Sie diese Information verwenden, dann erwähnen Sie bitte während der nächsten Tage meinen Namen nicht. Übernächste Woche, wenn das ehrengerichtliche Verfahren abgeschlossen ist, spielt das keine Rolle mehr, ganz gleich, wie es ausgeht.«

»Abgemacht, Doktor. Ich werde vorläufig schweigen.«

»Vielen Dank. Auf Wiedersehen und viel Glück.«

»Danke schön. Auch Ihnen wünsche ich viel Glück, Doktor.«

Die beiden Männer schüttelten sich die Hände, und dann begleitete Philip seinen Besucher die Treppe hinunter zur Straße.

Als er zurückkam, stand Ruth im Büro, mit vor Aufregung funkelnden Augen.

»Sie haben also gelauscht«, sagte Philip ruhig.

Sie lächelte aufreizend. »Es gehört zum Aufgabenbereich einer tüchtigen Sekretärin, daß sie über alles Bescheid weiß, was ihr Chef während der Bürostunden tut. Das sollten Sie doch wissen.«

Philips Nerven waren gespannt, und er war nicht in der Stimmung, auf Ruths frivoles Geplänkel einzugehen. So hatte er schon eine scharfe Zurechtweisung auf der Zunge, als plötzlich das Telefon läutete.

»Dieses Läuten rettet mein Leben«, rief sie ihm schnell noch spöttisch zu, während er nur mit Mühe seinen Unmut unterdrücken konnte. In dem Augenblick aber, in dem sie den Hörer abnahm, war sie wieder ganz die tüchtige und sachliche

Sekretärin. »Fotostudio Holt ... Ja, wer spricht bitte? ... Einen Moment bitte. – Es ist Mrs. Curtis. Sie möchte Sie sprechen.«

Philip nahm ihr den Hörer ab. »Guten Tag, Mrs. Curtis. Hier spricht Philip Holt. Was kann ich für Sie tun?«

Ruth beobachtete ihn gespannt, während er zuhörte.

Sie sah, wie er leicht die Stirn runzelte und in seine Tasche faßte. »Ja ... ja, den Schlüssel habe ich noch ... Mag sein, daß Sie recht haben, er scheint wirklich nicht zu meiner Tür zu passen ... Selbstverständlich, Mrs. Curtis, Sie sollen ihn wiederhaben ... Nein, nein, ich bringe ihn lieber selbst, wenn es so wichtig ist ... Nein, das macht mir überhaupt keine Umstände ... Ich komme morgen bei Ihnen im Hotel vorbei ... Jawohl, Mrs. Curtis, genauso möchte ich es erledigt haben. Ich muß mich nochmals mit Ihnen unterhalten.«

Ruths brennende Neugier siegte schließlich über ihre schwachen Bedenken. Sie lief durch die Verbindungstür in Philips Wohnung und griff im Wohnzimmer nach dem Hörer des Nebenanschlusses.

Die wehleidige Stimme von Mrs. Curtis sagte gerade: »Aber warum wollen Sie denn nochmals mit mir sprechen, Mr. Holt? Ich habe Ihnen doch heute früh schon alle Informationen gegeben, die Sie wollten.«

»Ich möchte mit Ihnen über meinen Bruder sprechen, Mrs. Curtis.«

»Aber wir haben doch die Angelegenheit längst erörtert und ...«

»... und wie es scheinen möchte, ausführlich genug, so daß man meinen könnte, es sei alles gesagt worden. Dennoch ist Ihrem Gedächtnis offenbar etwas entfallen.«

»Ich ... ich weiß wirklich nicht, was Sie meinen.«

»Bestimmt nicht, Mrs. Curtis? Dann sagen Sie mir bitte: Warum haben Sie nicht erwähnt, daß Sie in der Nacht, als Rex starb, bei ihm im Zimmer waren?«

Einige Sekunden lang herrschte Schweigen. Dann brach Vanessa Curtis in eine Flut zusammenhangloser Proteste aus.

Philip schnitt ihr das Wort ab. »Das ist wohl kaum etwas, was man am Telefon erörtern sollte. Ich bin morgen früh bei Ihnen im Hotel.«

»Nein! Nein, tun Sie das nicht ... Nicht im Hotel, nicht hier.«

»Warum nicht?«

»Es ... es geht einfach nicht, das ist alles. Wir können uns irgendwo draußen treffen, vielleicht in einem Restaurant.«

»In Maidenhead?«

»Nein, auf keinen Fall. Irgendwo in der Nähe, vielleicht in Windsor. Dort gibt es neben dem Schloß ein kleines Café. Kennen Sie es?«

»Ich werde es schon finden. Wann treffen wir uns?«

»Lassen Sie mich nachdenken ... Paßt Ihnen elf Uhr?«

»Ich bin pünktlich dort, Mrs. Curtis«, antwortete er energisch und legte auf.

Auch Ruth legte den Hörer auf, jedoch leise, und lief ins Büro zurück. Dort stand Philip und sah sie durchdringend an.

Obwohl er sich manchmal über ihre aufreizende und oft auch verspielte Art ärgerte, mußte Philip sich doch eingestehen, daß er in der Wahl seiner Sekretärin sehr glücklich gewesen war. In puncto Schreibarbeiten war sie sehr tüchtig, und auch bei den technischen Arbeiten zeigte sie ein vielversprechendes Talent, wodurch sie ihm einen Teil der einfacheren Entwicklungs- und Retouchierarbeiten abnahm. Gelegentlich begleitete sie ihn zu geschäftlichen Begegnungen oder Aufnahmen außerhalb des Hauses, wobei sie sich als wertvolle Hilfe erwies. Und obgleich ihre Beziehungen rein beruflicher Art waren, konnte er nicht leugnen, daß Ruth sehr hübsch und ein Mensch war, den man gern um sich hatte. Obwohl Philip im Augenblick in der richtigen Stimmung war, Ruth einmal gehörig den Kopf zu waschen, verzichtete er doch darauf, als er sie jetzt vor sich stehen sah.

Da läutete die Türglocke.

Ohne Lächeln und in einem Ton, der darauf abzielte, ihren Übermut etwas zu dämpfen, ohne dabei zu streng zu sein, sagte er ruhig: »Hätten Sie vielleicht die Zeit und die Güte, die Tür zu öffnen, Ruth?«

5

Vor der Tür stand Thomas Quayle, in seiner üblichen geckenhaften Aufmachung mit dem weißen Hündchen auf dem Arm.

»Darf man in diese geheiligten Gefilde ohne vorherige Anmeldung eindringen?« hörte Philip ihn fragen.

»Kommen Sie nur herauf, Mr. Quayle«, rief er hinunter.

Während sein Besucher die Treppe hinter Ruth hinaufstieg, beobachtete Philip ihn mit Interesse. Quayle schien das einzige Exemplar der Gattung Mann zu sein, das diese Treppe erklimmen konnte, ohne dabei von der gazellenhaften Erscheinung vor ihm irgendwie Notiz zu nehmen. Wenn Andy oder Rex ihn besucht hatten, war Ruth beinahe jedesmal soweit gewesen, Gefahrenzulage zu fordern.

»Was bringt Sie denn in diesen Teil der Welt?« fragte Philip lächelnd. »Wollen Sie etwa ein Porträt machen lassen, oder gibt es etwas anderes, weswegen Sie mich sehen wollen?«

»Wie wunderschön es doch hier ist«, sagte Quayle, ohne auf die Frage einzugehen. Er schlenderte zum großen Schiebefenster hinüber und blickte versonnen auf Big Ben und das Parlamentsgebäude. »Wirklich eine *prächtige* Aussicht – einfach sagenhaft! ... Nein, nein, Mr. Holt. Es wäre sicherlich eine Ehre, von Ihnen fotografiert zu werden. Erstens aber fürchte ich, daß Ihre ausgezeichnete Arbeit ein Honorar erfordert, das weit über die Leistungsfähigkeit meiner Brieftasche hinausgehen würde; zweitens aber wüßte ich niemanden, der auch nur das leiseste

Interesse daran hätte, ein Konterfei meiner müden Gesichtszüge bei sich zu haben.« Bei diesen Worten streichelte er lächelnd das Hündchen. »Ausgenommen vielleicht Whitie hier, was?«

Das Hündchen gähnte seinem Herrn kräftig ins Gesicht und durfte schließlich nach Belieben im Büro herumstreunen, die Nase am Boden, Kreise beschreibend, ziellos hier- und dorthin springend, bis es schließlich einen Berg von Fotoabzügen ins Gleiten brachte, die über eine Ecke von Philips Schreibtisch hinausragten.

Ruth brachte die Sache unauffällig in Ordnung, rettete die Abzüge und tat dann so, als widme sie ihre ungeteilte Aufmerksamkeit dem Hunde, den sie streichelte und mit dem sie spielte. Das gab ihr eine ausgezeichnete Möglichkeit, ihre Gedanken von der Arbeit weg ganz auf die Unterhaltung der beiden Männer zu konzentrieren.

»… Der Grund, weshalb ich mir erlaubt habe, Sie auf diese Weise zu stören, ist ein ganz einfacher«, begann Quayle. »Ich wollte Sie nur bitten, mir meinen Schlüssel zu geben.«

»Ihren Schlüssel?« Philip war ehrlich überrascht.

»Ja. Dieser dämliche Kellner im Hotel hat Ihnen doch heute früh einen Sicherheitsschlüssel gegeben. Oder nicht?«

»Ja. Das stimmt.«

»Das war ein Irrtum von ihm, Mr. Holt. Der Himmel mag wissen, was der Mann für ein Gedächtnis hat. Erst vor ein paar Tagen sagte ich ihm noch, ich hätte einen Schlüssel verloren und er solle danach Ausschau halten.«

Philip beschloß, zunächst Zeit zu gewinnen. »Schon, schon … andererseits wurde der Schlüssel im Zimmer meines Bruders gefunden. Daher war es an sich ganz natürlich, wenn Albert glaubte, er gehörte Rex.«

»Das stimmt, so kann man es natürlich auch sehen. Albert ist geistig nicht immer ganz auf der Höhe.« Quayle lächelte und hielt seine kraftlose Hand hin. »Wie dem auch sei – wenn Sie mir jetzt bitte den Schlüssel geben würden, Mr. Holt. Ich möchte Ihre kostbare Zeit nicht länger in Anspruch nehmen.«

Philip zögerte den Bruchteil einer Sekunde, bevor er sagte: »Tut mir leid, Mr. Quayle. Ich habe ihn nicht.«

Das Lächeln auf dem Gesicht von Quayle war wie fortgeblasen. »Sie haben ihn nicht? Was soll das heißen?«

»Ganz einfach. Nachdem ich hier zu Hause festgestellt hatte, daß der Schlüssel nicht in mein Türschloß paßte, daß also ein Irrtum vorlag, hielt ich es für das beste, ihn sofort ihrer Schwester zurückzugeben. Ich habe ihn per Post abgeschickt.«

»An Vanessa?«

»Ja, an Mrs. Curtis.«

Quayle starrte ihn mißtrauisch an, griff dann mit ziemlich saurem Gesicht nach seiner Taschenuhr, die an einer goldenen Kette hing. »Ich muß schon sagen, Sie sind *verteufelt* schnell gewesen.«

»Es hätte doch sein können, daß der Schlüssel von jemandem im Hotel dringend benötigt wurde«, antwortete Philip reaktionsschnell. »Und auf diese Weise dürfte immerhin niemandem geschadet worden sein. Natürlich entschuldige ich mich bei Ihnen für dieses Versehen. Aber Sie brauchen ja nur Ihre Schwester anzurufen und sie zu veranlassen, Ihnen den Schlüssel zu schicken.«

Quayle versuchte es wieder mit einem Lächeln, aber ohne rechten Erfolg. »Wie Sie sagen, ein Anruf genügt. Also dann … mache ich mich wieder auf den Weg. Wir entschuldigen uns wegen der Störung.« Mit dem Wort »wir« schloß er offensichtlich den träge blickenden Hund ein, der jetzt ruhig auf Ruths Schoß saß und hechelte. »Komm jetzt, mein Kleiner«, rief Quayle kühl, scheuchte das winzige Etwas auf und lehnte Ruths Angebot, ihn nach unten zu begleiten, höflich ab.

Ruths kleine Nase verzog sich angewidert. »Dieses hervorragende Exemplar wird man sicherlich niemals zum Wettbewerb um den Titel Mr. Universum zulassen!«

Philip grinste. »Ich dachte, es wäre für Sie mal eine ganz angenehme Abwechslung, wenn Ihnen nicht jedes unternehmungslustige Mannsbild auf dieser Treppe in den Po kneift.«

Mit einem schnellen Seitenblick antwortete sie: »Kommt ganz darauf an, wer kneift.«

Einen Augenblick lang schwiegen beide verlegen, und Philip beeilte sich, das Thema zu wechseln. »Lassen wir das Geplänkel«, sagte er lächelnd – und dann ernst: »Was meinen Sie: Ob dieser Schlüssel vielleicht der Schlüssel zum Geheimnis ist?«

»Jedenfalls scheint es eine Menge Leute zu geben, die ihn allzugern haben möchten«, stimmte Ruth zu.

»Hm ... aufschlußreich, wie Inspektor Hyde sagen würde. Ich bin nur gespannt, ob jemand bereit sein wird, im Austausch für diesen so nett aussehenden Schlüssel einige Informationen herauszurücken.«

»Man sollte es auf jeden Fall versuchen«, antwortete Ruth hoffnungsvoll.

»Ja, es lohnt den Versuch«, schloß Philip die Unterhaltung ab.

Am folgenden Morgen steuerte Philip um zehn Minuten vor elf Uhr seinen Lancia elegant durch die engen Straßen von Windsor, als ein Polizeibeamter ihn vor einer Gruppe wartender Fahrzeuge durch Zeichen zum Halten brachte.

»Vorn geht es nicht weiter, Sir. Ein Unfall. Würden Sie bitte in die nächste Straße links einbiegen?«

»Aber selbstverständlich ... Noch eins, Wachtmeister, ich suche ein Café Hobson. Können Sie mir sagen, wie ich dorthin komme?«

»Gerade vor diesem Café hat sich der Unfall abgespielt, Sir. Unter diesen Umständen müßten Sie den Wagen dort hinter der Kurve parken und dann den Rest des Weges zu Fuß gehen.«

»Was ist geschehen? Wurde jemand ernsthaft verletzt?«

»Einen Mann hat es ziemlich böse erwischt, wie ich hörte.

Fahren Sie jetzt bitte weiter, Sir. Sie halten den Verkehr auf.«

Philip bog ein, wo der Beamte es ihm geraten hatte, parkte den Lancia und ging schnell durch die Menschenansammlung auf das Café zu. Das durchdringende Horn des herannahenden Krankenwagens veranlaßte die Neugierigen, widerwillig eine Gasse zu bilden, so daß Philip einen flüchtigen Blick auf eine leblose gekrümmte Gestalt am Straßenrande werfen konnte.

Eine dicke Frau mit rotem Gesicht wandte sich um, offensichtlich auf der Suche nach jemand, mit dem sie über den Vorfall sprechen könnte. Philip lächelte, und sie überschüttete ihn dankbar mit einem Wortschwall.

»Ich habe gesehen, wie es passiert ist! Die haben auch schon meinen Namen und meine Adresse aufgeschrieben. Ich soll nämlich als Zeugin aussagen. Der Fahrer muß betrunken gewesen sein, der ist ja förmlich im Zickzack gefahren.« Mit einer Kopfbewegung nach dem verletzten Mann, der soeben sorgsam auf eine Tragbahre gelegt wurde, fügte sie hinzu: »Der arme Kerl. Er hatte keine Chance mehr. Dafür hat die Frau verdammtes Glück gehabt.«

»Was für eine Frau?«

»Die Frau auf dem Bürgersteig. Sie stand genau vor dem Mann, der überfahren wurde. Ich möchte schwören, daß sie eigentlich die Unglückliche gewesen wäre, denn der Wagen schoß genau auf sie zu. Aber sie muß ihn im allerletzten Augenblick gesehen haben – da sprang sie zur Seite wie eine Katze, die Unheil kommen sieht.«

Philip nickte mitfühlend.

»Und obendrein war sie auch noch eine so zarte kleine Frau. Sie war eben erst aus ihrem Wagen gestiegen – aus dem da drüben, dem lilafarbenen.«

Philips Blick fiel auf den am Bürgersteig geparkten Austin. Ein eisiges Frösteln lief ihm über den Rücken. Erregt faßte er den Arm der wortreichen Frau und fragte: »Diese zarte Dame – wo ist sie jetzt? Wissen Sie es?«

»Was? Wen meinen Sie?« stammelte die Erzählerin mit dem roten Gesicht, verwirrt durch die plötzliche Erregung ihres Gesprächspartners.

»Die Dame, die beinahe überfahren wurde!«

»Ach die! Die hat man drüben ins Café gebracht – Café Hobson.«

Ja, es war wirklich Mrs. Curtis ... eine sehr blasse und nervös zitternde Vanessa Curtis, die einem Vögelchen glich, das aus dem Nest gefallen und nur mühsam ernsterem Schaden entronnen war.

Als Philip zu dem Tisch hinüberging, an dem sie in der Obhut eines freundlichen Polizeibeamten saß, erblickte sie ihn und fuhr unwillkürlich hoch, setzte sich jedoch gleich wieder und schaute zur Seite. Als er vor ihr stand, grüßte sie ihn nur flüchtig, wie geistesabwesend.

Der Polizeibeamte sprach Philip an. »Sind Sie der Herr, auf den die Dame wartet, Sir?«

»Ja, der bin ich.«

»Ich bin Sergeant Macey.«

»Guten Tag. Mein Name ist Philip Holt.«

»Die Dame hat leider ein sehr unangenehmes Erlebnis gehabt, Sir.«

»Den Eindruck habe ich auch, Sergeant«, antwortete Philip. Dann wandte er sich an Vanessa Curtis und fragte: »Was ist denn nun genau geschehen?«

Vanessa Curtis schaute ausweichend an ihm vorbei und knüllte nervös ein Taschentuch in der Hand.

Sergeant Macey antwortete für sie. »Mrs. Curtis ging auf dem Bürgersteig auf dieses Café zu, als plötzlich ein Wagen mit irrsinniger Geschwindigkeit auf sie zuraste. Offenbar hatte der Fahrer völlig die Gewalt über das Fahrzeug verloren Der Mann hinter ihr war leider nicht so geistesgegenwärtig und schnell. Er liegt jetzt im Krankenhaus.«

»Und der Fahrer hat nicht gehalten?«

»Nein … dieses Schwein.«

»Was ist mit dem Kennzeichen des Wagens? Hat sich jemand die Nummer gemerkt?«

Macey nickte, und Philip vermeinte in diesem Augenblick ein schwaches Aufflackern von Furcht in Vanessa Curtis' Augen zu sehen.

»Zwar haben wir zwei oder drei verschiedene Angaben für das Nummernschild«, sagte Macey, »aber sie sind mehr oder weniger ähnlich. Wir werden alle überprüfen, und eine muß schließlich die richtige sein. Wahrscheinlich war der Fahrer angetrunken; das ist ja meistens der Grund für Fahrerflucht.«

Nach einem kurzen Blick auf Mrs. Curtis stand der Beamte auf. »Also, Madam, wenn Sie ganz sicher sind, daß wir nichts mehr für Sie tun können …«

»Danke, es geht mir jetzt wieder besser.« Ein Anflug ihrer gewohnheitsmäßigen Koketterie durchbrach den Nebel des erlittenen Schocks. Sie blinzelte den Sergeanten mit flatternden Augenlidern an und fügte hinzu: »Herzlichen Dank, daß Sie alle so nett zu mir waren.«

Als der Polizist gegangen war, herrschte einen Augenblick lang ein mit Spannung geladenes Schweigen im Raum. Jemand hatte heißen Tee mit viel Zucker auf den Tisch gestellt, und Vanessa tat so, als sei sie ganz davon in Anspruch genommen, mit dem Teelöffel in der Tasse zu rühren.

»Sie sollten ihn trinken, bevor er kalt ist«, mahnte Philip.

Sie blickte starr vor sich hin und vermied es, ihn anzusehen.

»Wäre es Ihnen lieber, wenn wir woanders hingingen?« schlug er vor.

Sie schüttelte den Kopf. Er bot ihr eine Zigarette an, die sie annahm. Ihre Hand zitterte wie Espenlaub.

Wieder herrschte Schweigen, bis Philip sie mit ruhiger Stimme fragte: »War es ein Unfall?«

Sie sah ihn mit einem erschreckten Blick an. »Wie meinen Sie das?«

»Es war eine ganz einfache Frage, Mrs. Curtis. War es ein Unfall?«

»Ja, natürlich war es ein Unfall. Was hätte es denn sonst sein sollen?«

»Ich könnte mir vorstellen, daß eine Absicht dahintersteckte.«

»Aber warum? Warum sollte mir irgend jemand so etwas antun?«

»Um Ihnen Angst zu machen. Um Sie daran zu hindern, sich mit mir zu treffen.«

Mrs. Curtis versuchte, zu lächeln. »Sie haben zuviel Phantasie, Mr. Holt.«

»Oder zu wenig. Ich kann mir beispielsweise überhaupt nicht vorstellen, was mein Bruder in Ihrem Hotel zu suchen hatte.«

»Er wohnte dort, wie andere Gäste auch. Weiter nichts.«

»So. Und wie zu anderen Gästen auch gingen Sie nachts auf sein Zimmer und stritten sich dort mit ihm herum. Alles genau, wie es in Ihrem Hause üblich ist, nicht wahr?«

Mrs. Curtis preßte ihre schmale weiße Hand gegen die Stirn und murmelte: »Es tut mir leid. Aber darüber kann ich jetzt nicht sprechen. Ich … ich fühle mich nicht wohl.«

»Dem Polizisten sagten Sie aber, Sie fühlten sich wieder ganz wohl.«

»Ja, ja … vor wenigen Minuten, da habe ich mich vorübergehend besser gefühlt, aber …«

»Aber jetzt haben meine Fragen Sie aus der Fassung gebracht?«

»Bitte, Mr. Holt! Dieser Unfall hat mich mehr mitgenommen, als ich glaubte.« Sie stand auf. »Wenn es Ihnen nichts ausmacht, fahre ich jetzt nach Hause.«

Philip erhob sich ebenfalls und winkte der Kellnerin. »Gut, dann fahre ich Sie jetzt nach Maidenhead.«

»O nein! Ich habe ja meinen eigenen Wagen hier. Ich kann absolut allein fahren.«

Philip sah Mrs. Curtis neugierig an. Sie war ein winziges, zerbrechliches und offensichtlich hilfloses Wesen, das durch den schrecklichen Unfall noch so verstört war, daß es sich beim Aufstehen auf den Tisch stützen mußte. Und dennoch wollte sie unbedingt allein gelassen werden. »Sind Sie wirklich sicher, daß Sie allein fahren können?« fragte er.

»Machen Sie doch bitte nicht soviel Aufhebens, Mr. Holt! Sobald ich an der frischen Luft bin, werde ich mich wohler fühlen … Wenn Sie mir nun bitte den Schlüssel geben würden.« Sie hielt ihm die ausgestreckte Hand hin. Geste und Schärfe des Tones erinnerten sehr an die Art und Weise, wie ihr Bruder am Tage zuvor den Schlüssel gefordert hatte. »Ich komme dann schon allein zurecht.«

»Ach ja, natürlich. Der Schlüssel«, antwortete Philip und tat so, als suche er sorgfältig in allen Taschen. »Es tut mir furchtbar leid«, sagte er schließlich, »aber ich scheine ihn wirklich vergessen zu haben.«

Sie warf ihm einen Blick zu, der kalte Wut und Unglauben verriet. Dann machte sie auf dem Absatz kehrt und marschierte mit soviel Würde, wie eine Körperlänge von 1,55 m zulassen kann, aus dem Café.

Philip bestellte sich eine Tasse Kaffee und überlegte seine nächsten Schritte. Er brauchte nicht lange, um zu einem Entschluß zu kommen.

Er verließ das Lokal und begab sich zu einem Eisenwarengeschäft, an dem er auf dem Wege zum Treffpunkt vorbeigekommen war. Zehn Minuten später setzte er sich hinter das Lenkrad seines Wagens und fuhr gen Süden – zwei Nachschlüssel in der Tasche.

Da es Mitte der Woche war, fand er die Straße wenig belebt, und der Lancia schoß nur so die Straße entlang.

Auf einer Geraden genoß Philip es, sich für kurze Zeit mit einem Fiat 2300 zu messen, einem Modell, das er einst gern selbst gekauft hätte. Aber der Flaminia war blendend in Form und wohl imstande, seinen Gegner auf Distanz zu halten.

Es war ein wunderschöner Tag. Die Landschaft leuchtete in sanften Farben und ließ die ersten Anzeichen des nahen Herbstes erkennen, so daß Philip trotz der erdrückenden Sorgen einen Anflug von Hoffnung und Zuversicht verspürte.

Plötzlich erschien in seinem Rückspiegel ein karminroter Schimmer, und ehe er noch richtig Zeit hatte, den Rivalen zu identifizieren, heulte es hinter ihm auf und verschwand auch schon vor ihm hinter der nächsten Kurve.

»Ford Mustang, zweitüriger Hardtop«, murmelte er vor sich hin. Das war ein Wagen! Er überlegte, welcher Typ es wohl gewesen sein mochte: der Sechszylinder oder der phantastische V. S. – wahrscheinlich letzterer. Es müßte ein Vergnügen sein, so einen Mustang zu besitzen.

Natürlich war auch sein Lancia Klasse, das war nicht abzustreiten. Das gleiche Gefühl hatte er an sich auch bei dem Bentley gehabt, den er früher gefahren hatte. Bis er dann eines Tages glaubte, unbedingt etwas Raffinierteres besitzen zu müssen, und sich einen Austin Realey anschaffte, der wirklich rassig gewesen war. Nun überkam ihn erneut der Wunsch nach einem anderen Gefährt, und als er an der nächsten Telefonzelle anhielt, um Ruth anzurufen, war er erstaunlich gehobener Stimmung.

»Fotostudio Holt«, hörte er Ruths helle und klare Stimme.

»Ich hätte gern eine Porträtaufnahme«, sagte Philip. »Nur bin ich leider ein Ungeheuer mit zwei Köpfen – muß ich da mehr bezahlen?«

»Wer spricht bitte? Oh, *Philip*!« Ruth brach in ein erleichtertes Lachen aus. »Ich bin so froh, daß es Ihnen gutgeht. Hatte mir schon Sorgen gemacht.«

»Sorgen? Worüber?«

»Ihretwegen. Ich hatte so ein komisches Gefühl. Natürlich war es töricht von mir. Wie war es? Hat alles geklappt?«

»Nein. Genauer gesagt, es ist alles schiefgegangen«, antwortete Philip, der nun wieder zu seiner nüchternen Art zurückfand.

»Philip, sehen Sie? Ich sagte Ihnen ja, daß ich so ein komisches Gefühl hatte. Was ist los? Ist alles in Ordnung?« Ihre Stimme klang sehr besorgt.

»Ja, keine Sorge. Ich selbst bin völlig okay, Ruth.« Dann schilderte er ihr kurz, was vorgefallen war.

»Du lieber Himmel! Erst Andy und jetzt Mrs. Curtis.« Sie war ernstlich beunruhigt und aufgeregt. »Geben Sie nur gut acht, wenn Sie jetzt nach Hause fahren, Philip?«

»Ich komme noch nicht nach Hause. Deswegen rufe ich Sie ja an. Liegt irgend etwas für mich vor?«

»Nein. Nichts. Wo sind Sie jetzt? Immer noch in Windsor?«

»Nein. Ich bin auf dem Wege nach Brighton.«

»Brighton? Was, um Himmels willen, wollen Sie dort? ... O ja, jetzt kann ich es mir denken!« Ihr unverbesserlicher Enthusiasmus kehrte zurück. »Sie wollen Mr. Quayle einen Besuch abstatten.«

»Richtig, Miss Sanders!«

»Aber warum, Philip? Warum wollen Sie Quayle besuchen?«

»Dreimal dürfen Sie raten!«

Ruth überlegte einen Augenblick schweigend. Dann platzte es aus ihr heraus: »Sie haben immer noch den Schlüssel?«

»Braves Mädchen. Wenn ich zurückkomme, bringe ich Ihnen ein Stückchen Felsgestein von der Küste mit.«

Mit Hilfe eines Telefonbuches in einer Sprechzelle an der Seepromenade fand Philip die Adresse des Antiquitätenladens. Er brauchte jedoch einige Zeit, um dorthin zu gelangen, denn das Geschäft lag in der historischen Altstadt, in einer schmalen

Nebenstraße, die zu einem schönen Halbkreis von Häusern führte.

Das massive alte Gebäude, in dem sich der Antiquitätenladen befand, war zwar kein architektonisch interessanter Bau, doch hatte Quayle sich mit der Ausgestaltung des Erdgeschosses große Mühe gegeben und ein attraktives Schaufenster einbauen lassen, durch das man den größten Teil des Geschäftsinneren übersehen konnte. Eine schön geformte schmiedeeiserne Treppe, die gegen die Straße durch bemalte Gitter abgeschirmt war, führte zu einer Tür im Souterrain.

Es war niemand im Laden, doch erklang ein harmonisches, leises Glockenspiel, als Philip die Tür öffnete. Der Innenraum war größer, als es von außen den Anschein hatte, und mit einer Auswahl von antiken Möbeln, Gemälden, Porzellan und Kunstgegenständen ausgestattet, die alle – wie Philip schnell erkannte – von hoher Qualität waren. Die Preise waren ebenfalls hoch. So sehr Thomas Quayle Verachtung für die »trüben pekuniären Fakten unseres Lebens« ausdrücken mochte, so wenig war er offensichtlich gewillt, auf seinen Anteil am guten Leben zu verzichten.

Im rückwärtigen Teil des Ladens, nahe einem Lehnstuhl aus dem 18. Jahrhundert, befand sich ein kleiner Alkoven, von dem man eine schmale Treppe sehen konnte, die anscheinend ins Souterrain führte.

Stimmen drangen nach oben, kurz darauf hörte er Quayle und dessen angebetetes Hündchen in Begleitung einer Kundin nach oben kommen. Man war mitten im Gespräch über einen möglichen Kauf, und Philip konnte gerade noch den letzten Teil der Unterhaltung mit anhören, ehe Quayle merkte, daß er einen Besucher hatte.

»... also mit der Jardiniere geht es bestimmt in Ordnung«, sagte die Dame, »ob mein Mann jedoch mit den Hepplewhite-Stühlen einverstanden ist, das weiß ich noch nicht.«

»Warum bitten Sie Mr. Seldon nicht, einmal hereinzuschauen und sich die Sachen selbst anzuschauen, wenn er ohnehin hier vorbeikommt?« drängte Quayle.

Die Dame murmelte etwas Zustimmendes, als Quayle auf der Treppe erschien und Philip erkannte. Für den Bruchteil einer Sekunde sah er geradezu entsetzt aus, beherrschte sich aber sofort und zeigte ein öliges Lächeln.

»Mein lieber Mr. Holt, das ist aber wirklich eine freudige Überraschung!«

Nun kam auch die Kundin in Sicht, eine gutaussehende, aber etwas zu auffällig gekleidete Dame. Eine Frau, die nichts zu tun hatte und sich die Zeit mit Einkäufen vertrieb, schätzte Philip. Sie warf ihm einen hohlen Blick zu und war ganz darauf bedacht, sich die volle Aufmerksamkeit des Antiquitätenhändlers zu erhalten.

»Sie werden mir aber doch auf jeden Fall die Jardiniere schicken, nicht wahr, Mr. Quayle? Ich könnte keinen Tag länger warten; es ist genau das, was ich für meinen Ecktisch brauche.«

»Aber natürlich, Mrs. Seldon. Ich werde sie Ihnen zuschicken«, antwortete Quayle ein wenig obenhin.

»Wann? Können Sie mir nicht das genaue Datum sagen?«

»Oh, ich glaube, das wird sich bis Ende ...« Die Dame setzte zu einem neuen Redeschwall an, so daß Quayle sich beeilte, seinen Satz zu beenden. »... Morgen haben Sie die Sachen, Mrs. Seldon. Das verspreche ich Ihnen.«

Mrs. Seldon besiegelte das Versprechen mit einem strahlenden, zufriedenen Lächeln. Offensichtlich war sie es gewöhnt, stets ihren Willen durchzusetzen. »Das wäre wirklich reizend, Mr. Quayle. Und ich werde dafür sorgen, daß Freddie vorbeikommt und sich die Hepplewhites ansieht. Ich verlasse mich darauf, daß Sie Ihren ganzen Charme aufwenden, um ihm die Sachen zu verkaufen – ich würde diese Stühle so gern haben. Auf Wiedersehen!«

»Auf Wiedersehen! Mrs. Seldon.«

Wieder warf sie ihm ein schnelles Lächeln zu, in das sie nun auch Philip einschloß, dann rauschte sie davon.

Quayle begleitete sie dienernd zum Ausgang und schloß mit sichtbarer Erleichterung die Tür hinter ihr. »Mein Gott, diese Neureichen! … Es tut mir leid, daß Sie so lange warten mußten, Mr. Holt. Welchem Umstand verdanke ich das Vergnügen dieses *unerwarteten* Besuches?«

»Ich glaube, ich muß mich bei Ihnen entschuldigen, Mr. Quayle.«

Quayle hob in übertriebenem Erstaunen die Augenbrauen. »O wirklich?«

Das Hündchen schnupperte an Philips Hosen, und er beugte sich hinunter, um ihm den Kopf zu kraulen, mehr als Geste, um bei Quayle gut Wetter zu machen, als aus einem Gefühl echter Zuneigung.

Quayle entfernte einige Ausgaben einer Fachzeitschrift des Antiquitätenhandels aus einem geschnitzten Eichenholzsessel und machte es sich darin bequem, während er mit der goldenen Uhrkette über der karierten Weste spielte. Solange Philip sprach, hörte Quayle aufmerksam zu; der Charme, den er auf die Kundin verschwendet hatte, war zerflossen.

»Als wir uns zuletzt sahen«, begann Philip, »sagte ich Ihnen, meine Sekretärin hätte den Schlüssel an Ihre Schwester in Maidenhead abgeschickt. Leider hatte ich mich geirrt, Sie hatte ihn noch nicht zur Post gegeben.«

»Sie meinen, sie hätte vergessen, ihn abzuschicken?«

»Genau das, Mr. Quayle.«

»Wie sonderbar«, antwortete Quayle gespreizt. »Dabei hatte sie auf mich den Eindruck einer außerordentlich tüchtigen jungen Dame gemacht. Wenn ich mich aber recht erinnere, so sagten Sie damals, Sie selbst hätten ihn zur Post gebracht.«

Philip war etwas verwirrt ob des scharfen Gedächtnisses dieses Mannes und wegen des leicht ironischen Tones seiner

Stimme. »Ja, offensichtlich habe ich alles falsch gemacht. Ich muß um Entschuldigung bitten.«

Quayle nickte kühl. »Wollen Sie sich nicht setzen?« Er deutete mit der Hand auf ein Stilmöbel. »Nehmen Sie diesen Gainsborough-Lehnstuhl. Er ist sehr bequem.«

Philip betrachtete zweifelnd das niedrige Sitzmöbel. »Darf ich wirklich?«

»Aber gewiß doch. Früher wurden schöne Dinge gemacht, damit sie auch benutzt wurden, müssen Sie wissen.«

»Danke sehr.«

Die leicht hoffärtige Art Quayles begann Philip zu ärgern. Deshalb fragte er ihn jetzt ziemlich energisch: »Ich nehme an, Sie legen immer noch Wert auf den Schlüssel, Mr. Quayle?«

»Aber natürlich, mein Lieber! Er gehört doch mir, nicht wahr? Wenn ich zufällig in den Besitz eines Ihrer Schlüssel gelangte, dann würden Sie doch wohl auch von mir erwarten, daß ich ihn zurückgebe. Nicht wahr?«

»Da haben Sie recht. Falls ich Ihnen also nun den Schlüssel gebe ...«

»*Falls* Sie mir den Schlüssel geben?«

»Ja. Wenn ich ihn Ihnen gebe, wären Sie dann bereit, mir im Tausch etwas anderes dafür zu geben?«

»Was wollen Sie dafür?«

»Einige Auskünfte über meinen Bruder.«

Quayle biß sich nachdenklich auf die Lippen und spielte weiterhin mit seiner goldenen Uhrkette. Dann sagte er: »Wie kommen Sie darauf, daß ich etwas über Ihren Bruder wissen könnte? Abgesehen von dem, was in den Zeitungen zu lesen war? Ich habe ihn doch nie gesehen.«

»Das mag sein. Aber Ihre Schwester hat ihn gekannt. Ich bin ziemlich sicher, daß sie ihn schon kannte, bevor er nach Maidenhead kam.«

Quayle zuckte mit den schmalen Schultern. »Das ist möglich. Ich kenne nicht alle Freunde und Bekannten von Vanessa, dem Himmel sei Dank. Sie werden doch wohl von mir nicht erwarten, daß ich alle ihre Freunde, die sie kennengelernt hat, seitdem ihr Ehebett nächtens leer steht, kenne. Ich schlage vor, Sie geben mir jetzt den Schlüssel und machen sich für einen Plausch mit Vanessa auf den Weg nach dem Royal-Falcon.«

»Das habe ich bereits versucht. Leider zeigte Ihre Schwester keine Neigung zu einem Plauderstündchen – zumindest nicht mit mir.«

»Ich kann Ihnen nicht ganz folgen, Mr. Holt.«

»Meines Erachtens hat sie Angst und will daher nichts sagen.«

»Unsinn! Wovor soll Vanessa sich denn fürchten?«

»Beispielsweise vor Leuten, die Fahrerflucht begehen, Mr. Quayle. Mir scheint es an der Zeit, daß ich Sie über den neuesten Stand der Dinge unterrichte. Heute früh hatte ich mich mit Mrs. Curtis in Windsor verabredet. Kurz bevor ich dort eintraf, hatte jemand versucht, sie umzubringen – sie mit einem schnellen Wagen zu überfahren. Glücklicherweise ist es mißlungen.«

Quayle hörte auf, mit der Uhrkette zu spielen, und starrte Philip unruhig an. »Ist das wahr?«

»Und ob das wahr ist! Fragen Sie bei der Polizei von Windsor nach, wenn Sie mir nicht glauben. Ein Mann, der unmittelbar hinter ihr auf dem Bürgersteig ging, wurde schwer verletzt.«

»Woher wissen Sie, daß es nicht ein normaler Unfall war?«

»Kurz danach habe ich mit Ihrer Schwester gesprochen. Auch sie scheint nicht zu glauben, daß dies ein Zufall war.«

Quayle holte seine Zigarettenspitze hervor und schob langsam und nachdenklich eine Zigarette hinein. Philip beobachtete ihn genau, fest davon überzeugt, daß Quayle trotz seiner gespielten Nonchalance innerlich erregt war.

»Es kann doch genausogut bloß leichtsinniges Fahren gewesen sein.«

»Schon möglich«, gab Philip zu. »Ich bezweifle es jedoch. Mir scheint, Ihre Schwester ist in eine sehr üble Sache verstrickt und befindet sich in Lebensgefahr.«

Es folgte eine lange Pause, in der Quayle sich widerwillig entschloß, auf Philips Wunsch einzugehen. »Na, schön! Was wollen Sie von mir wissen?«

»War mein Bruder mit Ihnen befreundet?«

»Ich kannte ihn flüchtig.«

»Kannten Sie ihn schon, bevor er nach Maidenhead kam?«

»In gewisser Weise, ja.«

»Warum haben Sie das nicht schon vorher erwähnt, Mr. Quayle?«

Quayle holte ein elegantes silbernes Feuerzeug hervor und zündete sich eine Zigarette an, bevor er weitersprach. »Was hätte es schon ausgemacht? Ich habe Ihren Bruder nicht umgebracht, das können Sie mir glauben, Mr. Holt. Ich an Ihrer Stelle würde es mit dem jetzigen Stand der Dinge bewenden lassen. Es hilft doch nichts, wenn Sie jetzt den Super-Detektiv spielen wollen.«

»Ich möchte wissen, ob mein Bruder Selbstmord begangen hat oder nicht. Und das werde ich auch herausbringen.«

Es dauerte lange, bis Quayle mit einer Entgegnung herausrückte. Als er es dann schließlich tat, war an der Wahrheit seiner Worte nicht zu zweifeln.

»Er wurde ermordet.«

Während Quayle dies sagte, erklang die leise Glocke an der Ladentür, und zum größten Ärger Philips rauschte Mrs. Seldon gebieterisch herein.

»Es tut mir schrecklich leid, daß ich nochmals stören muß, Mr. Quayle. Aber ich habe mich doch entschlossen, die Mißbilligung meines Mannes zu riskieren und die Sache mit den Hepplewhite-Stühlen endgültig abzuschließen, bevor sie mir jemand anders wegschnappt.«

Quayle rang sich ein schwaches Lächeln ab, blieb jedoch sitzen. »Sehr schön, Mrs. Seldon. Einverstanden. Ich schicke sie Ihnen zusammen mit der Jardiniere.«

»Tausend Dank.« Sie strahlte ihn an wie der Lehrer ein widerspenstiges Kind, das sich unerwartet von der guten Seite zeigt. »Ich habe noch eine Bitte … dürfte ich schnell noch einmal einen Blick darauf werfen?«

Quayle seufzte und schraubte seinen langen Körper langsam aus dem Eichenstuhl hoch. »Selbstverständlich, Mrs. Seldon … Entschuldigen Sie mich für eine knappe Minute«, setzte er zu Philip gewandt hinzu. Dann führte er, gefolgt von dem Hündchen, seine Kundin ins Souterrain.

Während die beiden unten waren, schlenderte Philip im Laden umher und sah sich die verschiedenen Kunstgegenstände an. Dabei fiel sein Blick auf einen prächtigen Kamin aus italienischem Marmor, dessen massiver Sims von zwei elfenbeinfarbenen Karyatiden gestützt war. Daneben stand eine große Truhe mit einem Bild von Canaletto auf dem Deckel. Es stellte den Markusplatz von Venedig dar. Ideal zur Aufbewahrung seines Archivs von Abzügen und Negativen, sagte er sich. Doch hing ein Schildchen mit der Aufschrift »Verkauft« daran, so daß er diesen Gedanken aufgeben mußte.

Dann wandte er sich von der Truhe ab und bewunderte einige kostbare Figuren aus Wedgewooder und Dresdener Porzellan. Doch konnte er sich nicht richtig darauf konzentrieren. Seine Nerven waren zum Zerreißen gespannt, seitdem Quayle diese entscheidende Antwort gegeben hatte, und er verfluchte Mrs. Seldon, daß sie gerade in dem Augenblick hereingeplatzt war, als der Antiquitätenhändler sich dazu durchgerungen hatte, zu sprechen. Würde es Philip auch nachher noch gelingen, Quayle zu überreden, die Wahrheit zu sagen, oder würde er inzwischen seine Fassung wiedergefunden haben und sich weigern, näher auf die Angelegenheit einzugehen? Philip hörte die Frau im Souterrain reden und auch die gelegentlichen recht einsilbigen Antworten Quayles.

Um seine wachsende Spannung abzureagieren, zündete er sich eine Zigarette an und sah sich nach einem Aschenbecher um. Auf einem Arbeitstisch bemerkte er eine unscheinbare kleine Glasschale, die nicht zu den ausgestellten Kunstgegenständen zu gehören schien, und ging hinüber.

In diesem Augenblick sah er das Buch.

Sonette und Verse von Hilaire Belloc standen nachlässig gegen eine Buchstütze aus Elfenbein gelehnt, neben einem gebundenen Jahrgang einer Monatszeitschrift für Kunst. Mit zitternden Fingern nahm er das Buch und blätterte eiligst die Seiten durch. Da hörte er auch schon Mrs. Seldon die Treppe heraufkommen und mußte das Buch schnell zurückstellen.

»Nein, Sie brauchen es nicht einzupacken, vielen Dank«, hörte er sie sagen, als sie hinter dem Alkoven sichtbar wurde.

»Es würde mir aber nicht die geringste Mühe machen, überhaupt nicht«, antwortete Quayles Stimme von unten.

»Nein, nein. Kommt gar nicht in Frage. Alle meine Nachbarn sollen neidisch werden, wenn sie sehen, welchen Schatz ich aufgespürt habe.«

Sie trug eine vielfach gewundene Jardiniere vom Umfang eines großen Leuchters und umklammerte sie, als habe sie die Kronjuwelen gestohlen.

»Und Sie werden auf keinen Fall die Stühle vergessen, nicht wahr, Mr. Quayle?« Über die Schulter rief sie ein schnelles »Auf Wiedersehen!« nach unten und strahlte Philip an, als dieser ihr mit einer Verbeugung die Ladentür aufhielt.

Er seufzte erleichtert, als sie auf die Straße hinausgerauscht war, und wartete darauf, daß Quayle erschien. Als dies nicht der Fall war, nahm er seine Chance wahr und schlich sich schnell zu dem kleinen Gedichtband auf dem Tisch hinüber. Wieder blätterte er schnell alle Seiten durch, ohne jedoch etwas Ungewöhnliches zu finden. Dann betrachtete er auch den Einband genauer und hatte gerade begonnen, erneut die einzelnen Seiten zu überfliegen, als er durch das Läuten des Telefons gestört wurde.

Er stellte das Buch auf seinen alten Platz, ging mit schnellen Schritten zur anderen Seite des Ladens hinüber und tat so, als sei er in das Studium der Reproduktion des Gemäldes von Canaletto auf dem Deckel der Truhe vertieft. Da er Geräusche im Souterrain und auch das wehleidige Bellen des Hündchens vernahm, erwartete er, daß Quayle jeden Augenblick die Treppe heraufkommen würde. Aber er blieb unsichtbar.

Schließlich verstummte das Läuten des Telefons, und der Raum war wieder in tiefe Stille gehüllt, die nur leise vom Ticken einer schweren alten Standuhr aus Großvaters Zeiten unterbrochen wurde.

Langsam überkam Philip ein unangenehmes Gefühl des Argwohns. Er ging zum obersten Treppenabsatz und rief laut nach Quayle.

Keine Antwort. Die Stille war so spürbar, daß er beinahe glaubte, sie mit der Hand greifen zu können.

Vorsichtig stieg er die Treppe hinunter.

Sie endete an einer großen gepolsterten Tür, deren gediegener grüner Lederbezug mit goldenen Knöpfen besetzt war. Offensichtlich wollte Quayle unbedingte Ruhe haben, wenn er sich in seinen privaten Räumen aufhielt.

Philip klopfte an, erhielt aber keine Antwort. Schließlich drückte er den Türgriff herunter und stieß die Tür weit auf.

Er trat in einen mit dicken Teppichen ausgelegten Raum, aber Quayle war auch hier nicht. Nur die offene Schublade des einen Schreibtisches aus dem 18. Jahrhundert in einer Ecke des Büros und ein wüstes Durcheinander von Briefen, Rechnungen und Akten, die überall zerstreut umherlagen, zeugten davon, daß er kurz zuvor hier gewesen sein mußte. Durch die andere Tür, die zu einer eisernen Treppe an der Außenwand des Hauses führte, über die man auf die Straße gelangen konnte, war Quayle anscheinend verschwunden.

Philips erste Reaktion war, ihm nachzugehen. Alles drängte ihn, mehr von Quayle über seinen Bruder zu hören. Er befand sich schon auf dem Wege zur Außentür, als er sich eines Besseren besann. Quayle war sicherlich schon vor ein paar Minuten gegangen und würde kaum in der unmittelbaren Nähe des Hauses warten. Statt dessen sah er sich den Wirrwarr von Papieren, den Quayle in dem Raum zurückgelassen hatte, genauer an.

Aus einem großen Umschlag, den er herausgriff, rutschte der Inhalt – eine Anzahl Fotografien – auf den Teppich.

Von den Glanzabzügen auf dem Boden starrten ihn zwei vertraute Gesichter an … vervielfältigte Reproduktionen des Bildes von Sean Reynolds und seiner Akkordeon spielenden Frau – jedes von ihnen eine haargenaue Wiedergabe des Fotos, an dessen Existenz Inspektor Hyde gezweifelt hatte.

Er beugte sich hinunter, um die Abzüge aufzusammeln, als er durch das Aufheulen eines starken Sportwagens aufgeschreckt wurde, der gleich danach mit rasender Geschwindigkeit davonfuhr. Die Reifen quietschten laut, als er um die nächste Ecke bog. Die Tür aufreißend, jagte Philip die Treppe hoch und auf die Straße hinaus.

Eine schwachblaue Rauchfahne war alles, was von dem davonrasenden Wagen noch zu sehen war. Die Straße war leer, abgesehen von seinem eigenen Wagen, der am Bürgersteig parkte. Philip zündete sich eine neue Zigarette an und schlenderte in Gedanken versunken zu seinem Fahrzeug hinüber, unentschlossen, was er als nächstes tun sollte.

Als er näherkam, fiel ihm ein Gegenstand auf, der aus dem geschlossenen Kofferraum heraushing …

Die goldene Kette glänzte im Sonnenschein, viel stärker als vorher im Dämmerlicht des Antiquitätenladens, wo er sie quer über Quayles Weste gesehen hatte … Philip riß den Deckel auf und konnte gerade noch den dort hineingepreßten und ihm entgegenfallenden Körper auffangen, zwischen dessen Schulterblättern bis zum Griff ein Messer steckte.

6

Inspektor Hyde saß auf dem Besucherstuhl und war sich absolut der Tatsache bewußt, daß er nicht besonders willkommen war.

Inspektor Bertram Lang, mit der Untersuchung des Mordes an Thomas Quayle beauftragt, war ein starkknochiger junger Mann mit rötlicher Gesichtsfarbe und etwas übertrieben forschem Auftreten. Es lag auf der Hand, daß er nicht den geringsten Zweifel an seiner eigenen Tüchtigkeit hatte und die »Einmischung« des Kollegen von Scotland Yard übelnahm.

»Holt ist unser Mann. Ich glaube, Sie werden auch zu dieser Ansicht kommen, Inspektor«, sagte er und lehnte sich in gefährlichem Winkel mit seinem Stahlrohrstuhl zurück. »Es besteht nicht der Schatten eines Zweifels daran, daß die Fingerabdrücke auf dem Griff der Mordwaffe von ihm stammen.«

»Ach ja, das Messer«, antwortete Hyde ruhig. »Was sagt denn Mr. Holt dazu?«

Inspektor Lang machte eine geringschätzige Bewegung. »Eine recht fadenscheinige Erklärung! Er behauptet, er habe nach der Leiche gefaßt, um zu verhindern, daß sie aus dem Wagen fiel, und dabei habe er rein zufällig nach dem Messer gegriffen. Offen gesagt, ich glaube es nicht.«

Hyde biß sich auf die Lippen, erwiderte aber nichts.

Inspektor Lang beugte sich plötzlich so schräg nach vorn, daß der Stahlstuhl auf den Dielen entlangrutschte. »Was die Gelegenheit zum Mord anbetrifft, so hatte Holt soviel Zeit, wie er brauchte, um in diesem schummrigen Laden seine Tat zu verüben. Er gibt das ja selbst zu. Nachdem diese Kundin gegangen war, hatte Holt nichts weiter zu tun, als Quayle das Messer in den Leib zu jagen, die Leiche im Wagen zu verstauen, den er so bequem neben dem Souterrain des Hauses geparkt hatte, und loszufahren.«

»Und gerade das hat er nicht getan«, stellte Inspektor Hyde in ruhigem Ton fest. »Statt dessen hat er nach London telefoniert und mich gebeten, hierherzukommen. Anschließend hat er die Ortspolizei verständigt.«

»Bluff! Nichts als Bluff! Der Bursche bekam kalte Füße, als er eine Weile mit der Leiche herumgegondelt war. Da erfand er schnell dieses Märchen von unbekannten Leuten, die im Keller des Ladens herumschlichen, Quayle mit einem stumpfen Gegenstand eines über den Schädel schlugen und ihm dann ein Messer in den Rücken stießen. Offen gesagt, diese Geschichte nehme ich ihm nicht ab.«

Hyde sagte nichts dazu.

»Außerdem hat Quayle hier im Ort einen angesehenen Namen. Es gibt überhaupt keinen Grund, warum jemand ihn umbringen sollte. Der hat keiner Fliege etwas zuleide getan. Dagegen scheint Holt ein sehr verdächtiges Individuum zu sein.«

»Wie kommen Sie darauf? Können Sie das naher begründen?«

»Sie selbst haben mir doch alles mögliche von ihm erzählt. Er steckt doch bis über die Ohren in diesem Maidenhead-Selbstmord drin, hat ein zweifelhaftes Alibi und erbt als Folge des Todes seines Bruders eine schöne Summe Geld. Nun nehmen Sie nur noch dazu, daß er die Schwester von Quayle belästigt hat, und auch die sonderbaren Gründe, derentwegen er angeblich nach Brighton gekommen sein will ... Es ist doch sonnenklar, daß der Bursche etwas im Sinne hat.«

»Ich bin geneigt, Ihnen im letzteren zuzustimmen.«

»Na, bitte. Sie sagen es also auch! Was auch immer Holt haben wollte: Quayle besaß es entweder nicht oder wollte es nicht hergeben. Daraufhin verliert er die Geduld, es kommt zu einem Kampf, und nun haben wir die Bescherung.«

Hyde holte seinen Tabaksbeutel hervor und begann geduldig seine Pfeife zu stopfen, wobei er sich Mühe gab, keine Notiz von dem gefährlichen Neigungswinkel zu nehmen, in dem Lang wiederum seinen Stuhl balancierte. »Ich gebe zu«, sagte er zwischen mehreren behaglichen Zügen, »daß die Dinge im Augenblick für Mr. Holt etwas schwarz aussehen. Wie Sie schon sagten, haben wir nur sein Wort zur Erklärung dessen, was im Antiquitätenladen geschehen ist, und gewiß gibt es da einige sehr seltsame Faktoren, die er uns nicht hat erklären können. Trotzdem, wissen Sie, bin ich in solchen Situationen niemals dafür, mir zu schnell eine feste Meinung zu bilden …« Er zündete ein Streichholz an und konzentrierte sich auf seine Pfeife, die noch nicht richtig zog, während Lang seinen Stuhl malträtierte und ungeduldige Laute hervorstieß. »Inspektor Lang, ich weiß nicht, ob ich Sie darum bitten darf, aber ich wäre Ihnen sehr verbunden, wenn ich einen Augenblick mit Mr. Holt allein sprechen könnte. Läßt sich das einrichten?«

Lang schnaubte skeptisch vor sich hin. »Wie Sie wollen – sofern Sie wirklich meinen, Sie können noch etwas aus ihm herausholen, was wir nicht geschafft haben.«

Hyde glättete die Wogen, indem er Lang ein freundliches Lächeln schenkte. »Ich denke, man soll den Versuch nie aufgeben. Hat sich die Schwester des Ermordeten schon gemeldet?«

Lang warf einen Blick auf die Armbanduhr. »Meines Erachtens müßte sie jeden Augenblick hier eintreffen. Wollen Sie sie auch allein sprechen?«

»Aber nein, keineswegs. Das ist nicht nötig. Noch eins, bitte, entschuldigen Sie, wenn ich danach frage: Aber haben Sie auch Quayles Laden gründlich durchsucht?«

»Natürlich!« bestätigte Lang ärgerlich. »Wissen Sie, so absolute Amateure sind wir hier nun auch wieder nicht!«

Philip Holt gab einen Bericht über den ereignisreichen Tag, den er hinter sich hatte, und Hyde lauschte aufmerksam.

»Der Inspektor da drin hat überhaupt nicht erfaßt, daß dem Schlüssel eine ganze besondere Bedeutung zukommt. Ich hoffe, daß Sie sich wenigstens seiner Bedeutung bewußt sind?«

»Seiner möglichen Bedeutung, wollen wir lieber sagen. Und

Sie waren tatsächlich darauf aus, den Versuch zu wagen und den Schlüssel gegen Informationen einzutauschen?«

»Ja, so hatte ich es mir ungefähr vorgestellt.«

»Verstehe. Und Sie sagen, Thomas Quayle sei gerade drauf und dran gewesen, gesprächiger zu werden, als seine Kundin zurückkam. Was meinen Sie: War das reiner Zufall?«

»Zu jenem Zeitpunkt glaubte ich es. Jetzt bin ich nicht mehr so sicher. Meiner Ansicht nach hat sie ihn durch einen Schlag mit der handlichen Jardiniere betäubt. Daß sie ihm auch das Messer in den Leib gejagt hat, bezweifle ich. Das kann leicht jemand anders getan haben, der dann die Leiche hinaus in meinen Wagen trug.«

»Aber sagten Sie nicht, Sie hätten Quayle noch mit Mrs. Seldon sprechen hören, als diese schon die Treppe heraufkam?«

»Das schon, Inspektor. Zumindest glaubte ich, ihn zu hören, es muß aber jemand anders gewesen sein, der an seiner Stelle antwortete, nur um mich irrezuführen.«

Hyde klopfte seine Pfeife aus und meinte nachdenklich: »Ja, ja. Aber das sind natürlich alles Spekulationen.«

»Es gibt doch überhaupt keine andere Erklärung! Du lieber Himmel, Inspektor! Ich habe mit dem Mann fünf Minuten, bevor er ermordet wurde, gesprochen. Welche andere Erklärung sollte es noch geben?«

Hyde schüttelte den Kopf. »Hüten Sie sich davor, allzuschnell Erklärungen zu finden, Mr. Holt. Es gibt Dinge, die man am besten erst einmal beiseite legt, damit sie gewissermaßen abkühlen können.«

»Beispielsweise das Buch?«

»Ja, und auch diese Fotos von dem Soldaten und seiner Frau.«

»Schön. Zumindest wissen Sie jetzt, daß ich mir diese Sache nicht aus den Fingern gesogen habe. Sie sind alle mehr oder weniger gleiche Reproduktionen des einen Bildes, das Rex mir gezeigt hat.«

»Ja. Sie haben wohl recht«, antwortete Hyde, während er die Fotos studierte, derentwegen Philip ihn hauptsächlich von London hatte kommen lassen.

»Übrigens«, nahm Philip das Gespräch wieder auf, »als wir uns zuletzt sahen, erzählten Sie mir, Sie würden Andy Wilson einen Besuch abstatten. Haben Sie ihn inzwischen gesehen?«

Hyde nickte.

»Wie geht es ihm? Was hat er gesagt?«

»Leider nicht viel.«

»Warum nicht? Geht es ihm immer noch so schlecht?«

»Das wohl nicht, Mr. Holt. Mir scheint, er wird sich bald gut erholt haben. Doch hatte ich den Eindruck, daß er mit mir nicht sprechen wollte.«

»Ob er vielleicht mit mir reden würde?«

Inspektor Hyde überlegte. »Das wäre wohl möglich, Sir.« Dann schob er die Fotos auf den Tisch und sagte: »Schade, daß Sie das Messer angefaßt haben.«

Philip seufzte. »Glauben Sie, das wüßte ich nicht auch! Sobald Lang anfing, von Fingerabdrücken zu reden, wußte ich, daß es Schwierigkeiten geben würde. Aber das würde doch ein Blinder sehen, daß Quayle nur lebendig für mich von Wert war, damit er weiterreden konnte! Wenn ich beabsichtigt hätte, ihm ein Messer in den Rücken zu stoßen, dann hätte ich bestimmt Handschuhe getragen.«

»Nur im Falle einer vorher geplanten Tat, Mr. Holt. Inspektor Lang neigt zu der Annahme, Sie hätten es in einem Wutanfall getan.«

»Inspektor Lang ist ein – – –«, begann Philip aufbrausend, hielt dann aber inne, als ein Sergeant das Zimmer betrat.

»Inspektor Lang schickt mich, Sir«, bestellte er, »er meint, es würde Sie interessieren, daß Mrs. Curtis eingetroffen ist.«

»Ah ja. Schönen Dank, Sergeant. Ich komme sofort.«

Das Gespräch, das jetzt im Büro von Inspektor Lang stattfand, war für Inspektor Hyde eine Quelle stiller Heiterkeit. Wäre Mrs. Curtis allein nach Brighton gekommen, dann hätte der Polizeichef von Sussex freie Bahn gehabt. Sie wurde jedoch von ihrem Geschäftsführer Douglas Talbot begleitet, und im Handumdrehen gerieten Talbot und Lang aneinander wie zwei Maulesel, die sich auf einem schmalen Weg begegnen.

Obwohl Lang alle Fragen betont an Mrs. Curtis richtete, die totenblaß vor Schreck dasaß und offensichtlich die grausame Realität des Todes ihres Bruders noch nicht fassen konnte, war es Talbot, der in seiner arroganten Art die Antworten gab.

»Hören Sie mal, Inspektor: Ich bin sicher, Mrs. Curtis möchte so schnell wie möglich nach Maidenhead zurück«, sagte Talbot aggressiv. »Wenn Sie sich also bemühen wollten, die Fragen auf ein Minimum zu beschränken …«

»Ich fürchte, Sie werden mich schon noch etwas länger ertragen müssen, Mr. Talbot«, antwortete Lang ebenso aggressiv.

»Und nun, Mrs. Curtis, Sie sagten eben, Sie hätten nie von Mrs. Seldon gehört und wüßten auch nicht, warum Ihr Bruder diese Fotos oder den Gedichtband in seinem Besitz hatte?«

»Sie hat Ihnen doch schon gesagt –«, begann Talbot.

»Ich hatte Mrs. Curtis gefragt«, fuhr Lang dazwischen und sah Talbot mit einem vernichtenden Blick an.

Das zerbrechliche Wesen blinzelte ihn an und schüttelte den Kopf. »Nein, Inspektor. Diese Fotos sind mir völlig rätselhaft. Ich habe diese Leute nie gesehen. Was das Buch anbetrifft – nun, daß Thomas einen Gedichtband besaß, daran kann man wohl kaum etwas Besonderes finden. Er war ein Intellektueller, und er liebte alles, was mit Kunst zusammenhing.«

»Das schon, Mrs. Curtis«, mischte Hyde sich behutsam in das Gespräch ein, »aber Sie sind sich doch auch darüber im klaren, daß es sich um denselben Gedichtband handelt, den Rex Holt gelesen hat, während er in Ihrem Hotel wohnte. Erscheint

Ihnen das nicht auch als ein recht eigenartiges Zusammentreffen?«

Vanessa Curtis hob hilflos beide Hände und machte mit den Fingern kleine tanzende Bewegungen.

Wieder war es Talbot, der ihr zu Hilfe kam und das Schweigen unterbrach. »Hören Sie mal zu, meine Herren. Nichts liegt mir natürlich ferner, als Ihnen vorzuschreiben, wie Sie Ihre Arbeit machen sollten« – Hyde gab einen wehleidigen Laut von sich, während Lang wegen dieser erneuten Unterbrechung in Wut geriet –, »aber ist Ihnen noch nie in den Sinn gekommen, daß der gute Thomas vielleicht nie etwas von den Fotos und dem Buch gewußt hat?«

»Was wollen Sie damit sagen?« platzte Lang heraus.

»Ist es nicht so, daß Ihnen Holt das alles erzählt hat, *nachdem* Thomas ermordet wurde?«

»Ja, das stimmt.«

»Also. Wäre es dann nicht möglich, daß Holt lügt. Holt kann doch jetzt sagen, was er will. Thomas kann ihm nicht mehr widersprechen. Ist es nicht möglich, daß er selbst diese dubiösen Gegenstände von London mitgebracht und sie dann dort abgelegt hat?«

Die Augen Inspektor Hydes verrieten einen Anflug von Interesse. »Natürlich wäre das möglich, Mr. Talbot. Aber aus welchem Grunde sollte er es getan haben?«

»Puh!« antwortete Talbot und rieb sich mit dem Zeigefinger die Nase. »Jetzt verlangen Sie von mir, Holts Gedanken zu lesen. Ich glaube, das wäre eher Ihre Aufgabe. Ich will weiter nichts sagen, als daß man einen Burschen wie Holt im Auge behalten muß, sonst zieht er Ihnen das Fell über die Ohren.«

»Könnten Sie sich nicht etwas präziser ausdrücken, Mr. Talbot?« warf Lang ein.

»Bitte schön! Wenn Sie unbedingt wollen, daß ich es geradeheraus sage: In meinen Augen ist Holt ein verdammter Lügner.«

»Wirklich?«

»Ja. Bei der Leichenschau sagte er, es habe ihn überrascht, zu erfahren, daß sein Bruder im Royal-Falcon-Hotel gewohnt habe.«

»Ja, und weiter?« fragte Hyde ruhig.

»Ich bin der Ansicht, er hat die ganze Zeit über genau gewußt, daß sein Bruder in Maidenhead war. Er hat nur versucht, alles durcheinanderzubringen! Der wußte ganz genau, was sein Bruder im Royal-Falcon tat.«

»Und was tat er dort, Mr. Talbot?« fragte Hyde ruhig.

»Ich wünschte, ich könnte es Ihnen sagen, meine Herren. Da fragen Sie lieber Holt selbst.«

Aus Lang, der sich erwartungsvoll vorgebeugt hatte, platzte es jetzt im Tone größter Verärgerung heraus: »Das ist doch nur eine Unterstellung. Mit anderen Worten: Sie haben nichts Definitives, womit Sie das belegen können?«

Talbot lächelte selbstgefällig und wehrte mit dem Zeigefinger ab. »Sagen wir lieber, es ist eine auf Tatsachen beruhende Unterstellung.«

»Welche Tatsachen?« bellte Lang noch ärgerlicher.

»Die Tatsache, daß Philip Holt durch einen seltsamen Zufall mit jemandem befreundet ist, der zur gleichen Zeit in unserem Hotel wohnte.«

»Wer war das?« fragte Hyde schnell.

»Ein gewisser Herr aus Hamburg – Dr. Linderhof«, verkündete Talbot gewichtig und lächelte die beiden Kriminalbeamten listig an, wie ein Zauberer, der soeben das Kaninchen aus dem Zylinderhut hervorgezaubert hat.

Inspektor Lang machte ein verwirrtes Gesicht, so daß Hyde ihn kurz aufklären mußte, ehe er sich mit täuschend sanftem Blick wieder Talbot zuwandte. »Können Sie beweisen, was Sie soeben gesagt haben?«

»Natürlich kann ich das, Inspektor! Kurz nachdem Rex Holt Selbstmord begangen hatte, telefonierte Dr. Linderhof. Ich …

nun ja, ich ... also ich hörte zufällig einen Teil des Gesprächs mit. Wissen Sie, als Geschäftsführer muß man so etwas schon mal tun. Man muß schließlich wissen, was offiziell und inoffiziell im Hotel vorgeht. Anders kann man die Dinge nicht voll unter Kontrolle halten.«

Mit anderen Worten: Du hast in der Vermittlung mitgehört oder an der Wand gelauscht, dachte Hyde trocken.

»Damals wußte ich nicht sofort, mit wem Dr. Linderhof sprach«, berichtete Talbot weiter. »Als dann aber mehrmals der Name Rex genannt wurde, da wurde ich natürlich aufmerksam.«

Lang grunzte Unverständliches vor sich hin. »Und weiter?«

»Linderhof verabredete sich mit der Person, mit der er telefonierte. Als der Anruf vorbei war, habe ich diskret bei der Vermittlung nachgefragt, und von ihr die Nummer bekommen, die er angemeldet hatte. Es war eine Nummer in Westminster, und zwar die von Holts Fotostudio.«

Das darauffolgende Schweigen wurde von Hyde unterbrochen. »Warum haben Sie uns das nicht vorher gesagt?«

Der Hotelmanager zuckte mit den Schultern. »Damals schien es mir nicht wichtig. Erst jetzt, wo Holt in diesen schrecklichen Mord an Thomas Quayle verwickelt ist, scheint mir, daß es vielleicht doch bedeutsam sein könnte.«

»Sie wissen doch, Mr. Talbot«, begann Inspektor Lang hoch offiziell, »daß es strafbar ist, der Polizei wichtige Informationen vorzuenthalten und – – –«

Talbot hob abwehrend die Hand. »Aber Inspektor, lassen wir doch das. Das sind doch alte Kamellen. Was kommt dabei heraus? Man versucht, der Polizei zu helfen, indem man ihr eine vernünftige Theorie unterbreitet, und dann bekommt man zu hören, man solle sich um seine eigenen Angelegenheiten kümmern. Die Polizei scheint doch immer schon alles zu wissen.«

Lang wollte wütend aufbrausen, wurde aber von Hyde daran gehindert, der ungerührt feststellte: »Nicht alles, Sir.«

»Hier Hyde. Gibt es was Neues, Sergeant?«

Er benutzte das Funkgerät im Wagen, um mit Sergeant Thompson zu sprechen, während er nach London zurückfuhr.

»Jawohl, Sir. Ganz interessante Fortschritte im Zusammenhang mit dem Foto von Sean Reynolds.«

»Wirklich? Wunderbar! Übrigens, dieses Foto scheint auch bei dem Mord an Thomas Quayle eine Rolle zu spielen – im Büro des Toten fanden wir massenhaft Kopien davon. Also, was haben Sie zu melden?«

»Wir haben das Paar gefunden, das für das Bild Modell gestanden hat, Sir.«

»Gut.«

»Ich brauche wohl nicht zu sagen, daß sie nicht Reynolds heißen.«

»Was sind denn das für Leute?«

Sergeant Thompson berichtete in allen Einzelheiten und war beglückt, als er seinen Chef vor sich hin pfeifen hörte.

»Aufschlußreich … sehr aufschlußreich.«

»Ja, das meine ich auch. Ich nehme an, Sie werden bald wieder einen Besuch bei Mr. Holt machen, nicht wahr, Sir?«

»Darauf kann ich nur mit ›Ja‹ antworten, Sergeant.«

7

Ruth Sanders im Bikini – das war schon eine Augenweide!

Inspektor Hyde konnte sie leider nur einen Augenblick durch die offene Studiotür betrachten, als Philip ihn am folgenden Morgen im Büro begrüßte. Sie posierte auf einem niedrigen Liegestuhl vor einer grell angestrahlten Kulisse von Palmen und tiefblauem Mittelmeer.

Sie grinste ihn ungeniert an und rief ihm zu: »Guten Tag, Inspektor. Tut mir leid, daß ich Ihnen nicht öffnen konnte. Mr. Holt meinte, ich sei nicht dezent genug angezogen.«

»Es wäre eine nette Überraschung gewesen«, rief Hyde zurück und errötete leicht.

Philip wollte leicht verärgert die Tür schließen, doch schien der Inspektor keinen besonderen Wert darauf zu legen, daß man ihm den erfreulichen Anblick so rasch entzog.

»Ich wußte gar nicht, daß Ihre Sekretärin Ihnen auch als Modell dient.«

Philip antwortete mißgelaunt. »Normalerweise tut sie das auch nicht. Nachher kommt ein Berufsmodell zu einer Werbeaufnahme für ein Mittel, das Sonnenbräune verleiht. Da sparen wir oft Zeit, indem wir die Aufnahme soweit wie möglich vorbereiten – die richtige Beleuchtung und so.«

Ruth glitt gewandt vom Sonnenstuhl, zündete sich eine Zigarette an und nahm eine herausfordernde Pose ein. »Ich bin halt nur ein armseliges vernachlässigtes Double, das sich niemals selbst auf der Titelseite von VOGUE sehen wird«, sagte sie.

»Ruth, ich muß doch wirklich bitten –«

»Mr. Holt erlaubt es gewöhnlich nicht, daß ich in einem solchen Kostüm posiere –« sie deutete geringschätzig auf die beiden schmalen Streifen rot-weiß punktierten Stoffes, die ihren Körper straff umspannten. Dann fügte sie hinzu: »Ich hielt es für an der Zeit, daß er endlich einmal merkt, daß auch andere Mädchen als diese eingebildeten Mannequins anständige Figuren haben.«

»Sie wollten wohl ›unanständig‹ sagen«, konterte Philip hart. »Ziehen Sie das Kleid über, wenn Sie hier herumstehen und schamlos mit Justitia schwatzen wollen.«

Ruth reagierte darauf mit einer Grimasse und zog sich einen weißen Strandmantel über, der ihr knapp bis zu den Hüften reichte und ihre Figur noch aufregender zur Geltung kommen ließ.

»Also, Ruth, wenn Sie nunmehr endlich aufhören würden und …«, mahnte Philip.

»Nur noch eine Frage, Miss Sanders«, bat Hyde. »Waren Sie im Büro, als Mr. Quayle hier vorsprach?«

»Ja, Inspektor.«

»Können Sie sich noch erinnern, wie er angezogen war?«

»Ich glaube, schon.« Sie runzelte die Augenbrauen und überlegte. »Ja, er trug einen hellen leichten Mantel mit Samtkragen ... einen dunkelblauen Anzug ... eine Blume im Knopfloch ... und er hatte einen kleinen Hund bei sich.«

»Danke schön, das genügt.«

Der Inspektor schien zufrieden, so daß Philip nach dem Türgriff langte und die Studiotür mit deutlichem Nachdruck schloß.

Hyde schlenderte zum Schiebefenster hinüber und bewunderte die Aussicht. »Sie sind wirklich ein Glückspilz, Mr. Holt. Millionen von Menschen würden sonst etwas hergeben, um eine Aussicht wie diese zu haben.«

»Das wird mir jedesmal deutlich ins Bewußtsein gerufen, wenn ich die Miete zahle.«

»Ja, ich kann mir vorstellen, daß man so etwas nicht gerade verschenkt.« Hyde wandte sich vom Fenster ab und zog seine Tabakspfeife hervor. »Ich nehme an, Sie fühlen sich nach dem gestrigen aufregenden Tag jetzt etwas wohler?«

»So wohl, wie jemand sich fühlen kann, der die Gewißheit erlangt, daß sein Bruder ermordet wurde, und der beinahe selbst noch wegen Mordverdachts verhaftet wird.«

Hyde nickte und begann, seine Pfeife zu stopfen.

»Ich nehme an, daß ich Ihnen zu großem Dank verpflichtet bin«, fuhr Philip fort. »Hätten Sie nicht ein gutes Wort für mich eingelegt, Inspektor Lang hätte mich todsicher wegen Mordes an Thomas Quayle eingebuchtet.«

»Inspektor Lang ist ein Esel«, sagte Hyde trocken und zündete ein Streichholz an.

Diese Feststellung kam so unerwartet und stand so sehr im Gegensatz zu dem gewöhnlich übervorsichtigen Verhalten Inspektor Hydes, daß Philip laut lachen mußte.

»Das ist natürlich meine ganz private Meinung«, fügte Hyde hastig hinzu. »Ich hoffe, das bleibt unter uns.«

»Ganz bestimmt«, versprach Philip.

Als Inspektor Hyde die ersten Züge an seiner Pfeife tat und den Tabak herunterdrückte, damit er auch gleichmäßig glühte, stand Philip auf und begann unruhig im Zimmer auf und ab zu gehen. »Inspektor, ich bin am Ende meiner Weisheit! Was kann man jetzt noch unternehmen? Ich hatte geglaubt, der Besitz dieses Schlüssels würde mir im wahrsten Sinne des Wortes einige Türen aufschließen. Aber Mrs. Curtis war nach dem Zwischenfall mit dem Wagen zu erschrocken, um zu sprechen, und ihr Bruder hatte gerade erst zu den ersten Erklärungen angesetzt, als er ... ausgeschaltet wurde. Ich bin fest entschlossen, dem Mord an Rex auf den Grund zu gehen. Doch kann ich mir im Augenblick überhaupt nicht denken, wo ich jetzt noch ansetzen könnte.«

Inspektor Hyde stieß eine Rauchwolke aus und schlug vor: »Wie wäre es mit Korporal Andy Wilson?«

Philip sah ihn an und merkte, daß es dem Inspektor ernst damit war. »Sie haben recht, das scheint mir ein logischer Schritt zu sein. Es liegt auf der Hand, daß er etwas weiß. Doch bin ich überrascht, daß Sie selbst sich ihn nicht schon vorgeknöpft haben.«

»Das habe ich. Vor und nach dem Mordanschlag auf ihn.«

»Und er will nicht sprechen?«

»Zu mir nicht. Schon der bloße Anblick eines Polizeibeamten macht ihn verschlossen wie ein Reißverschluß. Vielleicht ist er bei Ihnen gesprächiger. Er fragte mich, ob Sie irgendwann einmal nach ihm sehen würden, und ich war so frei, ihm zu versprechen, daß Sie es noch heute abend tun würden.«

»Gut. Ich werde es tun. Es freut mich, zu hören, daß es ihm schon so gut geht, daß er Besucher empfangen kann.«

»O ja! Übrigens hatte er schon gestern einen: Luther Harris, Besitzer eines Musikalienladens.«

Irgend etwas an der Stimme veranlaßte Philip, ihn prüfend anzusehen. »Daran ist doch wohl nichts Besonderes, oder doch?«

Hyde äußerte sich nicht dazu.

»Die drei waren nämlich sehr gute Freunde«, sagte Philip, »Rex, Andy und Luther. Wenn die beiden auf Urlaub waren, dann besuchten sie oft Luthers Laden.«

»Ja, Pops Eckladen; ich erinnere mich, daß Sie mir davon erzählt haben. Hat Luther Harris Ihnen einen Besuch abgestattet, Mr. Holt?«

»Nein. Aber er hat mir anläßlich des Todes von Rex eine sehr herzliche Kondolation geschrieben.«

»Ach so! Also, ich nehme an, Sie werden mich über Ihr Gespräch mit Korporal Wilson auf dem laufenden halten?«

»Aber selbstverständlich.«

Philip dachte, der Besuch sei beendet. Doch Hyde schlenderte zu dem Stuhl hinüber, auf den er seine Aktentasche gelegt hatte, und wühlte in ihrem Inhalt herum. »Ich habe nur noch zwei Dinge mit Ihnen zu besprechen, Sir, dann gehe ich sofort.« Er holte mehrere Kopien des mysteriösen Sean-Reynolds-Fotos hervor. »Es erscheint möglich, daß wir zumindest bei diesem Rätsel einige Fortschritte machen, Mr. Holt. Würden Sie sich bitte diese Bilder noch einmal ansehen?«

»Na gut, Inspektor. Ich sehe sie mir noch mal an.«

»Sie kennen diese Leute nicht?«

»Nein.«

»Und Sie haben auch nicht die leiseste Ahnung, wer sie sein könnten?«

»Nicht den Schimmer einer Ahnung.«

»Sie sind ganz sicher?«

»Das habe ich Ihnen doch schon hundertmal gesagt. Ich kann mir überhaupt nicht vorstellen, was das alles soll.«

Hyde zögerte einen Augenblick und schien dann befriedigt. Als er die Fotos wieder in die Aktentasche schob, sprach er weiter, wobei sein Ton etwas kühler als sonst war. »Das andere, worüber ich mit Ihnen noch sprechen wollte, Mr. Holt, ist, daß Sie mir mehrfach gesagt haben, Sie könnten sich überhaupt nicht denken, was Ihr Bruder in Maidenhead getan hat.«

»Ja, das stimmt.«

»Könnte es da nicht eine ganz einfache Erklärung geben? Daß er dorthin fuhr, um einen Freund von Ihnen zu treffen?«

»Einen Freund von mir?«

»Ja. Dr. Linderhof.«

Philip sah ehrlich überrascht aus. »Wer, zum Teufel, hat Ihnen gesagt, Dr. Linderhof sei mit mir befreundet? Außer bei der Leichenschau habe ich den Mann nur einmal in meinem Leben getroffen.«

»Wann war das?«

»Das … das war vorgestern.«

»Wo?«

»Er kam hierher ins Studio.«

»Meinen Sie nicht, es wäre eine ganz gute Idee, wenn Sie mir etwas darüber berichteten?« sagte Hyde kalt.

Philip war verstimmt, daß er in die Defensive gedrängt war, versuchte jedoch, den Ärger aus seiner Stimme zu verbannen, als er dem Inspektor über den Besuch Linderhofs berichtete.

Hyde saß steif wie ein Stock da, während er der Erzählung vom hitzigen Streit im Royal-Falcon zwischen Mrs. Curtis und Rex Holt lauschte, den Linderhof vom Badezimmer aus mit angehört hatte. »Warum, zum Teufel, hat Linderhof das nicht mir erzählt?« rief er schließlich ungeduldig aus.

»Weil er zu Hause Schwierigkeiten hat«, erklärte Philip. »In ein paar Tagen muß er vor einer Ärztekammer erscheinen. Deshalb wollte er unter allen Umständen vermeiden, ins Licht der Öffentlichkeit zu geraten. Deswegen war er ja auch nach England gekommen, um hier Ruhe und Frieden zu haben. Unter diesen Umständen war es wirklich das letzte, was er sich wünschen konnte, in einen britischen Mordfall verwickelt zu werden.«

»Dennoch ...«, begann Hyde. Dann seufzte er resigniert: »Wenn die Leute mir gegenüber doch ein wenig offener und ehrlicher wären!«

»Dann wären Sie arbeitslos, Inspektor.«

Hyde lächelte wehmütig. »Denken Sie nicht, daß ich das übelnehme, Sir. Also gut, ich mache mich jetzt auf den Weg. Nein, bemühen Sie sich nicht. Ich finde mich schon selbst.«

Nach einem sehr geschäftigen Tag in seinem Studio ging Philip am Abend zum Middlesex-Hospital, wo Andy Wilson sich von seinen Schußverletzungen erholte.

Als älterer Bruder und auch als Vormund von Rex war Philip von der Wahl der Freunde seines Bruders nie besonders begeistert gewesen, und Andy Wilson hatte dabei an unterster Stelle rangiert. In seinen Augen war Andy nicht der richtige Umgang für einen so labilen Menschen wie Rex. Er hatte jedoch nichts daran ändern können.

Das Gespräch zwischen den beiden Männern in dem langen, ungemütlichen Krankensaal verlief erfolglos. Nachdem die ersten Allgemeinplätze über den Gesundheitszustand des Kranken ausgetauscht waren, schlichen sich immer mehr unangenehme Pausen in ihre Unterhaltung ein. Von Zeit zu Zeit versuchte Philip, Andy auf irgendeine Information festzunageln und ihm ein nützliches Stück Wahrheit zu entlocken, aber jedesmal wich Andy ihm störrisch wie ein Maulesel aus.

Dann konnte Philip jedoch nicht länger an sich halten. »Nun hör' mal zu, Andy«, platzte er heraus. »Es war mehr oder weniger deine Idee, daß ich dich hier besuchen sollte. Du hast doch irgend etwas auf dem Herzen, das ist doch unverkennbar. Um Himmels willen, rück raus damit! Wenn du nicht weißt, warum du dir die Mühe gemacht hast, diesen Gedichtband aus meinem Studio mitzunehmen, und wenn du keine Ahnung hast, wer auf dem Wege zwischen den beiden Kneipen auf dich geschossen hat, dann frage ich mich: Was weißt du denn nun *wirklich*?«

Unter Andys blondem Haarschopf sammelten sich Schweißperlen. Als er schließlich antwortete, vermied er es, Philip anzusehen. »Ich wollte dich nur warnen, Kamerad, das ist alles.«

»Mich warnen? Wovor?«

»Du wagst dich zu weit vor. Sieh dir doch an, was mit Rex geschehen ist. Es war kein Selbstmord ... er wurde ermordet.«

»Ist das eine Vermutung oder eine auf Tatsachen begründete Feststellung?«

»Es ist keine bloße Vermutung.«

»Und du weißt, wer es getan hat?«

»Nein. Und wenn ich es wüßte, könnte ich es dir nicht sagen.«

»Warum nicht?«

»Ich könnte es einfach nicht. Darum.«

Philip knurrte unwillig. »Ich kann immer noch nicht einsehen, warum du es für notwendig hältst, mich zu warnen.«

»Ganz einfach, mein Lieber. Willst du, daß sie dich genauso behandeln wie Rex und mich? Wenn du nicht aufhörst, dich in diese Angelegenheit einzumischen, dann werden sie dich hochgehen lassen.«

»Was verlangst du eigentlich von mir? Daß ich ruhig nach Hause gehe und die ganze Angelegenheit vergesse? Daß ich nicht länger versuche, herauszufinden, wer meinen Bruder umgebracht hat?«

»Genau das, Kumpel! Es sei denn, du bist lebensmüde.«

Philip seufzte schwer. »Da hat dir aber jemand die Furcht Gottes beigebracht, Andy.«

Der Kranke versuchte, den Entrüsteten zu spielen. »Du kannst meine Kameraden fragen – Andy Wilson ist nicht so leicht einzuschüchtern. Hier geht es aber um etwas ganz anderes. Hier spielen wir in der Oberliga, die Leute sind wirklich verzweifelt und riskieren alles.« Nach diesen Worten sank seine Stimme zu einem heiseren Flüstern ab, und aus seinem Bett in der Ecke des Raumes warf er scheue Blicke auf seine nächsten Nachbarn, die glücklicherweise ein ziemliches Stück entfernt lagen, da die nächststehenden Betten leer waren.

»Was soll das heißen: Diese Leute sind verzweifelt? Wer sind denn diese Leute?«

Andy schüttelte den Kopf, und Philip mußte sich näher zu ihm beugen, um seine Antwort mitzukriegen. »Ich weiß es nicht, und wenn ich es wüßte, würde ich es nicht sagen. Warum läßt du nicht einfach die ganze Sache fallen und –«

»Hör bitte zu, Andy, und nimm dir das zu Herzen: Ich werde diese Angelegenheit zu Ende führen, koste es, was es wolle. Ich werde nicht eher Ruhe geben, bis ich herausgefunden habe, worin Rex verwickelt war und wer ihn ermordet hat.«

»Du wirst erleben, daß du diese Worte noch bereust, Kamerad«, versicherte Andy Philip und fügte hinzu: »Aber vielleicht sollte ich nicht sagen ›erleben‹, es könnte auch anders auslaufen.«

Wütend vor Enttäuschung fuhr Philip durch die dunkel werdenden Straßen nach Hause, ungewiß, ob es überhaupt Wert hatte, Hyde angesichts des mageren Ergebnisses dieser Unterredung anzurufen.

Von Big Ben schlug es gerade acht Uhr, als er seinen Lancia in die Garage stellte und zur Haustür hinüberschlenderte. Rein zufällig sah er zu den Fenstern seiner Wohnung hinauf. Was er erblickte, ließ seinen Puls wie rasend schlagen …

Augenscheinlich hatte er Besucher.

Sie schienen jedoch in der Benutzung der elektrischen Beleuchtung etwas schüchtern zu sein und das helle Licht einer Taschenlampe vorzuziehen.

Er spürte, wie sein Gaumen trocken wurde, und einen Augenblick lang überlegte er, was er tun sollte. Das vernünftigste wäre es, die Polizei anzurufen und zu melden, daß Einbrecher in seiner Wohnung seien. Aber dies war nicht der rechte Augenblick für Vernunft und Vorsicht. Vielleicht verschwanden seine unangemeldeten Besucher, während er in einer Zelle telefonierte. Und er war doch sehr daran interessiert, zu erfahren, wer sie waren.

Philip öffnete die Haustür und schlich langsam und lautlos die Treppe empor. Mit unendlicher Sorgfalt führte er den Schlüssel ins Schloß der Bürotür und schloß auf.

Im Dämmerlicht konnte er ungefähr die vertrauten Umrisse von Ruths Schreibtisch und anderen Möbelstücken erkennen. Er legte ein Ohr an die Tür, die zu seiner Wohnung führte, und lauschte. Dann suchte er mit einem Satz Deckung hinter einem großen Aktenregal.

Auf dem Gang erklang das typische Klappern hoher Absätze. Zwei Sekunden später wurde die Tür geöffnet und der Strahl einer Taschenlampe zuckte suchend durch den Raum. Er konnte nicht erkennen, wer die Lampe trug, doch waren die Schritte einwandfrei die einer Frau gewesen, und einen Augenblick später stieg ihm der schwache Duft eines Parfums in die Nase, das ihm irgendwie bekannt vorkam. Dann erkannte er gegen das Fenster silhouettenartig die Umrisse einer Frau. Sie war groß und schlank und schien recht unbesorgt. Philip glaubte jetzt, ihre Identität zu erkennen.

Er blieb in Deckung hinter dem Regal, um herauszufinden, was sie suchte. In der einen Hand hielt sie die Taschenlampe, während sie mit der anderen die Schubladen von Philips Schreibtisch durchwühlte. Dann machte sie dasselbe mit dem Schreibtisch, an dem Ruth arbeitete.

Philip war nicht gerade ein ordnungsliebender Mensch, aber das Chaos, das der mutige weibliche Eindringling da verursachte, würde seiner Schätzung nach Ruth zur Raserei bringen. Er meinte jetzt, lange genug gewartet zu haben. Seine Hand glitt leise an der Wand entlang, bis sie den Lichtschalter fand und betätigte.

»Hätten Sie nicht lieber etwas mehr Licht?« fragte er ironisch. Vom Licht geblendet, wirbelte die Frau herum und stieß einen wenig damenhaften Fluch aus.

»Nanu! Guten Abend, Mrs. Seldon! Suchen Sie bei mir nach Antiquitäten? Hier werden Sie wohl kaum Sheratons oder Hepplewhite-Stühle finden.«

Er mußte neidlos eingestehen, daß seine Besucherin über bemerkenswerte Selbstbeherrschung verfügte. In wenigen Sekunden hatte sie ihre Fassung wiedergefunden und glich sofort wieder der beschäftigungslosen Dame, die ständig auf Einkaufsbummel ist, mit der Einschränkung vielleicht, daß es sich im Augenblick um eine Dame handelte, die sich unerwartet nach Einbruch der Dunkelheit in der Umtauschabteilung eingeschlossen findet.

»Wonach suchen Sie eigentlich? Vielleicht kann ich Ihnen helfen.«

Ihre Augen schienen ihn mit dem Ausdruck höchster Verachtung zu durchbohren. Dann sah sie plötzlich über seine Schulter, als habe sie jemanden hinter ihm gesehen.

»Fletcher!« rief sie in gebieterischem Ton.

Philip grinste und machte sich nicht die Mühe, sich umzudrehen. »Tut mir leid. Da müssen Sie sich schon etwas Besseres einfallen lassen. Dieser Trick kommt nur noch in ganz alten Kriminalfilmen vor.«

»Sind Sie so sicher?« fragte eine rauhe Stimme hinter ihm.

Philip fuhr herum und sah einen großen, hageren Mann in einem Regenmantel, der von einem Gürtel zusammengehalten wurde, im Halbschatten des Ganges stehen. »Okay, Clare. Sieh zu, daß du hier raus kommst!« zischte der Mann.

In vollendeter Fassung schaltete Clare Seldon ihre Taschenlampe aus, schob sie in die Handtasche und stolzierte an Philip vorbei und die Treppe hinunter, ohne ihn eines Blickes zu würdigen.

Der große Mann stand da, beide Hände in den Taschen seines Mantels, ein Grinsen auf dem schlechtrasierten Gesicht.

»Wer, zum Teufel, sind Sie?« fragte Philip.

»Wer nicht fragt, den braucht man nicht anzulügen, Mr. Holt.«

»Was wollen Sie hier, verdammt noch mal?«

»Den Schlüssel. Nur den Schlüssel, weiter nichts.«

»Welchen Schlüssel?«

»Vergeuden Sie nicht meine Zeit.«

»Ach, Sie meinen denjenigen, den Mrs. Curtis ...«

In der rechten Hand des Mannes blitzte plötzlich – wie die spitze Zunge einer Schlange – ein Messer mit langer, schmaler Klinge auf. »Her damit«, schnarrte der Kerl.

Philip rang sich ein Lächeln ab. »Tut mir leid, Mann, geht nicht. Den habe ich der Polizei gegeben. Inspektor Hyde hat ihn. Warum sprechen Sie nicht bei ihm vor?«

Der Mann namens Fletcher lachte. »Sicher haben Sie ihm einen Schlüssel gegeben. Wir möchten aber gern den anderen haben, den, den Sie behalten haben.«

»Was, zum Teufel, meinen Sie?«

»Als Sie das Café in Windsor verließen, gingen Sie zu einem Eisenwarengeschäft und ließen sich ein Duplikat machen. Ich weiß, wovon ich rede, und Sie brauchen nicht weiter zu versuchen, mich hinzuhalten. Also her mit dem Schlüssel.«

Philip versuchte zu verbergen, daß diese Enthüllung ihn beinahe umwarf. Nie wäre es ihm in den Sinn gekommen, daß ihn jemand in Windsor beschattet haben könnte. Seine Gedanken rasten.

Irrte er sich nicht, dann hatte er noch die Asse in der Hand. Die Leute wollten den Schlüssel, und er war auch absolut bereit, ihn in einem angemessenen Tauschgeschäft herzugeben. Bisher hatte er versucht, Informationen dafür einzuhandeln. Jetzt blieb ihm nur noch die Chance, einen Menschen dafür einzutauschen – Fletcher. Aber möglichst einen Fletcher ohne Messer.

»Hätte nicht gedacht, daß Sie so blöd sind. Denken Sie vielleicht, ich gehe mit dem Schlüssel in der Tasche spazieren?« fragte er.

»Warum nicht? Das scheint mir noch am wahrscheinlichsten. Drehen Sie mal die Taschen um! Und lassen Sie alle Dummheiten. Ich könnte sonst in Versuchung geraten, mein neues Messer auszuprobieren.«

»Ach, sieh mal einer an! Haben Sie das alte vielleicht zwischen den Schulterblättern von Thomas Quayle steckenlassen?«

Philip hatte nur geraten. Doch war es ein logischer Schluß, und er schien auch ins Schwarze getroffen zu haben. Fletchers Augen verengten sich zu einem Schlitz, er fluchte wie ein Fuhrknecht.

Entgegenkommend leerte Philip die Taschen. Feuerzeug, silbernes Zigarettenetui, Taschentuch, ein paar Münzen und ein kleines Federmesser fielen auf den Fußboden. Dann sein Schlüsselring, in einem kleinen Lederetui. Fletcher stürzte sich darauf und warf es nach kurzer Prüfung weg.

»Ich sagte Ihnen bereits, daß ich ihn nicht bei mir trage«, bemerkte Philip wahrheitsgemäß.

»Okay. Dann haben Sie ihn eben versteckt. Wo? In der Teekanne, vermute ich.«

»Die steht dort drüben«, antwortete Philip mit einer Handbewegung in Richtung auf den Schreibtisch.

»Gut. Dann holen Sie ihn! Aber denken Sie daran …«, Fletcher ließ das glitzernde Klappmesser mit gefährlicher Schnelligkeit ein- und aufschnappen.

Philip ging langsam zum Schreibtisch hinüber. Dort standen mehrere mit Abzügen von Reklamefotos gefüllte Blechbüchsen, eine Handbreit davon das Telefon. Er schielte über die Schulter und tat so, als wolle er nach dem Telefonhörer greifen. Statt dessen schnappte er eine der großen Blechbüchsen, preßte sie vor die Brust, und schnellte genau in dem Augenblick herum, als Fletcher das Messer nach ihm warf.

Es blieb in der Büchse stecken. Philip schleuderte sie nach Fletcher und erwischte ihn mit einem Schwinger am Kopf, als der einen Hechtsprung nach den Stühlen machte. Es gelang Philip, den anderen am Gürtel des Regenmantels festzuhalten, doch Fletcher drehte sich und trat ihn mit einem Fuß genau in die Magengegend. Philip stürzte mit rasenden Schmerzen hintenüber, konnte beim Fallen aber noch eine Ferse des Angreifers packen.

Es folgte ein wildes Ringen. Der Schmerz in Philips Magen überwältigte ihn fast, und er mußte nach Atem ringen, als er wieder auf die Füße krabbelte. In diesem Augenblick machte Fletcher sich frei, riß eine Schublade aus Ruths Schreibtisch und ließ sie krachend auf Philips Schädel zersplittern.

Philip schwanden die Sinne, und er hörte kaum noch, wie Fletchers Schritte die Treppe hinunterpolterten und die Haustür krachend zugeschlagen wurde.

Er war auch nicht ganz sicher, ob Sekunden oder Minuten vergangen waren, bis das Läuten des Telefons in sein betäubtes Gehirn drang. Er stellte sich mühsam auf die Beine und langte nach dem Hörer.

Eine helle, vertraute Frauenstimme sagte etwas Unverständliches.

»Wer ist da? Schreien Sie doch nicht so. Ach, Sie sind es, Ruth.«

»Philip, was ist passiert?« rief sie aufgeregt.

»Ich … ich, ich glaube, ich habe eins auf den Schädel bekommen.«

»Bleiben Sie, wo Sie sind, ich bin gleich da!«

Eine halbe Stunde später tupfte Ruth ihm sorgfältig die Platzwunden auf der Stirn ab und überklebte sie mit Heftpflaster.

»Fühlen Sie sich jetzt besser, Philip?«

»Ja, es geht schon wieder, Ruth.«

Ruth mußte bei seinem Anblick lächeln. »*Sie* werden wir jetzt wohl auch kaum zum Wettbewerb um den Titel Mr. Universum anmelden können.«

Philip rang sich ein Lächeln ab. »Was würden Sie davon halten, wenn Sie anstelle dieses typisch weiblichen Geschwätzes und all ihrer Florence-Nightingale-Routine einen steifen Drink mixten?«

»Dürfen es zwei sein?« fragte sie. »Ich muß gestehen, daß mich diese Sache fast genauso mitgenommen hat wie Sie.«

»Tun Sie sich keinen Zwang an.«

Sie ging in seine Wohnung und kehrte einen Augenblick später mit Whisky, Gläsern und einem Sodasiphon zurück. Er beobachtete sie, während sie zwei steife Drinks eingoß, und war sich darüber klar, daß er ungewöhnlich froh war, sie bei sich zu haben.

Ruth reichte ihm ein Glas und murmelte: »Prosit!«

»Prosit! Auf mein nächstes Zusammentreffen mit Meister Fletcher. Ich wußte, daß ich richtig geraten hatte, wenn ich annahm, daß der Mann ohne sein Messer eine Null war.«

»Sie haben da aber ein furchtbares Risiko auf sich genommen, Philip«, tadelte sie ihn.

»Ich mußte ihn dazu bringen, sein Messer zu werfen, da ich ziemlich gewiß war, daß ich mit ihm fertig würde, sobald er nicht mehr bewaffnet war. Anscheinend habe ich meine Fähigkeiten etwas überschätzt.«

»Man sollte Ihnen trotzdem die Tapferkeitsmedaille dafür verleihen, daß Sie sich sofort mit ihm angelegt haben.« Ruth stellte ihr Glas hin und begann, die Unordnung im Büro zu beseitigen. Plötzlich ließ sie einen erregten Aufschrei hören. »He, welche Farbe hat Ihre Brieftasche?«

»Wie bitte? Braunes Schweinsleder. Sie haben sie doch am Zahltag oft genug gesehen.«

Sie krabbelte am Boden unter dem Schreibtisch herum. »Das habe ich mir doch gedacht. Jetzt haben Sie zwei. Macky Messer scheint seine beim Kampf verloren zu haben.«

Sie tauchte wieder auf, eine schmierige schwarze Brieftasche in der Hand. In einer Ecke des abgewetzten Leders waren die Initialen C. F. eingraviert.

»C. F. Ob F. für Fletcher steht?«

»Anscheinend.«

Philip nahm die Brieftasche und hielt sie nachdenklich auf der flachen Hand. »Wissen Sie, eigentlich sollten wir die doch lieber Inspektor Hyde übergeben, meinen Sie nicht auch?«

Ruth warf ihm einen mißbilligenden Blick zu, nahm die Brieftasche und entleerte den Inhalt auf ihrem Tisch. »Meine weibliche Neugierde kann so lange nicht warten.«

Die Ernte schien zunächst mager: drei Fünf-Pfund-Noten, mehrere Ein-Pfund-Noten, ein Wettschein, einige obszöne Postkarten Pariser Herkunft, fünf abgegriffene Mitgliedskarten für einen obskuren Trinkklub in Chelsea und eine Eintrittskarte für eine Tanzveranstaltung.

»Pferde, Sex, Saufen – das ergibt Sinn«, überlegte Ruth. »Ich kann nur noch nicht so recht einsehen, wie die Karte zu einem Tanzabend in Camden Town in dieses Bild hineinpaßt.«

»Zeigen Sie doch bitte mal«, bat Philip. Er las laut, was auf dem kleinen Stückchen Pappe stand. *»Mittwoch, d. 29. September 20.30 Uhr. Gala-Tanzabend zugunsten der Soldaten-Erholungsheime.* Ich bezweifle, daß Fletcher jemals im Leben eine Uniform getragen hat.«

»Vielleicht mit breiten Querstreifen?«

»Moment mal! Irgend etwas an dem Datum des Tanzabends kommt mir bekannt vor. Mittwoch, d. 29. September. Hatte Rex nicht erzählt, er wolle mit Andy zu einem Tanzabend gehen? Erinnern Sie sich nicht mehr? Er sagte doch noch, bis dahin würde er von Irland zurück sein, da er den Abend auf keinen Fall verpassen wollte.«

»Ich glaube wirklich, er hat etwas von einem Tanzabend gesagt. Er machte sogar Andeutungen, als sollte ich mitgehen.«

Philip legte die Karte zurück auf den Tisch. Sie flatterte herunter und blieb mit der Rückseite nach oben liegen. Zum ersten Male sahen sie jetzt die schwachen Bleistiftnotizen darauf.

Ruth griff danach und las laut: »Rex Holt – Andy Wilson – Luther Harris. Was soll denn das bedeuten? Nur diese drei Namen, nichts weiter.«

Philip nahm die Karte an sich. »Das könnte aufschlußreich werden, wie Inspektor Hyde sagen würde.«

»Aber was könnte es bedeuten?«

»Ich weiß es nicht. Aber das werde ich herausfinden, darauf können Sie sich verlassen. Machen Sie am 29. ein Glamourgirl aus sich, Ruth. Wir beide gehen an diesem Abend aus.«

8

Das große Plakat an der Hauswand des Tanzlokals von Camden Town verkündete, daß »Monty Fry und seine Fry-Männer« am Abend zum Tanz aufspielen würden. Gemessen an der Welle heißer Musik, welche die warme Abendluft grell durchschnitt und wie ein Sturm auf sie einstürzte, als Ruth und Philip den Vorraum betraten, mußten Monty und seine Mannen schon längere Zeit die Stimmung angeheizt haben. Im Vestibül drängten sich Soldaten mit ihren Mädchen, und Philip mußte sich der Ellenbogen bedienen, um zur Garderobe zu gelangen und die Mäntel dort abzugeben.

Da sie nur eine Eintrittskarte besaßen, mußte Philip die zweite von einer sexstrotzenden Blondine kaufen, die hinter einem kleinen Klapptisch stand. »Darf ich Ihnen auch ein Los für unsere Lotterie anbieten?« fragte sie Philip, wobei sie sich so weit nach vorn beugte, daß sie ihm großzügigen Einblick in ihre prall sitzende Bluse gewährte. »Die Lotterie wird zugunsten des Soldaten-Erholungsheims veranstaltet. Das Los kostet nur Sixpence –«

»Wenn man aus einem Penny ein Pfund machen kann, bin ich gerne dabei«, antwortete Philip. »Geben Sie mir ein Los.«

»Sie gewinnen bestimmt«, prophezeite die Blondine fröhlich, reichte ihm die zweite Eintrittskarte und ein Bündel Lose zum Aussuchen.

Ruth betrachtete inzwischen die Fotos an der Wand hinter dem Tisch. Eins davon zeigte eine junge blonde Sängerin, die sich mit dramatischer Gebärde an einem Mikrofon festhielt. Sie besaß auffallende Ähnlichkeit mit der Kartenverkäuferin.

»Was für Preise werden denn ausgelost?« fragte Ruth vorsichtig.

»Der erste Preis ist ein Hi-Fi-Gerät. Das da drüben, im Werte von glatten hundert Pfund. Der zweite Preis ist ein Plattenspieler. Als Trostpreise werden signierte Langspielplatten der jüngsten Aufnahme meiner Schwester verteilt.«

»Und wer ist Ihre ...«, begann Philip taktlos.

Ruth stieß ihn in die Rippen und sagte mit einer Handbewegung auf die Fotos an der Wand: »Das ist natürlich Muffet. Ihre letzte Schallplatte liegt an dritter Stelle der Hitparade.«

»Oh! ...«, murmelte Philip. Die Bemerkung, zu der er ansetzte, wurde jedoch vom Eingang her durch einen Ausbruch ekstatischen Gekreisches unterdrückt, dem sich auch das junge Mädchen hinter dem Klapptisch mit offensichtlicher Begeisterung anschloß.

Ruth und Philip drehten sich um und beobachteten, wie ein Teenager in langem Abendkleid im Empirestil mit weitfallenden Ärmeln versuchte, sich den Weg durch die Menge zu bahnen. Die jungen Leute im Vestibül stießen entzückte Schreie aus und umdrängten den Ankömmling mit Bitten um ein Autogramm. Es war aber nicht dieses Schauspiel von Heldenverehrung im Stile der Mitte des 20. Jahrhunderts, das Philip so sehr fesselte, sondern der Anblick des gerissen aussehenden, untersetzten Mannes mit randloser Brille, der sie begleitete. Es war Luther Harris.

»Sieh mal einer an!« murmelte Philip.

»Ist das Luther Harris?« fragte Ruth ungläubig. »In dieser Aufmachung hätte ich ihn beinahe nicht erkannt. Immerhin – ich habe ihn wohl kaum mehr als ein- oder zweimal flüchtig gesehen. Er sieht so glücklich aus wie ein Hund mit zwei Schwänzen.«

»Würde das nicht jeder Mann tun? Mit so einem hübschen Mädchen am Arm?«

»Den werden sie noch wegen Verführung Minderjähriger einlochen. Das Mädchen kann doch kaum älter als fünfzehn sein.«

»So wird aber heute Geld gemacht, meine Liebe. Jedesmal, wenn die kleine Miss Muffet ihr Mündchen öffnet, stopft irgend jemand eine Zehn-Pfund-Note hinein. Luther geht einfach mit der Zeit, wenn er sich an den Rockzipfel seiner privaten Pop-Sängerin hängt.«

Ruth schaute auf das Hi-Fi-Gerät und den Berg von Langspielplatten mit dem Bild der jungen Sängerin auf dem in grellen Farben gehaltenen Glanzpapier-Umschlag. »Der macht bestimmt sein Geschäft beim Verkauf ihrer Schallplatten und wahrscheinlich auch der Geräte.«

Philip nickte, während das im Mittelpunkt des Interesses stehende Paar sich langsam dem Tisch näherte, an dem er mit Ruth stand. »Das erklärt zumindest seine Anwesenheit hier. Allerdings dürfte er ziemlich überrascht sein, uns hier anzutreffen. Da sind sie schon.«

Es gab eine große Begrüßungsszene zwischen den beiden Schwestern, während Luther Harris zugleich eine Salve von Fragen über den finanziellen Erfolg des Abends abschoß. Den Bruchteil einer Sekunde lang schien es, als habe er Philip erkannt. Dann irrten seine Augen jedoch nervös ab, und einen Augenblick später begann er, seinen jungen Schützling durch die Schar der Neugierigen in Richtung Tanzsaal zu schieben.

»Luther!« rief Philip ihn mit heller Stimme an.

Der Widerwille, mit dem Luther anhielt und sich umwandte, war nicht zu übersehen. Es gelang ihm jedoch, seinem Gesicht einen nicht gerade überzeugenden Ausdruck angenehmer Überraschung zu geben.

»Hallo, Philip, alter Junge! Hätte nie erwartet, dich hier anzutreffen.«

»Das kommt einzig und allein auf Ruths Konto. Sie ist ja so versessen aufs Tanzen«, antwortete Philip heuchlerisch. »Du erinnerst dich doch an Ruth, nicht wahr?«

Luther schob ihr seine plumpe Hand hin und lächelte unbestimmt. »Ich … ja, natürlich. Sind Sie nicht einmal mit Rex in meinem Geschäft gewesen?«

»Ja, das stimmt.«

Muffet sah Philip und Ruth mit schnellem, abschätzendem Blick an. Da sie zu der Überzeugung gelangte, daß diese beiden von keinem besonderen Nutzen für sie waren, murmelte sie: »Sie treffen mich bei Monty wieder«, und stelzte mit wippenden Hüften davon.

»Das war schon furchtbar mit Rex, Philip«, begann Luther. »Es hat mich maßlos erschüttert.«

»Ja. Herzlichen Dank übrigens für deinen netten Brief. Ich hätte ihn längst beantwortet, aber …«

»Ich verstehe schon, alter Junge.« Luther blickte nervös um sich und winkte seinem enteilenden Schützling nach. »Ich komme schon, mein Liebes. Ihr entschuldigt mich doch, nicht wahr?« Er machte Anstalten zu gehen.

Philip hielt ihn am Rockaufschlag fest. »Vielleicht können wir uns nachher noch einmal sehen, Luther? Später, wenn du nicht mehr so beschäftigt bist. Ich hätte gerne etwas mit dir besprochen.«

»Oh! Wirklich? Ich … ich glaube, es wird schwierig sein. Du siehst ja, es wird heute ein großer Abend, und …«

»Sagen wir um halb elf Uhr? Ich nehme doch an, hier gibt es so etwas wie eine Bar, oder nicht?«

»Und ob es hier eine Bar gibt!« mischte sich Muffets Schwester hinter ihnen ins Gespräch. »Sie ist im ersten Stock. Der gesamte Gewinn kommt dem ...«

»Wunderbar. Also, wir treffen uns an der Bar, Luther. Okay? Um halb elf, bitte vergiß es nicht.«

»Nun ja, ich will es versuchen. Bis dahin.«

Ruth und Philip sahen ihm nach, wie er im Kielwasser seines Schützlings davontrottete.

»Er schäumte nicht gerade vor Begeisterung über, als er uns hier sah, finden Sie nicht auch?« sagte Ruth, als sie sich an Philips Seite einen Weg in Richtung der schrillen Geräuschquelle im Tanzsaal bahnte.

»Bestimmt nicht. Ich glaube, er hätte mich glatt geschnitten, wenn ich ihn nicht angesprochen hätte.«

»Vielleicht war er auch nur verlegen, Sie hier zu sehen – wegen des Todes von Rex. Es gibt Leute, die in solchen Fällen nicht wissen, wie sie sich verhalten sollen; sie finden einfach nicht das rechte Wort und genieren sich.«

»Mag sein. Wir werden es auf jeden Fall herauskriegen. Ob wir es mal mit einem Tänzchen versuchen? Schließlich müssen wir doch etwas tun, um uns bis halb elf die Zeit zu vertreiben.«

Ruth funkelte ihn an. »Sie werden bestimmt keinen Preis für Galanterie gewinnen, Mr. Holt. Ich kenne eine ganze Menge junger Herren, die ihren Augapfel dafür hergeben würden, einmal mit mir tanzen zu dürfen.«

Philip hüstelte verlegen und nahm sie ungeschickt in den Arm.

»Sollten Sie mir noch etwas näherkommen, könnte ich Sie vielleicht beißen«, spottete sie sarkastisch.

Die weitere Entwicklung der Dinge enthob sie jedoch der Sorge, wie sie die Zeit bis zum Zusammentreffen mit Luther Harris überbrücken könnten. Der Zufall hielt eine sehr interessante Überraschung für sie bereit.

Kurz vor zehn Uhr spielte die Kapelle einen langanhaltenden

Tusch, der die tanzende und lärmende Menge zu relativer Ruhe brachte. Ein Scheinwerfer hüllte Kapellmeister Monty Fry in rosiges Licht. Mit Stentorstimme kündigte er an, daß der bekannte und beliebte Star von Bühne, Film, Funk und Fernsehen, die ›Große Kleine Muffet‹, nunmehr singen werde. Anschließend würden die Gewinne der Lotterie gezogen und die Preise verteilt.

Das junge Mädchen hatte eine halbwegs angenehme Stimme, wenn auch nicht das geringste Talent zum Singen. Mit Hilfe der alles niederwalzenden Macht der lautstarken Reklame, einer guten Orchestrierung und eines als Verstärker wirkenden Mikrofons gab sich das Publikum jedoch der Illusion hin, von einem hochtalentierten Star unterhalten zu werden.

Als ihr Vortrag beendet war, erwies sich der Abend für Philip und Ruth unerwartet doch noch als lohnend. Die Gewinne wurden gezogen und die glücklichen Gewinner bei anhaltendem Trommelwirbel gebeten, auf die Bühne zu kommen und die Preise in Empfang zu nehmen.

Das Hi-Fi-Gerät fiel an einen Sergeanten der Luftwaffe, der, angefeuert von seinen Kameraden, mit seiner Freundin etwas dämlich grinsend ins Scheinwerferlicht der Bühne trat.

Dann wurde der zweite Hauptgewinn gezogen, der Plattenspieler. »Los Nr. 183 Norman Stansdale. Der glückliche Gewinner wird gebeten, zu uns auf die Bühne zu kommen … Norman Stansdale … Nr. 183 …«

Aus einer Saalecke erklang ein überraschter Ruf und ein freudestrahlender Soldat stand auf und ging, seine Frau hinter sich herziehend, auf die Bühne zu.

»Sehen Sie doch!« zischte Ruth und umklammerte in höchster Erregung Philips Arm. »Das ist doch das Ehepaar von der Fotografie! Sean Reynolds und die Frau mit dem Akkordeon!«

»Großer Gott, Sie haben recht! Stansdale also? Wer, zum Teufel, mögen die beiden wirklich sein?«

Unter den lauten Bravorufen der Menge stiegen der Soldat und seine Frau mit verlegenem Lächeln auf das Podium, in helles Scheinwerferlicht getaucht.

»Ich würde sonst etwas dafür geben, wenn Inspektor Hyde jetzt neben mir stünde«, sagte Philip voll nervöser Spannung.

»Und ich würde wer weiß was darum geben, wenn ich einen Trostpreis gewinnen und dort neben den beiden auf der Bühne stehen könnte«, fügte Ruth hinzu.

Aber das Glück war ihnen nicht hold. Es wurden zwar Trostpreise aus der Lostrommel gezogen, doch Philips Los war nicht dabei. Ruth seufzte verzweifelt.

Plötzlich sagte Philip: »Ich habe eine Idee!«

Er bahnte sich einen Weg durch die dichtgedrängte Menge im Tanzsaal zum Vestibül. Die Blondine mit dem großzügigen Blusenausschnitt packte gerade ihre Sachen am Saaleingang zusammen.

»Sagen Sie bitte: Kann man die Langspielplatten Ihrer Schwester auch kaufen?«

»Natürlich. Das ist doch der Sinn der Sache.«

»Gut. Das Mädchen kann wirklich etwas. Ich kaufe eine.«

Einen Augenblick später war er schon wieder bei Ruth, die Schallplatte unter dem Arm.

»Der Trick ist ganz einfach. Wir tun so, als seien wir ebenfalls Gewinner. Der Gefreite Stansdale wird viel zu sehr mit all dem Brimborium auf der Bühne beschäftigt sein, als daß er mit Bewußtsein zur Kenntnis nimmt, wer die Trostpreise gewonnen hat.«

Kaum war die Zeremonie der Gewinnübergabe vorbei, begannen Monty Fry und seine Männer auch schon wieder mit heißen Rhythmen, und die Tanzfläche war sofort gedrängt voll. Philip ließ die Stansdales nicht aus den Augen. Als sie das Tanzparkett verließen und offensichtlich in Richtung Bar verschwanden, gab Philip seiner Begleiterin einen sanften Stoß in die Rippen, und sie folgten diskret dem anderen Paar.

In der Bar fanden sie einen freien Ecktisch, von dem aus sie den Soldaten und seine Frau dabei beobachten konnten, wie sie für eine Gruppe lärmender und ihnen zuprostender Kameraden Getränke bestellten. Philip hatte sich darauf eingestellt, zu warten. Er wollte mit dem Paar unbedingt allein sprechen und wußte, daß die Kontaktaufnahme ganz zufällig und so natürlich wie möglich erscheinen mußte.

Als Luther Harris zur verabredeten Zeit wirklich die Bar betrat, schien der schöne Plan zunächst gefährdet.

Luther erkannte Philip in der Ecke. Sofort zeigte sein Gesicht wieder den Ausdruck nervöser Sorge.

»Da bist du ja, Luther. Ich freue mich, daß du dich frei machen konntest. Bitte setz dich und trinke etwas mit uns.«

Luther zögerte, nahm dann aber doch den angebotenen Stuhl. »Ich kann nicht lange bleiben«, murmelte er und schaute dabei unruhig und ängstlich über die Schulter. »Muffet hat wieder einmal Migräne und möchte früh nach Hause gebracht werden.«

»Da hast du dir aber eine ›große kleine Sängerin‹ angelacht, Luther.«

»Wie bitte? Ach so! Ja, geschäftlich ist sie ein Erfolg.«

Er holte sein silbernes Zigarettenetui hervor und zündete sich mit zitternden Händen eine Zigarette an. Dann erst erinnerte er sich seiner guten Manieren und hielt das Etui auch Ruth und Philip hin. Ruth dankte.

»Sie wollen wirklich nicht?« fragte Luther. »Früher haben Sie doch geraucht wie ein Schlot.«

»Ich bin dabei, es mir abzugewöhnen.«

»Oh!« Er zog anhaltend an seiner Zigarette. »Und warum wolltest du mich sprechen?«

»Ach, ich dachte nur, es wäre nett, wieder einmal mit dir einen Schwatz zu machen, das ist alles«, antwortete Philip scheinheilig.

»Ach so!«

Es folgte eine verlegene Pause. Philip war überzeugt, daß Luther sich schließlich genötigt fühlen würde, sie zu beenden.

»Furchtbare Nachricht das, ich meine von Rex. Ich konnte es einfach nicht glauben.«

»Ich glaube es ja auch nicht, Luther«, antwortete Philip emphatisch.

»Wie bitte? Wie meinst du das?«

»Rex hat nicht Selbstmord begangen. Er wurde ermordet.«

Luther befeuchtete sich hastig die Lippen. »Glaubt die Polizei das auch?«

»Ich glaube es jedenfalls.«

»Ja, natürlich. Wenn ich an deiner Stelle wäre, würde ich wahrscheinlich dieselbe Vermutung haben – vor allem nach dem, was Andy zugestoßen ist. Das war vielleicht ein Ding!«

»Und ob es das war! Meinst du, es könnte etwas mit Rex zu tun haben?«

»Es sieht sehr danach aus. Das wäre schon ein zu seltsamer Zufall. Die Jungs waren in irgendeine üble Sache verwickelt, Philip. Es kann gar nicht anders sein. Der Himmel mag wissen, was es war.«

Luther trank sein Glas aus und blickte ziemlich ostentativ auf seine Uhr.

Philip nahm eilig das Gespräch wieder auf. »Ich hörte, du hast Andy im Krankenhaus besucht?«

»Ja, ich habe neulich auf einen Sprung zu ihm hineingeschaut. Es wäre übertrieben, wenn ich sagen würde, wir hätten uns unterhalten. Ich habe ihm kaum mehr als ein Dutzend Worte entlocken können.«

»Als ich ihn besuchte, war es auch so. – Sage mal, Luther: Hat Rex jemals eine Andeutung davon gemacht, er würde nach Maidenhead fahren?«

»Meines Wissens nicht. Was hat er dort überhaupt getan?«

»Nichts – außer in einem Buch gelesen.«

»Rex hat ein Buch gelesen! Dann muß er ein ganz neues Leben angefangen haben. Wie hieß das Hotel?«

»Royal-Falcon.«

»Liegt das nicht unmittelbar vor der Brücke?«

»Nein, hinter der Brücke, auf der anderen Seite des Flusses. Ein reizendes altes Haus. Zur Hälfte Holzbau mit Strohdach. Es stammt noch aus der Postkutschenzeit. Besitzerin ist eine Frau namens Vanessa Curtis, es wird jedoch von ihrem Geschäftsführer Talbot geleitet.«

»Ich habe nie etwas von den beiden gehört, alter Junge.«

»Das habe ich auch nicht erwartet. Wie steht es aber mit einem Burschen namens Fletcher? Hast du den Namen schon einmal gehört?«

Luther nahm seine Brille ab und putzte mit heftigen Bewegungen die Gläser, wobei er sich den Anschein gab, als ob er überlege. Schließlich antwortete er: »Nein, ich glaube nicht.«

Philip hob erstaunt die Augenbrauen. »Sonderbar. Er kennt dich nämlich.«

Luthers Haltung schien sich zu versteifen. »Wie meinst du das?« fragte er vorsichtig.

»Er ist neulich in mein Studio eingebrochen. Dabei kam es zwischen uns zu einem Handgemenge. Er weiß noch nicht, daß er dabei seine Brieftasche verloren hat, als Andenken gewissermaßen. Darin befand sich diese Eintrittskarte.« Philip holte die rosafarbene Karte hervor. »Auf die Rückseite sind drei Namen mit Bleistift gekritzelt. Rex Holt – Andy Wilson – Luther Harris. Seltsam, nicht wahr?«

Luther griff nach der Eintrittskarte. Seine Finger zitterten, während er die mit Bleistift geschriebenen Namen studierte. Als er wieder zu sprechen begann, schien seine Kehle so trocken, daß er schnell einen Schluck nehmen mußte. »Wie, zum Teufel, kommt mein Name auf die Karte?«

»Ich weiß es nicht, Luther. Ich hatte aber gehofft, du würdest es wissen.«

»Aber ich habe niemals von einem Mann namens Fletcher gehört. Wie sah er denn aus?«

»Groß, schlank, ziemlich unrasiert. Er trug einen blauen Regenmantel mit Gürtel und verstand ausgezeichnet, mit seinem Messer umzugehen.«

Luther nahm nochmals einen tiefen Schluck. »Ein Messer?«

»Ja. Er hat es nach mir geworfen.«

Luther versuchte ein schwaches Lächeln aufzusetzen. »Immerhin hat er dich verfehlt.«

»Das möchte ich nicht sagen. Er hat sogar ausgezeichnet gezielt.« Philip schilderte kurz den Kampf in seinem Studio.

Luther wischte sich die Augenbrauen, die von einem plötzlichen Schweißausbruch feucht geworden waren. »Das ist ja unglaublich. Ich meine … nun ja, zumindest habe ich den Namen niemals gehört, und vor allem habe ich nicht den Schimmer einer Ahnung, was mein Name auf der Karte zu suchen hat. Was hat denn Andy zu alledem gesagt?«

»Ich habe ihn nicht gefragt.«

»Warum denn nicht?«

»Weil Fletcher mir seinen Besuch erst abstattete, nachdem ich Andy im Krankenhaus besucht hatte.«

»Nun, ich an deiner Stelle würde Andy diese Eintrittskarte zeigen und ihn fragen, ob er Fletcher kennt. Und wenn du schon dabei bist, dann kannst du ihn auch gleich fragen, was mein Name auf diesem dreckigen Fetzen Papier zu suchen hat.«

»Das werde ich selbstverständlich tun, Luther.«

Luther stand auf. »Jetzt muß ich aber verduften, sonst macht mir Muffet die Hölle heiß. Auf bald, alter Junge. Auf Wiedersehen, Ruth.«

Zweifelnd und nachdenklich sah Philip seinem davonwatschelnden Bekannten nach. Als er sich nach Ruth umwandte, um sie nach ihren Eindrücken von der Unterhaltung zu fragen, stellte sich heraus, daß sie sich kurz zuvor unauffällig vom Tisch entfernt hatte. Er sah sie gerade noch hinter einer gewissen Tür verschwinden, die nur Damen zugänglich war – die von Philip gekaufte Langspielplatte unter dem Arm. Als er daraufhin einen schnellen Blick zu dem Tisch hinüberwarf, an dem Stansdale saß, mußte er lächeln. Die Frau des Soldaten hatte sich offensichtlich in denselben Raum zurückgezogen.

Philip zündete sich eine Zigarette an, die erste an diesem Abend, und wartete geduldig auf das Wiedererscheinen der beiden Damen. Es dauerte ziemlich lange. Doch als die Tür aufging, erwies sich, daß die List sich bezahlt gemacht hatte. Tuschelnd und über ein weibliches Geheimnis kichernd, bahnten sich die beiden Mädchen in der Hochstimmung neu gefundener Freundschaft ihren Weg zum Ecktisch. Philip erhob sich.

»Philip, das ist Freda Stansdale«, stellte Ruth vor. »Sie ist die glückliche Gewinnerin des Hi-Fi-Gerätes. Als ich ihr sagte, daß wir gar keinen Plattenspieler besitzen, versprach sie mir, wir könnten unseren Trostpreis auf ihrem neuen Gerät abspielen.«

Alle lachten, und Philip gratulierte: »Herzlichen Glückwunsch zu Ihrem großartigen Gewinn.«

Freda Stansdale lächelte etwas kläglich. »Wenn wir ihn nicht verkaufen können, bedeutet er für uns leider gar nichts. Mein Mann ist ständig unterwegs mit seiner Einheit, und wir haben nicht genug Geld, um das Ding irgendwo lagern zu können.«

»Dann würde ich den Apparat natürlich verkaufen. Warum bitten Sie nicht Ihren Gatten an unseren Tisch, dann könnten wir gemeinsam etwas trinken und überlegen, wie wir einen Käufer finden.«

Mrs. Stansdale dachte einen Augenblick nach. Der Vorschlag schien ihr zu gefallen. »Ich muß wirklich sagen – es würde nichts schaden, wenn ich ihn von dem Haufen da drüben loseisen könnte«, sagte sie mit einer Kopfbewegung in Richtung auf die lärmende Gruppe, die sich um ihren Mann geschart hatte. »Wenn Sie noch einen Moment hierbleiben, dann werde ich ihn holen.«

Als sie gegangen war, fragte Ruth schnell: »Und was tun wir jetzt?«

»Wir müssen nach dem Gehör spielen, improvisieren.«

Kurz darauf kam Freda Stansdale mit ihrem Mann an der Hand zurück. Man gruppierte sich um den Tisch, und Philip bestellte Getränke. Zunächst bestand die Unterhaltung nur in scherzhaften Anspielungen auf die gewonnenen Preise und die Anzahl der Runden, die Norman Stansdale zur Feier des Gewinns hatte ausgeben müssen.

»Sind Sie mit Ihrem Urlaub zufrieden?« fragte Ruth mit ihrem warmherzigen Lächeln.

»Er war prima, das muß ich sagen«, antwortete der Soldat. »Mein Pech ist nur, daß ich am Freitag schon wieder zurückmuß.«

Seine Frau unterbrach ihn gutgelaunt. »Lassen Sie sich von ihm nichts vormachen. Er liebt das Leben und ist froh, wenn er mich wieder verlassen kann.«

Stansdale zwinkerte Philip zu und hob sein Glas: »Auf alle Liebchen und die Ehefrauen – und auf daß sie sich nie begegnen mögen.«

Als Philip lächelte und sein Glas erhob, sprach Ruth ihn über den Tisch schnell an. »Freitag … war das nicht auch der Tag, an dem der arme Rex wieder zu seiner Einheit sollte?«

Philip nahm den ihm zugespielten Ball auf. »Ja, wirklich. Am Freitag.« Ganz beiläufig wandte er sich an Stansdale: »Ruth spricht von einem ihrer Bekannten – er war wie Sie auf Urlaub hier. Nur wird die Armee ihn nie mehr wiedersehen. Er hat vor kurzem Selbstmord begangen. Sie haben vielleicht in den Zeitungen davon gelesen.«

»Doch nicht der Soldat in dem Hotel in Maidenhead«, rief Freda neugierig erregt.

Ruth nickte nüchtern. »Doch, der war es. Rex Holt. Eine sehr traurige Angelegenheit.«

»Und er war ein Freund von Ihnen?« fragte Norman mit vor Überraschung weit aufgerissenen Augen.

»Ja«, antwortete Ruth. »Ein sehr lieber Freund.«

»Da schlag doch einer lang hin! Die Welt ist wirklich klein.«

»Warum?« fragte Philip so ruhig, wie er es vermochte. »Kannten Sie ihn?«

»Ihn nicht. Aber ich habe seinen Bruder kennengelernt.«

Philip nahm hastig einen Schluck Bier, während Ruth in ihrer Handtasche nach Zigaretten zu suchen begann, um ihre Erregung zu verbergen.

»Das ist wirklich sonderbar«, antwortete Philip beiläufig. »Wo haben Sie ihn kennengelernt?«

»In seinem Studio. Er hat ein sehr schönes Atelier nicht weit von der Westminster-Brücke. Er hat vor ein paar Monaten Fotos von meiner Frau und mir aufgenommen.«

Es gelang Philip, seine Fassung zu bewahren. »Der Bruder von Rex hat Fotos von Ihnen gemacht? Sind Sie sicher? Wie heißt denn dieser Fotograf?«

»Philip Holt«, antwortete Stansdale liebenswürdig. »Das war übrigens vom Anfang bis zum Ende eine recht eigenartige Sache. Freda und ich haben niemals kapiert, was das alles eigentlich sollte. Nicht wahr, altes Mädchen?«

Freda kicherte. »Nein, wirklich nicht. Dafür haben wir die Fünfzig-Pfund-Banknote aber sehr gut verstanden. Die zumindest hatte einen Sinn.«

»Das klingt ja wie aus einem Roman«, warf Ruth ein. »Die Geschichte müssen Sie uns unbedingt erzählen.« Gottlob sind die beiden vom Bier und der freudigen Aufregung von vorhin ein wenig durcheinander, dachte sie, sonst würden sie sicherlich zwei und zwei zusammenzählen und uns durchschauen.

Zum Glück war Freda Stansdale der Frauentyp, der gern schwatzte und dazu keiner besonderen Aufforderung bedurfte. Die Geschichte, die sie nun erzählte – häufig von ihrem Mann unterbrochen –, war wirklich »vom Anfang bis zum Ende« eine recht eigenartige Sache. Philip und Ruth konnten nur mit allergrößter Selbstbeherrschung verhindern, daß sie sich im Laufe der Erzählung verrieten.

»Es war im vergangenen Februar, kurz vor dem Ende von Normans Urlaub.«

»Wir waren völlig pleite, ohne jede Reserve«, warf Stansdale ein.

»Das kann man wohl sagen. Ich glaube nicht, daß wir beide zusammen mehr als zehn Shilling zusammengekratzt hätten. Wir tranken gerade ein Bier in einer Kneipe am Strand, als dieser schäbig aussehende Typ zu uns an den Tisch kam und uns ansprach. Er heiße Cliff Fletcher, sagte er, und er brauche Modelle für ein Publicity-Foto. Angeblich arbeitete er für eine Werbeagentur oder so etwas.«

»Ich muß gestehen, daß mir die Sache zunächst gar nicht gefiel«, gestand Stansdale, während er mit schon etwas starrem Blick in sein Bierglas schaute. »Zuerst dachte ich, dieser Kerl wollte Freda als Akt aufnehmen. Dann aber sagte er, ich sollte auch dabeisein, und er brauchte nichts als unsere Gesichter. Er bot uns bare fünfzig Pfund für die Arbeit. Nun – ich sagte ja schon, wir waren restlos pleite. Daher haben wir uns zwar noch ein wenig geziert, dann aber doch recht schnell zugesagt.«

»Dieser schäbige Kerl gab uns seine Karte mit der Adresse eines Fotostudios.« Freda spann jetzt den Faden weiter. »Es war das Atelier von Philip Holt nahe der Westminster-Brücke, von dem wir schon gesprochen haben. Wir versprachen, am folgenden Morgen um zehn Uhr dazusein. Ich kann Ihnen sagen: Norman und ich haben die ganze Nacht hin und her überlegt, kamen dann aber doch zu dem Schluß, es könnte uns nicht viel passieren. Und das Geld war schließlich ausschlaggebend für uns.«

»Und sind Sie denn auch entsprechend bezahlt worden?« fragte Ruth.

»O ja!«

»Was für Fotos wurden denn von Ihnen aufgenommen?«

»Prima, einfach prima!« prahlte Stansdale. »Die wären noch toller gewesen, wenn Freda wirklich hätte als Eva posieren müssen.« Er zwinkerte Philip wieder heftig zu. »Sie werden es vielleicht nicht glauben, aber sie hat einen gar nicht so schlechten …«

»Norman!« rief seine Frau ihm in gespielter Entrüstung zu, wobei sie ihm einen neckischen Rippenstoß versetzte. »Nun höre aber auf, junger Mann! Keine Bettgeheimnisse ausplaudern!« Sie wandte sich Ruth zu. »So sind die Männer!«

»Die sind alle gleich«, stimmte Ruth heiter zu. »Was war denn nun mit den Fotos?«

»Nun, um mit Norman zu reden: Sie waren ›prima‹. Ich mußte mir ein Akkordeon mit einem Riemen um die Schulter hängen. Norman stand hinter mir und grinste in die Kamera, während ich selbst so tun mußte, als konzentrierte ich mich ganz auf die Klaviatur. Ich kann keinen einzigen Ton spielen. Sie können sich denken, wie ich mich da mit dem Instrument auf dem Schoß fühlte. Nach einer Weile hatte ich mich aber daran gewöhnt. Die haben dann dutzendweise Bilder aufgenommen, und zwar immer mehr oder weniger dieselben. Der einzige Unterschied war, daß ich meine Finger in jeweils anderer Stellung auf den Tasten halten mußte.«

»Und Philip Holt hat selbst die Aufnahme gemacht?« fragte Philip.

»Ja.«

»Und war noch jemand dabei?«

»Nur dieser blöde Fletcher. Er saß daneben und gab Ratschläge oder Anweisungen an Hand eines Stück Papiers.«

»Eines Stück Papiers? Wozu war das denn gut?«

»Norman und ich sind nie dahintergekommen. Immer wieder wurde eine Pause eingelegt, und während wir unter den Scheinwerferlampen schwitzten, steckten die beiden über dem Stück Papier, das der schmierige Kerl in der Hand hielt, die Köpfe zusammen. Dann mußte ich wieder die Fingerstellung auf den Tasten ändern, wonach neue Aufnahmen gemacht wurden. Es war wirklich sonderbar.«

»Und das war alles? Mehr brauchten Sie nicht zu tun?«

»Ja, das war alles.«

»Was für ein Typ ist denn dieser Philip Holt?« fragte Ruth unschuldig. »Sieht er seinem Bruder ähnlich? Ich nehme an, Sie haben die Bilder von Rex in den Zeitungen gesehen.«

»Das ist schwer zu sagen, wirklich …«

Philip durchlebte ein paar unangenehme Sekunden, als Fredas Blick auf ihm ruhte, während sie nachdachte. Er starrte vor sich auf das Foto von Muffet auf dem bunten Schallplattenumschlag, froh, daß zwischen ihm und seinem jüngeren Bruder keine auffallende Ähnlichkeit bestand. Ruth hatte ihn zwar die ganze Zeit mit ›Philip‹ angesprochen, doch hoffte er, daß die Stansdales diesen Umstand als zufälliges Zusammentreffen akzeptierten. Sollten sie jedoch eine Familienähnlichkeit feststellen, dann würden sie wohl mißtrauisch werden und keine weiteren Fragen mehr beantworten.

»Nein, ich glaube, er war ihm nicht sehr ähnlich«, antwortete Freda schließlich.

»Rex war sehr groß«, regte Ruth sie zu weiteren Äußerungen an. »Groß und blond und sehr gut aussehend.«

»War er das?« Stansdale schüttelte den Kopf. »Dann muß ich sagen, daß die Brüder sich überhaupt nicht ähnlich sahen, auch wenn der Fotograf recht groß war, nicht wahr, Freda?«

Seine Frau nickte, schien jedoch an diesem Aspekt der Geschichte nicht sehr interessiert. Obwohl sie das außerordentlich bedauerten, wagten Ruth und Philip doch nicht, in dieser Richtung weiterzubohren.

»Und was geschah dann?« fragte Ruth.

»Nichts, das war's. Gegen Abend wurden wir bezahlt und entlassen. Ich habe seither keinen der beiden mehr gesehen. Da mein Urlaub vorbei war, habe ich die komische Geschichte schnell vergessen.«

»Und haben Sie jemals eines der von Ihnen aufgenommenen Fotos gesehen?«

»Damals nicht, nein.«

»Aber Sie haben sie inzwischen gesehen?«

»Ja, das habe ich. Ist auch so eine komische Geschichte. Das war erst vor ein paar Tagen. Ich war gerade in Aldershot und besuchte dort ein paar Kameraden – hatte sie schon ewig nicht gesehen. Während wir in einem Lokal mit Pfeilen nach der Zielscheibe werfen, marschiert so ein Zivilist herein und kommt nach kurzem Gespräch mit dem Barmann zu mir, um mir ein paar von den Fotos zu zeigen. Ich kann Ihnen sagen, noch nie in meinem Leben war ich so überrascht.«

»Und dann?«

»Nun, er fragte mich, wo die Fotos aufgenommen wurden, wieviel Geld wir dafür erhalten hätten und so weiter. Natürlich wollte ich von dem Kerl wissen, was, zum Teufel, er mit dieser Sache zu tun habe. Und was tat der, grinst nur und holt seinen Ausweis hervor. Scotland Yard! Da war ich zunächst einmal bedient. Er sagte mir aber, ich hätte nichts zu befürchten. Es handle sich nur um eine Routinenachforschung. Ich kann mir auch nicht denken, daß wir etwas Unrechtes getan haben könnten. Was meinen Sie?«

»Wie bitte? … Etwas Unrechtes – nein, natürlich nicht«, antwortete Philip zerstreut. »Im Gegenteil. Es war ganz vernünftig von Ihnen, auf diese Art fünfzig Pfund einzukassieren. Ich wünschte, mir machte jemand das gleiche Angebot. Was meinen Sie, meine Liebe«, sagte er mit einem flüchtigen Blick auf die Armbanduhr zu Ruth, »es wird spät. Wir sollten uns wohl auf den Weg machen. Habe mich sehr gefreut, Sie kennenzulernen«, sagte er zu den Stansdales. »Ich hoffe, Sie haben noch viel Freude an Ihrem restlichen Urlaub.«

Man schüttelte sich die Hände, und Philip ging die Mäntel holen. Ruth traf ihn in der Vorhalle wieder. »Und was geschieht jetzt?« fragte sie gespannt.

»Es gibt da einen gewissen Herrn namens Hyde, mit dem ich mich gern unterhalten würde«, antwortete Philip grimmig.

»Sind Sie sicher, daß es der Inspektor war, der die Stansdales in der Bar in Aldershot ausfindig gemacht hat?«

»Hyde oder einer seiner Leute. Wer es auch immer war, es ist doch eine unangenehme Situation. Man kann es Stansdale und seiner Frau nicht verargen, daß sie einem Betrüger aufgesessen sind. Wenn ich mich jetzt aber nicht beeile und Inspektor Hydes Illusionen zerstöre, dann wird er mir im Handumdrehen einen Haftbefehl anhängen.«

»Warum hat er das nicht schon getan? Er muß das alles doch seit mehreren Tagen gewußt haben.«

»Vielleicht liebt er es, Katze und Maus zu spielen. Ich muß ihn jetzt unbedingt sprechen und mich von diesem Verdacht befreien.«

Unterdessen waren sie auf der Straße angelangt, wo Philip sich nach einer Telefonzelle umsah und darin verschwand. Ruth wartete draußen auf ihn.

Eine Minute später war er bereits wieder bei ihr, blaß vor Ärger und Sorgen. »Verdammt noch mal! Er weigert sich, mich heute abend noch zu treffen. Die Sache hätte bestimmt bis morgen Zeit, meint er.«

»Aber was hat er denn gesagt, als Sie –«

»Er ließ mich überhaupt nicht richtig zu Wort kommen. Ich habe das Gefühl, es macht ihm so richtig Spaß, mich zappeln zu lassen. Er will morgen vormittag gegen elf im Studio vorbeikommen. So uninteressiert und nichtssagend habe ich ihn noch nie kennengelernt. Ich kann den Mann wirklich nicht verstehen.«

»Die Männer sind schon ein schwieriges Volk«, murmelte Ruth.

9

Die Zusammenkunft zwischen Inspektor Hyde und Philip am folgenden Morgen verlief ziemlich stürmisch. Ruth, die ihr zwar offiziell nicht beiwohnte, die nachlässigerweise die Bürotür jedoch nicht ganz zugemacht hatte, sagte hinterher zu Philip: »Sie wirkten wie ein ungezogener Schuljunge, der in Schwierigkeiten ist, weil er etwas getan hat, oder schlimmer noch, weil er etwas nicht getan hat.«

Philip eröffnete das Gespräch recht ungeschickt mit einem Frontalangriff. »Was, zum Teufel, spielen Sie eigentlich für ein Spiel, Inspektor?«

Hyde reagierte völlig unerschüttert. »Könnten Sie sich vielleicht etwas präziser ausdrücken, Sir?«

»Sie wissen doch ganz genau, was ich meine. Ich spreche von den Fotos der Reynolds. – Oder, um die Sache auf den neuesten Stand zu bringen, von den Fotos des Ehepaares Stansdale. Als Sie zuletzt hier waren, da zeigten Sie mir diese blöden Dinger zum x-ten Male und fragten mich, ob ich das Paar kannte.«

»Stimmt, Mr. Holt. Und Sie sagten mir, das sei nicht der Fall.«

Lange unterdrückte Wut brach jetzt aus Philip heraus. »Grundgütiger Gott, Mann! Und während der ganzen Zeit waren Sie hundertprozentig davon überzeugt, daß ich die beiden nicht nur kannte, sondern auch noch ihre Bilder hier in diesem Studio selbst aufgenommen hätte.«

»War ich wirklich davon überzeugt, Sir?«

»Natürlich waren Sie das – das müssen Sie doch gewesen sein.«

Hyde lächelte freundlich. »Also gut; lassen wir es dabei. Dann darf ich Sie nochmals fragen: Haben Sie die Aufnahmen gemacht?«

»Nein, das habe ich nicht! Aber ich kann nicht erwarten, daß Sie mir das glauben, wenn –«

»Warum eigentlich nicht, Mr. Holt? Ich bin gar kein so ungläubiger Thomas. Wäre ich das, dann gäbe es in diesem Fall mindestens fünf Aspekte, die mir Verdachtsgründe, wenn nicht gar Anlaß zu einer Verhaftung gegeben hätten.«

»Fünf? Könnten Sie wohl Ihre übertriebene Vorsicht einmal aufgeben und sie mir nennen?«

Hyde holte seine Pfeife aus der Tasche und begann sie umständlich zu stopfen. Ein unparteiischer Beobachter hätte ohne Zweifel gemerkt, daß er damit Philip Zeit geben wollte, seinen Zorn abzukühlen. Dann suchte er in allen Taschen nach Streichhölzern und zündete sich schließlich die Pfeife an.

»Warum sollte ich das nicht tun, Mr. Holt? Vielleicht veranlaßt es Sie, mir etwas mehr Vertrauen zu schenken, wenn ich Sie an die verschiedenen Gelegenheiten erinnere, bei denen ich gegenüber Ihren – nun sagen wir einmal – häufig düsteren Situationen eine verhältnismäßig vertrauensvolle Haltung eingenommen habe. Und jetzt will ich Ihnen schildern, wie sich bisher die Geschichte des Falles Rex Holt durch das amtliche Mikroskop zeigt.«

»Das wäre wirklich interessant«, antwortete Philip spitz.

»Fangen wir also ganz vorn an, beim Tod Ihres Bruders … Das kriminalistische Lehrbuch gibt in solchen Fällen den Rat, zunächst nach dem ›Motiv‹ und nach der günstigen ›Gelegenheit‹ zu suchen. Sie hatten eine günstige Gelegenheit, Ihren Bruder zu ermorden, weil Sie nach Ihrem eigenen Eingeständnis in seiner Todesnacht nur wenige Meilen von ihm entfernt waren. Ich habe selbstverständlich Ihr Alibi genau überprüft und bin dabei zu der Schlußfolgerung gekommen, daß Sie die Wahrheit gesagt haben.«

»Furchtbar nett von Ihnen.«

»Nun ja, wie das bei Alibis fast immer ist – auch Ihres war natürlich nicht unerschütterlich. Es bleibt Tatsache, daß Sie damals wirklich nach Marlow gefahren sind, dort als Preisrichter mitwirkten, und daß Sie auf dem Rückweg ins Royal-Falcon-

Hotel hätten einschleichen *können.* Sie hätten Ihren Bruder erschießen, einen Selbstmordbrief fälschen und während des lauten Treibens und Getümmels des Festes der Theatergesellschaft unbemerkt aus dem Hotel entkommen können. Sie und ich wissen, daß es nicht so gewesen ist; doch werden Sie als Mann mit gesundem Menschenverstand zugeben, daß es so hätte sein *können.*«

»Theoretisch: ja«, gab Philip grollend zu.

»Danke. Nun weiter im Text. Als ich Ihnen die Notiz am Bett Ihres Bruders zeigte, sagten Sie mir, die Handschrift Ihres Bruders sei unverkennbar.«

»Ich gebe zu, daß es mir so schien. Sie sah genauso aus wie die Handschrift von Rex. Sie kann es aber nicht gewesen sein – denn Rex wurde ermordet.«

»Genau das. Die Schriftsachverständigen haben inzwischen herausgefunden, daß es sich dabei um eine geschickte Fälschung handelt.«

»Ich verstehe.«

»Und wer hat gefälscht, Mr. Holt? Wer wäre besser in der Lage, eine geschickte Nachahmung der Handschrift von Rex Holt fertigzubringen als sein eigener Bruder, der ihn ein Leben lang gekannt hat? Und konnte nicht Ihre unbeugsame Feststellung, daß er die Notiz geschrieben haben muß, nur dazu dienen, mich eben das glauben zu machen?«

»Du lieber Himmel, Inspektor! Sie wollen mir doch nicht etwa unterstellen –«

»Ich unterstelle gar nichts, Mr. Holt«, antwortete Hyde besänftigend. »Denken Sie bitte daran, daß ich Ihnen im Augenblick die Geschichte nur so erzähle, wie sie sich durch das amtliche Mikroskop anschaut.«

»Ich verstehe. Sprechen Sie weiter, Inspektor.«

»Jetzt wollen wir uns einmal mit dem Motiv befassen, dem wichtigsten Faktor in einem Mordfall. Wer hatte etwas durch den Tod Ihres Bruders zu gewinnen? Auf den ersten Blick gab es nur eine einzige Person: Sie. Die bei einem Treuhänder für ihn hinterlegte Summe von 20 000 Pfund Sterling fiel automatisch an Sie, wenn er vor dem Antritt dieses Erbes starb.«

»Irgend jemand muß alles das gewußt und versucht haben, mir die Schlinge um den Hals –«

Hyde hob abwehrend die Hand, um Philips Redefluß einzudämmen. »Ich erzähle nur, welchen Augenschein es hatte oder haben konnte. Eine große Summe Geld gelangte dadurch in Ihre Hände. Natürlich fragte ich mich – brauchten Sie es überhaupt? Die Dinge begannen erst richtig schwarz für Sie auszusehen, als ich herausfand, daß die Antwort ›Ja‹ lautete. Sie brauchten es sehr dringend. Ihr Geschäft war durch eine bedenkliche Flaute gegangen, und Sie hatten erschreckend viel Schulden gemacht. Ihre Scheidung kostete Sie jedes Jahr eine schöne Stange Unterhalt und –«

»Verdammt noch mal, das hatte ich doch alles offen zugegeben.«

»Das weiß ich wohl. Aber das ändert alles nichts an den Tatsachen, die wir früher oder später ohnehin herausgefunden hätten. Nun also …« Einen Augenblick lang schien Hyde aus einem unerklärlichen Grunde verlegen. »… Also … ich muß um Vergebung bitten, wenn ich jetzt zu einem etwas delikaten Aspekt komme – man *konnte* nämlich auch noch zu der Schlußfolgerung gelangen, daß materieller Gewinn nicht Ihr einziges Motiv war, sich Ihres Bruders zu entledigen. Da ist ja noch die Geschichte mit Miss Sanders.«

»Ruth? Was, zum Teufel, hat die damit zu tun?«

»Aber regen Sie sich doch nicht auf! Ich wiederhole, daß ich Ihnen hier nur einen hypothetischen Fall schildere, wenn auch mit absolut natürlichen Begründungen. Aus verschiedenen Nachforschungen und Beobachtungen haben wir herausgefunden, daß Miss Sanders vor längerer Zeit sehr eng mit Ihrem Bruder befreundet war; und ich neige zu der Annahme, ob Sie bereit sind, es einzugestehen oder nicht, daß Sie selbst die junge Dame außerordentlich schätzen, Mr. Holt.«

Philips Gesicht lief dunkelrot an. »Hören Sie mal, Inspektor … meine Beziehungen zu meiner Sekretärin sind rein beruflicher Art. Sie ist ein sehr hübsches Mädchen, aber –«

»Es tut mir leid, und Sie müssen verzeihen, wenn meine Ausdrucksweise in dieser Hinsicht unbeholfen ist, Sir. Ich habe nicht die Absicht, in Ihr Privatleben einzudringen; aber ich bin Polizeibeamter, der einen Mordfall zu untersuchen hat und daher jedes nur denkbare Detail in Betracht ziehen muß. Man könnte natürlich zu der Schlußfolgerung kommen, daß Sie sich mit der Beseitigung Ihres Bruders auch Ihres Hauptrivalen im Kampf um die Zuneigung von Miss Sanders entledigen wollten.«

»Das ist wirklich unerhört! Miss Sanders ist nichts als eine sehr tüchtige Sekretärin –«

»Dann müssen Sie blind sein, Mr. Holt. Sie ist ganz gewiß mehr als das. Wir wollen uns damit aber nicht aufhalten. Der vierte der fünf Aspekte ist die Geschichte mit Sean Reynolds. Stellen Sie sich meine Gefühle vor, als selbst die intensivsten Nachforschungen eines großen Teams von Scotland Yard nicht den geringsten Beweis für die Existenz dieses Paares und die Richtigkeit Ihrer Geschichte erbrachten. Kein Soldat namens Sean Reynolds in Hamburg – kein Verkehrsunfall – keine Witwe in Dublin – und keine Fotografie, noch Brieftasche unter den persönlichen Sachen Ihres Bruders. Ich muß gestehen, daß mir das alles nicht sehr behagte.«

»Das begreife ich; aber wie war es, als die Fotos schließlich doch auftauchten?«

»Das hat das Rätsel nur noch komplizierter gemacht. Ich hatte nichts als Ihr Wort … Die Art und Weise, wie das Foto plötzlich in Ihrem Schaukasten erschien, zu dem nur Sie und Ihre Sekretärin einen Schlüssel hatten … ich hoffe, Sie können es mir verzeihen, wenn ich in dieser Angelegenheit nur sehr unbehagliche Gefühle hatte.«

»Sie hatten genug Verdachtsgründe, um mich zehnmal zu verhaften, das muß ich zugeben.«

»Ja.« Hyde stand auf, lächelte, klopfte seine Pfeife im Aschenbecher aus und schlenderte ans Fenster hinüber. »Doch bin ich glücklicherweise kein impulsiver Mensch, Mr. Holt.«

Er wandte sich um und ging ein paarmal im Zimmer auf und ab.

»Ich ziehe es vor, auf Grund von Tatsachen und nicht von Eingebungen und Verdachtsmomenten zu handeln. So hätte ich beispielsweise auch einige zweifelhafte Schlüsse aus dem Attentat auf Wilson ziehen können. Er wurde bald, nachdem er dieses Studio verlassen hatte, angeschossen. Sie selbst hatten zugegeben, daß Sie das Haus verlassen hatten, um etwas frische Luft zu atmen. Vernünftigerweise wird niemand Ihnen unterstellen, Sie seien in Ihren Wagen geklettert, wären Wilson auf seinem Zug durch die verschiedenen Kneipen heimlich gefolgt und hätten ihn dann vor dem Lokal ›Zum Elefanten‹ angeschossen. Aber Sie hätten leicht ein außerhalb Ihres Hauses befindliches Telefon benutzen können, um den Zwischenfall zu arrangieren. Und es wäre Ihnen auch möglich gewesen, den Gedichtband heimlich in den Koffer von Wilson zu schmuggeln, bevor dieser von Ihnen fortging.«

»Der Gedanke wäre mir nie gekommen.«

»Ich bin davon überzeugt. Dennoch lag es im Bereich des Möglichen. Und noch etwas: Es machte mich nicht gerade glücklich, als Wilson in seinem Delirium immer wieder von Ihnen phantasierte und Sie aufforderte, die Fotografie zu vernichten.«

Philip schüttelte den Kopf wie ein Boxer, der gerade einen schweren Treffer hat einstecken müssen und noch benommen darum ringt, seine volle Denk- und Reaktionsfähigkeit wiederzuerlangen. »Ich wundere mich wirklich, Inspektor, daß Sie nicht mein Foto an die Anschlagsäulen hängen ließen, mit der Unterschrift ›Staatsfeind Nr. eins‹. Sie waren sogar liebenswürdig genug, einige weitere Aspekte fortzulassen, beispielsweise den heimlichen Besuch von Dr. Linderhof hier und den Versuch, Mrs. Curtis zu überfahren, und zwar vor dem Café, in dem ich mich mit ihr verabredet hatte. Nicht zu vergessen übrigens der Mord an Quayle mit meinen Fingerabdrücken auf dem Messer.«

Hyde lächelte rätselhaft. »Dann kam die überraschende Wahrheit in bezug auf die Akkordeon-Fotos. Ich war ehrlich erstaunt, als Sergeant Thompson mir meldete, es sei ihm gelungen, die Leute aufzuspüren, die dafür Modell gestanden hätten, und daß sie ihm berichtet hätten, sie seien von Philip Holt in dessen Studio in Westminster fotografiert worden! Ich kann Ihnen sagen, daß es für mich eine Zeit voll schwerer Sorgen war, bis unsere Nachforschungen ergaben, daß Sie die Fotos gar nicht aufgenommen haben konnten, weil –«

»Weil ich im Februar auf den Bermudas war.«

»Genau das!« Der Inspektor ging zu dem Stuhl, auf dem er seine Aktentasche deponiert hatte, und holte einen Briefumschlag hervor, der einige Notizen trug. »Sie trafen am 2. Februar in Bermuda ein und reisten am 28. wieder ab. Sie wohnten im Ocean-Beach-Hotel, und zwar auf Zimmer 102.«

Zum ersten Male an diesem Morgen entspannte sich Philips Gesicht zu einem Lächeln. »Sie scheinen aber immerhin nicht herausgefunden zu haben, was ich zum Frühstück gegessen habe, Inspektor.«

Hyde lächelte. »Wenn es sich als notwendig erweisen sollte, würden wir das wohl auch noch bewerkstelligen.« Mit diesen Worten schob er den Umschlag wieder in die Aktentasche. »Nun, Mr. Holt: Ich hoffe, dieser kleine Schwatz hat dazu beigetragen, die Atmosphäre zwischen uns zu bereinigen, so daß wir in Zukunft ganz aufrichtig zueinander sein können.«

»Sicher hat er das. Sie waren sehr offen zu mir.«

»Vielleicht belohnen Sie dann dieses Kompliment mit einem Bericht darüber, wie es dazu kam, daß Sie gestern abend in Camden Town zu dem Tanzabend waren? Wie Sie sehen, sind wir nach wie vor über alle Ihre Schritte unterrichtet.«

Philip hüstelte verlegen. »Ich … ich hatte neulich abend eine kleine Auseinandersetzung mit einem Mann namens Fletcher. Ich überraschte ihn, wie er meine Wohnung durchsuchte. Er warf sein Messer nach mir – und es kam zu einem kleinen Ringkampf, nach dem er meine Wohnung ziemlich eilig verließ. Er hatte nicht gefunden, was er suchte; dagegen fand ich hinterher seine Brieftasche auf dem Fußboden. In dieser Tasche lag eine Eintrittskarte zu dem Tanzabend, auf deren Rückseite die Namen Rex Holt, Andy Wilson und Luther Harris notiert waren. Rex hatte seinerzeit erwähnt, daß er zu diesem Tanz gehen wollte, und so hielt ich es für eine gute Idee, nun meinerseits hinzugehen. Ich nahm Miss Sanders mit, damit es natürlicher aussah.«

Inspektor Hydes Augenbrauen hatten sich langsam zu riesengroßen Halbbögen erweitert. »Und Sie beschuldigen *mich*, ich sei hinterhältig und verschwiegen und verheimlichte Ihnen alles mögliche, Sir! Meinen Sie nicht auch, daß Sie mir das alles schon ein wenig früher hätten erzählen sollen?«

Philip grinste. »Unser Vertrag über wechselseitige Zusammenarbeit ist gerade erst abgeschlossen worden, Inspektor.«

Hyde konnte seinen Ärger nicht ganz verheimlichen. »Also gut. Ich könnte Ihnen zwar jetzt einen Gesetzestext über das Verschweigen wichtiger Informationen gegenüber den Behörden zitieren, Mr. Holt; doch nehme ich an, daß Sie in Zukunft wissen, worum es geht. Wie wär's, wenn Sie mir jetzt ein wenig mehr über diesen Herrn Fletcher und diese ›kleine Auseinandersetzung‹ mit ihm berichteten?«

Philip entsprach der Aufforderung und gab sich diesmal große Mühe, nichts auszulassen. Hyde lauschte gespannt und prüfte dann das noch immer in der Blechbüchse steckende Messer, das Philip aus einer Schublade hervorholte.

»Sie haben bemerkenswertes Glück gehabt, Sir. Ich glaube nicht, schon mal gehört zu haben, daß eine Büchse jemandem das Leben gerettet hat. Haben Sie den Griff berührt?«

Philip schüttelte den Kopf. »Seine Fingerabdrücke müßten noch drauf sein.«

»Gut. Und haben Sie sich diesen Fletcher gut einprägen können?«

»Ja. Ich würde ihn sofort wiedererkennen, wenn ich ihn sehe.«

»Das ist eine große Hilfe.« Hyde holte ein Notizbuch aus seiner Aktentasche. »Geben Sie mir doch bitte eine Personenbeschreibung.«

Nachdem Philip den Mann genau geschildert hatte, fragte der Inspektor: »Haben Sie auch noch die Eintrittskarte zu dem Tanzabend aufbewahrt?«

»Ja, ich brauchte sie nur vorzuzeigen und nicht abzugeben. Hier ist sie.«

»Danke. Die Karte selbst ist unwichtig, doch könnte es aufschlußreich sein, die Handschrift auf der Rückseite zu analysieren. Und Sie gingen mit der Ahnung zum Tanz, der Abend könnte sich als interessant erweisen?«

»Ja. Vor allem war ich auch neugierig zu erfahren, aus welchem Grund der Name Luther Harris mit den beiden anderen auf der Karte stand.«

»Erschien er auch auf dem Tanzfest?«

»Ja, sicher, er war offenbar sogar der Organisator. Er scheint einige jugendliche Schlagersängerinnen zu protegieren –«

»Das ist uns bekannt. Haben Sie ihm die Eintrittskarte gezeigt?«

»Ja. Und ich hatte das Gefühl, daß es ihm einen ziemlichen Schock versetzte. Doch hat sich insgesamt nichts ergeben. Ich bin nicht einmal sicher, ob er diesen Messerwerfer namens Fletcher kennt; allerdings hatte ich den Eindruck, als ob ihn die ganze Geschichte höchst beunruhigte.«

»Das kann ich mir lebhaft vorstellen«, bemerkte der Inspektor trocken. »Sie sagten vorhin, Fletcher und diese Frau aus Brighton, Mrs. Seldon, hätten Ihre Wohnung nach dem Schlüssel durchsucht. Die beiden müssen ziemlich ärgerlich gewesen sein, als Sie ihnen sagten, Sie hätten den Schlüssel der Polizei übergeben.«

Philip ließ ein schuldbewußtes Räuspern hören. »Leider waren die beiden sehr gut informiert. Ich hatte mir ein Duplikat des Schlüssels anfertigen lassen, und sie wußten es.«

Hyde runzelte die Stirn. »Das war aber auch eine seltsame Handlungsweise, Mr. Holt.«

»Mag sein. Aber ich war fest davon überzeugt, daß der Schlüssel von entscheidender Bedeutung sei. Allzu viele Leute haben versucht, ihn in die Hand zu bekommen; so hielt ich es für richtig, mir ein Duplikat machen zu lassen. Außerdem bin ich noch immer nicht völlig davon überzeugt, daß er wirklich nicht Rex gehörte.«

»In dieser Hinsicht kann ich Sie beruhigen. Mrs. Curtis behauptete, der Schlüssel gehöre ihr, und sie bewies es, indem sie damit ihre Privatwohnung auf- und zuschloß. Natürlich kann sie ihn aus irgendeinem Grunde Ihrem Bruder gegeben haben.«

Die leichte Anspielung in der Feststellung des Inspektors war eindeutig, doch schüttelte Philip den Kopf. »Rex war sicherlich ein Frauenjäger. Doch würde ich sagen, daß Mrs. Curtis für seinen Geschmack zu alt war.«

»Da möchte ich Ihnen beipflichten.« Der Inspektor warf einen kurzen Blick auf die Armbanduhr und stand auf. »Ich muß jetzt gehen. Da fällt mir noch etwas ein – Sie haben mir noch gar nicht berichtet, wie Ihr Besuch bei Andy Wilson im Krankenhaus ausgegangen ist.«

»Es ist überhaupt nichts dabei herausgekommen. Der Mann schwieg wie ein Grab, abgesehen von einigen blöden Warnungen, ich sollte meine Nase nicht so tief in diese Angelegenheit stecken.«

»Und was haben Sie darauf geantwortet?«

»Daß ich meine Nase so lange hineinstecken würde, bis ich herausgefunden hätte, wer meinen Bruder ermordet hat.«

»Also ein homerisches Streitgespräch, wie mein Sohn sagen würde«, bemerkte der Inspektor mit leisem Lachen. »Das waren starke Worte, Mr. Holt. Ich bin jedoch sehr froh darüber. Schließlich braucht die Polizei in diesem Falle jede nur mögliche Hilfe, und ich gestehe das auch offen ein. Doch vergessen Sie nicht, daß ich dafür bezahlt werde, gewisse Risiken einzugehen, Sie aber nicht. Sollten Sie fortan Mr. Fletcher oder Mrs. Seldon die Straße entlangkommen sehen, dann nichts wie hinüber auf die andere Seite. Und rufen Sie mich sofort an! Ich wäre sehr froh, wenn ich die Bekanntschaft dieser Herrschaften machen könnte.«

»Ich werde daran denken, Inspektor.«

Die beiden Männer schüttelten sich die Hände, und Hyde ging die Treppe hinunter, um das Haus zu verlassen.

Sobald die Haustür hinter ihm ins Schloß gefallen war, erschien Ruth im Büro. Auf ihrem Gesicht gewahrte Philip einen angespannten Ausdruck und eine Röte, die er sich im ersten Augenblick nicht erklären konnte. Mit spröder Stimme fragte sie: »Darf Ihre ›sehr tüchtige Sekretärin‹ Sie daran erinnern, daß Sie um 11.30 Uhr am Bahnhof Charing Cross eine Verabredung haben, um dort ein Modell zu fotografieren?«

Er sah auf seine Uhr. »Um Himmels willen! Ich muß mich beeilen! Wie heißt doch das Mädchen? Ich habe ihren Namen vergessen.«

»Diesmal ist es nicht eines Ihrer Glamourgirls, Mr. Holt. Es ist nur ein – Modellzug.«

»Ach ja! Also dann schnell. Ich brauche die Hasselbind, einen zweiten Film, Ersatzlampen für das Blitzlicht, das Stativ, den –«

»Ist schon alles gepackt und wartet nur auf Sie, *Sir*«, antwortete sie eisig.

»Sie sind doch ein gutes Mädchen.« Erst jetzt kam ihm die Entrüstung in ihrer Stimme zum Bewußtsein. »Sagen Sie mal, Ruth, wieviel haben Sie von der Unterhaltung mitbekommen?«

»Genug.«

»Also lassen Sie sich erklären, Ruth«, begann er. Da schnitt ihm das Läuten des Telefons das Wort ab. »Ach, lassen wir das jetzt. Ich erkläre es Ihnen ein andermal. Ich bin nicht zu Hause. Sagen Sie, ich sei schon fort.«

Er schnappte sich den Koffer mit der Fotoausrüstung, den Ruth bereitgestellt hatte, und lief die Treppe hinunter, zwei Stufen auf einmal nehmend.

Als er gerade an der Hautür angelangt war, rief Ruth ihm von oben nach: »Sind Sie auch für Luther Harris nicht zu Hause? Er sagt, es sei sehr dringend.«

Philip raste auf die gleiche Art die Treppe wieder empor und nahm ihr den Hörer ab. »Luther … Warum, was ist los? … Ich muß gerade in die Stadt, um Aufnahmen zu machen … Also gut, wenn du sagst, es sei so wichtig, dann werde ich dich irgendwo treffen … Charing-Cross-Bahnhof … in etwa einer Stunde? Gut, neben dem Zeitungskiosk, aber du mußt vielleicht etwas warten. Auf bald.« Er legte auf.

Ruth fragte schnell. »Hat es irgend etwas mit gestern abend zu tun?«

»Kann sein. Er sagt, er müßte mir etwas Wichtiges über Rex erzählen. Ich muß jetzt weg. Vergessen Sie nicht, abzuschließen, wenn ich bis Mittag nicht zurück bin.«

»Sie scheinen zu vergessen: Ich bin eine ›*sehr* tüchtige Sekretärin‹, Mr. Holt.«

Nachdem er seine Aufnahmen vom Modellzug gemacht hatte, traf Philip sich mit Luther Harris am Zeitungskiosk des Bahnhofs Charing Cross.

»Was hast du denn auf dem Herzen, Luther?«

Luther Harris sah sich nervös um. Um diese Mittagszeit war nur wenig Betrieb auf dem Bahnhof. »Könnten wir uns nicht woanders unterhalten, alter Junge? Vielleicht in deinem Wagen?«

»Von mir aus gerne.«

Luther verhielt sich völlig schweigsam, während Philip sich auf die schwierige Aufgabe konzentrierte, seinen Wagen durch das gefährliche Gewühl am Trafalgar Square zu dirigieren. Er fuhr unter dem Admiralty Arch durch und dann durch die breite Mall, bis sich weiter draußen in den Grünanlagen ein ruhiger Platz zum Parken wie von selbst anbot. Philip fuhr an den Bürgersteig heran und hielt.

Ein Ford Mustang, dieses Mal ein cremefarbenes Coupé, flitzte vorbei und lenkte für einen kurzen Augenblick seine Gedanken von Luther Harris ab. Er fragte sich, wieviel er wohl noch für seinen Flaminia bekommen würde.

»Philip, hörst du eigentlich zu?« fragte ihn der kleine Mann auf dem Nebensitz vorwurfsvoll.

»Entschuldige, Luther. Ich war mit meinen Gedanken gerade irgendwo in den Wolken. Dann schieß mal los.«

»Als ich das letztemal im Middlesex-Krankenhaus war, gab mir Andy dies hier.« Er wühlte in den Taschen seiner Samtjacke und brachte schließlich einen kleinen Zettel zum Vorschein.

»Was ist das?«

»Ein Schein für die Gepäckaufbewahrung am Victoria-Bahnhof.«

»Und weiter?«

»Andy sagte, Rex habe auf dem Victoria-Bahnhof einen Koffer liegen und habe ihm den Schein gegeben. Dann bat er mich, den Koffer abzuholen und ihn bei mir zu behalten, bis er aus dem Krankenhaus entlassen werde.«

»Gehört der Koffer Rex?«

»Ich nehme an.«

»Warum dann die Eile? Warum läßt Andy ihn nicht einfach dort, bis er entlassen wird?«

»Er sagt, er mache sich deswegen Sorgen. Er möchte, daß der Koffer sicher aufbewahrt wird.«

Philip runzelte die Stirn. »Der Victoria-Bahnhof ist doch sicher genug. Und überhaupt – wenn der Koffer Rex gehört, warum hat Andy den Schein dann nicht mir gegeben? Damit will ich nichts gegen dich gesagt haben, alter Junge; aber immerhin bin ich der Bruder.«

»Das ist es ja gerade, Philip«, antwortete Harris, blinzelte unsicher mit den Augen und fuhr sich nervös mit der Zunge über die dicken, trockenen Lippen. »Andy sagt, es könnten einige private Briefe von ihm selbst in dem Koffer sein. Die sollte ich herausnehmen, bevor ich dir den Koffer gebe.«

»So hatte er wirklich die Absicht, ihn mir zu geben?«

»Ja, das hat er zumindest gesagt.«

»Ich verstehe.« Philip drehte den Zündschlüssel herum und kuppelte aus. »Dann wollen wir ihn mal gleich holen.«

Harris hielt ihn hastig zurück. »Warte doch mal. Ich möchte lieber nicht dabeisein, wenn du nichts dagegen hast.«

»Warum nicht? Was ist denn in dem Koffer? Etwa eine Zeitbombe?«

Der untersetzte kleine Mann nahm die randlose Brille ab und rieb die Gläser mit dem Taschentuch, während er gleichzeitig ein ziemlich nervöses Lachen versuchte. »Nein, nichts dergleichen, wirklich nicht. Höre mal, Philip. Ich will ganz offen zu dir sein … Ich habe einen Fehler gemacht, als ich den Schein annahm. Ich hätte es nicht tun sollen. Weißt du, die Polente ist schon mehrmals bei mir gewesen, um mich wegen Rex und Andy auszufragen. Die sind nur darauf aus, mir etwas anzuhängen, bloß weil ich mit den beiden befreundet war. Und daß die beiden in eine Sache verwickelt sind, die nicht ganz astrein ist, fühlt ja wohl ein Blinder mit dem Stock.«

»Und du willst nichts damit zu tun haben – ist das der einzige Grund?«

Harris sah ihn dankerfüllt an. »Genau das ist es. Das ist es, was ich dir beizubringen versuche.«

Philip betrachtete ihn lange und schüttelte den Kopf.

»Der Himmel mag wissen, was das alles zu bedeuten hat,

Luther. Aber du hast zumindest erreicht, daß meine Neugier geweckt ist. Also gut. Ich werde den Koffer selbst abholen.«

Luthers kurzsichtige Augen verrieten eine ungeheure Erleichterung. Er setzte die Brille wieder auf und sagte: »Ich weiß gar nicht, wie ich dir danken soll, Philip. Ich wußte doch, daß ich mich auf dich verlassen kann.« Dann warf er einen Blick nach rückwärts auf den vorbeiflutenden Verkehr und stieg aus dem Wagen. »Ich muß wieder ins Geschäft.« Nachdem er die Wagentür geschlossen hatte, steckte er nochmals den Kopf durch das geöffnete Seitenfenster und fragte, als ob ihm der Gedanke erst nachträglich gekommen sei: »Was wirst du mit dem Koffer tun, Philip? Ihn den Bullen abliefern?«

Philip zuckte mit den Schultern. »Das hängt ganz davon ab, was drin ist. Sollten es obszöne Postkarten oder etwas Ähnliches sein, wechsle ich vielleicht meine geschäftliche Tätigkeit.«

»Ach so! Also dann … paß auf dich auf, Philip.«

»He, was soll das? Bist du sicher, daß nicht doch eine Zeitbombe drin ist?«

Luther lächelte unsicher. »Auf Wiedersehen, Philip!« Dann eilte er in Richtung auf den Admiralty Arch davon.

Luthers rätselhaftes Verhalten war die Ursache dafür, daß Philip ein unangenehmes Gefühl beschlich, als er an der Gepäckaufbewahrung den Schein abgab und auf den Koffer wartete. Er blickte sich nervös nach allen Seiten um, fast in der Ungewissen Erwartung, daß entweder Hyde oder Cliff Fletcher sich jeden Augenblick auf ihn stürzen würde. Dann kam der Schalterbeamte, unter der schweren Last ächzend, und wuchtete den Koffer mit größter Anstrengung auf den Schaltertisch.

»Mann! Was haben Sie denn da drin? Etwa Ihre Schwiegermutter?«

»Wie haben Sie das erraten?« Philip grinste unbehaglich.

Er war froh, daß er seinen Lancia ziemlich dicht neben dem

Bahnhof hatte parken können. Bis er ihn mit seiner Last erreicht hatte, war er völlig außer Atem.

Philip brachte den Koffer mit Mühe auf den freien Vordersitz, schob sich selbst hinter das Lenkrad und betrachtete argwöhnisch das Gepäckstück. Zumindest war kein Ticken zu hören. Er versuchte, ob die Schnappschlösser sich öffnen ließen, war jedoch keineswegs überrascht, als sie verschlossen waren.

Wieder im Studio angelangt, keuchte er mit dem schweren Koffer die Treppe hinauf und stieß auf Ruth, die noch nicht zur Mittagspause gegangen war. Sie trug einen feschen Hut und Mantel und beendete gerade ein Telefongespräch.

»Ja, das werde ich tun, Inspektor. Sobald er wieder da ist. Auf Wiedersehen!«

Sie legte den Hörer auf, als er die Bürotür hinter sich schloß.

»Gehen Sie denn heute nicht zum Essen?« fragte er sie.

»Ach, da sind Sie ja«, antwortete sie, wobei sie ihren Ärger vorübergehend vergaß. »Eben hat Inspektor Hyde nach Ihnen verlangt. Sie werden nicht erraten, was los ist! Die Polizei hat gerade den Messerwerfer geschnappt!«

»Fletcher?«

»Ja. Zumindest glaubt sie, daß er es ist. Sie sollen hinkommen und ihn identifizieren. Ist das nicht furchtbar aufregend?«

»Allerdings, das ist wirklich eine gute Nachricht. Wo ist er?«

»Auf der Polizeiwache in Chelsea. Hyde schickt einen Wagen, um Sie abzuholen.«

Ruth schaute forschend auf den Koffer.

»Was haben Sie denn da?«

»Wie bitte? Ach, der da ... Das ist ein ... er gehörte Rex, glaube ich. Er hatte ihn auf dem Victoria-Bahnhof zur Aufbewahrung abgegeben.«

»Und wie haben Sie ihn bekommen?«

»Das ist jetzt nicht so wichtig, Ruth. Traben Sie los zu Ihrem Mittagessen, sonst wird Ihnen noch der Salat kalt.«

Sie fauchte entrüstet, folgte aber dem Wink.

Kaum war sie gegangen, holte Philip ein Schlüsselbund hervor und versuchte sich an den Kofferschlössern, aber ohne Erfolg. Widerwillig suchte er nach einem schweren Gegenstand, bis er schließlich den Feuerhaken vom Kamin im Wohnzimmer ergriff.

Der Koffer war solide gebaut, und es kostete Anstrengung, ihn aufzubrechen.

Natürlich war Philip auf eine Überraschung vorbereitet. Worauf sein Blick aber fiel, als er behutsam den Deckel hob, das verschlug ihm fast den Atem.

In diesem Augenblick schellte es unten an der Wohnungstür.

Ein hochgewachsener, muskulöser Mann in einem hellen Mantel und Schlapphut, mit einem fröhlichen, geröteten Gesicht und der Figur eines Rugbyspielers stand draußen.

»Mr. Philip Holt, Sir? Inspektor Hyde hat mich beauftragt, Sie abzuholen und nach Chelsea zu bringen.«

»Geht in Ordnung. Kommen Sie doch herauf. Ich werde Sie nicht lange warten lassen.«

Philip ging vor ihm die Treppe hinauf und sagte über die Schulter: »Ich habe da oben noch etwas, was dem Inspektor die Augen aus dem Kopf fallenlassen wird.«

»Wirklich, Sir?«

»Ja, diesen Koffer hier«, erläuterte Philip, als sie ins Büro kamen. »Nur einen Augenblick. Ich habe ihn aufbrechen müssen und will ihn jetzt nur noch zuschnüren.«

»Das klingt ja sehr geheimnisvoll, Sir. Was ist denn da drin?«

Philip lachte leise. »Sie würden sich wundern, mein Lieber.«

Er fand einen starken Bindfaden und schnürte ihn mehrfach um den Koffer. »Okay, ich bin fertig. Gehen Sie voraus!«

Der Polizeibeamte erbot sich, den Koffer zu tragen, aber Philip lehnte ab. Als beide gerade das Büro verlassen wollten, schellte das Telefon.

»Entschuldigen Sie mich bitte«, sagte Philip, während er sich umdrehte und den Hörer abhob. »Hier Philip Holt.«

»Guten Abend, Sir«, erklang eine ihm vertraute Stimme. »Hier spricht Inspektor Hyde.«

»Guten Abend, Inspektor. Ich bin gerade auf dem Wege zur Polizeiwache. Ich habe da eine nette kleine Überraschung für Sie.«

»Auf dem Wege zur Polizeiwache, Sir? Warum denn? Hat sich etwas Neues ereignet?«

»Und ob! Ich erzähle es Ihnen, sobald ich da bin. Ihr Beamter ist gerade hier eingetroffen.«

»*Mein* Beamter, Mr. Holt? Ich fürchte, ich verstehe Sie nicht.«

»Aber Inspektor: Sie haben doch vor ein paar Minuten hier angerufen und bestellen lassen, daß Sie Cliff Fletcher geschnappt hätten, oder nicht?«

»*Ich* soll Sie angerufen haben?«

»Ruth hat den Anruf entgegengenommen. Sie sagte mir, Sie hätten mich aufgefordert, nach ...«

In diesem Augenblick gab es ein scharfes Klicken im Hörer, und der Wandstecker des Telefons fiel klappernd auf den Fußboden, als der fröhliche, rotgesichtige Mann – jetzt längst nicht mehr so fröhlich, sondern mit einer Pistole in der Hand – das Verbindungskabel aus der Wand herausriß.

»Also los, Freundchen, ab geht's!« stieß er zwischen den Zähnen hervor und stieß die Pistole scharf in Philips Rippen. »Und den Koffer nehmen wir natürlich auch mit, da er ja so interessant ist. Ab!«

Langsam bückte Philip sich und griff nach dem Koffer, während sein Gehirn fieberhaft nach einer Lösung suchte. Auf Zeitgewinn hinarbeitend, fragte er: »Wenn Sie nur den Koffer wollen, warum nehmen Sie ihn nicht einfach und verschwinden mit ihm?«

»Du hast mich falsch verstanden, Kerl! Dich wollen wir haben – dich und den Schlüssel.«

»Den Schlüssel?«

»Genau den. Denjenigen, den du neulich abends nicht abgegeben hast. Dieses Mal überlassen wir aber nichts dem Zufall. Entweder du hast ihn bei dir, oder wir machen dir die Hölle heiß, bis du sagst, wo er versteckt ist. Also, ab jetzt! Du gehst voran, mit dem Koffer.«

Philip seufzte und schob eine Hand in seine Jackentasche. »Meine Güte, warum so melodramatisch? Wenn Sie den Schlüssel unbedingt wollen – hier ist er.« Mit diesen Worten holte er sein Schlüsselbund im Lederetui hervor. »Da! Fang auf!« rief er und schleuderte es so, daß der Revolverheld es nicht fangen konnte.

Der Mann war geistig zu unbedarft, um nicht rein instinktiv zu reagieren. Er warf sich zur Seite, um die Schlüssel aufzufangen. Im Bruchteil einer Sekunde stürzte sich Philip auf den Arm, der die Pistole hielt, und bog ihn mit aller Kraft nach hinten. Der Mann stöhnte vor Schmerzen, und die Pistole fiel klappernd zu Boden.

Als der Revolverheld mit seinem freien Arm einen großen Schwinger anbringen wollte, ging Philip nach klassischer Judomanier auf ein Knie herunter, zerrte kraftvoll an dem rechten Arm des anderen und schnellte sofort wieder nach oben, als der schwere Körper mit erheblicher eigener Schwungkraft über seine Schultern segelte und zwei Meter weiter krachend auf dem Boden aufschlug.

Philip machte einen Satz nach der Pistole, brauchte sich jedoch nicht zu beeilen, da sein Angreifer regungslos dalag. Er war so hart mit dem Hinterkopf aufgeschlagen, daß er das Bewußtsein verloren hatte.

Philip schob das Schlüsselbund wieder in die Tasche und schlich vorsichtig zum Fenster. Unten wartete, nur teilweise sichtbar, ein schwerer Wagen – anscheinend ein Humber Snipe – an der Straßenecke. Ob Fletcher darin saß? Wahrscheinlich.

Philip überlegte schnell. Derjenige, der im Wagen saß, würde zweifellos unruhig werden, wenn sein Kumpan nicht bald wieder auftauchte. Entweder würde er mutig genug sein, selbst zu kommen und nachzusehen, was los war, oder aber er würde abfahren und den Revolverhelden seinem Schicksal überlassen. Philip beschloß, den Dingen ihren Lauf zu lassen und abzuwarten.

Für den Fall, daß der wartende Ganove sich entschließen sollte, das Feld zu räumen, hielt Philip es für ratsam, den Wagen und das Nummernschild im Bilde festzuhalten. Schnell holte er aus dem Studio eine Kamera, um, ohne sich selbst am Fenster offen zu zeigen, ein paar Schnappschüsse von dem wartenden Wagen zu machen. Vorsichtshalber machte er auch gleich noch ein paar Aufnahmen von der regungslosen Figur am Fußboden. Die fotografische Abteilung von Scotland Yard's Ganovengalerie würde damit zufrieden sein. Dann setzte er sich gegenüber der mit gespreizten Gliedern auf dem Boden liegenden bewußtlosen Gestalt und wartete, die Pistole in der Hand.

Die Minuten schlichen dahin. Schließlich begann der Mann vor ihm, erste Lebenszeichen von sich zu geben, ein schmerzliches Stöhnen.

»Rühr dich nicht vom Fleck, mein Lieber!« befahl Philip. »Der junge Lohengrin unten im Wagen wird sicher gleich auftauchen, um dich zu holen.«

Der Pistolenmann stieß einen obszönen Fluch aus.

»Na, mein Lieber, wer hat dich geschickt?«

Der wüste Fluch erlebte eine Neuauflage.

»Du weißt, daß du mich mit deinem Verhalten nervös machst, Freundchen, und da ist es leicht möglich, daß das Ding hier in meiner Hand losgeht und bum macht. Ich bin im Umgang mit Revolvern nicht so vertraut wie du. Warum beruhigst du nicht lieber meine Nerven durch ein paar höfliche Antworten? Wer wartet da in dem Wagen unten?«

Der Mann krabbelte in Sitzposition hoch, rieb sich den Hinterkopf und begann zu sprechen. »Hören Sie zu, Chef. Ich weiß von allem nichts«, wimmerte er. »Ehrlich, bestimmt nicht. Mir wurde nur aufgetragen –«

Er wurde durch das Anspringen eines Motors und das Quietschen von Reifen unterbrochen, als ein Wagen in scharfer Kurve um die Straßenecke schoß. Philip sprang rechtzeitig genug zum Fenster, um sehen zu können, wie der schwere Wagen davonraste. Einen Augenblick später bog ein Funkstreifenwagen in wildem Tempo um die gegenüberliegende Ecke und kam mit kreischenden Bremsen zum Stehen.

Eine plötzliche Bewegung hinter ihm ließ Philip herumwirbeln, aber zu spät. Sein Angreifer hatte die Gelegenheit genutzt und war aus dem Büro und die Treppe hinuntergelaufen ... Als er jedoch die Haustür aufriß, versperrte die vierschrötige Figur von Sergeant Thompson ihm den Weg, mit Inspektor Hyde und zwei Polizeiwachtmeistern dahinter.

»Eddie Meadows! Wie reizend, dich hier wiederzusehen!« rief der Sergeant und legte dem Mann mit beträchtlicher Schnelligkeit Handschellen an. »Wir haben dich schon überall gesucht, Eddie. Du bringst es einfach nicht fertig, dich aus üblen Sachen herauszuhalten, nicht wahr?«

Eddie Meadows wurde ohne jedes Zeremoniell im rückwärtigen Teil des Polizeiwagens verstaut. Inspektor Hyde schaute zu Philip hoch, der sich inzwischen auf der Treppe zeigte.

»Sind Sie wohlauf, Sir? Ich bin froh, daß ich Sie gerade in dem Augenblick angerufen habe. Ich nehme an, vorher hat jemand anders angerufen, und Sie haben geglaubt, ich sei es?«

»Ruth hat den Anruf entgegengenommen, während ich unterwegs war. Sie sagte, Sie würden mir einen Wagen schicken, damit ich Fletcher auf der Polizeiwache in Chelsea identifizieren könnte. Als dann dieser fröhlich dreinblickende Bursche hier auftauchte, dachte ich natürlich, er sei einer von Ihren Leuten.«

Hyde nickte. »Ein verständlicher Fehler, muß ich sagen. Es war auch schlau von dem Burschen, gerade Chelsea zu erwähnen. Fletcher gehört dort einigen Clubs an, die wir seit Tagen im Auge behalten.«

»Ich weiß. Ich erinnere mich der Mitgliedskarten in seiner Brieftasche. Wahrscheinlich haben die Kerle damit gerechnet, daß ich sie gesehen habe.«

»Ganz bestimmt. War es Fletcher, der unten gewartet hat?«

»Den Fahrer habe ich nicht sehen können, aber ich glaube schon, daß er es war.« Er holte die Kleinbildkamera aus der Tasche. »Ich habe aber ein paar Schnappschüsse von dem Wagen gemacht, wenn Ihnen das weiterhilft. Das Nummernschild sollte zu erkennen sein.«

»Das war wirklich geistesgegenwärtig von Ihnen – obwohl ich nicht weiß, ob es uns weiterhelfen wird. Wahrscheinlich war der Wagen gestohlen, wie der, den wir nach dem Vorfall in Windsor aufspürten. Leute wie Fletcher besitzen ihr Leben lang keine eigenen, legitimen Nummernschilder. Nun, wir werden ja sehen. Übrigens – weshalb kamen die Kerls denn diesmal?«

»Wieder wegen des Schlüssels. Zuerst hatte ich geglaubt, es sei wegen des Koffers.«

Inspektor Hyde hob höflich fragend die Augenbrauen. Philip lächelte und führte ihn zu dem Koffer, löste die Verschnürung und warf den Deckel hoch.

Während die beiden Männer auf den Inhalt starrten, pfiff Hyde leise vor sich hin. »Aufschlußreich«, bemerkte er. »Sehr aufschlußreich.«

»Der klassische Ausdruck wäre wohl ›Münze des Königreiches‹, glaube ich«, sagte Philip munter. »Nur daß es in diesem Falle D-Mark sind. Ich habe noch nicht die Zeit gehabt, sie zu zählen, doch müssen es Tausende sein.«

Hyde beugte sich vor und überprüfte die Bündel Banknoten schnell und sachgemäß. Sergeant Thompson starrte ungläubig, als er dazukam. »Was ist los, Sergeant? Haben Sie noch nie einen Koffer voller D-Mark gesehen?«

»Ehrlich gesagt, nein, das habe ich nicht. Sind die echt?«

Hyde nickte. »Ich glaube schon.«

»Da wollte Ihnen wohl jemand ein schönes Weihnachtsgeschenk machen, Sir?« wandte der Sergeant sich fragend an Philip.

Philip erzählte die Geschichte in allen Einzelheiten, während Hyde zuhörte und Thompson die Bündel zählte.

»Ich kann nicht umhin, mich zu fragen, ob Luther Harris wußte, was der Koffer enthielt«, meinte Hyde nachdenklich.

»Ich glaube, er wußte es«, erwiderte Philip. »Wahrscheinlich war er jedoch zu ängstlich, um sich selbst mit der Sache zu befassen. Er erinnert mich lebhaft an den Mann mit der heißen Kartoffel in dem bekannten Gesellschaftsspiel.«

»Warum hat er dann aber zunächst Korporal Wilson versprochen, die Sache zu erledigen?«

Philip schüttelte ratlos den Kopf. »Verdammt noch mal. Ich weiß es nicht. Vielleicht wollte er nur nicht die Kartoffel gerade in dem Augenblick in der Hand halten, in dem die Musik aufhörte. Wieviel ist es denn, Sergeant?«

»Es sind etwa 50 000 Mark. Das sind ca. 400 Pfund, nicht wahr?«

»Etwas mehr«, antwortete Hyde. »Ich glaube, wir sollten jetzt ein Wörtchen mit Harris reden. Was meinen Sie, Sergeant?«

»In Ordnung, Sir. Ich werde das arrangieren.«

»Und dürfte ich Sie, Mr. Holt, bitten, bei mir in Scotland Yard vorbeizukommen? So gegen vier Uhr nachmittags?«

»Ja, natürlich, Inspektor.«

»Danke sehr. Und auf Wiedersehn!«

Hydes Büro in Scotland Yard war sauber und unpersönlich, ein genaues Spiegelbild desjenigen, der darin arbeitete. Akten lagen sorgfältig gestapelt auf dem großen Mahagonischreibtisch. Neben dem Telefon stand eine ganze Batterie sorgfältig gespitzter und aufgereihter Bleistifte, dicht daneben lag in jungfräulichem Weiß ein Notizblock griffbereit. Der einzige Schmuck im Raum war das Bild der Familie Hyde in grünem Lederrahmen.

Das Aroma des starken Pfeifentabaks von Inspektor Hyde hing in der Luft. Luther Harris, der Hyde gegenübersaß und nervös hin- und herrutschte, hatte augenscheinlich schon ein längeres Kreuzverhör über sich ergehen lassen müssen.

Er blickte, als Philip ins Zimmer trat, ein wenig erleichtert auf, doch Hyde winkte seinem Besucher nur zu, Platz zu nehmen, und setzte mit ruhiger Autorität die Vernehmung fort. »Ich bin nicht davon überzeugt, daß Sie mir die volle Wahrheit sagen, Mr. Harris. Fangen wir noch mal von vorn an.«

»Ich habe Ihnen genau geschildert, wie es war, Inspektor. Ehrlich! Das habe ich! Ich habe mit dieser ganzen Angelegenheit überhaupt nichts zu tun. Daß ich Rex und Andy kenne, das bedeutet gar nichts. Ich betreibe einen hochanständigen Musikalienladen in der Tottenham Court Road, und mit der Schlagerparade verdiene ich meinen Lebensunterhalt.«

»Und wann hat Korporal Wilson Ihnen den Gepäckschein übergeben?« fragte Hyde kalt.

»Wie bitte? Den Gepäckschein? ... Das war, als ich ihn im Krankenhaus besuchte. Er bat mich, zum Victoria-Bahnhof zu gehen und den Koffer von Rex abzuholen. Ich sollte den Koffer zu ihm ins Krankenhaus bringen, damit er ein paar persönliche Sachen herausnehmen konnte, die ihm gehörten. Vielleicht war das ein kleiner Scherz von ihm; vielleicht meinte er auch die ganzen deutschen Piepen im Koffer. Wie soll ich das wissen? Immerhin wollte er anschließend den Koffer Mr. Holt übergeben.«

»Und Sie versprachen ihm, den Koffer abzuholen?«

»Ja, nur –«

»Warum haben Sie dann Ihre Absicht geändert und Mr. Holt den Schwarzen Peter zugeschoben?«

»Ich … ich … nun ja, ich habe mir hinterher einige Gedanken gemacht, verstehen Sie?«

»Nein, ich verstehe Sie nicht, Mr. Harris.«

Luther stotterte verwirrt und warf Philip hilfesuchende Blicke zu, die dieser jedoch ignorierte.

Dann kam Hyde auf den Kern der Sache zu sprechen. »Sie haben doch ganz genau gewußt, was sich in dem Koffer befand, nicht wahr?«

»Nein! Ich habe Ihnen doch schon gesagt, daß ich nicht den Schimmer einer Ahnung hatte, was in dem Koffer drin war. Ich kann es noch immer nicht glauben, daß 50 000 Mark in dem Koffer gewesen sein sollen. Woher, zum Teufel, haben Rex und Andy soviel Geld bekommen?«

Der Inspektor gab darauf keine Antwort, sondern beschäftigte sich damit, umständlich und lange in seiner Pfeife zu stochern.

Dann wandte er sich wieder dem Mann vor ihm zu, dem augenscheinlich sehr unbehaglich zumute war. »Wie oft sind Wilson und Rex Holt in Ihren Laden gekommen?«

»Wenn sie Urlaub hatten, kamen sie ziemlich häufig.«

»Haben die beiden dort jemals jemand anders getroffen? Ich meine, waren sie mit jemandem bei Ihnen verabredet?«

Luther dachte einen Augenblick nach. »Nein, ich glaube nicht.«

»Sind Sie sicher?«

»Tja … einmal vielleicht, da …«

»Erzählen Sie, Mr. Harris.«

»Vor ein paar Monaten kam eine Dame in den Laden und fragte nach einer bestimmten Schallplatte. Die war damals sehr gefragt, und ich hatte nur noch eine davon. Zufällig saß Rex gerade in einer der Kabinen und hörte sie sich an. Ich sagte ihm, daß eine Dame gern die Platte hören wollte. Statt daß er sie ihr einfach überließ, zog er seine alte Schau ab, ließ seinen ganzen Charme spielen und lud die Dame ein, die Platte mit ihm zusammen in der Kabine abzuhören. Ich war damals etwas verärgert, weil weder Rex noch Andy jemals etwas kauften. Sie kamen einfach, um sich kostenlos zu einem Konzert zu verhelfen. Aber dann ging doch alles in Ordnung. Die Dame kaufte die Platte.«

»Hattest du den Eindruck, daß Rex die Dame kannte?« fragte Philip.

»Ich bin nicht sicher. Vielleicht hatte er sie vorher noch nie gesehen, aber irgendwie hatte ich das Gefühl, daß er sie erwartete.«

»Wie sah denn diese Dame aus? Können Sie sie beschreiben?«

»Doch, das kann ich. Fesch, sehr selbstbewußt – ein bißchen aufgetakelt vielleicht. Ich schätze sie auf vierzig Jahre, vielleicht etwas älter. Sie trug ein kariertes Kleid mit einem Diamanten und einer Rubinbrosche auf dem Aufschlag.«

»Sah die Brosche wie ein Blumenkorb aus?« fragte Philip scharf.

»Ja, das stimmt. Wie kommst du darauf?«

Der Inspektor nahm die Pfeife aus dem Mund und beugte sich vor. »Haben Sie eine Ahnung, wer es sein kann, Mr. Holt?«

»Ich bin nicht sicher – aber mir scheint doch sehr, daß es Clare Seldon gewesen ist.«

Hyde nickte und wandte sich weiter Luther Harris zu, doch war sein Ton nicht mehr ganz so frostig wie zuvor. »Sie haben uns da einen interessanten Hinweis gegeben.« Luther strahlte, und Hyde fragte: »Ist diese Dame jemals wieder in Ihrem Laden aufgetaucht?«

»Nein, niemals.«

»Und Sie haben sie seither nicht mehr gesehen?«

»Ich glaube nicht, Inspektor.«

»Gut. Ich verstehe.«

Es klopfte an der Tür, und Sergeant Thompson kam mit einem Haufen Fotos herein. Hyde bedeutete ihm, einen Augenblick zu warten, und wandte sich wieder Luther Harris zu. »War auch Korporal Wilson im Laden, als diese Dame Rex traf?«

»Nein. Wenn ich mich recht erinnere, tauchte er etwa eine halbe Stunde später auf.«

Hyde schaute ihn zweifelnd an und streckte dann die Hand nach den Fotos aus. Nach einem kurzen Blick nickte er und schob sie Philip hinüber. »Sehen Sie sich doch bitte mal die Fotos an. Interpol hat sie ausgegraben und sie heute früh vom Festland herübergeschickt.«

Philip nahm die Bilder und fuhr im nächsten Augenblick hoch. »Fletcher!« sagte er emphatisch. »Oder, mit Ruths Worten, Macky Messer.«

»Sind Sie ganz sicher?«

»Absolut. Da gibt es keinen Zweifel.«

»Gut. Jetzt beginnt dieser Fall endlich einen Sinn zu bekommen. Schauen Sie einmal her, Mr. Harris. Haben Sie diesen Herrn jemals gesehen?«

Vielleicht war es für Luther Harris ein glücklicher Umstand, daß seine dicken Brillengläser eine genaue Beobachtung der Augen unmöglich machten. Das schwache Zittern seiner Finger, als er die Fotos wieder auf den Tisch legte, konnte er jedoch nicht verhindern.

»Ich glaube nicht, Inspektor.«

»Da enttäuschen Sie mich aber. Sind Sie ganz sicher?«

»Ja, ganz sicher.«

»Nun gut. Sergeant, hat unser Freund Eddie Meadows Gelegenheit erhalten, diese Abzüge zu studieren?«

»Jawohl, Sir. Er behauptet, er habe den Mann nie in seinem Leben gesehen. Er lügt, das ist klar.«

»Und bleibt er immer noch bei demselben schönen Märchen, warum er heute nachmittag bei Mr. Holt gewesen ist?«

»Aber ja, Sir. Er sagt, er wisse nichts, außer daß man ihn beauftragt habe, Mr. Holt abzuholen und zu dem wartenden Wagen zu bringen.«

Inspektor Hyde betrachtete seine Pfeife. »Hm ... es ist natürlich möglich, daß es wirklich so war.«

»Das glaube ich auch!« stimmte Thompson bei. »Eddie Meadows hat nicht mehr Gehirn als eine Laus. Ich meine, er hat nur Befehle ausgeführt. Er trug 50 Pfund bei sich. Das scheint mir die typische Art zu sein, wie Fletcher einen solchen Auftrag bezahlt.«

Hyde knurrte ärgerlich. »Alles, was wir gefangen haben, ist eine Sardine, während der alles fressende Wal noch frei herumschwimmt. Was, zum Teufel, ist denn im Augenblick mit unseren Kontakten zur Unterwelt los? Bringen Sie doch noch mal unter die Leute, Sergeant, daß wir eine besonders hohe Summe für jeden nützlichen Tip über den Aufenthalt von Fletcher zahlen.«

»Tue ich, Sir.«

»Es ist einfach lächerlich. Wir wissen, wie der Kerl aussieht; wir haben ein paar erstklassige Fingerabdrücke auf dem Messer, das er nach Mr. Holt geworfen hat; wir haben einen Fall beisammen, der vor jedem Gericht bestehen würde, aber den Mann selbst haben wir nicht.«

»Wer *ist* es denn, Inspektor?« fragte Philip. »Bis jetzt habe ich immer nur geglaubt, er sei nichts als ein bulliger Ganove mit einem Messer. Nachdem Sie nunmehr aber von Interpol gesprochen –«

»Sein wirklicher Name ist Sandman – Peter Sandman. Er arbeitet jedoch unter einer ganzen Reihe von Decknamen. Cliff Fletcher ist nur einer davon. Die westdeutsche Polizei glaubt, daß er den großen Hamburger Bankraub vor achtzehn Monaten organisiert hat. Sie erinnern sich vielleicht – der Hauptkassierer war ein Engländer namens Watson, der im Rahmen eines zwölfmonatigen Austauschprogramms dort arbeitete. Er wurde ermordet, als er eines Nachts aus dem Büro kam. Die Mordwaffe war ein Klappmesser.«

Philip schüttelte den Kopf. »Ich kenne den Fall nicht. Wo, sagten Sie, ist das passiert?«

Inspektor Hyde klopfte die Pfeife aus und sagte mit ruhiger Entschiedenheit: »In Hamburg, Sir. Wo Ihr Bruder und Korporal Wilson damals stationiert waren.«

Philips Haltung versteifte sich. »Moment mal – wollen Sie etwa –«

»Inspektor, ich muß zurück ins Geschäft«, unterbrach Luther ihn hastig. »Sind Sie fertig mit mir?«

»Für den Augenblick ja, Mr. Harris. Aber bitte verlassen Sie während der nächsten Tage nicht die Stadt. Ich möchte es Ihnen wenigstens nicht raten.«

Als Philip etwa zwanzig Minuten später Scotland Yard verließ, stieß er zu seinem Erstaunen wieder auf Luther Harris, der in der Nähe seines Wagens herumlungerte.

»Nanu, Luther! Ich dachte, du hättest es eilig, in deinen Laden zurückzukommen.«

»Ach, das war nur so eine Ausrede. Wenn ich diese Bullen schon sehe, läuft mir eine Gänsehaut über den Rücken. Das ist nun schon das dritte Mal seit Rex' Tod, daß sie mich auf den Folterstuhl gesetzt haben. Allmählich habe ich es satt, das kann ich dir sagen.«

»Kann ich mir denken«, antwortete Philip trocken. »Soll ich dich irgendwo absetzen?«

»Das wäre sehr nett von dir.«

»So, so. Dann hat die Polente dich also schon zweimal verhört?« sagte Philip, als er in Richtung Whitehall davonfuhr.

»Ja. Gleich am Tage nach Rex' Tod kamen sie in meinen Laden und schnüffelten herum. Der Himmel mag wissen, was sie bei mir finden wollten – vielleicht die Mordwaffe, versteckt in einer Trompete. Und dann kam dieser mißtrauische Bastard von Hyde am Morgen, nachdem ich Andy im Krankenhaus besucht hatte.«

»Das ist doch nichts als Routine, Luther. Die nehmen natürlich alle Leute unter die Lupe, die in irgendeiner Weise mit

Rex bekannt waren und ihnen vielleicht Hinweise geben könnten.«

»Ich wünschte, sie würden in meinem Falle endlich den Rummel beenden; das ist alles.«

»Ja. Aber andererseits ist es doch ganz natürlich, daß Hyde mit dir über den Koffer sprechen wollte, Luther. Als ich das viele Geld sah, mußte ich natürlich sagen, wie es in meinen Besitz gekommen war.«

»Natürlich mußtest du das. Ich mache dir auch keinen Vorwurf, alter Junge. Was mich an diesen Polypen so aufregt, ist, daß sie nur eingleisig denken. Jedermann muß glauben, mein Laden sei der einzige Ort, an dem Rex und Andy sich jemals aufgehalten hätten!«

»Wohin sind sie denn sonst noch gegangen, Luther?«

»Ach, da gibt es ein Dutzend anderer Stellen – beispielsweise diese Kaffeebar neben den Knightsbridge-Kasernen. Dort haben sie auch ziemlich viel Zeit verbracht. Das weiß ich.«

»Ich glaube nicht, daß ich sie kenne. Wie heißt sie?«

»Der Name fängt irgendwie mit *El* oder so ähnlich an. So ein spanischer Phantasiename, glaube ich … Warte mal, ich hab's. El Barbecue, so heißt sie.«

»Und sind sie oft dorthin gegangen?«

»Ja. Sehr häufig.«

»Und was gab's daran Besonderes?«

»Nichts, aber –«

»Vielleicht eine rassige Kellnerin, die Rex' Augen auf sich gezogen hat.«

»Nein, da ist keine weibliche Bedienung. Der Laden gehört einem dicken Kerl namens Oskar und dessen Frau. Dann ist da noch ein Kellner namens Joseph. Ich glaube, er ist Schweizer.«

»Bist du selbst auch schon dort gewesen?«

»Ein- oder zweimal, als die Jungens mich für eine lange Nacht aufgepickt hatten. Persönlich meine ich, die Polente würde mehr dabei erben, wenn sie sich mit diesem Laden befaßte, statt nur immer mir das Leben schwerzumachen.«

»Eine Bar namens El Barbecue also? Hm … Ist es dir recht, wenn ich dich nahe dem Piccadilly-Circus absetze?«

»Das wäre ausgezeichnet. Danke für das Mitnehmen. Bis auf bald, alter Junge.«

Als Philip vom Cambridge-Circus ausscherte und die Shaftesbury Avenue hinunterfuhr, analysierte er die Alternativen. Ihm war vollkommen klar, was Luther beabsichtigt hatte. Hätte er wirklich die Polizei auf die Barbecue-Kaffeebar aufmerksam machen wollen, dann hätte er diesen Tip direkt Inspektor Hyde gegeben. Oder machte Luther eventuell den Versuch, etwas zu decken, was der leichtsinnige Rex getan haben konnte? Die beiden waren gute Freunde gewesen; demnach war es durchaus möglich, daß er noch immer eine Art Verpflichtung gegenüber dem Toten empfand.

Was auch immer der Grund gewesen sein mochte, Philip dachte nicht daran, diesen deutlichen Wink zu übersehen. Hielt er Augen und Ohren offen, so konnte ihm sicherlich nichts zustoßen. Andererseits bestand die Möglichkeit, daß er etwas in Erfahrung brachte, und bei dem augenblicklichen Stand der Dinge war jeder x-beliebige Hinweis besser als gar keiner.

Das Café El Barbecue zeigte die Abnutzungserscheinungen, die ihm seine Stammkunden, die Soldaten aus der Knightsbridge-Kaserne, mit ihren derben Stiefeln zugefügt hatten.

Es war verhältnismäßig leer, und Philip hatte die Wahl zwischen den rotgepolsterten Stühlen an der Kaffeebar oder einem der vielen mit Kunststoffplatten bedeckten kleinen Tische daneben. Von einem Schweizer Kellner war keine Spur. Ein dicker, grimmig aussehender Mann mit spiegelnder Glatze saß hinter der Theke, stocherte in den Zähnen und las eine Abendzeitung. Er las auch weiter, als von ferne der Ruf »Oskar« an seine Ohren drang, den er nur mit einem unverständlichen Grunzen beantwortete.

Philip setzte sich auf einen Barstuhl, bestellte sich eine Tasse Kaffee und wurde von dem glatzköpfigen Mann ohne jedes Zeichen von Höflichkeit bedient.

Bald darauf kam eine müde und verärgert aussehende Frau mit schmutziger Schürze durch eine Flügeltür aus der Küche und lud mit hörbarem Knall eine Platte frisch gemachter Sandwichs auf dem Thekentisch ab. Sie warf einen uninteressierten Blick auf die wenigen Gäste und begann einen geräuschvollen Angriff auf einen Berg schmutzigen Geschirrs. Der Glatzköpfige zeigte keine Hilfsbereitschaft, sondern konzentrierte sich auf seine Zähne und die Lektüre.

Philip hüstelte. »Hem … entschuldigen Sie bitte. Sie sind doch Oskar, nicht wahr?«

»Ja«, antwortete der dicke Mann lakonisch, ohne aufzublicken.

»Mein Name ist Philip Holt. Ich wollte Sie fragen, ob Sie mir vielleicht in einer Sache behilflich sein könnten?«

Den Bruchteil einer Sekunde lang hörte das Zahnstochern auf, und auch das Geklapper des Abwaschs kam kurz zum Stillstand. Dann setzten Oskar und seine Frau ihre Tätigkeit fort.

»Ja?«

»Ich bin dabei, einige Nachforschungen wegen meines Bruders Rex anzustellen. Er war Soldat und pflegte während seines Urlaubs häufig hierherzukommen.«

»Ja, und?«

»Es würde mich interessieren, ob Sie sich seiner erinnern. Er war groß und schlank, hellblond, sehr gut aussehend …«

»Es kommen eine Menge Soldaten hierher, Mister.«

»Ja, das ist mir klar. Aber Sie haben vielleicht den Namen und Bilder meines Bruders in letzter Zeit in den Zeitungen gesehen. Er hat Selbstmord begangen.«

Wieder wurde das Klappern des Geschirrs kurz abgebrochen. Oskar bewegte sich nicht. »Kam er allein hierher?«

»Nein, im allgemeinen war er in Begleitung eines Korporals,

eines gewissen Andy Wilson – klein, gedrungen, mit ziemlich schütterem, gelblichem Haar. Beide waren Jazzliebhaber.«

Oskar zuckte mit seinen massigen Schultern. »Erinnerst du dich an jemand dieser Art, Joyce?« fragte er, ohne sich umzusehen.

Trotz ihrer geräuschvollen Tätigkeit schien Joyce kein Wort der Unterhaltung entgangen zu sein. »Nein. Nicht, daß ich wüßte, hier kommen ja auch Hunderte von Soldaten her.«

Philip ließ sich nicht beirren. »Wie ist es denn mit Ihrem Kellner? Heißt er nicht Joseph? Soweit ich mich erinnere, sagte Rex mir, er sei Schweizer. Vielleicht könnte ich mich mit ihm unterhalten.«

»Joseph? Er arbeitet nicht mehr hier.«

»Ach!«

Es sah aus, als sei er wieder in einer Sackgasse gelandet. Oskar und die müde Frau waren nicht gerade übermäßig darauf bedacht, ihm zu helfen. Und doch hatte Luther Harris ganz offensichtlich darauf hingearbeitet, daß Philip diese Kneipe hier aufsuchte. Die Sekunde tiefen Schweigens, die der Name Holt hervorgerufen hatte, war Philip jedoch nicht entgangen, und so schöpfte er Mut, es nochmals zu versuchen.

»Wissen Sie vielleicht, wo Joseph jetzt arbeitet?«

»In irgendeiner Kneipe unten in der Brompton Road«, antwortete Oskar bereitwillig. »Wenn Sie jedoch noch eine Weile warten, könnten Sie ihn vielleicht sehen. Im allgemeinen kommt er um diese Zeit hier vorbei und trinkt eine Tasse Kaffee.«

»Danke. Das will ich gern tun. Wie erkenne ich ihn?«

»Setzen Sie sich dort an den Ecktisch«, sagte Oskar mit einer Kopfbewegung in Richtung auf das andere Ende des Cafés. »Wenn er auftaucht, sage ich es Ihnen.«

Philip bedankte sich und bestellte noch einen Kaffee. Oskar gab die Bestellung an die Frau weiter und verschwand kurz danach hinter der Flügeltür.

Als Philip den Kaffee entgegennahm und damit zum Ecktisch wanderte, vernahm er im Unterbewußtsein einen gewissen Laut. Doch erst, als er sich hingesetzt und drei Stückchen Zucker im Kaffee verrührt hatte, verdichtete sich dieser akustische Eindruck so weit, daß er ihn identifizieren konnte: Es war das Klicken und das leichte Klingeln, das ein abgenommener Telefonhörer verursachte.

Er holte eine Zigarette hervor, zündete sie aber nicht an. Während er so tat, als sei er in eine auf dem Tisch liegende Zeitung vertieft, lauschte er gespannt. In weniger als einer Minute wiederholte sich das klangliche Spiel – offensichtlich wurde der Hörer wieder aufgelegt –, und bald danach kam Oskar wieder durch die Flügeltür zurück, murmelte etwas der Frau am Spültisch zu und nahm das Zahnstochern und die Zeitungslektüre wieder auf, ohne zu Philip hinüberzusehen.

Philip beobachtete die ein- und ausgehenden Gäste, zumeist Soldaten. Einige von ihnen wurden von Oskar und Joyce mit deutlichen Freundschaftsbeweisen begrüßt; zumeist aber hing die Stimmung eines ungeselligen und unpersönlichen Services wie ein Nebelschwaden über der Szene. Die Minuten verrannen.

Als Philip wieder einmal von seiner Zeitung aufsah, stellte er fest, daß Oskar schweigend von der Bildfläche verschwunden war. Auch von Joyce war nichts mehr zu sehen. Ein neues Gesicht, das eines hübschen jungen Mädchens, erschien hinter der Espresso-Kaffeemaschine, während es sie polierte und auf der glänzenden Oberfläche dabei sein eigenes Spiegelbild bewunderte.

Philip erhob sich und schlenderte zu ihr hinüber. »Wo sind sie geblieben?« fragte er.

»Ich weiß nicht, wen Sie meinen«, antwortete sie gleichgültig.

»Wo ist Oskar?«

»Hinten in der Küche. Er ißt Abendbrot.«

»Ach so!«

Er ging zu seinem Tisch zurück und blieb plötzlich stehen. Eine Dame hatte auf dem leeren Stuhl gegenüber dem seinigen Platz genommen. Irgend etwas an ihrer Rückenlinie schien ihm vertraut. Sie blickte nicht auf, als er an ihr vorbeiging und sich auf seinen Stuhl setzte.

Neugierig sah er sie an und sagte ruhig: »Sie sind doch nicht etwa zufällig Joseph, oder?«

10

Clare Seldon machte mit dem Kopf eine ruckartige ungeduldige Bewegung der Begrüßung. Ihrer ganzen Erscheinung nach war sie in diesem Café ziemlich fehl am Platz.

Mit vollendeter Haltung zündete sie sich eine Zigarette an und nahm sich viel Zeit, das Streichholz im Aschenbecher auszudrücken. »Spielen Sie immer noch eifrig den Privatdetektiv, Mr. Holt?«

»Ja, das tue ich.«

»Sie sind ja wirklich hartnäckig. Wann werden Sie endlich aufgeben?«

Philip ignorierte diese Frage und konterte: »Woher wissen Sie eigentlich, daß ich hier bin? Hat Oskar Ihnen den Tip gegeben, oder war es Luther Harris? Das sind schon recht merkwürdige Leute, mit denen Sie verkehren, Mrs. Seldon. Wie geht es denn unserem gemeinsamen Freund Fletcher? Der bekommt allmählich eine ganz schöne Praxis mit seinem Klappmesser, nicht wahr?«

»Sie haben Glück, daß Sie noch am Leben sind, Mr. Holt. Cliff Fletcher pflegt im allgemeinen nichts zu verpatzen. Wenn Sie vernünftig wären, hätten Sie schon längst diese Sache aufgegeben.«

Philip seufzte. »Ich fürchte, jetzt ist doch der Augenblick für die heroische Rede da, die ich bisher stets vermieden habe. Also: Ich gebe nicht auf, und ich verschwinde nicht von der Bildfläche, bis ich nicht herausgefunden habe, wer meinen Bruder umgebracht hat, und bis ich nicht den Mörder der Justiz ausgeliefert habe. Würden Sie bitte so liebenswürdig sein und diese Feststellung dem Herrn übermitteln, mit dem Sie auf so sonderbare Weise assoziiert sind.«

Clare Seldon schien diese Worte sorgfältig abzuwägen und nickte beifällig. »Das ist ungefähr die Antwort, die ich erwartet habe. Leider gehen Dummheit und Sturheit oft Hand in Hand. Also gut, Mr. Holt. Unter diesen Umständen habe ich Ihnen einen Vorschlag zu unterbreiten. Er ist sehr einfach: Sie geben mir etwas, was ich brauche, und ich liefere Ihnen dafür gewisse Fakten, von denen Sie offensichtlich besessen sind.«

»Zum Beispiel?«

»Zum Beispiel, warum Ihr Bruder nach Maidenhead fuhr. Warum er den Gedichtband von Belloc studierte. Was Thomas Quayle mit der ganzen Geschichte zu tun hatte. Und noch eine ganze Menge mehr. Aber das dürfte für den Anfang genügen.«

»Wenn Sie wirklich soviel wissen, dann frage ich mich, was mich daran hindert, Ihnen mit diesem Aschenbecher hier über den Kopf zu schlagen und Sie zur nächsten Polizeiwache abzutransportieren.«

Mrs. Seldon würdigte ihn eines mitleidigen Lächelns. »Oskar vielleicht? Oskar könnte Sie daran hindern.«

»Ach so!«

»Bleiben wir also vernünftig. Sind Sie an meinem Vorschlag interessiert?«

»Und was erwarten Sie dafür von mir?«

»Sie brauchen mir nur das Päckchen auszuhändigen.«

»Welches Päckchen?«

»Dasjenige, das auf den Namen Ihres Bruders aus Deutschland an Ihre Adresse geschickt wurde.«

»Bis jetzt kam noch kein Päckchen an.«

»Wirklich nicht?«

»Ganz bestimmt nicht, wenn es nicht heute mit der Nachmittagspost zugestellt wurde.«

»Na schön. Sie brauchen weiter nichts zu tun, als zu warten, bis es da ist. Sollten Sie schnurstracks zur Polizei laufen, werden Sie nicht das geringste aus mir herausholen. Machen Sie mit, dann werden Sie die reine Wahrheit über Ihren Bruder erfahren.«

Philip überlegte sorgsam den Vorschlag und fragte schließlich: »Wie kann ich Sie erreichen?«

»Sie können mich überhaupt nicht erreichen. Ich habe keine Neigung, Inspektor Hyde oder einen anderen Polizeibeamten an meiner Wohnungstür zu begrüßen.« Sie suchte in der eleganten Lederhandtasche und holte schließlich einen Fetzen Papier hervor, auf den eine Telefonnummer getippt war. »Sobald das Päckchen da ist, rufen Sie nur diese Nummer an, und man wird Ihnen sagen, was Sie zu tun haben. Sollten Sie jedoch einen raffinierten Trick versuchen, etwa dieser Telefonnummer nachspüren oder sie an Hyde verraten, dann wird nichts aus unserem Handel. Ist das klar?«

»Ja, sicher. Wissen Sie, Mrs. Seldon, was mich am meisten erstaunt, ist, wie sauber und selbstverständlich Sie das alles formulieren. Ein Gast, der ein paar Tische weiter sitzen und uns zuhören würde, käme nicht im Traum auf den Gedanken, daß wir soeben einen schmutzigen kleinen Vertrag abgeschlossen haben, der mit Mord zu tun hat.«

Sie drückte den Rest ihrer Zigarette im Aschenbecher aus und stand auf. »Es freut mich, zu hören, daß Sie den Ausdruck ›Vertrag‹ gebraucht haben, Mr. Holt. Es geht hier um rein geschäftliche Dinge, wir befinden uns nicht in der Abteilung für Kinderspielzeug aus Plüsch. Ich hoffe also, bald von Ihnen zu hören.«

Sie rauschte aus der Kaffeebar, ohne nach links oder rechts zu schauen. Und wie immer bei ihr, blieb der schwache Duft eines teuren Parfums in der Luft zurück.

Die Tage vergingen, während Philip mit wachsender Nervosität und Reizbarkeit auf die Posteingänge wartete. Er war ehrlich genug, sich einzugestehen, daß es nicht nur das Ausbleiben des Päckchens war, das ihn beunruhigte. Sein Gewissen begann ihn zu plagen. Er hatte Hyde versprochen, mit ihm zusammenzuarbeiten, ihm alle weiteren Schritte zu offenbaren und keine spektakulären eigenen Handlungen zu unternehmen. Und jetzt war er dabei, genau das Gegenteil zu tun. Er redete sich selbst zwar ein, daß Clare Seldon Angst bekommen und sich aus dem Staube machen könnte, bevor sie ihren Teil der Abmachung erfüllt hätte, wenn die Polizei irgendwie erkennen ließ, daß sie etwas von der Sache wußte. Aus diesem Grunde hatte er auch keinen Kontakt mit Luther Harris aufgenommen, obgleich er auch diesem um Ausreden nie verlegenen Herrn gern einige harte Fragen gestellt hätte.

Trotz dieser beruhigenden Gedanken bohrte es in seinem Gewissen weiter und machte ihn zunehmend reizbar. Ruth, die am nächsten zur Hand war, mußte den größten Teil seiner schlechten Laune ausbaden, so daß sich ihr Verhältnis immer mehr zuspitzte. Die Krise kam am späten Nachmittag des zweiten Tages ungeduldigen Wartens zum Ausbruch. Zweifellos spielte auch das Wetter dabei eine Rolle, denn nach einer langen Hitzeperiode, die keineswegs zur Beruhigung der Nerven beigetragen hatte, brach draußen ein schwerer Gewittersturm los.

Die beiden gerieten über die eingegangene Post in einen handfesten Streit.

»Es ist noch gar nicht so lange her, da haben Sie zumindest zugegeben, ich sei nur eine ›sehr tüchtige Sekretärin‹«, platzte es aus Ruth heraus, wobei zwei hellrote Flecken des Ärgers sich auf ihren glatten Wangen zeigten. »Jetzt lassen Sie mich nicht einmal mehr die Post öffnen!«

»Es tut mir leid. Ich weiß, daß ich in diesen Tagen mit meinen Nerven am Ende bin. Ich erwarte etwas, und es ist immer noch nicht da, das ist alles. Ich kann die Verzögerung nicht begreifen.«

»Deswegen brauchen Sie mich doch nicht zu einem völlig unnützen Anhängsel zu degradieren.«

»Es tut mir sogar sehr leid, wenn Sie glauben, Sie müßten hier die gekränkte Lady spielen, aber ich kann einfach nicht das Risiko auf mich nehmen, daß dieses … dieses Ding, das ich erwarte, verlegt wird oder verlorengeht.«

»Sie sind doch derjenige, der in diesem Studio immer alles verlegt, nicht ich! Die Gefahr, daß etwas verlorengeht, ist auch viel größer, wenn Sie …«

»Hören Sie endlich auf, an mir herumzunörgeln, Ruth. Die Art und Weise, in der ihr Frauen …«

»Ich versuche doch nur, Ihnen zu helfen«, beteuerte sie, während sich in ihren Augen ein erster Tränenschimmer zeigte.

»Etwa so, wie Sie es mit dem verpatzten Telefonanruf von Eddie Meadows gemacht haben«, schnappte er giftig zurück.

Er wußte, daß dies unfair war, und im selben Augenblick, in dem ihre Tränen kamen, bereute er schon seine harten Worte.

Langsam stülpte sie den Deckel über die Schreibmaschine, ordnete einen Stapel fotografischer Abzüge und betupfte mit dem Taschentuch die Augen. Während sie Hut und Regenmantel vom Garderobenhaken nahm, murmelte sie: »Vielleicht ist es am besten, wenn Sie sich langsam nach einer neuen Sekretärin umsehen, Mr. Holt.«

Ihre hohen Absätze klapperten die Treppe hinunter, sie öffnete die Haustür und knallte sie vernehmlich zu. Ein Strom kaltfeuchter Luft flutete ins Büro.

»Das hat mir gerade noch gefehlt!« Philip sank in den nächsten Stuhl und starrte gedankenverloren auf einen großen Stapel Arbeit, der unbedingt noch erledigt werden mußte.

Fünf Minuten später schellte es an der Wohnungstür.

Douglas Talbot stand auf der Schwelle und schüttelte den Regen von seinem Schirm. Er brüllte so laut, als befände er sich auf der Kommandobrücke eines großen Kriegsschiffes.

»Ich hoffe, ich störe nicht, Mr. Holt. Doch hielt ich es für besser, Ihnen dies hier zu bringen.« Er schob Philip ein kleines Päckchen in die Hand. »Es kam aus Deutschland und ist an Ihren Bruder adressiert. Der Himmel mag wissen, warum es an unser Hotel geschickt wurde.«

Philip griff schnell nach dem Päckchen, das rechteckig war und einen Hamburger Poststempel trug. Das Datum war jedoch nicht zu entziffern. »Das ist wirklich sehr liebenswürdig von Ihnen, Mr. Talbot. Ich hoffe, Sie haben sich nicht die Mühe des langen Weges von Maidenhead nach hier nur wegen dieses Päckchens gemacht.«

»Aber nein. Zufällig hatte ich geschäftlich hier in der Nähe zu tun. Da kam Mrs. Curtis auf den Gedanken, ich könnte es doch gleich persönlich hier abgeben. Sie müssen sich also bei Mrs. Curtis bedanken, nicht bei mir.«

»Trotzdem, herzlichen Dank. Ich bin wirklich froh, daß es nun da ist.«

Aus reiner Höflichkeit, obwohl es ihm auf den Nägeln brannte, das Päckchen zu öffnen, fragte Philip einladend: »Wollen Sie nicht aus dem Regen ins Trockene kommen und einen Drink mit mir nehmen?«

Talbot blickte auf die Uhr. »Ich glaube, für einen schnellen Drink reicht es noch. Danke für die Einladung.«

Philip geleitete seinen Gast die Treppe nach oben und durch das Büro in die Wohnung.

Talbot setzte sich in den großen Lehnstuhl und streckte behaglich seine langen Beine aus. Philip mußte, um die Flaschen aus der Hausbar zu holen, um sie herumwandern. Er stellte Whisky, zwei Gläser und den Siphon mit Soda auf den kleinen Tisch zwischen seinen Gast und sich und begann, nach Zigaretten zu suchen.

»Wie geht es Mrs. Curtis?« fragte Philip.

Bis er die Zigaretten fand, hatte Talbot sich schon eine kräftige Portion Dimple Haig eingegossen.

»Ach, wie immer; Sie wissen ja, Mrs. Curtis ist eine nervöse kleine Frau.«

»Sie hat ja auch so manches durchgemacht, was Nervenkraft kostet. Zunächst der Selbstmord meines Bruders, dann der Unfall in Windsor, dem sie nur mit knapper Not entgangen ist, und schließlich der schreckliche Mord an ihrem Bruder. Es ist schon allerhand, wenn man alles das innerhalb weniger Wochen durchstehen soll.«

»Ja, die arme Frau hat wirklich eine schlimme Zeit hinter sich«, stimmte Talbot zu. »Insgesamt hat sie es aber ziemlich gut überstanden.«

Philip hob sein Glas. »Ihr Wohl!«

»Prosit!« Talbot nahm einen tiefen Schluck aus seinem Glas.

»Hat es in der Sache Quayle eigentlich was Neues gegeben?« fragte Philip.

»Das kann ich Ihnen leider nicht sagen. Die Polizei zieht mich ja nicht ins Vertrauen. Sie war zwar schon mehrmals im Hotel und hat Vanessa und mich mit den unmöglichsten Fragen belästigt. Doch scheint sie bisher nichts erreicht zu haben. Meiner Meinung nach ist dieser Hyde gerade kein großes Kirchenlicht. Übrigens, wenn ich recht verstanden habe, erzählten Sie ihm, Quayle sei hier gewesen und habe nach dem Schlüssel gefragt.«

»Ja, das stimmt.«

»Wie unsinnig von ihm. Thomas wußte doch sehr wohl, daß der Schlüssel seiner Schwester gehörte. Es ist nämlich der Schlüssel zu ihrer Privatwohnung.«

»Der Inspektor sagte es mir.«

»Ich glaube, der alte Thomas Quayle führte irgend etwas im Schilde – irgend etwas, was nicht ganz koscher war.«

»Kannten Sie ihn gut?«

»Thomas? Nein, gut kann man eigentlich nicht sagen. Um ganz ehrlich zu sein: dieses ganze affektierte Getue mit dem degenerierten Hündchen und dann seine eigenartige Geschmacksrichtung in bezug auf Kleidung ... Man soll ja nichts Schlechtes über Tote reden, aber mein Fall war er nicht ... Aber er war hinter irgend etwas her, dafür würde ich meinen Kopf verwetten.« Talbot leerte das Glas. »Schließlich bekommt man ja auch nicht wegen rein gar nichts ein Messer in den Rücken.«

»Nein, das glaube ich auch nicht«, antwortete Philip trocken.

Talbot warf einen Blick auf die Uhr und erhob sich. »Jetzt muß ich aber gehen. Herzlichen Dank für den Whisky.«

»Es war mir ein Vergnügen. Ich bin Ihnen sehr dankbar, daß Sie mir das Päckchen gebracht haben.«

»Aber, ich bitte Sie. Das war doch selbstverständlich.«

Philip konnte es kaum erwarten, bis er die Haustür hinter dem arroganten Hotelgeschäftsführer geschlossen hatte. Zwei Stufen auf einmal nehmend, eilte er die Treppe empor zurück ins Wohnzimmer und öffnete die Verschnürung des Päckchens mit einem Taschenmesser.

Das braune Packpapier fiel herunter und enthüllte eine von einem Gummiband zusammengehaltene Pappe. Er riß das Band ab, und die Pappe gab ihren Inhalt frei.

Es war ein kleines, dünnes Buch; ein ihm vertrautes Buch. *Sonette und Verse* von Hilaire Belloc – dieselbe Ausgabe, die Rex gelesen und Andy gestohlen hatte, aber nicht derselbe Band. Dieser hier enthielt im Umschlag mit zittriger fremder Handschrift die deutsche Notiz:

Hier ist das Buch, das Du brauchst. Linderhof.

Philip rätselte an der Übersetzung herum, nicht sicher, was das letzte Wort zu bedeuten hätte. Seinen schwachen Deutschkenntnissen nach konnte man es verschiedenartig auffassen. Oder nicht? Er studierte die Handschrift und eilte in die Dunkelkammer, um die Rohabzüge des Gästebuchs des Hotels zum

Vergleich heranzuziehen. Er fand die Eintragung Linderhofs; sie stimmte mit der Unterschrift im Buch überein.

Er überlegte noch eine Weile, was die Mitteilung wohl bedeuten könnte, ohne jedoch zu einem neuen Resultat zu kommen. Schließlich holte er den Zettel hervor, den Clare Seldon ihm gegeben hatte, und wählte die dort aufgeschriebene Nummer.

»Ja?« antwortete eine heisere männliche Stimme.

»Kann ich bitte mit Mrs. Clare Seldon sprechen?«

»Wer ist am Apparat?«

»Philip Holt.«

Einen Augenblick lang war es still. Dann hieß es: »Bleiben Sie in der Leitung.«

Er mußte zwei Minuten warten, bis er ihre Stimme hörte.

»Ja, Mr. Holt? Hier Clare Seldon.«

»Ich dachte, ich sollte Ihnen mitteilen, daß das Päckchen soeben eingetroffen ist.«

»Ach so! Das Weitere liegt nun ganz bei Ihnen.«

»Wie meinen Sie das?«

»Wollen Sie sich mit mir treffen, Mr. Holt?«

»Hätte ich Sie angerufen, wenn ich das nicht wollte?«

»Vielleicht doch – beispielsweise, wenn Sie sich vorher mit der Polizei in Verbindung gesetzt hätten.«

»Das habe ich nicht, Mrs. Seldon. Ich gebe Ihnen mein Wort darauf.«

Sie schien noch zu zögern. »Sie wären auch ein Narr, wenn Sie es versuchen sollten, mich hereinzulegen.«

»Ich weiß – ich weiß. Hier geht es um ernste Geschäfte, und wir befinden uns nicht in der Abteilung für Kinderspielsachen aus Plüsch. Wann und wo treffen wir uns? Um halb neun Uhr im Savoy-Grill?«

Die Stimme, die ihm antwortete, war wieder energisch und zielbewußt. »Kennen Sie Blackgate Common?«

»Ja.«

»Dann hören Sie bitte genau zu. An der Nordseite gibt es dort eine alte Pferdetränke. Etwa dreißig Meter entfernt führt ein Wiesenpfad zu einer Farm – Blackgate Farm. Ich werde auf diesem Pfad auf halbem Wege zur Farm parken, etwa fünfzig Meter von der Hauptstraße entfernt.«

»Gut, ich habe verstanden.«

»Bringen Sie das Päckchen mit. Ich erwarte Sie dort in etwa zwei Stunden. Geht das?«

»Ich bin in zwei Stunden da.«

»Gut. Kommen Sie nicht zu spät.«

Es knackte, und die Leitung war tot.

Philip legte den Hörer auf. Das war ein Unternehmen, das sorgfältig überlegt werden mußte.

Er war sich darüber klar, daß es dunkel sein würde, wenn er in Blackgate Common eintraf, und daß es ein sehr einsamer Ort war. Mit der kühlen Mrs. Seldon würde er ohne weiteres fertig werden. Aber was sollte geschehen, wenn Cliff Fletcher oder jemand anders sich im rückwärtigen Teil ihres Wagens versteckt hielt? Er fühlte sich versucht, mit Hyde Verbindung aufzunehmen und eine diskrete Überwachung zu arrangieren. Dann aber schob er diesen Gedanken beiseite. Sein Stolz verlangte, daß er die Sache allein abmachte, und sein gesunder Menschenverstand sagte ihm, daß Clare Seldon nicht lange am Treffpunkt bleiben würde, wenn sie auch nur die geringste Witterung von einem polizeilichen Eingreifen hätte.

Dennoch konnte es nichts schaden, einige Sicherheitsvorkehrungen zu treffen. Er schloß den Wandsafe im Schlafzimmer auf und entnahm ihm die Pistole, die er neulich Eddie Meadows abgenommen und der Polizei zu übergeben verabsäumt hatte. Im Laufe der durch Eddies Verhaftung verursachten Aufregung und durch den Koffer voller D-Mark war die fehlende Pistole auch der Aufmerksamkeit der Polizei entgangen.

Er packte den Revolver zusammen mit dem Gedichtband und einer kleinen, aber leuchtenden Taschenlampe in seine Aktentasche. Dann holte er eine große Karte vom südlichen London aus dem Bücherschrank, auf der in großem Maßstab auch die Gegend um Blackgate Common verzeichnet war, und brütete eine Weile darüber.

Er war durchaus gewillt, Clare Seldon am angegebenen Ort zu treffen, sah jedoch nicht ein, warum er sich an den Anmarschweg halten sollte, den sie ihm vorgeschlagen hatte. Er beschloß, seinen Wagen mindestens eine Viertelmeile entfernt zu parken, das Buch im Handschuhkasten zu lassen und – Pistole und Taschenlampe in der Hand – durch die Wiesen zum Treffpunkt zu wandern. Er würde seine Gegenwart erst erkennen lassen, wenn er Gewißheit hatte, daß die Frau allein war und sich an die Spielregeln hielt. Sie würde sehen, daß er bewaffnet war, und wenn er sich davon überzeugt hatte, daß sich keine dritte Person in ihrem Wagen versteckt hielt, würde er sie nötigen, ihn zu seinem Wagen zurückzufahren, wo er Linderhofs Buch gegen die versprochenen Informationen eintauschen wollte.

Der Plan war zwar nicht narrensicher, doch das Beste, was ihm in der kurzen zur Verfügung stehenden Zeit einfiel. Er schob auch noch die Landkarte in die Aktentasche, schlüpfte in den Regenmantel und ging die Treppe hinunter.

Bevor er die Haustür erreicht hatte, wurde von außen ein Schlüssel ins Schloß gesteckt. Ruth stand auf der Schwelle. Sie sah klein, hilflos und in ihrem Mackintosh und weißer Kappe ein wenig rührend aus. Einen Augenblick standen sie sich gegenüber und sahen sich an. Dann verzog sich ihr Mund zu einem unsicheren Lächeln.

»Es tut mir leid, daß ich Ihnen heute nachmittag eine Szene gemacht habe«, sagte sie. »Stehe ich noch auf Ihrer Gehaltsliste, oder haben Sie sich schon eine neue Sekretärin gesucht?«

Philip fühlte, wie ihn eine Woge der Erleichterung überkam. »Ich muß mich bei Ihnen entschuldigen, nicht umgekehrt. Kommen Sie bitte ins Warme, Ruth«, forderte er sie auf, und die Spannung war verflogen. »Aber was wollen Sie denn noch zu so später Stunde im Büro?«

»Wenn Sie es unbedingt wissen wollen – ich wollte noch ein paar Überstunden machen. Das Porträt dieses eingebildeten Parlamentsabgeordneten muß noch retuschiert werden, ganz zu schweigen von der Zahnpastareklame, die wir für morgen versprochen haben. Außerdem gibt es noch eine ganze Menge anderer Arbeiten, mit denen wir im Rückstand sind.«

»Ich weiß gar nicht, was ich ohne Sie anfangen sollte, Ruth«, gestand Philip. Er lief die Treppe wieder hinauf und öffnete ihr die Tür. Sie war dicht hinter ihm, und er spürte, auch ohne sie anzusehen, daß sie leicht zitterte. Während sie ihren nassen Regenmantel abstreifte, entgegnete sie ziemlich kleinlaut: »Das ist ganz genau das, was ich Ihnen immer beizubringen versuche. Übrigens – wollen Sie jetzt noch fort?«

»Ich muß, leider. Sollte ich bis Sonnenuntergang nicht zurück sein, dann lassen Sie die Alarmglocken läuten und setzen Sie mir die Meute auf die Spur.«

»Welche Meute soll ich auf die Spur setzen?«

Philip lachte, doch war es, trotz aller Mühe, die er sich gab, kein fröhliches, unbeschwertes Lachen. Ruth sah ihn forschend an. Sie kannte ihn gut.

»Ist etwas nicht in Ordnung, Philip?«

»Vielleicht. Sagen Sie mal, Sie können doch Deutsch lesen, nicht wahr?«

»Ein wenig.«

Er zeigte ihr den Gedichtband von Belloc mit der handschriftlichen Eintragung Linderhofs und fragte sie: »Was sagt Ihnen das?«

»Here is the book ... the book which you need«, übersetzte sie langsam ins Englische. »Ist das nicht das gleiche Buch, das Rex gelesen haben soll? ... He ... was haben Sie denn da?« fragte sie schnell, als Philip versuchte, die Aktentasche zu schließen. »Ich wußte gar nicht, daß Sie eine Pistole besitzen.«

»Das tue ich auch nicht. Sie gehörte Eddie Meadows. Ich vergaß, sie dem Inspektor zu geben.«

»Philip, was soll das bedeuten?« Ruth sah besorgt aus. Er lief die Treppe hinunter und rief über die Schulter zurück: »Das erzähle ich Ihnen alles, sobald ich zurück bin, Herzchen. Und wenn ich nicht zurückkomme, dann vergessen Sie nicht die Alarmglocken!«

»Herzchen!« sagte sie zu sich selbst, als draußen die Tür ins Schloß fiel. »Ich glaube fast, ich kann das als Beförderung auffassen. Zumindest ist es ein Fortschritt gegenüber der ›sehr tüchtigen Sekretärin‹.«

Die Fahrt durch die nassen und verkehrsreichen Straßen nach Blackgate Common war mühsam und zeitraubend. Nur gelegentlich, auf kurzen geraden Strecken, konnte er seinen starken Lancia ausfahren. Er konzentrierte sich auf die Führung des Fahrzeugs und übersah vollkommen die blendenden Vorzüge anderer Wagen, die ihm begegneten und die ihn normalerweise von künftigen Anschaffungen hätten träumen lassen.

Bis er in Blackgate Common anlangte, war mehr als eine Stunde vergangen. Er fuhr an den Straßenrand und holte die Landkarte hervor, um sie genau zu studieren.

Befriedigt ignorierte er den Wiesenpfad, den sie ihm angezeigt hatte, und fuhr statt dessen weiter nach Süden, auf der Ausschau nach einer Landstraße dritter Ordnung, die der Karte nach das Gebiet von Norden her durchschneiden mußte. Nach fünf Minuten hatte er sie erkannt. Es war kaum mehr als ein morastiger Fahrweg.

Er bog ein, schaltete den Gang herunter und fuhr mit abgeblendetem Licht langsam durch die dicken Baumbestände, bis er eine Lichtung erreichte, wo geschlagenes Holz in großen Haufen geschichtet lag. Dann schaltete er den Motor und die Lampen aus, ließ das Seitenfenster herunter und verhielt sich etwa fünf Minuten vollkommen still.

Der Regen hatte gnädigerweise aufgehört. Die einzigen Laute, die er vernahm, kamen von den Wassertropfen, die aus dem Laub der Bäume herunterklatschten, und dann und wann der Ruf einer Eule. Der Mond war nicht zu sehen, doch leuchtete ein schwacher Schimmer durch die Wolken, so daß er, nachdem seine Augen sich an die Dunkelheit gewöhnt hatten, etwa zehn bis zwanzig Meter weit blicken konnte.

Er war etwa zwanzig Minuten zu spät dran. Das würde wahrscheinlich nichts schaden. Clare Seldon würde warten, und es konnte sogar zu seinem Vorteil sein, wenn er sie dadurch etwas nervös machte.

Der Gedichtband lag gut verschlossen im Handschuhfach, die Pistole in der Tasche seines Regenmantels war schußbereit ... er griff nach seiner Taschenlampe, die er nicht eingeschaltet hatte, und stieg leise aus dem Wagen ...

Es war ein leichtes Gehen, solange er sich in den Wagenspuren hielt, die von den Rädern eines Försterkarrens oder Traktors aufgeworfen und mit Schlamm und abgefallenem Laub gefüllt waren und seine Schritte unhörbar machten.

Fünf Minuten später erreichte er eine zweite Lichtung und hatte das Gefühl, daß er sich jetzt in der Nähe der Straße befinden müsse, die durch den nördlichen Teil des Gebietes führte. Deshalb tauchte er schnell und leise im Baumschatten unter, um für den letzten Teil des Anmarschweges Deckung zu haben.

Hier erst begann der Weg für ihn unangenehm zu werden. Dickes Unterholz, scharfe, aus dem Boden herausragende Baumstümpfe und feuchtnasse Farnkräuter behinderten ihn, und mehr als einmal wippte ein niedrig hängender Zweig zurück und traf sein Gesicht wie ein Peitschenschlag. Kalte Regentropfen von den Zweigen liefen ihm den Nacken hinunter, und unsichtbare Nachttiere schossen in Panik davon, wenn ein paar trockene Zweige unter seinem Fuß krachten. Abermals erklang das unheimliche Uhuuuh einer Eule, dann herrschte wieder tiefe Stille.

Das Knacken des herumliegenden dürren Holzes veranlaßte ihn zu noch größerer Vorsicht. Meter für Meter bewegte er sich langsam vorwärts, wobei er bei jedem Schritt den Untergrund mit langgestrecktem Bein abtastete. Schließlich zeigte ihm eine Veränderung der Lichtverhältnisse an, daß er die Straße erreicht hatte.

Er machte eine kurze Pause, während deren seine Ohren sich angespannt mühten, auch das leiseste Geräusch aufzufangen, und seine Augen nach der Straße suchten. Da hörte er aus der Ferne das unverkennbare Geräusch eines Kraftwagens, dessen Motor den Hügel aufwärts in einen niedrigeren Gang geschaltet wurde.

Mit vier langen Sätzen schoß er über die Straße und schlich im dichteren Schatten den Straßengraben entlang, bis er die schwachen Umrisse einer Pferdetränke erkennen konnte.

Als er dort anlangte, zerschnitt ein grausiger Schrei die Nacht. Er ließ sich wie ein Stein zu Boden fallen, während über ihm ein Vogel mit aufgeregtem Gekreisch aus dem Gebüsch davonflog. Klopfenden Herzens ging er weiter und kam zu einem einsamen Wegweiser, der wie eine Geisterhand im Winde schwankte. Auf der quietschenden Metallfahne konnte er gerade noch die Worte BLACKGATE FARM erkennen. Auch den Wiesenpfad sah er jetzt im rechten Winkel von der Straße abbiegen, in dem Mrs. Seldon ihren Wagen parken wollte.

Die entsicherte Pistole fest in der rechten, die Taschenlampe in der linken Hand, lief er geduckt im Schatten einer Reihe tropfender Rhododendronbüsche weiter.

Endlich tauchte der dunkle Umriß eines Wagens auf. Jegliche Spannung war im Nu verschwunden, als er entdeckte, daß er leer war. Er schirmte die Taschenlampe so ab, daß sie kaum mehr als einen bleistiftbreiten Lichtstrahl warf, und suchte damit das Wageninnere ab. Allen Mut zusammennehmend, öffnete er schließlich die Haube des Kofferraumes.

Auch dieser war – ausgenommen ein Werkzeugkasten und

ein Paar Damen-Überschuhe aus durchsichtigem Plastikstoff, wie man sie über Schuhen mit hohen Absätzen trägt – leer. Zweifellos gehörten diese Überschuhe Clare Seldon, und als Philip den Boden neben der Tür des Fahrersitzes absuchte, entdeckte er auch die Eindrücke der hochhackigen Schuhe, die vom Wagen fortführten. Seine Hand umspannte die Pistole fester, und er folgte den Spuren …

Was die hohen Absätze anging, so hatte er recht.

Etwa zwanzig Meter weiter ragten sie aus einem Busch hervor und machten sich an den seidenbestrumpften Beinen einer toten Frau immer noch fesch. Sie lag, ein Messer im Rücken, unter dem diskreten Schutz des Dickichts.

II

Philip rührte Clare Seldons Leiche nicht an.

Im Lichtstrahl seiner Taschenlampe sah er sich das Messer genauer an und stellte fest, daß es stark der Waffe ähnelte, mit der Quayle getötet worden war, und jener anderen, die in seinem Studio ihr Ziel verfehlt hatte und immer noch in der Blechbüchse steckte. Er suchte nach Abdrücken von Männerschuhen und schaltete sogleich seine Lampe aus, als er das Geräusch eines herannahenden Wagens hörte.

Scheinwerferlicht wanderte unruhig in den Bäumen zu seiner Linken auf und ab, und er wartete darauf, daß der Wagen auf der Hauptstraße vorbeifahren würde. Statt dessen bog dieser in den Wiesenpfad ein und tauchte den dort geparkten Wagen von Clare Seldon in eine Lichtflut.

Philip war wie versteinert, als er plötzlich die Silhouetten uniformierter Polizisten erkannte und das Zuschlagen von Wagentüren und das Trampeln schwerer Stiefel auf dem Waldboden hörte. Inspektor Hydes leise aber durchdringende Stimme, die ruhige Anordnungen erteilte, drang an sein Ohr, und er war sich darüber klar, daß seine eigene Lage alles andere als günstig war. Langsam wanderte er auf den Polizeiwagen zu und suchte Inspektor Hyde unter den Personen zu erkennen.

Fast im selben Augenblick, als er ihn entdeckte, sah auch Hyde ihn.

»Mr. Holt! Alles in Ordnung?«

»Ja, danke, mir ist nichts passiert, aber, wie um Himmels willen, wußten Sie ...«

»Erzählen Sie mir rasch, was geschehen ist.«

»Ich weiß es selbst noch nicht genau. Sie werden Clare Seldon ein paar Meter weiter den Weg entlang im Gebüsch finden – mit einem Messer im Rücken. Dieses Mal«, fügte er grimmig hinzu, »habe ich das Messer nicht angefaßt.«

Hyde gab Sergeant Thompson, der zu seinen Begleitern gehörte, einige Anweisungen. »Ich komme gleich nach!« rief er ihm zu, als Thompson den Weg entlanglief.

»Bitte, Inspektor, verraten Sie mir endlich, woher Sie wußten, daß ich hier bin?« meldete sich Philip erneut.

»Wir erhielten den anonymen Telefonanruf einer Frau. Sie erzählte uns, daß Sie nach Blackgate Common fahren würden und daß ihrer Ansicht nach geplant sei, Sie dort zu ermorden. Ich will mir einen Vortrag über unseren ›Vertrag auf gegenseitige Zusammenarbeit‹ für später vorbehalten, Mr. Holt«, erklärte er sehr kühl. »Vielleicht wissen Sie, wer die Frau war.«

»Ich habe keine Ahnung. Haben Sie selbst mit ihr gesprochen?«

»Ja, das Gespräch wurde auf meinen Apparat umgelegt.«

»Und Sie haben die Stimme nicht erkannt?«

»Es kam mir so vor, als sei die Stimme verstellt.«

»Es hat aber doch niemand gewußt, daß ich eine Verabredung mit Clare Seldon hatte. Die einzige Person, die überhaupt wußte, daß ich fortging, war meine Sekretärin. Sie wußte aber nicht, *wohin*.«

»Darüber können wir später noch sprechen. Ich habe jetzt eine unangenehme Arbeit vor mir!«

Mit hochgezogenen Schultern, die Hände tief in den Taschen seines Trenchcoats, marschierte Hyde den Pfad entlang, um sich den Beamten anzuschließen, die im Scheine mächtiger Karbidlampen damit beschäftigt waren, den Schauplatz des Verbrechens durch Seile abzusperren und genau zu untersuchen.

Eine halbe Stunde später saß Philip wieder am Lenkrad seines Wagens und raste nach London zurück. Der Regen hatte erneut eingesetzt, und der Inspektor hatte entschieden, daß nichts dabei herauskäme, wenn Philip in dieser unwirtlichen Gegend länger herumstände, während die mühsamen und zeitraubenden Arbeiten der Mordkommission ihren Fortgang nähmen. Man hatte sich darauf geeinigt, am folgenden Morgen in Scotland Yard zusammenzutreffen.

Der Spitzenverkehr war schon vorbei, so daß Philip jetzt schnell vorankam. Er freute sich schon auf einen steifen Grog in seiner Wohnung. Falls Ruth zufällig noch arbeiten sollte, wollte er sie zu einem guten Abendessen in die Stadt mitnehmen. Zwar war er immer noch nicht bereit, seine Gefühle dem Mädchen gegenüber zu analysieren, mußte sich jedoch eingestehen, daß ihn während der Zeitspanne, in der seine schlechte Laune sie aus dem Hause getrieben hatte, ein fröstelndes Gefühl der Einsamkeit überfallen hatte.

Als er ins Büro trat und das Licht einschaltete, entfuhr ihm ein Schrei des Zorns und des Entsetzens.

Der Raum sah aus, als sei eine Herde wilder Pferde hindurchgestürmt. Die Schubladen waren aufgerissen und ihr Inhalt über den ganzen Fußboden verstreut, die Aktenordner lagen in wildem Durcheinander auf Tischen und Stühlen. Auf seinem Schreibtisch bildeten Filmrollen und persönliche Gebrauchsgegenstände ein heilloses Durcheinander. Das Sitzkissen von Ruths Stuhl war aufgeschlitzt.

Automatisch bückte er sich, um ihren umgestürzten Stuhl wieder aufzustellen. Dabei fiel sein Auge auf ein winziges silbernes Hufeisen, das auf dem Teppich blinkte, und ein paar Zentimeter daneben fand er ihre zerrissene Glückskette. Eine schreckliche Ahnung, die sich von Sekunde zu Sekunde vertiefte, legte sich beklemmend auf sein Herz; sie wurde zur Gewißheit, als er an dem Garderobenständer Ruths weißen Regenmantel und ihre kleine Kappe entdeckte. Ganz offensichtlich hatte sie das Büro nicht aus freiem Willen verlassen.

»Guten Abend, Mr. Holt«, erklang hinter ihm eine vertraute Stimme.

Philip fuhr herum und blickte in die Mündung eines Revolvers, den Cliff Fletcher drohend in der Hand hielt. »Wie, zum Teufel, sind Sie hier hereingekommen, Fletcher?« schrie er ihn an.

»Ich könnte Ihnen erzählen, daß ich das Schloß mit einem Dietrich aufgemacht hätte, wie das letztemal. Aber das war wirklich nicht notwendig. Wir haben einfach geklingelt, und der reizende kleine Käfer hat uns freundlichst eingelassen.«

»Wo ist sie?«

Fletcher blickte mit gespielter Überraschung nach dem Garderobenständer. »Sie scheint ausgegangen zu sein. Wie unvorsichtig von ihr, in einer so naßkalten Nacht den Mantel zurückzulassen.«

»Was haben Sie mit ihr gemacht? Ist eine Leiche pro Tag noch nicht genug für Sie?«

»Von wem sprechen Sie, Mr. Holt?«

»Sie wissen ganz genau, daß ich Clare Seldon meine!«

»Ach, ist ihr etwas zugestoßen? Das täte mir aber leid.«

»Ich nehme an, Sie werden mir jetzt erzählen, Sie hätten damit nichts zu tun.«

»Ich war den ganzen Abend über in der Stadt und habe in Chelsea mit ein paar Freunden etwas getrunken. Sie können das jederzeit nachprüfen.«

»Damit möchte ich nicht meine Zeit vergeuden«, fuhr Philip ihn gereizt an. »Sie werden schon genug gezahlt haben, damit man Ihnen Ihr Alibi bestätigt. Im übrigen muß es eine verdammt komische Party in Chelsea gewesen sein, wenn Sie von dort den Schlamm von Blackgate Common an Ihren Schuhen mitgebracht haben.«

Fletcher runzelte die Stirn und blickte nach unten. Um seine Sohlenränder waren Spuren von Schlamm erkennbar. »Ich muß zugeben, das war nachlässig von mir … Bleiben Sie, wo Sie sind!« schrie er Philip an, der, die momentane Ablenkung Fletchers nützend, sich gerade auf ihn stürzen wollte. »Also Freundchen, kommen wir zum Geschäft. Gib mir den Schlüssel, und ich garantiere dir, daß dein süßer kleiner Käfer in fünfzehn Minuten wieder hier im Büro ist.«

»Lebend oder tot?«

»Als ich sie zuletzt sah, lebte sie und schlug um sich – ich muß gestehen, daß sie ganz beachtlich um sich schlug. Wenn Sie vernünftig sind, wird ihr nichts geschehen.«

»Und das soll ich Ihnen glauben?«

»Das können Sie. Das Mädchen interessiert uns überhaupt nicht. Den Schlüssel her – und das Mädchen kehrt unversehrt zurück.«

»Sie bekommen den Schlüssel, sobald ich die Gewißheit habe, daß es ihr gutgeht – und daß sie frei ist.«

Fletcher überlegte einen Augenblick und ging dann zum Telefon hinüber. Die Pistolenmündung zielte weiter auf Philip, als er den Hörer abhob. Er wählte mit der linken Hand.

»Hier spricht Cliff … Ja, er ist hier. Laß das Mädchen frei … Keinen Widerspruch … tu, was ich dir sage. Sie soll Mr. Holt von der nächsten Telefonzelle aus anrufen, um zu beweisen, daß sie frei ist. Und jetzt dalli, dalli.« Damit legte er den Hörer auf und streckte die Hand aus. »Den Schlüssel!«

»Erst, wenn Ruth mich anruft!«

Fletcher fluchte, machte es sich dann jedoch bequem und ließ ein Bein nachlässig über der Schreibtischecke baumeln. »Okay, dann warten wir eben gemeinsam.«

Es vergingen fast zehn Minuten, die wie eine Ewigkeit erschienen, bevor das Läuten des Telefons die Stille schrill unterbrach.

Philip machte eine Bewegung, doch Fletcher hielt ihn zurück. »Nein, Sie nicht! Vielleicht ist es Hyde oder ein anderer Bekannter von Ihnen.« Er nahm den Hörer ab. »Ja?« Dann nickte er. »Sie ist es.«

Philip griff nach dem Hörer. »Ruth? Geht es Ihnen gut? Ist alles in Ordnung?... Sind Sie sicher? ... Von wo aus rufen Sie an? Aus St. Paul? Gut, nehmen Sie sich ein Taxi und kommen Sie direkt hierher.« Er legte auf.

»Zufrieden, Mr. Holt?«

»Zufrieden.«

»Gut. Jetzt sind Sie an der Reihe. Wo ist der Schlüssel?«

Philip machte eine Kopfbewegung in Richtung auf die über den Fußboden verstreuten Filmbehälter. »In einem dieser Behälter.«

»Vergeuden Sie nicht meine Zeit. Die habe ich schon alle durchgesehen.«

»Dann haben Sie es nicht gründlich getan. Ein Blechbehälter zeigt am Rand eine kleine Messerkerbe. Dem habe ich einen falschen Boden eingesetzt, und ihn dann wieder mit Filmplatten gefüllt.«

»Dann hätte ich den Schlüssel klappern hören müssen«, sagte Fletcher zweifelnd.

»Er ist am Boden angeklebt.«

Die Pistole weiterhin auf Philip gerichtet, begann Fletcher nochmals alle Filmbehälter zu überprüfen. Als er einen fand, der an einer Ecke leicht eingekerbt war, stieß er einen leichten Pfiff aus. Dann zerrte er so lange an dem Behälter, bis der falsche Boden sich löste. Der Sicherheitsschlüssel war sauber mit Heftpflaster angeklebt.

»Geradezu genial«, murmelte Fletcher bewundernd, löste den Schlüssel ab und betrachtete ihn sorgfältig unter der Lampe. Dann begann sich langsam ein Ausdruck von Wut auf seinem Gesicht zu zeigen. »Ist dies der Schlüssel, den Sie haben nachmachen lassen? Die Kopie von Mrs. Curtis' Schlüssel?«

»Ja.«

»Lügen Sie auch nicht?«

»Ich gebe Ihnen mein Wort.«

Fletcher schaute noch einmal auf den Boden. Ohne ein weiteres Wort ging er rückwärts aus dem Raum, lief schnell die Treppe hinunter und verschwand aus dem Haus.

Es hatte keinen Sinn, ihm zu folgen. Der Lancia stand in der Garage, außerdem war Fletcher bewaffnet. Genausogut konnte er die Zeit damit überbrücken, die Unordnung etwas zu beheben. Als das Taxi mit Ruth vor der Tür hielt, sah das Büro schon wieder einigermaßen ordentlich aus.

Er raste die Treppe hinunter. »Alles in Ordnung, Ruth? Keine gebrochenen Knochen? Keine Beulen?«

Sie sah blaß und etwas zerzaust aus, brachte aber trotz allem ein kesses Lächeln zustande. »Alles beieinander und in Ordnung, Sir! Nur das Taxi müssen Sie bezahlen. Die Burschen haben mir nicht Zeit gelassen, die Handtasche mitzunehmen.«

Er bezahlte und raste wieder die Treppe empor zu ihr ins Büro. »Wie ist das denn bloß passiert?«

Sie zuckte mit den Schultern. »Ein großer, bulliger Mann schubste mich in einen Wagen und lud mich in einer Art Lagerhaus ab, bis Ihr Telefonanruf kam. Das ist alles.«

»Und man hat Sie nicht mißhandelt?«

»Nein. Das einzige, was ich abbekommen habe, ist eine Laufmasche in meinem Strumpf, als ich davonlaufen wollte. Außerdem scheine ich meine Kette verloren zu haben.« Philip gab sie ihr, und sie lächelte wehmütig. »Eigentlich sollte sie dem Träger ja Glück bringen. Worum ging es denn diesmal wieder?«

Philip schaute suchend auf den Fußboden, bis er den Schlüssel fand, den Fletcher weggeworfen hatte. »Um den hier. Sie können ihn an Ihre Kette hängen. Merkwürdigerweise scheint Fletcher ihn nicht mehr haben zu wollen. Der Himmel mag wissen, warum.«

Dann schilderte er ihr den Ablauf der Ereignisse, beginnend mit seinem Besuch in der Barbecue-Bar, endend mit einem Bericht über seinen ausgedehnten Spaziergang durch das regennasse Unterholz des Wäldchens bei der Blackgate Farm.

Ruth hörte aufmerksam zu und sagte dann: »Ich dachte mir zwar, daß Sie einer wichtigen Sache nachgingen, als Sie mit der Aktentasche hier aus dem Büro abzogen, versichere Ihnen jedoch, daß *ich* Hyde nicht angerufen habe. Ich wußte ja gar nicht, wohin Sie gingen, und vor allem wußte ich natürlich nicht, daß man Sie ermorden wollte.«

»Wer kann denn nur die Unbekannte gewesen sein? Ich würde ihr gern danken.«

»Ganz offensichtlich doch jemand, der Ihnen wohl will.«

»Oder Clare Seldon übel will«, bemerkte Philip. »Ich habe auf dem Rückweg darüber nachgedacht. Mir scheint die Annahme richtig, daß Clare Seldon Fletcher angeworben hat, mich umzubringen. Dann hat sich jedoch eine unbekannte Person eingeschaltet, und statt meiner wurde die Seldon umgebracht.«

»Das ist möglich. Aber warum sollte Clare Seldon plötzlich zur Zielscheibe geworden sein?«

»Vielleicht hat sie sich übernommen und war in Dinge eingestiegen, die sie nicht mehr bewältigen konnte. Vielleicht aber hatte sie auch ihre Rolle in dem Spiel zu Ende gespielt, in dem offensichtlich auch Rex und Andy mitwirkten.«

»Luther Harris ist ebenfalls darin verwickelt, vergessen Sie das nicht. Er war es doch, der Sie dazu brachte, das El Barbecue aufzusuchen, wo Clare Seldon dann Kontakt mit Ihnen aufnahm. Ich kann nicht verstehen, warum Inspektor Hyde Harris nicht einfach einbuchtet.«

»Man kann einen Mann nicht einfach einsperren, nur weil man ihn verdächtigt, mein liebes Mädchen. Soweit ich es beurteilen kann, hat er Luther schon tüchtig die Hölle heiß gemacht. Doch schätze ich, er zieht es vor, den kleinen Fisch in Freiheit zu lassen, in der Hoffnung, daß er einmal etwas Dummes tut und uns auf eine wichtige Spur bringt.«

»Daran hatte ich nicht gedacht. Was ist eigentlich mit dem Buch, das Clare Seldon so unbedingt haben wollte, besitzen Sie es noch?«

»Ja. Es liegt im Handschuhfach meines Wagens. Wir wollen es uns später ansehen.«

»Wollen Sie nicht mit Hyde wegen unseres neuesten Abenteuers telefonieren?«

Philip schaute auf die Uhr. »Es ist schon ziemlich spät. Außerdem wird er alle Hände voll zu tun haben, um die Sache draußen in Blackgate Common zu bearbeiten, und es gibt ohnehin nicht viel zu berichten. Ich hebe mir das für morgen früh auf. Was wir beide jetzt brauchen, ist ein anständiges Essen und eine gute Nachtruhe, damit wir klaren Kopf haben, wenn wir den Fall mit Hyde besprechen.«

»Soll ich etwa mit Ihnen zum Scotland Yard gehen?«

Philip grinste. »Jawohl, obgleich ich damit gewissermaßen eine Katze in einen Taubenschlag einlasse, denn Sie werden mit Ihren aufregenden grünen Augen jeden Kriminalbeamten anblitzen, dem Sie begegnen.«

»Der Besuch verspricht ja allerlei«, erwiderte Ruth lachend, »da kann ich es kaum noch bis morgen abwarten.«

Es war jedoch eine sehr bescheidene und zurückhaltende Ruth, die am folgenden Morgen am Mahagonischreibtisch des Inspektors saß und einen nüchternen Bericht über ihre Entführung gab.

Hyde sah abgespannt und sehr müde aus. Aus seiner Stimme klang jedoch unverhohlene Wärme und Bewunderung, als er sie befragte: »Und Sie haben wirklich so einen richtigen kleinen Ringkampf veranstaltet, Miss Sanders?«

»Ach, das war nicht so schlimm. Natürlich gab es ein Hin und Her. Als ich den bulligen Kerl in der Tür sah, da merkte ich, daß es verkehrt gewesen war zu öffnen, und da habe ich ihm einfach einen Stoß in den Magen gegeben –«

»*Was* haben Sie ihm gegeben?« schrie Philip verwundert.

»– und dann versuchte ich, die Tür zuzuschlagen. Leider hatte er seinen Fuß dazwischengeschoben. Da blieb mir nichts anderes übrig, als kräftig draufzutreten, und da ich ziemlich spitze Absätze trug, heulte er auf wie ein Hund, während ich die Treppe hinauflief, um nach dem Telefon zu greifen. Dabei muß ich mir den Strumpf zerrissen haben. Er war hinter mir her, ehe ich 999 wählen konnte, und da habe ich ihm mit dem Hörer ins Gesicht geschlagen –«

»Ruth! Das haben Sie mir ja alles nicht erzählt«, protestierte Philip.

»– und dabei ist mir wahrscheinlich auch meine Kette gerissen. Aber das hat leider alles nichts genützt. Jemand drückte mir von hinten einen Wattebausch mit Chloroform unter die Nase, und ich kann mich nur noch erinnern, daß man mich nach unten trug und in einen Wagen verfrachtete.«

»Glauben Sie, Sie könnten eines dieser Rauhbeine wiedererkennen, Miss Sanders?« fragte Hyde eifrig.

Sie zuckte mit den Schultern. »Den einen, der an der Tür läutete, vielleicht. Er hat mich ja auch in dem Lagerhaus bewacht, war dick und schwerfällig und hatte einen westenglischen Akzent. Er trug einen Mantel, wie ihn die Armee den entlassenen Soldaten mitgibt, dazu ziemlich spitze Schuhe.«

Hyde machte sich eifrig Notizen, während Ruth ihm die Einzelheiten mitteilte.

»Das Lagerhaus muß sich in der Nähe einer Untergrundbahn befinden, meine ich – ich spürte die Züge unter mir rattern. Sie hielten und fuhren wieder an, so daß es ein U-Bahnhof gewesen sein muß. Wahrscheinlich liegt es auch nicht weit ab von der Themse, denn ich habe den typischen Wassergeruch wahrgenommen. Und als man mir die Augen verband und mich wieder in den Wagen schob, brauchten wir sieben Minuten, bis wir an der Telefonzelle in St. Paul waren, von der aus sie mich telefonieren ließen. Ich habe auf die Uhr gesehen und bin wegen der Zeit absolut sicher.«

Hyde hob bewundernd die Augenbrauen. »Wirklich, Miss Sanders, ich glaube, wir könnten Sie bei der Kriminalpolizei gut gebrauchen. Ihre Beobachtungen dürften für uns äußerst nützlich sein. Ich habe Ihnen ja schon einmal gesagt, Mr. Holt, daß Sie eine außergewöhnliche Mitarbeiterin haben.«

»Ja, so langsam dringt diese Erkenntnis auch in meinen Dickschädel, Inspektor.«

Ruth errötete. »Können wir nicht aufhören, von mir zu sprechen, und zur Sache kommen? Was halten Sie von dem Buch, Inspektor? ›Hier ist das Buch, das Du brauchst.‹«

»Ich warte immer noch darauf, daß die Graphologen mir melden, ob es Linderhofs Handschrift ist oder nicht, Miss Sanders. Ich nehme an, es ist eine Fälschung, um Mr. Holt nach Blackgate Common zu locken.«

»Wo Fletcher ihn umbringen sollte.«

»Fletcher oder jemand anders.«

»Warum jemand anders? Es muß doch Fletcher gewesen sein! Mr. Holt hat Ihnen doch vom Schlamm an seinen Sohlen erzählt.«

»Alle Grünanlagen und Plätze Londons waren in der vergangenen Nacht sehr schmutzig, Miss Sanders. Die Sache würde anders aussehen, wenn wir Fletcher an Ort und Stelle geschnappt und den Schmutz analysiert hätten.« Der Inspektor begann seine Pfeife zu stopfen.

Ruth schüttelte den Kopf wie ein ungeduldiger Terrier. »Na schön, wenn wir schon Macky Messer nichts anhängen können, halten Sie es denn nicht für angebracht, Herrn Luther Harris einige Fragen zu stellen, die vielleicht ein Ergebnis bringen könnten? Schließlich war es doch *sein* Hinweis bezüglich der Barbecue-Bar, der Philip beinahe in diese entsetzliche Falle führte.«

Hyde nickte geduldig. »Harris ist ein Schurke, und früher oder später wird er auch für seine Sünden büßen müssen. Doch ist er bestimmt nicht der Boß, dessen bin ich gewiß. Aus diesem Grunde werde ich ihn auch noch frei herumlaufen lassen, bis der richtige Augenblick gekommen ist. Wenn wir nur ein bißchen Glück haben, führt er uns vielleicht geradenwegs ans Ziel.«

»Und haben Sie immer noch keine Ahnung, wer meine anonyme Wohltäterin sein könnte?« fragte Philip. »Ich meine die Dame, die angerufen und gesagt hat, ich ginge nach Blackgate Common.«

»Nein, leider haben wir den Anruf nicht lokalisieren können.«

»Sie halten mich wahrscheinlich für sehr ungeduldig, Inspektor«, begann Ruth wieder, »aber ich kann nicht verstehen, warum Sie nicht einfach Fletcher einkassieren und ihn wegen eines Dutzend Morde anklagen.«

»Ich wünschte, es wäre so leicht, wie Sie sich das vorstellen, Miss Sanders. Zunächst einmal müßten wir ihn erst haben. Zwar ist das Netz für ihn ausgelegt, doch ist er uns bisher noch immer durch die Maschen geschlüpft. Zweitens habe ich nicht den geringsten Zweifel, daß er ein wasserdichtes Alibi in einem seiner vielen Klubs in Chelsea vorbereitet hat. Wir haben es hier nicht mit einem Anfänger zu tun, wie Sie wohl wissen.« Der Inspektor stieß eine Wolke blauen Tabakrauchs aus, betrachtete sie kritisch und fuhr dann fort: »Was mir wirklich Rätsel aufgibt, ist die Sache mit dem Schlüssel. Erst setzt die Bande alles daran, um in seinen Besitz zu gelangen, und dann wird er wutentbrannt weggeworfen. Das will mir nicht in den Kopf.«

»Vielleicht war es nicht der, den er brauchte«, gab Ruth zu bedenken.

»Er muß es doch gewesen sein«, antwortete Philip.

»Nicht unbedingt. Es handelt sich doch um zwei Schlüssel, nicht wahr? – um das Original und den Nachschlüssel, den Sie in Windsor anfertigen ließen. Den einen haben Sie dem Inspektor ausgehändigt, und –«

»Ja, aber das Duplikat ist doch eine genaue Kopie des Originals. Da besteht doch nicht der geringste Zweifel.«

Inspektor Hyde legte die Pfeife in einen Aschenbecher und beugte sich vor. »Haben Sie den Schlüssel bei sich, Mr. Holt?«

Philip nickte und holte den Schlüssel hervor, während Hyde in einer Schublade wühlte und ihr eine Fotokopie entnahm. »Wie Sie wissen«, sagte er erläuternd, »habe ich das Original Mrs. Curtis zurückgegeben, da es unzweifelhaft ihr Eigentum war. Doch habe ich mir für die Akten einige Bilder anfertigen lassen.« Er legte das Foto neben den Schlüssel, den Philip ihm ausgehändigt hatte, und studierte beide sorgfältig mit einem Vergrößerungsglas.

»Es sind absolut die gleichen, in jeder Hinsicht … ausgenommen … du lieber Himmel! Da haben wir wieder einmal die Bestätigung dafür, daß man den Wald vor lauter Bäumen nicht sieht. Ich hatte mich immer nur auf den Bart des Schlüssels konzentriert, aber der spielt überhaupt keine Rolle dabei. Sehen Sie selbst.«

Ruth und Philip beugten sich aufgeregt vor.

»Ich begreife es noch immer nicht«, sagte Ruth.

»Moment mal. Die Zahlen!« rief Philip erregt.

»Genau das ist es. Auf dem Duplikat findet man keine Zahlen, dafür aber auf dem Original. Es war also nicht der Schlüssel selbst, hinter dem Fletcher her war, sondern die Seriennummer auf dem Schlüssel. Das ist wahrscheinlich der fehlende Teil des Codes.«

Philip machte ein erstauntes Gesicht. »Das verstehe ich nicht. Von welchem Code sprechen Sie?«

»Entsinnen Sie sich der Fotos mit dem Akkordeon?«

»Wie sollte ich die jemals vergessen«, sagte Philip trocken.

»Nun denn. Ich hatte so eine Eingebung und schickte sie nach unten in die Dechiffrierabteilung, damit die Experten sich mal damit befaßten. Man ließ mir ausrichten, es sei alles schön und gut, aber ich solle ihnen doch die zweite Hälfte des Codes schicken. Dann würde das Ganze erst seinen Sinn bekommen.« Der Inspektor griff nach dem Telefonhörer. »Ich schickte ihnen auch den Gedichtband von Belloc. Der kam aber bald – wie ein Bumerang – mit der Versicherung zurück, daß ich da ganz und gar auf dem Holzwege sei ... Hallo, hier Hyde. Geben Sie mir bitte Major Osborne.«

»Aber Inspektor – wie kann denn in einem Packen Fotos ein Code verborgen sein?« fragte Ruth.

»Die Stellung der Finger ist es, Miss Sanders. Mrs. Stansdale wurde von Quayle und Fletcher so fotografiert, daß Ihre Finger auf den Akkordeontasten bei jeder Aufnahme eine andere Stellung hatten. Und wir sind der Meinung, daß jedes Foto entweder eine Zahl oder eine Musiknote darstellte. Fletcher glaubte wahrscheinlich, Quayle hätte ihn völlig ins Vertrauen gezogen, in Wirklichkeit verbarg Quayle jedoch vor ihm die entscheidende Bedeutung des Wohnungsschlüssels seiner Schwester – des anderen Teiles des Codes. Deshalb sind Fletcher und Quayle vermutlich Feinde geworden. Fletcher hat gewiß Himmel und Hölle in Bewegung gesetzt, um ...« Er unterbrach seine Erläuterung und sprach ins Telefon. »Hallo, Major Osborne? ... Ach! ... Inspektor Hyde hier. Bitte sagen Sie ihm doch, er möchte mich sofort anrufen, sobald er zurück ist. Danke schön!«

Der Inspektor sah reichlich enttäuscht aus und erhob sich, um nachdenklich im Zimmer auf und ab zu gehen. Schließlich blieb er vor Philip stehen und sah ihn auffordernd an: »Mr. Holt, wenn wir einmal von Ihrem Lapsus von gestern abend absehen, gilt unser Vertrag auf gegenseitige Zusammenarbeit noch?«

»Aber ganz gewiß doch. Nur möchte ich darauf hinweisen, daß ich von Codes überhaupt keine Ahnung habe. Wozu soll der Code überhaupt gut sein?«

»Darüber habe ich noch keine hundertprozentige Klarheit. Wir werden mehr wissen, wenn Major Osborne und sein Hirntrust sich mit der Sache befassen. Vermutlich werden sie einige Zeit brauchen, um den Code zu knacken. Aber wir sollten inzwischen nicht untätig herumsitzen und die Daumen drehen. Ich habe Ihnen einen Vorschlag zu machen. Er ist vielleicht ein wenig unorthodox ...«

»Sie sollten langsam wissen, daß ich eine Schwäche für das Unorthodoxe habe«, warf Philip grinsend ein.

Hyde hüstelte diskret. »Hm ... natürlich ... ist mir schon aufgefallen. Also gut, ich hätte gerne, daß Sie nochmals Korporal Wilson im Krankenhaus besuchen.«

»Und was ist daran so ungewöhnlich?«

»Der Besuch selbst bestimmt nicht. Aber das, was Sie ihm sagen sollen, weicht ein wenig von den üblichen Regeln ab. Darum können nur Sie es tun. Ich als Amtsperson kann es nicht.«

»Das hört sich vielversprechend an. Was soll ich ihm sagen?«

»Hören Sie bitte genau zu«, sagte der Inspektor, während er wieder Platz nahm, um den Plan zu erläutern.

12

»Andy, hast du jemals von Scylla und Charybdis gehört?« fragte Philip, als die unruhigen Augen des Kranken im Eckbett ihm weiterhin auszuweichen suchten.

»Wer ist das? Eine neue Beat-Gruppe?«

»Nein. Scylla und Charybdis waren zwei berühmte Untiere in der griechischen Mythologie. Sie pflegten auf den Felsen einer Meerenge zu sitzen, irgendwo zwischen Italien und Sizilien. Die Seeleute, die zwischen diesen Felsen hin- und herfahren mußten, taten dies unter Todesgefahr.«

»Was hat das mit mir zu tun.«

»Ich male es dir nur aus, wie es sein wird, wenn du in ein oder zwei Wochen dieses Krankenhaus verläßt.«

»Du brauchst mir nichts auszumalen.«

»Doch, mein Lieber, denn auch du mußt durch die enge Straße zwischen deiner eigenen privaten Scylla und Charybdis hindurchsegeln, und ich gebe dir keine großen Chancen.«

»Ich kann auf mich selbst aufpassen, Mann.«

»Kannst du das wirklich? Das möchte ich noch bezweifeln, Andy. Bei der Lage, in der du dich jetzt befindest, kann es nicht lange gutgehen. Entweder schnappt dich das sechsköpfige Ungeheuer – die rücksichtslosen Leute, die schon einmal versucht haben, dich umzubringen, und die Rex, Quayle und Clare Seldon ermordet haben –, oder aber du gerätst auf der anderen Seite in den Sog dessen, was die Polizei schon für dich bereithält. Du wirst Freunde brauchen, Andy, wirkliche Freunde, wenn die Zeit kommt. Gib dich nur keinen Illusionen hin wegen Inspektor Hyde. Während du hier krank oder beinahe todkrank im Bett lagst, hat er natürlich seinen Druck auf dich gemindert. Sobald du aber hier herauskommst, wird er über dich hereinbrechen wie eine Tonnenladung Ziegelsteine. Jetzt, wo sie Fletcher endlich gefangen haben, ist der Inspektor nicht mehr zu halten.«

»Wen haben sie gefangen?«

»Fletcher. Gestern ist er ihnen endlich ins Netz gegangen«, log Philip. »Und ich kann dir versichern, daß Hyde gewaltig in Fahrt ist. Er kommt mir vor wie eine Lokomotive, die mit heulender Dampfpfeife die Schienen entlangrast. Sicher hatte er nicht erwartet, daß ein Typ wie Fletcher so leicht singen würde. Aber du weißt ja, wie es ist, wenn man die sogenannten großen Bosse erst einmal unter Druck setzt, dann sagen sie alles, nur um ihre eigene Haut zu retten.«

Einzelne Schweißperlen begannen sich auf der blassen Stirn des Kranken zu bilden, und er beleckte die Lippen mit seiner trockenen Zunge. »Ich will verdammt sein, wenn ich weiß, wovon du sprichst. Ich kenne keinen Fletcher, habe nie von ihm gehört.«

Philip lachte verächtlich. »Tu doch nicht so, Andy. Selbst der senilste Richter der Welt wird dir das nicht abnehmen, nachdem er Fletchers Zeugenaussagen gehört hat. Ich will schon glauben, daß mindestens die Hälfte von dem, was er über dich gesagt hat, gelogen ist. Offensichtlich tut er, was er kann, um möglichst viele andere zu belasten und das Scheinwerferlicht von sich selbst abzulenken. Immerhin hat er genug über dich und Rex gesagt, um dich ins Zuchthaus zu bringen, und zwar für …«

»Dieses dreckige Schwein, dieser Verräter!« entfuhr es Andy. »Ich wußte von Anfang an, daß man ihm nicht trauen könne.«

Philips Herz machte einen Sprung. Es war der Durchbruch, auf den sie gewartet hatten. Er riß sich zusammen, um äußerlich gelassen zu erscheinen. »Du bist mit dem Kumpan sicherlich übel reingefallen, alter Junge«, pflichtete er teilnahmsvoll bei, griff nach einer Zeitschrift und sah sie gelangweilt durch. »Wie bist du nur an diesen Kerl geraten?«

»Ach … das war in einem Striptease-Lokal in Soho. Rex und ich saßen beisammen, und Cliff kam ganz zufällig dazu. Ich hatte ihn schon ziemlich lange nicht mehr gesehen. Er … nun ja, er und ich hatten in der Vergangenheit ein paarmal Geschäfte miteinander getätigt. Ich konnte damals einige Sachen aus Armeebeständen – organisieren.«

»Nun sag mir bloß noch, daß Fletcher in der Armee gedient hat.«

»Nein, er nicht, aber ich. Er konnte das Zeug in der Civvy Street an den Mann bringen. Ganz unter uns gesagt – wir haben gemeinsam einen ganz schönen Schnitt gemacht. Seit jener Zeit hatte ich ihn nicht mehr gesehen. Halt, warte mal.

Warum erzähle ich dir das alles. Ich denke, Fletcher hat schon alles ...«

»Es war bisher noch nicht Zeit genug, die Geschichte in voller Länge zu hören, alter Junge«, beruhigte Philip ihn schnell. »Hyde wird mindestens einen Monat dafür brauchen.« Er ließ es darauf ankommen, ob Andy ihm diese Ausrede abnehmen würde. Seinen Hauptpfeil mußte er ins Blaue abschießen. »Hyde kam es bisher vor allem auf die Wahrheit in der Sache mit dem Hamburger Bankraub an.«

Wie ein Blitz flackerte für einen Augenblick Angst in Andys Augen auf.

Der Pfeil hatte ins Schwarze getroffen.

Philip unterdrückte die aufwallende Erregung und sprach ganz beiläufig weiter: »Wenn man Fletcher glauben darf, so warst du es, der die ganze Sache organisiert hat.«

»Dieser gemeine Lügner! Rex und ich waren doch weiter nichts als Statisten, als Strohmänner. Wenn wir bei ihm nicht so tief in der Kreide gestanden hätten, hätten wir uns auch dazu niemals hergegeben.«

»Schulden? So hatte er euch also richtig in den Klauen! Wie ist denn das gekommen?«

»Wie ich schon sagte, trafen wir ihn ganz zufällig in dieser Striptease-Kneipe. Wir tranken ein paar zusammen, und dann lud er uns in einen richtigen Puff ein, wo die Mädchen keine Engel und die Busen echt waren. Das Ganze war zwar nicht mein Fall, aber Rex mochte es, und natürlich mochten die Mädchen auch ihn, und da habe ich eben mitgemacht. Zunächst konnte ich mir aus alledem kein richtiges Bild machen, aber dann nahm uns Cliff in ein Privatzimmer im rückwärtigen Teil des Hauses mit. Dort wurde Karten gespielt. Zunächst gewann ich einiges, weshalb ich scharf darauf war, weiterzuspielen. Insgesamt haben wir etwa 80 Pfund gewonnen und waren natürlich schwer aufgeregt.«

»Wie lange haben die 80 Pfund gereicht?«

Es gelang Andy, ein reuevolles Gesicht zu machen. »Du kennst doch Rex – das Geld rann ihm durch die Finger wie Wasser. Frauen, Schnaps, Jazzplatten. Und ich selbst war auch kein Heiliger. Ein paar Tage später saßen wir wieder am Kartentisch, und Cliff floß über vor Freundlichkeit und spielte den Weihnachtsmann, wenn wir Nachschub brauchten.«

»Wieviel habt ihr verloren?«

»Insgesamt glatte sechshundert Pfund.«

»Ach, du liebe Güte! Und Fletcher nahm euch dafür Schuldscheine ab, nehme ich an.«

Andy nickte.

Philip warf die Zeitschrift auf das Bett. »Warum, zum Teufel, ist Rex denn bloß nicht zu mir gekommen? Ich hätte schon irgendwo Geld aufgetrieben.«

Andy machte ein weinerliches Gesicht, antwortete jedoch nicht.

»Und wieviel Zeit nahm Fletcher sich, um euch die Daumenschrauben anzulegen?«

»Nicht viel. Es war kurz vor dem Ende unseres Urlaubs. Er wußte, daß wir in Hamburg stationiert waren, und sagte uns, wir brauchten ihm das Geld nicht zurückzahlen, wenn wir ihm einen kleinen Gefallen täten. Wir sollten uns mit einem Mann namens Weston anfreunden.«

»Mit dem Kassierer der Hamburger Bank?«

»Ja.«

»Das war doch der Engländer, der für zwölf Monate als Austauschbeamter dort arbeitete, nicht wahr?«

»Ja, stimmt. Wir brauchten auch nicht lange, um mit ihm bekannt zu werden. Cliff hatte uns den Tip gegeben, Weston wisse Bescheid über den Transport einer Ladung Piepen von der Hamburger Bank nach einem großen Industriebetrieb in Düsseldorf. Alles, was wir zu tun hatten, war, herauszubekommen, wann der Geldtransport stattfinden sollte. Wenn wir diese Information besorgten, wollte er uns einen schönen Schnitt von dem geplanten Raubüberfall zukommen lassen und darüber hinaus unsere Schuldscheine zerreißen. Das klang alles recht einfach. Wie ich schon sagte: Wir selbst brauchten keinerlei Gewalttätigkeiten auszuführen, sondern nur einige Informationen zu beschaffen.«

»Leider wurde Weston bei dieser Aktion getötet, nicht wahr?«

»Ja. Glaub mir Philip: Wir hatten mit dieser Seite der Sache nicht das geringste zu tun. Ehrenwort!«

Philip sah ihn eine Weile forschend an. »Ich glaube dir schon, Andy; doch bin ich nicht sicher, ob es auch Inspektor Hyde tut. Fletcher hat in Scotland Yard ein ziemlich anderes Lied gesungen.«

Andys Kommentar über Cliff Fletcher hätte selbst einem im Dienst ergrauten Kompanie-Spieß die Sprache verschlagen.

»Also gut«, sagte Philip, wobei er unbewußt die leichte Manieriertheit des Inspektors imitierte. »Was geschah dann?«

»Tja, das Ding wurde gedreht, und die Piepen wurden in einem Privatflugzeug nach England geflogen. Ich habe niemals erfahren, wieviel es genau gewesen sind, doch schätze ich, es fehlte nicht viel zu einer Million Mark.«

»Und hat Fletcher dann eure Schuldscheine zerrissen?«

»Das schon. Aber wir bekamen nicht den uns versprochenen Anteil. Irgend jemand ganz oben saß auf dem Geld, und es sah nicht danach aus, als würden wir unseren Anteil bekommen.«

»Wie ist denn Luther Harris in diese Sache hineingekommen?«

»Er war der Mittelsmann, wenn wir mit Fletcher Kontakt haben mußten. Unmittelbarer Kontakt zu Cliff war nicht erwünscht.«

»Ich verstehe. Und weiter?«

»Na ja. Wir wurden natürlich allmählich ungeduldig und setzten Luther Harris unter Druck. Die Dinge begannen dann rosiger auszusehen, als Luther uns eine Bestellung von Cliff ausrichtete: Rex solle nach Maidenhead fahren und dort im Royal-Falcon-Hotel ein Zimmer nehmen und so lange warten, bis die Organisation mit ihm Kontakt aufnähme.«

»Das also war es, was er dort wollte. Warten auf den Zahltag!«

»Ja. Und der Gedichtband, den er bei sich trug, sollte nur ein Zeichen dafür sein, daß alles nach Plan ging. Rex wurde gesagt, er solle ihn gewissermaßen als Erkennungszeichen benutzen.«

»Moment mal, Andy. Wozu brauchte Rex denn ein Erkennungszeichen? Fletcher kannte ihn doch. Oder war es nicht Fletcher, der das Geld auszahlen sollte?«

»Das weiß ich nicht. Ich sagte doch schon: Wir waren nur die Marionetten, die nicht zuviel wissen durften. Fletcher hat sich nie darüber ausgelassen, von wem er seine Befehle empfing. Immerhin, Rex muß sich mit einem der großen Bosse überworfen haben und wurde deshalb ermordet.«

»Was für ein schreckliches Durcheinander!«

»Damals sah es nicht so aus. Wir glaubten, es würde alles ganz einfach sein.«

Philip hatte eine bittere Antwort auf den Lippen, beherrschte sich jedoch. Es hätte keinen Sinn gehabt, Andy zu verärgern. Bei einiger Geduld hoffte er noch eine Menge Informationen aus ihm herauszuholen.

»Eines habe ich noch nicht begriffen, Andy. Warum hast du den Gedichtband aus meinem Studio entwendet?«

»Weil ich dachte, der große Boß würde sich mit mir in Verbindung setzen und mir das uns zustehende Geld auszahlen, wenn ich das Buch in Händen hätte.«

»Ich muß schon sagen, das war reichlich naiv von dir. Statt dessen hat man dich beinahe totgeschossen, weil du deinen Zweck erfüllt hattest und zuviel wußtest.«

Andy rutschte unruhig im Bett hin und her und wischte sich die Schweißtropfen von der Stirn.

»Hast du irgendeine Idee, wer hinter dem Anschlag auf dich gestanden haben könnte?«

»Wie ich dir schon sagte, habe ich keine Ahnung, wer ganz oben die Befehle gab. Ich wußte, worauf Rex im Hotel wartete, deshalb haben die Leute sicherlich gedacht, ich würde zur Polente gehen und alles verpfeifen. Nur eines weiß ich ziemlich sicher – daß das mit dem Geld stimmte. Irgend jemand hat auf dem Geld gesessen und wollte nicht sagen, wo es ist. Einer, der es gewußt haben könnte, war dieser komische Quayle – oder auch der Liebhaber von Mrs. Curtis, Mr. Talbot.«

»Du meinst den Hotel-Geschäftsführer?«

Andy nickte. »Sie war seine Geliebte, bestimmt. Hast du das nicht gewußt?«

»Hm …«, murmelte Philip nachdenklich. »Quayle wußte sicher, wo das Geld ist, denn er war ja derjenige, der sich den Code ausgedacht hatte.«

»Hat das Cliff ebenfalls ausgequatscht?«

»Nein, das haben wir selbst herausbekommen, und zwar mit Hilfe des Schlüssels und der Fotos.« Die Worte kamen ihm aalglatt von den Lippen, wobei er sich fragte, ob die Abteilung von Major Osborne inzwischen wohl den Code entziffert hätte.

Ein Anflug von neidischem Ärger zeigte sich im Gesicht des Patienten. »Ich würde viel darum geben, zu wissen, wo das Versteck ist«, sagte er mit deutlich erkennbarer Absicht.

Philip sah ihn völlig konsterniert an. Es war doch unglaublich! Nur um Haaresbreite dem Tode entronnen, war dieser Mensch immer noch von quälender Sucht nach dem Gelde besessen. Plötzlich wurde die Atmosphäre an Andys Bett für Philip unerträglich, und es verlangte ihn nach frischer Luft. Er erhob sich.

»Du wirst doch ein gutes Wort für mich einlegen, Philip? Du hast es mir versprochen.«

»Ich werde tun, was in meinen Kräften steht.«

»Wir haben doch wirklich nichts getan, als nur ein paar Informationen weiterzugeben.«

Philip betrachtete ihn angeekelt. Die zornige Anklage, daß

dieser Bursche durch seine Geldgier einen schwachen Charakter wie Rex zum Verbrecher gemacht und dessen Tod herbeigeführt hatte, lag ihm auf der Zunge. Hinzu kam noch der Tod des Kassierers und endloser Kummer und Tränen, die es vielerorts wegen dieser Angelegenheit gegeben hatte. Aber er biß sich auf die Zunge. »Nein, Andy«, sagte er ohne Überzeugungskraft, »du hast nichts getan.«

Er machte auf dem Absatz kehrt und ging durch das Krankenzimmer hinaus in den Sonnenschein, der die Goodge Street in zartgelbes Licht hüllte. Nachdem er ein Taxi gerufen hatte – der Lancia befand sich zum Ölwechsel in der Tankstelle –, ließ er sich nach Scotland Yard fahren.

»Aufschlußreich, sehr aufschlußreich, nicht wahr, Mr. Holt?« Inspektor Hyde hatte aufmerksam Philips Bericht über Andys schmutzige Geschichte gelauscht. »Er ist also darauf hereingefallen, daß Fletcher als Kronzeuge der Anklage auftreten wolle?«

Philip nickte. »Auf diesen Köder hat er sofort angebissen. Ich glaube, der Gedanke, Fletcher sei hinter Schloß und Riegel, hat ihm die Kraft gegeben, sich die Sache von der Seele zu reden. Doch möchte ich Sie daran erinnern, daß dieser Bursche ein geborener Lügner ist und man nicht alles glauben kann, was er mir erzählt hat. Wahrscheinlich wird er jedes Wort widerrufen, wenn er erfährt, daß Fletcher noch gar nicht im Netz sitzt.«

»Dennoch hat er uns vieles gesagt, worauf wir weiter aufbauen können. Außerdem paßt alles zu dem, was wir schon wußten oder voraussetzten. Das Aufregende an der ganzen Sache ist jedoch, daß wir immer noch nicht wissen, wo das Geld versteckt ist, noch haben wir eine Ahnung, wer der Kopf der Bande ist.«

»Wenn Sie mich fragen, so deutet vieles auf das Royal-Falcon. Aus dem, was Linderhof uns erzählte, wissen wir, daß Mrs. Curtis auf irgendeine Weise in die Sache verwickelt ist.«

»Gewiß, sie oder Talbot könnten Ihren Bruder ermordet haben. Dafür hatten beide genug Möglichkeiten. Doch neige ich zu der Annahme, daß Quayle vermutlich das zentrale Hirn war.«

»Und warum wurde er umgebracht?«

»Ich glaube … ich bin natürlich nicht sicher, aber ich glaube, weil er auf dem Geld saß und sich weigerte, die Anteile auszuzahlen. Er war der einzige, der das Versteck genau kannte.«

»Luther Harris muß schon ein smarter Bursche gewesen sein, daß es ihm gelang, seinen Teil abzusahnen, bevor alles übrige verschwand«, meinte Philip. »Nur kann ich immer noch nicht begreifen, was er damit zu gewinnen hoffte, daß er es Ihnen gewissermaßen auf einem silbernen Tablett zurückschickte.«

»Oh! Dafür gäbe es schon eine Erklärung. Ich glaube, er bekam kalte Füße, nachdem er seinen Namen auf der Eintrittskarte zum Tanzsaal gesehen hatte. Wahrscheinlich hoffte er, die Polizei und auch die Fletcherbande würden ihn in Ruhe lassen, wenn er sich seines Anteils entledigte und zugleich den Verdacht gegen Wilson verstärkte. Wissen Sie, wenn man das Ganze analysiert, dann findet man, daß es die alte Geschichte ist, wenn Diebe miteinander uneinig werden …«

»Ja. Wie steht es übrigens mit dem Code? Hat die Chiffrierabteilung sich noch nicht gemeldet?«

Als Antwort zog der Inspektor seinen Notizblock näher an sich heran. »Es gibt schon Lebenszeichen, doch ergeben sie noch keinen rechten Sinn. Major Osborne ist der Ansicht, das Codewort auf dem Schlüssel und den Stansdale Fotos bedeute ›Venedig‹. Nur ein Wort – Venedig. Das ist wirklich entmutigend. Venedig ist eine große Stadt, in der es mindestens eine Million Verstecke gibt. Wo sollen wir da zu suchen anfangen?«

»Venedig!« stieß Philip hervor, wobei ein Schimmer sich anbahnender Erkenntnis in seinen Augen erkennbar wurde.

Philips Finger trommelten nervös einen Takt auf dem Schreibtisch. »Ich weiß nicht. Es … es scheint mir zu weit hergeholt. Außerdem haben Sie den Ort ja schon durchsucht.«

»Welchen Ort, Mr. Holt?«

»Den Laden, Quayles Antiquitätenladen in Brighton … Was ich jetzt sage, wird Ihnen vielleicht dumm vorkommen, aber ich erinnere mich einer dort herumstehenden großen Truhe mit dem Schildchen ›Verkauft‹. Auf ihrem Deckel befand sich die Reproduktion eines Gemäldes, das den *Markusplatz von Venedig* darstellte.«

Hyde saß jetzt kerzengerade. »Man sollte wohl wirklich …«

Philip bemühte sich, den Gedanken wieder zu verwerfen. »Natürlich ist der Gedanke absurd. Die Polizei wird den Laden sicherlich vom Keller bis zum Dach durchsucht haben.«

»Dann soll sie ihn, verdammt noch mal, erneut auf den Kopf stellen.« Hyde griff nach dem Telefon. »Das würde ganz zu meinem Eindruck von ihm passen, wenn diesem Burschen Lang das entgangen wäre. Geben Sie mir bitte Inspektor Lang«, bellte er ins Telefon.

Kaum hatte er den Hörer aufgelegt, da klingelte das Telefon. Er sah überrascht aus, denn noch konnte das Gespräch nach Brighton nicht durch sein.

»Hyde am Apparat … Oh, guten Tag, Sergeant … Wo? … In Maidenhead … Sind Sie sicher? … Wann ist das passiert? … Wer hat die Leiche identifiziert? … Ich verstehe … Nein, tun Sie das nicht. Ich warte nur noch auf einen Anruf und komme dann gleich selbst.«

Er knallte den Hörer auf die Gabel, stand auf und riß Regenmantel und Hut vom Garderobenhaken.

»Unsere Halunken scheinen sich immer mehr miteinander zu verfeinden: Douglas Talbot ist ermordet worden. Jemand hat ihm den Schädel eingeschlagen und die Leiche knapp zweihundert Meter vom Royal-Falcon-Hotel in einen Graben geworfen.«

13

Jetzt ist die Meute tatsächlich dabei, sich gegenseitig zu zerfleischen, dachte Hyde grimmig, als er den verstümmelten Körper von Douglas Talbot betrachtete. Von all den abscheulichen Morden, die der Bankraub wie eine Kettenreaktion ausgelöst hatte, war dieser letzte zweifellos der brutalste. Von dem stets so tadellos gepflegten Gesicht des Hotelgeschäftsführers war kaum noch etwas zu erkennen. Wären nicht seine Kleidung und das Notizbuch in seiner Rocktasche gewesen, die Polizei hätte nicht den geringsten Anhaltspunkt gehabt, die Leiche zu identifizieren. In dem Notizbuch jedoch, das als Werbegeschenk von einer großen Transportfirma stammte, war sein Name verzeichnet, und auch das Etikett des Schneiders in seinem Maßanzug bestätigte die Identität. Die Polizei hatte Mrs. Curtis aus dem Hotel geholt, die auf der Stelle in Ohnmacht fiel, als sie die Leiche sah.

Inspektor Hyde stand vor der wenig beneidenswerten Aufgabe, Mrs. Curtis zu vernehmen. Blasser und verschüchterter denn je brachte sie es nur mit größter Mühe fertig, auf seine Fragen halbwegs zusammenhängende Antworten zu geben.

»Sagen Sie bitte, Mrs. Curtis«, begann Hyde sanft und väterlich, »hat Mr. Talbot überhaupt davon gesprochen, daß er fortgehen wollte?«

»Ja. Er ging früh und sagte –«

»Heute oder gestern früh?«

»Es war heute morgen. Er wollte doch diesen Mann da treffen.«

»Was für einen Mann, Mrs. Curtis?«

»Den Mann, den er treffen wollte.«

»Er hatte also eine Verabredung?«

»Ja, eine Verabredung mit einem Mr. Fletcher.«

»Ich verstehe.« Der Inspektor hielt Talbots Notizbuch in der Hand. Es bestätigte in der sauberen Handschrift Talbots, daß dieser sich am betreffenden Tage mit Fletcher treffen wollte. »Diesen Fletcher – kennen Sie ihn?«

»Nein, überhaupt nicht. Ich weiß nur, daß Talbot ein- oder zweimal mit ihm telefoniert hat!«

»Die Eintragung hier besagt, daß Talbot sich mit ihm für heute verabredet hatte. Haben Sie eine Ahnung, wo die beiden sich treffen wollten?«

»Leider nein. Ich weiß es nicht.«

»Hat er gesagt, wann er wahrscheinlich wieder zurück sein werde?«

»Wer? Mr. Fletcher?«

»Nein, Mrs. Curtis. Hat Talbot gesagt, wann er vermutlich wieder zurück sein werde?«

»Ja. Das heißt nein. Ich meine, nicht vor heute abend.«

Unter dem Vorwand des Pfeifestopfens studierte Inspektor Hyde Vanessa Curtis. Ein Großteil ihrer Geistesabwesenheit und ewigen Zerstreutheit war sicherlich echt, das war ihm klar; aber alles? Es schien ihm, als gebe es in ihrem Verhalten eine Furcht und ein Ausweichen, das er bisher nicht festgestellt hatte, das jedoch jetzt, allen ihren gegenteiligen Bemühungen zum Trotz, in Erscheinung trat. Eine der unangenehmsten Seiten seines Berufs war die Pflicht, trauernde Angehörige oder enge Freunde unmittelbar nach einem Unfall oder Verbrechen zu vernehmen, und er war keineswegs eine harte Natur. Gelegentlich war es aber unvermeidbar, daß man hart sein mußte, um Ergebnisse zu erzielen.

»Dies muß ja ein entsetzlicher Schlag für Sie und Ihr Hotel sein, Mrs. Curtis«, erklärte er im Tone tiefster Anteilnahme. »Ich darf Sie meines tiefsten Mitgefühls versichern; niemand bedauert es mehr als ich, daß ich Sie in einem solchen Augenblick mit Fragen belästigen muß. Wenn wir jedoch diesem furchtbaren Verbrechen auf den Grund kommen wollen, müssen Sie mir schon helfen.«

Die kleine Frau gab nervös-ängstliche Töne von sich und

spielte noch geistesabwesender mit den Fransen ihres gehäkelten Umhanges. Schließlich holte sie ein winziges Taschentuch hervor und begann es immer wieder um die Finger zu wickeln.

»Als ich zum erstenmal hierher gerufen wurde, um den Selbstmord von Rex Holt zu untersuchen, da sprach ich auch mit Mr. Talbot. Es gehörte also auch zu meinen selbstverständlichen Aufgaben, einige private Nachforschungen über ihn anzustellen.«

Mrs. Curtis warf ihm einen Blick zu, der blanke Furcht verriet.

»Wissen Sie, was mir dabei als ungewöhnlich auffiel, war die Schnelligkeit, mit der Mr. Talbot offensichtlich das Hotelfach erlernt hatte. Zur Zeit, als Ihr Mann starb, war er meines Wissens bei der Effektenbörse angestellt, nicht wahr?«

»Ja ... ja, das stimmt.«

»Und vorher hatte er mit dem Hotelwesen überhaupt nichts zu tun gehabt?«

»Das möchte ich nicht sagen. Er hat sich öfters bei uns aufgehalten.«

»Schon, schon. Aber doch sicherlich als Gast? Ich möchte sehr bezweifeln, ob jemand einfach dadurch, daß er gelegentlich zu einem kleinen Drink an der Bar erscheint, die Führung eines Hotels erlernen kann.«

Mrs. Curtis gab hierauf keine Antwort.

»Ich finde es erstaunlich, daß innerhalb eines Jahres nach dem Tode Ihres Mannes Mr. Talbot es erreicht hat, sich als Ihr Geschäftsführer fest zu etablieren.«

»Das können Sie nicht verstehen ... Ich war sehr krank, wußte nicht, an wen ich mich wenden sollte, und ich brauchte doch jemanden.«

»Warum haben Sie dann nicht einen qualifizierten Geschäftsführer eingestellt? Ich bin sicher, daß an solchen Leuten kein Mangel herrscht.«

»Ich … ich kannte Douglas, und er war … nun ja, er war so tüchtig.«

»Ich stimme mit Ihnen überein, daß er eine starke Persönlichkeit war, Mrs. Curtis. War er nicht eine Persönlichkeit, bei der es schwierig war, nein zu sagen?«

»Ja«, antwortete sie leise.

»Es wäre von Vorteil, wenn Sie sich dazu entschließen könnten, ein wenig mehr über Ihre persönlichen Beziehungen zu Mr. Talbot zu erzählen.«

»Persönliche Beziehungen? Wie meinen Sie das?«

»Seien Sie doch aufrichtig, Mrs. Curtis. Das würde uns viel Zeit sparen.«

»Ich war der Arbeitgeber. Ich sagte ihm, was getan werden sollte, und …«

»Es tut mir leid, Mrs. Curtis, aber meine Beobachtungen und die mir vorliegenden Informationen stimmen mit dieser Erklärung nicht ganz überein. Ich glaube, Talbot war es, der hier die Befehle gab.«

»Ich war immerhin die Besitzerin –«

»Nur dem Namen nach, würde ich sagen.«

»Das verstehen Sie nicht … mir ging es nicht gut, meine Nerven waren zerrüttet und …«

»Und Douglas Talbot sah das und übernahm die gesamte Leitung all Ihrer Angelegenheiten, nicht wahr, Mrs. Curtis?«

Einen Augenblick noch hielt sie stand. Dann begann sie krampfhaft zu schlucken. »Ja«, hauchte sie.

Hyde erkannte, daß er die innere Abwehrmauer durchbrochen hatte. Jetzt durfte er auf keinen Fall allzu große Rücksicht mehr nehmen. »Und sicher ist es dabei doch nicht geblieben, nicht wahr?« drängte er unnachgiebig. »Bitte sagen Sie die Wahrheit. War Talbot Ihr Geliebter?«

Vanessa Curtis begann zu schluchzen, nickte aber zustimmend.

»Um die Dinge beim Namen zu nennen, war es doch so, daß

er seinen beträchtlichen physischen Charme und seine starke Persönlichkeit dazu benutzte, nicht nur Ihr Geschäft, sondern auch Sie selbst völlig zu beherrschen?«

Diese rauhe Feststellung Hydes schien ihr vielleicht zum erstenmal die Augen für die Realitäten zu öffnen. Während sie weiterhin die Tränen trocknete, antwortete sie, plötzlich viel gefaßter: »Ja, Douglas hat mich nur für seine Zwecke benutzt. Zuerst habe ich das nicht erkannt. Ich glaubte, er habe mich wirklich gern. Und als mein Mann starb, da … ja, da brauchte ich jemanden. Als ich endlich erkannte, wie er wirklich war – kalt, rücksichtslos, berechnend –, da war es zu spät. Seit langem schon wollte er nichts mehr von mir wissen, ihn interessierten andere Frauen. Ich war ja auch zu spießig, zu provinziell für ihn. Er brauchte etwas Fescheres.«

Es lag Inspektor Hyde auf der Zunge, zu fragen: »Clare Seldon?«, doch beherrschte er sich, da er wußte, wie entscheidend es war, jetzt, da ihre Verteidigung zusammengebrochen war, in den wichtigen Fragen voranzukommen.

»Was geschah, als Rex Holt hier wohnte, Mrs. Curtis?«

Sie schüttelte verwirrt den Kopf, ehrlich außerstande, mit den Komplikationen des Falles fertig zu werden. »Ich weiß nicht sehr viel. Man sagte mir nicht, was gespielt wurde. Alles, was ich weiß, ist, daß mein Bruder und Douglas gemeinsam in eine geschäftliche Angelegenheit verwickelt waren. Ich hatte den Eindruck, daß es dabei um viel Geld ging.«

»Und Talbot war ein Mann, der nach Macht strebte.«

»Ja … ja, das ist wirklich wahr. Ich will damit sagen, er hat Geld nicht gebraucht, um sich die üblichen Dinge dafür zu leisten, beispielsweise Auslandsreisen, große Wagen, Schmuck usw. Er wollte es um seiner selbst willen, um dadurch Macht zu gewinnen.«

»Aber Ihr Bruder Thomas war doch ein ganz anderer Typ, nicht wahr?«

»Ja. Thomas war ganz anders. Auch er wollte Geld, aber um

schöne Dinge dafür zu kaufen, Dinge, die zu erarbeiten er zu faul war. Er hielt es für eine Schmach, daß eine Persönlichkeit seines Geschmacks und seiner Feinfühligkeit sich den Lebensunterhalt mit Arbeit verdienen mußte. Seiner Ansicht nach sollten alle schönen Dinge des Lebens rechtens ihm gehören.«

Inspektor Hyde nickte. Innerlich war er überrascht, wie gut sie die Charaktere von Talbot und Quayle einzuschätzen wußte. Während seiner eigenen Suche nach Motiven hatte er die beiden Männer zwar geistig in einen Zusammenhang gebracht, doch war es ihm schwergefallen, sich vorzustellen, welches gemeinsame Band sie verbinden konnte.

»Sie wollten mir doch erzählen, was mit Mr. Holt geschah«, führte er sie ruhig auf das Hauptthema zurück.

»Er wurde ermordet.«

»Von Talbot?«

»Ich bin nicht sicher. Ich weiß nur, daß Douglas mir an jenem Abend befahl, zu Rex Holt ins Zimmer zu gehen und ihn zum Bleiben aufzufordern. Mr. Holt hatte während seines Aufenthalts im Hotel auf etwas gewartet – ich glaube, es war eine große Summe Geld – und wurde allmählich ungeduldig. Er wollte unbedingt abreisen und war sehr ärgerlich. Ich verließ ihn wieder, ging zu Talbot und berichtete ihm, daß es mir nicht gelungen sei, Holt zum Bleiben zu bewegen. Da wurde Douglas fürchterlich wütend.«

»Hat er oft die Beherrschung verloren?«

»Häufig.«

»War er physisch gewalttätig? Es tut mir leid, daß ich das fragen muß, aber hat er Sie jemals …«

»Ja, gelegentlich hat er mich geschlagen.«

»Was für ein charmanter Bursche. Ganz abgesehen davon, daß man das schwache Geschlecht nicht schlägt, mußte er doch mindest zweimal soviel wiegen wie Sie und beinahe doppelt so groß sein.«

Vanessa Curtis zuckte gleichgültig mit den Schultern.

»Dann ist es also durchaus denkbar, daß Talbot später in der Nacht, im Schutz der Geräuschkulisse des Festes der Theatergesellschaft, in Holts Zimmer ging, mit ihm stritt, ihn erschoß und die Selbstmordnotiz fälschte.«

»Ich weiß es nicht. Mir wurde niemals etwas gesagt, und ich wagte auch nicht zu fragen. Aber es wird schon so ähnlich gewesen sein.«

Der Inspektor stand auf und schritt im Zimmer auf und ab. Er neigte dazu, zu glauben, daß Mrs. Curtis die Wahrheit sagte, soweit sie diese wußte. Er glaubte nicht, daß sie ihm noch mehr über Rex Holt berichten könnte.

Also setzte er sich wieder und holte Talbots Notizbuch aus der Tasche. »Was ist mit den Telefonnummern auf der Rückseite dieses Büchleins?« fragte er und gab ihr das Notizbuch. »Besagen Sie Ihnen etwas?«

Sie nahm das Buch und starrte auf die Liste von Telefonnummern. »Die meisten sind Geschäftsleute hier am Ort – oder Weinhändler ... da ist die Nummer des Fleischers ... alles Leute im Kreis Maidenhead, mit denen wir geschäftlich zu tun haben. Die Londoner Nummern kenne ich nicht, wahrscheinlich gehören sie einigen seiner Freundinnen«, fügte sie bitter hinzu.

Er schwieg, während sie weiter in dem Buch blätterte.

»Warten Sie ... hier ist eine, die ich kenne. Eine Londoner Nummer. Er hat sie oft angerufen. Es ist eine Musikalienhandlung in der Tottenham Court Road, die einem kleinen dicken Mann namens Luther Harris gehört.«

»Ich verstehe. Und von den anderen Telefonnummern hat keine irgendwelche besondere Bedeutung für Sie?«

»Nein, nicht daß ich wüßte.«

»Ich danke Ihnen.« Hyde stand auf und schob das Notizbuch wieder in die Tasche.

Mrs. Curtis sah ihn erwartungsvoll an, gespannt zu erfahren, ob er nun endlich wieder gehen würde. Das wollte er auch, doch war er noch nicht ganz fertig mit ihr. Obwohl er aufrichtiges

Mitleid mit ihr empfand, wußte er, daß es falsch sei, rücksichtsvoll zu sein. Gewisse Frauen verstehen es meisterhaft, in allen Situationen des Lebens aus ihrer augenscheinlichen Hilflosigkeit und weiblichen Schwäche Nutzen zu ziehen. Wenn seine Ahnung ihn nicht trog, gehörte die anonyme weibliche Stimme am Telefon ihr, war sie diejenige gewesen, die wahrscheinlich Fletcher überredet hatte, seine Loyalität zu wechseln und Clare Seldon statt Philip Holt in Blackgate Common zu ermorden. Sicher wußte sie mehr über die heimlichen Unternehmungen Talbots, als sie bisher zugegeben hatte. Selbst jetzt noch mochte sie imstande sein, ihm irgendwelche Hindernisse in den Weg zu legen, gerade in dem Augenblick, in dem die letzte sehr heikle Szene des Dramas gespielt werden sollte.

Deshalb blieb er an der Türschwelle nochmals stehen und sprach in sehr ernstem Ton zu ihr. – »Mrs. Curtis, es ist meine Pflicht, Sie auf den Ernst Ihrer Lage aufmerksam zu machen. Nach Ihrem eigenen Eingeständnis haben Sie sich des Vergehens schuldig gemacht, der Polizei wichtige Informationen vorenthalten zu haben. Ich beziehe mich dabei auf Ihre Unterhaltung mit Rex Holt im Zimmer 27, die auf Befehl von Talbot stattfand. Es gibt auch eine Reihe anderer Dinge, bei denen Sie mir gegenüber leider nicht aufrichtig waren. Daher möchte ich Ihnen jetzt den dringenden Rat geben, nichts, aber auch gar nichts zu unternehmen, was Ihre Lage noch verschlimmern könnte – verstehen Sie mich? Keine Telefonanrufe, keine Briefe, kein Versuch, sich mit jemandem, der auf irgendeine Weise mit diesem Fall in Zusammenhang steht, in Verbindung zu setzen. Habe ich mich ganz klar ausgedrückt?«

Vanessa Curtis suchte Zuflucht in einer Flut von Tränen, doch war Inspektor Hyde ziemlich sicher, daß seine Worte Eindruck gemacht hatten.

Er fuhr nach London zurück. Jetzt war Luther Harris an der Reihe.

Vanessa Curtis gegenüber hatte er diesen Namen nicht erwähnt, um sie nicht hellhörig zu machen. Wäre Harris in diesem Stadium gewarnt worden, hätte der ganze Plan, der in Hydes angestrengt arbeitendem Hirn entstanden war, zum Platzen gebracht werden können.

Der Polizeiwagen raste mit ihm zu Holts Studio, wo Philip und Ruth gerade damit beschäftigt waren, eine blasierte, überschlanke Blondine für Werbefotos aufzunehmen.

»Haben Sie schon je eine so magere Ziege gesehen?« zischte Ruth mit einer Kopfbewegung zur offenen Tür des Studios.

Hyde schenkte ihr ein konspiratorisches Lächeln, als Philip den Kopf um die Ecke der Tür schob.

»Ich komme gleich, Inspektor«, rief er. »Ruth wird Ihnen einen Tee aufgießen und Sie unterhalten, bis ich hier fertig bin.«

»Danke sehr, aber ich habe wohl kaum die Zeit für eine Tasse Tee. Ich bin eigentlich nur wegen Miss Sanders gekommen.«

»Sieh mal einer an! Sie wollen sie doch nicht etwa für die weibliche Kriminalpolizei anwerben? Sie ist mir viel zu nützlich, sollten Sie wohl wissen.«

Ruth grinste und schloß die Tür zwischen Studio und Büro. »Was kann ich für Sie tun, Inspektor?«

Halblaut, so daß man ihn im Nebenraum nicht hören konnte, sagte Hyde: »Ich möchte, daß Sie einem gewissen Herrn einen Floh ins Ohr setzen.«

»Hoffentlich ist er attraktiv?«

»Mr. Luther Harris.«

Ruths Gesichtsausdruck brachte den Inspektor zum Lachen. »Die Arbeit kommt vor dem Vergnügen, Miss Sanders. Wollen Sie mir helfen?«

»Natürlich. Was habe ich zu tun?«

»Sie sollen morgen früh – wie zufällig – in den Musikalienladen hineinschauen. Vielleicht können Sie sich nach einer Schallplatte für einen jazz-besessenen Neffen umsehen oder so.

Versuchen Sie unbedingt, mit Luther Harris ins Gespräch zu kommen. Sie kennen ihn doch flüchtig?«

»Es reicht, möchte ich sagen. Und welchen Floh soll ich ihm ins Ohr setzen?«

»Es handelt sich um Quayles Antiquitätenladen in Brighton. Ich möchte, daß Harris erfährt, daß wir, die Polizei, uns wieder für diesen Laden interessieren. Natürlich müssen Sie ihm das unauffällig beibringen. Sie könnten erzählen, daß Sie gehört haben, Douglas Talbot sei ermordet worden – es wird morgen ohnehin in den Zeitungen stehen. Dann können Sie langsam darauf zu sprechen kommen, daß ich Mr. Holt wieder mit endlosen Fragen belästigt hätte, vor allem, um zu erfahren, was er an jenem Nachmittag im Antiquitätenladen gesucht habe. Erwähnen Sie im Laufe des Gesprächs, daß die Polizei jetzt auch den Hamburger Bankraub untersucht und der Ansicht ist, Talbot, Quayle und Fletcher seien darin verwickelt. Und schließlich können Sie noch ausplaudern, das Codewort, das wir entziffert haben, ließe uns vermuten, die Masse des Geldes sei noch in Quayles Laden versteckt. Haben Sie alles verstanden?«

»Ich glaube schon. Um ganz sicherzugehen, möchte ich Sie jedoch bitten, das Ganze noch einmal zu wiederholen.«

Der Inspektor tat es, und Ruth lauschte aufmerksam.

»Gut, ich habe es verdaut. Ich kaufe also die Schallplatte für meinen jazz-besessenen Neffen und verlasse den Laden. Und was dann?«

»Dann bitte ich um Ihren Bericht. Hier haben Sie meine Telefonnummer im Yard. Ich warte dort auf Ihren Anruf. Sobald Sie mir gemeldet haben, wie alles verlaufen ist, müssen Sie auf dem normalen Weg hierher zurückkehren. Versuchen Sie auf keinen Fall, Harris zu folgen oder sonst etwas zu tun. Überlassen Sie alles andere uns. Ist das klar?«

»Es wird mir ein Vergnügen sein, Inspektor«, antwortete Ruth, deren grüne Augen vor Aufregung funkelten.

»Hyde am Apparat.«

»Es hat geklappt!« Ruth sprudelte förmlich über vor Eifer am Telefon. »Zumindest glaube ich es, Inspektor.«

»Prächtig. Wie hat Harris reagiert?«

»Er kann zwar seine Gedanken und Gefühle gut verbergen, doch scheine ich seinen Appetit geweckt zu haben. Er tat natürlich so, als sei er nicht interessiert, kam aber doch immer wieder zu der Kabine, in der ich mir Schallplatten anhörte, und stellte Fragen. Meines Erachtens sitzt ihm der Floh tief im Ohr.«

»Gut gemacht. Ich bin Ihnen zu großem Dank verpflichtet. Aber ich wußte von vornherein, daß ich mich auf Sie verlassen konnte.«

»Das können Sie immer, Inspektor. Sobald Sie wieder etwas für mich haben, stehe ich zur Verfügung. Auf Wiedersehen.«

Um die Mittagszeit läutete bei Hyde erneut das Telefon.

»Thompson am Apparat, Sir. Er läßt gerade die Rouleaus herunter.«

»Tut er das zur Mittagspause immer?«

»Normalerweise nicht. Es sieht so aus, als wolle er für heute schließen.«

»Prächtig! Lassen Sie ihn nicht aus den Augen. Und, Sergeant – Vorsicht! Mag sein, daß Sie nicht der einzige sind, der ihn beschattet. Ich warte im Funkraum auf Ihren nächsten Bericht.«

»Darf ich auch kommen?« fragte Philip.

Inspektor Hyde sah auf und lächelte. Entweder hatte Ruth ihm einen Tip gegeben, oder aber ein sechster Sinn hatte ihm gesagt, es lohne sich, Scotland Yard an diesem Morgen einen Höflichkeitsbesuch zu machen. »Es ist zwar im höchsten Maße unorthodox, Sir, aber …«

»Wir haben uns schon vor ein paar Tagen unorthodox verhalten, erinnern Sie sich? Es hat sich aber bezahlt gemacht.«

»Also gut. Dann wollen wir mal fünf gerade sein lassen.«

Sie eilten nach unten zum Fernmelderaum und warteten dort etwa fünf Minuten, bis das Knacken des Senders im Spezialwagen des Sergeanten aus dem Lautsprecher ertönte.

»Ich folge zwei Wagen über die Waterloo-Brücke. Luther Harris ist im ersten, einem beige-grünen Zodiac. Der Wagen, der ihm folgt, ist ein T. R. 4 rot-schwarz. Ich habe noch nicht feststellen können, wer drin sitzt. Hier die Nummer …«

Ein Beamter notierte die Nummern, Hyde bestätigte den Anruf und Thompson schaltete ab.

»Wollen wir hinterher?« fragte Philip eifrig. »Mein Lancia kann es leicht mit beiden aufnehmen …«

»Nein. Wenn wir jetzt auch noch hinterherführen, würde das wie die Rallye London–Brighton aussehen. Der Schnellzug nach Brighton fährt in einigen Minuten. Wenn wir uns beeilen, können wir ihn noch erreichen. Also los.«

Inspektor Lang wartete auf dem Bahnhof in Brighton, als der Schnellzug einlief. Es war ein recht bescheidener Lang, verglichen mit dem großsprecherischen, selbstgefälligen Herrn, der die Untersuchung des Mordes an Quayle geführt hatte.

»Meinen Sie, wir haben etwas übersehen?« fragte er besorgt, als Hyde sich in den rückwärtigen Teil des unauffälligen Lieferwagens mit besonders hoch getrimmtem Motor zwängte, der sie in rasender Fahrt zu der Straße brachte, in der Quayles Laden lag.

»Ich bin noch nicht ganz sicher«, antwortete Hyde kurz angebunden, »doch sieht es verdammt danach aus. Aber Zeit zum Klagen bleibt ja immer noch, wenn wir wissen, daß die Milch verschüttet ist. Im Moment ist mir das Wichtigste, ob alle Vorbereitungen ordentlich getroffen worden sind.«

»Ich glaube schon. Meine Leute sind alle in Zivil und haben strikte Anweisung, sich außer Sicht zu halten, bis Sie Anweisungen erteilen. Ungefähr gegenüber dem Antiquitätenladen steht ein leeres Haus. Von dort aus können wir alles beobachten.«

»Sofern wir als erste dort ankommen«, gab Hyde grimmig zu bedenken.

Das taten sie jedoch. Der harmlos aussehende Lieferwagen lud seine Fracht vor einem großen Altbau gegenüber Quayles Laden ab und fuhr wieder davon. Lang öffnete die Haustür mit einem Schlüssel des Grundstücksmaklers und ging schnell zu einem leeren Zimmer im Erdgeschoß voran.

Sie versteckten sich hinter halb heruntergelassenen, staubigen und übelriechenden Vorhängen und bezogen Wache. Aus einem Augenwinkel bemerkte Hyde, daß Philip an irgendeinem Gegenstand in seiner Jackentasche herumfingerte.

»Sie haben doch nicht etwa einen Revolver, Mr. Holt?« fragte er ruhig. »Den gewalttätigen Teil der Arbeit überlassen Sie lieber uns. Wir werden dafür bezahlt.«

Philip lächelte gewinnend. »Ich und ein Schießeisen? Aber Inspektor, daran würde ich nicht einmal im Traum denken.«

Sie brauchten nicht lange zu warten. Einen Augenblick später bog ein beige-grüner Zodiac um die Ecke und fuhr langsam an dem Antiquitätenladen vorbei. Luther Harris schaute vom Fahrersitz forschend nach allen Seiten.

»Der riskiert bestimmt nichts«, murmelte Hyde. »Ich bete zum Himmel, daß Ihre Leute sich nicht blicken lassen.«

»Das sollen sie nur wagen!« grollte Lang. »Dann sind wir alle arbeitslos, sobald dieser Fall erledigt ist.«

Augenscheinlich zufriedengestellt, machte Harris einen Bogen und fuhr zum Laden zurück.

Philip schlich zu einem verborgenen besseren Standort, holte seine Spezialkamera aus der Tasche und machte im kritischen Augenblick, als Luther aus dem Wagen stieg, ein paar Aufnahmen. »Einer mehr für meine Ganovengalerie. Sollte er uns durch die Lappen gehen, kann er zumindest nicht leugnen, hier gewesen zu sein«, erläuterte er.

Hyde brummte zustimmend.

Luther holte einen Schlüssel hervor, schaute noch einmal die Straße hinauf und hinunter und verschwand im Laden.

»Der fühlt sich ganz wie zu Hause«, bemerkte Hyde. »Von wem mag er nur den Schlüssel haben?«

Den T. R. 4 sahen sie nicht kommen. Sein Fahrer war offensichtlich so vorsichtig gewesen, ihn außer Sichtweite zu parken. Ein großer kräftiger Mann erschien in ihrem Blickfeld; er trug einen Regenmantel mit Gürtel und einen Hut mit weicher Krempe, den er tief in die Stirn gezogen hatte.

Als Hyde zischte »Fletcher«, hob Philip erneut die Kamera und machte das zweite Foto.

Fletcher würdigte den parkenden Zodiac kaum eines Blickes. Als er am Laden angelangt war, glitt er schnell die eiserne Treppe hinunter und schloß die Tür des Kellergeschosses auf.

»Gehen wir auch hinein?« flüsterte Lang voller Spannung.

Hyde schüttelte den Kopf. »Wir wollen ihnen noch ein paar Minuten Zeit lassen, damit sie sich begrüßen und für uns das Geld bereitlegen können. Dann dürfen Sie das Signal geben.«

Der Sekundenzeiger auf Hydes Uhr tickte und tickte. Eine Minute verging. In der einsamen Straße blieb alles ruhig. Langsam erhoben sich die drei Männer aus ihrer gebückten Haltung. Lang zog in stummer Frage die Augenbrauen hoch, aber Hyde runzelte nur die Stirn, ob soviel jugendlicher Ungeduld. Die Sekunden schlichen dahin.

Endlich nickte Hyde. »Los jetzt! Wir gehen den beiden nach.«

In diesem Augenblick brach die Hölle los. Man hörte den dumpfen Klang eines Pistolenschusses, eine Tür schlug zu, ein unterdrückter Schrei erklang. Dann dröhnten Fußtritte die eiserne Treppe empor, und eine Sekunde später kam Fletcher in Sicht.

Mit einem Fluch riß Philip das Schiebefenster vor sich hoch und schwang sich über den Sims. Er hatte schon die Hälfte der Straße überquert, als Fletcher ihn kommen sah und sofort

Reißaus nahm. Da durchschnitt der schrille Klang von Polizeipfeifen die Luft, und wie von Zauberhand gesteuert, wimmelte es auf der Straße plötzlich von kraftstrotzenden Kriminalbeamten.

Fletcher kam schlitternd zum Halten, schwang herum und suchte verzweifelt in der Manteltasche nach dem Revolver. Als er Philip auf sich zustürzen sah, wollte er ausweichen, schaffte es jedoch nicht mehr. Philip landete mit seinem ganzen Körper wie ein Torpedo in Fletchers Magengrube und ließ dessen Pistole in weitem Bogen auf die Straße fliegen. Mit erstaunlicher Geschicklichkeit kam Philip sofort wieder auf beide Füße und stellte die Pistole sicher. Doch erwies sich diese Vorsichtsmaßnahme als überflüssig. Fletcher lag zusammengekrümmt und nach Luft ringend auf dem Pflaster. Die Lust zu weiterem Kampf war ihm vergangen.

Schon tauchte Hyde mit energischen Schritten auf und legte der stöhnenden Gestalt am Boden Handschellen an. Er nahm Philip die Pistole ab und fragte Fletcher höhnisch: »Was ist denn in dich gefahren, Sandman, sind dir die Messer ausgegangen?«

Die ätzende Bemerkung traf genau ins Schwarze. Fletchers gewohnte Waffe fand sich im Körper von Luther Harris, der neben einer großen Truhe lag, deren Deckel ein schönes Gemälde von Canaletto zeigte. Die Truhe war offen und der doppelte Boden von einem schweren antiken Säbel zu Splittern zerfetzt.

Inspektor Lang starrte entgeistert in die Truhe. »Du lieber Himmel, wie konnten wir das übersehen!«

Hyde warf ihm einen vielsagenden Blick zu, äußerte sich aber nicht weiter zur Sache. Es war für ihn nur ein geringer Trost, daß sein erster Eindruck von Langs Fähigkeiten sich jetzt bestätigte. Von weit größerer Bedeutung war, daß das Geld nicht mehr in der Truhe lag. Eine rasch durchgeführte Leibesvisitation bei Fletcher und Luther Harris förderte nicht eine einzige Deutsche Mark zutage.

Irgend jemand war ihnen zuvorgekommen. Wer?

Hyde, der gewöhnlich nichts auf Eingebungen gab, hoffte inständigst, daß seine jetzige Eingebung ihn nicht enttäuschte.

14

Philip machte es sich im Schreibtischsessel bequem und langte nach der Zigarettendose.

»Nun lassen Sie den Sargnagel mal weg!« verwies ihn Ruth besorgt.

»Meinen Sie nicht, daß ich mir heute zumindest eine verdient habe?«

»Zugegeben, Sie hatten einen harten Tag in Brighton. Aber das ist doch kein Grund, sofort wieder rückfällig zu werden. Ich möchte wetten, Sie haben auf dem ganzen Weg in der Bahn eine nach der anderen geraucht.«

Philip lächelte. »Nein, und zwar aus einem einfachen Grund. Ich habe mir selbst die Möglichkeit versperrt, indem ich Inspektor Hyde aufforderte, mit mir in ein Nichtraucher-Abteil zu gehen. Außerdem hätte ich gar keine Zeit zum Rauchen gehabt. Ich war die ganze Zeit damit beschäftigt, seine Fragen zu beantworten.«

»Fragen? Sagen Sie mir bloß nicht, der Inspektor glaube jetzt, *Sie* hätten das Geld.«

»Nein, das nicht ... Obgleich er seltsame Gedanken in seinem Hirn wälzt. Ich würde es ihm nicht einmal übelnehmen, wenn er mich verdächtigte. Irgend jemand muß doch schließlich das Geld versteckt haben.«

»Aber wer? Und wo? Das ist doch wirklich rätselhaft. Quayle und Talbot sind tot, Luther Harris und Clare Seldon auch. Fletcher sitzt hinter Schloß und Riegel, und Andy ist im Krankenhaus, so daß auch er die D-Mark nicht aus der Truhe gezaubert haben kann. Wer bleibt denn da um Gottes willen noch übrig?«

»Da existiert noch die kleine Mrs. Curtis. Vergessen wir das nicht.«

»Wollen Sie mich auf den Arm nehmen?«

»Nein, wirklich nicht. Wenn es so einfach wäre, würde die Polizei sie einfach verhaften und die Wahrheit aus ihr herausholen.«

Ruth legte nachdenklich die Stirn in Falten. »Was meinten Sie damit, als Sie eben sagten, Hyde wälze einige recht seltsame Ideen. Hat er Ihnen etwas darüber gesagt?«

»Ja, doch wie immer auf Umwegen.« Philip schwieg einen Augenblick, und während er das Feuerzeug außer Reichweite stieß, schob er sich eine unangezündete Zigarette in den Mund.

Ruth platzte beinahe vor Aufregung.

»Tun Sie doch nicht so geheimnisvoll, Philip. Was hat er gesagt?«

»Nun, er hielt es für eine gute Idee, wenn ich damit begänne, eine Fotoserie über die alten Landgasthäuser Englands zu machen.«

Ruth starrte ihn entgeistert an. »Wozu denn das?«

»Zuerst habe ich es auch nicht verstanden. Der alte Knabe ging wie die Katze um den heißen Brei herum, dann fing er eine Lobeshymne darauf an, wie sehr die Öffentlichkeit von meiner Arbeit über Stratford-on-Avon und die Shakespeare-Gedenkstätten beeindruckt gewesen sei. Er pries mein Talent, ungewöhnliche Perspektiven aus einem an sich schon abgenutzten Thema herauszuholen, und was man sonst noch an Höflichkeitsfloskeln von sich geben kann. Mein Gott, hat er es spannend gemacht; erst als wir unter den Drei Brücken durchgefahren und schon fast in Redhill waren, begann er Andeutungen zu machen, was er mit dem Vorschlag über die alten Landgasthäuser Englands meinte.«

»Na und? Will er etwa von Ihnen, daß Sie mit dicken Stiefeln die Moore von Devon und Cornwall und um Cotswold herum durchstreifen?«

»Nicht unbedingt. Er meint, es sei gar nicht so schlecht, mit der Serie in Maidenhead anzufangen. Längs des Flusses gibt es dort einige alte Postkutschen-Gasthäuser, mit einer Geschichte, die bis zu …«

»Das Royal-Falcon! Endlich ist der Groschen gefallen!« Ruths grüne Augen glitzerten vor Erregung. »Das ist gar keine schlechte Idee, nicht wahr? Ein Fotograf, der einen Bildartikel über das Hotel zusammenstellt, muß natürlich Gelegenheit haben, das ganze Haus vom Dach bis zum Keller zu durchstreifen.«

»Genau das ist der Plan. Hyde glaubt, die Polizei werde niemals eine solche Bewegungsfreiheit erhalten, es sei denn auf Grund eines Haussuchungsbefehls. Wäre der aber erst einmal ausgestellt, dann würden die Gauner und das Geld, sollten sie wirklich im Hause sein, schnellstens von der Bildfläche verschwinden.«

»Dennoch wird die Sache nicht ganz so einfach sein – ich meine, so mir nichts, dir nichts ins Haus zu fallen und die Nase in alle Dinge zu stecken …«

»Wir?«

»Aber natürlich! Bitte, Philip!!! Sie brauchen doch eine Assistentin – und dann stellen Sie sich doch einmal vor, wie nützlich ich sein könnte, die Gegend auszuspionieren.«

Sie sah ihn so flehend an, daß er nicht widerstehen konnte. Und überdies hatte sie recht; bei der Aufgabe, Informationen zu sammeln, konnte sie sehr nützlich sein. Er warf die Zigarette fort und lächelte nachgiebig. »Also gut, Ruth, Sie kommen mit. Aber ich muß Sie darauf aufmerksam machen, daß die Sache gefährlich werden kann.«

»Das macht gar nichts. Immer noch besser als die Langeweile des Alltags in einem Fotostudio.«

Philip begann von einem leeren Lagerhaus in der Nähe von St. Paul zu sprechen, doch hörte Ruth ihn gar nicht mehr an. »Wie lauten genau die Anweisungen des Inspektors?« fragte sie eifrig.

Philip zuckte mit den Schultern. »Sie kennen doch Hyde – der ist vorsichtig und verschwiegen bis zum bitteren Ende. Das Beste, was ich aus ihm herausholen konnte, war sein Hinweis, wir sollten Augen und Ohren weit offenhalten und alles berichten, was möglicherweise – und nun zitiere ich ihn wörtlich – ›den Beauftragten des Gesetzes die Möglichkeit geben könnte, einzugreifen und die Dinge selbst in die Hand zu nehmen‹.«

»Mit anderen Worten: Steckt eure Nase in alle Dinge im Haus, und wenn die Sache heiß wird, dann weg mit euch.«

Philip lachte. »Sie scheinen ihn genau verstanden zu haben.«

»Wann fangen wir an, morgen?«

»Immer mit der Ruhe, Ruth. Solche Dinge brauchen ihre Zeit. Würde ich morgen im Royal-Falcon-Hotel mit der Kamera über der Schulter aufkreuzen, dann würde Mrs. Curtis im Nu das Weite suchen. Nein, meine Liebe: Hyde wird die Sache ganz fein einfädeln. Mrs. Curtis erhält in den nächsten Tagen einen eindrucksvollen Brief vom Feuilletonredakteur einer unserer großen Sonntagszeitungen. Der Brief beinhaltet, daß die Zeitung mit der Veröffentlichung einer Farbserie von den historischen Landgasthäusern Englands begonnen habe und daß das Royal-Falcon-Hotel etwa Nr. 7 auf der Liste sei. Sie werde völlig kostenlos Werbemöglichkeit haben, u. a. beispielsweise dadurch, daß das Hotel in vielen Farbbildern in der Unterhaltungsbeilage in großer Aufmachung zu sehen sein werde. Dann wird angefragt, ob sie damit einverstanden sei, wenn die Zeitung in den nächsten Tagen das Arbeitsteam ins Hotel entsende.«

Ruth nickte zustimmend. »Die Idee ist gut. Sie wird das Angebot kaum ablehnen können.«

»Das meine ich auch.«

»Und wenn wir beide das angekündigte Aufnahmeteam sind?«

»Auch dann kann sie sich kaum weigern.«

Philip hatte recht. Zwar gefiel die Angelegenheit Vanessa Curtis ganz und gar nicht. Nachdem sie aber zugestimmt hatte, daß das Hotel Gegenstand der Zeitungsberichterstattung werden dürfte, konnte sie sich kaum mehr weigern, die beiden Besucher einzulassen.

Mit nervösen Fingern spielte sie an den Knöpfen ihres Kleides herum und fragte: »Wie lange dauern die Aufnahmen? Ich meine, wie lange bleiben Sie hier?«

»Das ist schwer zu sagen, Mrs. Curtis. Aber ich glaube, die Sache wird uns kaum mehr als ein bis zwei Tage in Anspruch nehmen.«

Diese Mitteilung schien sie etwas freundlicher zu stimmen. Augenscheinlich konnte sie die neue Belastung leichter hinnehmen, seitdem sie wußte, daß sie bald vorüber sein werde.

Philip stellte Ruth vor. »Dies hier ist meine Sekretärin und Assistentin, Miss Sanders. Ich selbst mache nur die Aufnahmen, während Miss Sanders für die textliche Gestaltung verantwortlich ist – für die Bildunterschriften, den historischen Hintergrund und was sonst noch an Informationen über das Hotel und seine Vergangenheit notwendig ist. Miss Sanders hat einen Hang zu peinlicher Genauigkeit. Ich hoffe daher, daß Sie ihr ermöglichen, sich im Detail zu unterrichten – ich meine über Einzelheiten des Gebäudes, Renovierungsdaten, Namen aller interessanten Leute, die hier gewohnt haben …« Das Gesicht von Vanessa Curtis bewölkte sich, und Philip beeilte sich hinzuzufügen: »Wir sind nur an der *alten* Geschichte des Hauses interessiert, Mrs. Curtis. Ich brauche Ihnen wohl nicht zu versichern, daß jüngste Ereignisse nicht erwähnt werden. Sie waren für uns beide traurig genug. Ich möchte ebensowenig daran erinnert werden wie Sie. Nein, wenn diese Artikel schon eine Werbung bedeuten können, dann soll es nur eine gute sein.«

Sie wurde totenblaß, rang sich jedoch eine höfliche Antwort ab und läutete nach Albert, der die beiden Besucher auf ihre Zimmer führte.

Am folgenden Morgen begannen sie mit ihrer Arbeit.

In einer Art, die man nur als widerwillig bezeichnen konnte, führte Mrs. Curtis sie durch die einzelnen Räume des Hotels und berichtete dabei über die damit verbundenen geschichtlichen Ereignisse. Ruth machte eifrig Notizen, wie sie es schon oft bei früheren Aufträgen getan hatte, während Philip sich mit einer ernsthaften und absolut fachlichen Untersuchung der möglichen fotografischen Aufnahmen befaßte. Dabei konzentrierte er sich, wie auch bei anderen Gelegenheiten, zunächst auf die möglichen Kameraeinstellungen, die Qualität des natürlichen Lichtes oder das Vorhandensein von Steckdosen für das Anschließen von elektrischen Lampen für Innenaufnahmen.

Mit Hyde war abgesprochen, daß Philip während des ersten Morgens einen Telefonanruf des Chefredakteurs der Zeitung erhalten sollte, der ihm den Auftrag gegeben hatte. Sie sprachen etwa fünf Minuten lang und ausschließlich über die angelaufene Arbeit sowie über den nächsten Auftrag für Philip, eine alte Schmugglerkneipe an der Küste von Cornwall. Ruth berichtete nachher, daß Mrs. Curtis sich entschuldigt habe, als Philip zum Telefon gerufen wurde. Sie hielten es für wahrscheinlich, daß sie in der Hotelvermittlung mitgehört hatte.

Ruth und Philip erhielten ein ausgezeichnetes Mittagessen. Beim Kaffee setzte Mrs. Curtis sich zu ihnen und gab Ruth eine Broschüre mit einer ausführlichen Beschreibung der Geschichte des Hotels. Sie war einigermaßen umgänglich, und beide bemühten sich, ihr diese Stimmung zu erhalten.

Am Nachmittag waren sie ernsthaft damit beschäftigt, Innenaufnahmen zu machen. Vor jeder einzelnen Aufnahme baten sie um besondere Erlaubnis. Auf diese Weise hatten sie bis zum

Abend das Vertrauen von Mrs. Curtis so weit gewonnen, daß diese sich sogar bereit erklärte, auf einigen Aufnahmen mit dabeizusein.

»Schließlich sind Sie ja die Besitzerin«, hob Philip hervor. »Und ein Raum ohne eine gutaussehende Frau darin ist wie ein Garten ohne Blumen.«

»Wenn Sie diese Charmeplatte auflegen«, bemerkte Ruth hinterher, »kann keine Frau Ihnen widerstehen.«

Er blickte unbehaglich drein und wehrte das Kompliment ab. »In Wirklichkeit ist es doch gar nicht mein fragwürdiger Charme, der die Damen zum Auftauen bringt, sondern die Aussicht, daß sie sich eines Tages in großer Pose auf einem meiner Fotos wiedersehen. Sie müssen doch zugeben, daß ich die Damen mit meiner Aufnahmetechnik im allgemeinen um zwanzig Jahre jünger mache.«

»Aber nur, wenn ich die Retusche anbringe«, ergänzte Ruth.

»Ja, meine Liebe, was würde ich ohne Sie nur anfangen.« Er lächelte gutgelaunt. »Diesmal werden die Retuschen jedoch von einem der Laborassistenten Hydes gemacht.«

»Warum denn das?«

»Weil ich Mrs. Curtis morgen einige Abzüge zeigen will. Fallen sie schmeichelhaft aus, wird es unsere Arbeit hier sehr erleichtern. Ich fahre heute abend in die Stadt. Ihre Aufgabe wird es sein, hier Posten zu beziehen und die Augen offenzuhalten. Heute haben wir ja nicht viel herausgefunden, und die Zeit drängt.«

»Das ist mir absolut klar und macht mir auch Kummer. Wie sieht denn die Planung für morgen aus?«

»Offiziell machen wir Außenaufnahmen, in Wahrheit bete ich, daß es regnen möge.«

»Das klingt recht widerspruchsvoll. Warum?«

»Das ist es auch. Ich nehme an, es ist Ihnen auch aufgefallen, daß unsere Gastgeberin uns noch nicht die Kellerräume gezeigt hat. Natürlich muß es da unten einen Weinkeller und auch Lagerräume für Lebensmittel geben. Die möchte ich brennend gern einmal sehen. Außerdem scheint sie die Existenz von Dachkammern ebenfalls leugnen zu wollen. Vom Hof aus kann man aber sehen, daß es ein ganzes Dachgeschoß mit mindestens zwei Mansardenräumen gibt. Was veranlaßt sie wohl, sie uns nicht zu zeigen?«

Philip fuhr am gleichen Abend nach London und parkte seinen Wagen direkt vor dem Studio.

Drinnen erwarteten ihn schon zwei Leute aus Hydes Fotolabor. Er übergab ihnen die Ausbeute des Tages, blieb bei ihnen so lange, bis er sich davon überzeugt hatte, daß sie ihre Arbeit verstanden, ging dann in seine Wohnung und verließ sie wieder durch den Hinterausgang. Auf der Straße stieg er in ein schon wartendes Taxi, das ihn zu dem geheimen Treffpunkt mit Inspektor Hyde fuhr. Nachdem die Bankräuber ihn in Windsor erfolgreich beschattet hatten, wollte er diesmal kein Risiko eingehen.

Hyde wartete im Hinterzimmer einer muffigen Kneipe in Southwark auf ihn. Philip kam sofort zur Sache. »Ich fürchte, wir waren nicht sehr erfolgreich, Inspektor.«

»Das habe ich vom *ersten* Tag auch gar nicht erwartet, Mr. Holt. Worauf es mir ankommt, ist, daß sie *drin* sind in dem Hause. Wie raufen Sie sich denn mit Mrs. Curtis zusammen?«

»Die war zunächst reichlich verdattert, als sie mich sah, aber allmählich scheint sie aufzutauen. Der Telefonanruf der Redaktion hat sehr viel dazu beigetragen. Wenn ich ihr nun noch mit ein paar guten Fotos schmeicheln kann, dürften die Dinge sich morgen noch besser anlassen.«

»Welche Teile des Hotels haben Sie bis jetzt gesehen?«

Philip berichtete und fügte hinzu: »Bis jetzt hat sie uns weder vorgeschlagen, in den Keller noch auf den Dachboden zu gehen. Ich würde sehr gern mal in den Mansarden herumschnüffeln.«

»Bleiben Sie vorsichtig, Mr. Holt«, mahnte der Inspektor.

»Wir haben aber nicht viel Zeit. Ich kann diesen Auftrag höchstens noch einen Tag länger hinauszögern.«

»Schon gut. Wie steht es mit den Gästen im Hotel? Ist Ihnen jemand besonders aufgefallen?«

»Mir erscheinen sie alle wie ganz normale Hotelgäste. Sie werden ja selbst sehen, sobald der Film entwickelt ist. Sie sind alle abkonterfeit.«

Hyde hob anerkennend die Augenbrauen. »Wie haben Sie denn das fertiggebracht?«

»Ach, das war ganz einfach. Ich habe Mrs. Curtis davon überzeugt, daß ein leerer Speisesaal sich nicht gut auf einer Fotografie ausnimmt. Daraufhin gab sie mir Gelegenheit, mich während des Mittagessens gründlich zu betätigen. Ich glaube, ich habe dabei gute Aufnahmen von allen Gästen gemacht. Da ich ein Teleobjektiv benutzte, werden die meisten von ihnen überhaupt nicht gemerkt haben, daß sie fotografiert wurden. Außerdem habe ich Bilder von allen Angestellten. Sie können sie noch vor Mitternacht mit Ihrer Verbrecherkartei vergleichen.«

»Ausgezeichnet.«

»Insgesamt glaube ich nicht, daß ein Verdächtiger darunter ist. Sollte der Rädelsführer des Hamburger Bankraubes sich wirklich im Royal-Falcon aufhalten, dann versteht er sich gewiß darauf, sich gut zu tarnen.«

Nach einem Augenblick nachdenklichen Schweigens ergriff Hyde wieder das Wort. »Nehmen wir einmal an, Mr. Holt, meine Theorie stimmt. Nehmen wir an, das Geld sei irgendwo im Hotel versteckt, dann besagt das noch immer nicht, daß auch der Kopf der Bande sich dort aufhalten muß. Das wäre ein zu großes Risiko. Aber früher oder später werden sie den Versuch machen, das Geld herauszuholen. Dazu dürfte bestimmt jemand von draußen kommen, um es abzuholen. Vielleicht ist es der Mann selbst, vielleicht aber auch nur ein Mittelsmann, der uns zu ihm hinführt … Ich weiß es nicht. Im Augenblick kann ich nichts weiter sagen als: Halten Sie die Augen und Ohren bezüglich aller Ankommenden und Abreisenden offen.«

»Das werde ich tun«, versprach Philip.

Etwa eine Stunde lang diskutierten sie alle nur möglichen Aspekte des Falles. Dann war es Zeit für Philip, daß sein Taxi ihn wieder in die Wohnung zurückbrachte.

Dort warteten schon die fertigen Abzüge der Aufnahmen auf ihn. Die Qualität der Arbeit der Yard-Spezialisten entsprach durchaus seinen eigenen anspruchsvollen Normen. Befriedigt ließ er die Abzüge der Aufnahmen vom Speisesaal zur Überprüfung durch Hyde zurück und fuhr mit der restlichen Ausbeute nach Maidenhead. Die Bilder, auf denen Mrs. Curtis posierte, waren besonders gut gelungen, was sich zweifellos zu seinem Vorteil auswirken würde.

Zu seiner großen Überraschung, denn es war ziemlich spät, als er im Royal-Falcon eintraf, fand er Ruth in der Bar sitzend vor, und zwar in Begleitung eines Fremden mit rotem Gesicht und zottigem Schnauzbart. Die beiden schienen sich gut zu verstehen und begrüßten ihn mit einer jovialen Wärme, die zu erwidern ihm schwerfiel. Ruth, deren Gesicht etwas geröteter war als sonst, rief ihm laut nach, er solle sich dazugesellen, was Philip jedoch steif ablehnte.

Zehn Minuten später, als er in seinem Zimmer dabei war, die Krawatte abzubinden und zugleich die unerklärliche Gereiztheit zu überwinden, die ihn plötzlich befallen hatte, klopfte es leise an seine Tür.

Es war Ruth. In ihren Augen bemerkte er ein hintergründiges Funkeln, jedoch keine Spuren mehr der unangemessenen Heiterkeit.

»Sind Sie noch empfangsbereit?« fragte sie laut.

»Mehr oder weniger. Kommen Sie herein.« Er sah sie neugierig an. »Sie scheinen sehr schnell wieder nüchtern geworden zu sein. Was sollte die kleine Szene unten in der Bar?«

»Mögen Sie meinen neuen Freund nicht?« konterte sie mit keckem Lächeln.

»Nicht sehr. Wer ist es?«

»Er heißt Johnny Carstairs. Er sprach mich heute abend an, nachdem Sie fortgefahren waren.«

»Sie haben sich ansprechen lassen? Sie sollten sich schämen!«

»Manchmal sind Sie aber wirklich ein entsetzlicher Viktorianer. Das Zusammensein mit ihm hat sich jedenfalls günstig auf meine Moral ausgewirkt. Zwei volle Tage angestrengter Arbeit, ohne daß jemand irgendwelche Notiz von mir –«

»Schon gut ... Wohnt er hier im Hotel, dieser Carstairs?«

»Ja, er traf heute abend hier ein, bald nachdem Sie weg waren. Er sah mich nach dem Abendessen allein herumsitzen und fragte mich, ob ich ihm an der Bar etwas Gesellschaft leisten würde. Ehrlich gesagt«, fuhr Ruth ernsthafter fort, »seine Gesellschaft hat mich nicht besonders gereizt, noch weniger sein fürchterlicher Schnauzbart. Aber mir fiel ein, daß ein Barhocker mit dem langen Spiegel hinter den Flaschen ein ausgezeichneter Platz sein könnte, alles Geschehen unauffällig zu beobachten. Das war weitaus besser, als den ganzen Abend in der Vorhalle herumzusitzen und argwöhnisch über den Rand einer Zeitung zu schielen. Durch den Spiegel konnte ich die Vorhalle gut im Auge behalten und außerdem den Haupteingang und auch das Privatbüro von Mrs. Curtis überblicken.«

»Da haben Sie recht«, entgegnete Philip, der durch diese Erklärung besänftigt war. »Und was hat sich hier getan? Ist irgend etwas Interessantes passiert?«

»Ich glaube nicht. Mrs. Curtis blieb den ganzen Abend über im Büro, ausgenommen einen Augenblick, als sie einer Clique alter Jungfern am Kamin ein Päckchen Karten zum Bridgespielen brachte.«

»Ist jemand zu ihr ins Büro gegangen?«

»Nur die Angestellten. Und mein Freund.«

»Carstairs?« fragte Philip scharf. »Was wollte er dort?«

»Wie er mir sagte, wollte er nur einen Scheck einlösen. Ich nutzte seine Abwesenheit aus, um den Gin in meinem Glas durch Wasser zu ersetzen.«

»Wie lange war er im Büro?«

»Etwa zehn bis fünfzehn Minuten.«

»Ziemlich lange, nur um einen Scheck einzuwechseln.«

»Für mich nicht lange genug. Der Mann ist furchtbar langweilig. Mit dem kann man sich nur über Wagen unterhalten! … Nein, nein, nichts für ungut«, fügte sie eilig hinzu, als Philip zu lachen anfing. »Sie haben doch noch andere Qualitäten und auch andere Gesprächsstoffe. Unser Mr. Carstairs leider nicht. Ich glaube, Autos sind für ihn Hobby und Geschäft zugleich. Er erzählte mir, er müsse ein supermodernes französisches Modell an einen wohlhabenden Boß aus dem Norden abliefern. Der Mann will ihn sich hier abholen.«

»Vielleicht ist es dieser zweisitzige Peugeot 404, den ich beim Einfahren im Hof gesehen habe«, sagte Philip. »Immerhin, das gibt mir einen guten Ansatzpunkt für ein Gespräch mit Ihrem Mr. Carstairs.«

»Es ist nicht *mein* Mr. Carstairs, versichere ich Ihnen!« wehrte Ruth ab. »Sie können ihn und seinen Wunderwagen von mir aus haben. Morgen will er mich auf eine Probefahrt mitnehmen. Aber Sie werden mich natürlich wieder den ganzen Tag schuften lassen. Was machen wir, wenn es nicht regnet, Philip?«

Er ging zum Fenster hinüber und öffnete es, um sinnend in den wolkenlosen Sternenhimmel zu starren. Der Regen schien ihn gar nicht mehr so zu interessieren.

Eine ganze Weile herrschte Schweigen. Dann sagte er: »Was der morgige Tag für uns bereithält, weiß ich nicht … auf jeden Fall aber wünsche ich Ihnen, daß Sie gut schlafen, Ruth, es könnte nämlich ein harter Tag werden.«

Der folgende Morgen brach hell und klar an. Nach dem Frühstück blieb nichts weiter übrig, als den festgelegten Plan mit den Außenaufnahmen durchzuführen. Es gelang ihnen, eine Menge Zeit damit zu verbringen, das Hotel vom Flußufer her zu fotografieren. Am späteren Vormittag transportierte Philip schließlich seine Ausrüstung in den Hof, um Nahaufnahmen von der Fachwerkfassade des Hotels zu machen.

Unter dem Vorwand, er müsse den Einfall des Sonnenlichtes studieren und die beste Tageszeit für diese Aufnahmen errechnen, gelang es ihm, die beiden Mansardenfenster der Dachkammer unter ständiger Kontrolle zu halten. Es schien dort kein Lebenszeichen erkennbar, ausgenommen während eines kurzen Augenblicks, als er vermeinte, den Umriß eines bleichen Gesichts hinter der nur teilweise vorgezogenen Spitzengardine zu sehen. Mrs. Curtis hatte beiläufig erwähnt, daß diese Räume nie besetzt seien und nur zum Aufbewahren von Koffern aller Art benutzt würden. Sein Puls schlug schneller. Er tauchte hinter dem schwarzen Tuch seiner auf einem Stativ montierten Kamera unter und bemühte sich krampfhaft, mehr hinter dem Mansardenfenster zu erspähen, als das Dröhnen eines Motors ihn auffahren ließ. Ein feuerroter Peugeot-Sportwagen mit offenem Dach flitzte über den Fahrweg heran, vollzog eine perfekte Vierradwendung und kam außerhalb des Haupteinganges zum Stehen.

Johnny Carstairs schwang seine schlaksigen Beine über die geschlossene Tür und sprang aus dem Wagen.

»Guten Morgen!« rief er Ruth zu. »Was wird aus der Probefahrt, die ich Ihnen versprochen habe?«

Ruth zögerte, warf Philip einen schnellen Blick zu und rief zurück: »Ich glaube, im Augenblick geht es nicht. Ich bin mitten in der Arbeit.«

»Meiner Seel' – Sie machen ja Aufnahmen – und ich stelle meine ›Katze‹ genau vor dem Hoteleingang auf! Immerhin, einen schönen Farbfleck gäb' es, was meinen Sie? Soll ich ihn dort stehenlassen? Oder bin ich im Wege? Nur ein Wort, und ich verschwinde, meine Liebe.«

Ruth setzte zu einem leisen Protest an, als Philip sie zu ihrer Überraschung unterbrach. »Das ist gar keine so schlechte Idee«, begann er und wanderte zu dem Peugeot hinüber. »Wie Sie richtig sagten, würde das die Szene noch etwas lebendiger gestalten. Hätten Sie vielleicht die Zeit, ihn ein wenig hin und her zu kutschieren? Ich würde gern verschiedene Stellungen ausprobieren.«

»Aber natürlich, mein Herr, mit Vergnügen«, antwortete der Mann mit dem roten Gesicht strahlend und sich den Schnurrbart streichelnd. »Ich habe ohnehin nichts zu tun, als auf einen Stahlmagnaten aus Sheffield zu warten, der das ›Kätzchen‹ hier abholen will.«

»Ach, der gehört nicht Ihnen?« fragte Philip und betrachtete den Wagen mit ehrlichem Interesse.

»Leider nein. Ein Traumwagen, kann ich Ihnen sagen.«

Philip begann technische Fragen zu stellen, und einen Augenblick später hatten sie schon die Haube geöffnet und erörterten die besonderen Raffinessen des Motors.

Ruth seufzte schwer. Das konnte ihrer Erfahrung nach noch Stunden dauern. Doch kurz darauf kam Philip wieder zu ihr herüber, und als Carstairs ihn nicht mehr hören konnte, murmelte er: »Haben Sie ein Auge auf die Mansardenfenster, Ruth. Mrs. Curtis behauptet zwar, die Räume würden nie benutzt, doch möchte ich zehn Eide schwören, daß gerade in dem Augenblick, als Ihr Freund hier aufkreuzte, jemand da oben durch eine Gardine gelinst hat.«

Philip begab sich zu dem Sportwagen zurück, während Ruth lässig zum äußersten Ende des Hofes schlenderte, um von dort aus sorgfältig, aber unauffällig das Dachgeschoß im Auge zu behalten.

Als die Mittagszeit herannahte, war bislang nichts geschehen. Die Mansardenfenster sahen leblos auf sie herab, Leute kamen und gingen, der Lieferwagen einer Fleischerei brachte große Fleischstücke, und der Wagen einer Weinkellerei lud Fässer ab. Inzwischen machte Philip, assistiert von Carstairs, eine Reihe von Außenaufnahmen des Hotels, denen der Peugeot jeweils einen scharlachroten Farbtupfer aufsetzte.

Kurz vor dem Essen begann sich die Sonne hinter auftürmenden Wolken zu verbergen.

Für die Zeit des Essens gelang es Ruth und Philip, den jovialen Carstairs abzuschieben. Sie setzten sich an einen Ecktisch, wo man ihre Unterhaltung nicht belauschen konnte. Ein-oder zweimal erschien Mrs. Curtis, offensichtlich wieder nervöser als zuvor.

»Irgend etwas tut sich hier«, antwortete Ruth mit innerer Anspannung. »Aber was? Und wo?«

»Achtung! Jetzt kommt Madame persönlich.«

Mrs. Curtis erschien an ihrem Tisch. »Ich hoffe, Sie nehmen mir meine Frage nicht übel, Mr. Holt. Es handelt sich um Ihre Zimmer. Werden Sie heute nacht noch gebraucht?«

»Das kann ich noch nicht genau sagen«, antwortete Philip und schaute forschend aus dem Fenster. »Das hängt ganz vom Wetter ab. Die Sonne ist verschwunden, und wir sind leider noch nicht ganz mit den Außenaufnahmen fertig. Eventuell müssen wir uns heute nachmittag auf die Innenaufnahmen konzentrieren und den Rest morgen fertigmachen.«

»Sie sagten aber doch, Sie würden nur zwei Tage bleiben.«

»Zwei oder drei, Mrs. Curtis. Ich möchte dem Verlag keine Pfuscharbeit liefern. Das wäre schlecht für mich, aber auch für Sie und das Hotel.«

»Haben Sie denn drinnen nicht schon alles fotografiert?« fragte sie wehleidig.

»Fast alles, da haben Sie recht«, pflichtete Philip ihr gelassen bei. »Doch fehlt mir unter anderem noch ein guter Schnappschuß vom Vorhof, und zwar vom Dach aus gesehen – wenn sich das arrangieren läßt. Und dann hörte ich, daß Sie einen schönen alten Weinkeller haben. Meinen Sie nicht auch, daß der in einen solchen Bildbericht gehört? Sie wissen doch – pittoreske Spinnweben, bestaubte Weinflaschen und was es da sonst noch an romantischen Motiven gibt.«

»Aber es ist doch sehr dunkel da unten. Ich verstehe nicht, wie Sie da –«

»Ach, das ist kinderleicht. Wir stellen einfach ein paar Lampen auf; ich habe jede Menge Verlängerungskabel mitgebracht …« Dann lachte er und sagte scherzend: »Ich verspreche Ihnen, daß wir keine Champagnerflasche mitgehen lassen.«

Vanessa Curtis preßte die Lippen streng zusammen. Dann sagte sie steif, daß sie die Schlüssel holen und die beiden persönlich in den Keller führen würde.

Als sie gegangen war, hob Ruth fragend die Augenbrauen.

»Sie hat das ganz und gar nicht gern, möchte aber durch eine Weigerung keinen Verdacht erregen«, sinnierte Philip. »Sie wird auf uns aufpassen wie ein Habicht, so daß uns nichts weiter übrigbleibt, als die Chancen zu nutzen, wie sie sich zufällig bieten.«

»Und was ist mit dem Dachboden?«

»Versuchen Sie, da hinaufzukommen, während ich das Täubchen im Keller beschäftigt halte.«

»Gut, mache ich.«

Nach dem Kaffee erschien Mrs. Curtis mit einem großen Schlüssel und führte sie in den Keller.

Sie durchquerten lange, enge Gänge und mußten zur Seite treten, als ein Fleischergeselle in weißer Kleidung, ein zerteiltes Schwein auf den Schultern, an ihnen vorbeiging und den großen Hebel der Metalltür öffnete, die zu einem Tiefkühlraum führte. Ein Hauch eisiger Luft schlug ihnen entgegen. Philip konnte einen kurzen Blick auf dort gelagertes Geflügel und diverse Fleischsorten werfen, von feinsten Filetscheiben bis zu ganzen Tierhälften, die an großen Stahlhaken hingen.

Dann kamen sie zur massiven Tür des Weinkellers, die durch zwei große Vorhängeschlösser gesichert war. Mrs. Curtis schloß auf und ging beiseite, als die beiden eintraten und auf die eindrucksvollen Gestelle mit den gelagerten Weinflaschen starrten. Einige Reihen mit Burgunder und Claret waren dick mit Spinnweben und Staub bedeckt, und Philip begann einige Etikette zu entziffern.

»Donnerwetter, da müssen Sie ja ein Vermögen investiert haben«, bemerkte er schließlich bewundernd.

»Ja«, kam die steife Antwort. »Das Falcon war von jeher wegen seines ausgezeichneten Weines bekannt. Deswegen sind Hochzeitsempfänge und Bankette bei uns auch so beliebt.«

»Das kann ich mir vorstellen … Ach, Ruth, ich habe meinen Belichtungsmesser vergessen. Wie dumm von mir! Seien Sie so freundlich und holen Sie ihn mir bitte.«

Ruth nickte und machte sich davon, während Philip eine Konversation mit Mrs. Curtis begann und dabei die Möglichkeiten studierte, seine Lampen aufzustellen. Obwohl sie ihn ständig im Auge behielt, konnte sie natürlich nicht verhindern, daß er bei dieser Tätigkeit den ganzen Keller inspizierte.

Er fand nichts Bestimmtes, spürte jedoch im Unterbewußtsein, daß alles nicht ganz so war, wie es sein sollte. Eines der hölzernen Regale sah neuer aus als die anderen und war fast leer. Die Wand dahinter war nicht mit Staub bedeckt. Er tat so, als sei ihm sein Bandmaß zu Boden gefallen, und als er niederkniete, um es aufzuheben, konnte er auf dem Boden schwache Kratzer feststellen, die sich halbmondförmig von der Mauer her vergrößerten.

Da er nicht wagte, die Aufmerksamkeit von Mrs. Curtis zu erregen, stand er wieder auf und konzentrierte sich absichtlich auf einen anderen Teil des Kellers. Mrs. Curtis beobachtete ihn mit kaum verhüllter Nervosität.

»Halte ich Sie auch nicht von der Arbeit ab?« fragte er. Sie schüttelte den Kopf und hatte offensichtlich nicht die Absicht, ihn im Keller allein zu lassen. Verzweifelt suchte er nach Möglichkeiten, sie loszuwerden, als die Rückkehr von Ruth sie für einen Augenblick ablenkte und sie veranlaßte, ihm den Rücken zuzukehren.

Schnell ging er zu dem neuen Regal hinüber und lehnte sich schwer darauf. Es gab dem Druck nach, als sei es auf Scharnieren befestigt.

Mrs. Curtis wandte sich ihm wieder zu, und er trat lässig zur Seite, als Ruth ihm den Belichtungsmesser aushändigte. Ihre Finger berührten die seinen, und er spürte, daß ein Stück Papier darunter gefaltet war. Ihre Augen blickten ihn scharf und warnend an.

Er holte das Bandmaß hervor und begann in verschiedenen Teilen des Kellers zu messen, während Ruth die Lampen aufstellte. Der Zettel lag immer noch in seiner Hand. Schließlich tat er so, als müsse er sich einiges notieren, und faltete den Zettel auseinander, um Ruths Mitteilung zu lesen.

Vor dem Essen gab es ZWEI Fleischer in weißer Kleidung, die FLEISCH HEREINBRACHTEN. Jetzt gibt es DREI Männer in weißer Kleidung, die FLEISCH HINAUSTRAGEN. Warum? (Die Mansarde ist leer, aber es war jemand dort, ich konnte noch den Tabakrauch riechen.)

Philips Herz setzte für einen Schlag aus. Blitzartig wurde ihm klar, wie die Gauner mit der Beute zu entkommen dachten. Er mußte sie daran hindern!

»Sie haben den falschen Belichtungsmesser gebracht«, herrschte er Ruth an und stürzte an ihr und der erschreckten Mrs. Curtis vorbei. »Ich werde ihn selbst holen.«

Er schlug die Kellertür hinter sich zu und raste den Gang entlang. Als er an der Tür des Kühlraumes vorbeikam, rannte er beinahe mit voller Wucht in einen Mann hinein, der eine weiße Stoffhaube aufhatte und eine schwere Fleischlast auf den Schultern trug. Auffällig, daß der Mann den Kühlraum mit Fleisch verließ und nicht betrat! Ruths Frage schoß ihm sofort durch den Sinn. *Warum?* Normalerweise liefert man Fleisch in ein Hotel und holt keins ab.

Einen Augenblick stand er mit fliegendem Puls still, während die Figur in Weiß, deren Rücken ihm auf eine unbestimmte Weise bekannt vorkam, unbeirrt den engen Gang entlangging. Dann faßte Philip einen blitzschnellen Entschluß.

Er räusperte sich und rief dem Davongehenden nach: »He, Sie da. Warten Sie mal! Mrs. Curtis möchte dieses Stück Fleisch behalten. Sie können es zurückbringen.«

Der Mann marschierte weiter, wobei er sein Tempo leicht verstärkte.

»Können Sie nicht hören? Sie sollen das Fleisch zurückbringen«, schrie Philip. Der Mann in Weiß begann wie taumelnd zu laufen, wobei das Gewicht auf den Schultern ihn schwerstens behinderte. Wie ein Blitz war Philip hinter ihm her. Weiter rückwärts hörte man einen weiblichen Aufschrei. Philip war kaum noch zwei Meter hinter dem Mann, als dieser herumwirbelte, den Stahlhaken aus dem Fleischbrocken zog und das schwere Stück gegen seinen Verfolger schleuderte.

Philip wich blitzschnell aus und hatte gleich danach Gelegenheit, seiner Verblüffung Ausdruck zu geben. Durch die wilde Armbewegung hatte sich die weiße Haube vom Kopf gelöst und war zu Boden gefallen.

Kein anderer als Douglas Talbot stand vor ihm, das Gesicht vor Wut verzerrt, den blinkenden Fleischhaken in der Hand.

Talbot holte aus, zu weit, um Balance zu halten, und Philip sprang zurück. Im nächsten Augenblick hatte Talbot das Gleichgewicht wiedergewonnen und schon sauste der Haken durch die Luft – zentimeterbreit an Philips Gesicht vorbei –, und grub sich tief in einen Kasten mit Gemüse. Philip wuchtete den Kasten hoch, bereit, ihn auf seinen Gegner zu schleudern.

Aber der Anblick einer auf ihn gerichteten Pistole ließ ihn erstarren.

»Es wird mir ein Vergnügen sein, Mr. Holt.«

»Seien Sie kein Narr, Talbot! Sie haben nicht die geringste Chance und werden niemals durchkommen.«

»Denken Sie mal nach, Holt, denken Sie nach. Bis jetzt hat alles geklappt. Mir kann man nichts mehr anhängen, denn ich existiere gar nicht mehr. Jeder glaubt, ich sei tot. Einen toten Mann aber kann man nicht des Mordes beschuldigen, das sollten Sie wohl wissen.«

Die Pistole hob sich und zielte auf Philips Brust. Der Finger am Abzug krümmte sich und wurde weiß. Da ließ ein ohrenbetäubender Knall das Gewölbe erzittern.

Einen Augenblick lang zeigten Douglas Talbots Augen den Ausdruck von Verwirrung, Zorn und Schmerz. Dann sackte er langsam zusammen und fiel zu Boden.

Philip starrte entgeistert auf Johnny Carstairs, der hinter dem zusammengesunkenen Talbot stand und lässig einen Revolver in der Hand hielt. »Tut mir leid, daß ich nicht früher eingreifen konnte. Aber ich mußte mich erst der Burschen da draußen annehmen und sie daran hindern, mit ihrer wertvollen Fleischladung davonzufahren. Wo ist übrigens Ihre Freundin? Ich möchte nicht, daß ihr etwas zustößt.«

»Ruth!« brüllte Philip aufgeregt und raste den Gang zurück zum Weinkeller. Ohne auf mögliche Gefahren zu achten, riß er die Tür auf und stürzte hinein.

Eine weinende Vanessa saß in einer großen Champagnerlache auf dem Boden, neben sich eine zerbrochene Flasche, während Ruth in drohender Haltung über ihr stand.

»Ist alles in Ordnung, Ruth? Ist Ihnen nichts passiert?« rief Philip besorgt. »Was war denn hier los?«

»Keine Sorge, alles in Ordnung«, antwortete Ruth strahlend. »Mrs. Curtis verlor ein wenig die Nerven, da mußte ich den ersten besten Gegenstand als Waffe benutzen.« Sie hob die

Scherben einer zerbrochenen Champagnerflasche auf. »Was für eine entsetzliche Vergeudung! Ich hätte mir wirklich etwas Billigeres aussuchen sollen.«

15

An einem der nächsten Abende saßen Inspektor Hyde, Ruth und Philip in einem der besten Restaurants von London.

»Inspektor«, sagte Philip mit unverhohlener Ungeduld, »dies ist ein wirklich angenehmes Lokal, und das Essen ist ausgezeichnet, aber ich kann immer noch nicht recht begreifen, womit wir das alles verdient haben ...«

»Sie sind wirklich mehr als bescheiden, Mr. Holt«, verwies Hyde ihn gutmütig. »Sie alle beide. Ich bezweifle, ob wir diesen Fall jemals ohne Ihre unschätzbare Mitwirkung gelöst hätten. Ich wollte Ihnen nur für diese Hilfe danken, das ist alles. Es gibt ein sehr strenges Gesetz, das es einem Polizeibeamten verbietet, Geschenke anzunehmen. Doch gibt es kein Gesetz, das ihn daran hindert, jemandem etwas zu schenken. Das ist der Grund für dieses kleine Abendessen.«

»Darüber hinaus ist es aber auch ein wirklich reizendes Beisammensein«, warf Ruth ein. »Im übrigen – beachten Sie diesen Herrn hier nicht weiter, Inspektor – konzentrieren Sie lieber Ihren ganzen Charme auf mich.«

»Mit Vergnügen, Miss Sanders. Wo soll ich anfangen? Indem ich Ihnen erzähle, wie strahlend schön Sie heute abend aussehen?«

»Das haben Sie mir heute zwar schon einmal gesagt, aber keine Frau wird je müde, Komplimente zu hören. Und nun erzählen Sie mir noch, wie klug und nützlich ich bei der Lösung des Falles war.«

»Klug und nützlich – das sind genau die Worte, die ich selbst gebrauchen wollte. Wenn ich daran denke, was für einen kühlen Kopf Sie bewahrten, als Fletcher und seine Männer Sie in das Lagerhaus entführten ...«

»Haben Sie es inzwischen lokalisieren können?« fragte Philip.

»Ja, das haben wir. Dabei sind wir auf allerlei Überraschungen gestoßen. Wir trafen alte Bekannte, mit denen wir uns schon seit langem einmal unterhalten wollten, dazu eine Menge gestohlenes Gut, ein schönes Sortiment von Einbrecherwerkzeugen und so weiter. Außerdem muß ich Ihnen für die ausgezeichnete Art und Weise danken, Miss Sanders, in der Sie Ihren Auftrag im Musikalienladen von Luther Harris erledigt haben. Ganz zu schweigen von Ihrer Mitwirkung bei dem Fotoauftrag im Hotel.«

»Mit solchen Schmeicheleien können Sie bei mir alles erreichen, Inspektor«, strahlte Ruth. Und mit einem Seitenblick auf Philip: »Es tut einer berufstätigen Frau gut, wenn sie gelegentlich erfährt, daß sie auch geschätzt wird.«

Philip schüttelte mit gespielter Verzweiflung den Kopf. »In Zukunft wird sie wohl nicht mehr zu halten sein, Inspektor.«

Hyde lächelte. »Sie selbst haben aber auch Großes vollbracht, Mr. Holt. Ihr hartnäckiges Festhalten an diesem Schlüssel und das, was Sie aus Andy Wilson herausholten, hat mir geholfen, die richtige Spur zu finden. Nicht zu reden von Ihrem persönlichen Mut gegenüber Fletcher, als dieser Sie in Ihrem Studio mit dem Messer anfiel, und von Ihrer Fahrt nach Blackgate Common zu dem Rendezvous mit Clare Seldon. Darüber hinaus waren Sie derjenige, der unsere Augen in bezug auf die Bedeutung des Wortes ›Venedig‹ geöffnet hat.«

»Das hört man natürlich gern, Inspektor. Aber Sie müssen schon noch einige Lücken füllen, ehe ich imstande bin, den ganzen Zusammenhang der Ereignisse zu übersehen.«

Hyde nickte und schenkte seinen Gästen neuen Wein ein. »Das kann ich mir vorstellen. Wo soll ich beginnen?«

»Zum Beispiel mit diesem Talbot. Es wäre mir nie in den Sinn gekommen, daß er noch lebte.«

»Tja, natürlich wollte er uns unbedingt glauben machen, daß er tot sei. Er hat sich überhaupt ein ganzes Gespinst von Lügen und Täuschungen ausgedacht.«

Der Inspektor suchte automatisch nach seiner Pfeife und dem Tabaksbeutel, entsann sich jedoch, daß er es für unpassend gefunden hatte, in so vornehme Umgebung eine Tabakspfeife mitzunehmen, aber er konnte ja einfach einen Kellner heranwinken und sich eine Zigarre bestellen. Danach lehnte er sich in seinem Stuhl zurück und begann die Ereignisse zu erläutern.

»Talbots erstes Manöver war die Fälschung der Selbstmordnotiz Ihres Bruders. Es gibt kaum Zweifel, daß er ihn auch ermordet hat, doch will ich mich im Augenblick nur mit dem beschäftigen, was er unternahm, um uns Sand in die Augen zu streuen. Nach dem sogenannten Selbstmord wandte er zunächst Ihnen seine Aufmerksamkeit zu, Mr. Holt. Meiner Ansicht nach hatte er herausgefunden, daß Sie in finanziellen Schwierigkeiten waren und durch den Tod von Rex eine schöne Summe Geldes erben würden. Damit waren Sie der gefundene Sündenbock. Zunächst einmal vertauschte er die Bilder in Ihrem Schaukasten. Dann, nachdem Quayle von Fletcher ermordet worden war, setzte Talbot alles daran, den Verdacht auf Sie zu lenken, indem er Ihren Namen mit Dr. Linderhof in Verbindung brachte.«

»Und was hat Dr. Linderhof mit dieser ganzen Sache zu tun?«

»Er ist so unbeteiligt wie ein neugeborenes Lamm. Talbot nutzte den Umstand aus, daß Linderhof zufällig von Hamburg gekommen war, um der ganzen Geschichte einen düsteren Dreh zu geben. Natürlich war auch die handschriftliche Eintragung auf dem Deckblatt des zweiten Belloc-Gedichtbandes eine sachverständige Fälschung von Talbot. Der Brief, mit dem Linderhof im Hotel ein Zimmer bestellt hatte, war ihm dabei eine große Hilfe. Dann verpackte Talbot das Buch so geschickt, daß es aussah, als sei es in Deutschland aufgegeben worden. Der einzige Zweck war, Sie nach Blackgate Common zu locken, weil Ihre Einmischung ihm zunehmend unangenehm wurde. Dabei hatte Fletcher den Auftrag, sich im Rücksitz von Clare Seldons Wagen zu verbergen und Sie umzubringen. Hier jedoch machte Talbot seinen ersten Schnitzer – indem er den Rachedurst einer verstoßenen Frau unterschätzte.«

»Einer verstoßenen Frau? Meinen Sie Vanessa Curtis?« warf Philip ein.

»Genau das. Sie war die verstoßene Geliebte, Clare Seldon ihre strahlende Nachfolgerin. Es scheint so, daß Mrs. Curtis von Talbots Plan erfuhr und sofort erkannte, welche großartige Gelegenheit sich dabei bot, ihre Rivalin loszuwerden. Sie nahm Verbindung mit Fletcher auf und bot ihm einen höheren Preis, wenn er die Zielscheibe für sein Messer wechselte. Sie hatte nicht die geringsten Gewissensbisse, sich Clare Seldons zu entledigen, fühlte sich jedoch beunruhigt, daß sie *Ihren* Tod eventuell auch noch auf dem Gewissen haben sollte. Deswegen rief sie uns anonym an und warnte uns, daß Sie in Gefahr seien.«

»Das ist die einzige Regung von Anständigkeit, die sie in dieser ganzen düsteren Affäre bewiesen hat«, warf Ruth ein. »Danach hat sie ziemlich schnell wieder auf ihren alten Typ umgeschaltet – das geraubte Geld versteckt und Talbot in der Mansarde verborgen.«

»Das ist es. Es mag pathetisch klingen, doch glaube ich, sie hoffte im innersten Herzen immer noch, sie könne Talbot zurückgewinnen, wenn ihre Rivalin erst einmal beseitigt war. Talbot hat daraus sicherlich Kapital geschlagen, denn der Mann besaß nicht die geringsten Skrupel.«

»Dann war er es wohl auch, der sie überredet hat, jenes geheime Fach im Weinkeller anzulegen, das ich beinahe gefunden habe?« fragte Philip.

»Ja, das Geld war dort verborgen. Es lag dort sicher und

greifbar bis zu dem Augenblick, als die Männer in dem Fleischerwagen ankamen und es in Tierleibern versteckten. Es war ein gerissener Plan. Wer wäre je auf die Idee gekommen, eine so alltägliche Sache wie eine Fleischlieferung für ein Hotel in Zweifel zu ziehen? Wären nicht die scharfen Augen von Miss Sanders gewesen, die Burschen wären vielleicht davongekommen.«

»Sicherlich war Ihr Carstairs, oder wie er heißen mag, auch an der Arbeit?« sagte Philip.

»Nein, genauer gesagt, merkte er erst im allerletzten Augenblick, was gespielt wurde. Sie müssen wissen, ich hatte ihn nicht zu Nachforschungen im Hotel stationiert, sondern vor allem, um ein wachsames Auge auf Sie beide zu haben.«

»Das war wirklich vorsorglich von Ihnen, muß ich sagen«, gestand Philip dankbar. »Ich glaubte, mein letztes Stündlein habe geschlagen, als Talbot die Pistole auf mich richtete. Aber nun sagen Sie doch bitte, Inspektor, wie kamen Sie darauf, daß Talbots Tod im Straßengraben neben dem Hotel vorgetäuscht war?«

Als ob er die spürbare Ungeduld seiner beiden Gäste genieße, unterbrach Hyde zunächst die Unterhaltung, um sie zu fragen, ob sie Likör oder Kognak wünschten. Philip lehnte dankend ab, während Ruth um einen Benediktiner bat. Als dieser zusammen mit dem Kognak für den Inspektor serviert worden war, setzte Hyde den Bericht fort.

»Ach so! Ja … die Leiche im Straßengraben, die angeblich Talbot war … Also da machte mich zunächst die Art und Weise stutzig, wie der Mann umgebracht worden war. Obwohl zunächst alles darauf hindeutete, daß Cliff Fletcher es getan hatte, war es doch nicht die typische Art, wie Fletcher zu morden pflegte. Wie Sie wissen, hat er fast stets ein Messer benutzt. Die aufgefundene Leiche war aber mit irgendeinem massiven Instrument verstümmelt worden – nach dem augenblicklichen Stand meiner Nachforschungen scheint Talbot einen Fleischklopfer aus der Hotelküche verwendet zu haben. Auf jeden Fall war es schwierig, das Opfer zu identifizieren, denn das Gesicht war auf fürchterliche Weise entstellt. Mrs. Curtis fiel sogar in Ohnmacht, als sie die Leiche sah. Mir selbst wäre auch beinahe übel geworden, so entsetzlich war der Anblick.«

Der Inspektor klopfte die Asche von seiner Zigarre und sprach nachdenklich weiter. »Auch wollte es mir nicht aus dem Kopf, daß Fletcher, wenn er wirklich Talbot getötet hatte, wie man uns glauben machen wollte, sicherlich vorsichtig genug gewesen wäre, die Taschen des Toten durchzusehen, ob irgend etwas Belastendes darin war. Wir fanden doch Talbots Notizbuch mit dem schweren Indiz bezüglich eines Treffens mit Fletcher. Dieser Hinweis war zu dick aufgetragen, und ich habe ihn auch nicht so ohne weiteres geschluckt. Als mir dann noch gemeldet wurde, ein Landarbeiter werde vermißt, der etwa die Statur Talbots hatte, zählte ich zwei und zwei zusammen. Talbot mußte herausgefunden haben, wo das Geld aus dem Hamburger Bankraub versteckt war, und er konnte sich völlig frei bewegen, da er sich bisher nicht verdächtig gemacht hatte. Zweifellos wollte er außer Landes gehen, sobald es ihm gelungen war, das Geld aus dem Versteck im Hotel herauszuschmuggeln. Ich war fest davon überzeugt, daß es nur einen einzigen Platz geben konnte, wo er imstande war, eine so umfangreiche Beute zu verstecken und dazu auch noch Hilfe zu finden – und das war das Hotel seiner früheren Geliebten.«

»Dann war es also Talbot, der den Koffer voller D-Mark auf dem Victoria-Bahnhof zur Aufbewahrung abgegeben hatte?« fragte Ruth.

»Nein, das war wirklich Luther Harris. Ich glaube, der hatte es mit der Angst zu tun bekommen, als Sie ihm die Eintrittskarte zum Tanzsaal zeigten. Sie müssen folgendes bedenken: Zunächst wurde Rex erschossen, dann versuchte man, Wilson umzubringen. Und als Harris dann seinen Namen auf der Eintrittskarte sah, da dürfte er sich wohl gefragt haben, ob er der dritte auf der Todesliste war. Deshalb entschied er sich dafür, auf den Koffer mit Inhalt zu verzichten und den Verdacht auf seine beiden Freunde zu lenken, in der Hoffnung, daß man ihn von da an in Ruhe lassen werde.«

Ruth unterbrach den Inspektor. »Eins möchte ich noch gern wissen: Wer hat an dem fraglichen Morgen in Windsor versucht, Vanessa Curtis zu überfahren?«

»Auch das war Talbot. Als er ihr Gespräch mit Mr. Holt am Telefon mithörte, wurde ihm klar, daß Mr. Holt sie wegen ihres Besuchs im Zimmer von Rex ausfragen wollte. Vielleicht hat er wirklich versucht, sie zu töten, vielleicht aber wollte er sie auch nur erschrecken und damit zum Schweigen bringen. Auf jeden Fall hatte beides dieselbe Wirkung.«

Hydes Zigarre war ausgegangen, und alle saßen einen Augenblick schweigend da, bis Hyde sie wieder angezündet hatte.

Dann nahm Philip den Faden wieder auf: »Ganz oben saßen also Talbot, Quayle und Fletcher – die Männer, die einen spektakulären Bankraub inszenierten und sich dann über die Aufteilung des Geldes zu streiten begannen … Luther Harris war so eine Art Mittelsmann … während Rex und Andy Hänsel und Gretel im Walde spielten. Und keiner von ihnen traute dem anderen über den Weg.«

»Vergessen Sie nicht die beiden Frauen, Mr. Holt. Die eine, klein und schusselig, in Wirklichkeit aber gar nicht so zerstreut, wie es scheint, und eine arrogante Schönheit, die den Preis für ihre Arroganz gezahlt hat – Clare Seldon.«

Philip verzog angeekelt das Gesicht. »Ich glaube, jetzt muß ich doch den angebotenen Kognak akzeptieren, um den Geschmack dieser üblen Affäre wieder loszuwerden.«

Hyde nickte und winkte dem Kellner. Doch wurde seine Feststellung durch die Ankunft eines Pagen unterbrochen, der ein Telefon in der Hand trug.

»Ein Anruf für Sie, Sir.«

Hyde seufzte, als der junge Mann den Stecker des Telefons in die Dose an der Wand steckte. »Entschuldigen Sie mich bitte einen Augenblick. Hyde am Apparat. O ja! Sir.« Unbewußt hatte er sich in seinem Stuhl aufgerichtet. »Selbstverständlich, Sir. Ich komme gleich … in zwanzig Minuten, Sir …« Er legte den Hörer auf und erhob sich. »Es tut mir außerordentlich leid, aber Sie müssen mich schon entschuldigen. Das war der stellvertretende Polizeipräsident, der mit mir über einen neuen Fall sprechen will, der soeben gemeldet wurde. Ich bin leider nie ganz außer Dienst.«

»Wie abscheulich!« rief Ruth. »Ich habe schon ewig nicht mehr einen so reizenden Abend verbracht. Könnten wir nicht mitkommen und Ihren Chef kennenlernen?«

Hyde lächelte. »Das wäre für ihn sicher eine angenehme Überraschung, aber ich glaube, es wäre nicht sehr … wie soll ich sagen … nicht sehr orthodox.«

»Nun, macht nichts – Sie wissen ja, wo Sie uns finden, wenn Sie in Zukunft wieder einmal etwas leicht *Un*orthodoxes nötig haben, Inspektor«, tröstete Ruth.

Hyde sah sie mit rätselhaftem Ausdruck an. »Meinen Sie das *wirklich*, Miss Sanders?«

»Da können Sie jede Wette eingehen, daß ich es so meine. Es ist nämlich reichlich öde, in einem Fotoatelier zu arbeiten.«

Philip setzte zu einem Kommentar an, der jedoch durch den Dank des Inspektors unterbrochen wurde. »Auf dieses Angebot werde ich außerdienstlich eines Tages sicherlich zurückkommen. Und wie steht es mit Ihnen, Sir?«

Philip lächelte zunächst Hyde und dann Ruth an: »Sie haben doch selbst gehört, wie die Machtverhältnisse bei uns liegen, Inspektor. Wenn es einer ›tüchtigen Sekretärin‹ einfällt zu pfeifen, dann muß der Boß tanzen.«

Schweigend beobachteten sie, wie der Inspektor aus dem Restaurant eilte. Dann begann Ruth wieder über den Fall zu sprechen, während sie zwischendurch an ihrem Benediktiner nippte.

Schließlich fiel ihr jedoch auf, daß ihr Begleiter kaum zuhörte. An den zusammengekniffenen Augenbrauen erkannte sie, daß sich seine Gedanken mit einer ernsthaften Angelegenheit beschäftigten.

»Plagt Sie etwas, Philip?« fragte sie mitfühlend.

»Ach, eigentlich nichts. Wirklich nichts Wichtiges.«

»Ich kenne Sie doch, nun kommen Sie schon heraus mit Ihren Sorgen.«

»Ach … es ist nur, weil … ich kann mich in einer bestimmten Angelegenheit nicht so recht entschließen.«

»Ist es denn wichtig?«

»Ja, ziemlich.«

»Also sagen Sie es schon.«

»Dann werden Sie wahrscheinlich wütend auf mich sein.«

Ruth hatte das Gefühl, als setze ihr Herz für einige Schläge aus, und automatisch faßte sie ihr Glas fester. »Nein, ich werde bestimmt nicht wütend sein«, antwortete sie sanft.

»Also – es ist wegen des Peugeot, den wir in Maidenhead gesehen haben. Sie wissen doch, was ich meine. Den Wagen, den Carstairs gefahren hat. Aufrichtig gesagt, ich bin ganz vernarrt darin. Ich hatte ursprünglich daran gedacht, den Lancia gegen einen Mustang zu tauschen, aber nachdem ich dieses französische Prachtstück gesehen habe … aber wie gesagt, ich kann mich nicht entscheiden. Es ist zum Verrücktwerden.«

Die Farbe kehrte in Ruths Gesicht zurück, und es gelang ihr, eine gequält lächelnde Miene aufzusetzen.

»Ja, das ist wirklich eine nervenzerfetzende Entscheidung, die Sie da zu fällen haben«, stimmte sie zu. »Ich versichere Sie meines tiefsten Mitgefühls …«

ENDE

Der Siegelring

Die Hauptpersonen des Romans sind:

Philip Holt	Fotograf
Ruth Sanders	seine Sekretärin
Robert Scranton	Fabrikant
Vanc Scranton	sein Sohn
Ashley Milton	Geschäftsmann
Antoinette Sheen	Schriftstellerin
Jimmy Wilde	Leichenbestatter
Inspektor Hyde	von Scotland Yard

Der Roman spielt in London und
Deanfriston, Südengland.

I

Der Wind, der an diesem Abend vom Meer landeinwärts wehte, paßte ideal zu den Absichten des Mörders. Besitz von der Dunkelheit ergreifend, durch die Fugen schlecht schließender Türen und Fenster fauchend, huschte er auf eisigen Klauen über die Downs zum Deanfriston College. Ihm folgten wirbelnde Nebelschwaden, teils fein wie Gazeschleier, teils dicht wie Wolken aus Schwanendaunen, die Konturen des Mörders verwischend und das Geräusch seiner Schritte dämpfend, die über den froststarren Rasen hügelaufwärts zum College strebten.

Des Mörders einziges Risiko – gesehen zu werden – war praktisch ausgeschaltet. Die Straßen des Städtchens Deanfriston wirkten wie leergefegt von allem Leben; die Bewohner, durch den plötzlichen Kälteeinbruch in die Häuser gescheucht, genossen die wohlige Wärme ihrer Kamine und die Darbietungen auf den Bildschirmen ihrer Fernsehgeräte. Nebel und Kälte als Handlanger des Mörders machten sein Tun fast gefahrlos.

Sein Plan war einfach …

Der Jüngling blickte mit erwartungsvollem Lächeln auf, als sich die schwere Eichentür des Studierzimmers öffnete. Freude und Vertrauen leuchteten aus seinen Zügen, als er eine Flasche Portwein und zwei Gläser zur Hand nahm. Dann wandte er den Kopf und starrte, für die letzte Sekunde seines Lebens, verständnislos auf die Mündung eines großkalibrigen Revolvers.

Trotz des Schalldämpfers dröhnte der Schuß in dem kleinen Raum sehr laut. Und der Schaden, den das Geschoß bei der kurzen Entfernung im Gesicht des Opfers anrichtete, war so erschreckend, daß die Nerven des Täters sekundenlang am Rand einer Panik tanzten. Dann verklang der Nachhall, und draußen in dem langen, beinah klösterlich wirkenden Korridor mit seinen dicken steinernen Wänden blieb alles still.

Der Mörder ging schnell daran, den Toten so zurechtzumachen, wie es der Plan erforderte. Die Einzelheiten waren vorher gründlich durchdacht worden; die Ausführung geschah mit einer fast roboterhaften Präzision, die keinen Raum für Fehler ließ. Knapp zwanzig Minuten später war alles getan.

Dann fiel der Blick des Mörders auf das Bikinimädchen, das von der Papptafel eines Wandkalenders lächelte. Ja, das mochte eine nette Nuance abgeben! Rasch war das oberste Blatt vom Kalenderblock gerissen und das Datum des nächsten Tages freigelegt. Es war mit roter Tinte umrandet und hatte, vor Monaten, die jubilierende Aufschrift erhalten: ›Mein einundzwanzigster Geburtstag – allen zur gefälligen Kenntnisnahme!‹

Auf einem Sims nahe dem Kalender lehnten zwei Glückwunschkarten, zu früh eingetroffen und bereits geöffnet. Die eine stammte von einer gewissen Julie, die andere von einer gewissen Antoinette. Welche Ironie!

Den Zeitungen würde es gefallen, überlegte der Mörder beim Gedanken an die Schlagzeilen. Unmöglich, daß irgendein Redakteur einem so vollendeten Tränendrüsenkitzler widerstehen könnte: ›Student am Vorabend seines 21. Geburtstages ermordet!‹ Zu spät natürlich für die Morgenausgaben. Aber die Abendausgaben würden es bringen – eine spannende und herzbewegende Lektüre.

Zufrieden lächelnd knöpfte der Mörder den hochgeklappten Kragen seines dicken Mantels zu und schlich hinaus in den Nebel.

»Was ich an den modernen Flugreisen besonders liebe«, grollte Philip Holt, »sind die enorme Geschwindigkeit, der raffinierte Komfort und der vollendete Service, mit denen wir von Kontinent zu Kontinent gewirbelt werden – wie jetzt, zum Beispiel!«

Der überfüllte Flugfeldbus, in dem sie seit nahezu zehn Minuten wartend standen, machte einen Ruck vorwärts, rollte ein paar Meter und blieb mit einem weiteren Ruck wieder stehen.

»Vermutlich haben wir abzuwarten, bis ein anderes Flugzeug gelandet ist«, sagte Ruth Sanders, Holts Sekretärin, beschwichtigend.

Der bekannte Fotograf ignorierte ihre Worte. »Über den Atlantik sind wir mit doppelter Schallgeschwindigkeit gejagt«, murrte er. »Aber während der Viertelstunde, seit wir wieder auf britischem Boden weilen, haben wir uns kaum zehn Meter vorwärtsbewegt!« Er seufzte und fuhr sich mit der Hand durch sein kastanienbraunes Haar. »Kommen wir schließlich zum Flughafengebäude, dann werden wir wieder eine halbe Stunde zu warten haben, bis man unser Gepäck findet, und –«

Der Bus machte abermals einen unerwarteten Ruck vorwärts, durch den Holt gegen den vor ihm eingepferchten Mann geschleudert wurde.

»Oh, verzeihen Sie, Mr. Scranton! Ich konnte wirklich nicht voraussehen, daß dieses Ding sich doch noch mal bewegen würde!«

Scranton lachte. »Überall in der Welt dasselbe, Mr. Holt«, sagte er im gemütlich gedehnten Tonfall des amerikanischen Mittelwestens. »Genau wie bei der Armee: Beeilt euch, Leute, und wartet – beeilt euch und wartet!«

»Nicht doch, Mr. Scranton!« warf Ruth übermütig lächelnd ein. »Sie sollten meinen Chef nicht stören, wenn er dem traditionellen britischen Murren huldigt.«

Der Amerikaner lachte leise; dann beugte er sich aufmerksam zu seiner Frau hinab, die das Glück gehabt hatte, einen Sitzplatz zu bekommen.

Durch weitere Start- und Stoppmanöver des Busses, bei denen die Passagiere jedesmal durcheinandergerieten, wurden Holt und Ruth von dem amerikanischen Paar getrennt. Nachher, als sie das Flughafengebäude endlich erreicht hatten und einer Stewardeß durch den endlosen Korridor zur Ankunftshalle folgten, fragte Ruth: »Wer ist eigentlich Ihr neuer Freund?«

»Mr. Scranton? Er stammt aus Minnesota. Wir kamen auf dem Flug bei einem Drink ins Gespräch, als Sie schliefen. Ein Waschmaschinenfabrikant. Netter Kerl soweit – wenn er bloß nicht immer ›Muttchen‹ zu seiner Frau sagen würde.«

»Das machen doch viele.«

»Ich weiß. Eine entsetzliche Angewohnheit. Wenn ich eine Frau wäre, würde ich dagegen rebellieren. Frauen müssen sich durch diese Anrede alt und abgehalftert vorkommen.«

»Vielleicht *ist* Mrs. Scranton eine Mutter«, wandte Ruth ein.

»Ja, das ist sie. Er erwähnte zwei Töchter und einen Sohn. Aber darauf kommt es nicht an. Sie ist Scrantons Frau, nicht seine Mutter. Vielleicht fühlt sie sich manchmal noch ganz gern als junges Mädchen mit Illusionen, und –«

Holt wurde unterbrochen durch die Lautsprecherankündigung, daß die Passagiere des Fluges von New York sich unverzüglich in der Zollhalle einzufinden hätten.

Dort standen sie dann alle neben dem automatisch funktionierenden Fließband versammelt und warteten gespannt auf das Erscheinen ihrer Koffer. Da lange Zeit nicht ein einziges Gepäckstück auftauchte, wurde klar, daß man sie voreilig in die Zollhalle beordert hatte, ehe überhaupt das Ausladen beendet war.

Holt blickte gereizt umher und bemerkte: »Hier stehen wir tatenlos da, während im Studio eine Menge Arbeit auf uns warten dürfte. Nächstes Mal werde ich es mir gründlich überlegen, ehe ich wieder nach New York fliege, um dort eine Ausstellung meiner Arbeiten zu veranstalten!«

»Ach, Unsinn«, entgegnete Ruth heiter. »Die Ausstellung war ein grandioser Erfolg, und die Publicity in Amerika wird Ihnen sehr viel einbringen.«

»Dann sollte ich beim nächsten Mal wenigstens meine Sekretärin in London lassen, damit sie weitermachen kann.«

»Unmöglich!« erklärte Ruth entschieden. »Ohne mich kämen Sie nicht zurecht. Sie würden Ihre Flugscheine verkramen, unpünktlich zu Ihren Pressekonferenzen kommen und lebendig vernascht werden von all den bezaubernden Frauen, die um die Studios schleichen und darauf lauern, sich über hilflose Männer herzumachen!«

Holt mußte lächeln, seine schlechte Laune begann zu verfliegen. Er entdeckte Robert Scranton, der mit seiner Frau ganz in der Nähe stand. »Genau wie Sie sagten«, rief Holt vergnügt hinüber. »Beeilt euch, Leute, und wartet!«

»Ja, so geht's nun mal«, bestätigte Scranton geduldig und wandte sich an seine Frau: »Sag, Muttchen, warum willst du es dir nicht etwas bequemer machen, während ich hier stehe und warte? Vielleicht findest du draußen eine Sitzgelegenheit.«

Mrs. Scranton nickte dankbar und ging fort; sie sah ermüdet aus, und allzu kräftig war sie bestimmt nicht.

»Bleiben Sie in London, Mr. Scranton?« erkundigte sich Holt.

»Ja. Wir werden im ›Savoy‹ wohnen.«

»Ich habe mein Auto herbringen lassen. Darf ich Sie in die Stadt mitnehmen? Das ›Savoy‹ ist nicht weit entfernt von meinem Studio.«

»Sehr nett von Ihnen, Mr. Holt. Aber ich muß Muttchen fragen. Es ist nicht ganz ausgeschlossen, daß wir abgeholt werden. Ich gehe, um zu hören, was sie meint.«

Holt wandte sich dem Fließband zu, auf dem eben die ersten Koffer herbeiglitten, und hielt Ausschau nach seinem Gepäck. Plötzlich faßte Ruth ihn beim Arm, wies zum Ausgang und flüsterte: »Schauen Sie – steht dort nicht Inspektor Hyde?«

»Inspektor Hyde?« Holt sah in die Richtung. »Tatsächlich, das ist er.« Holt winkte hinüber, aber der Scotland-Yard-Beamte reagierte nicht. »Offenbar sieht er uns nicht.«

»Schade«, murmelte Ruth. »Was mag er hier tun? Sollte er am Ende einen gefährlichen Verbrecher zu verhaften haben?

Oh, Philip, wie aufregend! Vielleicht können Sie ein paar Schnappschüsse machen! Vielleicht bittet er uns sogar, ihm wieder zu helfen! Wäre es nicht wunderbar, wenn wir wieder einen Fall für ihn lösen könnten?« Ihre Augen blitzten erwartungsvoll.

»Oh, das dürfte es wohl kaum sein, Ruth«, sagte Holt nüchtern und dachte an die besonderen Umstände zurück, durch die sie vor zwölf Monaten an der Aufklärung der sogenannten Maidenhead-Affäre beteiligt worden waren. »Ich bin sicher, daß Scotland Yard normalerweise ganz gut ohne uns auskommt, und –«

»Moment!« warf Ruth ein. »Ich glaube, der Inspektor hat uns gesehen! Wahrhaftig, er kommt hierher! Und hinter ihm drein schleicht ein fetter Widerling mit einer Reporterkamera!«

Holt dachte daran, daß es gegen alle Vorschriften verstieß, Kontakt mit Flugreisenden aufzunehmen, ehe sie die Zollhalle verlassen hatten; vielleicht stand doch etwas Außergewöhnliches bevor. Hyde war jetzt nur noch wenige Schritte entfernt.

»Hallo, Inspektor«, rief Holt. »Was führt Sie her? Uns wollen Sie doch wohl nicht verhaften, hoffe ich?«

Mit flüchtigem Lächeln erwiderte Hyde: »Welch seltsamer Zufall, Sie hier zu treffen. Vielleicht können Sie mir helfen. Der Mann, mit dem Sie eben sprachen – dieser lange, hagere Bursche mit der kleinen Frau –, wissen Sie zufällig seinen Namen?«

»Ja, ein Amerikaner, den ich im Flugzeug kennenlernte –«

»Mr. Robert Scranton aus Minnesota?« fragte Hyde, der ein Foto in der Hand hielt.

»Stimmt.«

»Dann fürchte ich«, sagte Hyde bedauernd, »daß ich eine schlechte Nachricht für ihn habe.«

Die Scrantons begannen sich einen Weg durch die wartende Menge zu bahnen; da sie Holt schon von ferne dankbar zulächelten, schien es, als hätten sie sich entschlossen, seinen Vorschlag anzunehmen.

»Miss Sanders«, wandte sich Hyde an Ruth, »glauben Sie, daß Sie Mrs. Scranton für ein paar Minuten unterhalten könnten? Ich möchte ihren Mann zunächst allein sprechen.«

Ruth reagierte sofort. Im Handumdrehen hatte sie Mrs. Scranton erreicht und durch eine bewundernde Bemerkung über ihren Hut zum Stehenbleiben veranlaßt. Einen Moment später sahen Hyde und Holt die beiden Frauen in der Menge verschwinden.

»Mr. Robert Scranton?« fragte Hyde höflich, als der Amerikaner ihn und Holt erreichte.

»Ja, der bin ich.«

»Inspektor Hyde von Scotland Yard. Um jeden Irrtum auszuschließen, möchte ich Sie zunächst fragen, ob sich Ihr Sohn Vanc Scranton in unserem Land befindet?«

»Ja, er – wieso, stimmt etwas nicht?« Scranton wurde blaß. »Vanc studiert an einer hiesigen Universität, dem Deanfriston College in der Nähe von Eastbourne. Wir sind herübergekommen, um seinen einundzwanzigsten Geburtstag mit ihm zu feiern.«

Hyde räusperte sich. »Sir, leider habe ich eine schlechte Nachricht für Sie.«

Scranton straffte sich mühsam. »Weiter, Inspektor.«

»Ihr Sohn wurde heute früh in seinem Studierzimmer im Deanfriston College tot aufgefunden. Wir zweifeln kaum daran, daß er ermordet wurde.«

»Oh, mein Gott!« Scranton, jetzt leichenblaß, begann zu schwanken und schien einem Zusammenbruch nahe; Holt beeilte sich, ihn zu stützen. In diesem Moment flammte das Blitzlicht einer Reporterkamera auf.

Hyde fuhr zornig zu dem Zeitungsreporter herum. »Wie, zum Teufel, kommen Sie hierher, Jenkins?«

»Unser freies Land, Inspektor, hat eine freie Presse«, erwiderte Jenkins grinsend, paßte ein neues Blitzlicht auf seine Kamera und zog sich ein paar Schritte zurück.

Hyde unterdrückte seinen Zorn und wandte sich wieder zu Robert Scranton um, der eine silberne Pillendose aus einer seiner Westentaschen fingerte und nach einem Glas Wasser verlangte.

»Werde … werde gleich wieder in Ordnung sein … Es ist das Herz.«

Eine Flughafenhosteß eilte mit dem gewünschten Glas Wasser herbei. Scranton schluckte einige Pillen, dann sah er flehend zu Hyde und Holt. »Bitte, sagen Sie Muttchen nichts davon. Überlassen Sie es mir. Muttchen ist nicht sehr widerstandsfähig, wissen Sie.«

Die beiden nickten. Holt, dem die Bemerkung auf der Zunge lag, daß auch Scranton selbst im Moment nicht sehr widerstandsfähig wirke, sagte zu Hyde: »Ich nehme an, daß Sie nun mit Mr. und Mrs. Scranton in die Stadt fahren werden. Kann ich irgendwie helfen?«

»Ja. Ich wäre Ihnen dankbar, wenn Sie Mrs. Scranton in den Teesalon führen und ihr einen starken Tee bestellen würden. Sagen Sie ihr nur, daß Mr. Scranton sich nicht ganz wohl befände, aber bald käme, um sie abzuholen. Das Weitere ist dann unsere Sache.«

»Mehr könnte ich wirklich nicht tun?«

»Kaum. Vielen Dank, Mr. Holt. Bitte, übermitteln Sie auch Miss Sanders meinen Dank.«

*

Obwohl Holt und Ruth auf der Fahrt in die Stadt lebhaft über das Ereignis sprachen, kam ihnen nicht in den Sinn, daß sie noch einmal damit befaßt werden würden. Holts Bekanntschaft mit Scranton hatte sich während des Fluges rein zufällig ergeben. Ebenso war es ein Zufall, daß Inspektor Hyde, der Holt und Ruth persönlich kannte, die Angelegenheit bearbeitete; wäre ein anderer Kriminalbeamter beauftragt worden, dann hätten sie nie mehr damit zu tun bekommen.

Als beide am nächsten Morgen die gewohnte Arbeit im Studio aufnahmen, hatten sie die Sache fast schon vergessen.

Aber am frühen Nachmittag kam ein Anruf, den Ruth entgegennahm. Dann legte sie eine Hand über die Sprechmuschel und sagte leicht verwundert: »Es ist Mr. Robert Scranton. Sind Sie zu sprechen?«

Holt bedachte seinen mit Papieren überhäuften Schreibtisch mit einer leichten Grimasse und langte nach dem Telefonhörer.

»Mr. Scranton? Ja, hier spricht Philip Holt. Woher haben Sie meine Nummer? Ah, aus dem Telefonbuch, natürlich. Was kann ich für Sie tun?«

Es folgte ein kurzes Gespräch, bei dem Holt wenig sagte. Als er auflegte, sah Ruth ihn erwartungsvoll an, doch dauerte es ein Weilchen, bis er brummte: »Scranton möchte mich sehen. Im ›Savoy‹.«

»Sollen Sie seine Waschmaschinen fotografieren?«

»Nein, es hat mit seinem Sohn zu tun. Er sagte, er hätte mir etwas zu zeigen. Warum mir, frage ich mich?«

»Vielleicht braucht er einen Freund. Wahrscheinlich kennt er sonst niemanden in London.«

»Das kann es kaum sein. Er erwähnte bei unserer Unterhaltung im Flugzeug, daß er oft herüberkommt.«

»Gehen Sie hin?«

»Was sonst sollte ich tun? Zwar kann ich die Zeit kaum erübrigen, aber er ließ es dringlich erscheinen. Seine Frau sprach ebenfalls mit mir. Sie sagte, sie würde mir ewig dankbar sein, wenn ich die zehn Minuten für sie aufbrächte. Ich konnte es nicht gut ablehnen.« Er nahm Hut und Regenmantel und wies auf Ruths Schreibtisch. »Sie haben zu tun, bis ich zurückkomme?«

»Falls Sie nicht länger als drei Wochen ausbleiben, ja.« Das Lachen, mit dem er ihre Frage beantwortete, klang ein bißchen bekümmert. Als er die Treppe hinab und aus dem Haus ging, überlegte er, ob er Ruth nicht etwas zu sehr beanspruche. Falls ja, so schien sie dabei gut zu gedeihen. Frauen sind merkwürdige Geschöpfe; im großen und ganzen war er seit seiner Scheidung glücklicher ohne sie gewesen. Die Hauptschwierigkeit mit ihnen schien allerdings zu sein, daß er sie nicht recht verstehen konnte.

Ein Auto hingegen – so dachte er, als er die Garagentür aufmachte und stolz auf seinen leuchtendroten Ford Mustang blickte – ein Auto ist etwas, das ein Mann wirklich verstehen kann. Keine Wutanfälle, keine spröde Ziererei, keine unerklärlichen Launen bei diesen glatten, herrlichen Biestern.

Es war noch keine zwei Monate her, daß er sich – nach kaum einem Jahr Besitzerfreude – von seinem italienischen Lancia zugunsten dieses Ford Mustang getrennt hatte; er empfand also noch immer eine Art Freudentaumel, wenn er hinter das Lenkrad glitt und seinen Sicherheitsgurt umlegte. Welch wunderbares Gefühl, diesen Mustang zu zügeln!

Er lenkte sein schönes Auto auf die Straße hinaus und schlug den Weg zum ›Savoy‹ ein.

Robert Scranton öffnete die Tür seines Appartements im ›Savoy‹ fast unmittelbar nach Holts Klopfen. Sie schüttelten sich die Hände, und Scranton bot Holt einen Drink an. Dann kam Mrs. Scranton aus dem anstoßenden Zimmer. Sie war sehr blaß, aber durchaus gefaßt und sogar imstande, Holt über die peinliche Hürde seines Beileidsgestammels hinwegzuhelfen.

»Mr. Holt«, sagte sie, »ich will nicht versuchen, Ihnen zu beschreiben, was es heißt, den einzigen Sohn zu verlieren. Wir haben drüben in den Staaten zwei verheiratete Töchter. Aber ein Sohn … Nun, wir haben Sie nicht hierher gebeten, um Sie mit unserem Schmerz zu belasten. Bitte, nehmen Sie Platz.«

»Muttchen hat recht«, bestätigte Scranton, als er Holt den verheißenen Drink überreichte. »Wir dürfen Ihre Zeit nicht verschwenden. Sie gelten als einer der besten Fotografen dieses Landes und müssen demnach ein vielbeschäftigter Mann sein.

Deshalb will ich ohne Umschweife zur Sache kommen.« Er ging zu einem Tisch in der Mitte des Zimmers und nahm eine dort liegende Zeitschrift auf. »Dies hier ist, was ich Ihnen zeigen möchte. Es wurde uns mit der Post ins Hotel geschickt. Sie können das Kuvert sehen – es trägt einen Londoner Poststempel, aber keine Absenderangabe. Ich glaube nicht, daß es uns irgendwie helfen kann.«

Die Zeitschrift hieß ›New Feature‹; Holt kannte sie, las sie jedoch nur selten. Er blickte Scranton fragend an.

»Seite achtzehn ist es, die wir lesen sollen«, sagte Scranton gespannt.

Holt schlug die genannte Seite auf. Sie enthielt nur einen Artikel, der die Überschrift trug ›Großbritannien und Europa‹. Er überflog den Text; dann fiel sein Blick auf den Verfassernamen, der in bescheidenen Lettern unter dem Ende des Artikels gedruckt stand: Prospero.

Wer Prospero sein mochte, ahnte Holt nicht, aber der Übersender des Heftes wußte es offenbar. Der Verfassername war zweimal mit grüner Tinte unterstrichen, und am unteren Seitenrand stand, ebenfalls mit grüner Tinte, der geheimnisvolle Satz geschrieben: ›Wenn Sie wissen wollen, wer Ihren Sohn ermordet hat, fragen Sie Prospero.‹

Holt studierte einen Moment lang die Handschrift, dann fragte er: »War das alles, was Sie erhalten haben?«

»Ja, das war alles«, erwiderte Scranton. »Wir haben die Zeitschrift Seite für Seite durchgesehen – nicht wahr, Muttchen? Was den Artikel selbst betrifft, so ist er etwas schwierig. Sie wissen schon, was ich meine – Politik, Wirtschaft, diese Art Sachen. Ich glaube nicht, daß er irgend etwas von Bedeutung für uns enthält.«

»Und wer ist Prospero?«

»Ja, eben das haben wir nicht herausfinden können. Ich versuchte es den ganzen Vormittag telefonisch, aber niemand beim Verlag und bei der Redaktion der Zeitschrift wollte Auskunft geben. Vielleicht befürchteten sie dort, ich könnte Prospero verklagen oder irgend so etwas.«

»Und die Polizei, Mr. Scranton? Wäre es nicht richtig, mit diesem Exemplar der Zeitschrift zu Inspektor Hyde zu gehen?«

Scranton machte eine etwas unsichere Handbewegung und sah zu seiner Frau, die sehr aufrecht in einem hochlehnigen Armsessel saß. Sie nickte ihm ermutigend zu, woraufhin er sich von seinem Sofaplatz neben Holt erhob und mit langen Schritten im Zimmer umherzugehen begann – ein hochgewachsener, knochiger Mann in dunklem, gutgeschnittenem Anzug, weißem Hemd und schwarzer Krawatte. Sein Gesicht war schmal, kantig, sauber rasiert, sein eisengraues Haar kurz geschnitten. Holt fand seinen ersten Eindruck bestätigt – ein sympathischer, persönlich anspruchsloser Geschäftsmann von geringer Eitelkeit, aber guter beruflicher Begabung.

»Ich werde meine Karten offen auf den Tisch legen, Mr. Holt«, sagte Scranton, nachdem er einmal hin und her durch das Zimmer gegangen war. »Völlig offen, damit Sie übersehen können, ob Sie meinen Vorschlag annehmbar finden oder nicht. Tatsache ist, daß ich Ihre Hilfe haben möchte. Wir möchten Ihre Hilfe, Muttchen und ich. Und wir sind bereit, dafür zu bezahlen.«

»Ah, ich soll für Sie herausfinden, wer Prospero ist? Das dürfte nicht allzu schwierig sein.«

»Nein, wir möchten viel mehr als das. Wir möchten Sie als Privatdetektiv engagieren, damit Sie feststellen, wer unseren Sohn ermordet hat. Nicht wahr, Muttchen – das möchten wir?«

Holt wirkte verblüfft, und Mrs. Scranton errötete ein wenig. »Robert war wieder mal sehr direkt. Nehmen Sie es nicht übel, Mr. Holt – so ist seine Art. Aber ich kann Ihnen nicht beschreiben, wie dankbar wir sein würden, wenn es Ihnen gelänge, dieser schrecklichen Angelegenheit auf den Grund zu kommen.«

»Nun, Mrs. Scranton, wir haben hier in England eine ausgezeichnete Polizei, die sicherlich alles tun wird, um zu klären –«

»Oh, sie ist zweifellos sehr sorgfältig und ehrbar«, unterbrach Scranton. »Wenn ich einen Brillantring oder ein wertvolles Schoßhündchen verloren hätte, wäre ich ohne Vorbehalt bereit, die Polizei in Anspruch zu nehmen. Aber ich habe einen Sohn verloren! Brutal ermordet, als er studierend über seinen Büchern saß! Vanc war ein feiner Junge, Mr. Holt! Er hatte eine große Zukunft als Schriftsteller vor sich!«

»Als Schriftsteller? Studierte er zu diesem Zweck?«

»Ursprünglich wohl nicht. Doch schließlich lief es darauf hinaus. Er hatte Vorlesungen über Geschichte, Philosophie, Wirtschaftswissenschaft belegt – alles das. Ich weiß nicht, ob er damit je hätte promovieren können – wir werden es nie erfahren … Aber ich schweife ab. Er war unser einziger Sohn, und wir möchten, daß Sie ermitteln, wer ihn erschoß und warum. Die Polizei hat den Fall in der Hand, gewiß. Aber die Polizeibeamten haben alle Hände voll zu tun, eine wahre Sturzflut von Verbrechen überschwemmt sie Tag für Tag! Stimmt das nicht?«

»Was Sie sagen, ist richtig. Jedoch –«

»Drüben in den Staaten ist es dasselbe! Alle paar Minuten wird jemand ermordet, und die Hälfte aller Verbrechen bleibt ungeklärt! Die Polizeibeamten können nicht mehr Schritt halten!«

»Natürlich wollen wir«, warf Mrs. Scranton ein, »mit der britischen Polizei zusammenarbeiten, soweit dies möglich ist, und wir wissen, daß sie ihr Bestes tun wird. Aber das ist nicht genug für uns. Wir brauchen einen Privatdetektiv, der nur diesen einen Fall in Händen hat – den Job, den Mörder unseres Sohnes zu entlarven!«

Scranton, der seine Wanderung durch das Zimmer wieder aufgenommen hatte, blieb stehen und sah Holt an. »Nun, was sagen Sie, Mr. Holt? Werden Sie den Job übernehmen?«

Holt wählte seine Worte sorgfältig. »Ich habe volles Mitgefühl für Sie beide. Aber – nun, ich fürchte, meine Antwort muß nein lauten. Sehen Sie, ich bin kein Privatdetektiv. Ich ahne nicht, wer Ihnen das Gegenteil gesagt haben mag. Mein Beruf ist die Fotografie. Ich will gerne für Sie herauszufinden versuchen, wer Prospero ist. Aber ich kann mir nicht vorstellen, wie ich Ihnen sonst noch helfen könnte.«

Robert Scranton lächelte und brachte Holts Glas zum Nachfüllen an das Cocktailtischchen. Über die Schulter sagte er: »Und wenn ich der weltberühmten britischen Zurückhaltung noch nie begegnet wäre – jetzt wüßte ich, daß ich ihr begegnet bin! Gut, ich werde noch mehr Karten aufdecken! Ich kenne nicht alle Einzelheiten, Mr. Holt, aber ich hörte, daß Sie voriges Jahr sehr erfolgreich bei der Klärung eines Mordfalles –«

»Wo hörten Sie das?« fragte Holt scharf.

»Nun, Abe Jenkins sagte es mir.«

»Abe Jenkins?« wiederholte Holt ehrlich überrascht. »Wer ist Abe Jenkins?«

Jetzt war es an Scranton, überrascht zu sein. »Sie wollen sagen, Sie kennen Abe Jenkins nicht? Er weiß aber alles über Sie – nicht etwa nur, daß Sie mit der Kamera ein Meister sind! Er ist der Reporter, der in der Zollhalle den Schnappschuß von mir machte, als der Inspektor mir die schreckliche Nachricht übermittelte.«

»Und das gefiel Ihnen?«

»Nein, durchaus nicht! Ich fühlte mich verrückt werden vor Wut, als ich begriff, was geschah – doch da war es zu spät. Ich hatte kein Verlangen, diesen Burschen wiederzusehen – das können Sie mir glauben. Aber heute früh war er im Schauhaus, als ich Vancs Leichnam identifizieren mußte. Er ist Kriminalreporter bei einer Ihrer großen Tageszeitungen. Er sah mich gestern auf dem Flughafen mit Ihnen sprechen und fragte heute früh, ob ich daran dächte, Sie anzuheuern –«

»Aber Robert!« protestierte Mrs. Scranton. »Welch unpassender Ausdruck!«

»Das sagte Jenkins, nicht ich«, antwortete Scranton verlegen und murmelte eine Entschuldigung. »Ich fragte ihn, was er meine, und da erzählte er mir lang und breit, manchmal seien Sie eine Art Privatdetektiv.«

Jenkins – so überlegte Holt – schien erheblich herumgeschnüffelt zu haben; von Holt und Ruth war die damalige Affäre mit größtmöglicher Diskretion behandelt worden. »Bemerkenswert«, äußerte er bitter. »Hat dieser Jenkins sich vielleicht auch als Freund von mir ausgegeben?«

»Nein, das nicht. Ich gewann vielmehr den Eindruck, daß er Sie durchaus nicht leiden kann.«

»Dabei habe ich ihm nie etwas getan, ich kenne ihn überhaupt nicht!«

»Könnte es Berufsneid sein, Mr. Holt? Sie haben eine Spitzenposition in der Welt der Fotografie erlangt, während er mit seiner Reporterkamera noch immer auf der Jagd nach glücklichen Schnappschüssen sein muß. Da er sich obendrein für einen eigentlich erstklassigen Kriminalreporter und Privatdetektiv zu halten scheint, sollte es nicht schwerfallen, seine Gefühle zu verstehen, wenn ein Philip Holt ihm auf allen Gebieten überlegen ist.«

»Nun, das leuchtet ein«, entgegnete Holt nachdenklich. »Ich frage mich nur, wieso Jenkins gestern im Flughafengebäude war? Halten Sie es für reinen Zufall?«

»Nein. Seine Zeitung hatte ihn nach Deanfriston geschickt. Dort sah er das Telegramm, mit dem wir Vanc wissen ließen, mit welchem Flug wir ankommen würden – wir hofften ja, er könnte uns vom Flughafen abholen.« Scranton hielt inne, da er merkte, welche Wirkung die letzten Worte auf seine Frau hatten. »Nun, nun, Muttchen«, murmelte er beschwichtigend, »du wolltest doch nicht weinen – erinnerst du dich?«

Holt hielt es für angezeigt, die mitleiderregende Situation nicht länger durch seine Gegenwart zu erschweren. Er stand auf, nahm die Zeitschrift, verabschiedete sich taktvoll von Mrs. Scranton und versprach: »Ich werde tun, was ich kann, um Prosperos Identität festzustellen.«

Scranton begleitete ihn zur Tür. »Überlegen Sie sich mein Angebot, Mr. Holt«, sagte er mit gedämpfter Stimme. »Sie können Leute und Orte aufsuchen, zu denen die Polizei nicht ohne weiteres gelangt. Sie sind ein Außenseiter, ein Unbekannter – wenn Sie verstehen, was ich damit meine. Was das Geld betrifft – bitte, nennen Sie selbst Ihren Preis. Muttchen und ich wollen alles tun, um klären zu lassen, wer unseren Sohn getötet hat.«

»Ich möchte nichts versprechen«, erwiderte Holt, als er seine rechte Hand aus der des Amerikaners löste. »Aber ich werde bestimmt darüber nachdenken. Sie werden bald von mir hören.«

»Ich danke Ihnen tausendmal, Mr. Holt!«

2

Inspektor Hyde lehnte sich in seinen Schreibtischsessel zurück und zündete seine Pfeife an. »Ich freue mich, daß Sie sich entschlossen haben, bei diesem Fall mitzuwirken, Mr. Holt«, sagte er. »Sie waren uns in der Maidenhead-Affäre eine so wertvolle Hilfe, daß Ihr Beistand auch dieses Mal höchst willkommen wäre.«

»Nun, endgültig entschieden habe ich mich noch nicht«, entgegnete Holt. »Eigentlich bin ich nur gekommen, um Ihnen die Zeitschrift zu bringen, die ich am Telefon erwähnte. Die Notiz steht auf Seite achtzehn.«

Der Inspektor schlug die Zeitschrift auf und betrachtete die mit grüner Tinte geschriebenen Worte durch ein starkes Vergrößerungsglas. Dann nahm er aus einem Aktendeckel auf seinem Schreibtisch eine Glückwunschkarte, die er ebenfalls durch das Vergrößerungsglas studierte.

»Hm, ja«, murmelte er vor sich hin, »da ist eine gewisse Ähnlichkeit. Zwar bin ich kein Handschriftensachverständiger, aber mir scheint, hier sind wir auf etwas gestoßen.«

»Auf was denn?«

»Hm, hm, hm«, brummte der Inspektor abwesend und ließ den Aktendeckel mit der Glückwunschkarte in einer Schreibtischschublade verschwinden.

Holt beobachtete ihn interessiert. »Aber, Inspektor«, sagte er lächelnd, »versuchen Sie doch nicht wieder dieses alte Katz-und-Maus-Spiel mit mir.«

»Oh, ich dachte, Sie wären noch nicht entschlossen, an dem Fall mitzuarbeiten, Mr. Holt?«

»Bisher weiß ich doch noch kaum etwas darüber.«

»Ja, ja, da haben Sie eigentlich recht. Hm, warum also sollten Sie nicht eine kurze Zusammenfassung der Tatsachen anhören, die wir bisher ermitteln konnten, um mich anschließend mit – äh, formulieren wir es höflich – Ihren Wahrnehmungen zu erfreuen?«

»Ein fairer Vorschlag. Einverstanden.«

»Gut! Beginnen wir mit dem Mord selbst. Letzten Montag, zwischen zehn Uhr abends und Mitternacht, betrat ein unbekannter Täter das Studierzimmer, in dem Vanc Scranton über seinen Büchern saß, und erschoß ihn aus geringer Entfernung mit einem großkalibrigen Revolver. Der junge Scranton muß auf der Stelle tot gewesen sein, der größere Teil seines Kopfes war buchstäblich weggerissen. Auf dem Teppich neben seiner Leiche wurden zwei unbenutzte Gläser und eine ungeöffnete Flasche Portwein gefunden.«

»Das klingt, als hätte er jemanden erwartet – entweder den Mörder oder einen Freund.«

»Es gibt eine dritte Möglichkeit – daß der Mörder ein Freund war. Jedenfalls muß er gewußt haben, daß Vanc trotz der späten Stunde noch in seinem Studierzimmer saß und daß die anderen Studierzimmer am selben Korridor leer waren. Die Möglichkeit, daß es sich um einen Fremden handelte, scheidet nahezu völlig aus. Abgesehen von den gräßlichen Folgen des Schusses ließ nichts auf Gewalttätigkeiten schließen. Das Zimmer war nicht durchwühlt worden, Vancs Brieftasche war unangetastet. Nur sein Siegelring, den er für gewöhnlich an der linken Hand trug, fehlte. Wir prüfen nach, ob er ihn zur Tatzeit trug oder ob er ihn vielleicht vorher verloren hat.«

»Womit beschäftigte sich der junge Scranton zur Tatzeit? Ich meine – was lag auf seinem Schreibtisch?«

»Eine gute Frage«, lobte Hyde. »Er schrieb an einer Kurzgeschichte. Zwar studierte er Wirtschaftswissenschaft und Geschichte, doch scheinen seine Neigungen der Schriftstellerei gegolten zu haben. Mehrere seiner schriftstellerischen Arbeiten sind in sehr fortschrittlichen Zeitschriften veröffentlicht worden. Ich kann nicht viel damit anfangen, aber ein belesener junger Mann aus dem Stab des Dezernatchefs erklärte mir, daß sie eine ganz moderne geistige Richtung vertreten.«

Holt lächelte. »Höchst bedeutsame Dinge, vermutlich. Doch zurück zum Montag abend. Wie gelangte der Täter in das College?«

»Ganz einfach. Der betreffende Gebäudeflügel, ›Scholars' Row‹ genannt, ist niemals verschlossen. Wir nehmen an, daß der Mörder einfach hineinging, Vancs Tür öffnete und aus geringer Entfernung schoß, als Vanc eben die Gläser und Portwein für den Besucher zur Hand nahm. Dann brauchte der Täter nur seine Waffe wegzustecken, das Gebäude zu verlassen und im Nebel zu verschwinden.«

»War es an dem Abend denn neblig?«

»Ja, es war eine scheußliche Nacht. Unseren Berichten zufolge kam der Verkehr zwischen Brighton und Hastings völlig zum Erliegen.«

»Ich frage mich, ob das den Mörder beeinflußte? Entkam er mit einem Fahrzeug oder zu Fuß?«

Hyde zuckte die Achseln. »Das konnten wir nicht feststellen. Übrigens dürfen wir nicht allzu sicher sein, daß es sich um einen männlichen Täter handelt. Es kann ebensogut eine Frau gewesen sein.«

»Ich dachte, das Deanfriston College sei für das schöne Geschlecht gesperrt?«

»Ja, aber Montag war eine Ausnahme. Da fand ein Klavierabend statt, und viele der Studenten hatten hierzu ihre Freundinnen eingeladen. Das Erscheinen eines Mädchens in der ›Scholars' Row‹ wäre also nicht unbedingt bemerkenswert gewesen.«

»Hatte Vanc Freundinnen?«

»Zwei, offenbar. Und beide waren beziehungsweise sind einander nicht gewogen. Wirkliche Freunde unter seinen Kommilitonen scheint er jedoch nicht gehabt zu haben. Das kommt mir etwas ungewöhnlich vor. Wir hatten noch nicht die Zeit, jede Einzelheit zu prüfen, aber es sieht so aus, als wären Vancs Kommilitonen allesamt bei dem Klavierkonzert gewesen. Daß er allein in seinem Studierzimmer saß und noch arbeitete, erscheint typisch für seinen Charakter – ein Eigenbrötler, ein Einzelgänger, überdies betont intellektuell.«

»Warum mag er keine Freunde gehabt haben? Fühlte er sich hier in England nicht wohl?«

»Er war ein Austauschstudent. Seine Heimatuniversität in den Staaten hatte ihn in Anerkennung seiner besonderen Leistungen nach England geschickt. Ob er sich hier nicht wohl fühlte, ist mir unbekannt.«

»Selbstmord kann es doch nicht gewesen sein, nehme ich an.«

Inspektor Hyde schüttelte den Kopf. »Sie vergessen – eine Waffe wurde nicht gefunden.«

»Ja, richtig! Wie dumm von mir!«

»Irgendwelche Anhaltspunkte dafür, daß Vanc unglücklich gewesen wäre, gibt es jedenfalls nicht. Vielmehr scheint es, daß sein Auftreten und Verhalten keine Freundschaften aufkommen ließ. Er dürfte ein recht arroganter Bursche gewesen sein. Mehrere Studenten, die ich befragte, nannten ihn einen Snob intellektueller Prägung, und sein Professor bezeichnete ihn als Neofaschisten. Ich denke, er wurde zum Einzelgänger, weil er es so wollte und weil er sich nichts aus der Freundschaft seiner Studienkollegen machte.«

»Aber er hatte zwei Freundinnen?«

»Ja. Julie Benson und Antoinette Sheen.«

»Haben Sie mit ihnen gesprochen, Inspektor?«

»Gewiß. Sie wurden aufgefordert, den Leichnam zu identifizieren. Julie Benson fiel dabei in Ohnmacht. Sie ist blond, ein appetitliches kleines Ding, etwa achtzehn oder neunzehn. Sie war einige Zeit mit Vanc verlobt, und es scheint, daß er sich reichlich rücksichtslos von ihr trennte.«

»Was ihr nicht gefiel, nehme ich an?«

»Nach allem, was ich zwischen den einzelnen Ohnmachtsanfällen von ihr erfahren konnte, ist sie sehr erbittert über diese Sache.«

»Ähnliches hat es schon als Mordmotiv gegeben. Doch dürfte eine appetitliche kleine Blondine mit Neigung zu Ohnmachtsanfällen wohl kaum imstande sein, einen so brutalen Mord zu verüben.«

Hyde zuckte leise lächelnd die Achseln. »In meinen jungen Jahren, Mr. Holt, glaubte ich zu erkennen, daß appetitliche kleine Blondinen die grausamsten und berechnendsten Biester sein können!« Holt mußte lachen, und Hyde beeilte sich hinzuzufügen: »Mißverstehen Sie mich nicht! In diesem Stadium eines Falles bin ich auf nichts anderes bedacht, als einen wachen Sinn für alle Möglichkeiten und ein scharfes Auge für das Motiv zu haben.«

»Sehr richtig … Und warum wurde die Verlobung gelöst?«

»Wegen Antoinette Sheen.«

»Auch eine appetitliche kleine Blondine?«

Hyde grinste und kniff fast anzüglich ein Auge zu. »Nichts von alledem! Sie ist so verschieden von Julie wie Brandy von

Buttermilch. Groß, schön, sehr graziös. Aber ihr fünfundzwanzigstes Jahr wird sie bestimmt niemals wiedersehen.«

»Antoinette Sheen?« überlegte Holt. »Der Name kommt mir bekannt vor.«

»Sie ist von Beruf Schriftstellerin«, erklärte Hyde. »Verfaßt vorzugsweise etwas schwülstige historische Romane, wie ich mir sagen ließ.«

»Ja, richtig. Erfolgreiche Romane, nicht wahr?«

»Anscheinend ja. Jedenfalls lebt sie davon. Sie hat ihren eigenen Willen. Sie weiß, was sie vom Leben möchte, und ich glaube, sie bekommt es. Nebenher malt sie. Sie sagt, ihre Freundschaft mit Vanc hätte ausschließlich auf ihren gemeinsamen künstlerischen Interessen beruht. Ich selbst – nun, ich bin ein gesetzter, verheirateter Mann. Aber an Vancs Stelle wäre ich an anderen Seiten von Miss Sheens Persönlichkeit interessiert gewesen. Um ganz ehrlich zu sein – diese Frau ist ziemlich atemberaubend.«

»Hm, hm«, machte Holt nachdenklich. »Hm, und womit verdient Julie Benson ihren Lebensunterhalt?«

»Sie ist Sekretärin bei Professor Harold Dalesford, Dozent für Politik und Wirtschaftswissenschaft am Deanfriston College.«

»War Vanc einer der Studenten dieses Professors?«

»Ja.«

»Und die Alibis der beiden Mädchen?«

»Nun …« Hyde hielt inne und spielte mit seinem Kugelschreiber. »Wie Sie noch wissen dürften, bin ich bei der Beurteilung von Alibis sehr vorsichtig. Es ist niemals gut, übereilte Schlüsse zu ziehen. Doch muß ich gestehen, daß mir keins dieser beiden Alibis gefällt. Julie Benson behauptet, sie hätte am Montag abend bis lange nach Mitternacht für Professor Dalesford gearbeitet, im Vorraum seines Dienstzimmers im Dozentenflügel des College, ganz allein. Professor Dalesford kann dies weder bestätigen noch bestreiten, denn er selbst war bei dem

Klavierkonzert und hat nachher sein Dienstzimmer nicht mehr aufgesucht. Julie, ganz der Typ ›zarte englische Rose‹, hat eine süße Zwitscherstimme, aber ich fürchte, dies bewahrt sie nicht davor, eine sehr schlechte Lügnerin zu sein.«

»Interessant«, bemerkte Holt. »Und Miss Sheen?«

»Auch sie war an diesem Abend im College. Sie wohnte dem Klavierkonzert bei.«

»Allein oder in Begleitung?«

»Mit Professor Dalesford zusammen.«

»Ach, mit dem Chef ihrer Rivalin? Ulkig ... Noch eine Frage: Wie weit von dem Korridor mit den Studierzimmern liegt der Saal entfernt, wo das Klavierkonzert stattfand?«

Hyde hob die Schultern. »Normalerweise braucht man etwa vier oder fünf Minuten, um vom einen zum anderen zu gehen.«

Eine Pause folgte; Hyde stopfte seine Pfeife von neuem, während Holt über das Problem nachdachte. Als guter Beobachter erkannte Hyde, daß er nur noch wenig Mühe brauchen würde, um Holts Interesse völlig zu fesseln.

»Am Dienstag«, fuhr er wie von ungefähr fort, »hätte der junge Scranton seinen einundzwanzigsten Geburtstag gefeiert. Welch Einzelgänger er war, mag auch daraus hervorgehen, daß ihm zu diesem bedeutsamen Tag nur zwei Glückwunschkarten gesandt wurden.« Er holte die Scranton-Akte wieder aus dem Schreibtisch. »Vielleicht möchten Sie diese Karten sehen?«

Holt nickte, bekam die Karten und betrachtete sie aufmerksam. »Von Antoinette ... Oh, eine Menge Floskeln. Aber die Karte selbst verrät einen guten Geschmack. Und Julie ... Nun, ein hoffnungsloser Versuch, das Interesse des Exverlobten wieder zu erwecken. Kann ich noch einmal die Zeitschrift haben?«

Der Inspektor schob bereitwillig die auf Seite achtzehn aufgeschlagene Zeitschrift und sein Vergrößerungsglas über den Tisch.

Holt verglich die Handschrift auf Julie Bensons Karte mit der Notiz am unteren Rand des Prospero-Artikels. »Sie haben recht«, bestätigte er. »Hier sind wir ganz entschieden auf etwas gestoßen. Ich bin gespannt, was Ihre Sachverständigen darüber sagen werden.«

»Da Sie sich mit diesen beiden Karten befassen, sollen Sie auch noch eine dritte sehen«, sagte Hyde und schob eine weitere Karte zu Holt hinüber.

Es war eine einfache Postkarte mit aufgedruckter Marke, wie man sie bei jedem Postamt kaufen oder aus dem Automaten ziehen kann, abgestempelt in Harrogate und an Vanc Scrantons College-Adresse gesandt. Die Nachricht, in sauberen Druckbuchstaben geschrieben, war einfach. Sie lautete: ›Verlebe einen schönen Tag. Grüße von Christopher.‹

Holt blickte auf. »Wie es scheint, hatte Vanc doch irgendwo einen Freund.«

Hyde schüttelte den Kopf. »Da beginnt ein weiteres Geheimnis. Es gibt keinen Christopher. Wenigstens konnten wir bisher keinen finden.«

»Merkwürdig.«

»Niemand, den wir fragten – und wir haben alle Studenten des College gefragt –, hat ihn jemals einen Christopher erwähnen hören. Julie Benson kennt keinen Christopher, ebensowenig Miss Sheen. Keiner der Professoren weiß von Christopher, auch die Eltern Scrantons haben keine Erklärung.«

»Halten Sie es für wichtig?«

»Das kann ich erst sagen, wenn unser Labor die Postkarte geprüft hat.«

»Inspektor, die Sache beginnt mich zu reizen!«

»Das hatte ich gehofft, Mr. Holt. Um ganz ehrlich zu sein – ich wäre sehr erfreut über Ihre Hilfe. Der Fall Scranton ist nicht der einzige, den ich momentan zu bearbeiten habe. Natürlich möchte ich nicht zuviel von Ihrer Zeit in Anspruch nehmen. Ich weiß, daß Sie ein vielbeschäftigter Mann sind. Aber – nun, da wäre so ein besonderer Job, ein ganz kleiner Job, der nicht viel Zeit erfordern würde.«

»Vielleicht erzählen Sie mir, was es ist?«

Da in der Unterhaltung nun der Punkt erreicht war, den Inspektor Hyde angesteuert hatte, wurde dieser merkwürdig zurückhaltend. Nach mehrmaligem Räuspern murmelte er: »Das alles ist recht ungewöhnlich, und falls Sie in Schwierigkeiten geraten sollten, könnte Scotland Yard kaum garantieren, daß –«

»Was soll ich tun, Inspektor?«

»Mit Curly sprechen«, lautete die unerwartete Antwort.

»Curly? Lockenköpfchen? Wer ist das?«

»Ein ehemaliger Sträfling. Wenn er oder einer seiner Freunde mich kommen sehen, hauen sie schneller ab als eine Weltraumrakete. Aber er schuldet mir einen Gefallen. Vor einigen Jahren habe ich ihn vor einer schwereren Strafe bewahrt, weil mir schien, die fragliche Sache sei nicht ausschließlich sein Fehler gewesen. Um eine Gegenleistung habe ich ihn bisher nicht gebeten, und zum Kreis unserer Informanten gehört er sowieso nicht.«

»Aber Sie glauben, in diesem speziellen Fall könnte er von Nutzen sein?«

Hyde hob die Hände. »Was soll man tun? Irgendwo muß es einen Startpunkt geben. Immerhin steckte Curly mit im Netz.«

»In welchem Netz?«

»Ich will versuchen, Ihnen zu erklären, wie die Polizei solche Sachen sieht, Holt. Einem unschuldigen amerikanischen Studenten wird der halbe Kopf von den Schultern geschossen, und der Mörder schlüpft ungesehen hinaus in den dichten Nebel, ohne die geringste Spur zu hinterlassen. Keine Fingerabdrücke, keine Waffe, keine Zeugen, kein Motiv. Es gibt die etwas wackligen Alibis der beiden Mädchen, aber sonst hat die Polizei nichts, wovon sie ausgehen könnte. Da wir unsere Ermittlungen jedoch irgendwo beginnen müssen, haben wir eine Art imaginäres Netz ausgeworfen und alle zweifelhaften Gestalten hereingeholt, die zur Zeit der Tat in nicht allzu weiter Entfernung von Deanfriston gewesen sind. Zwar hat kaum einer von hundert dieser Leute wirklich etwas mit dem Verbrechen zu tun, aber sie sprechen – sie sprechen untereinander, kleine Informationsbröckchen gehen von Mund zu Mund … Nun, und in diesem Netz waren einige Typen mit je einem Fuß in beiden Lagern.«

»Ihre Informanten?«

»Genau.«

Holt lächelte. »Also steckte auch Curly, der Ihnen einen Gefallen schuldet, in jenem Netz, und die Informanten haben Ihnen geflüstert, daß er etwas über den Fall zu wissen scheint?«

»Jedenfalls erzählte man mir, daß er sehr peinlich berührt sei, wenn jemand Vanc Scranton oder das Deanfriston College erwähnt. Aber gesagt hat er leider nichts – er ist dafür bekannt, daß er sozusagen auf seiner Zunge sitzen kann.«

»Und wie ist sein Alibi?«

»Oh, er ist zu sehr Profi, um sich von uns übertölpeln zu lassen. Sein Alibi ist nicht besser und nicht schlechter als die Alibis von neunundneunzig anderen, die wir eingefangen haben. Und doch weiß er etwas. Dessen bin ich sicher.«

»Und nun soll ich herausfinden, was er weiß? Indem ich ihn daran erinnere, daß er moralisch noch in Ihrer Schuld steht?«

»Richtig. Sie sehen, wie ungewöhnlich es ist und daß ich selbst nichts erreichen würde. Werden Sie es für mich tun?«

Holt nickte. »Ja.«

»Fein! Zunächst also ein paar Angaben, wo Sie Curly finden und wie Sie ihn erkennen. Pferderennen sind seine Leidenschaft. Er verbringt den größten Teil seiner Zeit auf Pferderennbahnen, in den Stammkneipen von Jockeys und Trainern, in Wettannahmestellen und so weiter. Am Tag nach dem Mord griffen wir ihn in Brighton auf, aber jetzt ist er wieder in London, und die Gerüchte blühen. Ich glaube nicht, daß Sie Schwierigkeiten haben werden, ihn zu finden. Aber er dürfte höllisch schwer festzunageln sein. Er ist wendig wie ein Wiesel und kann sich trotz seiner Größe mit unglaublicher Geschwindigkeit bewegen.«

»Ein großer Mann also. Und die sonstigen Merkmale?«

Hyde entnahm einem Kuvert drei Fotos – Vorderansicht, linkes Profil, rechtes Profil.

»Lieber Himmel!« lachte Holt. »Jetzt dämmert mir, warum er Curly genannt wird!«

3

Niemand schenkte ihnen Beachtung, als sie die Wettannahmestelle an der Tottenham Court Road betraten. Holt trug seine älteste Flanellhose und ein abgeschabtes Tweedjackett mit ledernen Flicken an den Ellbogen, und Ruth hatte sich besondere Mühe gegeben, schlampig auszusehen – kein ganz leichtes Unterfangen bei ihrer von Natur aus adretten Erscheinung.

Als sie ihre Tour durch die Wettannahmestellen begannen, hatten sie sich noch recht überlegen gefühlt und hierdurch eine Menge unerwünschter Aufmerksamkeit erregt. Aber jetzt, bei ihrem fünften Versuch, waren sie bereits hinreichend vertraut mit der schmierigen, halb fieberhaften, halb gelangweilten Atmosphäre der Annahmestellen, mit dem Geruch nach kaltem Zigarettenrauch und Männerschweiß, mit den kleinen Triumphen und den kleinen Tragödien, mit dem ruppigen Gebaren der hemdsärmeligen Clerks und dem unaufhörlichen Telefongebimmel. Mit der Nonchalance von Routiniers kamen sie herein, zusammengerollte Rennzeitungen unter den Arm geklemmt, lehnten sich gegen eine Wand neben unrasierte Taxichauffeure, Laufburschen, Büroangestellte, kleine Gauner und Zufallsbesucher, falteten ihre Wettzeitungen in gekonnt saubere Vierecke, holten Bleistifte heraus und begannen, die Tagesform zu studieren.

Holt zündete sich eine Zigarette an und spähte durch die rauchige Luft zu einem Mann, der Pferdenamen und den jeweiligen Stand der Wetten mit Kreide auf eine schmutzige schwarze Wandtafel schrieb. Dann und wann notierte sich Holt ein paar Zahlen; wenn Rennergebnisse durchgegeben wurden, hob er interessiert den Kopf. Schließlich gab er Ruth einen kollegialen Rippenstoß und frage: »Was Passendes gefunden?«

»Noch nicht. Sie?«

»Ich denke, ja.«

»Welches Rennen?«

Er wies mit dem Bleistift auf seine Zeitung.

Ruth nahm die Zeitung und erkannte, daß er eine Art Grundriß darauf gezeichnet hatte. »Hoffentlich stimmt's«, sagte sie trocken. »Sind Sie sicher?«

»Noch nicht ganz.« Holt trat seinen Zigarettenstummel aus und näherte sich der Wandtafel, als wünsche er einen genaueren Blick auf die Zahlenreihen zu werfen.

Äußerlich ruhig, aber mit klopfendem Herzen betrachtete Ruth den Grundriß, aus dem ersichtlich war, daß Curly, der Mann, den sie suchten, nur wenige Schritte entfernt zusammen mit drei anderen Männern auf einer Bank saß.

Ruth wagte es nicht, direkt hinzusehen. Sie machte ein paar Schritte und tat, als suche sie Holt, der offenbar deshalb zur Wandtafel gegangen war, um bei der Rückkehr einen besseren Blick auf den betreffenden Mann zu tun. Dann, mit ihrem Rücken zur Bank, holte sie ihre Puderdose heraus und begann sich die Nase zu pudern. Im Spiegel der Puderdose kam schließlich Curly in Sicht.

Er trug keinen Hut; sein auffallend großer Kopf war völlig ohne Haar und bleich wie Glaserkitt. Die übrigen Einzelheiten seines Gesichts erwiesen sich als ebenfalls unsympathisch – starrende Augen, aufgestülpte Nasenlöcher, riesige Ohren. Zwei leichenblasse Hände, groß wie mittlere Schellfische, baumelten reglos zwischen seinen Knien – die größten Hände, die Ruth je gesehen hatte. Ungeachtet der anscheinenden Trägheit des Mannes spürte sie die gespannte Wachsamkeit, die ihn erfüllte.

Der Gesamteindruck war furchteinflößend; wäre sie diesem ungeschlachten Kerl irgendwo im Dunkeln begegnet, dann hätte sie aufgeschrien und die Flucht ergriffen.

Holt kam zurück, eine neue Zigarette im Mund, die er beim Sprechen stilecht auf und nieder wippen ließ. »Na, Mädchen, was denken Sie?«

»Könnte sein. Riskieren wir es?«

»Schätze, verlieren werden wir nichts.«

»Hoffentlich haben Sie recht.«

»Keine Bange. Es klappt todsicher.«

Im nächsten Moment, als Holt entschlossen auf Curly zugehen wollte, wurde er von einem zum Wettschalter strebenden Taxichauffeur angerempelt.

»Keine Augen im Kopf, he?« schimpfte der Taxichauffeur.

»Oh, tut mir leid, aber ich wollte nur –«, begann Holt. Der Taxifahrer wanderte schimpfend weiter. Holt las seine zu Boden gefallene Zeitung auf, und als er wieder in die Höhe kam, war Curly nicht mehr zu sehen.

»Schnell!« Holt stürmte zur Tür; Ruth folgte ihm auf den Fersen.

Sie kamen eben noch zurecht, um Curlys ungeschlachte Gestalt auf einen vorbeifahrenden Omnibus springen und schnell im Verkehrsgewühl verschwinden zu sehen. Holt blieb an der Bordschwelle stehen und schimpfte leise vor sich hin. Ruth fragte: »Was hat ihn wohl verscheucht?«

»Das mag Gott wissen. Anscheinend haben wir doch irgendwie gepfuscht. Wahrscheinlich verläßt er daraufhin gleich die Stadt. Hyde sagte, er saust davon wie eine Weltraumrakete, sobald er Schwierigkeiten wittert. Offenbar hat er welche gewittert. He, wohin gehen Sie?«

Ruth antwortete nicht, sondern verschwand eilig noch einmal in der Wettannahmestelle. Eine halbe Minute später tauchte sie wieder auf und schlug die Richtung zur Oxford Street ein. Holt hatte beinahe Mühe, sie einzuholen.

»Kein Taxi rufen!« gebot sie munter. »Vielleicht werden wir verfolgt. Nehmen wir die Untergrundbahn.«

»Wie Sie wollen, Ruth.« Die Spannung auf Holts Gesicht wich einem Lächeln. »Anscheinend haben Sie in diesem rauchigen Laden doch noch etwas erfahren. Was ist es?«

»Ja, ein bedrückendes Lokal, nicht wahr?« sagte sie leichthin, ohne auf seine Frage zu achten. »Lächerlich, hier vom ›Sport der Könige‹ zu sprechen. Nie im Leben habe ich etwas weniger Sportliches und weniger Königliches gesehen!«

»Ruth, Sie wollen mir etwas vorenthalten!«

Sie wurde ernst und antwortete leise: »Curly wird morgen bei den Rennen in Brighton sein. Darauf wette ich ein Monatsgehalt.«

»Wie, um alles in der Welt, können Sie das wissen?«

Ruth feixte und antwortete in schrecklichem Jargon: »Jing einfach 'rin in die Saftbude und schrie: ›Weeß hier eena, wo dieset Schwein Curly hin ist? Werd ihm in Öl sieden, wenn ick ihm find!« In ihrer normalen Sprache fügte sie hinzu: »Männer wie diese Wettsalonstammgäste sind es gewöhnt, daß hin und wieder eine kreischende Frauensperson erscheint, die nach ihrem vorübergehend abhanden gekommenen Gefährten fahndet. So erhielt ich prompt zur Antwort: ›Probier's mal morjen bei die Brighton-Rennbahn, Puppe. Da ist er bestimmt!‹ Außerdem fand ich diesen Notizzettel neben der Bank, wo er gesessen hat. Alle Pferde drauf, die morgen starten. Curly hat ein paar seiner Favoriten angekreuzt. Famose Chance, meinen Sie nicht?«

»Auf mein Wort, Miss Sanders«, sagte Holt belustigt. »Manchmal sind Sie beachtlich scharfsinnig.«

»Ich versuche zu gefallen«, antwortete sie mit selbstzufriedenem Lächeln.

Der Rest des Tages war harter Arbeit gewidmet, für Holt in der Dunkelkammer, für Ruth beim Retuschieren von Negativen. Es wurde ziemlich spät, ehe sie ans Schlußmachen dachten.

»Holen Sie Ihren Mantel, und ich fahre Sie heim«, sagte Holt.

»Nicht nötig. Ich nehme einen Bus.«

Das Ertönen der Türklingel unterband jede weitere Diskussion.

»Wer, zum Kuckuck, kann das noch sein?« seufzte Holt.

Ruth eilte die Treppe hinab und machte die Tür auf. Ein kleiner, elegant gekleideter Mann mit Schnurrbärtchen und strahlendem Lächeln lüpfte seinen steifen Hut und sagte mit routinierter Höflichkeit: »Mein Name ist Wilde, Jimmy Wilde. Ich bitte um Entschuldigung für mein spätes Kommen, aber vielleicht wäre Mr. Holt doch noch zu sprechen?«

»Nun ...« Ruth zögerte. »Ist es wegen eines Porträts?«

»Nein, o nein. Darf ich mir die Freiheit nehmen, geradeheraus zu sagen, daß es mit Vanc Scranton zu tun hat?«

Ehe Ruth etwas erwidern konnte, ertönte von oben Holts Stimme: »Bitte, Ruth, führen Sie Mr. Wilde herauf.«

Oben begrüßte Holt den Besucher etwas kühl, indem er, ohne ihm die Hand zu bieten, unvermittelt fragte: »Sind Sie ein Freund von Vanc Scranton, Mr. Wilde?«

»Nicht eigentlich ein Freund, Mr. Holt. Aber ich kannte ihn recht gut, sozusagen, und –«

Holt unterbrach: »Da ich diesem jungen Mann nie begegnet bin, werden Sie mir wohl verraten, wie Sie darauf gekommen sind, mich seinetwegen aufzusuchen?«

Jimmy Wilde zeigte ein schnelles nervöses Lächeln und schwenkte eine Postkarte, die wie durch Zauberei in seiner rechten Hand erschienen war. »Ganz einfach, Mr. Holt! Heute traf diese Postkarte ein, und ich brachte sie sogleich zu Mr. und Mrs. Scranton, von denen ich weiß, daß sie im ›Savoy‹ wohnen. Mr. und Mrs. Scranton empfahlen mir, die Karte Ihnen zu zeigen – ein vernünftiger Vorschlag, wie es mir schien.«

»Verstehe.«

Holt nahm die dargereichte Postkarte. Sie war an Julie Benson adressiert und glich genau der Karte, die Inspektor Hyde ihm tags zuvor gezeigt hatte; auch die Nachricht war dieselbe: ›Verlebe einen schönen Tag. Grüße von Christopher.‹

Die Karte war am Vortag in Harrogate abgestempelt.

»Wer ist dieser Christopher?« fragte Holt beiläufig.

Mr. Wildes rosafarbenes Gesicht verzog sich zu einem Entschuldigung heischenden Lächeln. »Ich wünschte mir, ich könnte Ihnen das sagen. Niemand scheint es zu wissen. Die Polizei hat die arme Julie deswegen stundenlang ausgefragt.«

»Woher wissen Sie das?«

Mr. Wilde blinzelte etwas überrascht und lächelte dann gleich wieder. »Oh, entschuldigen Sie, ich hätte es vorwegschicken sollen. Julie Benson ist meine Schwägerin. Das hätte ich gleich zu Anfang sagen müssen.« Er sah von Holt zu Ruth und von Ruth wieder zu Holt; er hatte die flinken dunklen Augen einer Drossel und überhaupt vogelartige Bewegungen. »Ich habe Julies Schwester geheiratet – oder sie mich, könnte man auch sagen, denn im allgemeinen ist es ja die Frau, die die wichtigen Entscheidungen trifft, nicht wahr?«

Ruth lächelte und bot ihm einen Stuhl an. »Darf ich fragen, Mr. Wilde«, erkundigte sie sich, während sie seinen Hut und Mantel nahm, »ob es allgemein bekannt ist, daß Ihre Schwägerin bei Ihnen wohnt, oder wissen nur wenige davon?«

Diese völlig harmlos gemeinte Frage versetzte Jimmy Wilde aus irgendeinem Grund in schiere Bestürzung. Sein Gesicht wurde puterrot, das eben hervorgeholte Zigarettenetui fiel ihm aus der Hand, und über seine Lippen kamen unzusammenhängende Phrasen, die absolut keinen Sinn ergaben.

»Mr. Wilde«, sagte Holt beschwichtigend, »ich glaube zu verstehen, weshalb meine Sekretärin fragte. Soviel wir hörten, wohnt Julie Benson in Deanfriston und arbeitet für einen Professor am dortigen College. Wie konnte Christopher wissen, daß sie auch bei Ihnen in London zu erreichen ist?«

»Ah ja! Ja, in der Tat! Nun sehen Sie – immer, wenn Julie in der Stadt ist, wohnt sie bei mir, äh – ich meine natürlich bei uns in Honor Oak, gleich hinter Lewisham, aber eine ganz andere Klasse von Wohngegend, wenn ich so sagen darf.«

»Nun gut. Aber wenn wir den Kreis der Personen einengen können, die davon wissen, daß Miss Benson zeitweilig bei Ihnen in Honor Oak wohnt, dann mag uns dies helfen, den unbekannten Christopher zu ermitteln.«

Wilde blinzelte hastig und las mit flinken Fingern sein Zigarettenetui vom Boden auf. »Gewiß, ich kann Ihnen folgen, Mr. Holt«, erklärte er schnell. »In der Tat, ich verstehe es genau. Ich wünschte nur, ich könnte Ihnen besser behilflich sein. Leider jedoch muß ich sagen, daß buchstäblich ein ganzer Haufen Leute weiß, daß Julie bei ihrer Schwester zu finden ist, wenn sie nicht in Deanfriston weilt. Zum Beispiel praktisch jeder im College, um damit anzufangen.«

»Und was machte Ihre Schwägerin mit dieser Postkarte, Mr. Wilde?« fragte Holt.

»Julie? Nun, äh, ich muß um Nachsicht bitten wegen dieser Eigenmächtigkeit. Ich habe ihr die Karte gar nicht gezeigt.«

»Gar nicht gezeigt? Aber die Karte ist doch an Miss Benson gerichtet!«

»Bitte, verstehen Sie – Julie war nicht da, als … Ja, ich sah die Post zuerst, und ich wollte ihr, wenn ich so sagen darf, zusätzliche Unruhe ersparen. Verzeihen Sie bitte den Ausdruck, aber Julie hatte wirklich genug!«

Holt und Ruth sahen sich verwundert an. Wildes Verhalten hatte sich plötzlich geändert; er war entschlossen und sogar ein bißchen großspurig geworden.

»Sie wurde wirklich durch den Fleischwolf gedreht, sozusagen«, fuhr er fort. »Die Polizei hat sich fast den ganzen Dienstag lang bemüht, ihr Alibi zu zerfetzen. Wenn Sie mich fragen – diese Polizisten sind lauter wichtigtuerische Idioten, die alles versuchen, um ein unschuldiges Mädchen einzuschüchtern, damit es schließlich etwas sagt, was ihnen besser in den

Kram paßt! Absolut lächerlich! Julie könnte keiner Fliege etwas zuleide tun! Die Polizei sollte das endlich einsehen und sie in Ruhe lassen!« Wilde, jetzt purpurrot im Gesicht, zündete sich eine Zigarette an und begann wütend zu paffen.

»Gewiß haben Sie recht, Mr. Wilde«, sagte Ruth beruhigend. »Dennoch glaube ich nicht, daß die Polizei es wirklich darauf angelegt hat, Ihrer Schwägerin Kummer zu machen.«

Wilde hörte es nicht. »Als ob«, knirschte er, »als ob die sanftmütige Julie hingehen und den jungen Mann erschießen könnte, mit dem sie verlobt gewesen ist! So ein Wahnsinn!«

»Ja, eine undenkbare Vorstellung – darin stimme ich mit Mr. Wilde überein«, erklärte Ruth, halb zu Holt gewandt; für Wilde fügte sie hinzu: »Aber die Polizei hat ihre Arbeit zu tun, wissen Sie. Es ist ihre Pflicht, jedermanns Alibi zu prüfen.«

Wilde wurde ruhiger und lächelte Ruth dankbar zu. »Oh, ich muß sagen, ich wünschte, Sie, meine Teure, hätten die polizeiliche Vernehmung geleitet! Bestimmt hätten Sie die arme Julie nicht so unmenschlich bedrängt. Sie ist ja nur noch ein Nervenbündel! Zuerst löst Vanc die Verlobung, dann wird er ermordet, und der Polizei fällt nichts Besseres ein, als Julie zu verdächtigen. Dabei ist sie absolut unschuldig! Sie war nicht in der Nähe von Vancs Studierzimmer, als er erschossen wurde!«

»Woher wissen Sie das?« fragte Holt.

»Woher ich das weiß? Nun, weil sie es sagt, und das genügt mir! Ein hübsches kleines Ding wie sie erzählt keine Lügen, das kann ich Ihnen versichern!«

»So, so.« Holts Ton war flach. »Und um ihr weiteren Kummer zu ersparen, nehmen Sie eine für sie bestimmte Postkarte und gehen damit zu den Scrantons?«

»Natürlich! Ich dachte, die Scrantons sollten die Karte sehen. Dann kann niemand behaupten, ich hätte versucht, Beweismaterial zu beseitigen. Ich bin immer gewissenhaft, besonders wenn es um Gesetze geht. Gewissenhaftigkeit gehört zu meinem Beruf.«

»Welchen Beruf haben Sie, wenn ich fragen darf?«

»Ich? Ich bin ein Repräsentant.«

»Ein Repräsentant? Für wen?«

Mr. Wilde hüstelte. »Ich«, begann er, während auf seinem Gesicht ein etwas krampfhafter Ausdruck von Stolz und Selbstbewußtsein erschien, »ich repräsentiere eins der größten Bestattungsunternehmen dieses Landes. Wir arrangieren alles, angefangen von Blumenspenden bis hin zu einer enormen Auswahl geschmackvoller Grabsteine und passender Inschriften. Hier ist meine Karte.« Flink wie ein Zauberkünstler brachte er eine Geschäftskarte zum Vorschein. »Ja, aber ich denke, jetzt muß ich wieder gehen.« Er stand auf. »Wahrscheinlich wünschen Sie die Postkarte zu behalten, Mr. Holt?«

»Ja, bitte. Ich werde sie an Inspektor Hyde weitergeben. Noch eine Frage, ehe Sie gehen, Mr. Wilde. Sie erwähnten, daß Vanc Scranton seine Verlobung mit Miss Benson löste. Hatte es Streit gegeben?«

»Streit? Ach, wissen Sie – Vanc war ein ganz netter Kerl, bis er Antoinette Sheen traf. Vorher vertrug er sich gut mit Julie. Aber diese überspannte malende und schreibende Person änderte alles. Übrigens ist sie mindestens zehn Jahre älter als er. Vanc wurde auf einmal schroff und zynisch. Ja, er entwickelte eine Art Zynismus, die zu einem so jungen Menschen einfach nicht paßt.«

»Und Sie führen das auf Miss Sheens Einfluß zurück?«

»Daran kann es keinen Zweifel geben. Seit dem Augenblick, da er sie traf, war er ganz verändert. Wenig später löste er seine Verlobung mit Julie, und dann war überhaupt nicht mehr mit ihm zu reden. Er ist, wenn Sie mir diese Formulierung verzeihen wollen, stets ein sehr selbstgerechter junger Mann gewesen – eine typische Eigenheit der meisten Studenten, doch macht ihr jugendlicher Charme es im allgemeinen erträglich. Leider zeigte sich Vanc nicht mehr im geringsten charmant, nachdem er unter Antoinettes Einfluß geraten war.«

»Welch seltsames Männlein«, meinte Ruth, nachdem sie Mr. Wilde aus dem Haus gelassen hatte. »Eigentlich erwartete ich, ihn in einem Leichenwagen davonfahren zu sehen. Aber er benutzt einen Volkswagen von wahrhaft abscheulichem Blau.«

»Wenn ich so sagen darf und Sie mir die Formulierung verzeihen möchten – ich fände Schwarz passender«, bemerkte Holt lächelnd.

»Und wenn mir gestattet sei, dies festzuhalten«, entgegnete Ruth in ähnlich ironischem Tonfall, »ich finde es jammerschade, daß Jimmy Wilde solch schrecklicher Lügner ist.«

Das Lächeln wich von Holts Gesicht. »Weiter, Ruth.«

»Natürlich weiß ich nicht, ob er über Christophers Postkarte lügt – immerhin könnte er selbst sie geschrieben haben. Aber ich bin sicher, daß er uns kaum einen Bruchteil der Wahrheit über das Alibi seiner Schwägerin erzählt hat.«

»Ja! Welch billige Behauptung, daß Julie, weil sie ein so süßes kleines Ding ist, immer die Wahrheit sagt! Bestimmt weiß er, wo sie zur Zeit des Mordes war!«

»Warum entlastet er sie dann nicht, indem er es Hyde erzählt?«

»Das ist, wenn mir dieser hochtrabende Ausdruck gestattet sei, eine der ganz großen Preisfragen. Die weiteren lauten: Wer ist Christopher? Und: Wer hat Vanc Scranton ermordet?«

»Alles das wollen wir herausfinden. Womit fangen wir an?«

»Mit dem Versuch, morgen in Brighton Freund Curly zu treffen.«

4

Am folgenden Nachmittag in Brighton, bei herbstlich frischem Sonnenwetter, wirkte der ›Sport der Könige‹ heiterer und königlicher als in dem schmierigen Londoner Wettsalon. Ruth hatte gleich beim ersten Rennen fünf Pfund gewonnen und war in so guter Laune über das farbenfrohe Schauspiel ringsum, daß ihr der Zweck des Unternehmens – die Suche nach Curly – fast in Vergessenheit geraten wäre, was um so verständlicher sein mochte, weil es sich um ihren ersten Rennbahnbesuch handelte.

Holt war zufrieden über ihre fröhliche Begeisterung, denn ihr echtes Interesse an den Rennen mochte dazu beitragen, seine Absichten zu verschleiern. Sie hatten sich in sportliche Tweeds gekleidet, und Holt trug neben seiner üblichen Fotoausrüstung ein starkes Fernglas um den Hals. Anscheinend brauchte er das Glas, um die Pferde im Rennen zu verfolgen, aber in Wirklichkeit richtete er es weit häufiger auf die Gesichter der Tribünengäste und anderen Rennbahnbesucher. Und wenn er vor Beginn eines jeden Rennens zum Sattelplatz ging, so interessierten ihn dort mehr die Zuschauer, als die Pferde und die Jockeys.

Kurz nach dem Start zum vierten Rennen murmelte er: »Hab' ihn!«

»Wo?« fragte Ruth gespannt.

»An einem Platz, wo ich ihn kaum vermutet hätte. Offenbar ist er kürzlich zu Geld gekommen. Er sitzt auf der Haupttribüne, schräg rechts über der Mitte. Hier, nehmen Sie mein Glas.«

Ruth nahm das Glas und suchte die Haupttribüne sorgfältig ab. Ihr Herz tat einen Sprung, als Curlys häßlicher bleicher Kahlkopf in ihr Blickfeld geriet. Dann bemerkte sie plötzlich, daß seine fahlen Augen direkt in ihre Richtung starrten. Erschrocken ließ sie das Fernglas sinken und drehte sich zu Holt um. Es war lächerlich: Curly saß etwa fünfhundert Schritte entfernt, und doch hatte sie das unbehagliche Gefühl, daß seine Blicke sich in ihren Hinterkopf bohrten.

»Was tun wir jetzt?« flüsterte sie Holt zu.

»Wir beobachten das Rennen«, entgegnete Holt ruhig und nahm das Fernglas wieder. »Übrigens habe ich für Sie zwei Pfund auf eine französische Stute gesetzt. Eine Außenseiterin, aber sie gefiel mir. Nummer sieben. Da kommt sie, ganz innen!«

Ruth wurde wieder von der Spannung des Rennens gepackt. Drei Pferde begannen sich aus dem dichten Knäuel leuchtender Jockeyfarben, wirbelnder Hufe und gewaltig arbeitender Tierleiber zu lösen. Erregtes Schreien tönte aus der Menge. Ruth fand sich winken und nach Nummer sieben rufen. Die Pferde donnerten aus dem Schlußbogen in die Einlaufgerade. Nummer sieben schob sich nach vorn, zuerst eine Nasenlänge, dann eine Halslänge, dann eine halbe Pferdelänge, und zu der Zeit, als sie die Ziellinie passierte, zeigte sie ihren Rivalen ein Paar wirbelnder Hinterhufe.

»Philip, Sie sind phantastisch!« schrie Ruth und warf selbstvergessen ihre Arme um seinen Hals. »Wie hoch mag die Quote werden?«

»Etwa vierzig Pfund, schätze ich. Und was mehr ist«, fügte er hinzu und ließ sein Fernglas sinken, das er auf die Tribüne gerichtet hatte, »auch Freund Curly sieht höchst zufrieden aus. Ich denke, bald wird der richtige Moment da sein, mit ihm ins Gespräch zu kommen. Holen wir uns das Geld, und dann werden wir versuchen, ihn festzunageln.«

Sie gingen zum Totalisator und hatten nach einigem Warten eben Ruths Gewinn kassiert, als Holt eine kleine hastige Kopfbewegung machte und ohne ein Wort von dannen strebte.

»Philip, warten Sie auf mich«, rief Ruth und eilte ihm nach.

»Kommen Sie! Ich habe Curly gesehen.«

Holt war groß genug, um sein Wild im Auge zu behalten, als sie sich durch die Besucherscharen drängten, aber Ruth mußte ihrem Chef ganz dicht auf den Fersen bleiben.

»Halt!« raunte Holt plötzlich. »Er bleibt stehen! Er darf uns nicht bemerken!«

Sie suchten Deckung hinter einem Programmverkäufer und beobachteten, wie Curly zu einem mageren, geldgierig aussehenden Mann trat, dem alle Merkmale eines Buchmachers anhafteten. Mit sichtlichem Widerwillen holte dieser Mann ein Bündel Banknoten heraus und hielt es Curly hin, dessen große rechte Hand sich wie ein Greifbagger darum schloß. Holt benutzte die Gelegenheit, um mit seiner Westentaschenkamera einen Schnappschuß von den beiden Männern zu machen. Dann klopfte Curly dem Buchmacher auf die Schulter, blickte lauernd ringsum und mischte sich mit langen Schritten unter die Menge, wo nur noch sein mißfarbener Kahlkopf sichtbar blieb.

»Wohin mag er gehen?« wunderte sich Holt, als sie die Verfolgung fortsetzten. »Der Weg zur Tribüne ist dies bestimmt nicht.«

»Anscheinend führt er uns zum Parkplatz.«

Tatsächlich war es der Parkplatz, wohin Curly strebte. Hatte er schon so viel gewonnen, daß er für heute zufrieden war? Was, wenn er wegfuhr, ehe sie ihn erreichten? Holt beschleunigte seine Schritte, aber nur, um mit jäher Enttäuschung zu erkennen, daß Curly nicht mehr in Sicht war. Eben noch war er dort gewesen, die Reihen der geparkten Autos deutlich überragend, und jetzt war er auf einmal verschwunden.

»Wie kann so etwas möglich sein? Hyde sagte zwar, daß er wendig ist wie ein Wiesel, aber das übertrifft alles!«

Ruth schüttelte verwundert den Kopf. »Und nun?«

Von der Rennbahn schallte das erregte Geschrei der Menge herüber, doch auf dem weiten Parkplatz herrschte Grabesstille, und niemand war zu sehen.

Ratlos umherschauend wechselten sie einige nutzlose Vermutungen über die neue Situation. Holt zündete sich eine Zigarette an, warf das Zündholz weg und steckte die Hände tief in seine Manteltaschen.

Unvermittelt knurrte hinter ihnen eine tiefe Stimme: »Suchen wohl wen, eh?«

Sie wirbelten herum. Zehn Schritte entfernt, lässig an einen Kleinbus gelehnt, stand Curly mit einem Revolver in der Hand.

Ruth unterdrückte einen Schreckensschrei. Holt faßte sie beim Ellbogen und sagte kühl: »Ja, Curly. Sie suchen wir.«

»Dachte ich mir. Witterte es gestern schon, als ihr in der Tottenham Court Road herumschnüffeltet. Richtige Stümper – das seid ihr!«

»Weiter, Curly.«

»Richtige Stümper«, wiederholte er. »Hätten den Mund halten sollen, Mann, als der Taxifahrer Sie anrempelte. Hätten den Mund halten sollen, anstatt so gebildet draufloszuquasseln.«

»Danke für den Rat. Nächstes Mal weiß ich Bescheid.«

»Gibt kein nächstes Mal. Los, steigt ein!«

»Oh, wir fahren weg?« Holt wirkte selbstsicherer, als ihm zumute war, während er Ruth zum Kleinbus steuerte.

»Klar, Mann. Sagten doch, Sie suchen mich. Sie und ich und die Kleine hier werden eine hübsche Spazierfahrt machen … Nein, nicht dort, Mann! Sie gehen hinter das Lenkrad, mit der Kleinen neben sich. Ich bin faul, wissen Sie? Sitze lieber hinten und sehe zu, wie Sie fahren.«

»Mit einem Revolver hinter meinem Rücken fahren müssen, das macht mich nervös«, wandte Holt ein.

»Glaub's Ihnen. Aber keine Sorge, Mann.« Curly schob den Revolver in die Tasche seines Regenmantels, hob ein meterlanges Stück Zaunpfahl auf, das zufällig dicht beim Kleinbus am Boden lag, zerbrach es mit seinen riesigen Händen wie ein Zweiglein, warf die Stücke fort und murmelte: »Denken wohl selbst nicht mehr, daß es nötig wäre, wie?« Damit stieg er ein, setzte sich hinter Holt und Ruth und stützte seine riesigen Hände demonstrativ auf die Lehnen der Vordersitze. Holt und Ruth verstanden.

Holt ließ den Motor an und steuerte den Wagen vorsichtig aus dem Parkplatzgelände, während Curly genaue Anweisungen über den Weg gab, den er zu nehmen wünschte. Holt sagte nichts, sondern konzentrierte sich darauf, den unvertrauten Kleinbus richtig ins Gefühl zu bekommen. Es mochte wichtig sein, ihn gut im Griff zu haben, falls sich eine Chance ergab, Curly loszuwerden. Die Bremsen funktionierten ausgezeichnet, und der zweite Gang, verhältnismäßig hoch übersetzt, war außerordentlich intensiv.

Curly kannte Brighton offenbar wie seine Westentasche und schien besorgt, so schnell wie möglich aus dem Weichbild der Stadt zu entschwinden. Bald waren sie auf der neben den steilen Uferklippen verlaufenden Straße nach Newhaven. An einer einsamen Stelle mit endlosen Flächen verlassenen Weidelandes zur Linken und steilen weißen Uferklippen zur Rechten gab Curly den Befehl zum Halten, lehnte sich zurück und zog seinen Revolver.

»So, nun mal heraus damit. Was wollt ihr?«

»Nur eine kleine Information, Curly.«

»Und welche?«

»Was wissen Sie über den Mord an Vanc Scranton?«

Holt beobachtete ihn im Rückspiegel. Curly war ein schlechter Schauspieler. Er wurde noch bleicher, leckte sich die weichlichen Lippen mit trockener Zunge und hatte anscheinend erhebliche Mühe, einigermaßen sorglos zu sprechen, als er sagte: »Tut mir leid, Mann. Sie sind an der falschen Adresse.«

»Sind Sie dessen sicher?«

»Absolut.«

»Und wenn ich die Information kaufe?«

»Sagte Ihnen ja, Sie sind an der falschen Adresse. Hab' nichts zu verkaufen.«

»Würden vierzig Pfund Ihre Meinung ändern?«

Curly lachte hohl. »Hab' allein im vierten Rennen mehr als

das Doppelte gewonnen. Und ich hab' nichts zu verkaufen. Meine Hände sind rein.«

»Niemand verdächtigt Sie des Mordes, Curly. Wir möchten nur einen Tip, wo wir anfangen können. Das ist alles.«

»Ich weiß nichts, Mann.«

»Aber es stimmt doch, daß Sie während der Mordnacht halbwegs in der Nachbarschaft waren? Sparen Sie sich die Mühe, das zu bestreiten, Curly. Wir wissen es aus sicherer Quelle. Übrigens läßt Inspektor Hyde Sie grüßen.«

»Aha, für den arbeitet ihr! Na, Sie können ihm von mir sagen, daß ich nicht –«

»Also, die Sache ist die, Curly: Mr. und Mrs. Scranton sind es, für die wir arbeiten – die Eltern des ermordeten Studenten. Reiche Amerikaner, die einen guten Preis an jeden zahlen werden, der hilft. Sie haben uns gebeten, Ermittlungen über den Tod ihres Sohnes anzustellen.«

»Fürchte, da habt ihr einen häßlichen Job übernommen.«

»Eben sagten Sie, Sie wüßten nichts darüber!« warf Holt schnell ein.

Curly feixte. »Ja, das sagte ich. Sind ziemlich fix, wie? Na, vielleicht ein bißchen zu fix. Hören Sie auf meinen Rat und halten Sie sich heraus aus dieser Scranton-Affäre. Nach allem, was ich gehört hab', ist das keine Sache, in die sich ein feiner Pinkel wie Sie einmischen sollte. Und der Kleinen neben Ihnen darf doch wohl auch kein Malheur passieren, was?«

»Ach, ich bin nicht so zerbrechlich«, erklärte Ruth. »Hören Sie, Curly – vergessen Sie da nicht etwas?«

»Was denn?«

»Muswell Hill, vor sechs Jahren?«

»Was, zum Teufel, hat Muswell Hill damit zu tun?«

Holt sagte beißend: »Inspektor Hyde drückte damals anderthalb Augen zu, um Ihnen zu helfen, weil er dachte, Sie hätten ziemliches Pech gehabt. Ich schätze, er hat Ihnen vier bis fünf Jahre Gefängnis erspart, nicht wahr?«

Curly schwieg.

»Haben Sie es vergessen, Curly?« beharrte Ruth. »Das glaube ich nicht.«

»Auf was wollen Sie hinaus?«

»Ganz einfach, Curly. Jetzt haben Sie die Chance, sich zu revanchieren.«

»Warum fragt Hyde nicht selbst?«

»Weil er weiß, daß Sie nicht mit ihm sprechen würden. Deshalb läßt er Sie durch uns fragen.«

Curlys Adamsapfel arbeitete hektisch, und sein ungeschlachter Körper schien sich förmlich zu verkrampfen, während er mit seinem Gewissen rang. Dann senkte sich ein Angstschleier über seine Augen, und seine Stimme klang rauh, als er sagte: »Wir verschwenden hier bloß Zeit. Fahren wir zurück zu den Pferdchen. Sie haben nichts für mich, und ich habe nichts für Sie oder Inspektor Hyde. Also lassen Sie uns einfach als Freunde scheiden, ja?«

Holt wollte widersprechen, aber Curly schnitt ihm das Wort ab: »Wenden Sie jetzt, und fahren Sie zurück nach Brighton. Und passen Sie gut auf!«

Da er gefährlich mit seinem Revolver gestikulierte, hätten Überredungsversuche keinen Sinn gehabt. Holt ließ den Motor wieder an. Er sah in den Rückspiegel und wartete, um einen aus Richtung Brighton kommenden Lieferwagen vorbeizulassen. Als dieser langsam fahrende Wagen endlich vorüber war, lenkte Holt den Kleinbus in scharfer Wendung auf die andere Straßenseite.

Curly, damit beschäftigt, seinen Revolver wegzustecken, hatte den Lieferwagen nicht gesehen und blickte erst auf, als Holt die Wendung beendete. Dann aber schien er sich zu erinnern, das Geräusch eines anderen Wagens gehört zu haben, spähte aus dem Rückfenster und keuchte sofort: »Ha, er stoppt! Er wendet! Treten Sie aufs Gas, um Himmels willen!«

Holt schaltete den zweiten Gang ein und trat, die Furcht in Curlys Stimme erkennend, das Gaspedal durch. Im Rückspiegel sah er den Lieferwagen wenden. Wenige Sekunden später befand sich der Wagen in derart schneller Verfolgung, daß Holt argwöhnte, dies sei kein normaler Lieferwagen, sondern die harmlose Kulisse für einen hochgetrimmten Motor.

»Was ist los, Curly?« fragte er über die Schulter.

»Haltet eure Köpfe unten, haltet eure verwünschten Köpfe unten!« kam die heisere Antwort.

Ungeachtet dieser Warnung kletterte Ruth mit Holts Westentaschenkamera über die Rücklehne ihres Sitzes nach hinten. Curly, durch eine Ecke des Rückfensters spähend, bemerkte es erst Sekunden später und drückte sie mit seiner großen Hand zu Boden. »Unten bleiben, Sie Närrin! Oder wollen Sie getötet werden?«

Glas klirrte, als Curly das Rückfenster mit dem Kolben seines Revolvers einschlug, und gleich darauf krachte ein Schuß.

»Curly, Sie Idiot! Wenn Sie jemand töten!« brüllte Holt.

»Nur die Reifen, Mann, mehr will ich nicht! Nur die Reifen – genau wie sie!«

Mehrere Schüsse wurden gewechselt, dann änderte der Lieferwagen seine Taktik. Mit hoher Geschwindigkeit holte er seitlich auf und versuchte den Kleinbus von der Straße zu drängen. Dieses Manöver hatte Holt vorausgesehen, und er war bereit.

»Festhalten, alle!« brüllte er.

Mit ausgezeichnetem Zeitgefühl wartete er bis zur letzten Sekunde, bevor Metall gegen Metall schrammte. Dann trat er das Bremspedal durch, schaltete unter gräßlichem Getriebekrachen auf den ersten Gang zurück und riß überdies mit aller Kraft an der Handbremse.

Der angreifende Lieferwagen schwenkte hart ein, um den Kleinbus über den Klippenrand zu drängen. Holts Manöver versetzte zwar den Bus für einen Moment in wildes Schlingern, brachte ihn aber außerdem erfolgreich ›auf Fährte‹ – so, wie geschickte Rennfahrer ihren Wagen gern hinter den Wagen ihres schärfsten Rivalen setzen.

Als der Lieferwagen beinah breitseits vor ihm war, schaltete Holt blitzschnell auf den zweiten Gang und trat das Gaspedal durch. Die starke Frontstoßstange des Kleinbusses traf den Lieferwagen. Dieser hob sich von der Straße, schlug um, schlidderte über die Grasnarbe und sauste über den Klippenrand in die Tiefe. Eine Sekunde später folgte eine heftige Explosion, dann gleißte Flammenschein auf, schließlich wirbelte beißender Rauch empor.

Der Anprall brachte den Bus in wahnwitzige Zickzackfahrt, aber Holt kämpfte am Lenkrad wie ein Besessener und zwang den Wagen schließlich auf der Grasnarbe dicht vor dem Klippenrand zum Stehen.

Von einer Telefonzelle in Brighton aus gab Holt seinen Bericht an Inspektor Hyde durch.

»Das einzige, worüber ich nicht ganz glücklich bin, Inspektor, ist die Tatsache, daß wir nicht hinabgeklettert sind, um uns zu vergewissern, was den Strolchen im Lieferwagen passiert ist.«

»Wenn Sie sagen, der Benzintank sei explodiert«, entgegnete Hyde seelenruhig, »ist anzunehmen, daß sie augenblicklich tot waren. Was hätten Sie da noch tun können?«

»Nun ja, vielleicht ist es etwas lächerlich, an Erste Hilfe zu denken, nachdem diese Gentlemen ihr Bestes getan hatten, um uns zu vernichten. Jedenfalls wollte Curly nichts davon wissen, daß wir hinabkletterten. Er schwenkte seinen Revolver und bestand darauf, stracks nach Brighton zum Bahnhof gefahren zu werden, wo er sich beeilte, den abfahrbereiten Zug noch zu kriegen.«

»Begreiflich. Seine Komplizen sind offenbar auf der Jagd nach ihm. Nahm er einen Zug nach London?«

»Nein, nach Chichester. Wollen Sie ihn verhaften lassen?«

»Noch nicht. Ich werde ihn nur verfolgen lassen. Vielleicht führt er uns in die gewünschte Richtung. Er weiß etwas, dessen bin ich sicher. Haben Sie etwas Brauchbares von ihm erfahren?«

»Vielleicht, aber ich weiß nicht, was es bedeutet. Er warnte mich, meine Nase noch weiter in die Scranton-Affäre zu stekken – eine üble Sache, wie er sagte. Dann fügte er hinzu: ›Ich schätze, ich habe Ihnen mein Leben zu verdanken, nach der Art, wie Sie den Bus steuerten. Also können Sie Inspektor Hyde etwas bestellen, damit ich ihm keinen Gefallen mehr schulde. Sagen Sie ihm, sie hätten den Ring vergessen. Das ist alles. Einfach – sie hätten den Ring vergessen.‹«

»Hm«, brummte Hyde nachdenklich. »Eine recht unklare Nachricht. Was machen Sie daraus?«

»Ich sagte schon – ich weiß es nicht. Ich hatte noch keine Zeit, mich wieder zu sammeln. Aber auf dem Rückweg nach London will ich es mir überlegen.«

»Gut. Und kommen Sie recht bald wieder zum Yard, Holt. Das Labor hat vielleicht inzwischen etwas über die Postkarten von Christopher herausgefunden. Übrigens – konnten Sie oder Ruth die Männer im Lieferwagen erkennen?«

Holt lachte trocken. »Ich war weitgehend damit beschäftigt, den Kleinbus nicht in den Abgrund geraten zu lassen. Aber Ruth handelte sehr umsichtig. Sie machte mit meiner Kleinkamera einige Schnappschüsse aus dem Rückfenster sowie einen aus dem Seitenfenster, als der Lieferwagen direkt neben uns war. Wer weiß, wie sie geworden sind – Ruth ist ja keine Fotografin.«

»Mir klingt es gekonnt genug! Bringen Sie uns den Film so bald wie möglich. Famoses Mädchen, diese Ruth! Wissen Sie, ich glaube kaum, daß Sie sie hoch genug einschätzen.«

»Mir ist so, als hätte ich das schon einmal gehört«, entgegnete Holt etwas steif und legte auf.

Am späten Nachmittag – es dämmerte bereits – lenkte Holt den Mustang nach London zurück, als wäre der Motor noch ganz neu und müsse behutsam eingefahren werden. Einmal, auf einer geraden Strecke bei Crawley, ließ er sich von einem Lieferboten auf einem Moped überholen; vermutlich war das für längere Zeit der stolzeste Tag im Leben dieses Jünglings.

»So etwa mag man um die Jahrhundertwende Auto gefahren sein«, schwärmte Ruth. »Friedlich, beschaulich –«

»Bitte, seien Sie still, Ruth. Ich denke.«

Ruths heiteres Lächeln schwand. »›Sagen Sie Inspektor Hyde, sie hätten den Ring vergessen‹?«

»Ja. Genau das. Wessen Ring wurde vergessen? Vanc Scrantons Ring vermutlich. Der Ring ist das einzige Besitzstück des Toten, das vermißt wird. Ein einfacher Siegelring, anscheinend ohne großen Wert. Und doch stahl ihn jemand. Aber wenn ihn jemand stahl, ›vergaßen‹ sie ihn nicht – oder?«

»Es gibt keinen Sinn«, bestätigte Ruth. »Vielleicht hat Curly uns auf eine falsche Fährte locken wollen. Aber das kann ich nicht glauben. Der Zwischenfall am Klippenrand hat ihn zu Tode geängstigt. Und wenn jemand wirklich verängstigt ist, flunkert er nicht. Ich denke, er meinte, was er sagte.«

»Das glaube ich auch. Trotzdem gibt es keinen Sinn.«

Holt versank in Schweigen und fuhr in demselben ruhigen Tempo weiter. Ein Weilchen später stieß er ein unartikuliertes Knurren aus und gab Gas, bis der Mustang allen anderen auf der Straße seine roten Rücklichter zeigte.

Ruth fragte eifrig: »Was hat Sie gebissen?«

»Etwas so Phantastisches, daß ich …«

»Was ist es?«

»Ich überlege mir … Nein, es ist unmöglich! Oder nicht?«

»Faszinierende Konversation«, bemerkte Ruth trocken, fast berstend vor Neugier, aber fest entschlossen, sich nichts anmerken zu lassen. »Vielleicht werden Sie es mir erzählen, wenn Ihnen danach zumute ist.«

Punkt acht Uhr abends stoppten sie vor Holts Haustür. Ohne den Mustang in die Garage zu fahren, eilte Holt zum Studio hinauf, suchte in einem Notizbuch Inspektor Hydes Privatnummer und wollte eben nach dem Hörer greifen, als das Telefon klingelte.

Die folgende Unterhaltung war kurz und bereits beendet, als Ruth mit der Kleinkamera in der Hand das Studio betrat. »Wer war es?«

»Scranton aus dem ›Savoy‹. Er sagte, er hätte den ganzen Nachmittag versucht, mich zu erreichen, und das klang ziemlich aufgeregt. Ich soll gleich hinüberkommen.«

»Hat ihm jemand ein neues Heft dieser Zeitschrift geschickt?«

»Das war es heute wohl nicht. Kommen Sie, wir fahren hin.«

Ruth schwenkte die Kamera. »Was wird mit dem Film?«

»Den entwickeln wir, sobald wir zurück sind.«

Während der Fahrt zum ›Savoy‹ fragte Ruth: »Berührt dies vielleicht Ihre neue brillante Theorie?«

»Falls ich nicht völlig falsch verstanden habe, bekräftigt es sie sogar«, lautete die rätselhafte Antwort.

Ruth brauchte ihre Neugier nicht mehr lange zu zügeln.

Im ›Savoy‹ wurden sie von Robert Scranton bereits in der Empfangshalle erwartet und schnell zum Lift geführt.

»Ich möchte, daß Muttchen es Ihnen mit ihren eigenen Worten erzählt«, sagte Scranton, als sie in der Liftkabine allein waren. »Allerdings muß ich Sie darauf aufmerksam machen, daß sie momentan etwas hysterisch zu sein scheint. Ich erinnere mich nicht, sie je zuvor so aufgewühlt gesehen zu haben. Ich wollte einen Arzt rufen lassen, aber sie bestand darauf, zuerst Sie zu sehen.«

Holt nickte stumm.

Sie verließen den Lift und gingen über dicke Läufer zur Tür von Scrantons Appartement. Scranton ließ sie ein.

Mrs. Scranton lag auf einer Couch vor dem elektrischen Kamin. Sie sah zerbrechlicher aus denn je, ihre Züge waren von dem Schock gezeichnet, den sie durchgemacht hatte, und doch schimmerte aus ihren Augen etwas wie Hochstimmung.

»Bitte, verzeihen Sie, daß ich nicht aufstehe«, sagte sie. »Ich habe Ihnen etwas ganz Phantastisches zu erzählen. Offenbar hat mich das Erlebnis sehr mitgenommen.«

»Ich denke, ich weiß, was Sie uns erzählen wollen«, entgegnete Holt ruhig. Robert Scranton war zu seiner Frau getreten und hielt ihre Hand; beide blickten äußerst erstaunt, und Holt fuhr fort: »Haben Sie neuerdings zufällig etwas von Ihrem Sohn gehört oder gesehen, Mrs. Scranton?«

Ruth konnte sich nicht versagen zu seufzen, als Mrs. Scranton ernsthaft nickte und flüsternd antwortete: »Ja. Ich sah Vanc heute vormittag. Aber woher wissen Sie das?«

5

Inspektor Hyde winkte Holt in den Besuchersessel seines Scotland-Yard-Büros und sagte: »Nein, Sie sehen recht munter aus, ungeachtet der gestrigen Aufregungen.«

»Gewiß. Ich habe eben meinen Sonntagmorgenspaziergang absolviert – von daheim zum ›Savoy‹ und dann hierher.«

»Nanu, will der Mustang nicht recht?«

»O doch, er ist völlig in Ordnung.«

»Fein. Und wie geht es den Scrantons heute?«

»Keine Ahnung, denn im Hotel selbst war ich nicht. Ich blieb draußen stehen, um Mrs. Scrantons Geschichte nachzuprüfen.«

Hyde wirkte sehr interessiert. »Moment! Bitte nicht zu schnell für meinen armen alten Verstand! Als Sie mich gestern abend daheim anriefen und mir erzählten, Mrs. Scranton habe Vanc gesehen, da schienen Sie Mrs. Scrantons Geschichte völlig zu akzeptieren. Sie sagten sogar, sie passe zu Ihrer eigenen neuen Theorie – einer Theorie, die durch Curlys unklaren Hinweis auf den Ring entstand. Habe ich Sie bis hierhin richtig verstanden?«

»Ja, völlig richtig.«

»Gut. Robert Scranton mag gedacht haben, seine Frau leide an Halluzinationen, aber Sie waren geneigt, ihr zu glauben?«

»Ja.«

»Weshalb dann die Nachprüfung ihrer Geschichte? Sind Ihnen Zweifel gekommen?«

»Ich wollte die Geschichte nachprüfen, weil eine bestimmte Einzelheit nicht zu passen schien. Nehmen wir das Ganze noch einmal durch. Gestern vormittag gegen elf waren die Scrantons im Begriff, das Hotel zu verlassen, und zwar durch den Ausgang zum Strand, als Robert Scranton sich an etwas erinnerte und noch einmal zurückging. Seine Frau wartete draußen auf ihn.

Sie blickte zufällig auf, und da stand, etwa fünfzig Schritt entfernt an der Straßenecke, ihr Sohn Vanc. Wenigstens sagte sie das.«

»An der Ecke, wo die Bankfiliale ist? Oder –«

»An der Ecke, wo die Bankfiliale ist. Ihr Sohn lehnte am Mast der Verkehrsampel und ließ dabei seinen Hut auf dem linken Zeigefinger rundum tanzen – anscheinend eine typische Eigenheit von ihm, die Mrs. Scranton überzeugte, daß es keine Halluzination war. Begreiflicherweise brauchte sie einige Sekunden, um ihren Schock zu überwinden.«

»Hm. Sie versuchte wohl nicht, ihn zu rufen, nehme ich an? Der unerwartete Anblick dürfte sie sprachlos gemacht haben?«

»Diese Vermutung liegt nahe. Aber ich denke außerdem, auf einer belebten Großstadtstraße würde man kaum nach jemandem rufen, der etwa fünfzig Schritt weit entfernt steht. Bei zwanzig Schritt, ja. Bei dreißig, vielleicht. Aber bei fünfzig nicht mehr. Alles ging, laut Mrs. Scranton, sehr schnell. Als sie sich dann wieder gefaßt hatte und ihr Mann aus dem Hotel kam, war der Junge fort. Scranton selbst sagte, er hätte geglaubt, seine Frau sei ein bißchen übergeschnappt. Dennoch rannte er ihr zu Gefallen zur Ecke und suchte nach allen Seiten. Keine Spur von Vanc. Wer es auch gewesen sein mag – er war in der Menge verschwunden.« Holt machte eine kleine Pause und fügte hinzu: »Wenn wir unterstellen, daß Vanc lebt, bleibt die Frage, weshalb er seine Mutter nicht erkannte. Sie sah ihn ganz deutlich, und sie sagte, er habe genau zu ihr geblickt. Warum winkte er ihr nicht wenigstens zu?«

»Die Antwort hierauf zu wissen wäre aufschlußreich.«

»Ich glaube, ich weiß sie«, erwiderte Holt. »Ich stand vorhin, gegen elf Uhr, an demselben Ampelmast, blickte zum ›Savoy‹ und konnte den livrierten Türsteher ganz deutlich sehen. Ich muß bekennen, daß ich zunächst verdutzt war über dieses Problem. Dann, plötzlich, trat die Sonne aus den Wolken – von mir aus gesehen hinter dem Hotel. Sie schien direkt in meine Augen, und ich konnte überhaupt nichts mehr sehen! Nachher sprach ich mit dem Türsteher, der mir sagte, er hätte mich dort an der Ecke stehen sehen, von der Sonne beleuchtet wie von einem Scheinwerfer. Dann fragte ich ihn nach dem Wetter von gestern – Ruth und ich waren ja gestern um die gleiche Zeit schon nach Brighton unterwegs –, und er sagte, es sei ein schöner Herbsttag mit strahlendem Sonnenschein gewesen.«

»Stimmt«, bestätigte Hyde und fügte hinzu: »Sagen wir also, daß der junge Scranton aus Gründen, die nur er selber kennt, zu jener Ecke kam und zu dem Hotel schaute, in welchem er seine Eltern wußte, und daß er seine Mutter nicht sah, weil ihm die Sonne in die Augen schien.«

»Ja, eine absolut einleuchtende Annahme.«

»Wie steht der Vater jetzt dazu? Glaubt er noch, daß seine Frau ein bißchen übergeschnappt ist, oder hält er es für möglich, daß sein Sohn lebt?«

»Gestern abend, als er mich anrief, hielt er es offenbar nicht für möglich. Immerhin hatte er den Leichnam identifiziert. Er hatte tatsächlich einen Toten gesehen, seine Frau jedoch nicht! Das macht einen großen Unterschied. Ich mußte lange reden, um ihn zu überzeugen, daß es möglich sein könnte.«

»Haben Sie ihn überzeugt?«

»Von der Möglichkeit, ja. Aber ich bezweifle, daß er glaubt, der junge Mann, den seine Frau sah, sei wirklich sein Sohn gewesen. Natürlich fehlt uns die Gewißheit. Aber ich erwähnte, daß mir auf der Rückfahrt von Brighton eine Idee kam. Curly sagte: ›Erzählen Sie dem Inspektor, sie hätten den Ring vergessen.‹ Mit ›sie‹ dürfte er die Leute gemeint haben, die Bande oder Organisation, die hinter dieser seltsamen Angelegenheit steht. Könnte es sein, daß sie einen Mann von Vancs Typ und Statur getötet, den Leichnam mit gestohlenen Kleidungsstücken von Vanc bekleidet und dann einen kleinen Fehler gemacht haben, indem sie vergaßen, Vancs Siegelring an die Hand des Toten zu stecken? Das scheint die einzig mögliche Auslegung für Curlys Worte zu sein. Doch selbst, wenn sie richtig ist, erklärt sie nicht, warum es geschah.«

»Hm. Haben Sie mit Scranton darüber gesprochen?«

»Ja. Er war zunächst recht skeptisch. Ich formulierte es dann so: ›Mr. Scranton‹, sagte ich, ›man empfing Sie beim Londoner Flughafen mit der Nachricht, Ihr Sohn sei ermordet worden. Dann fuhr man Sie nach Sussex, damit Sie einen Leichnam identifizierten – einen Leichnam, von dessen Gesicht so gut wie nichts mehr vorhanden war und den verschiedene Leute bereits als Ihren Sohn identifiziert hatten. Mit anderen Worten – Sie kamen dorthin in der Erwartung, Ihren Sohn zu sehen, und hatten keinen Grund zu der Annahme, daß es der Leichnam eines anderen sein könnte.‹«

»Aber wie wollen Sie erklären, daß andere denselben Fehler gemacht haben – Julie Benson und Antoinette Sheen, zum Beispiel?«

»Aus genau demselben Grund«, beharrte Holt. »Als sie in Vancs Studierzimmer einen Leichnam mit Vancs Kleidung sahen, vor dem Schreibtisch, auf dem eine von Vancs Kurzgeschichten lag, da konnte ihnen unmöglich die Idee kommen, daß es jemand anders wäre als Vanc.«

»Klar genug«, bestätigte Hyde. »Insbesondere, weil Vanc keine besonderen körperlichen Merkmale besaß.«

»Außerdem ist zu berücksichtigen, daß der Vater in Amerika lebt und seinen Sohn in letzter Zeit ziemlich selten sah. Und Julie Benson, die einzige Person, die ihn vermutlich intimer kannte und vielleicht etwas hätte bemerken können, wurde ohnmächtig.«

»Was den Wert ihrer Identifizierung, im Licht der neuen Theorie, wohl kaum erhöht. Im übrigen, Holt, ist es sehr taktvoll von Ihnen, jetzt nicht zu fragen, wie es der Polizei passieren konnte, dies und jenes zu übersehen –«

»Immer vorausgesetzt, daß die neue Theorie wasserdicht ist«, warf Holt schnell ein.

Hyde räusperte sich etwas verlegen und ordnete die Kugelschreiber auf seinem Schreibtisch. »Wir, das heißt meine Mitarbeiter und ich, ließen uns eben, wie sonst jeder andere auch, bereitwilligst in die Irre leiten – nur, daß es bei uns nicht ganz entschuldbar ist. Aber selbst die erfahrensten Kriminalbeamten sind menschliche Wesen mit Mängeln und Fehlern. Wir wurden zum Deanfriston College beordert, weil die örtliche Polizei berichtet hatte, daß ein Student namens Vanc Scranton ermordet worden sei. Als wir kamen, erwarteten wir also, Vanc Scranton zu finden. Und wir fanden, vor dem Schreibtisch von Vanc Scrantons Studierzimmer, einen jungen Mann mit so sehr zerstörtem Gesicht, daß er nach Fotos nicht zu identifizieren war. Also prüften wir seine Kleidung, seine Brieftasche, die Gegenstände im Zimmer, die angefangene Kurzgeschichte auf dem Schreibtisch und nahmen dann, rein routinemäßig, die Fingerabdrücke des Toten, um sie mit Vanc Scrantons Fingerabdrücken zu vergleichen. Da wir nach Lage der Dinge in unserer Fingerabdruckkartei natürlich keine Fingerabdrücke von Vanc Scranton hatten, mußten wir unterstellen, daß die Fingerabdrücke an den verschiedensten Gegenständen im Zimmer von Vanc Scranton stammten. Und die meisten Fingerabdrücke, die wir dort fanden – auf Scrantons Zigarettenkästchen, der Brieftasche, den Büchern, den Möbelstücken, der Schreibmaschine –, stimmten mit denen des Toten überein. Die Täter haben uns mit diesem Fingerabdrucktrick hübsch in die Irre geführt. Sie wußten, daß wir den Toten für Vanc Scranton halten würden.«

»Jetzt aber müssen wir Vanc Scranton suchen und herausfinden, wer von wem getötet wurde und weshalb!«

»Wird verwickelt, die Sache, nicht wahr?« bemerkte Hyde.

»Verwickelt, ja. Und immer interessanter. Übrigens warnte ich die Scrantons vor allzu großem Optimismus. Sie waren so glücklich über den Gedanken, ihr Sohn sei noch am Leben, daß es einige Zeit dauerte, ehe sie begriffen.«

»Sie meinen, daß Vanc selbst der Mörder sein könnte, der seine Spuren tilgen will, indem er vorgibt, tot zu sein? Nun, so ist es vermutlich. Kaum anzunehmen, daß die Eltern es gerne hörten. Wie sind Sie mit ihnen verblieben?«

»Das Wichtigste scheint jetzt, mit Vanc Scranton in Verbindung zu kommen. Alles andere ist nebensächlich. Also riet ich den Eltern, im ›Savoy‹ zu bleiben und nach außen hin ein völlig normales Leben zu führen, weder zu sehr auf Trauer noch zu betont auf Zerstreuung gestellt – einige Einkäufe machen, Stadtrundfahrten unternehmen, geschäftliche Besuche durchführen und so weiter. Ich bin überzeugt, daß es nicht sehr lange dauern wird, bis Vanc Verbindung zu ihnen sucht. Der Vater versprach, mich dann sofort anzurufen.«

»Vorausgesetzt, wir haben recht mit der Annahme, daß der Junge lebt«, sagte Hyde etwas matt.

»Sie meinen, Sie selbst zweifeln daran?«

»Ein fehlender Ring? Das sehnsuchtsvolle Denken und Fühlen einer Mutter? Die unklare Angabe eines alten Zuchthäuslers in einem Moment größter Angst? Nicht viel, um darauf zu bauen. Oder?«

Ehe Holt antworten konnte, klingelte das Telefon. Der Inspektor nahm den Hörer auf.

»Hier Hyde ... Oh, hallo, Ruth! Wie nett, Ihre Stimme zu hören. Erzählen Sie mir nicht, Mr. Holt ließe Sie auch sonntags für sich arbeiten! Eine so hübsche junge Lady wie Sie sollte ausgehen und sich amüsieren.«

Holt lehnte sich automatisch über den Schreibtisch und streckte die Hand nach dem Hörer aus.

»Aber sicher, meine Liebe«, sagte Hyde in den Hörer, grinste Holt zu und schüttelte den Kopf. »Nein, nein, sie will mit mir sprechen … Weiter, Ruth. Ich höre.«

Des Inspektors Anteil an dem Gespräch blieb etwas einsilbig, doch schien er sehr an dem interessiert, was er hörte. »Übrigens waren wir«, sagte er schließlich, »sehr erfreut über die Schnappschüsse, die Sie gestern von den zwei Apollos im Lieferwagen gemacht haben. Ausgezeichnete Aufnahmen, die sich als sehr nützlich erweisen können. Ich lasse ermitteln, ob wir die beiden Gentlemen schon in unserer Fotosammlung haben, und werde Ihnen Bescheid geben, falls wir sie identifizieren können … Aber nun überarbeiten Sie sich nicht für Mr. Holt. Und vielen Dank für Ihren Anruf, Ruth. Leben Sie wohl.« Er legte auf, lehnte sich zurück und bedachte Holt mit einem liebenswürdigen Lächeln. »Wirklich ein bemerkenswertes Mädchen, diese Ruth! Also, Holt, es wird Sie interessieren, daß noch jemand anders glaubt, Vanc gesehen zu haben.«

»Wer denn? Und wo?«

»Ein Mann namens Jimmy Wilde, ein Leichenbestatter –«

»Repräsentant eines der größten Bestattungsunternehmen dieses Landes – wenn Sie mir diesen Hinweis erlauben möchten«, berichtigte Holt. »Ich kenne ihn. War er wieder im Studio?«

»Ja, und zwar enorm erregt, wie Ruth sagt. Er behauptet, Vanc in der Untergrundbahnstation am Piccadilly Circus gesehen zu haben. Auf der Rolltreppe – er selbst fuhr abwärts, Vanc aufwärts. Wilde wollte seinen Augen nicht trauen. Und bis er sich gesammelt hatte, war es zu spät, etwas zu unternehmen.«

Achselzuckend murmelte Holt: »Jetzt haben Sie mir Kummer gemacht, Inspektor.«

»Wieso denn?« entgegnete Hyde überrascht. »Das ist doch ein Glücksfall! Es bestätigt uns, daß Vanc –«

»Es bestätigt nichts, fürchte ich. Aus dem einfachen Grund, weil wir beide, Ruth und ich, überzeugt sind, daß Mr. Jimmy Wilde ein geborener Lügner ist!«

Holt nahm ein Taxi zurück nach Westminster. Nach einer kurzen Unterhaltung mit Ruth, Jimmy Wildes Besuch betreffend, sagte er etwas schuldbewußt: »Sie machen jetzt Schluß für heute, Ruth. Es war sehr nett von Ihnen, sogar sonntags zu kommen.«

»Soll ich nicht doch lieber bleiben? Da ist noch soviel zu tun.«

»Nein, nein, ich schaffe es schon. An einem so schönen Herbstsonntag wie heute sollte eine so hübsche junge Lady wie Sie lieber ausgehen und sich ein bißchen amüsieren. Bis morgen, also.«

Als sie fort war, zündete er sich eine Zigarette an und begann schriftliche Arbeiten zu erledigen. Aber seine Gedanken schweiften ständig zum Fall Scranton ab.

Am folgenden Nachmittag, während schwerer Regen gegen die Fenster prasselte, bereitete Ruth im Büro einen kräftigen Assamtee und rief Holt aus dem Atelier herbei. Die Dämmerung war eingebrochen, aber die vielen Lichter am Themseufer hielten die Dunkelheit einstweilen noch zurück. Als Ruth den dampfenden Tee eingoß und Holt sich in der behaglichen Wärme des Büros entspannte, waren alle Gedanken an den Mord vergessen.

Dann aber störte das Gebimmel des Telefons die wohltuende Stille und leitete eine Kette von Ereignissen ein, die keine Zeit für Entspannung ließen.

Es war Robert Scranton, fast atemlos vor Erregung. »Mr. Holt? Ich habe eine Neuigkeit. Aber ich muß mich beeilen, da ich nicht möchte, daß Muttchen etwas aufschnappt.«

»Was ist es?«

»Vanc hat sich bei mir gemeldet!«

»Wo ist er? Haben Sie ihn gesehen?«

»Nein, er hat angerufen. Vor knapp einer Stunde.«

»Mr. Scranton! Sie versprachen, mich sofort zu verständigen, falls er –«

»Ich weiß, aber … Sagen Sie, Mr. Holt, habe ich Ihr Wort, daß Sie sich noch nicht mit der Polizei in Verbindung setzen? Geben wir dem Jungen die Chance, alles zu erklären. Ich fürchte, er ist in Schwierigkeiten, in bösen Schwierigkeiten.«

»Aber wo steckt er, Mr. Scranton?«

»Das wage ich am Telefon nicht zu sagen, Mr. Holt. Man weiß nie, ob jemand mithört. Er will mich treffen, er braucht dringend Geld. Ich kann das machen, das Hotel löst mir Reiseschecks ein. Aber ich möchte, daß Sie mitkommen.«

»Ja, gut. Wann?«

»Gleich, wenn Sie können.«

Holt sah auf die Uhr. »Ich werde in zehn Minuten beim Hotel sein. Reicht das?«

»Großartig. Treffen Sie mich an dem Portal, das zum Themseufer hinausgeht. Sie kommen in Ihrem Wagen, nicht wahr? Bringen Sie bitte Ihre kleine schlaue Sekretärin mit. Ich wäre dankbar dafür. Falls Vanc verletzt ist oder krank, mag er die Fürsorge einer Frau brauchen, und ich wage nicht, Muttchen davon zu erzählen.«

»Gut. Ich habe verstanden.«

Holt legte auf und wandte sich an Ruth: »Jetzt ist der Ball am Rollen! Nehmen Sie Mantel und Schirm, es regnet zum Gotterbarmen. Wir sind auf dem Weg, den geheimnisumwitterten Mr. Scranton junior zu treffen!«

Ruths Augen strahlten, im Handumdrehen war sie startbereit. Robert Scranton wartete, wie verabredet, beim Hotelportal. Holt stoppte auf der kurvigen Zufahrt und gab ein kurzes Hornsignal, da Scranton den Mustang nicht bemerkt zu haben schien.

Als Scranton nicht reagierte, kurbelte Ruth ihr Fenster herunter und beugte sich hinaus: »Hallo, Mr. Scranton!«

Holt mußte noch ein Hornsignal geben. Dann erst machte die Gestalt am Hotelportal eine matte Handbewegung und begann sich langsam, sehr langsam, dem Wagen zu nähern.

»Was mag mit ihm sein? Ist er krank?«

»Irgend etwas stimmt nicht«, sagte Ruth. »Sehen Sie nur, wie unsicher er geht.« Sie machte die Wagentür für Scranton auf.

»Wieder mal mein Herz«, murmelte er, als er sich auf den Fondsitz gleiten ließ. »Macht mir oft zu schaffen, wird so leicht erregt. Schätze, Vancs Anruf ist schuld daran.«

Holt beobachtete besorgt, wie Scranton seine silberne Pillendose herausfingerte; im Deckenlicht des Wagens wirkte er gespenstisch bleich, außerdem hatte er Atembeschwerden.

»Sind Sie sicher, Mr. Scranton, daß Sie sich wohl genug fühlen für dieses Unternehmen?« fragte Ruth. »Oder sollen wir Sie lieber zu Ihrem Appartement zurückbegleiten?«

»Nein, nein. Ich bin gleich wieder in Ordnung ... Eine Minute nur ... Ich muß zu Vanc, er braucht mich ... Klang wirklich seltsam am Telefon.«

»Sagen Sie uns, wo er ist«, schlug Ruth vor. »Wir werden es für Sie erledigen. Sie sehen nicht gut aus. Und dieses schreckliche Regenwetter!«

»Ach, Sie würden direkt zur Polizei fahren«, murmelte Scranton in schwachen, anklagenden Tönen.

»Ganz gewiß nicht«, versicherte ihm Ruth. »Was auch immer geschehen mag, eins versprechen wir Ihnen: Sie sollen ihn zuerst sehen.« Sie wandte sich an Holt: »Das können wir versprechen, nicht wahr? Es wäre einfachster menschlicher Anstand.« Für Scranton fügte sie hinzu: »Wir werden ihm das Geld bringen, Mr. Scranton, oder ihm ausrichten, daß Sie es ihm schicken. Wo ist er?«

Scranton starrte sie und Holt an, zunächst noch ungewiß, ob er ihnen trauen könne. Schließlich holte er ein dickes Bündel

Fünfpfundnoten heraus. »Ganz wohl ist mir nicht dabei«, keuchte er, »aber ich schätze, ich würde es doch nicht schaffen. Und wenn ich im kritischen Moment das Bewußtsein verliere, nützt es Vanc gar nichts.«

»Richtig!« pflichtete Ruth bei und nahm das Geld entgegen. »Wo finden wir Vanc?«

Mit unsicheren Fingern brachte Scranton einen Zettel zum Vorschein, auf den er eine Adresse gekritzelt hatte. »Hoffentlich können Sie es lesen. Eine Adresse in Lewisham. Fragen Sie dort nach John Griffiths. Das ist der Name, den er benutzt. Er sagte nicht, warum.«

Scranton öffnete die Wagentür, griff sich aber plötzlich an die Brust und rang um Atem. Ruth sprang hinaus, ohne auf den prasselnden Regen zu achten, und half ihm beim Aussteigen. Dann geleitete sie ihn zum Hotelportal und ging mit hinein. Zwei Minuten später kam sie zum Wagen zurückgerannt.

»Das war schnell«, sagte Holt anerkennend. »Haben Sie ihn hinaufgebracht?«

»Nein. Er wollte in der Halle bleiben, um ›Muttchen‹ nicht aufzuregen. Aber ich mußte ihm einen Brandy bestellen.«

»Glauben Sie, daß er wieder in Ordnung kommt?«

»Das wissen die Götter. Er sah entsetzlich aus. Aber ich meine, er wird sich bei dem Gedanken beruhigen, daß wir seinen Sohn für ihn finden.«

Holt dachte schweigend nach, während die Regentropfen ihr zorniges Stakkato auf das Autodach trommelten.

Ruth fragte: »Finden Sie, wir sollten lieber nicht hinfahren?«

»Was wir vorhaben, ist nicht korrekt. Vanc Scranton wird wegen Mordverdachts gesucht. Eigentlich müßte ich mich mit Inspektor Hyde in Verbindung setzen.«

»Das könnten wir noch immer von Lewisham aus tun. Angenommen, es ist falscher Alarm? Dann sähen wir beide recht einfältig aus – meinen Sie das nicht? Versuchen wir zuerst, unseren Vogel in die Hand zu bekommen, und entscheiden wir später.«

Nach kurzem Überlegen nickte Holt. »Sie haben recht. Hm, wissen Sie zufällig, wo Lewisham liegt?«

»Lewisham? Haben wir diesen Namen nicht erst kürzlich gehört? Richtig – Jimmy Wilde sagte, er wohne dort in der Nähe!«

»Ja, in Honor Oak, gleich hinter Lewisham.« Holt ließ den Motor an. »Aber eine ganz andere Klasse von Wohngegend, wenn ich so sagen darf.«

»Kommen wir durch Honor Oak?«

»Nein, wir nehmen die Old Kent Road, dann die A 20. Mein Gott, was für ein Wetter!«

Holt fuhr vorsichtig, die Nerven gespannt, aber unter Kontrolle. Wenn sie Vanc Scranton fänden, würde eine schwierige Entscheidung zu treffen sein. Die Polizei suchte den Jungen – man müßte also Inspektor Hyde verständigen. Andererseits arbeitete Holt für die Scrantons und hatte versprochen, nicht sofort zur Polizei zu gehen. Er beruhigte sein Gewissen mit dem Gedanken, daß Robert Scranton ohne dieses Versprechen Vancs Adresse nie herausgerückt hätte; eine Alternative hatte es also nicht gegeben.

In der Hauptstraße von Lewisham beschrieb ihnen ein Verkehrspolizist den Weg zu der gewünschten Adresse. Sie kamen in eine schmale, übelriechende Slumgasse und erspähten die Hausnummer, die sie suchten, aber Holt fuhr lieber ein Stück weiter, um das Auto an einer leidlich beleuchteten Straßenkreuzung parken zu können. Dann rannten sie durch den Regen zurück zu dem Haus und standen, um Atem ringend, auf einer triefenden, mit unzähligen leeren Milchflaschen vollgepackten Veranda. Nach mehrmaligem Klopfen näherten sich schwere, schlurfende Schritte, und die Tür wurde geöffnet.

»Sie kommen für mein Glotzofon, Mann?« Die Stimme war ein tiefer, gutturaler Alt und schien, völlig wesenlos, aus dem schwarzen Nichts zu ertönen. »Sie kommen für mein Glotzofon?«

»Nein, wir möchten Mr. Griffiths sprechen, bitte.«

Ihre Augen, inzwischen ein wenig an das Grabesdunkel gewöhnt, nahmen die Umrisse einer sehr großen Gestalt im Hausflur wahr.

»Er hat kein Glotzofon, Mann«, tönte die Stimme. »Ich bin die mit dem kaputten Glotzofon. Kommen Sie schnell 'rein, Mann, und richten Sie es. Bin verloren ohne dieses Ding.«

Als die Gestalt sich ein wenig vorwärtsbewegte, erkannten Holt und Ruth im Widerschein der matten Straßenbeleuchtung, daß sie mit einer riesigen Negerin sprachen, die ihnen einen schier überwältigenden Alkoholdunst entgegenatmete.

»Wir sind leider nicht wegen Ihres Fernsehgeräts gekommen, Mrs. – äh«, sagte Ruth in einem tapferen Versuch, ein bißchen Charme in die düstere Szene zu bringen. »Ist Mr. Griffiths da? Wir möchten ihn sprechen, bitte. Es regnet so sehr – dürfen wir eintreten?«

»Als wüßte ich nicht, daß es regnet! Bin erst eben patschnaß vom Schnapsladen zurückgekommen.«

Die Negerin torkelte auf unsicheren Füßen zur Wand und tastete nach dem Lichtschalter. Das trübe Licht einer nackten Fünfzehnwattbirne enthüllte einen mit Fahrrädern und Kinderwagen überfüllten Hausflur.

»Dieser Griffiths, er ist einer meiner schwarzen Gentlemen – ja?« fragte die Frau und klopfte sich mit beiden Händen kleine Kaskaden Regenfeuchtigkeit von der Kleidung.

»Nein, er ist nicht – äh – farbig.«

»Weiße hab' ich nicht hier, bis auf den Burschen, der vorgestern kam. Gehen Sie hinauf, wenn Sie wollen – zweiter Stock, dritte Tür links … Meine alten Beine sind müde. Möcht' mich nur wie eine Katze vor dem Glotzofon zusammenrollen. Können Sie's wirklich nicht reparieren, Mann?«

Holt murmelte eine Entschuldigung und begann die dürftig beleuchtete Treppe zu erklimmen. Die Düfte nach Rum und Gin verloren sich, andere Gerüche erfüllten das Treppenhaus –

Gerüche nach abgestandenem Essen, defekten sanitären Anlagen, feuchter Wäsche, ungelüfteten Betten.

Beim ersten Stock endete die Treppenbeleuchtung, so daß Holt seine Taschenlampe einschalten mußte. Im Etagenflur des zweiten Stocks herrschte völlige Dunkelheit.

»Warten Sie hier neben dem Ende der Treppe, Ruth«, sagte er. »Ich gehe zunächst allein zu dem Zimmer.«

Während sie wartete, gelangte er im Schein seiner Taschenlampe an die dritte Tür links, die in einem Winkel unter der Dachschräge lag. Er klopfte kräftig an, bekam aber keine Antwort.

Nachdem er mehrmals »Griffiths!« gerufen hatte, änderte er die Taktik und rief »Vanc!« Noch immer keine Antwort.

Er versuchte die Türklinke. Die Tür war nicht abgeschlossen und führte in einen unbeleuchteten Raum. Als Holt den Lichtschalter fand, zeigte sich, daß es eine Kammer war, leer bis auf ein ungemachtes Bett und eine alte Kommode.

»Niemand hier?« fragte er, ließ die Tür los und trat ein. Die schief in den Angeln hängende Tür fiel hinter ihm langsam zu, so daß Ruth, die gehorsam neben dem Treppenende wartete, von völliger Dunkelheit umgeben war.

»Philip, ich kann nichts sehen!« klagte sie. »Machen Sie die Tür auf, damit ich zum Zimmer finde!«

»Eine Minute, Ruth«, entgegnete er behutsam. »Gleich bin ich wieder draußen.«

Er hatte an der abgekehrten Seite des Bettes eine Hand erspäht, groß wie ein mittlerer Schellfisch und bleich.

Vorsichtig näherte er sich dem Messingbett. Auf dem Fußboden zwischen Bett und Dachschräge lag Curlys ungeschlachte Gestalt. Die Stichwunde an seinem Hals war halb verborgen unter den schwarzen Haarsträhnen einer Perücke, die völlig verrutscht auf seinem übergroßen kahlen Schädel saß. Eine bessere Möglichkeit der Tarnung war ihm nicht in den Sinn gekommen.

Der Mörder hatte eine makabre Pointe beigesteuert. Auf Curlys nackter Schädelkuppe prangte ein mit blutrotem Lippenstift aufgemaltes Fragezeichen.

»Ich fürchte, ich verstehe es nicht ganz«, sagte Ruth beklommen, als sie nach London zurückfuhren, während Inspektor Hyde und seine Mitarbeiter, von Holt telefonisch alarmiert, in Lewisham ihre ersten Ermittlungen anstellten. »Warum Curly?«

»Weil er zuviel wußte, nehme ich an«, erwiderte Holt. »Fragen Sie mich nicht, was er wußte. Vermutlich wurde er beobachtet, als er auf dem Parkplatz in Brighton mit uns sprach, und das führte zu der Verfolgung durch den Lieferwagen. Danach beschloß er offenbar, sich vorläufig versteckt zu halten. Daß er in Brighton den Zug nach Chichester nahm, war natürlich eine Finte. Gelandet ist er jedenfalls in diesem stinkigen Lewisham-Unterschlupf.«

»Und die schwarze Wirtin? Sie denken doch nicht –«

»Ach wo. Erstens war sie stinkbetrunken. Zweitens stimmte es, daß sie fortgewesen war – ihre Kleidung triefte vor Nässe. Während sie in der Kneipe weilte, schlüpfte vermutlich jemand ins Haus, schnitt dem armen Curly die Schlagader durch und rief dann mit verstellter Stimme bei Scranton an. Scranton sagte ja, Vanc hätte am Telefon ›seltsam‹ geklungen.«

»Ich erinnere mich. Aber warum sollte der Mörder das getan haben?«

»Um Scranton mit einer Menge Geld in der Tasche dorthin zu locken. Das Banknotenbündel, das Scranton mir mitgegeben hat, enthält zweihundert Pfund, und ich glaube bemerkt zu haben, daß er noch mehr bei sich trug.«

»Wenn also Mr. Scranton selbst gekommen wäre –«

»– dann hätte ihn wahrscheinlich jemand auf dem dunklen Etagenflur niedergeschlagen, das Geld gestohlen und sich davongemacht. Das wäre zugleich eine drastische Warnung an

Mr. Scranton gewesen, sich nicht länger in diese Sache einzumischen.«

»Aber warum hat er *uns* nicht niedergeschlagen, als wir kamen?«

»Uns erwartete er nicht, würde ich sagen. Er lauerte auf Scranton und kann nicht gewußt haben, daß wir das Geld bei uns hatten. Außerdem waren wir zu zweit. Wäre er auf mich losgegangen, dann hätten Sie mit Ihrem Geschrei ganz Lewisham alarmiert.«

»Ja, ich verstehe.« Ruth schwieg einen Moment lang, dann fügte sie ruhig hinzu: »Er muß noch in diesem Haus gewesen sein, Philip! Auf dem Etagenflur, wo ich auf Sie wartete – im Dunkeln.«

Holt klopfte ihr etwas schuldbewußt auf den Arm. »Versuchen Sie, nicht daran zu denken, Ruth.«

Merklich gehobener Stimmung fragte sie: »Und was werden wir als nächstes tun?«

Statt zu antworten, trat er hart auf das Gaspedal und sauste über mehrere Kreuzungen hinweg, deren Ampeln eben von Grün auf Gelb umschalteten.

»Weshalb die plötzliche Eile?« wunderte sich Ruth. »Wohin fahren wir jetzt?«

»Zu Ihrer Wohnung, junge Lady. Sie sollen gut und tief schlafen und morgen ziemlich früh im Studio sein, ausgerüstet mit einem Koffer voll Sachen für drei oder vier Tage.«

Sie starrte ihn verdutzt an. »Philip, laden Sie mich ein, drei oder vier Tage bei Ihnen zu bleiben?«

»Der Koffer ist für Deanfriston«, erklärte Holt trocken.

»Oh –«

»Und Deanfriston ist, falls ich mich nicht sehr irre, der Ort, wo die harten Nüsse dieses Falles zu knacken sind!«

6

Deanfriston College, auf einem windumwehten Höhenzug der South Downs gelegen, bietet einen schönen Ausblick auf den Ärmelkanal und auf das reizende Städtchen Deanfriston am Fuße dieses Höhenzuges.

Das College, noch verhältnismäßig jung, hatte sich auf die schönen Künste sowie auf politische und Wirtschaftswissenschaften spezialisiert. Einen der Lehrstühle für politische Wissenschaft hatte Professor Harold Dalesford inne. Und Vanc Scranton war in Anerkennung seiner Leistungen auf eben diesem Studiengebiet von seiner Heimatuniversität in den Staaten als Austauschstudent nach England geschickt worden.

Etwas über eine Woche war seit der Mordnacht vergangen. Die Nachwirkungen des Schocks hatten noch nicht aufgehört, durch die Korridore, die Studierzimmer, die Hörsäle, ja, das ganze Collegegelände zu geistern, und Professor Dalesford fand es schwierig, sich auf seine Arbeit zu konzentrieren.

Eben jetzt, zum Beispiel, legte er das neueste Heft der Zeitschrift ›New Feature‹ beiseite, nahm ein starkes Fernglas aus seinem Schreibtisch und ging zum Fenster. Vogelbeobachtung war sein Hobby, und er hätte keinen feineren Weg gewußt, um seinem sorgenbeladenen, überanstrengten Verstand etwas Entspannung zu gönnen.

Er stellte das Fernglas ein und richtete es auf die Reihe Ulmen rechts von der Straße, die sich an dem kalkweißen Abhang entlang vom College zum Städtchen hinabschlängelte. Da wurde leicht an die Tür geklopft, und gleich darauf trat jemand ein. Professor Dalesford kannte den Schritt und schenkte sich das Umschauen.

»Was gibt's, meine Liebe?« fragte er.

Das eingetretene Mädchen war groß und schlank und atemberaubend schön. Dichtes bräunliches Haar mit den unbeschreiblichen Farbnuancen eines Laubwaldes im Herbst hing ihr in vollendetem Gleichmaß von Gepflegtsein und reizvoller Unordnung bis über die Schultern hinab. Ein enger schokoladenbrauner Rock umspannte ihre schmalen Hüften, und der knappe cremefarbene Pullover brachte die Reize ihres feingeformten Oberkörpers voll zur Geltung. Sie trug keinen Schmuck und nur sehr wenig Make-up, und ihre Haut schimmerte in honiggoldener Sonnenbräune.

Antoinette Sheen blieb beim Schreibtisch stehen, nahm das ›New-Feature‹-Heft auf und schien etwas sagen zu wollen, aber ein Ausruf des Professors hinderte sie daran.

»Verdammt, wir bekommen Besuch! Und ich fürchte, es ist der, den wir erwarten!«

Antoinette trat zu ihm, nahm das Fernglas und richtete es auf das rote Auto, das die Hügelstraße heraufkam.

»Ein roter Ford Mustang! Ja, das dürfte er sein.«

»Ist er allein?«

»Spielt das eine Rolle? Neben ihm sitzt jemand, glaube ich.«

»Häh!« fauchte Dalesford und schnitt eine ärgerliche Grimasse. »Wenn das wieder dieser stumpfsinnige Inspektor Hyde ist –«

»Nein, es ist eine Frau.«

Der Mustang kurvte in die Einfahrt des Collegegeländes und stoppte.

»Ich glaube«, sagte Antoinette mit leicht belustigtem Unterton, »er hat seine kleine Spielgefährtin mitgebracht ... Hübsches Ding übrigens«, fügte sie hinzu, als Ruth aus dem Wagen stieg. Einen Moment später, als Holt neben seiner Sekretärin auftauchte, murmelte Antoinette anerkennend und mit leuchtenden Augen: »Das also ist der gefeierte Philip Holt, Starfotograf und Amateurdetektiv! Ein reizvolles Stück Mann, ein richtiger Kerl von einem Mann! Oh, diese Sache könnte sich als interessant erweisen!«

»Wie beglückt es mich, daß du so denkst!« schnappte Dalesford verächtlich.

»Gehst du nicht hinunter, um sie zu begrüßen?«

»Nein, es genügt, wenn Julie diese Leute empfängt. Und ich schlage vor, du machst dich schleunigst unsichtbar.«

Antoinette lächelte spöttisch. »Ah, du möchtest nicht, daß ich dem bemerkenswerten Mr. Holt begegne?«

»Ich hielte es für unklug, unsere Namen in Verbindung bringen zu lassen – das ist alles. Und jetzt renn los, Antoinette, bitte!«

»Rennen, in diesem Rock? Unmöglich!«

Der Professor sah ihr nach, wie sie aus dem Zimmer entschwand – eine vollendet graziöse Darbietung. Dann hastete er an seinen Schreibtisch und verteilte eine Anzahl bisher sauber gestapelter Papiere eindrucksvoll über die ganze Schreibtischplatte.

Als der Summer seines Haustelefons ertönte und wenige Sekunden später Philip Holt und Ruth Sanders in den Raum komplimentiert wurden, gab der Professor eine überzeugende Vorstellung des mit Arbeit überhäuften Gelehrten. Zerstreut über den Rand seiner Hornbrille spähend, nickte er seinen Besuchern zu und winkte sie auf zwei Stühle. Das junge Mädchen in Trauerkleidung, das Holt und Ruth hereingeführt hatte, wollte wieder gehen, aber Dalesford verhinderte dies, indem er sagte: »Das ist meine Sekretärin, Miss Julie Benson … Wir haben Sie früher oder später erwartet, Mr. Holt. Wie Ihnen bekannt sein dürfte, war Julie mit Vanc Scranton verlobt.«

Die appetitliche kleine Blondine, wie Inspektor Hyde sie sehr zutreffend beschrieben hatte, errötete und reichte den Besuchern die Hand.

»Ich kann da nicht ganz folgen, Professor«, sagte Holt stirnrunzelnd. »Wieso haben Sie uns erwartet?«

»Nun, Julies Schwager, Mr. Wilde, erwähnte, daß die Scrantons Sie zur Klärung des Falles herangezogen haben. Also durften wir Sie eines Tages hier erwarten.«

Dalesford hatte eine vertrauenerweckende, volle Stimme –

ideal für einen Hörsaal mit vielen Studenten. Holt schätzte ihn auf etwa Mitte Vierzig. Er war ziemlich groß, mager, etwas gebeugt und wenig sorgfältig mit einem abgetragenen Tweedanzug bekleidet. Sein nicht unsympathisches, großflächiges Gesicht zeigte einen etwas schlechtgelaunten Ausdruck.

»Haben Sie kürzlich von Mr. Wilde gehört?« wandte sich Ruth unschuldig an Julie Benson.

»Ja. Er ist der Mann meiner Schwester, wissen Sie«, antwortete Julie etwas lahm.

Ruth schenkte ihr ein süßes Lächeln, das sie beruhigte.

»Ich hoffe, Ihr Schwager hat nicht zu vielen Leuten erzählt, daß ich Mr. Scranton helfe«, sagte Holt. »Meine Ermittlungen sind ganz privater Art. Ich ziehe es vor, ohne jeden Wirbel zu arbeiten.«

»Oh, seien Sie unbesorgt über Jimmy Wilde«, versicherte Dalesford in herzlichem Ton. »Er ist die leibhaftige Diskretion, das bedingt schon sein Beruf. Nein, der Bursche, auf den man achthaben muß, ist dieser Reporter Abe Jenkins! Der Artikel von heute früh muß sein Werk sein! Ich nehme an, Sie kennen ihn?«

»Nein«, sagte Holt. »Haben Sie ihn hier?«

»Sicher, er muß irgendwo auf meinem Schreibtisch liegen.« Der Professor begann hastig zu suchen, warf beinah einen seltsam bemalten Keramiktopf um, in dem annähernd zwei Dutzend Kugelschreiber und Füllhalter steckten, und stieß einen Stapel Zeitschriften vom Tisch. Ruth, die dann ungeachtet seines Einspruchs beim Aufheben half, stellte fest, daß es sich um lauter fortlaufende Nummern der ›New Feature‹ handelte.

»Ah, Sie sind auf diese Zeitschrift abonniert, Professor?« fragte sie mit arglosem Lächeln.

Seine Antwort klang etwas verworren. »Ja, ich – äh – doch, ja, ich halte sie mir. Das heißt … Ah, hier ist der Abe-Jenkins-Artikel. Ich habe ihn mit grüner Tinte angestrichen. Natürlich ist es eine überwältigende Sensation für ein so kleines Städtchen wie

Deanfriston, einen eigenen Mord zu haben. Offen gesagt, die Leute hier lieben es direkt.«

Holt nickte, als er die Zeitung nahm. »Das kann ich mir denken. Aber für Sie dürfte es nicht so erfreulich gewesen sein, oder?«

»Nun, es gab eine Menge Publicity, gewiß. Doch glaube ich nicht, daß sie sehr schädlich gewesen ist. Vielleicht hat sie sogar ihr Gutes, indem einige reiche Leute daran erinnert werden, daß es hier ein aufstrebendes, sehr schätzenswertes College gibt. Ich möchte beinah sagen, daß jede Art Publicity besser ist als gar keine – soweit es unsere Angelegenheit betrifft.«

»Daran dachte ich eigentlich nicht. Ich meinte vielmehr –«

»Ah – die Polizei, nicht wahr? Freilich, die Polizeibeamten waren eine höllische Plage! Fast hätten sie unseren ganzen Vorlesungsbetrieb durcheinandergebracht!«

»Auch das meinte ich nicht«, widersprach Holt. »Ich dachte daran, was es Ihnen persönlich bedeutet haben muß, einen so brillanten Studenten wie Vanc Scranton zu verlieren.«

»Ah, ich verstehe ... Ja, ja, in der Tat ...«

»Er arbeitete direkt unter Ihrer Aufsicht und galt wohl allgemein als äußerst begabt, nicht wahr?«

Dalesford räusperte sich wichtig, kreuzte die Arme über der Brust und sprach: »Die Natur, Mr. Holt, verabscheut ein Vakuum, und Professor Dalesford verabscheut die Heuchelei. Erwarten Sie also nicht, daß ich jetzt in Wehmutsbeteuerungen ausbreche. Dieser junge Amerikaner gehörte niemals zu meinen Lieblingsstudenten. Wenn Sie meine unverblümte Meinung hören wollen – er war ein verdammt selbstgerechter junger Hund! Intelligent, gewiß. Aber in seinen Ideen praktisch ein Faschist. Es gibt hier viele andere Studenten, die ich höher schätze und deren künftige Karriere mich weit stärker interessiert. Verzeihen Sie, wenn ich so freimütig spreche, aber ich fürchte, dafür bin ich allgemein bekannt.« Er schloß seine Ausführungen mit einem leisen nachsichtigen Lachen.

Ruth hatte Julie Benson während der kleinen Ansprache des Professors genau beobachtet und plötzlich, als die Worte ›selbstgerechter junger Hund‹ und ›Faschist‹ fielen, ein haßerfülltes Aufblitzen in ihren blauen Augen bemerkt, das gleich wieder erlosch.

Holt entfaltete die Morgenzeitung und begann Abe Jenkins' Artikel zu lesen. Bei der Lektüre wurde sein Ausdruck immer finsterer. Als er zu Ende gelesen hatte, knurrte er: »Woher kriegt dieser Kerl seine Informationen?«

Dalesford rückte seine Brille zurecht und lächelte weise. »Keine Ahnung«, erwiderte er achselzuckend. »Es sei denn, er hat Freunde bei der Polizei.«

Holt schüttelte den Kopf. »Das bezweifle ich. Aber ich muß zugeben, daß mir unklar ist, wie er den Mord in Lewisham mit dem Absturz des Lieferwagens am Brightonsteilufer und dem Fall Scranton in Verbindung bringen kann.«

Er warf die Zeitung auf den Schreibtisch. Julie berührte sie mit zaghaften Fingern und fragte schüchtern: »Steht etwas Neues über Vanc darin?«

Dalesford wirkte überrascht. »Haben Sie es denn noch nicht gelesen? Aber setzen Sie sich lieber hin, ehe Sie anfangen.«

Julie beachtete den Rat nicht und fing sofort an zu lesen. Plötzlich stieß sie einen leisen Schrei aus und sank zu Boden.

Während Ruth schnell neben ihr niederkniete, stand der Professor unbewegt dabei und sagte mit selbstzufriedenem Lächeln: »Ich habe sie gewarnt, nicht wahr? Ich riet ihr, sich hinzusetzen, ehe sie den Unsinn las, daß Vanc Scranton noch am Leben sei.«

Holt versagte sich eine scharfe Bemerkung, die ihm auf der Zunge lag.

»Nun, Mr. Holt«, sagte Dalesford übertrieben liebenswürdig. »Ich nehme natürlich an, Sie möchten den Tatort sehen? Damit beginnen doch alle guten Detektive, nicht wahr?«

»Gewiß, ich möchte Vancs Studierzimmer sehen, wenn das möglich ist.«

»Selbstverständlich! Dieses jetzt so berühmte Studierzimmer in der jetzt so berühmten ›Scholar's Row‹! Zahlreich sind die Stunden strebsamen Studiums, die dort verbracht wurden! Aber es bedurfte eines Mordes, um uns in der Öffentlichkeit populär zu machen. Welche Ironie des Schicksals … Kommen Sie, Mr. Holt, begeben wir uns auf die Wallfahrt.«

Unterwegs stoppten Holt und Ruth und stiegen aus, um den wundervollen Blick über den Kanal und die Felsengruppe der Seven Sisters zu genießen.

Gleich nach der Abfahrt vom College hatte Holt gesagt: »Dieser Fall scheint eine bemerkenswerte Anzahl unklarer Charaktere zu vereinen. Ich verspüre das Bedürfnis, mich für ein Weilchen vom frischen Seewind durchpusten zu lassen. Wir werden irgendwo anhalten und ein Stück durch die Landschaft spazieren.«

So waren sie hinab zur See gefahren und hatten den Mustang in der Schlucht von Birling Gap geparkt.

»Nun, Ruth, was machen Sie aus alledem?« fragte Holt, als sie sich von dem großartigen Ausblick abwandten und über den sanften grünen Rasen weitergingen.

»Lügner, Schurken, Sträflinge, intellektuelle Snobs!« summierte sie ihre Eindrücke. »Selbst die kleine Julie Benson könnte sich als ein bösartiges Stückchen erweisen.«

»Wirklich? Wieso?«

Ruth beschrieb die haßerfüllten Blicke der unschuldigen blauen Augen, und Holt mußte lachen.

»Was ist daran so komisch?« fragte Ruth.

»Nur, daß Sie und Hyde, jeder für sich, zu genau der gleichen Ansicht über kleine Blondinen mit unschuldigen blauen Augen gekommen sind. Ich fange an, mich zu fragen, wie die andere sein mag?«

»Welche andere?«

»Antoinette Sheen.«

»Oh, jedenfalls nicht unschuldig blauäugig.«

»Wie wollen Sie das wissen?«

»Ich habe sie gesehen, denke ich.«

»Gesehen? Wo?«

»Sie war im College.«

»Unsinn! Ich fragte Dalesford, ob er wüßte, wie wir sie erreichen könnten, und er antwortete achselzuckend, er hätte sie seit dem Klavierkonzert am Mordabend nicht mehr gesehen.«

»Das war gelogen!« erklärte Ruth sehr bestimmt. »Addieren Sie seine Neigung zur Unaufrichtigkeit mit gewissen anderen Dingen, wie seiner odiösen Offenheit, seinem Durst nach Publicity, dem verhängnisvollen Kreuz auf seinen Schultern, nicht an einem Cambridge-College zu lehren –«

»Aber Ruth! Ich selbst mag ihn auch nicht. Doch haben wir keinen Grund, anzunehmen, daß er … Aber zurück zu Antoinette Sheen. Wie wollen Sie wissen, daß sie im College war? Und wo soll sie dort gewesen sein?«

»In Dalesfords Zimmer, unmittelbar vor unserem Kommen.«

»Können Sie hellsehen? Oder durchdringen Ihre Blicke steinerne Wände?«

»Nein. Aber ich habe eine gute Nase. Ich roch ihr Parfum. Dalesfords Zimmer war voll davon, als wir eintraten.«

»Vielleicht war es Julies Parfum?«

»Nein. Julie bevorzugt ganz dezenten Lavendelduft. Das stellte ich bei ihrem Ohnmachtsanfall fest, als ich mich um sie bemühte.«

»Hm. Ein Parfumduft in Dalesfords Zimmer muß nicht unbedingt von Antoinette herrühren. Das vermuten Sie nur.«

»Beweisen kann ich es nicht. Aber ich bin nicht nur sicher, daß sie dort war. Ich denke sogar, wir haben sie gesehen.«

»Wo denn?«

»Daß Sie sie nicht bemerkt haben, glaube ich gern. Sie bemerken Frauen ja nur, wenn Sie direkt mit ihnen zusammenprallen. Als wir die Treppe hinaufgingen, begegnete uns ein großes Mädchen mit ausgezeichneter Figur, sehr attraktiv. Im Vorübergehen erhaschte ich einen Hauch ihres Parfums. Und Dalesfords Zimmer roch nach genau demselben Parfum.«

»Sie sind, wie Hyde zu sagen pflegt, wirklich ein bemerkenswertes Mädchen!« lachte Holt. »Angenommen, Sie haben recht – warum sollte Dalesford es geleugnet haben?«

»Dafür könnte es verschiedene Gründe geben.«

»Und was ist Ihnen sonst noch aufgefallen?«

»Der große Stapel von ›New Feature‹-Heften könnte darauf schließen lassen, daß der Professor seit längerem Leser dieser Zeitschrift ist. Doch wenn er nur Leser wäre – warum hebt er sich dann so viele zurückliegende Nummern auf ?«

»Nun, bei einem Mann seiner Position wäre das verständlich. Aber ich sehe, auf was Sie hinauswollen. Sie denken, er ist ein Mitarbeiter dieser Zeitschrift. Mit anderen Worten – er ist ›Prospero‹. Durchaus möglich. Politische Wissenschaft ist sein Lehrfach, und Prosperos Artikel sind diesem Thema gewidmet. Überdies machte er kein Hehl aus seiner Abneigung gegen Vanc Scranton.«

»Und er benutzt grüne Tinte«, ergänzte Ruth. »Also dürfte es nicht schwer gewesen sein für seine Sekretärin, einen seiner Füllhalter oder Kugelschreiber zu nehmen, den Vermerk auf den Rand der Zeitschrift zu kritzeln und die Zeitschrift den Scrantons zu schicken, von denen ihr wahrscheinlich bekannt war, daß sie bei London-Besuchen stets im ›Savoy‹ wohnen. Nur eins paßt nicht – sie war nachweislich in Deanfriston, als die Zeitschrift in einem Londoner Postamt aufgegeben wurde.«

»Jimmy Wilde könnte die Sendung für sie aufgegeben haben.«

»Stimmt. Die beiden scheinen recht vertraut miteinander.«

Holt nickte. »Wittert Ihre weibliche Intuition da eine Liebschaft?«

»Ziemlich sicher«, erklärte Ruth. »Ich frage mich nur, was Mrs. Wilde darüber denkt?«

»Wie Hyde mir erzählte, ist sie durch ein Leiden an ihren Rollstuhl gefesselt.«

»Oh ... Aber wenn Julie eine Liebschaft mit ihrem Schwager hat, warum versucht sie dann so zu tun, als liebe sie noch immer ihren Exverlobten – tot oder lebendig?«

»Aus Tarnungsgründen natürlich«, meinte Holt. »Übrigens sollten wir daran denken, daß Ohnmachtsanfälle nicht unbedingt ein Zeichen treuer Liebe sind. Vielleicht war Julie entsetzt über die Möglichkeit, daß Vanc noch lebt. Sie müßte sogar entsetzt darüber sein – zum Beispiel, wenn der Mörder ihr versicherte, er habe brillante Arbeit geleistet und mit seinem Schuß das Gesicht des Exverlobten völlig ausgelöscht.«

»Oh, welch morbider Gedanke, Julie hätte ihren neuen Liebhaber veranlaßt, den vorigen zu beseitigen! Ich mag Jimmy Wilde keineswegs, doch das traue ich ihm nicht zu! Gehen wir nicht etwas zu schnell?«

»Meinen Sie das bildlich oder tatsächlich?«

»Nun – beides.«

Sie blieben wieder stehen, um die Aussicht zu bewundern. Holt entledigte sich seines Jacketts und lockerte den Schlips. Es war überraschend warm für die Jahreszeit. Vor ihnen erstreckte sich der Ärmelkanal in stählernem Blau, verziert mit einem Gewirr weißer Wogenkämme. Über ihnen kreisten Möwen, weiß gegen den kobaltfarbenen Himmel. Holt fand es schwer, die Schönheit der Szenerie in Einklang zu bringen mit den grausigen Ereignissen, die sich wenig weiter landeinwärts zugetragen hatten.

Ruth unterbrach seine Grübeleien mit der Frage: »Welche Eindrücke gewannen Sie in Vancs Studierzimmer?«

»Oh, Professor Dalesford sorgte dafür, daß ich so gut wie gar keine gewann.«

»Inwiefern?«

»Natürlich zeigte er mir alles, hielt sich aber immer hart an meiner Seite. Ich wäre gern ein bißchen allein geblieben, um die Atmosphäre des Zimmers auf mich wirken zu lassen, Vancs Bücher anzusehen und so weiter. Ich hätte etwas Ruhe gebraucht. Vielleicht wäre mir dann eine Ahnung gekommen, was an jenem Abend wirklich geschah. Das glückte leider nicht, denn Dalesford überhäufte mich ständig mit Erklärungen wie ein Schloßkastellan, der die ihm anvertrauten Ausstellungsstücke zeigt. Ich glaube, es kümmert ihn nicht im geringsten, wer ermordet worden ist. Ihm liegt nur daran, daß sein eigener Name in den Zeitungen erwähnt wird. Eins steht jedenfalls fest – ich muß Vancs Studierzimmer noch einen Besuch abstatten.«

»Würde Dalesford nicht immer da sein, um Sie zu begleiten?«

»Nicht nach Mitternacht«, antwortete Holt trocken.

Ruth staunte. »Wollen Sie einbrechen?«

»Ja.«

»Wann?«

»Schon heute nacht.«

»Viel Vergnügen …«

Beim Anblick des Belle-Tout-Leuchtturms entschlossen sie sich zum Umkehren. Da sie nun Rückenwind hatten, kamen sie rasch voran. Bald waren die Seven Sisters wieder in Sicht und dann auch das einsame Hotel, das sich bei der Schlucht von Birling Gap erhob.

Ruth, die etwas vorausging, rief plötzlich: »Dort drüben ist jemand zu Pferde, dicht bei Ihrem Auto!«

Der starke Wind schien ihre Stimme über die verhältnismäßig weite Entfernung getragen zu haben. Jedenfalls blickte der Reiter auf einmal zu ihnen hinüber, wendete sein Pferd, entfernte sich von dem Auto und galoppierte von dannen. Ob es sich um einen Mann oder eine Frau handelte, konnten Holt und Ruth nicht erkennen, da die Gestalt eine lange enge Reithose trug und der gelbliche Schimmer unter der Reitkappe blondes Haar sein mochte oder ein lose gebundenes Halstuch.

Fünf oder sechs Minuten später erreichten sie das geparkte Auto. Holt ging aufmerksam ringsherum und hielt Ausschau nach etwaigen Kratzern auf der Karosserie oder Beschädigungen der Reifen: Es war nicht ausgeschlossen, daß ein böswilliger Autohasser auf solche Art seinen Unmut an einem unbeaufsichtigt geparkten Auto ausgelassen hatte. An dem Mustang war jedoch nichts Entsprechendes zu entdecken; offenbar hatte er nur die Bewunderung eines Enthusiasten erregt. In Erinnerung an Curlys nette Brightoner Freunde schien es Holt allerdings angezeigt, die Haube zu öffnen und einen Blick auf den Motor zu tun.

»Suchen Sie eine Zeitbombe?« fragte Ruth.

Holt grinste etwas beschämt, schloß die Motorhaube wieder, rutschte hinter das Lenkrad und startete den Anlasser. Der Motor sprang sofort an.

»Vielleicht werde ich auf meine alten Tage etwas überspannt«, bemerkte er, als sie die schmale Küstenstraße entlangfuhren.

Dann geschah es sehr schnell, ungeachtet der Tatsache, daß sie trödelten. Eine Herde Schafe brach plötzlich durch die Hecken am Straßenrand und überschwemmte die Fahrbahn. Holt hielt den Atem an, trat das Bremspedal und arbeitete hart mit dem Lenkrad, um den Tieren auszuweichen. Zwei von ihnen blökten mißbilligend und sprangen eben noch rechtzeitig aus dem Weg, als der Wagen die grasbewachsene Böschung neben der Straße halb hinauffuhr und mit abgewürgtem Motor stehenblieb.

Holt und Ruth waren unverletzt. Sie guckten sich noch verwundert an, als hinter den Schafen her ein Bauernbursche durch die Hecke brach und schleunigst zu Hilfe kam – glücklicherweise kein Autohasser. Er scheuchte seine neugierig glotzenden Schafe beiseite, rief seinem wachsamen Hund einige

Befehle zu, die sofort ausgeführt wurden, und setzte dann seine beachtliche Körperkraft ein, um dem Auto zurück auf die Fahrbahn zu helfen.

Sein Sussexdialekt war für Holt und Ruth nicht ganz leicht verständlich, doch wurde schnell klar, daß – da es bei Mensch und Tier keine Verletzten gab – seine Hauptsorge der etwas verbogenen Stoßstange und dem eingebeulten rechten Kotflügel des Wagens galt.

Holt brauchte nicht lange, um die Ursache des Unfalls zu entdecken. Nachdem er die Innenseiten der Vorderräder untersucht hatte, kam er mit zornigem Ausdruck wieder auf die Füße.

Der Bauernbursche starrte ihn besorgt an. »Sie glauben, einer hat daran herumgemurkst, Chef?«

»Sehen Sie selbst. Irgendein Witzbold hat mit einer Drahtschere die Zuleitungen für die Bremsflüssigkeit an beiden Vorderrädern weggeschnitten!«

Der Bauernbursche besichtigte den Schaden, dann pfiff er leise durch die Zähne. »Wohin wollten Sie bei der nächsten Kreuzung, Chef? Nach Newhaven oder Eastbourne?«

»Darüber war ich mir noch nicht klar.«

»Wäre auch egal gewesen. Da sind scharfe Gefälle, gleich hinter der Kreuzung, nach beiden Seiten hin. Wie bei der Achterbahn auf dem Jahrmarkt. Ob nach Newhaven oder Eastbourne, Chef – Sie wären bestimmt ums Leben gekommen.«

7

Als sie zu ihrem Hotel in Eastbourne zurückkehrten, fand Holt in seinem Postfach einen Notizzettel mit der Bitte, die angegebene örtliche Telefonnummer so bald wie möglich anzurufen.

»Kein Name?« fragte er den Empfangsportier.

»Anscheinend wurde kein Name genannt, Sir.«

Holt fühlte sich etwas irritiert. »War es eine männliche oder eine weibliche Stimme?«

»Ich fürchte, das weiß ich nicht, Sir. Ich habe meinen Dienst eben erst angetreten. Möchten Sie gleich von hier aus sprechen? Ich könnte die Nummer für Sie wählen.«

Holt war einverstanden und bekam wenige Sekunden später den Telefonhörer überreicht.

»Hallo?« fragte eine weibliche Stimme.

»Hier Philip Holt.«

»Oh, Mr. Holt, wie nett, daß Sie anrufen. Ich versuchte Sie vorhin zu erreichen, aber Sie waren nicht da.«

»Ihre Stimme klingt hübsch, doch würde ich gerne Ihren Namen erfahren.«

Vom anderen Ende der Leitung kam ein fröhliches Lachen. »Wie dumm von mir! Hier spricht Antoinette Sheen.«

»Ah –«

»Ich hörte, daß Sie in dieser Gegend sind, Mr. Holt, und denke, wir sollten uns treffen.«

Holt teilte diese Meinung, war aber neugierig, Miss Sheens Gründe zu erfahren. »Darf ich fragen, warum wir uns treffen sollten, Miss Sheen?«

»Gewiß. Ich habe zwei sehr gute Gründe. Erstens möchte ich Ihnen etwas geben – etwas, was mit Vanc Scranton zusammenhängt. Zweitens nehme ich an, daß Ihnen viele Lügen über mich erzählt worden sind und über meine Beziehungen zu dem Toten. Ich denke, daß es nur fair wäre, wenn ich Gelegenheit erhielte, mich zu verteidigen.«

»Das klingt einleuchtend. Wo können wir uns treffen?«

»Wäre es Ihnen möglich, zu meinem Bungalow zu kommen? Ich fröne gerade meiner Malwut. Um fortzugehen, müßte ich mich waschen und umziehen und frisieren – lauter solche lästigen Sachen.«

»Gut. Wie ist die Adresse?«

»Ich wohne in East Dean. Der Bungalow ist in gräßlichem

Lachsrosa gestrichen und steht einsam mitten auf einem Feld. Ideal für Amateureinbrecher.«

»Warum sagen Sie das? Ist bei Ihnen eingebrochen worden?«

»Es wäre so zu nennen. Gestern, als ich fort war, drang jemand in mein Schlafzimmer ein. Gestohlen wurde aber nichts. Glauben Sie, daß Sie den Weg finden werden? Es ist kurz vor der Abzweigung nach Birling Gap. Sie haben ein Auto, nehme ich an?«

»Ich habe eins. Momentan muß ich allerdings ein anderes mieten. Meins wurde heute vormittag fahruntüchtig gemacht. Merkwürdigerweise ereignete sich das nahe Birling Gap, nicht weit von East Dean.«

»Wirklich? Wie seltsam. Ich habe noch nichts davon gehört. Aber ich bin auch noch nicht lange von meinem täglichen Ausritt zurück.«

»Von Ihrem Ausritt?« wiederholte Holt schnell. »Auf einem Pferd?«

Antoinette Sheen lachte belustigt. »Dachten Sie, auf einem Fahrrad, Mr. Holt?«

Beim Lunch im Hotel erzählte Holt Ruth von der Einladung. »Sie sagte, sie hätte gehört, daß ich in dieser Gegend wäre«, fügte er hinzu. »Gewisse Neuigkeiten verbreiten sich rasch.«

»In kleinen Gemeinden immer«, erinnerte Ruth. »Wir sind fast einen halben Tag hier – Zeit genug, um Gerüchte über uns nach East Dean und die halbe Sussexküste hinab gelangen zu lassen.«

»Nebenbei scheint es Ihre Ansicht zu bestätigen, daß Antoinette Sheen heute früh im College war«, erklärte Holt.

»Sehen Sie!« triumphierte Ruth. »Also werden wir nun die faszinierende Antoinette treffen. Wann brechen wir auf?«

»Nicht wir, meine Liebe. Die Einladung gilt nur für mich.«

»Aber diese schöne Sheen wird Sie lebendig vernaschen!«

»Ich bin einigermaßen unverdaulich«, sagte er heiter, »meine geschiedene Frau kann das bestätigen. Überdies sähe es lächerlich aus, wenn ich Sie als Anstandswauwau mitbrächte.«

»Und wie soll ich«, fragte Ruth in mitleiderregendem Ton, »wie soll ich meinen einsamen Nachmittag verbringen, während Sie sich von dieser ... dieser unwiderstehlichen Sussex-Sexsirene umgarnen lassen?«

»Rufen Sie Inspektor Hyde an und erzählen Sie ihm, was mit den Bremsen des Mustang passiert ist. Berichten Sie von unserem Besuch im College und bitten Sie ihn, Professor Dalesfords Hintergrund prüfen zu lassen. Und fragen Sie ihn, wann er uns seine Ermittlungsergebnisse über die Prospero-Artikel, die Christopher-Postkarten und Ihre so geschickt geschossenen Fotos von den Lieferwageninsassen mitteilen kann.« Er lächelte ihr zu und stand auf.

»Oh, der letzterwähnte Punkt macht mich selig«, hauchte sie ironisch. »Ich fühle mich so – so vielseitig verwendbar!«

In einem Leihwagen des Hotels machte sich Holt auf den Weg zu Antoinette Sheens Bungalow. Als er das ungewöhnlich scharfe Gefälle nach East Dean hinabfuhr, mußte er an die Worte des hilfsbereiten Bauernburschen denken: » ... ob nach Newhaven oder Eastbourne, Chef, Sie wären bestimmt ums Leben gekommen ...«

Einer Falle war er entronnen; tappte er jetzt sehenden Auges in eine andere? Miss Sheens Bungalow lag unweit der Stelle, wo er am Vormittag den Mustang geparkt hatte. Durchaus möglich, daß Miss Sheen ihnen vom College gefolgt war, ihr Pferd gesattelt hatte und ... Aber würde sie ihm dann so unbekümmert erzählt haben, daß sie ausgeritten war? Und der vermeintliche Schimmer von blondem Haar? Daß Antoinette nicht blond war, wußte er immerhin durch Inspektor Hyde. Eine blonde Perücke vielleicht? Oder ein gelbliches Halstuch? Ja, ein Halstuch – das war vermutlich die Erklärung ...

Bald erspähte er den Bungalow – ›gräßlich lachsrosafarben mitten auf einem Feld, ideal für Amateureinbrecher‹, welch seltsame Bemerkung. Er parkte den Leihwagen in einiger Entfernung hinter einem Gebüsch und ging den Rest des Weges zu Fuß. Ohne Antoinette direkt ausspionieren zu wollen, hielt er es doch für besser, sein Kommen nicht allzu vorzeitig anzukündigen.

Tatsächlich war Miss Sheen so sehr in ihre Arbeit vertieft, daß sie nichts von ihm sah oder hörte, als er sich dem Bungalow näherte. Die ›Malwut‹, von der sie gesprochen hatte, war anscheinend noch nicht verraucht; jedenfalls stand Antoinette mit dem Rücken zur offenen Fenstertür vor einer Staffelei, in der linken Hand eine Palette und in der rechten einen langen, feinen Pinsel, den sie behutsam über das Ölbild führte, das an der Staffelei befestigt war. Der Widerschein des herbstlichen Sonnenlichts, der durch die Fenster fiel, verlieh ihrem bräunlichen Haar einen goldenen Schimmer. Sie trug eine lange enge Reithose und ein leichtes gelbes Wollhemd mit aufgerollten Ärmeln. Eine um ihren Leib geschlungene Seidenschärpe betonte die hinreißende Schlankheit ihrer Taille.

Holt war überrascht, als er sah, was sie malte. Es war eine Kopie eines seiner Lieblingsgemälde – ›die Küchenmagd‹ von Vermeer; eine vorzügliche farbige Reproduktion des Originals hing ebenfalls an der Staffelei. Die Kopie war fast vollendet; nur die eine Ecke des Tisches mit dem darauf liegenden Brotlaib bedurfte noch der richtigen Farben.

Es verblüffte ihn, daß sie, ohne den Kopf zu wenden, plötzlich sagte: »Gefällt es Ihnen, Mr. Holt?«

»Ich – ich muß wirklich um Entschuldigung bitten«, begann er.

»Weshalb? Sagen wir, meine Malerei fesselte Sie derart, daß Ihre Schritte stockten.« Ihre Stimme klang belustigt. Sie drehte sich zu ihm um. »Oder bewunderten Sie meine Figur? Man sagt mir, sie sei recht gut, selbst in Reitkleidung.«

Sie nahm einen Handspiegel von der Spitze der Staffelei und ordnete sich, ohne ihre Eitelkeit zu verbergen, mit dem langen dünnen Pinselstiel das Haar. Ihr leichtes gelbes Wollhemd war beunruhigend tief ausgeschnitten.

»Zweifellos ist Ihre Figur sehr reizvoll«, entgegnete Holt. »Aber um die Wahrheit zu sagen – was meinen Schritt stocken ließ, ist das Bild. Vermeer ist einer meiner Lieblingsmaler.«

Sie lachte heiter. »Wie erfrischend, mal einem ehrlichen Mann zu begegnen! Die meisten Männer hätten mit einer trivialen Schmeichelei geantwortet.«

Holt wies auf das Bild. »Das Schwerste liegt noch vor Ihnen.«

Ein besorgter Ausdruck huschte über ihr Gesicht. »Was meinen Sie damit?«

»Das Brot auf der Tischecke. Vermeer malte diese Brotlaibe vor dreihundert Jahren, aber –«

»Ich weiß, was Sie sagen wollen«, warf sie mit echter Begeisterung ein. »Vermeer malte sie vor dreihundert Jahren. Aber wenn man heute in den Saal 225 des Rijks-Museums kommt, meint man, einen dieser Brotlaibe aufnehmen und hineinbeißen zu können – so frisch und appetitlich sehen sie aus.«

»Genau! Und das ist die Herausforderung an Ihr Talent. Umgehen Sie sie, und Sie können ebensogut Pop-art produzieren.«

Einige Minuten lang sprachen sie angeregt über ihre gemeinsamen Kunstinteressen, bis schließlich eine zufällige Bemerkung von ihr die Erinnerung an die häßliche Gegenwart wachrief: »Seit dem letzten Besuch von Vanc hatte ich keine so interessante Diskussion über Malerei.«

»Malte er auch?« fragte Holt.

»Nein. Er konnte mit Farbe und Pinsel nicht umgehen. Aber er wußte enorm viel über Kunst, über Techniken, über Kunstgeschichte. Um die Wahrheit zu sagen – er wußte enorm viel über fast alles. Seine wirkliche Begabung lag im Schreiben.

Zwar bevorzugte er abseitige, verdrehte Themen, doch glaube ich, daß er das Zeug zu einem guten Schriftsteller in sich hatte. Übrigens sprechen Sie von ihm in der Vergangenheit, als hielten Sie ihn wirklich für tot.«

»Das tun Sie auch«, entgegnete Holt.

»Getroffen! Sie glauben also nicht an das Zeitungsgefasel, er sei noch am Leben?«

»Ich glaube grundsätzlich nicht alles, was ich gedruckt sehe«, antwortete Holt ausweichend.

»Es ist eine absurde Geschichte, geschrieben von einem verantwortungslosen Reporter!« sagte sie ärgerlich. »Wie kann man den armen Eltern solche Hoffnungen vorgaukeln?«

»Sie sind sicher, daß es Vanc war, der getötet wurde?«

»Natürlich. Ich habe ja den Leichnam identifiziert.«

»Sahen Sie ihn lange an?«

Antoinette verzog die Lippen. »Nein. Es war ein schrecklicher Anblick.«

»Wissen Sie«, sagte Holt, »bei solchen Gelegenheiten können Irrtümer unterlaufen. Niemand sah länger hin als ein paar Sekunden. Julie Benson wurde ohnmächtig, glaube ich.«

»Das tut sie immer, es ist ihre Standardpose.« Antoinette lachte. »Kein Wunder, daß Vanc sie satt bekam. Sie ist so entschlossen hilflos und wird es auch nach zwanzig Jahren noch sein.«

»Entschuldigen Sie eine sehr direkte Frage, Miss Sheen. Daß er Julie satt bekam, geschah Ihretwegen – nicht wahr?«

Aus Antoinettes schönen Augen blitzte beherrschter Zorn. »Ich nahm an, daß man Ihnen so etwas erzählt hätte – wie ich ihn verführte, sein unschuldiges Gemüt verdarb, seine goldene Jugend mißbrauchte. Nicht wahr, das hat man Ihnen erzählt?«

»Ungefähr so.«

»Eine Wagenladung Lügen! Vanc war mit verdorbenem Gemüt geboren, ein kleiner, böser, alter Mann von Geburt an!«

Holt hörte aufmerksam zu, und das ermunterte sie, in noch

beißenderem Ton fortzufahren: »Oh, sein Verstand war scharf, aber nur nach der finsteren Seite hin, nicht nach der guten. Voltaire und die anderen Humanisten verlachte er. Ideal für ihn war Talleyrand mit seinem Lehrsatz, Diplomatie sei die Kunst, die Schwächen des Gegenspielers zu entdecken und dort den allmächtigen Druck des Geldes anzusetzen!«

»Er kannte, wie Oscar Wilde es einmal formulierte, den Preis von allem und den Wert von nichts?«

»Selbstverständlich, denn er bewunderte auch Oscar Wilde – ohne ihn letztlich zu verstehen, allerdings. Er war geldgierig und hielt jeden für käuflich, bis hinauf zum Präsidenten des Obersten Gerichtshofes. Ich bin kein Engel, Mr. Holt, ich mag Männer, ich mag meine Freiheit, aber ich lehnte es ab, seinen morbiden Zynismus gelten zu lassen. Es entsetzte mich, einen Menschen mit ursprünglich guten Gaben so verrotten zu sehen.«

»Darf ich fragen, ob Sie – äh – einander nahestanden?«

Sie zögerte ein wenig mit der Antwort, senkte aber nicht den Blick. »Sie schätzen offene Worte, nicht wahr?«

Holt nickte. »Eine nützliche Gewohnheit.«

»Oh, freilich. Ja, wir standen einander nahe, eine Zeitlang. Ich mochte ihn physisch, und er schien mich zu mögen. Ich dachte, Liebe könnte ihn vielleicht – das klingt kitschig, ich weiß –, aber ich dachte wirklich, Liebe könnte ihn vielleicht erlösen. Sie verstehen, was ich meine?«

»Ja, ich verstehe. Aber sie tat es nicht?«

»Nein. Die Idee war naiv. Ein zweckloser Versuch.«

»Und so machten Sie Schluß?«

Antoinette sagte achselzuckend: »C'est la vie.«

»Wie nahm er es hin, zurückgewiesen zu werden?«

»Ich wies ihn zurück, ja. Aber es geschah ohne Streit.« Sie lächelte. »Nein, ich präsentierte ihm auch keinen Nachfolger. Und nein, ich stahl mich auch nicht an jenem Montag abend aus dem Klavierkonzert fort, um ihn zu erschießen, weil er mir etwa lästig gefallen wäre. Das alles habe ich schon mit Inspektor Hyde durchgebetet.« Sie trat dicht vor ihn hin, legte ihre Hände behutsam auf seine Schultern und blickte ihm in die Augen, als bitte sie ihn, ihr zu glauben. »Was immer Sie auch über mich denken mögen – und ich habe bekannt, daß ich kein Engel bin –, eins müssen Sie mir glauben! Ich habe Vanc Scranton nicht getötet!«

Einen Moment lang bewegte Holt sich nicht. Sein Unterbewußtsein warnte ihn, daß Mata Hari sich einst ähnlicher Taktiken bedient hatte. Aber sein pochendes Herz nötigte ihn, sich einzugestehen, daß, falls er hier umgarnt wurde, es auf entzückende Art geschah. An Mata Hari würde er später denken.

»Bei so geringem Abstand ist es … ziemlich schwer, Ihnen nicht zu glauben …«, murmelte er, als er seine Arme um sie schlang.

»Und ich möchte, daß Sie diesen Glauben behalten, Philip, auch wenn wir … nicht mehr in so geringem Abstand sind«, flüsterte sie und hob ihm ihre Lippen entgegen.

Ein Weilchen später löste sie sich von ihm und trat einen Schritt zurück. »Ich hatte recht«, erklärte sie. »Als ich Sie heute früh sah, sagte ich: ›Ein reizvolles Stück Mann, ein richtiger Kerl von einem Mann!‹«

Holt, obwohl von der Umarmung noch etwas verwirrt, entgegnete schnell gefaßt: »Sagten Sie nicht am Telefon, Sie wüßten nichts über meinen Unfall?«

»Welchen Unfall?«

»Mit meinem Auto, zwischen hier und Birling Gap, heute vormittag.«

»Darüber weiß ich nichts. Ich bin ausgeritten, wie fast jeden Vormittag. Nein, ich sah Sie im College. Ich ging sogar an Ihnen vorbei, als Sie mit Ihrer Sekretärin die Treppe heraufkamen.«

»Aber Professor Dalesford versicherte mir –«

»Er ist ein alter Angsthase, der sich vor seinem eigenen Schatten fürchtet! Er dürfte behauptet haben, er hätte mich seit dem Klavierabend nicht mehr gesehen. Stimmt's? Er möchte nicht, daß unsere Namen miteinander in Verbindung gebracht werden, und sähe am liebsten, wenn ich überhaupt nicht ins College käme.«

»Aus Angst, daß Sie alle seine Studenten verführen?«

Beide lachten.

Dann fragte Holt: »Warum gehen Sie hin? Gehören Sie zum Personal?«

»Nein. Aber ich habe die Erlaubnis des Collegesekretärs, die Bibliothek zu benutzen.« Sie wies auf das lange Bücherregal an einer Wand. »Ich brauche Material für diese Sachen.« Sie lachte wieder. »Unterste Reihe, linke Ecke – dort werden Sie sehen, wer mein Vorzugsautor ist.«

Holt trat an das Bücherregal und fand in der bezeichneten Ecke etwa ein Dutzend historischer Romane, teils gebunden, teils broschiert, alle geschrieben von Antoinette Sheen. Er nahm einige heraus, um sie genauer zu besehen. Wie zu erwarten, begrüßten ihn von den farbenprächtigen Umschlägen vollbusige Plantagenet-Schönheiten und unglaublich muskulöse französische Edelmänner, aber die Bücher waren bei guten Verlagen erschienen. Es überraschte ihn zu sehen, welch weiten geschichtlichen Bereich diese Romane deckten und was für ausgezeichnete Besprechungen sie erhalten hatten – wenigstens nach den Auszügen zu urteilen, die auf den Innenseiten der Umschläge abgedruckt waren.

»Ärgern Sie mich nicht, indem Sie sie zu lange anschauen«, sagte Antoinette. »Für mich sind sie Brot. Man muß leben.«

Holt, in dessen Verstand sich eine neue interessante Theorie zu bilden begann, stellte die Bücher weg. Als er sich zu Antoinette umwandte, sah er, daß sie ihm einen Briefumschlag entgegenhielt, und fragte: »Was ist das?«

»Ich erwähnte am Telefon, daß ich Ihnen etwas geben möchte. Etwas, was mit Vancs Tod zusammenhängt. Sie werden dann sehen, warum ich nicht glauben kann, daß er noch lebt.

Dies ist ein Brief des Mannes, der ihn ermordet hat. Ich bekam ihn gestern.«

Holt öffnete den Umschlag, der eine mit Maschine geschriebene Nachricht sowie einen in Seidenpapier gewickelten kleinen Gegenstand enthielt. Die Nachricht lautete: ›Werte Miss Sheen, ich bin ziemlich sicher, daß Sie, mehr als sonst jemand, Beiliegendes haben möchten. Es gehörte Vanc Scranton.‹

Sorgfältig entfaltete Holt das Seidenpapier, dann hielt er dessen Inhalt auf der flachen Hand.

»Und das gehörte Vanc?« fragte er schließlich.

»Ja, es war sein Siegelring.«

Wieder in Eastbourne, stellte Holt den Leihwagen auf dem Hotelparkplatz ab und näherte sich, tief in Gedanken, dem Eingang des Hotels, als ihm ein blonder, sportlich aussehender junger Mann in den Weg trat und mit leicht fremdem Akzent fragte: »Mr. Holt?«

»Ja, der bin ich.«

»Bitte, verzeihen Sie, daß ich Sie einfach so anspreche. Der Hotelportier beschrieb mir, wie Sie aussehen. Ich bin Henri Legere, französischer Austauschstudent am Deanfriston College. Bitte, sagen Sie mir«, fuhr er fort und entfaltete ein Exemplar der Morgenzeitung mit dem Artikel von Abe Jenkins, »ob es wahr ist, daß Vanc vielleicht noch lebt?«

»Ich wünschte, ich könnte diese Frage beantworten, Monsieur Legere. Der Verfasser dieses Artikels scheint mehr zu wissen als ich.«

Legere hörte nicht richtig zu; er schien sehr beflissen, seine eigene Geschichte anzubringen. »Ich möchte Ihnen sagen, Mr. Holt – das heißt, so ganz sicher bin ich nicht, aber ich denke, ich habe Vanc heute gesehen.«

»Wo?«

»Hier in Eastbourne.«

»Sah er Sie?«

»Nein, ich war in meinem Zimmer. Ich bin heute nicht ins College gegangen.«

»Oh, Sie haben eine Unterkunft in der Stadt?«

»Unterkunft? Ah, oui, ma chambre! Ja, ich wohne zusammen mit einem anderen Studenten namens Graham Brown. Die Fenster unseres Zimmers sehen hinaus auf die Rückseite des Restaurants ›Goldener Pfau‹. Die Tür zur Küche liegt in einem schmalen Durchgang, der fast immer dunkel ist. Deshalb bin ich nicht sicher, ob es wirklich Vanc war, den ich sah. Aber er glich ihm sehr. Sagen Sie, Mr. Holt – ist es möglich, daß Vanc noch lebt?«

»Ich fürchte, das kann ich nicht beantworten. Glaubte auch Ihr Freund – Graham Brown, nicht wahr? –, glaubte auch er, Vanc zu sehen?«

»O non, Graham ist in Schottland, auf Besuch bei seinen Eltern.«

»So haben wir nur Ihre Aussage. Nun, Monsieur Legere, halten Sie Ihre Augen offen und verständigen Sie sofort mich oder die Polizei, wenn Sie wieder glauben, Vanc zu sehen.«

»Sehr wohl, Mr. Holt. Au revoir.«

Der blonde Student verbeugte sich, ging geschwind zu seinem Fahrrad, das er neben der Hotelzufahrt an einen Baum gelehnt hatte, und radelte davon wie ein routinierter Tour-de-France-Teilnehmer.

Als Holt die Hotelhalle betrat, übermittelte ihm der Empfangsportier die Bitte Miss Sanders', sich sogleich mit ihr in Verbindung zu setzen.

Holt lächelte im stillen; anscheinend war Ruth sehr neugierig, wieviel von ihm übriggeblieben war nach seinem Besuch bei der ›schönen Sheen‹. Etwas schuldbewußt eilte er in sein Zimmer, um etwaige Lippenstiftspuren zu beseitigen, ehe er auf der anderen Seite des Korridors an Ruths Zimmertür klopfte.

Zu seiner Verwunderung antwortete ihm eine Männerstimme.

»Na«, begrüßte ihn Inspektor Hyde beim Eintreten, »gucken Sie mich nicht so böse an, Holt! Ruths Zimmer ist viel gemütlicher als meins. Kurz nach dem Lunch bin ich hier angelangt. Neues über den Curly-Mord kann ich leider nicht berichten. Ruth hat mir von dem Besuch im College und dem Anschlag auf Ihr Auto erzählt. Gott sei Dank, daß Ihnen beiden nichts passiert ist.«

Holt nickte. »Es war gekonnte Arbeit. Wäre nur die eine Zuleitung durchgeschnitten worden, dann hätten wir noch immer bremsen können.«

»Was hatte Miss Sheen über den Zwischenfall zu sagen?« fragte Ruth gespannt.

»Sie versicherte, nichts davon zu wissen.«

»Obschon sie ganz in der Nähe wohnt?«

»Um gerecht zu sein – es war kein sehr geräuschvoller Zwischenfall, nicht wahr?«

»Allerdings«, bestätigte Ruth etwas spitz. »Und selbstverständlich beteuerte sie auch, nichts von alledem zu wissen, was sich am Montag abend voriger Woche in Vanc Scrantons Studierzimmer zugetragen hat?«

Holt nahm eine Zigarette, behielt sie aber unangezündet in der Hand. »Ich bin mir noch nicht ganz schlüssig über Miss Sheen. Sie ist überzeugt, daß es Vanc war, der getötet wurde, schwört aber Stein und Bein, daß sie nichts damit zu tun hatte.«

Ruths Gesichtsausdruck ließ erkennen, daß sie sich bereits absolut schlüssig über Miss Sheen war und an einer geistigen Rekonstruktion der Besuchsszene im Bungalow arbeitete. Ihre Mißbilligung unterdrückend, fragte sie süß: »Und gelang es der wohlgestalteten Antoinette, Sie davon zu überzeugen, Philip?«

»Ruth«, mischte Hyde sich ein, »bringen Sie Ihren Chef nicht zum Erröten. Er ist ein Mann, gewiß, aber ganz bestimmt kein Narr.« Er wandte sich an Holt: »Wollen Sie uns erzählen, was Sie bei Ihrem Besuch herausgefunden haben, teurer Freund!«

»Bevor ich das tue, muß ich etwas Seltsames berichten, was mir eben vor diesem Hotel widerfahren ist.«

Der Inspektor und Ruth lauschten gespannt, während Holt von seiner Begegnung mit Henri Legere erzählte.

Dann resümierte Hyde: »Nun sind es drei Leute, die behaupten, ihn gesehen zu haben – Mrs. Scranton, Jimmy Wilde und dieser Student. Dennoch ist Antoinette, wie Sie sagen, ziemlich sicher, daß Vanc tot ist. Ich frage mich, warum sie so sicher sein mag?«

»Oh, dafür könnte ich mir einen sehr guten Grund vorstellen!« bemerkte Ruth anzüglich.

Als hätte er es nicht gehört, sagte der Inspektor: »Nun, Holt, berichten Sie über Ihren Besuch bei Miss Sheen.«

Holt zündete sich die Zigarette an und begann an seinen Fingern abzuzählen: »Erstens: Sie ist atemberaubend schön. Zweitens: Sie ist verblüffend offen. Drittens: Sie ist eine erstklassige Malerin und weiß sehr viel über Kunst. Viertens: Sie hat einen ausgezeichnet funktionierenden, wahrscheinlich akademisch geschulten Verstand und kann Geistesgrößen zitieren, ohne hochtrabend zu wirken. Fünftens: Die Bücher, die sie schreibt. Ich habe keins davon gelesen, hatte aber einige Vorurteile gegen sie, die nun gegenstandslos geworden sind.«

»Meine Güte!« rief Ruth aus. »Der schönen Sheen ist es wahrhaftig gelungen, Sie um den kleinen Finger zu wickeln!«

Hyde blieb sachlich. »Sie nehmen also an, Holt, daß sie weder mit dem Mord noch mit dem Anschlag auf die Bremsen Ihres Autos etwas zu tun hat?«

»Sie mag durchaus mit beidem zu tun gehabt haben, insbesondere mit letzterem«, sagte Holt unerwartet und beschrieb Antoinettes Kleidung.

»Aha!« jauchzte Ruth. »Welche Beweise brauchen Sie noch?«

»Nicht so vorschnell!« schnappte Holt. »Freilich sahen wir jemanden mit langer enger Reithose und einem gelblichen

Schimmer unter der Reitkappe. Doch wenn sie es war – warum wechselte sie dann nicht die Kleidung, ehe ich sie besuchte?«

»Bluff! Reiner Bluff!« behauptete Ruth.

»Moment!« unterbrach der Inspektor diplomatisch. »Holt, Sie sagten, Miss Sheens Verstand wäre wahrscheinlich akademisch geschult. Haben Sie das geschätzt, oder wußten Sie, daß sie zwei akademische Grade hat?«

Holt saß plötzlich kerzengerade da. »In Geschichte und Wirtschaftswissenschaft, zufällig?«

»Genau. Sie wußten es also?«

»Nein. Aber ich habe zwei und zwei zusammengezählt. Ich will sogar so weit gehen, Ihnen zu sagen, wer Prospero ist!«

»Vorsicht, daß Sie nicht stolpern!« warnte Hyde gutmütig.

»Tue ich nicht! Alles paßt zusammen. Antoinette ist firm in Geschichte – sonst könnte sie nicht ein Dutzend solcher Romane schreiben und diese bei angesehenen Verlagen unterbringen. Doch das ist nicht ihre einzige Stärke. Sie schreibt historische Romane, um leben zu können. Aber sie hat Verstand und Wissen genug, um mehr zu leisten, und zwar auf den Gebieten Politik und Wirtschaftswissenschaft!«

»Was soll uns das nützen?« fragte Ruth geringschätzig.

»Mindestens dies: Kenne deinen Feind! Antoinette Sheen steht hoch oben auf der Liste der Mordverdächtigen. Ich hatte erwartet, eine Sexbombe zu treffen, die allenfalls den Verstand eines Suppenhuhns besitzt. Tatsächlich aber haben wir es mit einer kühlen, scharfsinnigen, hochintelligenten Frau zu tun.«

»Die für eine snobistische Zeitschrift wirtschaftspolitische Artikel unter dem Pseudonym Prospero schreibt?« fragte Hyde.

»Ganz so einfach dürfte es nicht sein. Ich kann hier nur mutmaßen, aber es würde mich nicht überraschen zu erfahren, daß Prospero Professor Dalesfords Pseudonym ist.«

»Professor Dalesfords Pseudonym?«

»Ja. Sehen Sie, niemand würde solchen Artikeln ernsthafte Beachtung schenken, wenn den Eingeweihten – und einen Kreis wichtiger Eingeweihter gibt es, wie bei allen derartigen Sachen, gewiß auch hier –, wenn also den Eingeweihten bekannt wäre, daß eine Romanschreiberin die Verfasserin ist. So gibt Dalesford, den ich für einen eitlen Narren halte, sein Pseudonym und erntet den Ruhm, während Antoinette die Arbeit macht und hierfür wahrscheinlich die Hälfte des Honorars erhält.«

Hyde stand auf, um ein wenig hin und her zu gehen und dabei seine Pfeife zu stopfen. »Holt«, sagte er, »Ihre Vermutungen treffen dieses Mal den Nagel auf den Kopf. Die neuesten Informationen, die wir erhielten, bestätigen alles, was Sie sagten. Dalesford ist Prospero. Und noch einige Neuigkeiten. Unsere Schriftsachverständigen halten es für so gut wie sicher, daß der mit grüner Tinte geschriebene Vermerk in dem ›New Feature‹-Heft, das die Scrantons bekamen, von Julie Benson stammt.«

Holt nickte. »Als Sekretärin des Professors weiß sie wahrscheinlich, daß er diese Artikel nicht selber schreibt. Sie wollte also den Verdacht auf die verhaßte Antoinette Sheen lenken, die ihr den Verlobten fortgenommen hatte.«

In die nun folgende Stille hinein sagte Ruth mit etwas frostiger, aber ernster Stimme: »Könnte es nicht sein, daß Julie etwas mehr weiß? Vielleicht hält sie gewisse Tatsachen zurück und ist dennoch diejenige, die bisher im wesentlichen die Wahrheit sagte?«

Der Inspektor räusperte sich und wechselte einen etwas schuldbewußten Blick mit Holt. »Ruth hat recht, wie gewöhnlich. Was sie eben sagte, ist durchaus denkbar. Ich werde mich wieder mit Miss Benson befassen müssen. Mindestens wird sie sich für die anonyme Anschuldigung zu verantworten haben, die sie mit grüner Tinte an den Rand der Zeitschrift schrieb.«

»Ich fürchte, Sie werden auch wieder mit Antoinette Sheen sprechen müssen, Inspektor«, sagte Holt, indem er den erhaltenen Briefumschlag aus der Tasche zog. »Sie behauptet, diesen Brief, mit Vancs Siegelring darin, gestern bekommen zu haben.

Der Ring ist wohl wirklich Vancs Siegelring – die Eltern Scranton könnten es bestätigen. Aber ich hege Zweifel über den Brief selbst und die Art, wie sie ihn angeblich bekam.«

Hyde nahm den Ring und betrachtete ihn eingehend. »Endlich etwas Konkretes! Haben Sie sich denn den Ring genau angeschaut, Holt?«

»Nein, dazu war keine Zeit.«

Hyde gab den Ring zurück. »Was machen Sie aus dem Monogramm darauf?«

»Ganz einfach: Vanc Scrantons Initialen, das V über das S gesetzt.«

»Natürlich. Aber auf der ersten Postkarte von Christopher … Hier, sehen Sie selbst.«

Hyde holte eine Fotokopie der an Vanc übersandten Postkarte heraus.

»Das hat unser Labor darauf entdeckt.«

Holt und Ruth betrachteten die Fotokopie verwundert. Der ursprüngliche Postkartentext ›Verlebe einen schönen Tag. Grüße von Christopher‹ war jetzt durch eine Anzahl Buchstaben erweitert, und links vom Text stand das Vanc-Scranton-Monogramm.

Die vollständige Nachricht lautete:

2
CP MU AR
Verlebe einen schönen Tag.
EM CM
Grüße von Christopher.

»Die Codenachricht war mit Geheimtinte geschrieben, nicht wahr?« fragte Ruth.

Hyde nickte. »Unser Labor hat beide Karten behandelt. Die Codezeichen erschienen nur auf der ersten Karte – der, die direkt an Vanc geschickt worden war. Die zweite Karte, die Mr.

Wilde überbrachte, enthielt keine Geheimnachricht, und ich frage mich nun, ob sie vielleicht eine Fälschung ist.«

»Minuspunkt für Jimmy, den Bestattungsfirmenrepräsentanten«, bemerkte Ruth. »Finden Sie übrigens nicht auch, daß die übereinandergesetzten Buchstaben V und S des Monogramms etwas an ein Dollarzeichen erinnern?«

»Genau das irritierte mich anfangs«, gab Hyde zu. »Doch nachdem wir den Ring haben, ist klar, was es bedeutet. Und Vancs Beteiligung an der Angelegenheit scheint nun bewiesen.«

»Was mag die Codenachricht besagen?« wollte Ruth wissen.

»Unsere Sachverständigen konnten es noch nicht ermitteln. Solche Einzelbuchstaben können tausenderlei bedeuten, zumal dann, wenn man keinen Anhaltspunkt hat, auf was sie sich beziehen. Mit einer in kyrillischen Buchstaben geschriebenen komplizierten Geheimnachricht über die neueste Weltraumrakete kämen unsere Spezialisten binnen einer halben Stunde klar. Aber dieses hier –«

Ruth schien so enttäuscht über Hydes Worte, daß er sich zu einer kleinen Ermunterung veranlaßt sah: »In einer Hinsicht sind wir dennoch vorangekommen. Die Schnappschüsse, die Sie aus Curlys Kleinbus machten, scheinen allerhand zu ergeben.«

»Ach?« sagte Ruth. »Ich dachte, sie wären verwackelt?«

»Keineswegs. Wir konnten sie stark vergrößern lassen und haben einen Satz Vergrößerungen an Interpol geschickt. Da die beiden Lieferwageninsassen zu Asche verbrannt sind, konnten uns nur die Schnappschüsse helfen, sie zu identifizieren. Nach einer vorläufigen Auskunft von Interpol scheint es sich bei ihnen um zwei unbedeutende französische Kriminelle gehandelt zu haben.«

»Französische Kriminelle?« wiederholte Ruth verwundert.

»Ja. Die Pariser Polizei sucht sie, weil sie eine illegale Druckerei betrieben haben. Aber sie haben beileibe nicht etwa Falschgeld gedruckt, sondern alte französische Zeitungen!«

»Nanu!« sagte Holt kopfschüttelnd. »Wie alt denn?«

»Siebenundachtzig bis siebenundneunzig Jahre alt. Sie verwendeten künstlich vergilbtes Papier dazu. Komisch, nicht wahr? Warum genaue Nachahmungen von Pariser Zeitungen aus den Jahren zwischen 1870 und 1880 drucken?«

»Ich werde mir diese Frage durch den Kopf gehen lassen«, verhieß Holt nachdenklich.

Der Inspektor lächelte. »Fein. Und wenn Sie dabei wieder mal eine Ihrer Erleuchtungen haben sollten, würde es mich freuen, von Ihnen zu hören.«

Holt nickte. »Auf jeden Fall gibt es mir etwas zum Denken, wenn ich heute nacht darauf warte, daß Professor Dalesford die Lichter des College löscht.«

8

Zwölf ferne Glockenschläge des Kirchturms von Deanfriston, die geisterhaft über die mondbeschienenen Downs hallten, verkündeten Mitternacht. Philip Holt stand wartend im Schatten eines Gebüschs nahe dem College. Trotz seiner warmen Kleidung fröstelte er. Fast eine Stunde mochte vergangen sein, seit die fröhlichen Rufe der Studenten verstummt und die Lichter im College erloschen waren. Obwohl alles still war, hatte er sich gezwungen, immer noch eine Viertelstunde länger zu warten, denn es hätte keine annähernd befriedigende Ausrede gegeben, wenn er zu dieser nächtlichen Stunde im College erwischt worden wäre.

Was er eigentlich zu finden hoffte, wußte er nicht. Auch war ihm unklar, warum er diese Art heimlicher Suche vorzog, obschon Inspektor Hyde ihm unschwer eine zweite und gründlichere Besichtigung von Vanc Scrantons Studierzimmer bei Tageslicht hätte vermitteln können. Teils war es ein rein intuitives Gefühl, das ihn zu seinem etwas gesetzwidrigen Tun trieb, und teils der Eindruck, daß Dalesford ihn mit verdächtiger Eile durch das Studierzimmer gehetzt hatte. Holt ließ sich nicht gerne hetzen.

Nachdem er noch eine Viertelstunde gewartet hatte, hielt er seine Zeit für gekommen und verließ den Schatten des Gebüschs, um sich auf seinen Kreppsohlen lautlos über den kurzgeschnittenen Rasen zu bewegen. Der Mond schien so hell, daß er auf den Gebrauch seiner Taschenlampe verzichten konnte; im übrigen war er froh, vorsichtshalber sein Gesicht geschwärzt und dunkle Kleidung angezogen zu haben, was ihn bei den herrschenden Lichtverhältnissen fast unsichtbar machte.

Die erste Enttäuschung traf ihn, als er die Eingangstür zu dem Korridor, an dem die Studierzimmer lagen, verschlossen fand. Das kam unerwartet; vor dem Mord war diese Tür, wie er erfahren hatte, immer unverschlossen geblieben.

Nun mußte er also durch das Fenster einsteigen. Er war nicht ganz sicher, ob er Vancs Studierzimmer von draußen finden würde, aber das helle Mondlicht half ihm. Es fiel zwar ziemlich steil durch die Fenster der Erdgeschoßzimmer, doch genügte ihm die reflektierte Helligkeit, an der Wand eines Zimmers ein Bild wiederzuerkennen, das er bei seinem Besuch am Vormittag bemerkt hatte – eine sehr gute Ölkopie von Leysters' ›Spaßmacher‹, vermutlich ein weiteres Beispiel für Antoinettes künstlerische Fähigkeiten.

Er holte ein Federmesser und ein starkes Stück Zelluloid aus der Tasche und bezwang den Fensterriegel ohne nennenswerte Anstrengung. Ein Glück, dachte er beim Hineinklettern, daß die Fensterläden offen waren. Einen Moment lang fühlte er sich versucht, sie von innen zu schließen und das Licht anzuknipsen, verwarf aber diesen Gedanken gleich wieder, da er – mochten die Fensterläden noch so gut schließen – befürchten mußte, sich vielleicht durch einen Lichtstreifen unter der Tür zu verraten.

Zunächst blieb er reglos in der Mitte des Zimmers stehen, um seine Augen an die Halbschatten und Schatten der fremden Umgebung zu gewöhnen. Hier also war ein Mord verübt worden … Wer hatte dort gestanden, einen Revolver in der Hand, als das Opfer zu Boden gesunken war? Eine blauäugige Blondine? Ein hochmütiger Professor? Ein vogelähnlicher Bestattungsfirmenrepräsentant? Eine schöne, scharfsinnige Schriftstellerin? Oder Vanc Scranton selbst? Oder niemand von allen diesen?

Keine Erleuchtung wurde ihm zuteil. Kein Gesicht erschien vor seinem geistigen Auge. Nicht einmal die Erkenntnis kam ihm, ob es ein Mörder oder eine Mörderin gewesen war. Nur eins zeichnete sich als völlig sicher ab: Egal, ob Mann oder Frau – es mußte sich um eine dem Opfer vertraute, eiskalt und scharfsinnig denkende, nervenstarke Person gehandelt haben.

Er nahm seine Taschenlampe, blendete ihren Lichtschein ab und begann vorsichtig das Zimmer zu inspizieren. Zuerst versuchte er es beim Schreibtisch, wo er irgend etwas von Bedeutung zu entdecken hoffte. Aber zu seiner Enttäuschung waren alle Schubladen leer; offenbar hatte Dalesford selbst dafür Sorge getragen, Vancs Papiere unter Verschluß zu nehmen.

An den Wänden war nichts Bemerkenswertes, abgesehen von der Leysters-Kopie. Er nahm das Bild vom Haken und besah die Rückseite. Wie vermutet, stammte die Kopie von Antoinette. Sie hatte eine Widmung auf die Rückseite geschrieben: ›Für Vanc von Antoinette – in der Hoffnung, daß er eines Tages lernen wird, zu lachen wie dieser Spaßmacher.‹ Die Widmung war vom Frühsommer datiert; vielleicht um die Zeit, als die Liebschaft zu Ende ging und sie sich getrennt hatten. Als Freunde? Oder als bittere Feinde?

Andere Bilder oder sonstiger Zierat hingen nicht an den Wänden, abgesehen von einem Abreißkalender, der noch das Datum des Tages zeigte, an dem der Leichnam gefunden worden war. Systematisch bewegte sich Holt durch das Zimmer; so gründlich er jeden Einrichtungsgegenstand und alle noch vorhandenen persönlichen Besitztümer prüfte – Neues erfuhr er dadurch nicht.

Schließlich wandte er sich den Büchern zu. Es waren so viele Bücher, daß die Bücherregale nicht ausreichten; die übrigen Bände lagen zu Stapeln geschichtet auf dem Boden, wo immer sich Platz bot. Da gab es Lehrbücher über Geschichte, Politik, Wirtschaftswissenschaft, Werke von allgemeinem Interesse, viel hypermoderne Literatur, große Mengen von Zeitschriften, die meisten von ihnen französischer Herkunft, einige von Antoinettes Romanen und Serien fein illustrierter Kunstbücher. Die Interessengebiete waren weit gespannt, wirklich Abseitiges fehlte jedoch.

Holt nahm nacheinander Antoinettes Romane zur Hand; jeder von ihnen war mit einer handgeschriebenen Widmung versehen, teils ironisch, teils verliebt, alle amüsant zu lesen, aber völlig bedeutungslos für den Fall. Als nächstes zog er ein gewichtiges Kunstbuch heraus, Claude Monet gewidmet, und öffnete es auf gut Glück. Dabei flatterte ein Streifen gelbliches Zeitungspapier zu Boden, ohne handschriftliche Vermerke, anscheinend ein Lesezeichen. Holt nahm es auf und steckte es vorsichtshalber ein.

Im nächsten Moment vernahm er ferne Schritte. Hastig stellte er das Buch an seinen Platz zurück und schlich ans Fenster. Nun hörte er, wie ein schwerer Schlüssel in ein massives Schloß gesteckt wurde – zweifellos in das Schloß der Eingangstür zur ›Scholars' Row‹. Mit angehaltenem Atem lauschte er auf das geräuschvolle Öffnen und Schließen der Tür. Als die Schritte dann durch den Korridor näher kamen, schwang er sich über den Sims, zog die Fensterflügel hinter sich zu und wartete.

Ein schräger Streifen Mondlicht teilte die Hausmauer in Licht und Schatten. Wo Holt kauerte, herrschte tiefstes Schwarz; wenige Handbreit über seinem Kopf war der Fenstersims in kaltes Silberlicht getaucht. Gespannt lauschend vernahm er das Öffnen der Studierzimmertür. Einen Moment später hatte der nächtliche Besucher, ohne das Licht einzuschalten, das Zimmer durchquert und die Fensterflügel geöffnet. Dann langte er mit beiden Armen hinaus, um die hölzernen Fensterläden zu schließen.

Holt drückte sich dicht an die Hausmauer und wagte nur einen vorsichtigen Seitenblick nach oben. Die hölzernen Läden klappten zu, ein Riegel schnappte, und damit war das Fenster buchstäblich versiegelt. Als eine Sekunde später drinnen im Studierzimmer der Lichtschalter klickte, drang nicht der geringste Lichtschimmer nach außen.

Holt richtete sich auf und preßte ein Ohr an einen der Fensterläden. Wenig später konnte er hören, wie etwas Schweres durch das Zimmer bewegt wurde; es waren schleifende Geräusche, als würde eine Leiche oder ein gefüllter Sack über den Boden gezogen – anscheinend in Richtung zur Zimmertür. Dann klickte der Lichtschalter. Gleich danach wurde die Studierzimmertür von außen zugemacht und abgeschlossen.

Holt sprang auf und eilte an der Hausmauer entlang bis in die Nähe des Eingangs zur ›Scholars' Row‹; überzeugt, früher dort zu sein als sein unbekannter Gegenspieler, duckte er sich in den Schatten einiger Büsche und lauschte angestrengt auf etwaige Schritte oder das Schleifen eines Sacks. Aber nichts kam.

Minuten waren vergangen, als in einiger Entfernung ein Automotor angelassen wurde. Holt verließ sein Versteck und rannte an der Tür zur ›Scholars' Row‹ vorüber in Richtung des Geräusches, aber ein langer Gebäudeflügel, den er als die angebaute Turnhalle erkannte, versperrte ihm den Weg; der unbekannte Gegenspieler mußte durch eine Seitentür der Turnhalle ins Freie gelangt sein. Als Holt die Turnhalle halb umrundet hatte, merkte er, daß er nicht schnell genug gewesen war. In der Nachtluft hing der Geruch von Auspuffgasen, und auf der Straße zum Städtchen waren zwei schnell entschwindende rote Schlußlichter zu sehen. Von dem Auto selbst allerdings wußte Holt nach dem Motorengeräusch zu urteilen, daß es ein Volkswagen gewesen sein mußte.

Nachdem Holt wieder zu Atem gekommen war, ging er zu

der abgelegenen Stelle, wo er seinen Leihwagen geparkt hatte. Es würde, so überlegte er, interessant sein festzustellen, wer von den in die Scranton-Affäre verwickelten Leuten einen Volkswagen besaß. Bisher wußte er nur von einem – Jimmy Wilde. Doch mußte man sich vor übereilten Schlußfolgerungen hüten und einen offenen Blick bewahren.

Interessant würde es sein, so überlegte Holt weiter, demnächst einige Leute nach der Uhrzeit zu fragen – ganz einfach nach der Uhrzeit zu fragen. Entweder würden sie keine Armbanduhr besitzen und wären demzufolge auszuschließen, wenigstens in diesem Zusammenhang. Oder sie würden auf ihre Armbanduhr schauen.

Die Person – egal, ob männlich oder weiblich –, die aus dem dunklen Zimmer gelangt und die hölzernen Fensterläden geschlossen hatte, wurde durch eine kleine, im hellen Mondlicht offenbar gewordene Eigenheit charakterisiert. Sie trug nämlich ihre goldene Armbanduhr auf der Innenseite des Handgelenks.

9

»Auf unserer Liste der Verdächtigen«, sagte Inspektor Hyde, »haben wir also nur einen Volkswagenbesitzer und bis jetzt niemanden, der seine Armbanduhr auf der Innenseite des Handgelenks trägt.« Er schenkte Holts Kaffeetasse wieder voll. »Hinsichtlich des Professors sind Sie absolut sicher?«

Holt, den Mund voller Toast, brummte zustimmend; er saß in seinem Hotelzimmer bei einem späten Frühstück, nachdem er an diesem Morgen bereits eine kleine Ausfahrt unternommen hatte. »Ja, Professor Dalesford scheint auszuscheiden. Als ich ihn vorhin bei meinem kurzen Besuch im College ganz nebenbei nach der Zeit fragte, brachte er eine große altmodische Taschenuhr zum Vorschein. Auch Julie Benson dürfte kaum in

Frage kommen, jedenfalls trägt sie eine winzige Platinuhr außen am Handgelenk.«

»Und wie befindet sie sich heute? Leidlich erholt von der gestrigen Ohnmacht?«

»Anscheinend ja. Sie willigte sogar ein, heute mit mir zu lunchen.«

»Sieh an! Wo denn?«

»Hier in Eastbourne, im ›Goldenen Pfau‹. Sie warnte mich, daß es dort schrecklich teuer sei. Aber ich halte es für gut, das Lokal kennenzulernen, an dessen Hinterausgang Henri Legere, der französische Austauschstudent, unseren geheimnisumwitterten Vanc Scranton gesehen haben will!«

»Richtig. Und beim Lunch werden Sie ihr den Ring zeigen, um ihre Reaktion zu beobachten. Ich wünschte, ich könnte als Mäuschen dabeisein. Dieser Ring muß etwas bedeuten. Curly hielt ihn für wichtig – sonst hätte er ihn nie erwähnt. Christopher malte das Monogramm des Ringes mit Geheimtinte auf seine erste Postkarte. Und Miss Sheen hielt es für gut, sich des Ringes zu entledigen, indem sie ihn Ihnen übergab.« Der Inspektor wandte sich an Ruth, die, anscheinend in den Ausblick aufs Meer vertieft, am Fenster stand. »Sie sind ganz sicher, Ruth, daß Miss Sheen keine goldene Uhr innen am Handgelenk trägt?«

»Unbedingt sicher«, lautete die Antwort. Während Holt zum College gefahren war, hatte Ruth den lachsfarbenen Bungalow besucht. Da vorauszusetzen war, daß Antoinette sie erkennen würde, hatte sie auf alle Umschweife verzichtet, einfach an die Tür geklopft, sich als Philip Holts Sekretärin vorgestellt und gefragt, ob sie das Telefon benutzen dürfe. Sie erzählte Antoinette, Mr. Holt habe sie nach East Dean geschickt, um den Mustang aus der Reparaturwerkstatt abzuholen, aber die Lackierung des beschädigten Kotflügels sei noch nicht beendet, und so könne sie den Wagen nicht, wie geplant gewesen, nach Eastbourne zurückfahren. Antoinette hatte sich unerwartet hilfsbereit gezeigt und sogar darauf bestanden, Ruth in ihrem eigenen grünen Morris nach Eastbourne zu bringen. Da Antoinettes Hände dann während der fast fünfzehn Minuten dauernden Fahrt ständig am Lenkrad lagen, hatte Ruth hinreichend Gelegenheit zu der Feststellung gehabt, daß Antoinette überhaupt keine Armbanduhr trug.

»Leider beweist das nicht viel«, wandte Hyde ein, nachdem Ruth ihre Erklärung beendet hatte. »Keinesfalls besagt es, daß Miss Sheen nie eine Armbanduhr trägt.«

»Aber sie hat eine wundervoll gleichmäßig sonnenbraune Haut«, sagte Ruth etwas neidisch. »Trüge sie auch nur gelegentlich eine Armbanduhr, dann würde sich an ihrem Handgelenk bestimmt eine etwas hellere Stelle zeigen.«

»Ja, allerdings«, pflichtete Hyde bei, stand auf und begann im Zimmer hin und her zu gehen. »Eine Einzelheit Ihres nächtlichen Abenteuers, Holt, ist mir unklar geblieben. Sie müßten doch erkannt haben, ob die Arme, die nach den Fensterläden griffen, Männerarme oder Frauenarme gewesen sind? An der Kleidung, zum Beispiel. Außerdem tragen Frauen kleinere Armbanduhren als Männer, nicht wahr?«

»Nicht immer«, warf Ruth ein. »Heutzutage gefällt es manchem Mädchen, Männeruhren zu tragen – eine Modenarrheit.«

»Alles geschah sehr rasch«, bekannte Holt. »Die Uhr hatte ein goldenes Elastikarmband und war vielleicht etwas klein für eine Männeruhr, aber doch größer als die durchschnittlichen Frauenuhren. Und was die Kleidung betrifft – nun, es schien etwas Gestricktes zu sein, ein langärmeliger Pullover oder Sweater vielleicht, wie ihn beide Geschlechter tragen. Nein, die beiden einzigen Dinge, die uns möglicherweise weiterhelfen können, waren der Streifen Zeitungspapier, der aus dem Kunstbuch fiel –«

»Ich habe ihn bereits nach London geschickt«, warf Hyde ein, »um zu sehen, was unser Labor daraus macht.«

»– und die eindeutig klaren Startgeräusche eines Volkswagens. Zwei ziemlich magere Ergebnisse für eine mehrstündige und anstrengende Nachtarbeit. Als Dalesford mich heute früh nochmals in Vancs Studierzimmer führte, fand ich nichts verändert. Ich muß also annehmen, daß das, was letzte Nacht in einem Sack umhergeschleift wurde, entweder nicht in das Zimmer gehörte oder bereits wieder an den alten Platz zurückgestellt worden war.«

»Wer es auch immer gewesen sein mag – er hatte Schlüssel zur Tür der ›Scholars' Row‹ und zur Seitentür der Turnhalle. Das ließe vor allem auf Dalesford oder Julie Benson schließen. Aber andererseits ... Übrigens, waren die Fensterläden noch geschlossen?«

»Ja. Der Professor erklärte es als notwendige Sicherheitsmaßnahme, bis das Zimmer wieder benutzt würde.«

Hyde nickte nachdenklich. »Eine zweifellos vernünftige Maßnahme – abgesehen von der Tatsache, daß die Fensterläden noch offenstanden, als das übrige College für die Nacht verschlossen und gesichert war. Entweder weiß Dalesford, wer diese Fensterläden schloß, und deckt die betreffende Person, oder –«

»Oder der Mann, der sie schließen sollte, hatte es einfach vergessen«, warf Ruth ein. »Dalesford hätte den Unterschied nie gemerkt, als er sie heute früh beim Betreten des Studierzimmers geschlossen fand.«

Holt nickte. »Ja, so simpel könnte es sein. Ich werde mit dem Hausmeister darüber sprechen. Inzwischen bleiben uns nur eine goldene Uhr, an der Innenseite des Handgelenks getragen, und jemand, der einen Volkswagen besitzt oder fährt. Fassen wir noch einmal zusammen, was wir bisher wissen: Antoinette besitzt einen grünen Morris und keine Armbanduhr, Dalesford besitzt eine Taschenuhr und kein Auto, Julie Benson fährt einen Vesparoller und trägt eine kleine Platinuhr außen am Handgelenk. Niemand scheint sich zu erinnern, was für eine Art Uhr Vanc Scranton trug, während bekannt ist, daß er einen Triumph-Spitfire fuhr, den er jedoch vor einigen Wochen verkauft zu haben scheint. Bleibt noch Jimmy Wilde, dessen Geschmack in Uhren bisher unbekannt ist –«

»Während wir seinen Geschmack in Autos um so besser kennen«, meldete sich Ruth vom Fenster her. »Soeben ist er hier beim Hotel vorgefahren.«

»In seinem Volkswagen?« fragte Hyde ruhig.

»Ja.«

Holt schob sein Frühstückstablett beiseite, stand auf und trat zu Ruth ans Fenster. »Wie Sie bereits feststellten, ein abscheuliches Blau«, bestätigte er.

Hyde fragte: »Ist er allein?«

Ein untersetzter Mann verließ den Volkswagen auf der rechten Seite, verabschiedete sich von Wilde und eilte davon.

»Nein, er scheint Abe Jenkins mitgebracht zu haben.«

»Kommen sie herein?«

»Nur Wilde. Jenkins ist fortgegangen.«

Der Inspektor näherte sich der Tür. »Dann werde ich verschwinden. Niemand weiß, daß ich hier bin. Mr. Wildes Besuch dürfte also Ihnen gelten, Holt. Vergessen Sie nicht, ihn nach der Uhrzeit zu fragen …«

Holts Lunch mit Julie Benson im ›Goldenen Pfau‹ ließ sich besser an, als er erwartet hatte. Ursprünglich wußte er nicht recht, über was er mit ihr sprechen sollte, doch schnitt sie selbst das richtige Thema an, indem sie eifrig fragte: »Stimmt es, daß Sie ein berühmter Modefotograf sind, Mr. Holt?«

Holt trank einen Schluck Wein und antwortete lächelnd: »Ich mache dann und wann einige Modeaufnahmen, Fotos für Industriewerbung, Titelseitenfotos für Magazine und nahezu alles, was Geld bringt. Aber mein Hauptinteresse gilt der Porträtfotografie.«

»Ach, ich denke es mir wundervoll, im Modefach zu sein. Oft überlege ich, ob ich nicht Fotomodell werden sollte.«

Holt seufzte im stillen. Praktisch jede schlanke britische Blondine zwischen dreizehn und dreißig schien den Wunsch zu hegen, Fotomodell zu werden. Er ließ Julie plappern und fütterte sie gelegentlich mit einigen Brocken Berufsklatsch, um sie am Plappern zu halten. Einmal streifte die Unterhaltung das Thema Vanc Scranton, aber Julie war es offenbar leid, sich darüber auszulassen, obwohl sie eine gewisse Hoffnung zu erkennen gab, daß Vanc noch am Leben sei – eine Hoffnung, die wohl eher auf Abe Jenkins' Zeitungsartikel als auf die Behauptung ihres Schwagers, er habe Vanc in der Untergrundbahn gesehen, zurückzuführen war.

Gegen Ende des ausgezeichneten Lunchs, als Julie völlig entspannt und ungezwungen wirkte, brachte Holt das Gespräch behutsam in die von ihm gewünschte Richtung.

»Sagen Sie, Julie, wenn das Modefach so sehr lockt – würde Professor Dalesford da nicht traurig sein, seine bewährte Sekretärin zu verlieren?«

Sie lachte leise. »Oh, er würde ganz gut ohne mich auskommen. Es gibt dort im allgemeinen so wenig zu tun, daß ich manchmal denke, er hält sich eine Sekretärin nur aus Prestigegründen.«

Eine gewitzte Antwort, dachte Holt; laut sagte er: »Ich glaubte, da gäbe es viel Arbeit mit der Schreibmaschine – sein Vorlesungsmaterial mit allem Drum und Dran, seine Prospero-Artikel ...«

Julie schwieg; Holt meinte in ihrem Ausdruck ein gewisses Unbehagen zu entdecken. Schließlich murmelte sie: »Ach, das. Nun ...«

Holt fragte vorsichtig: »Oder liefert Miss Sheen sie bereits getippt, um Ihnen die Mühe zu ersparen?«

»Miss Sheen? Ich – ich weiß nicht, was Miss Sheen damit zu tun hätte.«

»Julie, ich will ganz offen sein. Ich weiß zufällig, daß Miss Sheen diese Artikel für den Professor schreibt. Und Sie wissen das natürlich auch. Ich denke, Sie rechneten sogar damit, daß diese Tatsache früher oder später ans Licht kommen würde, als Sie mit grüner Tinte jenen Vermerk unter den Prospero-Artikel in der ›New Feature‹ schrieben und die Zeitschrift ins ›Savoy‹ schickten.«

»Mr. Holt, ich weiß wirklich nicht, wovon Sie sprechen!«

»Unsinn! Scotland Yard hat Proben Ihrer Handschrift mit den Worten verglichen, die unter den Prospero-Artikel geschrieben worden sind. Aber es war nicht der Professor, den Sie treffen wollten, obwohl Sie ihn nicht besonders mögen. Es war Antoinette, der Ihre Attacke galt. Warum? Reine Eifersucht, weil sie Ihnen den Verlobten stahl? Oder wissen Sie wirklich etwas? Verschweigen Sie Tatsachen, die die Polizei wissen sollte?«

Julie war blaß geworden und saß, mit ihrem Kaffeelöffel spielend, steif in ihrem Sessel. Holt staunte über die Veränderung, die mit ihr vorging. Ganz deutlich las er von ihren Augen den inneren Kampf ab, ob sie leugnen oder zugeben sollte, den Prospero-Vermerk geschrieben zu haben. Er erkannte, wie sie diese Taktik schließlich verwarf und sich entschloß, seine Herausforderung anzunehmen. Die kleine appetitliche Blondine war plötzlich zu einer harten, berechnenden, selbstbewußten Frau geworden. Sie sagte: »Mr. Holt, Sie enttäuschen mich. Ich hatte gehofft, Sie wären etwas anders als die übrigen.«

»Anders? Inwiefern?«

»Ich hatte gehofft, Ihre Berufsarbeit und Ihre Erfahrungen hätten Sie gegen die Sextricks einer Kreatur wie Antoinette Sheen immun gemacht. Anscheinend ist das doch nicht so. Ihr Männer seid alle gleich. Diese Frau braucht nur die Hüften zu schwenken und ihre falschen Wimpern wedeln zu lassen, und jeder Mann in mehreren Meilen Umkreis wird verrückt! Sie haben sich von ihr hypnotisieren lassen! Sie können nicht mehr richtig sehen! Sie erkennen nicht mehr, was sie wirklich ist!«

»Was ist sie denn, wenn ich fragen darf?«

»Eine Bestie! Eine ruchlose, verderbte Nymphomanin, eine Megäre, eine Hure …«

Holt lauschte schweigend, im stillen Julies Reichtum an Schimpfworten und die Hitzigkeit ihres Ausbruchs bewundernd, der mehr über sie selbst als über die Frau offenbarte, die sie schmähte. Schließlich wurde sie etwas ruhiger und begann alle die Männer aufzuzählen, denen in jüngster Zeit Liebschaften mit Antoinette nachgesagt wurden – eine respekteinflößende Liste.

Mit einiger Würde vermochte Holt einzuwerfen: »Lassen Sie sich sagen, Miss Benson – mich hat sie nicht verführt.«

»Das wird sie noch, todsicher! Geben Sie ihr nur Zeit!« Julie sah durch das Restaurant, als suche sie zufällig anwesende Opfer von Antoinettes Sex-Appeal. »Schauen Sie dorthin!« zischte sie triumphierend. »Sehen Sie die beiden Männer bei der Kasse? Der blonde ist ein Franzose, Henri Legere mit Namen. Er ist der augenblickliche Günstling und, wie üblich, zehn Jahre jünger als sie!«

Holt erkannte den jungen Austauschstudenten wieder, der Vanc Scranton gesehen haben wollte. »Miss Benson, können Sie ihn irgendwie auf uns aufmerksam machen?« fragte er schnell. »Ich würde gerne mit ihm sprechen.«

»Er hat uns schon gesehen. Er kommt herüber.«

»Und wer ist der elegante Mann, mit dem er sprach? Der, der jetzt hinausgeht?«

»Das ist Ashley Milton, der Eigentümer dieses Restaurants.«

»Hm, ich wünschte, ich fände Gelegenheit, ihn zu fragen, bei welchem Schneider er arbeiten läßt«, murmelte Holt.

Henri Legere erreichte ihren Tisch, verbeugte sich tief vor Holt und bot ihm die Hand. »Bonjour, Monsieur Holt.«

Für Julie hatte er nur eine flüchtige Verbeugung und ein reserviertes Lächeln.

»Guten Tag, Monsieur Legere«, sagte Holt. »Haben Sie inzwischen wieder jemanden gesehen, der uns interessiert?«

»Ich bedaure, nein. Sonst hätte ich Sie sofort unterrichtet.«

»Ich verstehe. Aber wissen Sie, da ist etwas, was ich Sie eigentlich schon gestern fragen wollte. Wenn Sie mit Vanc Scranton zusammen waren – unterhielten sie sich auf englisch oder auf französisch mit ihm?«

Legere war verwundert. »Auf englisch, natürlich. Er war ja Amerikaner. Ich glaube nicht, daß er mehr als fünf Worte Französisch wußte, und bezweifle, daß er sie richtig aussprechen konnte.«

Beide Männer lachten. Holt lud Legere ein, am Tisch Platz zu nehmen, und bestellte einen Kaffee für ihn.

Nachdem der Kaffee serviert war, griff Holt in die Tasche und brachte ohne ein Wort der Warnung Vanc Scrantons Ring zum Vorschein. Er beobachtete Julie und Legere genau, während er den Ring auf einen Teller in der Mitte des Tisches legte.

Die beiden jungen Leute schnappten förmlich nach Luft.

Holt fragte: »Kann einer von Ihnen mir sagen, wessen Ring das ist?«

»Er gehörte Vanc«, erklärte Legere sofort. Als er die Hand nach dem Ring ausstreckte, wurde unter seiner Manschette eine Edelstahluhr mit schwarzem Lederband sichtbar.

»Woher – woher haben Sie ihn?« erkundigte sich Julie.

»Ich fürchte, das darf ich noch nicht sagen«, entgegnete Holt.

Julie legte ihm bittend eine Hand auf den Arm. »Mr. Holt, kann ich ihn haben? Als Andenken? Bitte! Ich habe sonst nichts, was ihm gehörte, nichts, was mich an ihn erinnert. Er hat ihn mir schenken wollen. Ich bin sicher –«

Holt fiel ihr ins Wort: »Vor fünfzehn oder zwanzig Minuten taten Sie so, als seien Sie des Glaubens, daß Vanc noch lebt. Jetzt tun Sie, als wären Sie von seinem Tod überzeugt.«

»Oh, nicht … Ich meine … Ach, Sie machen mich ganz verwirrt … Aber sehen Sie nur«, rief sie, plötzlich erleichtert. »Da kommt ja Jimmy!«

Jimmy Wilde hatte das Restaurant betreten. Sein etwas krampfhaftes Lächeln verriet Beglückung, Julie und Holt zu sehen, und zugleich Besorgnis, daß er stören könnte. Er kam zu ihrem Tisch gehastet.

»Ich hoffe, Mr. Holt, Sie verzeihen mir, falls ich störe«, begann er und wandte sich dann an Julie: »Als mir im College gesagt wurde, du seist mit Mr. Holt zum Lunch gegangen, beschloß ich, hier hereinzuschauen und dich zu fragen, ob ich dich vielleicht zurück nach Deanfriston fahren soll, falls deine Vespa noch streikt.«

Julie nickte etwas vage, und Henri Legere sagte scherzend: »Was das betrifft, so könnte sie immer auf dem Gepäckträger meines Fahrrades sitzen.«

»Ah, Sie radeln?« fragte Holt beiläufig. »Fällt es Ihnen nicht schwer, hier in England auf der linken Straßenseite zu fahren?«

»Ja, schrecklich schwer! Aber mit einem Auto ist es noch schlimmer.«

»Sie haben auch ein Auto?«

»Das nicht. Doch gelegentlich erlaubt Mr. Wilde mir, sein Auto zu leihen. Er ist sehr großzügig und leiht es jedem, der danach fragt.«

Holts Verstand schaltete schnell. Jimmy Wilde hatte den Uhrentest vorhin im Hotel bestanden; die Erwähnung des Autos bot eine unerwartete Gelegenheit. »Das eigene Auto zu verleihen, kennzeichnet Sie als sehr großzügigen Mann, Mr. Wilde. Wäre mir das gestern abend schon bekannt gewesen, dann hätte ich selbst an Ihre Großzügigkeit appelliert. Mein eigenes Auto ist nämlich in Reparatur.«

»Ich fürchte, Mr. Holt, da hätten Sie kein Glück gehabt, so angenehm mir das Vergnügen gewesen wäre, Ihnen gefällig zu sein«, erwiderte Wilde, strahlend vor Seligkeit, seine guten Absichten beteuern zu können. »Mein Auto war leider schon verliehen.«

Holts Herz tat einen Sprung. »Wirklich?« begann er, aber die beabsichtigte Frage wurde durch Legere vereitelt, der den Siegelring wieder auf den Teller in der Mitte des Tisches legte und damit Wildes ungeteilte Aufmerksamkeit errang.

»Ach, du meine Güte«, säuselte der Bestattungsfirmenrepräsentant und ließ seine Hände mit unglaublich schnellen, vogelähnlichen Bewegungen durch die Luft und über den Tisch flattern. »Verzeihen Sie meine Neugier – aber ist das nicht Vancs Ring?«

»Erkennen Sie ihn?« entgegnete Holt.

»Ja, gewiß! Julie, meine Teure, erinnerst du dich an den Abend, als du mit Vanc bei uns in Honor Oak warst und ich ihn hänselte, daß er das Dollarzeichen auf seinem Ring trüge?«

Sie nickte und zeigte ein dünnes Lächeln. »Ja, ich erinnere mich.«

Wilde kicherte. »Er reagierte unfreundlich auf meine kleine Anspielung, nicht wahr?«

»Nun ja«, bemerkte Holt, »nach allem, was ich hörte, besaß er keinen ausgeprägten Sinn für Humor.«

Julie Benson errötete und schien verärgert über diese Kritik; sie stand auf und sagte, es sei nun an der Zeit für sie, zu ihren Pflichten im College zurückzukehren.

Jimmy Wilde machte einen Spurt zum Mantelständer und blieb dabei Sieger über Henri Legere, der sich ebenfalls bemüht hatte. Unterdes steckte Holt den Ring ein und ging zur Kasse, um die Rechnung zu begleichen. Die drei Männer tauschten einige scherzhafte Redensarten über die Höhe dieser Rechnung – der ›Goldene Pfau‹ war keineswegs billig – und kehrten zu ihrem Tisch zurück, in dessen Nähe Julie im Gespräch mit einem Fremden stand – jenem langen, eleganten Mann, der vorhin mit Legere gesprochen hatte.

Julie stellte vor: »Ashley, das ist Mr. Philip Holt.«

Ashley Milton bot seine schlanke Rechte. »Ah, der berühmte Gesellschaftsfotograf.« Er sprach in näselndem, gelangweiltem

Ton. »Es ist mir eine Ehre, Sie in meinem bescheidenen Lokal zu begrüßen, Mr. Holt. Ich hoffe, Sie haben gut gespeist?«

»Wir hatten eine vorzügliche Mahlzeit, danke«, erwiderte Holt kurz; er ärgerte sich über Miltons herablassende Art.

Jimmy Wilde hatte Julie in den Mantel geholfen und versuchte nun, Miltons Blick zu erhaschen. Milton, der wenig geneigt schien, von Wilde oder dem Franzosen Notiz zu nehmen, verzog grämlich sein langes, schmales Gesicht, als Wilde ihn schließlich ansprach.

»Verzeih mir, Ashley, alter Freund, daß ich daran erinnere. Aber weißt du, du hast mir meinen Reservesatz Wagenschlüssel noch nicht zurückgegeben.«

»Oh, wie gedankenlos von mir!« Milton griff verdrießlich in eine Tasche seines prachtvoll geschneiderten Anzugs und holte ein Kettchen mit zwei flachen Autoschlüsseln heraus. Holt konnte deutlich erkennen, daß beide Schlüssel die Prägung ›VW‹ trugen.

Milton gab Wilde die Schlüssel, als überreiche er ein Almosen. Dann wandte er sich an Holt, machte eine übertriebene Armbewegung, um auf die goldene Uhr zu sehen, die er an der Innenseite des Handgelenks trug, und fragte herablassend: »Holt, ich nehme an, Sie haben nicht zufällig ein paar Minuten Zeit für mich?«

»Doch, ich denke, das läßt sich machen«, antwortete Holt gleichmütig.

10

Später am Nachmittag saß Holt mit Inspektor Hyde in dessen Hotelzimmer.

»Ich kenne diesen Ashley Milton noch nicht«, sagte Hyde. »Wie ist er?«

»Ausgekocht und sehr überheblich. Es kostete mich einige Selbstbeherrschung, ihm nicht die Nase einzudrücken. Er hat eine verdammt herablassende Art.«

»Etwa so, wie Vanc Scranton wohl in weiteren zwanzig Jahren geworden wäre, nicht wahr?« vermutete Ruth. »Kannten sich die beiden?«

Holt nickte. »Allzu gut, wie es scheint. Das war der Grund, weshalb Milton mich sprechen wollte. Offenbar hatte er ein sehr triftiges Motiv, Vanc zu töten, und hielt es für eine ausgezeichnete Idee, sich bei mir in ein gutes Licht zu setzen, indem er mir erklärte, daß er trotz schwerer Provokation den Mord nicht begangen habe. Er sagte, er wäre von Vanc erpreßt worden.«

»Tatsächlich?« Hyde paffte an seiner Pfeife. »Das klingt schlimm, aber nicht unglaubwürdig. Und weswegen?«

»Wegen einiger Briefe, die er als junger Mann geschrieben hat. Da war eine schmutzige Affäre mit einem sehr jungen Mädchen.«

»Mit einer Minderjährigen?« fragte Hyde.

»Ja, sie war fünfzehn. Irgendwie kam Vanc in den Besitz dieser Briefe und verwendete sie als Druckmittel gegen Milton.«

»Sagte Milton, wieviel er zahlen mußte?«

»Im ganzen über zweitausend Pfund.«

Der Inspektor pfiff leise vor sich hin. »Kein Wunder, daß er jetzt Angst hat, des Mordes verdächtigt zu werden! Das ist ein wirkliches Motiv … Aber es scheint zu passen, nicht wahr? Daß Milton letzte Nacht in Vancs Studierzimmer gewesen ist, meine ich. Und es wäre wohl richtig, wenn wir annehmen, daß er nach den Briefen suchte. Bot er irgendwelche Beweise an?«

»Daß er erpreßt wurde, meinen Sie? Oder daß er Vanc nicht ermordet hat?«

»Bot er überhaupt irgendeinen Beweis an?«

»Nun, er zeigte mir die Scheckabschnitte über die Beträge, die er im Lauf der letzten zwei Jahre an Vanc bezahlt hat. Und was sein Alibi betrifft, so sagte er, daß er in der Mordnacht an seinem Boot herumgemurkst hätte.«

»Diese Nebelnacht war doch ungeeignet für jede Beschäftigung mit einem Boot –«

»Er sagte nicht, daß er damit auf See gewesen wäre.«

»Was für ein Boot ist es?«

»›Luxusmotorjacht‹ dürfte die richtige Bezeichnung dafür sein, denke ich«, entgegnete Holt achselzuckend. »Ein Boot von der Art, wissen Sie, die man zum Beispiel im Hafen von Monte Carlo liegen sieht. Milton ließ mich ein Farbfoto davon bewundern, das an der Wand seines Salons hängt – er hat über seinem Lokal eine luxuriöse Wohnung.«

»Wir werden sein Privatleben unter die Lupe nehmen«, versprach Hyde. »Wir werden auch einiges über seine Luxusjacht herausfinden und über die Einkommensquellen, die er neben seinem Lokal noch haben dürfte. Er scheint großartiger zu leben, als es ihm allein durch das Lokal möglich sein sollte, zumal der junge Scranton ihn ganz hübsch zur Ader ließ.«

»Ich verstehe, was Sie meinen. Aber vergessen Sie nicht: Obwohl Milton ein Motiv für den Mord an Vanc gehabt zu haben scheint – wir sind nicht absolut sicher, daß es Vanc war, der ermordet wurde. So oder so könnte es sein, daß Milton die Wahrheit sagt.« Holt rieb sich mit den Fingerspitzen die Schläfen. »Nur eins will mir nicht in den Kopf. Wenn Milton letzte Nacht nach den belastenden Briefen gesucht hat und wenn es, wie ich glaube, ein Sack war, der da über den Zimmerboden geschleift wurde – nun, dann müssen es unglaublich viele und verdammt schwere Briefe gewesen sein!«

»Vielleicht tat er die Briefe in Koffer«, warf Ruth ein. »Vielleicht wollte er sie sich daheim in aller Ruhe ansehen.«

»Koffer hätte er doch auf normale Art tragen können«, widersprach Holt.

»Oder die Briefe steckten zwischen den Seiten schwerer Bücher –«

»Bücher!« Holt sprang auf und umarmte Ruth. »Ich denke, damit haben Sie ins Schwarze getroffen, Ruth! Es war genau das Geräusch, das eine Anzahl Bücher machen würde, die man in einen Sack gesteckt hat und über den Boden schleift, um Kraft zu sparen! Bei Gott, ich frage mich, wohin uns das führt! Angenommen, es waren die Bücher selbst, die Milton untersuchen wollte –« das Telefon klingelte, und Holt winkte Ruth, den Hörer abzunehmen. »Falls es Abe Jenkins ist, bin ich nicht da«, sagte er, trat ans Fenster und starrte hinaus auf die See.

Einige Sekunden vergingen, ehe er bemerkte, daß es auf einmal totenstill im Zimmer war. Er drehte sich um und sah, daß Hyde und Ruth ihn anstarrten.

»Für Sie«, raunte Ruth heiser und hielt ihm den Telefonhörer entgegen. »Ein Mann … Er sagt, er sei Vanc Scranton!«

»Das glaube ich nicht«, knurrte Holt, war mit zwei langen Schritten bei Ruth, nahm den Hörer, bedeckte die Sprechmuschel mit der linken Hand, sah schnell zu Hyde und fragte: »Was, wenn es wieder ein Schwindel ist wie in Lewisham?«

»Zwingen Sie ihn, seine Identität zu beweisen«, raunte Hyde.

Holt nickte und nahm die Hand von der Sprechmuschel. »Hier spricht Philip Holt.«

»Fein. Hier Vanc Scranton.« Es war eine kräftige junge Stimme mit amerikanischem Akzent.

»Robert Scranton, sagten Sie?« fragte Holt, um Zeit zu gewinnen.

»Nein, Robert ist der Senior, mein Vater. Hier spricht Vanc. Der verlorene Sohn, wissen Sie?«

»Ich bin nicht sicher, daß ich dies weiß«, antwortete Holt vorsichtig. »Das letzte Mal, als jemand am Telefon behauptete, er sei Vanc Scranton, war es ein Schwindel. Und kurz danach wurde ein Mann ermordet.«

»Aha, Sie meinen Curly. Sagen Sie, sah er nicht schrecklich aus mit der schwarzen Perücke und dem Lippenstift?«

Holt hielt für einen Moment den Atem an. Von der Perücke war in den Zeitungen berichtet worden, von dem Lippenstiftfragezeichen nicht.

»Haben Sie ihn getötet, Scranton?«

»Holt, ich bin nicht in der Stimmung, Fragen zu beantworten. Ich stecke in einer Klemme und brauche Ihre Hilfe.«

»Wo sind Sie? Von wo telefonieren Sie?«

»Tut mir leid, das sage ich nicht. Ich kann Ihnen überhaupt nichts sagen, wenn Sie mir nicht einen kleinen Gefallen tun. Erledigen Sie diesen Job, dann sollen Sie die ganze Geschichte hören. Wäre das ein fairer Handel?«

»Was soll ich für Sie tun?«

»Sie haben meinen Ring bekommen, nicht wahr? Meinen Siegelring?«

»Woher wissen Sie das?«

»Keine Fragen, oder der Handel platzt. Nun hören Sie sehr genau zu … Wenn Sie den Ring an einem sicheren Platz deponieren, werde ich Sie treffen, sobald ich erfahre, daß er dort ist, und Ihnen alle Antworten zum großen Scranton-Quiz-Programm verraten.«

»Wo soll ich den Ring deponieren?«

»Beim guten alten Harold Dalesford.« Vanc lachte kurz auf. »Ja, beim Professorchen persönlich. Nur darf er nichts davon wissen – verstanden? Finden Sie irgendeine Ausrede, ihn aufzusuchen, und lassen Sie den Ring in den lächerlichen Keramikbecher auf seinem Schreibtisch plumpsen, wo er sein Sortiment an Kugelschreibern und Füllhaltern aufbewahrt. Ist das klar? Verkneifen Sie sich jeden Versuch, mich übers Ohr zu hauen. Ich würde es sofort merken und nicht zu unserem Treffen kommen.«

»Wo und wann soll dieses Treffen stattfinden, Scranton?«

»Morgen, gegen Mitternacht. Am Strand.«

»Wo am Strand? Eastbournes Strand ist groß.«

»Unter der Seebrücke. Merken Sie es sich, Holt. Unter der Seebrücke, morgen gegen Mitternacht.«

Ein Klicken ertönte, und die Leitung war tot.

Hyde brach die entstandene Stille. »War der Anruf echt?«

»Die Verbindung hätte besser sein können, aber ich glaube, der Anruf war echt. Vanc Scranton weiß, daß ich den Ring habe.«

Holt wiederholte den Teil des Gesprächs, den die beiden nicht gehört hatten. Ruth war entzückt über diese jüngste Entwicklung, aber Hyde schwieg und schien nachzudenken.

Schließlich fragte Holt: »Was meinen Sie, Inspektor? Soll ich auf den Plan eingehen und hoffen, daß Vanc Scranton sein Wort hält? Oder wollen Sie Generalalarm geben und ihn verhaften lassen?«

Der Inspektor brauchte einige Zeit, ehe er antwortete; die Entscheidung fiel ihm schwer. »Um ihn zu verhaften«, äußerte er nachdenklich, »müßte ich ihn zuerst haben. Das ist leichter gesagt als getan. Aber wenn er selbst von seinen eigenen Vorschlägen abweicht … Holt, ich schlage vor, Sie befolgen alle Einzelheiten seines Plans. Tun Sie, was er verlangt, aber mit einem Unterschied. Ich werde eine kleine Armee von Kriminalbeamten zur Stelle haben – Fischer, Touristen, verliebte Pärchen und so weiter –, in den Schatten der Seebrücke postiert, bereit, ihn zu schnappen, sofern er kommt. Kommt er nicht, dann werde ich einen Haftbefehl gegen ihn erwirken und die allgemeine Fahndung veranlassen.«

»Ich möchte wissen, wer ihm erzählt hat, daß Sie den Ring haben«, sagte Ruth. »Vielleicht die Lady, von der Sie ihn bekamen?«

»Möglich«, entgegnete Holt und zuckte die Achseln. »Dennoch wäre sie nicht die einzig Verdächtige. Es könnte auch jede der vier Personen gewesen sein, die ich heute beim Lunch traf.«

»Sehen wir uns den Ring noch einmal an«, schlug Hyde vor. »Möglicherweise ist mehr an ihm, als wir bisher bemerkten.«

Holt wühlte in seiner rechten Jackentasche. »Merkwürdig – ich erinnere mich genau …« Verstört begann er die anderen Taschen seines Anzugs zu durchsuchen.

»Haben Sie ihn vielleicht in Ihren Mantel gesteckt?« fragte Ruth.

»Oder in Ihren Geldbeutel?« ergänzte der Inspektor.

Holt durchforschte alles mit steigender Besorgnis und ohne Erfolg. Bedrücktes Schweigen herrschte, während er vergebens eine Tasche nach der anderen umdrehte. Schließlich bestand kein Zweifel mehr, daß der Ring weg war. Ein Dieb mußte am Werk gewesen sein.

Wer? Henri Legere oder Jimmy Wilde, als sie an der Kasse zu ihm traten und anschließend mit ihm zu seinem Tisch zurückkehrten? Julie, bei dem Wirbel, den Jimmy Wilde machte, als er ihr in den Mantel half? Sie hatte Holt gebeten, ihr den Ring als Andenken zu überlassen. Oder war der Taschendieb kein anderer als Ashley Milton, von Julie über das Vorhandensein des Ringes informiert und gerissen genug, Holt in die etwas verwirrende Atmosphäre seiner luxuriösen Privatwohnung zu locken? Als Holt versuchte, die Szene zu rekonstruieren und sich die Bewegungen der einzelnen Personen ins Gedächtnis zu rufen, wurde ihm mit Bestürzung klar, daß es tatsächlich jeder der vier gewesen sein konnte.

Der Inspektor führte einige lange Ferngespräche mit Scotland Yard. Später am Abend beriet er sich in seinem Hotelzimmer wieder mit Holt und Ruth. Eins war sonnenklar: Die Gelegenheit, Vanc Scranton zu einer bestimmten Zeit an einem bestimmten Platz zu treffen, durfte nicht versäumt werden. Der

Verlust des Ringes sollte das Rendezvous unter der Seebrücke nicht verhindern; Hyde hatte über Scotland Yard bereits die Anfertigung einer Kopie dieses einfachen Schmuckstückes veranlaßt, die am frühen Morgen nach Eastbourne gebracht werden würde, so daß Holt rechtzeitig zu dem Besuch aufbrechen könnte.

Sie diskutierten die merkwürdige Wahl von Dalesfords Keramikbecher als Deponierungsort und stimmten darin überein, daß sowohl Dalesford, Julie und Antoinette als auch Legere in der Lage sein würden, den Ring an sich zu bringen.

Als das Telefon klingelte, meldete sich Holt – für den Fall, daß es Vanc wäre. Zu seiner Überraschung waren es Vancs Eltern. Nach kaum einer Minute legte Holt den Hörer wieder auf und berichtete: »Die Scrantons sind nach Eastbourne gekommen und wohnen im Grandhotel. Sie haben einen Brief mitgebracht, der ihnen übersandt wurde. Er war an Vanc im College adressiert, Dalesford öffnete ihn irrtümlich und schickte ihn sogleich an die Eltern weiter.«

»Was stand in dem Brief?« fragte Hyde.

Holt lächelte. »Verspätete Geburtstagsgrüße. Von Christopher.«

Der Inspektor sprang auf. »Wieder dieser verwünschte Kerl! Wann können wir den Brief haben?«

»Mrs. Scranton bat mich, morgen früh zu ihr ins Hotel zu kommen. Sie sagte, heute abend sei sie zu müde. Übrigens glaubte ich, in ihrer Stimme eine gewisse Ungeduld wahrzunehmen. Wahrscheinlich wundert sie sich, daß meine Nachforschungen noch zu keinen Ergebnissen geführt haben.«

»Sicher wären Sie gewaltig in Mrs. Scrantons Achtung gestiegen, wenn Sie ihr erzählt hätten, daß Sie vorhin mit ihrem Sohn telefoniert haben«, bemerkte Inspektor Hyde augenzwinkernd.

Holt lächelte. »Ja, nicht wahr?«

»Pfui!« protestierte Ruth. »Wie rücksichtslos gegen diese arme Mutter, die halb von Sinnen ist vor Angst und Sorge –«

»– und dermaßen durchgedreht«, warf Holt ein, »daß sie eine Sekunde, nachdem ich ihr von dem Gespräch mit ihrem Sohn erzählt hätte, losgerannt wäre, um irgend etwas Närrisches zu tun, was uns alles verderben könnte!«

Hyde brummte zustimmend.

Holt fuhr fort: »Das Treffen mit Vanc ist eine so heikle Angelegenheit, als legten wir eine Zeitbombe. Würden wir den Eltern erlauben, am Zünder herumzufingern, dann könnte das Ding vorzeitig hochgehen. Pflichten Sie mir bei, Inspektor?«

»Absolut! Alles der Reihe nach. Zuerst das Treffen mit Vanc. Danach können wir den Eltern beibringen, daß ihr Sohn am Leben und höchstwahrscheinlich ein Doppelmörder ist!«

Es war ein heller, windiger Morgen mit schnell dahinsegelnden Wolkenfetzen, als Holt in seinem mittlerweile reparierten Mustang die Eltern Scranton nach Deanfriston fuhr. Sie hatten den Wunsch geäußert, einige Freunde ihres Sohnes kennenzulernen – ein Wunsch, der einen guten Vorwand für Holts Besuch im College abgab.

Der Christopher-Brief – Nummer drei in der Reihe seltsamer Mitteilungen – steckte in Holts Tasche; gegen Abend würde man wissen, ob dieser Brief eine Codenachricht enthielt wie Nummer eins, denn Inspektor Hyde hatte der Einfachheit halber einen Laborspezialisten aus dem Yard nach Eastbourne beordert.

Ferner steckte in Holts Tasche die Nachbildung des gestohlenen Siegelringes, die Inspektor Hyde noch vor dem Frühstück aus London erhalten hatte. Im übrigen beschäftigten sich auf Hydes Geheiß bereits einige Kriminalbeamte mit Ashley Miltons Privatleben, während Hyde selbst sich nach Newhaven begeben hatte, um Erhebungen über Miltons Luxusjacht anzustellen, die dort im Hafen lag. Ruth verbrachte den Vormittag mit eigenen Nachforschungen in Birling Gap. Und bei etwas Glück würden sie schließlich gegen Mitternacht den geheimnisumwitterten Vanc Scranton treffen. Endlich begannen sich die Räder zu drehen!

Der Mustang bewältigte mühelos die letzte Steigung der Klippenstraße, und das College kam in Sicht. Außerdem erblickte Holt eine Reiterschar und minderte das Tempo, um zu sehen, ob Antoinette dabei war. Aber die Reitergruppe bestand nur aus jungen Männern, offenbar Studenten des College. Einer der Reiter erkannte Holt und hielt auf das Auto zu. Sein im Wind flatterndes blondes Haar verriet schon von weitem, daß es Henri Legere war.

Legere rief, als er in die Nähe des Autos kam, Holt einen heiteren Gruß zu.

»Bonjour, Monsieur Legere«, erwiderte Holt und stoppte. »Ich möchte Sie mit Mr. und Mrs. Scranton bekannt machen.«

Der hübsche junge Franzose zügelte sein Pferd, verbeugte sich im Sattel und lächelte den Scrantons zu.

»Ich versprach den Scrantons, ihnen einige von Vancs Freunden vorzustellen«, sagte Holt zu ihm. »Aber ich ahnte nicht, daß wir das Glück haben würden, Ihnen schon unterwegs zu begegnen. Wann finden Sie eigentlich Zeit zum Studieren?«

Legere lachte fröhlich. »Gewiß erscheine ich Ihnen sträflich faul, Mr. Holt. In Wahrheit gönne ich mir nur einige Tage völliger Ruhe nach einem sehr anstrengenden Examen.«

»Ich verstehe. Nun, vielleicht werden Sie dann ein wenig Zeit finden, Mr. und Mrs. Scranton, die für ein paar Tage im Grandhotel in Eastbourne wohnen, einen Besuch abzustatten und mit ihnen über Vanc zu sprechen? Sie möchten sehr gerne mit jemandem reden, der mit ihrem Sohn auf dem College war.«

»O selbstverständlich. Das werde ich tun.«

»Fein, somit wäre das abgemacht.«

Holt wollte wieder anfahren, als Legere sich zu ihm neigte und leise fragte: »Hätten Sie einen Moment Zeit, Mr. Holt? Ich möchte Ihnen etwas Wichtiges sagen.«

Es war ein bißchen peinlich, aber Holt entschuldigte sich bei den Scrantons und stieg aus, während Legere sich aus dem Sattel schwang und sein Pferd etwas beiseite führte.

»Sie erinnern sich, Mr. Holt, daß ich bei unserer ersten Begegnung erwähnte, daß ich mein Zimmer in Eastbourne mit einem schottischen Studenten namens Graham Brown teile?«

»Ja, ich erinnere mich. Sie sagten, er sei zu Besuch bei seinen Eltern in Schottland, nicht wahr?«

»Das stimmt. Mindestens glaubte ich es. Aber ich hatte seit über zehn Tagen keine Nachricht von ihm und machte mir Sorgen. Ich dachte, vielleicht wäre er erkrankt. Also rief ich gestern abend seinen Vater in Schottland an.« Legere hielt dramatisch inne und blickte zu dem am Straßenrand geparkten Mustang. »Mr. Holt, ich bin sehr bekümmert. Graham ist nicht nach Schottland gereist. Wenigstens traf er dort nicht ein. Sein Vater war der Meinung, er sei hier im College.«

Holt runzelte die Stirn. »Das klingt recht seltsam. Haben Sie die Polizei verständigt?«

»Nein, ich wollte zuerst mit Ihnen sprechen. Aber ich denke, Mr. und Mrs. Brown werden die Polizei informieren, wenn sie es für nötig halten.«

»Ja, das ist anzunehmen.«

Legere setzte seinen linken Fuß in den Steigbügel.

»Übrigens, wie sieht Graham Brown aus?« fragte Holt. »Ist er groß oder klein? Hat er helles oder dunkles Haar?«

»Nun, er hat braunes Haar und ist mittelgroß. Auffallendes ist nichts an ihm. Er sieht ein bißchen so aus wie Vanc. Das heißt, im Typ sind sie einander eigentlich recht ähnlich ... Aber jetzt muß ich weiterreiten, sonst hole ich die anderen nicht mehr ein. Au revoir, Mr. Holt.«

Holt blickte dem davonreitenden Franzosen versonnen nach. Ein hübscher junger Kerl mit gallischem Charme und ausgezeichneter Haltung im Sattel. Vielleicht stimmte Julie Bensons

Behauptung, daß er Antoinettes derzeitiger Liebhaber war. Ein bißchen neiderfüllt unterdrückte Holt diesen Gedanken und kehrte zu seinem Auto zurück.

Zu Holts Enttäuschung war, als sie im College eintrafen, Professor Dalesford nicht in seinem Zimmer.

Julie Benson arbeitete nervös an der Haustelefonanlage, um den Professor ausfindig zu machen. Sie forderte die Besucher nicht auf, in Dalesfords Zimmer zu gehen, sondern ließ sie in dem kleinen Vorzimmer warten, das ihr als Arbeitsraum diente. Nach einer Reihe vergeblicher Telefonate sprang sie auf, verkündete, selbst nachsehen zu wollen, und rannte hinaus.

»Schrecklich zappeliges Mädchen«, kommentierte Robert Scranton.

Seine Frau warf ihm einen amüsierten Blick zu. »Robert, manchmal bist du begriffsstutzig! Verstehst du nicht, was es für die Kleine bedeutet, den Eltern des Jungen zu begegnen, mit dem sie verlobt ist – oder vielmehr war?«

»Du meinst, sie hat Angst vor uns?« fragte Scranton gutmütig verwundert.

»Ja, sofern es nicht Mr. Holt ist, dessen Nähe sie so zappelig macht«, sagte Mrs. Scranton. »Ich kann mir wohl vorstellen, welch beunruhigenden Einfluß er auf Mädchenherzen hat.«

Holt schien das Gespräch nicht gehört zu haben. Er war damit beschäftigt, durch die geriffelte Glasscheibe der Verbindungstür in das Zimmer des Professors zu spähen. Dann drehte er den Türknauf und sagte beim Betreten des Zimmers: »Entweder ist der Professor ein bemerkenswert unordentlicher Mann, oder ... Ja, wie ich es mir dachte – er hat einen Besucher gehabt, vielleicht sogar mehrere!«

Das erste, was er sah, war der seltsame Keramikbecher, der, in drei Teile zerbrochen, am Boden lag. Das ganze Zimmer machte den Eindruck, als hätte hier eine Bande Halbstarker getobt. Den Scrantons stockte der Atem. Einen Moment später ertönte ein schriller Schrei von Julie Benson, die eben wieder den Vorraum betreten hatte.

Holt wandte den Kopf und sagte zu ihr: »Bitte, ersparen Sie uns den üblichen Ohnmachtsanfall, Miss Benson. Dazu ist jetzt wirklich keine Zeit! Sagen Sie mir, wie das passieren konnte. Waren Sie nicht den ganzen Morgen im Vorzimmer?«

Julie, erschreckend bleich, schluckte schwer und schüttelte den Kopf. »Nein. Es muß passiert sein, während ich ... Der Professor erlaubt mir immer eine Kaffeepause. Ich war heute wohl etwas länger fort als sonst.«

»Wie lange?«

»Beinah – beinah eine halbe Stunde.«

»Sahen Sie nicht in sein Zimmer, als Sie zurückkamen?«

»Nein.« Sie wies hilflos auf das Haustelefon. »Ich klingelte bei ihm an, um zu sagen, daß ich zurück wäre, und als er nicht antwortete, setzte ich mich wieder an die Schreibmaschine. Es wäre mir nie in den Sinn gekommen ... oh, Mr. Holt, wo ist er? Was ist geschehen? Was haben sie gesucht, diese Rowdys?«

»Sind Sie sicher, daß Sie es nicht wissen, Miss Benson?« fragte Holt scharf.

Sie schüttelte den Kopf und brach in Tränen aus.

Scranton kam ihr ritterlich zu Hilfe. »Mr. Holt, sehen Sie nicht, daß die arme Kleine völlig durcheinander ist? Es war nicht ihr Fehler. Sie war nicht hier, als dies alles geschah. Ein Blinder würde erkennen, daß Miss Benson nicht nötig hätte, das Zimmer des Professors zu verwüsten, wenn sie etwas suchen wollte.«

Scrantons vernünftige Logik beruhigte Holt. Falls Julie als Vancs Komplizin bei der Wiedergewinnung des Ringes mitwirken sollte, hätte sie das Zimmer gewiß nicht verwüstet, ehe Holt im College eingetroffen war. Vielmehr hätte sie ihn bei seinem Erscheinen sofort hineingeführt, damit er Gelegenheit fände, den Ring zu deponieren.

Etwas beschämt über seine Unbeherrschtheit konzentrierte

Holt seine Energie nun auf die Suche nach dem Professor. Mit Julies Hilfe wurden einige vorlesungsfreie Studenten zusammengetrommelt und in Suchgruppen eingeteilt.

Es war Holt selbst, der den Professor schließlich fand.

Dalesford lag, offenbar bewußtlos, mit dem Gesicht nach unten im Rosengarten, halb verborgen hinter einem großen, noch blühenden Rosenbusch. Die Hände waren ihm auf dem Rücken mit dem dünnen, von seinem Fernglas abgerissenen Lederriemen gefesselt. Seine Brille lag zertrümmert auf dem nahen Kiespfad.

Holt hob Dalesfords Kopf und wischte ihm mit dem Taschentuch den gröbsten Schmutz aus dem Gesicht. Der Professor stöhnte und machte die Augen auf, schien jedoch nichts zu erkennen.

»Ich – ich habe ihn nicht«, stöhnte er. »Glauben Sie mir doch ... Bitte, lassen Sie mich in Ruhe ... Ich weiß nichts von dem Ring.«

»Dalesford!« raunte Holt und rüttelte die kraftlose Gestalt an den Schultern; er wollte die Aufmerksamkeit des Professors gewinnen, ehe eine der Suchgruppen zu ihnen stieß.

Der Professor ächzte und murmelte etwas von seiner zerbrochenen Brille.

»Wer war es?« fragte Holt eindringlich. »Was wollte man von Ihnen?«

»Ich verstand es nicht – einen Ring. Ich weiß nichts von einem Ring.«

»Was taten Sie eigentlich hier draußen?«

»Ich – ich hatte eine Freistunde ... zwischen den Vorlesungen ... Oh, ist mir schlecht ...«

»Eine Freistunde – das dachte ich mir, weil Sie das Fernglas bei sich hatten. Kommen Sie, ich will Ihnen die Hände losbinden ... Wie geschah es?«

»Irgend etwas ... aus den Büschen ... traf mich von hinten auf den Kopf ... Schrecklicher Schmerz ... Ich muß ohnmächtig geworden sein ... Als ich wieder zu mir kam, waren sie dabei, meine Taschen zu durchwühlen ...»

»Wer denn? Wie sahen sie aus?«

»Das weiß ich nicht. Sie hatten meine Brille zerbrochen, und ohne Brille kann ich nichts sehen. Sie drehten mir die Arme auf den Rücken – der Schmerz war furchtbar, ich kann Schmerzen nicht ertragen ... Sie suchten einen Ring, das ist alles, was ich weiß ... Ich muß wieder ohnmächtig geworden sein ... Als ich dann zu Bewußtsein kam, lag ich hier auf dem Boden ... Ich hörte Pferde, und dann bin ich wohl abermals –«

»Sie hörten Pferde? Sind Sie dessen sicher?«

»Ja. Nicht nah, ziemlich weit fort. Aber ich hatte ein Ohr am Boden, ich hörte das Hufgetrappel ganz deutlich ... Himmel, ich fürchte, ich muß mich übergeben!«

Dalesford erhob sich mit Holts Hilfe und torkelte hinter eine Hecke. Sekunden später wurde er von einer Suchgruppe erspäht, und dann kamen von allen Seiten Studenten herbeigerannt. Holt hatte gerade noch Zeit, den Boden in der Nähe abzusuchen; nachdem sich die Studenten des Professors angenommen hatten, dehnte Holt seine Suche auf den ganzen Rosengarten und dessen Umgebung aus, konnte aber keine Hufspuren finden.

Eine Viertelstunde später stand Holt am Fenster des Collegesekretariats und beobachtete die schnell dahinsegelnden Wolkenfetzen. Er wartete auf eine Telefonverbindung nach Eastbourne; die Scrantons hatte er bei Julie gelassen, um ungestört telefonieren zu können.

Er überlegte, was er Hyde berichten würde. War es ein reiner Zufall gewesen, Henri Legere zu Pferde zu treffen? Falls es kein Zufall war – weshalb waren dann keine Hufspuren in der Nähe des Rosengartens? Welchen Wert hatte Dalesfords Wahrnehmung von Pferdegetrappel? An einem windigen Tag können Geräusche besonders weit tragen; selbst wenn es Legeres

Gruppe gewesen sein sollte, deren Hufgetrappel der Professor gehört hatte, mochte die Entfernung sehr erheblich gewesen sein. Und warum sollte Legere den Ring verlangt haben? Wie hätte er überhaupt wissen können, wo der Ring deponiert werden sollte? Legere mochte sehr wohl völlig unschuldig sein; er hatte nicht den geringsten Versuch gemacht, sich zwischen den anderen Reitern zu verbergen oder in entgegengesetzter Richtung zu entschwinden, als Holts Auto auf dem Höhenrücken sichtbar wurde. Falls er aber doch etwas mit dem Ereignis zu tun hatte, dann konnte er nicht der Taschendieb im Restaurant gewesen sein. Eins stand nun jedenfalls noch deutlicher fest als bisher: Der Siegelring war in den Augen verschiedener Leute ein höchst begehrenswerter Gegenstand!

Hydes erste Worte am Telefon betrafen, als hätte er Holts Gedanken gelesen, nichts anderes als den Siegelring.

»Hören Sie, Holt«, begann der Inspektor, »ich habe eine Neuigkeit für Sie, die Sie verblüffen wird. Der Ring ist wieder da!«

»Gütiger Gott, ich kann es kaum glauben! Das ist das letzte, was ich erwartet hätte!«

»Aber es stimmt. Der Ring ist abgegeben worden.«

»Von wem?«

»Von Jimmy Wilde.«

»Jimmy Wilde! Das hätte ich wissen sollen! Er hat Hände wie ein Zauberkünstler!«

»Nicht so schnell!« mahnte Hyde. »Wilde sagte, er überbringe den Ring in Miltons Auftrag. Anscheinend hat einer von Miltons Kellnern ihn unter dem Tisch gefunden, an dem Sie saßen.«

»Unsinn!« knurrte Holt. »Bestimmt habe ich ihn nicht fallen lassen! Und selbst wenn, wie hätte Milton wissen können, daß ich –«

»Angeblich ist der betreffende Kellner ein sehr aufmerksamer Mann. Er beobachtete, wie Sie Julie Benson und den anderen den Ring zeigten. Deshalb nahm er an, daß der Ring Ihnen gehört.«

Holt seufzte. »Ich weiß nicht, wer hier der größere Lügner ist, Milton oder Wilde. Auf was, zum Kuckuck, wollen die hinaus?«

»Vielleicht erfahren wir das eher, als Sie denken. Jedenfalls ist ein Detail dieser verwirrenden Angelegenheit mittlerweile geklärt. Wir wissen nun, wer tatsächlich in Vancs Studierzimmer ermordet wurde.«

»Ah! Darf ich raten?«

»Zeitverschwendung. Die Eltern des Toten identifizierten den Leichnam vor einer halben Stunde. Sie sind mit dem Expreß –«

»– aus Schottland gekommen«, warf Holt ein, »und ihr Name ist Brown. Vanc Scranton tötete seinen Kommilitonen Graham Brown und hätte beinah Erfolg damit gehabt, den Leichnam als seinen eigenen auszugeben – obschon wohl nur Gott allein wissen mag, warum. Habe ich recht?«

»Holt, woher wissen Sie es? Wieder eine Ihrer begnadeten Intuitionen?«

»Nein. Als ich heute früh auf dem Weg zum College war, traf ich Henri Legere zu Pferde.« Holt berichtete von dieser Begegnung und von den weiteren dramatischen Ereignissen. »Kommen Sie hierher, Inspektor?« fragte er, als er seinen Bericht beendet hatte.

»Natürlich. Ich muß mit Dalesford sprechen, das ist klar. Und ich denke, ich sollte auch eine kleine Unterhaltung mit diesem jungen Franzosen führen. Es gibt eine Menge seltsamer Zufälle, die er uns zu erklären hätte.«

»Stimmt. Aber Sie dürfen nicht außer acht lassen, daß er es war, der sich an Graham Browns Eltern gewendet hat.«

Hyde ließ ein skeptisches Brummen vernehmen. »Früher oder später wäre es doch ans Licht gekommen. Er versuchte nur, unser Vertrauen zu gewinnen. Sie werden weniger nett von ihm denken, wenn Sie erfahren, was Ruth heute vormittag in Birling Gap herausgefunden hat.«

»War sie wieder bei Antoinette?«

»Nein, bei Antoinettes Nachbar.«

»Da ist kein Nachbar. Antoinettes Bungalow steht mitten in einem Feld. Bis zum nächsten Haus sind es mindestens zweihundertfünfzig oder dreihundert Schritte.«

»Das ist der Nachbar«, sagte Hyde trocken. »Ich möchte es Ruth überlassen, Ihnen die Einzelheiten zu erzählen. Haben Sie Christophers Brief von den Scrantons bekommen?«

»Ja. Ich werde ihn Ihnen geben, wenn Sie herkommen.«

»Sie werden nicht dasein, wenn ich komme, denn ich habe einen Spezialauftrag für Sie und Ruth. Wissen Sie im College jemand absolut Verläßliches?«

Holt überlegte. »Ja, den Collegesekretär, denke ich. Ich telefoniere aus seinem Büro.«

»Gut. Lassen Sie den Brief bei ihm. Ich hole ihn mir dann ab.«

»In Ordnung. Und der Job, den Sie für uns haben? Zeitraubend darf er nicht sein. Ich muß um Mitternacht ein Rendezvous mit einem Mörder einhalten – erinnern Sie sich?«

»Und ob! Hören Sie – ich habe mir in Newhaven Ashley Miltons Jacht angesehen. Ein wundervolles Schiff, ›Sunset‹ mit Namen. Geeignet für Fahrten rund um den Erdball. Ausgestattet mit Radar und Radiomasten und anderen Finessen, die man sonst kaum auf solchen Privatjachten findet. Ein paar Hafenarbeiter erzählten mir, daß die ›Sunset‹ ungewöhnlich starke Motoren hat.«

»Das Luxusspielzeug eines Mannes, der sich auch leisten kann, so ganz nebenher über zweitausend Pfund Erpressungsgelder zu zahlen«, bemerkte Holt.

»Eben. Nach seinen Geldquellen forschen wir bereits. Das Ergebnis mag recht aufschlußreich werden.«

»Waren Sie an Bord der ›Sunset‹?«

»Das konnte ich leider nicht riskieren. Mindestens zwei Mann der vierköpfigen Besatzung sind ehemalige Sträflinge. Sie hätten mich erkannt.«

Holt pfiff leise vor sich hin. »Paßt nicht recht zu dem kultivierten Ashley Milton, wie? Ich nehme also an, Sie möchten, daß Ruth und ich an Bord steigen und ein bißchen schnüffeln?«

»Nicht steigen, mein Freund. Schlüpfen. Die Besatzung sollte lieber nichts von Ihren Absichten merken. Allesamt ziemlich rauhe Kerle, fürchte ich.«

11

»Das mit Antoinette tut mir leid, wahrhaftig«, äußerte Ruth bedrückt, als Holt mit ihr in gefährlichem Tempo nach Newhaven fuhr; sein ungewöhnlich verbissener Gesichtsausdruck machte sie nervös.

»Lassen Sie schon, Ruth. Sie haben Antoinette von Anfang an nicht gemocht.«

»Das will ich auch nicht bestreiten. Aber ich kann auch diese neugierigen Kerle mit Ferngläsern nicht leiden, die alles auszuspähen versuchen, was andere Leute treiben. Als ich nun den ekligen Greis mit seinem Fernrohr am Fenster stehen und zu Antoinettes Bungalow starren sah, dachte ich, es könnte sich lohnen, seine Bekanntschaft zu machen. Tatsächlich kam heraus, daß er an dem Vormittag, als wir beinahe verunglückt wären, Henri Legere von dem Bungalow fortreiten sah. Und einen oder zwei Tage zuvor hatte er eine junge Blondine beobachtet, die in das Fenster von Antoinettes Schlafzimmer kletterte – vermutlich der ›Amateureinbrecher‹, von dem Antoinette Ihnen erzählte.«

»Eine junge Blondine? Vielleicht Julie Benson?«

»Möglich. Aber was mag sie gewollt haben? Gestohlen wurde doch nichts.«

»Vielleicht suchte sie den Ring.«

»Das ist eine bloße Vermutung.«

»Intuitive Vermutung, wie Inspektor Hyde sagen würde. Geringere Sterbliche dächten dabei eher an eine naheliegende Schlußfolgerung. Jedenfalls wird Legere uns nun allerlei erklären müssen. Zum Beispiel die Sache mit meinen Bremsen.«

»Bewiesen ist es allerdings nicht, daß *er* die Zuleitungen durchschnitten hat.«

»Wenn er es nicht war, dann Antoinette! Auf alle Fälle haben wir jemanden zu Pferde gesehen – entweder Antoinette oder Legere, der nach ihren Anweisungen handelte. Im College war Legere an diesem Tag nicht, das hat er mir selbst gesagt.«

»Eigentlich sehe ich nicht ein«, äußerte Ruth unerwartet, »daß Antoinette, nur weil sie geneigt scheint, Liebschaften mit jungen Männern zu haben, unbedingt an den geheimen Unternehmungen dieser jungen Männer beteiligt sein muß. In was auch immer Vanc oder Legere verstrickt sein mögen – vielleicht weiß Antoinette gar nichts davon. Wenn es eine geheime Verbindung zwischen Julie und Legere und möglicherweise auch Ashley Milton gibt, könnte Antoinette dabei ganz gut umgangen worden sein.«

»Meine Güte!« lachte Holt. »Sie sind aber auf einmal nachsichtig!«

»Ich versuche einfach, objektiv zu sein.«

»Vielleicht versuchen Sie es zu sehr. Wie wollen Sie denn die merkwürdige Tatsache erklären, daß Antoinette mir den Ring übergeben hat, zusammen mit einem offenbar gefälschten Brief?«

»Erklären kann ich das nicht«, entgegnete Ruth. »Ich kann höchstens sagen, daß es mich an das Gesellschaftsspiel erinnert, bei dem alle in einer Reihe sitzen und jeder die heiße Kartoffel loszuwerden versucht, ehe die Musik aufhört. Wahrscheinlich ist dieser Ring irgendwie verhängnisvoll, und Antoinette wollte keine Zeit verlieren, sich seiner wieder zu entledigen.«

»Hm. Auch Milton behielt den Ring nicht lange.«

»Milton? Ich denke, es war Jimmy Wilde, der den Ring der Polizei zurückgab?«

»Stimmt. Aber er sagte –«

»Er sagte! Nichts könnte mich veranlassen, einem so aalglatten Männlein wie dem ewig lächelnden Jimmy zu trauen … Alle Wetter!« fügte Ruth sarkastisch hinzu. »Der liegt aber in den Kurven, was?« Holt raste die gewundene Uferstraße am River Ouse entlang, als wäre sie eine pfeilgerade Rennstrecke. »Dort vorn kommt Newhaven in Sicht! Fahren Sie langsamer, sonst jagen wir an der Abzweigung zum Hafen vorbei!«

Holt grinste und begann behutsam zu bremsen. Als er schließlich nahe dem Hafengelände stoppte, blieben sie noch ein paar Minuten im Auto sitzen, um ihren Kriegsplan ein letztes Mal durchzusprechen.

Wie sich herausstellte, brauchte Ruth kein Ruderboot zu mieten. Eigentlich hatte sie bis in die Nähe von Miltons Jacht rudern, dort ein Ruder verlieren und bei dem Versuch, es wiederzuerlangen, unter lautem Geschrei ins Wasser fallen sollen. Die ›Sunset‹ lag im Hafenbecken vor Anker. Und nicht weit von ihr entfernt war, für Ruths Absichten ideal, ein etwas kleineres Kajütmotorboot am Kai vertäut.

Ruth spazierte wie eine neugierige Landratte über die schmale Planke auf das Deck des verlassen daliegenden Kajütmotorbootes. Dort stolperte sie durchaus glaubwürdig über ein sauber aufgerolltes Seil und fiel laut kreischend in das herbstlich kalte Wasser. Als sei ihr vor Schreck jeglicher Orientierungssinn abhanden gekommen, schwamm sie dann hastig auf die ›Sunset‹ zu und ließ sich von deren Besatzungsmitgliedern, die ihr ein Seil zuwarfen, bereitwilligst an Bord hieven. Der Trick barg ein kleines Risiko; doch hatte Holt richtig vorausgesehen, daß kein

Seemann, egal welch übler Kerl er sonst auch sei, einer im eiskalten Wasser um ihr Leben kämpfenden Frau seine Hilfe versagen würde.

Tatsächlich genügte diese kleine dramatische Begebenheit, um die Mannschaft der ›Sunset‹ von ihren zur Zeit ziemlich eintönigen Pflichten abzulenken. Alle vier Mann bemühten sich um Ruth und geleiteten sie in eine warme Kabine unter Deck. Inzwischen nahm sich Holt ein kleines Ruderboot und ruderte an die hafenwärts gelegene Seite der ›Sunset‹. Er kletterte an Bord.

Vorsichtig das Oberdeck entlangkriechend, hörte er Ruths Stimme und erfuhr, was er wissen wollte – nämlich, daß die ganze Mannschaft sich in der Kabine versammelt hatte, um Ruth mit dampfendem Tee, wärmenden Decken, noch besser wärmendem Brandy und angeregter Unterhaltung zu erfreuen. Solange Ruth das Interesse der Männer zu fesseln vermochte, hatte er die ›Sunset‹ für sich.

Aufmerksam lauschend, ob Ruths Kabinentür geöffnet würde, begann Holt sein waghalsiges Unternehmen. Er verschwendete keine Zeit auf die blitzblanken, gut ausgestatteten Oberdecks oder die prunkvolle Bar nebst Luxussalon im Achterdeck, sondern begab sich sofort zu den mittschiffs gelegenen Wohnkabinen.

Mit einigem Glück fand er Miltons Privatkabine fast auf Anhieb. Eine Reihe eleganter Tropenanzüge, von einem Pariser Schneider angefertigt, trugen eingenähte Schildchen mit Miltons Namen. Holt durchsuchte die Taschen, fand aber nur einige entwertete Pariser Metrobilletts. Danach durchforschte er die Schubladen der eingebauten Kommoden, die nichts als elegante Hemden und Unterwäsche enthielten.

Nun begann er unruhig zu werden. Kostbare Zeit war verronnen, seit Ruth an Bord geholt worden war, und er hatte noch nichts entdeckt. Verzweifelt zog er an allen Schubladen des kleinen eingebauten Schreibtisches, aber sie waren verschlossen, und er wagte nicht, sie gewaltsam zu öffnen. Er warf einen letzten Blick auf die Kabine, schlüpfte hinaus in den Gang und schloß geräuschlos die Tür hinter sich.

Als er noch überlegte, welche Kabine er als nächste betreten sollte, wurde er plötzlich durch einen konstanten schrillen Summerton erschreckt, der aus einer weiter hinten am Gang gelegenen Kabine kam. Als gleich darauf hastige Schritte eine eiserne Verbindungstreppe hinabklapperten, verbarg sich Holt hinter der offenstehenden Eisentür eines Zwischenschotts.

Ein Seemann, französische Flüche murmelnd, kam so dicht an ihm vorüber, daß er mit einem Faustschlag zu fällen gewesen wäre, doch schien die Situation ungeeignet für Heldentaten.

Der Mann betrat den Funkraum. Eine Sekunde später endete der Summerton, und die Stimme des Seemanns, die gleich darauf durch die halboffene Tür tönte, ließ erkennen, daß es sich um ein Funktelefonat handelte. Das Gespräch wurde auf französisch geführt, und zwar so schnell und in einem solchen Jargon, daß Holt nur wenig verstehen konnte. Eins allerdings schien ihm zweifelsfrei klar: Es ging um Dringlichkeit und drohendes Unheil! Zwei Namen wurden genannt, die Holts Pulse schneller schlagen ließen: Christopher und ein französischer Name, der sich wie Dunant anhörte.

Heftig fluchend schmetterte der Seemann in der Kabine einen metallenen Gegenstand, wahrscheinlich das Mikrofon, an seinen Platz zurück. Dann folgten die Geräusche eines hastig über Papier gleitenden Bleistiftes oder Kugelschreibers, schließlich wurde ein Blatt von einem Notizblock gerissen. Holt drückte sich tief in die Schatten, als die Tür des Funkraumes weit aufflog und der französische Seemann herausgeeilt kam.

Als die Schritte des Seemanns die Eisentreppe hinaufklapperten, hastete Holt in den Funkraum. Was er dort sah, ließ ihm fast den Atem stocken. Er wußte kaum etwas über Radio- und Funktechnik, doch erkannte er selbst als Laie, daß die technische Ausstattung dieser kleinen Kabine erstklassig und außerordentlich reichhaltig war. Zum Bewundern blieb ihm keine Zeit. Sein Blick entdeckte das, was er suchte – den Notizblock auf der Konsole unter dem Mikrofon und den danebenliegenden Kugelschreiber. Der Seemann hatte seine Notizen so temperamentvoll und mit so kräftiger Hand gemacht, daß der ganze Text auch auf dem nächsten Blatt des Notizblocks deutlich zu erkennen war.

Da jetzt keine Zeit zum Entziffern blieb, riß Holt das oberste Blatt ab und schob es unter sein Hemd. Dann verließ er schleunigst den Funkraum und stahl sich eben wieder rechtzeitig auf das Oberdeck, um zu sehen, wie Ruth von Bord geleitet wurde.

Er wartete, während zwei der Männer mit Ruth die kurze Entfernung zum Kai hinüberruderten, und sah sie alle drei in einem nahen Café verschwinden, in dem sich, wie ein Schild am Schaufenster besagte, ein öffentliches Telefon befand. Ruth schien der Situation durchaus gewachsen, und anscheinend bestand nach wie vor ein gutes Einvernehmen zwischen ihr und ihren ›Rettern‹, aber die Vermutung lag nahe, daß die Männer nach Erhalt der dringenden Botschaft beschlossen hatten, sie schleunigst von Bord der ›Sunset‹ zu schaffen.

Wurde nun Christopher erwartet? Und wer war Dunant? Holt fühlte sich versucht, noch an Bord zu bleiben, um dies beides herauszufinden. Aber die Erfolgsaussichten waren gering, und er hatte sich um andere Dinge zu kümmern – um Ruths Sicherheit, um den Inhalt der Botschaft auf dem Notizzettel und um das mitternächtliche Rendezvous mit Vanc.

Er schlich zum Heck, sah erleichtert, daß sein Ruderboot noch längsseits lag, und rutschte geräuschlos das Seil hinab. Ehe er den ersten Ruderschlag wagte, wartete er minutenlang, um herauszufinden, wo sich die beiden anderen Besatzungsmitglieder im Augenblick aufhielten. Auf einmal ertönte eine heftige Streiterei auf französisch aus dem bugwärts gelegenen Steuerhaus. Holt baute auf sein Glück, daß die beiden ihn bei ihrem Disput nicht bemerken würden, und ruderte los.

Es wurden die längsten dreißig oder vierzig Meter, die er je gerudert war, doch erreichte er schließlich die Kaimauer und hatte gleich danach wieder festen Boden unter den Füßen.

Die Geräusche eines Autos veranlaßten ihn, sich umzudrehen. Was er in einiger Entfernung sah, war Ruth, die vor dem Café in ein Taxi stieg und, ihren ›Rettern‹ huldvoll zuwinkend, davonfuhr. Die Männer dachten offenbar nicht daran, sie zu verfolgen, sondern begaben sich auf ihren Rückweg zur ›Sunset‹.

Holt seufzte erleichtert auf. Ruth hatte ihre gefährliche und anstrengende Aufgabe gelöst, ohne Verdacht zu erregen – ein bemerkenswertes Mädchen, wie Inspektor Hyde zu sagen pflegte!

Holt zog den Notizzettel aus seinem Hemd. Die Notiz war klar lesbar, ergab aber unglücklicherweise für ihn nicht viel Sinn, da sie zum größten Teil aus Jargon bestand.

Jetzt brauchte er jemanden, der fließend Französisch sprach und auch den in keinem Wörterbuch enthaltenen Jargon kannte … Wen? Da wäre natürlich Henri Legere, aber er kam wohl kaum in Frage … Nun, Inspektor Hyde würde via Scotland Yard wahrscheinlich bald einen geeigneten Übersetzer finden; der beste Plan wäre also, schleunigst ins Hotel zurückzukehren.

Andererseits war da doch noch jemand – jemand, dessen lachsfarbener Bungalow fast direkt auf dem Weg nach Eastbourne lag. Mit einem leichten Kribbeln im Blut sagte sich Holt, daß er wirklich keine Wahl habe …

Als er die Türklingel drückte, wurde hinter der rechten Ecke des Bungalows das Öffnen eines Fensters vernehmbar.

»Wer ist da?« ertönte Antoinettes angenehme Stimme. »Jemand Nettes, hoffe ich.«

»Wieso? Ist das so wichtig?« fragte Holt.

»O gewiß. Ich bin in der Badewanne.« Sie lachte etwas verlegen und fügte hinzu: »Erkenne ich da etwa die freundliche Stimme eines gewissen Philip Holt?«

»Ja, das tun Sie, Miss Sheen.«

»Also doch jemand Nettes! Ich bin gleich da.«

Kaum eine halbe Minute später wurde die Haustür geöffnet. Antoinette trug einen ganz kurzen Minibademantel; und die sonnengebräunte Haut ihrer Schenkel schimmerte noch von Wasser. Sie machte die Tür nur halb auf, was Holt wegen des spähwütigen Nachbarn mit dem Fernrohr gut und richtig fand. Als er eintrat, bemerkte er den verwirrenden Duft ihres Körpers.

Sie wies ihm den Weg in das Studio und sagte: »Bitte, entschuldigen Sie meine dürftige Bekleidung. Ich hätte es für unhöflich gehalten, Sie auf der windigen Vortreppe warten zu lassen.« Dann beugte sie sich zum Feuer, um einige Scheite nachzulegen – ein Unterfangen, bei dem sich ihr Minibademantel als hoffnungslos unzureichend erwies. Mit einem vagen Versuch, den Mantel etwas fester um sich zu raffen, fügte sie hinzu: »Falls es Sie stört, gehe ich und ziehe mir etwas anderes an.«

»Ich denke, ich werde es überleben können.«

Sie fragte leise: »Sie trauen mir nicht, Philip?«

Holt antwortete: »Lassen Sie uns sagen – manchmal ist es besser, vorsichtig zu sein.«

Antoinette lächelte und stand auf. »Jetzt, zum Beispiel?«

»Antoinette, ich fürchte, dies ist ein beruflicher Besuch. Vielleicht werde ich eines Tages einen freundschaftlichen machen.«

»Ist das ein Versprechen?« Sie kam näher zu ihm. »Wenn die Vanc-Scranton-Affäre aufgeklärt ist, vielleicht?«

Er zeigte ein etwas ungewisses Lächeln. »Dann gäbe es wohl so leicht nichts, was mir besser gefallen würde.«

»Ich glaube wirklich, Sie meinen das.« Sie war betörend nahe. »Für einen Mann, der unbedingt nein sagen muß, haben Sie eine reizende Art, es zu sagen.«

Was nun hätte geschehen können, war keineswegs sicher. Zum Glück für Holt läutete das Telefon.

Antoinette zuckte zusammen. »Ich sollte mich lieber melden.« Sie ging zum Telefon und nahm den Hörer auf. »Hallo? Ach, salut, Henri. Ça va?«

Natürlich Henri Legere! Holt, obwohl leicht irritiert, zwang sich, völlig unbeteiligt und nur aus beruflichem Interesse auf Antoinettes vollendet elegantes Französisch zu lauschen. Die Unterhaltung betraf einen Besuch des Theaters in Bexhill an diesem Abend; Bexhill ist nicht sehr weit von Eastbourne entfernt.

Nachdem Antoinette aufgelegt hatte, raffte sie den Bademantel enger um sich und ging auf die Schlafzimmertür zu, wobei sie über die Schulter sagte: »Ich muß mich schnell anziehen. Das war Henri Legere. Vermutlich hat man Ihnen erzählt, daß er mein derzeitiger Geliebter ist. Kein sehr ernsthafter, übrigens.«

»Ich hörte davon«, antwortete Holt hölzern.

»Ich glaube, Sie sind Henri begegnet«, fügte Antoinette hinzu, jetzt schon im Schlafzimmer. »Was halten Sie von ihm?«

»Ich weiß wirklich nicht genug über ihn, um mir eine Meinung zu bilden.«

Antoinette lachte. »Ich auch nicht. Wahrscheinlich klingt das seltsam, aber er ist ein bißchen wie ein Eisberg. Mindestens vier Fünftel von ihm sind unter Wasser. Er ist mir ein Rätsel.«

Holt hob die Augenbrauen bei dieser Bemerkung, die ihn an etwas erinnerte, was Ruth auf der Fahrt nach Newhaven gesagt hatte. War Antoinette wirklich unschuldig? Wußte sie tatsächlich nichts über das Privatleben der jungen Männer, die ihr rein physisch gefielen? Eigentlich war das unwahrscheinlich; und doch ist es eine erwiesene Tatsache, daß manche Frau jahrelang mit einem Mann lebt, ohne zu wissen, daß sie mit einem Dieb oder Mörder verheiratet ist.

Holt, froh darüber, daß Antoinette ihn nicht sehen konnte, zog den Notizzettel heraus und sagte: »Sie sprechen ein ausgezeichnetes Französisch. Ist Ihnen der Straßenjargon geläufig?«

»Das will ich wohl meinen«, kam die etwas gedämpfte Antwort; vermutlich zog sich Antoinette eben einen Sweater über den Kopf. »Ich habe drei Jahre an der Sorbonne studiert.«

»O wirklich? Sie Glückliche! Ich spreche und verstehe korrektes Französisch, aber der Jargon macht mich hilflos. Neulich hörte ich im Kino einen ausgefallenen Satz.« Er sah auf das Papier und las, die Namen Christopher und Dunant durch zwei französische Vornamen ersetzend, die Notiz vor. »Was bedeutet das wohl?«

Ohne zu zögern, antwortete Antoinette: »Oh, es sagt auf ordinäre Art, daß für irgendwen die Dinge zu heiß geworden sind und daß er oder sie für eine Weile untertauchen muß, bis die Gefahr vorüber ist ... Was für ein Film war das?«

»Er läuft in London«, log Holt gewandt. »Den Titel habe ich vergessen. Eine ziemlich aufregende Geschichte.«

Antoinette kam, mit einem dicken grauen Sweater und Blue jeans bekleidet, ins Studio zurück und erklärte: »Meine Arbeitskleidung. Ich spüre mal wieder die Malwut. Sie müssen mir sagen, was Sie von meinem Rembrandt halten.« Sie trat an die mit einem Tuch verhüllte Staffelei.

»Was ist denn aus dem Vermeer geworden?« fragte Holt.

»Ach, er langweilte mich«, sagte sie sorglos.

»Wie schade. Darf ich ihn noch einmal sehen?«

»Ich fürchte, das geht nicht mehr. Ich habe ihn fortgeworfen. Das Brot sah zu altbacken aus. Jetzt bin ich an diesem hier interessiert.«

Sie nahm das Tuch von der Staffelei. Die halbfertige Kopie eines der Porträts Rembrandts von seinem Sohn Titus kam zum Vorschein.

Holt betrachtete das Bild genau, dann sagte er: »Ich glaube, es wird großartig. Warum aber kopieren Sie nur? Warum versuchen Sie nicht mal etwas eigenes?«

»Das werde ich eines Tages tun. Man muß gehen können, ehe man zu rennen versucht. Ich muß lernen zu zeichnen, die

Farben zu mischen und aufzutragen, und das lerne ich am besten beim Kopieren.«

»Sehr klug«, scherzte Holt. »Und inzwischen verdienen Sie viel Geld, indem Sie Ihre Kopien als echte alte Meister an ahnungslose texanische Cornedbeefmillionäre verkaufen. Wissen Sie, daß eins der Titus-Porträts kürzlich über zwei Millionen Dollar erzielt hat?«

»Ja, und der arme Rembrandt bekam seinerzeit fünfzig Gulden dafür. Das nennt man Gerechtigkeit.«

Holt nickte. »Eine seltsame Welt, die Welt der Kunst. Ich denke, die verrückten Preise haben etwas mit Statussymbolen zu tun.«

Antoinette beglückte ihn mit einem reizenden Lächeln. »Ulkig, daß Sie das sagen. Vanc sagte mal etwas ganz Ähnliches. ›Was nützt es‹, meinte er, ›ein arabischer Scheich mit einem Dutzend Ölquellen zu sein, wenn man an den Wänden seines Wüstenpalastes keine alten Meister hängen hat? Keine alten Meister, kein Status unter den Nachbarscheichs.‹«

Holt lachte und fühlte sich einen Moment lang versucht, ihr zu sagen, daß Vanc noch am Leben sei; doch fiel ihm rechtzeitig ein, daß seit Samsons und Delilas Tagen die Frauen ihre Schönheit dazu benutzen, die Männer zu verwirren und in kritischen Momenten urteilsunfähig zu machen. Tat die betörende Antoinette eben dies? Täuschte sie glaubwürdig vor, nicht zu wissen, daß Vanc noch lebte und Graham Brown tot war und daß unfern ihres Bungalows durch den Anschlag auf die Bremsen eines Autos zwei Menschen beinah getötet worden wären?

Unvermittelt fragte sie: »Wann kommen Sie auf den eigentlichen Zweck, Philip?«

Er tat für eine Sekunde erstaunt. »Welchen Zweck meinen Sie?«

»Den Zweck Ihres Besuches. Sie sagten, es sei kein freundschaftlicher Besuch. Was hatten Sie vor?«

»Oh, nun – einige Fragen zu stellen.«

»Also, schießen Sie los.«

»Kennen Sie einen Mann namens Ashley Milton?«

»Ja.«

»Ist er ein Freund von Ihnen?«

»Nicht eigentlich. Er ist sehr gebildet, sehr kultiviert und so weiter, er weiß viel über Musik und Malerei, aber als Mann ist er in meinen Augen eine lächerliche Attrappe.« Sie lächelte. »Sie wissen, was ich meine. Ein Mann muß ein richtiger Mann sein.«

Holt ließ sich nicht ablenken. »Eins wundert mich an ihm. Er ist nur Besitzer eines Restaurants, zugegebenermaßen eines guten Restaurants, aber er scheint sehr wohlhabend zu sein.«

»Ja. Er hat Unmengen von Geld.«

»Woher wohl?«

»Keine Ahnung. Geerbt, vielleicht.«

»Auch die Wahl seiner Freunde wundert mich. Henri Legere, zum Beispiel.«

»Oh, das ist einfach. Milton fliegt auf alles Französische. Übrigens beherrscht er die Sprache vollendet.«

Holt nickte. »Ein anderer Freund von ihm scheint ein gewisser Jimmy Wilde zu sein.«

Antoinette blickte Holt fragend an. »Jimmy Wilde? Sollte ich ihn kennen?«

»Er ist in der Bestattungsbranche. Oder, falls Sie diese Formulierung vorziehen, der Repräsentant einer der größten Bestattungsfirmen unseres Landes. Außerdem ist er Julie Bensons Schwager.«

»Ah, dieses rosagesichtige Kerlchen, das wie ein Leierkastenaffe hinter ihr herhüpft? Gesehen habe ich ihn zwar ein- oder zweimal, aber der Name ist mir nicht erinnerlich. Nein, ich fürchte, ich weiß nichts über ihn – höchstens, daß er bestimmt kein Prachtstück von Mann ist.«

Holt lachte etwas gezwungen.

Antoinette trat dicht vor ihn hin und sagte schmeichelnd: »Philip, Ihr Gesichtsausdruck gefällt mir nicht. Er verheißt nichts Gutes. Los, erzählen Sie, was Sie noch auf dem Herzen haben.«

»Nun gut.« Holt bot ihr eine Zigarette an, die sie ablehnte, nahm selbst eine und tat einen tiefen Zug, ehe er weitersprach. »Es betrifft Vancs Siegelring. Ich glaube nicht, daß Sie mir die volle Wahrheit darüber gesagt haben.«

Sie konnte ihm nicht in die Augen sehen und schwieg.

»Der Ring selbst ist echt«, fuhr er fort, »aber nicht Ihre Geschichte, wie Sie in seinen Besitz kamen. Die Sache mit dem Brief ist Schwindel, nicht wahr?«

Sie seufzte, sank in einen Sessel, ließ den Kopf hängen und murmelte tonlos: »Ja, den Brief habe ich selbst geschrieben. Niemand schickte mir den Ring, ich hatte ihn die ganze Zeit.«

»Wie lange schon? Und von wem?«

»Vanc gab ihn mir, kurz bevor er ermordet wurde.«

»Warum haben Sie dann diesen Schwindel gemacht, Antoinette? Hätten Sie den Ring nicht einfach mir oder der Polizei übergeben können, wenn Sie ihn nicht behalten wollten?«

Sie saß reglos da und schwieg sekundenlang. Schließlich raunte sie: »Ich bin nicht sehr stolz auf diese Sache. Wahrscheinlich werden Sie zur anderen Straßenseite hinübergehen, wenn Sie mir nächstes Mal begegnen. Ich hatte einfach Angst vor dem, was geschehen könnte.«

»Was hätte denn geschehen können? Wovor hatten Sie Angst?«

»Ich fürchtete, die Polizei würde automatisch annehmen, ich hätte den Ring von der Hand des Toten gezogen. Nachdem Vanc tot war, konnte ich nicht mehr beweisen, daß er ihn mir gegeben hatte. Aus Angst schrieb ich schließlich diesen Brief.«

»Nun, ich denke, keiner von uns ist immun gegen Angst. Deshalb braucht man sich nicht zu schämen. Aber Ihre Geschichte hat einen Schönheitsfehler.«

»Wirklich?« Sie starrte ihn an.

»Ja. Warum gaben Sie mir diesen Ring, anstatt ihn einfach zu behalten und zu schweigen?«

Zu seiner Überraschung nickte sie. »Ja, diese Frage stellt sich von selbst. Und das Dumme ist – ich habe keine befriedigende Antwort darauf. Ich weiß wirklich nicht, warum ich Ihnen den Ring gab, ausgenommen nur, daß ich ein dringendes Verlangen hatte, ihn loszuwerden. Ich kann mir nicht helfen, aber das ist die Wahrheit ... Sehen Sie, es war ein merkwürdiges Geschenk von Vanc. Als äußerst selbstsüchtiger Mensch hielt er gar nichts vom Schenken. Ich weiß nicht, warum, aber ich hatte ein deutliches Gefühl, daß er mir den Ring irgendwie aufdrängte, so, als ob mir dadurch ... Nun, es klingt albern. Aber mir war, als wünschte er, daß mir durch diesen Ring irgendwelcher Schaden erwüchse. Er hatte dabei ein so boshaftes Glitzern in den Augen. Ich sagte Ihnen schon, daß er ein befremdlicher Mensch mit verdrehten Eigenheiten war.« Plötzlich stand sie auf; ihre überlegene Selbstbeherrschung schien zu zerbrechen. Tränen zitterten an ihren Augenwimpern, und ihre Stimme war herb, als sie weitersprach: »Ich sollte meinen toten Geliebten lobpreisen und seinen Ring als teures Andenken verwahren! Statt dessen schmähe ich ihn und kann es nicht erwarten, den Ring loszuwerden! Da haben Sie es – das Selbstporträt der Künstlerin! Und nachdem Sie sich nun hinreichend daran ergötzt haben, Mr. Holt, wäre ich dankbar, wenn Sie gehen würden!« Damit eilte sie grußlos ins Schlafzimmer und warf die Tür hinter sich zu.

Holt zögerte einen Moment, als er hinter der Tür unterdrücktes Schluchzen vernahm, dann trat er bedrückt in den dunkelnden Nachmittag hinaus.

Kurz nachdem er losgefahren war, sah er im Rückspiegel einen blauen Volkswagen auftauchen. Holt bremste schnell, hielt zwischen zwei Bäumen am Straßenrand und stieg aus. Dann eilte er, durch die Straßenbäume gedeckt, ein Stück zurück, bis er den Bungalow deutlich ausmachen konnte. Der Volkswagen fuhr vor und stoppte; heraus hüpfte Jimmy Wilde und hastete zur Haustür. Das Licht in der Vordiele flammte auf, die Haustür wurde geöffnet, und Wilde betrat mit einer artigen kleinen Verbeugung den Bungalow. Gleich danach wurden die Vorhänge an den Studiofenstern zugezogen.

Soviel über den Mann, von dem sie angeblich nicht mal den Namen wußte, dachte Holt zähneknirschend.

*

»Wo steckt Ruth? Warum ist sie nicht hier, Inspektor?«

Holt hörte sich etwas überdreht an, als er in Hydes Hotelzimmer gehastet kam – voller Sorge über Ruths Ergehen und sich selbst tadelnd, weil er ihr Taxi nicht verfolgt hatte.

Hyde konnte ihn beruhigen. Ruth hatte inzwischen antelefoniert und erzählt, der Taxifahrer sei ihr nicht ganz geheuer gewesen, so daß sie den Zug nach London genommen habe, um etwaige Verfolger irrezuführen.

»Echt Ruth!« bemerkte Holt anerkennend.

»Wahr genug! Sie macht alles gründlich.«

»Weiß Gott! In Newhaven hat sie sich so gründlich durchnäßt, daß wir froh sein wollen, wenn sie ohne Erkältung davonkommt. Aber nun lassen Sie mich erzählen, was ich an Bord der ›Sunset‹ feststellen konnte.«

Holt berichtete über seine Erlebnisse und las den Text der Funknachricht vor. Hyde führte sofort einige dringende Telefongespräche. Als der Inspektor aufgelegt hatte, fragte Holt: »Der Name Dunant weckt keine Erinnerungen bei Ihnen?«

»Nein, aber ich bin überzeugt, daß er jenseits des Kanals wohlbekannt ist. Wir werden es bald erfahren.« Der Inspektor lehnte sich zurück und stopfte seine Pfeife, ohne Holt aus den Augen zu lassen. Schließlich sagte er: »Sie wirken irgendwie mitgenommen, lieber Freund.«

»Kunststück!« knurrte Holt. »Ich mache mich nicht gern zum Narren, am wenigsten bei Frauen.«

»Unsinn! Ihre Sorge um Ruth war völlig berechtigt. Übrigens wird sie erst mit dem letzten Zug, kurz vor Mitternacht, nach Eastbourne zurückkommen. Ich habe dafür gesorgt, daß sie vom Bahnhof abgeholt wird.«

»Gut. Nebenbei bemerkt war es nicht Ruth, für die ich mich beinah zum Narren gemacht hätte.«

»Dann Antoinette?«

»Ja.«

»Ärgern Sie sich nicht darüber. Immerhin hat Ihnen der Besuch im Bungalow die Übersetzung verschafft. Nun brauchen wir nur noch die Antwort von Interpol.« Hyde überlas die Nachricht noch einmal: »›Sagt Christopher, die Flics haben die Dinge hier so angeheizt, daß Dunant für eine Weile untertauchen wird, bis die Brötchen ausgekühlt sind.‹«

»Was ist mit dem Christopher-Brief?«

»Nichts. Ein Spezialist vom Yard war hier und hat ihn untersucht. Negatives Ergebnis. Ich fürchte, jemand versucht uns Sand in die Augen zu streuen. Nur die erste Nachricht enthielt die unsichtbaren Codebuchstaben, die übrigens noch nicht entschlüsselt sind. Aber ich fange an, ein vages Gesamtschema zu sehen. Sie auch?«

»Ein Schema mit klarem französischem Akzent?«

»Ja. Da waren erstens die beiden Franzosen, die Curlys Kleinbus über die Brightonklippen zu zwingen versuchten – zwei unbedeutende Kriminelle, von der französischen Polizei gesucht, weil sie in Paris eine illegale Druckerei betrieben, in der sie alte französische Zeitungen herstellten ... Zweitens Henri Legere. Ich habe ihn heute nachmittag befragt, ohne ihm mehr beweisen zu können, als daß er eine besondere Gabe hat, zur unrechten Zeit am unrechten Platz zu sein ... Drittens Ashley Milton, ein Frankophile mit zuviel Geld, der sich seine Anzüge in Paris schneidern läßt, eine Luxusmotorjacht besitzt, deren Mannschaft aus Franzosen und ehemaligen Sträflingen besteht, und geheimnisvolle Nachrichten im Pariser Straßenjargon erhält ... Schließlich würde ich nicht überrascht sein, von Interpol zu erfahren, daß Monsieur Dunant seine Geschäfte von Paris aus betreibt.«

»Aber die Christopher-Karten und der Brief sind aus dem verschlafenen englischen Küstenstädtchen Harrogate gekommen.«

»Die altbekannte ›Briefkastenmethode‹. Jemand aus Paris schickt die bereits adressierten Karten oder Briefe in einem verschlossenen Umschlag nach Harrogate an einen Mittelsmann, der sie einfach mit englischen Marken beklebt und weitersendet.«

»Glauben Sie, Dunant könnte Christopher sein?«

Hyde schüttelte den Kopf. »Die heutige Funknachricht enthielt Informationen von Dunant an Christopher, der also auf dieser Seite des Kanals sitzen dürfte. Und zwar nicht weit von der ›Sunset‹, würde ich sagen.«

»Werden Sie Milton verhaften?«

»Unter welcher Beschuldigung? Bis jetzt gibt es noch keinen stichhaltigen Beweis, daß er etwas Strafbares getan hat. Wildes Auto benutzen, um heimlich Vancs Studierzimmer zu durchsuchen, möglicherweise den Ring ausborgen und wieder zurückgeben, ein teures Boot mit zweifelhafter Mannschaft besitzen – das alles mögen verdächtige Dinge sein. Aber sichere Beweise haben wir noch nicht.«

»Hm. Werden Sie ihn wenigstens verhören?«

»Vielleicht«, erklärte der Inspektor achselzuckend, »vielleicht auch nicht. Es dürfte klüger sein, ihn in Sicherheit zu wiegen. Mag er denken, daß wir nicht an ihm interessiert sind. Auf diese Art können wir ungestört arbeiten. Jedesmal wenn ich in einem Mordfall irgendwen vernehme, erwartet die Öffentlichkeit eine dramatische Wendung der Ereignisse. Dieser lästige Reporter Abe Jenkins schnüffelte heute nachmittag wieder im College herum. Er ist der Schlimmste aus der Meute, und nur der Himmel weiß, welcher Unsinn morgen wieder in seiner Zeitung stehen wird.«

»Anscheinend steckt aber Milton bis an den Hals in dieser Geschichte.«

»Ziemlich sicher sogar. Ich lasse ihn beobachten. Heute früh fuhr er nach London. Sobald er nach Eastbourne zurückkommt, geht die Beobachtung weiter. Auch die ›Sunset‹ wird Tag und Nacht beobachtet. Mehr kann ich momentan nicht machen. Wenn ich zu schnell vorgehe, würde ich wahrscheinlich eine Menge Kaninchen in ihre Löcher zurückscheuchen.« Der Inspektor sah auf die Uhr. »Nur noch wenige Stunden. Alles hängt davon ab, ob das Chefkaninchen Vanc Scranton aus seinem Bau kommt.«

»Haben Sie Ihre Leute postiert?« Holt stand auf.

»Ja. Eine kleine Armee steht bereit, auch einige Kriminalbeamtinnen darunter. Das Glück ist mit uns. Vom Meer zieht Nebel landeinwärts und wird helfen, meine Leute unsichtbar zu machen.«

»Er wird auch Vanc helfen«, bemerkte Holt.

»Gewiß. Aber entweder kommt Vanc, oder er kommt nicht. Wenn er kommt, werden wir die Antworten auf fast alle Fragen erhalten. Wenn er nicht kommt, werde ich sämtliche Hunde der Hölle auf seine Spur hetzen. Ob so oder so – wir müssen der Tatsache eingedenk sein, daß die Krone ihn des Mordes an Curly und Graham Brown anklagen will.«

»Graham Brown«, wiederholte Holt nachdenklich. »Ich frage mich, ob er auch einer von Antoinettes Liebhabern war? Sie haben mit seinen Eltern gesprochen. Fiel Antoinettes Name?«

»Nein. Warum fragen Sie?«

»Ich möchte herausfinden, was für eine Rolle Antoinette bei dieser Sache spielt. Offenbar hat sie irgendwie ihre Finger im Spiel, aber was –«

Das Telefon klingelte; Hyde griff nach dem Hörer. »Hier Inspektor Hyde … Ja, verbinden Sie.« Er warf Holt einen bedeutungsvollen Blick zu und murmelte: »Das Pariser Büro der Interpol.«

Holt machte keinen Versuch, der Unterhaltung zu folgen. Sie war kurz und bestand auf Hydes Seite hauptsächlich aus verwunderten Ahs und Ohs. Als der Inspektor auflegte, war ein kleines Funkeln in seinen Augen. »Jetzt haben wir«, sagte er, »die Antwort auf Ihre Frage nach Miss Sheens Rolle bei dieser Sache. Am heutigen Spätnachmittag verhaftete die Pariser Polizei einen gewissen Jules Dunant, der sich als Zeitungs- und Zeitschriftenhändler ausgibt.«

»Und sein wahres Geschäft?«

»Ein höchst einträglicher Bilderhandel. Fälschungen alter Meister.«

12

Nebel zog vom Meer ins Land. Er schien die Häuserwände zu durchdringen und in Holts Hotelzimmer feuchte Kühle zu verbreiten.

Von einem nahen Kirchturm schlug es Viertel vor zwölf. Holt stand auf, knöpfte sein Jackett zu, legte sich einen dicken Schal um den Hals und zog eben seinen Dufflecoat an, als das Telefon klingelte. In der Annahme, Inspektor Hyde telefoniere von einem Automaten nahe der Brücke, griff er schnell zum Hörer.

»Sind Sie es, Inspektor?«

»Nichts da von Inspektor!« schnappte eine vertraute amerikanische Stimme. »Der Inspektor lauert am Strand darauf, seine verdammten Spürhunde auf meine Fährte zu hetzen!«

»Scranton!«

»Stimmt, hier spricht Vanc! Hören Sie, was für einen Blödsinn versuchen Sie da mit mir? Ich habe Sie gewarnt, daß ich nicht kommen würde, wenn Sie die Polizei verständigen!«

Holt überlegte blitzschnell, ob Vanc bluffte. Weshalb würde

er sonst telefonieren? »Aber treffen wollen Sie mich noch?« fragte er.

»Ja? Wieso sind Sie dessen so sicher?«

»Weil Sie den Ring möchten, und ich habe ihn noch. Im College gab es heute früh ein kleines Durcheinander.«

»Davon hörte ich.« Vanc lachte. »Der arme alte Dalesford kriegte eins auf seinen armen alten Hohlkopf.«

»Wer hat Ihnen das gesagt?«

»Hoho, mein Lieber, so naiv bin ich nicht, daß ich mich von Ihnen übertölpeln lasse! Sie haben also den Ring. Ich gebe Ihnen fünfzehn Minuten, ihn mir zu bringen. Sind Sie bis dahin nicht zur Stelle, dann weiß ich, daß Sie Ihre Zeit damit verschwenden, wieder die Polizei herbeizuholen. Verstehen wir uns diesmal richtig? Keine Polizei, oder die Sache platzt!«

»Gut, ich gebe Ihnen mein Wort. Wo treffe ich Sie?«

»Nehmen Sie von Eastbourne aus die Pevensey Road. Sie ist lang und gerade, ich kann Sie kommen sehen. Ich werde auf der seewärts gelegenen Straßenseite parken, mit eingeschalteten Standlichtern. Blinken Sie viermal mit den Scheinwerfern, damit ich weiß, daß Sie es sind.«

»In Ordnung. Es würde aber helfen, wenn ich wüßte, nach was für einem Wagen ich ausschauen soll.«

»Nach einem blauen Volkswagen. Ein netter kleiner Bursche hat ihn mir geliehen. Also bis nachher, Holt. Und vergessen Sie den Ring nicht!« Es klickte, und die Verbindung war beendet.

Ein blauer Volkswagen, geliehen von einem netten kleinen Burschen ....

Holt sah auf seine Uhr. Zehn Minuten vor zwölf. Ungeachtet seines Versprechens überlegte er einen Moment lang, ob er zur Seebrücke fahren und Inspektor Hyde über die Änderung des Plans informieren sollte. Aber würde das klug sein? Bestimmt hatte Vanc einen Komplizen, sonst hätte er nichts von dem Zwischenfall im College gewußt. Wenn Holt nicht direkt zur

Pevensey Road fuhr, würde dieser Komplize Zeit haben, Vanc zu warnen. Holt blieb also keine Wahl.

Nachdem er sich noch einmal vergewissert hatte, daß der Ring in der äußeren Manteltasche steckte, schloß er seinen Koffer auf und holte die Pistole heraus, die er mit polizeilicher Genehmigung bei sich tragen durfte. Dann nahm er seine Stablampe, schloß die Zimmertür hinter sich ab und eilte die Treppe hinunter zur Hotelhalle, wo der schläfrige Nachtportier ihn aufzuhalten versuchte.

»In der Bar wartet ein Mr. Abe Jenkins auf Sie, Mr. Holt!«

»Sagen Sie ihm, ich wäre im Kino oder sonstwo«, rief Holt, als er an dem Mann vorbei und hinaus zu seinem Auto lief.

Der Nebel war ungleichmäßig – jetzt kaum vorhanden, einen Moment später wieder ganz dicht. Holt mußte sehr langsam durch mehrere Straßen fahren, bis er am Stadtrand die Pevensey Road erreichte, die von Anfang an gerade verlief und durch ihre auf der Fahrbahnmitte angebrachten gelben Katzenaugen ein etwas höheres Tempo erlaubte. Das schnellere Fahren verringerte ein wenig die enorme Spannung, die Holts ganzen Körper erfüllte.

Endlich Vanc Scranton! Zehn Tage lang hatte man diesen Irrwisch gejagt, ohne sicher zu sein, ob er tot oder lebendig war. Und jetzt sollte Holt ihm von Angesicht zu Angesicht gegenübertreten.

Gespenstische Baumsilhouetten und einsame düstere Bauernhäuser huschten vorbei. Von Zeit zu Zeit war auf der rechten Seite die Meeresbrandung zu hören; dann und wann ertönte das klagende Tuten eines Nebelhorns. Fast zwanzig Minuten waren seit Vancs Anruf vergangen, und Holt begann sich zu fragen, ob er, trotz aller Aufmerksamkeit, den blauen Volkswagen übersehen haben könnte. Dann plötzlich tauchten vor ihm zwei gelbliche Standlichter und die Umrisse eines Autos aus dem Nebel auf.

Holt bremste, blinkte viermal mit den Scheinwerfern und stoppte schließlich am Straßenrand.

War das der Wagen, den er suchte? Er kurbelte sein Fenster herab und spähte hinaus. Schmutziggelbliche Nebelschwaden wallten zwischen ihm und dem geparkten Fahrzeug über die Straße. Unmöglich, Genaueres zu erkennen. Er zog und entsicherte seine Pistole und lauschte gespannt auf irgendein noch so geringes Geräusch, aber nichts war zu hören.

Er schaltete seine Lichter aus, fuhr einige Schritte weit zurück und lenkte dabei sein Auto so, daß die Scheinwerferkegel, wenn er sie wieder einschaltete, direkt auf den geparkten Wagen gerichtet sein würden. Dann stieg er vorsichtig aus, die Pistole in der Rechten, den linken Arm zum Armaturenbrett ausgestreckt, zählte bis zehn und knipste die Scheinwerfer an.

»Licht aus, oder ich schieße!« gellte eine Stimme aus dem Nebel.

Holt warf sich seitwärts in den flachen Straßengraben. Fast unmittelbar danach peitschten mehrere Schüsse in die Scheinwerfer des Mustang, die klirrend und splitternd erloschen. Holt, atemlos auf dem feuchten Boden liegend, versuchte die Stimme unterzubringen. Gehört hatte er sie schon, aber Vancs Stimme war es keinesfalls.

»Steh auf, damit ich dich sehen kann, du dreckiger Erpresser!« kreischte die Stimme hysterisch, und Holt erkannte sie als Ashley Miltons Stimme.

»Milton«, brüllte er, noch am Boden liegend, »stecken Sie die verdammte Schußwaffe weg! Ich bin Philip Holt! Verstehen Sie? Philip Holt! Ich bin allein. Scranton ist nicht hier!«

Ein seltsam winselndes Ächzen ertönte, gefolgt von den Geräuschen unsicherer Schritte auf der Straße. »Wer sind Sie?«

»Philip Holt.« Holt stand auf und knipste seine Stablampe an, deren Schein wie der Lichtstrahl eines Filmprojektors auf dem gelblichen Nebelvorhang spielte. »Stecken Sie in Gottes Namen Ihre Schußwaffe weg! Sie haben mir auf die feine alte Gangsterart mein Auto demoliert!«

»Oh, mein Gott! Das wollte ich nicht … Ach, du lieber Himmel, welche Schweinerei!«

Ashley Miltons lange hagere Gestalt tauchte aus dem Nebel auf. Er trug einen dunklen Paletot mit Veloursrevers und einen für die Situation nicht minder unangemessenen steifen schwarzen Hut. Seine übliche Selbstsicherheit und Herablassung schienen abhanden gekommen zu sein. Er wirkte gealtert und völlig durcheinander.

»Ich – ich dachte, Sie wären Vanc Scranton«, murmelte er und bewegte seine Schußwaffe, als wäre sie eine leere Bierflasche. »Nie zuvor habe ich so ein Ding in der Hand gehabt. Ich – ich –«

»Wollten Sie ihn töten?«

»Gott behüte, nein! Ich weiß nicht, was ich wollte. Ich war halb von Sinnen … Er telefonierte mich heute abend in London an und sagte, ich müsse sofort hierherkommen, er brauche mehr Geld. Ich wußte nicht, was ich tun sollte. Dann dachte ich, vielleicht könnte ich versuchen, ihn mit der Schußwaffe so einzuschüchtern, daß er seine Erpressungen einstellt und womöglich sogar die belastenden Briefe zurückgibt. Aber ich muß völlig verrückt gewesen sein – Leute wie er sind bestimmt nicht so leicht einzuschüchtern.« Er zog ein weißseidenes Taschentuch heraus und wischte sich das Gesicht. »Wie konnten Sie mich hier finden? Haben Sie mich verfolgt?«

»Nein, ich war hier ebenfalls mit Vanc verabredet.«

»Was? Sie auch?«

»Ja. Daß er uns beide zur gleichen Zeit hierher bestellte und selbst nicht kam, erscheint mir typisch für seine sadistische Art.«

»Dieser widerliche Bastard!« fauchte Milton verächtlich. »Weshalb wollte er Sie hier treffen?«

»Ich sollte ihm seinen Siegelring wiedergeben.«

»Seinen Siegelring?«

»Ja. Den Ring, den ich gestern in Ihrem Restaurant verloren zu haben scheine.«

Milton schüttelte verwundert den Kopf. »Ich fürchte, ich weiß nicht, wovon Sie sprechen, mein Freund. Sie hätten gestern in meinem Restaurant einen Ring verloren?«

»So scheint es. Sie selbst gaben ihn Inspektor Hyde zurück. Das heißt, Sie gaben ihn Jimmy Wilde, damit er ihn zurückgab.«

Milton hob erstaunt die Augenbrauen. »Wirklich? Das klingt recht rätselhaft. Wann soll sich das zugetragen haben?«

»Heute vormittag.«

»Aber ich bin doch ganz früh nach London gefahren!«

»Und Wilde sagt, er sei auch schon ganz früh im ›Goldenen Pfau‹ gewesen.«

Milton rieb sich versonnen die Nase. »Richtig, ich erinnere mich, das stimmt. Die Mutter eines meiner Kellner ist gestorben, und Wilde bemühte sich wohl um den Bestattungsauftrag. Davon hörte ich, ehe ich wegfuhr.«

»Aber Sie sahen ihn nicht?«

»Nein.«

»Weshalb fuhren Sie nach London?«

»Weshalb ich nach London fuhr? Oh, geschäftlich. Aber sprechen Sie weiter, Mr. Holt. Das ist höchst interessant. Wilde entpuppt sich als ein listiger kleiner Lügner, nicht wahr? Erzählt von der Wahrheit gerade so viel, wie sich nachprüfen läßt, und kommt dann flink mit einer großen Lüge!«

Holt fühlte sich etwas verwirrt. »Sie sagen also, Sie hätten ihm den Ring nicht gegeben?«

»Wie, um alles in der Welt, hätte ich das gekonnt? Ich habe diesen Ring nie gesehen!« Milton beugte sich etwas vor und betrachtete die zerschossenen Scheinwerfer des Mustang. »Wissen Sie, Mr. Holt, in solcher Nebelnacht wie heute werden Sie ohne Scheinwerfer nicht weit kommen. Fahren Sie lieber mit mir in meiner alten Karre zurück. Der Schaden, den ich da in meinem Übereifer angerichtet habe, tut mir furchtbar leid. Natürlich werde ich alles bezahlen.«

Milton ging mit Holt zu seinem Auto, das sich im Licht der Stablampe als ein Saab erwies, dem Volkswagen in der Form nicht unähnlich, aber in einem weitaus dunkleren Blau lackiert, als Wilde es für sein Fahrzeug bevorzugte.

»Vielleicht möchten Sie lieber selbst ans Lenkrad?« fragte Milton. »Um die Wahrheit zu sagen – ich bin noch ziemlich nervös.« Er wies auf seine Schußwaffe, die er eben in die Manteltasche stecken wollte. »Ich ahnte nicht, daß dieses kleine Ding soviel Scherben machen könnte.«

»Das erste Mal, daß Sie so ein Ding probierten?« fragte Holt, bereits hinter dem Lenkrad und damit beschäftigt, das unvertraute Armaturenbrett des Saab zu studieren. »Woher haben Sie es?«

»Bitte? Was sagten Sie?«

»Ich fragte, woher Sie die Schußwaffe haben. Man bekommt so etwas nicht als Dreingabe beim Kauf von zehn Paketen Cornflakes, wissen Sie.«

»Ach so, ja. Nun, wie Sie richtig vermuten – einen Waffenschein habe ich nicht.« Milton lachte matt. »Und ich fürchte, der frühere Eigentümer besaß auch keinen. Ich habe das Ding vor einiger Zeit einem inzwischen entlassenen Mann meiner Bootsbesatzung weggenommen, einem ziemlich rauhbeinigen Kerl. Sie erinnern sich, daß ich drüben in Newhaven ein Hochseemotorboot habe. Ein sehr hübsches Schiff – Sie müssen gelegentlich mal an Bord kommen.«

»Schrecklich gerne«, sagte Holt steinern und schaltete die Zündung ein. Die Gedanken wirbelten durch seinen Kopf wie Blätter im Herbstwind, aber er erinnerte sich an Hydes Worte: ›Es dürfte klüger sein, Milton in Sicherheit zu wiegen. Mag er denken, daß wir an ihm nicht interessiert sind.‹ So konzentrierte er sich unbewegten Gesichts auf die Rückfahrt nach Eastbourne.

Sie waren etwa vier oder fünf Minuten ziemlich langsam dahingefahren, als Milton sich plötzlich weit nach vorne beugte und aufgeregt schrie: »Um Himmels willen, was ist das?«

Links vor ihnen war ein orangefarbener Flammenball in die Luft geschossen. Die nachfolgende Explosion ließ den Saab erzittern wie ein erschrockenes Pferd.

Holt bremste scharf und stoppte am Straßenrand. »Sieht nach brennendem Schiff aus«, sagte er atemlos und strengte die Augen an, um trotz des Nebels Genaueres zu erkennen.

»Das ist nicht auf See«, widersprach Milton. »Ich kann hinter den Flammen die Umrisse eines alten Wehrturms erkennen. Das Feuer ist an Land.«

Einen Moment später mußte Holt ihm beipflichten. Auch er sah jetzt im Licht der züngelnden Flammen die wuchtigen Konturen eines der Türme, die vor mehr als anderthalb Jahrhunderten zur Abwehr der drohenden Invasion Napoleons errichtet worden waren. Milton war bereits aus dem Auto gestiegen. Als Holt ihm folgte, gellte von der Brandstätte her ein furchtbarer Todesschrei.

»Vorwärts!« rief Milton und zückte seine Taschenlampe. »Geben Sie acht, wohin Sie treten! Hier scheint Weideland zu sein!«

Holt schaltete die eigene Stablampe ein und lief hinter Milton her über das unebene Terrain. Sie kamen verhältnismäßig langsam voran, und die Entfernung zu der Brandstätte war größer, als Holt vermutet hatte. Als sie, immer wieder stolpernd und rutschend, etwa den halben Weg zurückgelegt hatten, vernahmen sie das ferne Heulen einer Polizeisirene und das Ertönen greller Feuerwehrglocken.

Ein Weilchen später stolperte Milton und wäre gestürzt, hätte er nicht zufällig Halt an einem halbverrotteten Zaunpfahl gefunden. Um Atem ringend, suchte er vergebens nach seinem zu Boden gefallenen Hut. Als Holt herankam, wies Milton auf die züngelnden Flammen und schrie: »Erkennen Sie, was dort brennt, Holt?«

Holt spähte und erhaschte durch eine Lücke im Nebel einen flüchtigen Blick auf die vertrauten Umrisse eines Volkswagens, dessen Farbe allerdings nicht auszumachen war. Bei einer leichten Winddrehung wehte der beißende Geruch brennenden Fleisches herüber.

Den Weg entlang, den der Volkswagen offenbar genommen hatte, stießen die Scheinwerferkegel eines schnell herankommenden Polizeiautos durch den Nebel. Einige Feuerwehrwagen folgten dichtauf.

Kurz vor der Brandstelle stoppten die Fahrzeuge. Behelmte schwarze Gestalten bewegten sich grotesk im Lichtschein der Flammen. Laute Kommandorufe ertönten, und einen Moment später ergossen sich gewaltige Mengen weißen Schaums über das fast ausgebrannte Autowrack. Die Luft roch nach Rauch, heißem Metall, brennendem Gummi, scharfen Chemikalien und verkohltem Fleisch.

Schließlich sanken die Flammen in sich zusammen und erloschen. Starke Flutlichtscheinwerfer tauchten die Szene in chromgelbes Licht, als zwei Männer in silbrigen Asbestanzügen das Autowrack auszuräumen begannen.

»Schön verrückt, was sie da versuchen«, erklärte Milton gequält. »Falls jemand in diesem Höllenfeuer war – übriggeblieben ist von ihm gewiß nichts!«

Sie hatten die Brandstätte fast erreicht, als Holt sich plötzlich am Ärmel gezupft fühlte. Neben ihm war aus dem Nebel ein untersetzter Mann mit umgehängter Reporterkamera aufgetaucht und fragte: »Wünschen Sie etwas zu sagen, Mr. Holt?«

Holt erkannte Abe Jenkins und knurrte wütend: »Ja! Wie, zum Teufel, sind Sie so schnell hierhergelangt?«

»Oh, ziemlich einfach. Ich folgte Ihnen von Ihrem Hotel aus. Ich bin nicht so leicht abzuschütteln, wissen Sie. Zwar verlor ich Sie dann im Nebel, aber schließlich hörte ich die Feuerwehrglocken und folgte dem Fahrzeugkonvoi. Na, Mr. Holt, wer war in dem Volkswagen?«

»Wie soll ich das wissen?«

»Wie wär's mit 'ner kleinen Vermutung?«

»Kein Kommentar, bedauere!« erwiderte Holt schroff.

»Aber hören Sie! Sicher wird der berühmte Amateurdetektiv Philip Holt –«

Milton packte Jenkins beim Ellbogen. »Ich riskiere eine Vermutung, Mann. Kommen Sie mit!«

Stolpernd hastete Jenkins neben Milton zu dem Halbkreis von Polizeibeamten und Feuerwehrleuten, die das rauchende Autowrack umstanden. Die beiden Männer in den Asbestanzügen legten eben die Überreste dessen, was einst ein Mensch gewesen war, auf eine Trage.

Milton beugte sich flüchtig zu dem Leichnam hinab. Dann suchte er unter den Umstehenden nach Holt, winkte ihn herbei und fragte: »Sie haben ihn nie zuvor gesehen?«

Holt starrte zu dem Gebilde auf der Trage und murmelte: »Sind Sie sicher, Milton, ganz sicher, daß es Vanc ist?«

»Daran«, antwortete Milton, »kann wenig Zweifel bestehen, meine ich.«

Aus dem Halbkreis ertönte eine Stimme, die Holt zusammenzucken ließ. »Nein, daran kann es wirklich keinen Zweifel geben!« versicherte diese Stimme und fügte salbungsvoll hinzu: »Armer Teufel.«

Es war Jimmy Wildes Stimme.

Holt unterdrückte seine Überraschung und näherte sich dem Bestattungsfirmenrepräsentanten schnell genug, um ihn murmeln zu hören: »… und ich nahm an, Julie hätte meinen Wagen benutzt.«

»Wilde, Sie haben Miss Benson Ihren Volkswagen geliehen?« fragte Holt. »Und Sie sind sicher, daß es Ihr Wagen war, der hier ausgebrannt ist?«

Wilde nickte traurig. »Sehen Sie selbst – das sind meine Nummernschilder. Oder das, was davon übrig ist.«

Holt wollte Wilde eben fragen, wo Julie sei, als unversehens Inspektor Hyde neben ihm auftauchte und sich besorgt erkundigte: »Holt, ist alles glatt gegangen?«

»Im großen und ganzen, ja. Aber vergewissern Sie sich um Gottes willen, Inspektor, daß sonst niemand in dem Volkswagen war!«

»Da war sonst niemand drin«, versicherte Hyde, »wir haben es gründlich geprüft.« Er wandte sich an Wilde: »Möchten Sie mir nun verraten, was Sie heute nacht hierher führte?«

Wilde zeigte ein konziliantes Lächeln. »Oh, wir sahen die – äh – die Bescherung von der Landstraße aus und kamen neugierig näher.«

»Wir?« schnappte Holt. »Sie haben jemanden bei sich?«

»Ja. Eine Lady.«

»Eine Lady?«

»Miss Sheen.«

»Ach, Miss Sheen ist mit Ihnen gekommen?« fragte Hyde.

»Freilich.« Wilde starrte ringsum durch den Rauch und den Nebel und das Durcheinander von Polizeibeamten und Feuerwehrleuten. »Wo mag sie bloß sein? Eben war sie noch hier.«

Hyde antwortete ruhig: »Sie ist dort drüben hinter der Hecke und – äh – nun, der Anblick der verkohlten Leiche war zuviel für sie. Aber, Mr. Wilde, Sie haben meine Frage noch nicht beantwortet. Wie kamen Sie hierher? Ich meine – überhaupt in diese Gegend?«

»Wir kehrten in Miss Sheens Auto von einem Theaterbesuch in Bexhill zurück.«

»Soviel ich weiß«, warf Holt ein, »war es doch Henri Legere, der mit Miss Sheen ins Theater wollte?«

»Ursprünglich ja.« Wilde strahlte die beiden Männer an. »Aber er mußte aus irgendeinem Grund absagen. Zufällig war ich bei Miss Sheen, als er antelefonierte, und ich nahm mir dann die Freiheit, ihr ersatzweise meine bescheidenen Dienste für den Abend anzubieten.«

»So, so«, bemerkte Holt. »Ich wußte gar nicht, daß Miss Sheen und Sie sich kennen, Mr. Wilde?«

»Sie scheinen manches nicht zu wissen, Mr. Holt«, erwiderte

Wilde in aufsässigem Ton und reckte sein Kinn. »Andernfalls hätten Sie diese schreckliche Sache längst aufgeklärt!«

»Mr. Wilde«, sagte Inspektor Hyde mit mühsam unterdrücktem Lächeln, »Sie werden wohl so gut sein, mit mir zur Polizeistation von Eastbourne zu kommen und eine Aussage über all die Dinge zu machen, die zu wissen Sie andeuten.«

»Zur Polizeistation? Sie meinen – jetzt?«

»Ja, jetzt.«

Wilde zuckte die Achseln. »Nun gut, Inspektor, wenn Sie es für unerläßlich halten.«

Milton trat zu ihnen und äußerte wichtig: »Inspektor, ich möchte ebenfalls eine Aussage machen – wenn es gestattet ist?«

»Ich hätte Sie ohnehin darum gebeten, Sir«, erwiderte Hyde ruhig. »Wollen wir aufbrechen?«

Der Morgen dämmerte bereits, als Inspektor Hyde sich entschloß, die Vernehmungen bis auf weiteres zu unterbrechen. Den drei Personen, die seiner erschöpfenden Befragung ausgesetzt gewesen waren, wurde erlaubt, nach Hause zurückzukehren – unter der strikten Auflage allerdings, den Bezirk nicht zu verlassen und jederzeit für die Polizei erreichbar zu bleiben.

»Ist das«, fragte Holt müde, »bei Milton nicht ein ziemliches Risiko?«

»Warum bei Milton mehr als bei Wilde oder Miss Sheen?« fragte Inspektor Hyde zurück.

»Weil ich glaube, daß er von den dreien am gefährlichsten ist.«

»Gewiß. Aber sie alle waren binnen weniger Minuten verdächtig nahe bei der Brandstelle. Sie alle bestreiten, mit dem neuen Mord etwas zu tun zu haben, und bis jetzt ist nichts Gegenteiliges zu beweisen. Es könnte sehr aufschlußreich sein, zu erfahren, ob Vanc wirklich bei Milton anrief und die Begegnung auf der Pevensey Road vereinbarte. Aber ob so oder so – wir können Milton nicht beschuldigen, den Volkswagen mit Vanc in

Brand gesetzt zu haben, da er zur fraglichen Zeit neben Ihnen in seinem Saab saß.«

»Und doch hat Milton seine Hände im Spiel«, sagte Holt entschieden. »Das spüre ich ganz deutlich.«

»Unglücklicherweise sind auch die deutlichsten Gefühle kein ausreichender Grund für eine Verhaftung«, seufzte Hyde. »Da ich ihn keiner Straftat beschuldigen kann, muß er, wie das Gesetz es verlangt, auf freiem Fuß bleiben. Aber er wird von uns, wie ich schon gestern sagte, sehr sorgfältig beobachtet.«

»Wilde und die Malerin auch?« fragte Holt.

Hyde nickte. »Ein ungleiches Pärchen, nicht wahr? Wildes Erklärung für diese Partnerschaft beeindruckt mich wenig – sei sie nun wahr oder nicht.«

»Daß sie sich zusammengetan haben, um den Scranton-Fall auf eigene Faust zu klären?«

»Ja. Wir lieben es nicht, wenn eine Schar Amateure an unseren Aufgaben herumzupfuschen versucht.«

Holt räusperte sich und grinste.

»Sie gelten bei uns natürlich nicht als Amateur, Holt«, lachte der Inspektor. »Wir sind wirklich sehr froh über Ihre Hilfe bei diesem Fall. Aber mit Leuten wie Wilde und Miss Sheen ist das anders. Abgesehen von allem sonstigen – es könnte gefährlich werden. Unsere Gegenspieler arbeiten ja nicht mit Samthandschuhen.«

»Vielleicht können Leute wie Wilde und Miss Sheen eines Tages doch mit irgendeiner verblüffenden Information aufwarten«, gab Holt zu bedenken. »Mich wundert nur, warum Jimmy Wilde sich plötzlich als Detektiv aufspielen mag?«

»Lassen wir mit Vorbehalt seine Erklärung gelten, daß es ihn verrückt gemacht hat, Julie nach Vancs Verschwinden zum nervösen Wrack werden zu sehen, und daß er deshalb eigene Ermittlungen angestellt hat. Es kann kaum Zweifel daran geben, daß er seine Schwägerin liebt. Er selbst hat es ja mehr oder weniger eingestanden.«

»Immerhin bezweifle ich, daß sie sich auch nur das geringste aus ihm macht. Überdies finde ich es seltsam, daß er sich eine Frau wie Antoinette zur Partnerin beim Detektivspielen aussucht.«

»Hm«, brummte Hyde nachdenklich, »vielleicht war es umgekehrt. Vielleicht hatte Miss Sheen die Idee, und Jimmy Wilde folgt ihr nur wie ein Hündchen.«

»Das klingt wahrscheinlicher«, gab Holt zu.

»Ob so oder so – es beeindruckt mich wenig. Aber die Geschichte der beiden ist hieb- und stichfest. Sie besuchten das Theater in Bexhill und waren auf dem Heimweg. Der einzige schwache Punkt könnte der Zeitunterschied zwischen dem Ende der Vorstellung und ihrem nachmitternächtlichen Erscheinen bei der Brandstelle sein. Andererseits – die angebliche Fahrtunterbrechung wegen eines Drinks läßt sich nachprüfen, und die Auswirkungen des Nebels müssen billigerweise auch in Rechnung gestellt werden. Ich glaube nicht, daß ihnen ein Strick daraus zu drehen ist.«

Holt hob nachdenklich eine Augenbraue. »Angenommen, die ganze Sache ist ein Schwindel, der uns von Wildes wirklichem Tun ablenken soll? Laut Milton muß Wilde der Taschendieb sein, der den Ring im ›Goldenen Pfau‹ an sich nahm. Milton bestreitet entschieden, den Ring zu kennen oder ihn Wilde zur Weitergabe ausgehändigt zu haben.«

»Einer der beiden muß ein Lügner sein.«

»Aber welcher? Übrigens – haben Sie Wildes Reaktion bemerkt, als er sein Auto brennen sah?«

»Nun, er schien recht bestürzt, soweit ich mich erinnere. Aber das ist nur natürlich.«

»Ich meine etwas anderes. Seine Version war nämlich, Julie hätte sich den Wagen geliehen. Eigentlich hätte Wilde zu Tode erschrocken sein müssen, als er das brennende Wrack sah, in dem er doch seine geliebte Schwägerin hätte vermuten müssen! Statt dessen schien er stillschweigend vorauszusetzen, daß Julie das Auto überhaupt nicht benutzt hatte.«

»Also sagte er wohl nicht die Wahrheit, als er behauptete, Julie den Wagen geliehen zu haben. Vielmehr dürfte sich Vanc direkt mit Wilde in Verbindung gesetzt haben.«

»Ja. Zu mir sagte Vanc jedenfalls: ›Ein netter kleiner Bursche hat ihn mir geliehen.‹«

Hyde rieb sich sein stoppeliges Kinn, erhob sich, sah auf die Uhr und sagte: »Ich schlage vor, wir gönnen uns eine Rasur und ein Frühstück. Dann wird es an der Zeit sein, Miss Bensons Schönheitsschlaf zu stören.«

Holt gähnte. »Was wird mit Mr. und Mrs. Scranton? Hätten die Eltern nicht als erste das Recht zu erfahren, daß ihr Sohn jetzt wirklich tot ist?«

»Selbstverständlich. Ich werde zum Grandhotel gehen und ihnen die Nachricht überbringen, sobald wir mit Julie fertig sind.«

»Was werden wir mit Julie zu klären versuchen?«

»Vier Hauptfragen. Erstens: Sie zeigten ihr in Miltons Restaurant den Ring, und kurz danach wußte Vanc, daß Sie den Ring hatten. Zweitens: Ihnen wurde aufgetragen, den Ring in den Keramikbecher auf Dalesfords Schreibtisch zu tun – der geeignetste Platz für Julie, den Ring an sich zu nehmen und an Vanc weiterzugeben. Drittens: Sie konnten wegen des Krawalls im College den Ring nicht abliefern, und wieder erfuhr Vanc davon. Viertens: Wilde sagte, Julie hätte sich seinen Volkswagen geliehen, und Vanc war es, der den Wagen benutzte.«

»Es scheint wirklich an der Zeit, daß uns diese junge Lady einige Auskünfte gibt!«

Hyde und Holt hatten ihr Frühstück in der Polizeikantine noch nicht beendet, als Hyde durch einen Telefonanruf erfuhr, daß Julie Bensons Schönheitsschlaf bereits gestört worden war. Wegen der Neuigkeit, die nur Jimmy Wilde ihr überbracht haben konnte, hatte Julie versucht, sich durch eine Überdosis Schlaftabletten das Leben zu nehmen.

Zweifel an der Echtheit des Abschiedsbriefes, der neben ihrem Bett lag, bestanden nicht, da Scotland Yard Julies Handschrift bereits vor einer Woche analysiert hatte. Der Text lautete: ›Da Vanc jetzt wirklich tot ist, hat das Leben für mich keinen Sinn mehr.‹

Adressiert war der Brief an – Christopher.

13

Drei Personen wanderten auf dem Collegehof von Deanfriston umher, als die Sonne nach und nach den entweichenden Nebel durchdrang.

Nur Ruth sah frisch, gepflegt und hellwach aus. Sie war kurz vor Mitternacht von ihrer unfreiwilligen Rundreise Newhaven–London–Eastbourne zurückgekehrt und sofort zu Bett gegangen, ohne noch von dem Drama auf den Pevensey-Marschen zu erfahren. Früh am Morgen hatte sie allerdings keine Zeit verloren, Holt und den Inspektor zu erreichen, die ihr von den jüngsten Ereignissen erzählten.

»Wird Julie durchkommen?« fragte sie.

»Die Ärzte«, antwortete Hyde, »geben ihr eine Chance von fünfzig zu fünfzig.«

»Sie ist die einzige, die uns sagen kann, wer Christopher ist.«

»Ich fürchte, wir können nicht warten, bis Miss Benson es uns erzählt«, äußerte Hyde in entschiedenem Ton. »Selbst wenn sie überlebt, dürfte sie tagelang bewußtlos bleiben. Und wenn sie wieder bei Sinnen ist, haben wir noch längst keine Sicherheit, daß sie ausplaudert, was wir hören möchten.«

»Eine Tatsache, die wir aber nicht direkt ausposaunen werden?« erkundigte sich Holt ruhig.

Der Inspektor blieb stehen und blickte ihn gleichmütig an. »Ich habe schon daran gedacht, daß wir sie hinter verschlossenen Türen halten und die Nachricht verbreiten könnten, sie erhole sich rasch und werde bald alles erzählen.«

Holt winkte ab. »Zu gefährlich. Denken Sie daran, was Curly passierte. Ich hege keine große Zuneigung für Julie Benson. Aber ihr Leben ist keinen Pfifferling wert, wenn bekannt wird, daß wir sie zur Kronzeugin machen wollen.«

»Könnte man sie nicht polizeilich bewachen lassen?« fragte Ruth.

»Es bliebe trotzdem zu riskant«, versicherte Holt. »Wenn Christopher schließlich vor Gericht kommt, braucht die Anklagevertretung alles Beweismaterial, das sie bekommen kann, und Julie muß am Leben sein, um ihr Teil davon zu liefern. Wie ich die Sache sehe, haben wir zwei Möglichkeiten. Welche Wirkung würde es Ihrer Meinung nach haben, Inspektor, wenn wir verkünden ließen, Julie sei tot?«

Hyde überlegte ein Weilchen, ehe er antwortete: »Schwierige Sache! Wir müßten eine Leichenschau fingieren, dann die Abholung der nicht vorhandenen Leiche aus dem College, schließlich ein Beisetzungszeremoniell. Und dies alles vor den neugierigen Augen der Studenten und Dozenten, ganz zu schweigen von Christopher und seinen Freunden. Ich bezweifle, daß es uns gelingen würde. Und wenn die Wahrheit durchsickerte, müßte ich gewärtig sein, binnen vierundzwanzig Stunden meinen Namen ganz oben auf der Pensionierungsliste zu finden.«

»Das sehe ich ein«, pflichtete Holt bei. »Die Sache könnte schiefgehen. Aber wie wäre, rein theoretisch, die Wirkung auf Christopher und Konsorten?«

»Sie würden sich gewaltig erleichtert fühlen, möchte ich meinen«, erwiderte der Inspektor lächelnd. »Vielleicht würden sie sich so sicher wähnen, daß sie irgend etwas Närrisches täten und uns dadurch direkt in die Hände spielten. Andererseits scheint es nicht ausgeschlossen, daß sie jetzt, wo Vanc tot und Dunant verhaftet ist, längere Zeit unter der Oberfläche verschwinden.«

»Und genau das wollen wir nicht!« sagte Holt. »Also zur anderen Alternative! Wir lassen durchsickern, daß Julie durchkommt und bereits angefangen hat zu plaudern. Aber Jenkins ist noch in der Nachbarschaft und könnte uns endlich einmal von Nutzen sein. Er würde es blitzschnell in den Schlagzeilen haben: ›Sensation! Selbstmordgirl singt! Verhaftungen stündlich zu erwarten!‹ Irgend so etwas. Welche Wirkung würde das haben?«

Ruth schien entzückt über die Aussichten. »Es wäre«, kicherte sie, »wie mit dem kleinen Jungen, der bei der glanzvollen Guy-Fawkes-Veranstaltung heimlich einen angezündeten Knallfrosch in die teure Kollektion Galafeuerwerkskörper wirft!«

Hyde schien, wie sein Gesichtsausdruck verriet, von Ruths Begeisterung angesteckt zu sein. »Sicher wäre es den Versuch wert! Wir müßten es sorgfältig planen. Ich würde etwa vier Stunden brauchen, um die Fallen zu stellen. Es könnte verheerend sein, wenn mir auch nur einer der Kerle durch die Lappen ginge.«

»Sie meinen, die Schuldigen werden die Beine in die Hand nehmen, sobald sie hören, daß Julie plaudert?« fragte Holt.

»Ja. Und ich werde gerüstet sein. Lassen Sie mir nur Zeit genug, um ein paar transportable Funksprechanlagen in der Gegend zu verteilen und meine Leute zu postieren. Dann können Sie getrost Ihren angezündeten Knallfrosch in die teure Kollektion Galafeuerwerkskörper werfen, und wir werden sehen, wer zuerst rennt.«

»Und was geschieht, wenn sie zu rennen anfangen?« fragte Ruth.

»Dann folgen wir ihnen.«

Kurz nachdem Hyde das College verlassen hatte, um nach Eastbourne zurückzukehren, wo ihn die unangenehme Aufgabe erwartete, Mr. und Mrs. Scranton von dem Tod ihres Sohnes zu unterrichten, gesellten sich drei weitere Krankenschwestern zu dem Pflegepersonal, das ununterbrochen an Julie Bensons Lager wachte.

Eine Schar Straßenarbeiter erschien an einer bestimmten Stelle der East Dean Road nahe Antoinettes Bungalow und stellte eine Werkbude auf, die eine Funksprechanlage enthielt, über die diese ›Straßenarbeiter‹ ständige Verbindung mit Inspektor Hydes Kommandozentrale hatten.

Auch der Bäckereilieferwagen, der rein zufällig in Ocklynge nahe dem Haus parkte, in dem Jimmy Wilde vorübergehend Wohnung genommen hatte, war mit einer Funksprechanlage ausgestattet.

Der unauffällige Mann, der den Auftrag hatte, Ashley Milton zu beschatten, erhielt Verstärkung durch ein Pärchen mittleren Alters, das sich damit vergnügte, seine Zeit in der windgeschützten, sonnigen Parkanlage beim Musikpavillon zu verbringen – genau gegenüber dem ›Goldenen Pfau‹, den es hin und wieder aufsuchte, um einige Täßchen des vorzüglichen Kaffees oder eine kleine Auswahl der köstlichen Gabelhäppchen zu genießen. Dieses Pärchen führte zwar keine Funksprechanlage mit sich, sondern war auf öffentliche Telefonzellen angewiesen, aber seine Meldungen kamen nichtsdestoweniger prompt und ausführlich.

Henri Legeres Beschattung schien zunächst ein unlösbares Problem zu sein. Erfreulicherweise trug er dann selbst zur Lösung bei, indem er noch am Vormittag im ›Goldenen Pfau‹ erschien und eine knappe halbe Stunde später mit Miltons Saab in Richtung Newhaven von dannen fuhr. Von dort berichteten wenig später die als Hafenarbeiter verkleideten Kriminalbeamten, denen die Beobachtung der ›Sunset‹ oblag, daß er mit einer beachtlichen Menge Gepäck an Bord der Luxusmotorjacht gegangen sei.

Da nun alle Verdächtigen unter Beobachtung standen, war Hyde bereit, den angezündeten Knallfrosch werfen zu lassen …

Als erstes beorderte er Abe Jenkins und einige weitere Kriminalreporter zu einer zwanglosen Pressekonferenz. Jenkins kam aus dem Grandhotel herbeigeeilt, wo er versucht hatte, ein Exklusivinterview mit Mr. und Mrs. Scranton zu erhalten, die bereits im Begriff standen, via London nach Amerika abzureisen. Jenkins' Aufdringlichkeit brachte Mrs. Scranton an den Rand eines Nervenzusammenbruchs, woraufhin Mr. Scranton ziemlich grob wurde und den lästigen Reporter hinauswarf.

Diese Behandlung hatte den scharfzüngigen Abe Jenkins noch scharfzüngiger gemacht. »Was für Eltern das sind, möchte ich wohl wissen«, tönte er mit lauter Stimme, als die kleine Konferenz sich versammelte. »Warten nicht mal die Bestattung ab und hauen sofort wieder nach Amerika ab!«

»Abe«, sagte ein Reporter von der Konkurrenz, »du bist bloß sauer, weil du kein saftiges Exklusivinterview gekriegt hast. Hättest du gelernt, den Menschen etwas taktvoller gegenüberzutreten, dann wäre dir nicht verborgen geblieben, daß die sterblichen Überreste des Jungen zum Wohnort der Scrantons in Minnesota geflogen werden. Was, in Gottes Namen, sollte die Eltern hier noch länger halten? Glückselige Erinnerungen an ein brennendes Auto? Oder der Anblick deiner liebenswerten Visage?«

Inspektor Hyde erhob sich, um die ausbrechende Heiterkeit zu dämpfen, und verlas den offiziellen Bericht über die Ereignisse auf den Pevensey-Marschen und über Julie Bensons Selbstmordversuch.

Fragen folgten, gewichtig und schnell. Einige von ihnen mußten geschickt umgangen werden, andere ließen sich ohne Gefährdung des Planes beantworten.

»Sind Sie ganz sicher, daß es Vanc Scranton war, der in dem brennenden Auto steckte?«

»Ja.«

»Ist er verbrannt oder erstickt?«

»Beides, glaube ich. Der Obduktionsbefund wird bekanntgegeben, sobald wir ihn bekommen.«

»Weshalb wurde Vanc Scranton getötet?«

Eine andere Stimme fügte hinzu: »Ja, und weshalb täuschte er vor zehn Tagen seinen eigenen Tod vor, indem er die Leiche eines schottischen Kommilitonen als die seine unterschob? Was hat es damit auf sich, Inspektor?«

»Ich fürchte, wir wissen noch nicht alle Antworten«, erwiderte Hyde. »Miss Benson brach bei ihrer ersten Aussage zusammen, und die Ärzte haben einstweilen völlige Schonung verordnet. Aber wir konnten erfahren, daß Vanc Scranton ein wichtiges Mitglied einer internationalen Organisation gewesen ist, die sehr hohe Geldbeträge umsetzt. Meiner persönlichen Meinung nach – doch das ist völlig inoffiziell, meine Herren! – hatte er sich aus irgendwelchen Gründen entschlossen abzuspringen. Ob er selbständig weiterarbeiten oder ganz aufhören wollte, weiß ich nicht. Jedenfalls scheint er geglaubt zu haben, daß es der einfachste und sicherste Weg zur Beendigung aller Beziehungen sein würde, wenn er seinen eigenen Tod fingierte. Ich wiederhole, daß dies strikt inoffiziell und größtenteils das ist, was ein Freund von mir als ›intuitive Vermutung‹ zu bezeichnen pflegt.«

»Sie sagten, daß diese Leute sehr hohe Geldbeträge umsetzen. Können Sie dies etwas genauer erklären?«

»Ich fürchte, nein. Im Interesse der Rechtssicherheit kann die Polizei nähere Ausführungen hierüber erst machen, wenn gewisse Personen verhaftet worden sind.«

»Eine feine Umschreibung dafür, daß Sie die Antwort tatsächlich noch nicht wissen?« erkundigte sich Abe Jenkins mit geheuchelter Jovialität.

»Seien Sie unbesorgt, Mr. Jenkins. Wir wissen die Antwort.«

»Ich habe gehört«, bohrte Jenkins weiter, »daß Miss Benson sich nicht von der Überdosis Schlaftabletten erholt hat.«

Hyde wirkte peinlich berührt. »Versuchen Sie damit zu sagen, Miss Benson sei tot und wir würden es verschweigen?«

»Blicken Sie nicht so schockiert drein, Inspektor«, konterte

Jenkins mit wissendem Lächeln. »Es wäre nicht das erste Mal, daß Sie uns Sand in die Augen zu streuen versuchen.«

»Miss Benson lebt!« sagte Hyde schroff und mit ärgerlich blitzenden Augen. »Sie können jederzeit, wenn Sie es wünschen, mit ihren Ärzten und Krankenschwestern sprechen. Vielleicht dürfen Sie sogar durch die Tür des Krankenzimmers spähen und sich überzeugen, daß sie atmet ... Noch irgendwelche Fragen?«

»Ja.« Der Vertreter einer angesehenen Provinzzeitung stand auf. »In der Öffentlichkeit herrscht einige Besorgnis über die Fruchtlosigkeit der polizeilichen Ermittlungen. Mehr als zehn Tage sind seit dem ersten Mord im Deanfriston College vergangen, weitere vier Personen, die wahrscheinlich mit dem Fall zusammenhängen, haben ihr Leben gelassen. Wann können endlich Verhaftungen erwartet werden?«

Der Inspektor erhob sich, um das Ende der Pressekonferenz anzudeuten. Gespannte Stille erfüllte das Zimmer. Ohne jedes dramatische Pathos sah Hyde auf seine Uhr und sagte beiläufig: »Binnen sehr kurzer Zeit, meine Herren.«

Ein wilder Wettlauf zu den verfügbaren Telefonen leerte das Zimmer im Handumdrehen. Hyde wußte, daß es nur eine Frage von Stunden wäre, bis die ersten Abendausgaben die Neuigkeit über unmittelbar bevorstehende polizeiliche Aktionen hinausposaunen würden. Die Nachrichtendienste im Radio und Fernsehen mochten sogar noch schneller sein. Der Knallfrosch hatte gut und verläßlich gezündet ...

Hyde begab sich zu seiner Kommandozentrale, wo er Holt und einen bekümmert dreinblickenden Sergeant vorfand.

»Was gibt's, Sergeant? Sie sehen aus, als drohten die Himmel einzustürzen.«

»Ich denke, das tun sie auch, Sir.« Der Sergeant überreichte ihm einen getippten Bericht. »Das ist der Obduktionsbefund für Vanc Scranton. Der zweite Absatz hat mir einen Stoß versetzt.«

»Mir ebenfalls«, murmelte Holt.

Hyde setzte sich und begann den Bericht zu lesen. Sein Ausdruck blieb ruhig und gefaßt, selbst als er beim Lesen des zweiten Absatzes ein einziges, aber sehr kräftiges Wort aussprach. Dann las er schweigend zu Ende.

Die Tür flog auf, und Ruth stürmte herein. Ein schneller Blick auf die Gesichter der drei Männer sagte ihr, daß etwas sehr Bedeutsames geschehen war.

»Was ist los?« fragte sie gespannt. »Habe ich etwas versäumt?«

Holt antwortete: »Wir wissen jetzt mit Bestimmtheit, wie Vanc getötet wurde. Das Feuer ist nicht durch einen Unfall entstanden.«

»Wie denn sonst?« Ruth zog ihren Mantel aus und warf ihn über einen Stuhl.

»Nun, Sie wissen, daß Vanc mich wegen des Rings auf der Pevensey Road treffen wollte. Irgendwie muß Milton, den wir noch in London glaubten, Kenntnis von dieser Verabredung erhalten haben. Jedenfalls war er vor mir zur Stelle.«

»Warum bloß?« fragte Ruth verwundert. »Den Ring kann er nicht gewollt haben. Er hatte ihn ja gefunden und der Polizei zurückgegeben.«

»Via Jimmy Wilde«, erinnerte Hyde. »Und diese Geschichte ist bisher nicht bewiesen.«

»Was Milton wollte, Ruth, war nicht der Ring«, erklärte Holt. »Sehen Sie, wenn er von meiner Verabredung mit Vanc wußte, dann muß er auch gewußt haben, daß ich den Ring hatte. Er versuchte nicht, ihn von mir zu bekommen. Wir können also annehmen, daß das, was Milton wollte, Vanc persönlich war.«

»Diesem Obduktionsbefund zufolge«, sagte Hyde und wies auf das Papier, »muß Milton als erster dort gewesen sein und Vanc erschossen haben.«

»Ja. Daran ist nicht zu zweifeln. Der Obduktionsbefund besagt, daß Vanc erschossen wurde.«

»Erschossen?« rief Ruth verblüfft.

»Wir glauben, daß es sich so abspielte«, erklärte Holt. »Milton war nicht allein. Nachdem er Vanc erschossen hatte, fuhr sein Komplize mit der Leiche im Volkswagen davon, während Milton blieb, um auf mich zu warten.«

»Aber warum?« fragte Ruth.

»Ich sollte Miltons Alibi sein. Als er erschien, spielte er sehr überzeugend den wildgewordenen Hysteriker, indem er meine Scheinwerfer zerschoß. Dadurch nötigte er mich, die Rückfahrt in seinem Saab zu machen. Inzwischen setzte der Komplize den Volkswagen in Brand und stieß dann einen furchtbaren Schrei aus. Dieser Schrei führte mich irre. Ich hielt ihn für den Todesschrei eines in den Flammen Sterbenden. Das stimmte nicht, denn Vanc war bereits tot. Die Flammen sollten den Leichnam so gründlich verstümmeln, daß eine Feststellung der wahren Todesursache unmöglich wäre.«

»Nerven hat dieser Milton«, bemerkte Hyde kopfschüttelnd. »Anstatt das Feuer zu ignorieren, führte er Sie hin und identifizierte dann auch noch den Leichnam! Ich habe bisher nicht für möglich gehalten, daß ein Mann einen Mord begehen und anschließend einen Detektiv bei der Hand nehmen würde, um ihm den Leichnam zu zeigen!«

»Ungemein kaltblütig«, pflichtete Holt bei. »Sein einziger Fehler war die Schußwaffe.«

»Wieso?« fragte Ruth.

»Er erschoß Vanc – die erste Patrone. Dann zerschoß er mit derselben Waffe meine Scheinwerfer. Wir haben vier der Kugeln gefunden und zur Untersuchung an Scotland Yard geschickt. Wenn sie mit der Kugel übereinstimmen, die in Vancs Leichnam gefunden wurde, ist Milton erledigt.«

»Worauf warten Sie noch, Inspektor?« rief Ruth aus. »Können Sie ihn nicht sofort verhaften?«

»Ich will die Bestätigung unserer Schußwaffenexperten abwarten«, erwiderte Hyde. »Dann haben wir einen hieb- und stichfesten Beweis.«

»Diese Bestätigung muß bald kommen, Miss«, fügte der Sergeant hinzu.

Je weiter der Nachmittag fortschritt, um so spannungsgeladener wurde die Atmosphäre in der Kommandozentrale. Holt und der Inspektor sahen müde und überanstrengt aus; selbst die sonst so lebendige Ruth begann abgespannt zu wirken.

Schließlich kam ein Summerton von der Funksprechanlage im Nebenzimmer.

»Station drei meldet sich, Sir«, rief jemand durch die halboffene Tür.

Hyde sprang auf und eilte hinüber. »Hier Inspektor Hyde. Berichten Sie, Station drei.«

»Die beschattete Person hat ihren Bungalow verlassen und fährt mit einem grünen Morris in Richtung Eastbourne davon.«

»Folgen Sie ihr unverzüglich! Berichten Sie so schnell wie möglich, wenn sie irgendwo stoppt.« Hyde legte den Hörer auf und zeigte ein besorgtes Gesicht. »Was mir Kummer macht, ist die Tatsache, daß der gecharterte Kleinlastwagen, der jetzt die Verfolgung aufnimmt, keine Funksprechanlage besitzt. Die Anlage in der aufgestellten Werkbude kann in einem fahrenden Wagen nicht verwendet werden. Die Verfolger sind auf Telefonzellen angewiesen.«

Wenige Minuten später wurden die Bedenken des Inspektors auf fast verblüffende Art beschwichtigt.

Station vier, die Jimmy Wilde beschattete, gab durch, daß Wilde seine Wohnung in Ocklynge eiligst verlassen und einen nur für Sekunden haltenden grünen Morris bestiegen habe, der schon wieder weitergefahren sei und bereits verfolgt werde. Der Bäckereilieferwagen von Station vier besaß eine eigene Funksprechanlage, so daß Wilde und Antoinette jetzt sicher unter Kontrolle waren. Als weitere Berichte über den Weg kamen, den sie eingeschlagen hatten, wurde schnell offenbar, wohin ihre Fahrt ging.

Nach zwanzig Minuten waren alle Zweifel behoben.

Hyde gab den Technikern im Funkraum Anweisungen: »Informieren Sie Station fünf. Sie soll scharf achtgeben auf das Erscheinen eines grünen Morris und Kontakt aufnehmen mit Station vier, die dem Morris in einem Bäckereilieferwagen folgen wird.«

Ruth fragte Holt wispernd: »Welche ist Station fünf?«

»Die in Newhaven, vermute ich«, lautete die geraunte Antwort.

»Richtig vermutet«, bestätigte Hyde über die Schulter. Dann verlangte er Karten des Ärmelkanals und begann sie zu studieren.

»Wollen Sie die beiden denn an Bord der ›Sunset‹ lassen?« erkundigte sich Ruth verwundert.

»Wenn es ihr Plan ist, ja.«

»Und sie sollen einfach davonfahren können?«

»Wieder ja, wenn dies ihr Plan ist.«

»Damit würden sie doch das Land verlassen! Dürfen sie das?«

»Falls ihre Pässe in Ordnung sind, wäre es nicht gesetzwidrig. Ich möchte wissen, wohin sie wollen.«

Ruth sah zum Fenster. »Wie können Sie das fertigbringen? Bald wird es dunkel sein.«

Hyde lächelte beruhigend. »Wir werden es fertigbringen – mittels Radar.«

Ein Telefonist rief: »Schußwaffenlabor von Scotland Yard für Sie, Inspektor!«

Hyde eilte ans Telefon. Als er eine Minute später zurückkehrte, erkannten Holt und Ruth an seinem Gesichtsausdruck alles, was sie wissen wollten.

»Dasselbe Kaliber, dieselbe Patronenmarke, aus derselben Waffe abgefeuert!« rief Hyde. »Sergeant, ich brauche sofort zwei Streifenwagen, vollbemannt, Besatzungen bewaffnet! Wir wollen Milton verhaften. Er trägt eine Schußwaffe und weiß sie zu gebrauchen.«

Als er sich mit Holt zur Tür wandte, blieb er bei Ruth stehen und klopfte ihr auf die Schulter. »Tut mir leid, Ruth, das ist nichts für Frauen. Warten Sie hier. In einer Viertelstunde sind wir zurück.«

Ruth wirkte abgespannter denn je.

Auf der Fahrt zum ›Goldenen Pfau‹ sagte Hyde nachdenklich: »Einesteils betrübt es mich beinahe, Milton verhaften zu müssen. Natürlich bleibt mir keine Wahl. Es ist meine Pflicht, ihn festzunehmen. Aber ich hätte vorgezogen, ihn frei herumspazieren zu lassen und zu sehen, wohin er uns führt.«

»Machen Sie sich nichts daraus«, tröstete Holt. »Immerhin wissen wir drei unserer Vögel wohlgeborgen auf der ›Sunset‹. Ich wundere mich nur, wer Christopher sein mag?«

Hyde zuckte die Achseln. »Fragen wir Ashley Milton.«

Unglücklicherweise war Mr. Milton nicht daheim.

Zunächst wußte niemand, wie es hatte geschehen können. Das Pärchen mittleren Alters beschwor, daß Milton den ›Goldenen Pfau‹ nicht durch den Vordereingang verlassen habe, und der Mann, der die Hintertür bewachte, war seiner Sache genauso sicher. Eine gründliche Durchsuchung von Miltons Privatwohnung erbrachte nichts, abgesehen von einigen Anzeichen für einen hastigen Aufbruch. Auch im Restaurant selbst waren keine Spuren zu finden. Erst nachdem viele, viele wichtige Minuten verstrichen waren, erregten dumpfe Stöhnlaute aus der Damentoilette die Aufmerksamkeit der Sucher.

Die Tür war verschlossen und mußte gewaltsam geöffnet werden. Am Boden lag eine ältere Frau, gefesselt und mit einem Knebel im Mund. Befremdlicherweise war sie ohne Rock; auch fehlte, wie sich später ergab, ihre Kostümjacke. Als sie, von Fesseln und Knebeln befreit, wieder auf den Füßen stand, hätte nur ein sehr unaufmerksamer Beobachter übersehen können, daß sie – für eine Frau – außergewöhnlich groß war.

Etwa so groß wie Ashley Milton.

14

Die von der britischen Polizei gecharterte zweimotorige Beechcraft hob sich von der Startbahn des Flughafens Orly und erreichte schnell die niedrig hängenden Wolken. Als Holt seinen Sitzgurt löste und zurückblickte, prasselte Regen über die Kabinenfenster und beeinträchtigte die Aussicht auf die entschwindenden Lichter von Paris.

»Kurz und verdammt sachlich war dieser Besuch«, sagte er trocken zu Inspektor Hyde, der ihm in der kleinen, aber komfortablen Kabine gegenübersaß. »Ich hatte mich schon darauf gefreut, ein Wochenende in der sündigen Weltmetropole zu verbringen, ohne von meiner gestrengen Sekretärin beaufsichtigt zu werden. Aber Sie, mein Freund, bestanden darauf, weiterzufliegen, kaum daß wir uns an die Pariser Luft gewöhnt hatten.«

»Daran ist Ashley Milton schuld.« Hyde rieb sich die müden Augen. »Auch ich hätte gerne eine gute Mahlzeit und einen unterhaltsamen Abend im ›Pigalle‹ genossen. Statt dessen mußten wir arbeiten wie die Roboter und uns mit faden Sandwiches begnügen.«

»Dieser verwünschte Milton! Wer hätte bei einem so lässigen Mann derartiges Tempo erwartet?«

Der Inspektor nickte grimmig. Milton hatte sie wahrhaftig übertölpelt. Zu der Zeit, als sie entdeckten, daß ihm die Flucht aus seinem Restaurant im Straßenkostüm jener langen, hageren Frau gelungen war, die gefesselt und geknebelt in der Damentoilette gefunden wurde, hatte Milton, wenige Minuten vor Inkrafttreten der von Scotland Yard verfügten Startsperre, von einem Privatflugplatz nahe Polegate mit einer Chartermaschine bereits das Weite gesucht.

Als diese Maschine knapp eine Stunde später auf einem kleinen Flugplatz nahe Le Havre erspäht wurde, griff die französische Polizei die Spur auf. Die ›Sunset‹ war inzwischen aus

Newhaven ausgelaufen und steuerte einen – über Radar verfolgten – fast genau südwärts führenden Kurs. Le Havre schien also der vereinbarte Treffpunkt zu sein. Und Hyde hatte bei der französischen Polizei um einen entsprechenden Empfang nachgesucht, falls die ›Sunset‹ dort einlaufen sollte.

Dann war über dem Kanal ein Sturm aufgekommen. Die Vermutung, daß sie die Absichten des Gegners mißdeutet hatten, ergab sich aus einem Telefonanruf der Pariser Kriminalpolizei, demzufolge irgend jemand Jules Dunants Wohnung im 18. Arrondissement aufgebrochen hatte – anscheinend, um dort einen Brand zu legen. Wenig später wurde bekannt, daß die ›Sunset‹ im Schutz der Dunkelheit eine Kursänderung von neunzig Grad vollzogen hatte und nun mit voller Kraft in westlicher Richtung fuhr.

Gespannt hatte Holt zusammen mit Hyde und anderen Polizeibeamten die Karten des Kanals und der nordfranzösischen Küste studiert. »Was, zum Kuckuck, steuern sie jetzt an? Cherbourg? Eine der Kanalinseln? Saint Malo? Oder versuchen sie nur, den Sturm abzureiten, um nachher wieder Kurs auf Le Havre zu nehmen?«

Hyde und die anderen Polizeibeamten waren ratlos gewesen.

Dann hatte Holt wieder eine seiner Intuitionen gehabt. »Angenommen, es war nur eine Finte? Von Newhaven aus sind Dieppe und Le Havre die üblichen Anlauforte. Ich würde sagen, sie haben ein anderes Ziel im Sinn, und Milton ist in Paris, wahrscheinlich, um noch irgendwelche mit Dunant zusammenhängenden Dinge zu bereinigen, bevor er sich ebenfalls auf der ›Sunset‹ einfindet. Bei einigem Glück gelänge es uns in Paris vielleicht, seine Spur aufzunehmen. Wie schnell könnten wir dort sein?«

Hyde hatte telefonisch beim Scotland Yard ein Charterflugzeug angefordert, das sie dann binnen kürzester Zeit nach Paris gebracht hatte, wo sie zusammen mit einigen französischen Kriminalbeamten sofort zu Dunants Wohnung gefahren waren.

Niemand hatte erwartet, dort Milton persönlich zu finden. Immerhin war er so freundlich gewesen, eine Art Visitenkarte zu hinterlassen. Denn der Versuch, alle Unterlagen der Christopher-Organisation in Dunants Wohnung zu verbrennen, entsprach seinem Versuch, Vancs Leiche durch den Autobrand zu vernichten.

Dank des schnellen Eingreifens der Feuerwehr war ziemlich viel Beweismaterial gerettet worden; zusammen mit dem Material, das die Pariser Polizei bei der Schließung des illegalen Druckereibetriebes sichergestellt hatte, machte es das Schema der Organisation hinreichend klar.

Jules Dunant war, wie die französischen Kriminalbeamten zu berichten wußten, ein gescheiterter Maler. Der Mangel an Anerkennung seines eigenen Schaffens hatte ihn zu Kunstfälschungen verführt. Sein Treiben war der Pariser Kriminalpolizei schon seit längerem verdächtig, doch hatte sie ihn ungestört gewähren lassen, um seine Absatzmärkte zu ergründen. Es ist kein Verbrechen, Kopien von Gemälden älterer Meister herzustellen; kriminell wird die Angelegenheit erst, wenn die Kopien als Originale ausgegeben und für teures Geld an gutgläubige Abnehmer verkauft werden. In diesem Zusammenhang war unter anderem eine Verbindung ruchbar geworden, die zum jenseitigen Kanalufer, genauer gesagt zu einem Städtchen namens Deanfriston, hinüberreichte.

Dunant hatte sich nach außen hin als Zeitungs- und Zeitschriftenhändler betätigt und jede Woche eine beträchtliche Menge französischer Zeitungen und Zeitschriften umgesetzt, von denen jeweils ein gewisser Anteil nach England ging, und das war seine ›Ausfuhrmöglichkeit‹ gewesen. Die gefälschten Gemälde waren Stück um Stück außer Landes geschmuggelt worden, wohlverborgen in den Zeitungspaketen.

Holt hatte den Zusammenhang sofort erkannt: »Jetzt wird mir klar, weshalb Vanc so viele französische Zeitungen und Zeitschriften in seinem Studierzimmer hatte, obwohl er, wie ich durch Legere weiß, nicht ein Wort Französisch konnte!«

Klar war nun auch geworden, warum der illegale Druckereibetrieb alte französische Zeitungen aus den siebziger und achtziger Jahren des vorigen Jahrhunderts hergestellt hatte. Dunants Spezialität waren Fälschungen von Gemälden französischer Impressionisten aus der Blütezeit dieser Epoche. Die gefälschten Meisterwerke wurden in Dachböden und entlegenen Altwarenläden ›gefunden‹, und zwar, um die Sache authentischer zu machen, für gewöhnlich in alte, vergilbte Zeitungen aus ihrer Entstehungszeit gewickelt. Das war ein schlauer Einfall; ein alter Rahmen war ein nützliches, jedoch nicht beweiskräftiges Zubehör, aber die Verwendung alter, vergilbter Zeitungen bewies wirkliches Genie und mochte manchen Handel vorteilhaft beeinflußt haben.

Noch nicht geklärt waren die Bedeutung des Siegelringes und die Identität des Hauptes der Christopher-Organisation, doch fügten sich nun einige kleinere Stücke des Puzzlespiels an die richtigen Stellen. Vancs gewichtige Bücher über Kunstgeschichte waren es gewesen, die Milton in jener Nacht unter Verwendung eines Sackes fortgeschleppt hatte – wahrscheinlich aus Angst, daß auf den Seitenrändern belastende Notizen ständen; zuerst wunderte sich Holt, daß er am nächsten Morgen das Fehlen der Bücher nicht bemerkt hatte, aber dann fiel ihm ein, daß Milton die entstandenen Lücken mit Büchern aus den zahlreichen Stapeln auf dem Fußboden gefüllt haben mußte – ein solcher Austausch wäre nicht weiter aufgefallen. Der Streifen Zeitungspapier, der aus einem Buch über Claude Monet gefallen war, stammte aus Dunants illegaler Druckerei.

Der Code auf Christophers Postkarte erklärte sich jetzt von selbst. CP, MU (2), AR, EM, CM informierten Vanc Scranton ganz einfach, daß er die Übersendung eines Camille Pissarro, zweier Maurice Utrillos, eines Auguste Renoir, eines Edouard Manet und eines Claude Monet erwarten könne.

»Wie hoch ungefähr wäre der Wert der gesamten Kollektion, falls es sich um echte Bilder handeln würde, Monsieur?« hatte Hyde einen der französischen Sachverständigen gefragt.

»Ah, das ist unmöglich zu sagen, Inspektor. Vielleicht ließe sich als Maßstab der Preis anwenden, den jener reizvolle Monet, allerdings wirklich von der Hand des Meisters stammend, im Juni vorigen Jahres erzielte – eine halbe Million Dollar.«

Holt pfiff leise vor sich hin, als er dies hörte, und sagte augenzwinkernd zu Hyde: »Genug, um sich ein Schiffchen wie die ›Sunset‹ leisten zu können – eh, Inspektor?«

Die Chartermaschine beschrieb eine Kurve und stieß durch eine Wolkenlücke. Unter ihnen lag der Kanal – ein wildes Dunkelgrün mit wirren weißen Streifen. Das kleine Flugzeug bockte und schaukelte, während es zur Landung ansetzte; durch den Regenschleier begann sich der ausgedehnte Hafen von Cherbourg abzuzeichnen.

»Sie glauben wirklich, die ›Sunset‹ ist hier?« fragte Holt gespannt.

Der Inspektor erwiderte: »Die Vermutung liegt nahe, denn die Jacht wurde zuletzt beim Point de Barfleur gesichtet. Falls ich mich irre, werden wir es mit den Kanalinseln und Saint Malo versuchen. Schnallen Sie sich an, Holt. Gleich landen wir.«

Hyde ließ sein Fernglas sinken und wandte sich vom Fenster des französischen Hafenzollamtes ab. Die ›Sunset‹ lag am Hafenkai vertäut.

Die Polizei, im voraus telefonisch von Paris verständigt, hatte die Zoll- und Hafenbehörden alarmiert; nun saß eine Anzahl intelligenter, gewandter Männer beisammen und diskutierte den Aktionsplan.

»Die Situation ist nicht einfach«, sagte Inspektor Hyde. »Ich habe für Ashley Milton einen britischen Haftbefehl wegen Mordes, aber Milton befindet sich nicht mehr auf britischem Boden. Und ich weiß nicht einmal, ob er schon an Bord der ›Sunset‹ ist, die offiziell im Schiffsregister von Marseille geführt wird und demnach unter französischer Flagge fahren müßte.«

Holt schlug vor, im Zollamt zu warten, bis Milton käme. Hyde schüttelte den Kopf. »Bei diesem Regen könnten wir ihn trotz aller Wachsamkeit übersehen. Zudem ist es möglich, daß er sich doch schon an Bord befindet. Ich will den ganzen Haufen schnappen, die gesamte Christopher-Organisation vom führenden Mann bis hinab zum geringsten Matrosen – und, wenn möglich, einige ihrer gefälschten Meisterwerke dazu.«

»Da wollen Sie aber eine ganze Menge, Inspektor«, bemerkte der leitende französische Kommissar und lächelte.

»Oh, das weiß ich«, gab Hyde zu. »Aber ich habe einen Plan, und ich denke, ich kann mit Geduld und Behutsamkeit bekommen, was ich bekommen möchte. Wenn wir als geschlossener Trupp, womöglich den Haftbefehl schwenkend, zur ›Sunset‹ marschieren, werden sie uns rechtzeitig genug erkennen, um alles belastende Material zu zerstören, das sie an Bord haben. Nein, wir müssen eine unauffällige Annäherung versuchen.«

»Als Seeleute verkleidet?« schlug ein jüngerer französischer Beamter vor.

»Keiner von uns könnte den rollenden Seemannsgang glaubwürdig genug nachahmen, die Besatzung würde uns sofort erkennen!« sagte Hyde. »Mir schwebt etwas Besseres vor. Wir werden als französische Zollbeamte auftreten.«

»Großartig!« rief Holt begeistert.

Der Plan fand allgemeine Zustimmung. Die benötigten Uniformen waren bald beschafft, und ein echter französischer Zollbeamter namens Jean Thouard wurde als Wegbereiter ausersehen.

Kurz danach schlenderte Thouard den Kai entlang. Er war in Begleitung zweier geschickt zurechtgemachter Assistenten: eines jüngeren mit bräunlichem Haar, kurzem Kinnbart und dicker Brille und eines älteren, der offenbar an heftiger Erkältung litt – jedenfalls trug er einen fast bis an den Mund reichenden Wollschal und schneuzte sich fortwährend in ein großes Taschentuch, so daß von seinem Gesicht wenig zu sehen war.

Die Köpfe gegen den Regen gesenkt, betraten sie die ›Sunset‹ ohne viel Aufhebens, fühlten die stechenden Blicke der Besatzung auf sich gerichtet und vernahmen allerlei feindseliges Gemurmel in französisch und englisch. Als jedoch Thouard höflich um die Erlaubnis bat, das Schiff nach zollpflichtigem Gut zu durchsuchen, wurde kein Wort des Widerspruchs laut.

Hyde war der erste, der Ashley Milton erblickte, als dieser aus dem Kartenhaus trat, um die Zöllner an Bord zu begrüßen. Glücklicherweise war der Inspektor wieder einmal mit seinem großen Taschentuch beschäftigt und versperrte überdies durch eine ganz beiläufige Körperdrehung den Ausblick auf Holt, den Milton andernfalls gehabt hätte.

Der echte Zöllner Thouard begann zu reden und fesselte sogleich Miltons Aufmerksamkeit. Milton war wohl nicht allzu sehr erfreut über den Besuch, aber er antwortete in fließendem Französisch, daß er selbstverständlich einverstanden sei mit der Durchsuchung des Schiffes, bei der allerdings, wie er lächelnd hinzufügte, bestimmt nichts Unrechtes zu Tage kommen würde. Dann lud er die Beamten ein, nach Erfüllung ihrer Pflichten mit ihm und seinen Leuten im Salon ein Gläschen Wein zu trinken – wahrhaftig ein Mann mit eisernen Nerven, denn eine offizielle Durchsuchung des Schiffes konnte ihm zum gegenwärtigen Zeitpunkt kaum willkommen sein.

Holt und der Inspektor verdrückten sich unauffällig zum Achterdeck. Als Antwort auf Holts fragenden Blick schüttelte Hyde den Kopf und raunte: »Noch nicht. Erst nachher, wenn sie alle im Salon versammelt sind. Wir würden es verderben, wenn wir sie einen nach dem anderen vornähmen … Kommen Sie weiter.«

Sie stiegen einen Niedergang hinab, um flüchtig die Mannschaftsräume und den Maschinenraum zu visitieren. Dann kamen sie zu den Passagierkabinen. In der ersten fanden sie auf dem Rand des Waschbeckens Haarklemmen und einen Frauenkamm; ferner entdeckten sie schwache Lippenstiftfiguren auf einem Handtuch, das A. S. gezeichnet war und offenbar Antoinette Sheen gehörte.

Ehe sie weitersuchen konnten, hörten sie draußen Thouards Beschwerde, daß eine der benachbarten Kabinen verschlossen sei. Als Holt zusammen mit Hyde in den Gang hinaustrat, erkannte er, daß es sich bei der verschlossenen Kabine um Miltons persönliche Kabine handelte.

»Er wird sie öffnen müssen!« sagte Thouard scharf. »Ich gehe hinauf und verlange den Schlüssel!«

Unmittelbar nachdem Thouard entschwunden war, stieß der britische Seemann, der ihn begleitet hatte, mit einer Hand nach Hydes französischer Zöllnerkappe, so daß diese zu Boden fiel, und knurrte feindselig: »Hab' mich also doch nicht geirrt! Da ist ja mein alter Freund –«

Holts Faust traf den Mann wie ein Schmiedehammer und schickte ihn zu Boden.

Auch der Inspektor handelte blitzschnell. Im Nu hatte er die ledernen Schnürsenkel aus den Schuhen des Mannes gerissen und ihm damit die Hände auf dem Rücken gefesselt. Dann stopfte er ein Taschentuch in den Mund des ehemaligen Sträflings und band es mit seinem eigenen Schlips fest.

»Dort hinein mit ihm!« raunte Holt, auf Antoinettes Kabine weisend.

Sie schleppten den schweren Körper durch die Tür und packten ihn lieblos in den leeren Kleiderschrank. Holt schloß die Schranktür zu und steckte den Schlüssel ein. Dann sagte er: »Falls er seinen Komplizen erzählt hat, er habe Sie zu erkennen geglaubt, dann ist Thouard in Gefahr. Ich gehe hinauf!«

»Zwei sind besser als einer«, knurrte Hyde und folgte ihm.

Auf Deck bewegten sie sich vorsichtig von Deckung zu Deckung durch eine Stille, die nur vom Prasseln des Regens und dem plötzlichen Dröhnen der Sirene eines Ozeanriesen gestört wurde. Während rennende Füße das Steuerborddeck entlang und dann hinab zum Maschinenraum liefen, hockte Holt reglos hinter einem Stapel Schwimmwesten. Als die Sirene abermals dröhnte, fiel sein Blick auf die regenverwaschenen Umrisse eines ungeheuren Schiffes in der Hafeneinfahrt. An den drei berühmten Schornsteinen erkannte er, daß es die ›Queen Mary‹ war, die auf ihrem Weg von oder nach Southampton gelegentlich Cherbourg anlief. Er erinnerte sich, daß sie zuviel Tiefgang hatte, um an den Hafenkais anzulegen; eine Motorbarkasse, die Passagiere und Gepäck vom Kai zur ›Queen Mary‹ brachte, tuckerte bereits auf das mächtige Schiff zu. Eine Frage schoß ihm durch den Kopf: War das der Weg, auf dem Milton und die anderen zu entkommen gedachten?

Im nächsten Augenblick sah er, nur fünf oder sechs Schritt entfernt, Inspektor Hyde an den nassen Schnüren der Persenning zerren, die eins der beiden kleinen Rettungsboote der ›Sunset‹ bedeckte. Hyde winkte ihn zu sich. Aus dem Rettungsboot kamen leise Klopfzeichen und halb erstickte Stöhnlaute. Beide Männer zerrten mit tauben Fingern an den Schnüren, bis sie die Persenning zurückschlagen konnten.

Im Rettungsboot lag, gefesselt und geknebelt, Antoinette Sheen und starrte sie aus großen Augen an.

Holt befreite sie von dem Knebel. Sie rang einen Moment lang um Atem, dann sagte sie ganz ruhig: »Philip, Sie sehen ja blödsinnig aus mit diesem Bart! Aber binden Sie um Gottes willen meine Fußgelenke los, ich habe einen Wadenkrampf! In dem anderen Rettungsboot steckt Jimmy Wilde.«

Hyde eilte zur anderen Seite des Decks und begann die zweite Persenning zu lösen. Wenig später stieg ein ziemlich aufgelöster und nicht mehr ganz adretter Jimmy Wilde steifbeinig aus dem engen Boot.

»Zeit, Alarm zu geben, Inspektor?« rief Holt halblaut.

»Ich glaube, ja!« Hyde zog seine Alarmpfeife; drei Pfiffe würden unverzüglich Hilfe herbeirufen.

Aber die Pfeife hatte seinen Mund noch nicht ganz erreicht, als ein betäubender Schlag gegen seinen Arm sie davonfliegen ließ. Im nächsten Moment sahen sich Hyde und Wilde, ebenso wie auf der anderen Seite des Decks Holt und Antoinette, von den Gewehren bedroht, die Milton, Legere und drei Besatzungsmitglieder auf sie richteten.

»Inspektor, ich denke, Sie hätten Ihre Pfeife ein wenig früher blasen sollen«, sagte Milton mit stählerner Ruhe. Dann befahl er: »Bringt sie in den Salon.«

Dort fanden sie Thouard mit einer häßlichen Schramme auf der Stirn und hinter der Stuhllehne zusammengebundenen Händen. Der Stuhl war, wie die übrige Möblierung, am Boden festgeschraubt.

»O pardon«, entschuldigte sich Thouard, »ich war nicht vorsichtig genug.«

»Wir auch nicht«, bekannte Hyde ruhig.

Unter vorgehaltenen Gewehren wurden Holt und Hyde durchsucht und um ihre Pistolen erleichtert.

Eins der englischen Besatzungsmitglieder beäugte den Inspektor mit unverhohlenem Vergnügen, während er alle fünf Gefangenen mit seinem Gewehr in Schach hielt. »Mal anders 'rum, Inspektor, eh?« lachte er vor sich hin. »Letztes Mal waren es Curly und ich, die –«

»Wer hat Curly ermordet, Fats?« schnappte Hyde. »Er war ein Freund von dir, nicht wahr? Wer hat ihn ermordet?«

»Na, Inspektorchen«, entgegnete Fats mit öligem Grinsen, »das wäre doch Verpetzen, was?«

Wilde hüstelte nervös und richtete seinen Schlips. »Wenn Sie mir einen kleinen Hinweis erlauben möchten, Inspektor – es ist reine Zeitverschwendung, einem dieser schrecklichen Burschen etwas entlocken zu wollen. Miss Sheen und ich boten ihnen Geld, aber sie lehnten es ab, behilflich zu sein.«

Hyde betrachtete Wilde und Antoinette ein wenig verwundert. »Wahrscheinlich ist dies kaum der richtige Moment für tiefgründige Erläuterungen«, sagte er. »Aber was, zum Kuckuck, treiben Sie beide hier?«

»Dasselbe wie Sie – Räuber und Gendarm spielen«, entgegnete Antoinette und setzte die Massage ihrer Hand- und Fußgelenke fort, um die Durchblutung wieder zu normalisieren; selbst unter diesen wenig erfreulichen Umständen brachte sie es fertig, reizend und begehrenswert auszusehen in ihren Blue jeans und dem dicken Sweater.

Wilde zeigte eine kümmerliche Andeutung seines ehedem so strahlenden Lächelns. »Wir haben sozusagen ziemlich närrisch versucht, Ihnen ins Handwerk zu pfuschen, Inspektor. Julie hatte Miltons Jacht erwähnt, und ich war überzeugt, daß Milton hinter dieser ganzen Sache steckt. Ich dachte, wir könnten hier irgendwelches Beweismaterial finden, mit dem seine Schuld eindeutig festzunageln wäre. Aber es war dann ein böser Schock, Monsieur Legere an Bord dieses Schiffes zu finden.«

»Das kann ich mir vorstellen«, bestätigte Holt mit einem vielsagenden Blick zu Antoinette.

Sie lachte ironisch. »Da bin ich wahrhaftig an einen Lumpen geraten, das muß ich bekennen. Ich scheine ein gewisses Talent für solche Irrtümer zu haben. Dieser Mann ist ein Schwein, und ich war so idiotisch, das nicht zu sehen. Nachdem wir einmal an Bord waren, wollte er uns natürlich nicht wieder fortlassen. Ich habe immer davon geträumt, auf der Jacht eines reichen Mannes entführt zu werden – aber nicht gebunden wie eine Weihnachtspute und obendrein in ein enges Rettungsboot gezwängt!«

»Wie lange haben Sie da drin gesteckt?« fragte Hyde.

»Sie fesselten uns, als die französische Küste in Sicht kam.«

Holt erkundigte sich besorgt: »Hat man Ihnen weh getan, Antoinette?«

Sie blickte achselzuckend zu Wilde, als suche sie Bestätigung, und begann: »Ich fürchte, Henri ist nicht eben der milde Typ, und –«

Ein drohendes Räuspern ließ sie innehalten. Am Eingang zum Salon stand Henri Legere. Nachdem er Antoinette einen

Moment lang fixiert hatte, verkündete er: »Die englischen Gefangenen werden gleich Besuch bekommen.«

»Wen denn?« fragte Hyde.

»Den berühmten Mann Christopher. Er schnauft und keucht eben an Bord.«

Die Spannung wurde fast unerträglich, als die Laute von Miltons Stimme, untermischt mit denen einer anderen Stimme, zum Salon vordrangen.

»Da-da-das kann doch nicht sein!« keuchte Wilde und sprang von seinem Stuhl auf, um sofort von einem der Bewacher zurückgestoßen zu werden. Dann blickte er wild von Holt zum Inspektor und wieder zu Holt.

Hyde nickt ernst, und Philip Holt sagte leise: »Ich fürchte, es ist doch so. Ich habe seit einiger Zeit an diese Möglichkeit gedacht.«

15

Vor der offenen Schiebetür zum Salon erschien, lang und knochig, Robert Scranton, nahm seinen Hut ab und klopfte sich einige Regentropfen vom Mantel. Das Atmen schien ihm Schwierigkeiten zu machen. Obwohl seine scharfen Augen die Situation mit einem einzigen Blick erfaßten, dauerte es ein Weilchen, bis er sprechen konnte, aber seine Stimme klang dann ganz ruhig.

»Nett gemischte Gesellschaft hast du hier versammelt, Ashley. Ist das die übliche Auslandsuniform der britischen Polizei?«

Milton tauchte neben ihm an der Salontür auf. »Ach wo. Sie haben sich bloß ein bißchen verkleidet, um an Bord zu gelangen.«

»Recht einfallsreich. Aber ich will keine Zeit verschwenden. Wir laufen sofort aus. Das Steuer nehme ich selbst.«

Milton gab seinen Leuten Befehle und folgte Scranton an Deck. Ein Mann der Besatzung, ein Franzose, blieb mit seinem Gewehr als Wache zurück; die beiden anderen eilten auf ihre Posten. Eine halbe Minute später ließ das Anspringen der Dieselmotoren das ganze Schiff vibrieren. Der begrenzte Ausblick durch die Luken des Salons begann sich zu verändern, als die ›Sunset‹ vom Kai abstieß und in Fahrt kam.

Holt sah den Inspektor fragend an und wies dabei auf seine Armbanduhr.

»Fünf Minuten«, murmelte Hyde.

»Silence!« brüllte der französische Bewacher und hob drohend sein Gewehr.

Antoinette streifte ihn mit kühlem Blick und sagte zu Holt: »Ein scheußlicher Kerl – nicht wahr, Philip?«

Der Bewacher richtete das Gewehr auf sie und stieß eine Flut grimmiger Worte aus.

»Versteht er Englisch?« raunte Holt.

Antoinette schüttelte den Kopf. »Wohl kaum«, wisperte sie. »Aber er will den nächsten erschießen, der den Mund aufmacht. Ihm sei es egal, sagte er, ob wir jetzt gleich krepieren oder nachher auf See.«

Die Jacht fuhr jetzt schneller. Als sie in das gröbere Wasser der Hafeneinfahrt geriet, begann sie zu schlingern und zu stampfen.

Milton streckte Kopf und Oberkörper zur Tür herein, um zu sehen, ob alles unter Kontrolle wäre.

Wilde schrie ihn an: »Was hast du mit uns vor, Milton?«

»Was erwartest du wohl, lieber Freund?« Milton, offensichtlich in Höchstform, schien die Situation zu genießen. »Entweder werden wir, wenn wir weit genug draußen sind, euch alle in eins der kleinen Rettungsboote packen. Oder wir setzen euch auf einer unbewohnten Felseninsel südwestlich der britischen Küste ab, wo man euch erst nach Wochen finden wird. Die ›Sunset‹ ist ein schnelles Schiff, weißt du. Wir werden dann schon Tausende von Seemeilen entfernt sein, und ... Himmel, was war das?«

Ein ungeheures Heulen, gefolgt von einem mächtigen Platschen, hatte das Rattern der Dieselmotoren übertönt. Nun ließ das Dröhnen einer Detonation alle aufspringen. Holt war schnell, aber Milton noch schneller. Holt warf sich auf den Bewacher und schlug ihm das Gewehr aus den Händen; zur gleichen Zeit sprang Milton rückwärts aus dem Salon, knallte die Schiebetür zu und schloß sie ab.

»Alles an Deck!« brüllte Holt. Er packte das Gewehr und stieß den Gewehrkolben hart unter das Kinn des Bewachers; der Mann kippte um wie ein Sack. Antoinette löste bereits die Fesseln des französischen Zöllners. Hyde plagte sich vergebens mit der verschlossenen Schiebetür ab. Draußen ertönte Gewehrfeuer.

»Holt!« schrie Hyde. »Jagen Sie ein paar Schüsse ins Türschloß! Wir müssen hier heraus, ehe Scranton seine Leute auf uns hetzt!«

Holt feuerte dreimal auf das Schloß. Holz splitterte, Metall zerriß kreischend. Aber der offenbar verklemmte Gleitmechanismus trotzte aller Gewalt. Ein zweiter Warnschuß detonierte dicht neben der ›Sunset‹; das Schiff krängte so stark nach steuerbord, daß alle zu Boden stürzten.

Wilde kam als erster wieder auf die Füße. Er packte das Gewehr am Lauf, murmelte ein höfliches »Darf ich?« und schwang den Kolben heftig gegen eine der Luken. Beim zweiten Schlag barst das dicke Glas; ein häßlich gezacktes Loch entstand. Wilde schlug mit dem Gewehrkolben ein paar der übelsten Zacken fort. Dann erklärte er: »Weit genug für einen kleinen Schlanken«, und begann hindurchzuklettern.

»Versuchen Sie in den Maschinenraum zu kommen!« rief Holt ihm nach. »Ziehen Sie jeden Hebel, auf dem ›Stop‹ steht!«

Im nun folgenden Durcheinander blieb unklar, ob Wilde tatsächlich einen Hebel zog oder einen Mann der Besatzung mit vorgehaltenem Gewehr dazu zwang, dies zu tun, oder ob Scranton von der Brücke aus den Befehl zum Stoppen gab. Auf jeden Fall mußte Scranton eingesehen haben, daß das Spiel verloren war.

Die ›Sunset‹ begann Fahrt zu verlieren, und als Holt sich schließlich durch die Luke gezwängt hatte, waren zwei Boote der Hafenpolizei – das eine mit Gleitkufen ausgerüstet, die ihm eine Höchstgeschwindigkeit von fünfzig Knoten verliehen, das andere mit zwei beachtlichen Schnellfeuergeschützen bestückt – längsseits gekommen. Ein Dutzend schwerbewaffneter Hafenpolizisten enterte die ›Sunset‹ und forderte die Besatzung auf, sich zu ergeben.

Holt rannte zum Steuerhaus und fand Robert Scrantons lange Gestalt über dem Steuerruder zusammengesunken. Im nächsten Moment kamen Hyde und Antoinette herbei.

»Ist er tot?«

»Ich glaube, ja. Aber eine Kugel scheint es nicht gewesen zu sein. Vermutlich hat sein Herz nicht durchgehalten, die Aufregung war zuviel für ihn.«

»Ich frage mich, wie er nach Cherbourg gekommen ist?« murmelte Antoinette.

Wie zur Antwort dröhnte die Sirene der ›Queen Mary‹.

»Uns sagte er«, erläuterte Holt, »daß er und seine Frau auf dem Luftweg in die Staaten zurückkehren würden, zusammen mit dem Sarg, der die sterblichen Überreste seines Sohnes enthält. Irgendwie muß er sich im letzten Moment vom Flughafen entfernt haben und nach Southampton gefahren sein, um die ›Queen Mary‹ zu erwischen. Er wollte wohl versuchen zu retten, was noch zu retten war.«

»Soviel über Christopher«, bemerkte Hyde und fügte in recht befriedigtem Ton hinzu: »Milton ist mit einer Handschelle an Legere gefesselt und Legere mit einer zweiten Handschelle an die Schiffsreling. Und falls dies nicht sicher genug sein sollte – raten Sie mal, wer sie mit vorgehaltenem Gewehr bewacht?«

»Doch nicht etwa unser Miniheros Jimmy Wilde?« fragte Antoinette und begann so ansteckend zu lachen, daß die beiden Männer mitlachen mußten.

»In der Tat kein anderer«, bestätigte Hyde schließlich. »Das Kerlchen ist richtig in Schwung geraten. Enttäuschend findet er nur, daß seine Heldenrolle zeitlich so eng begrenzt ist.«

»Ich werde mit meiner Kleinkamera ein paar Schnappschüsse von ihm und seinen Gefangenen machen«, verhieß Holt. »Dann hat er ein schönes Souvenir an seinen Trip nach Cherbourg.«

»Fein«, sagte Hyde. »Wollen wir nun gehen, um unsere Freunde von Zoll und Hafenpolizei zu begrüßen?«

»Ich dachte«, bekannte Holt, »sie würden niemals kommen. Das waren die längsten fünf Minuten meines Lebens.«

»Wahr genug. Doch klappte es tatsächlich planmäßig. Der Kommissar hatte mir versichert, sie würden, sobald sie die ›Sunset‹ ablegen sähen, knapp fünf Minuten brauchen, um uns zu erreichen.«

»Jedenfalls bin ich froh, lebendig aus diesem Salon gekommen zu sein.«

»Wir anderen auch.« Antoinette hängte sich bei Holt ein, als sie hinaus in den Regen traten. »Aber Angst hatte ich nicht. Ich wußte, daß ich mich auf Sie verlassen könnte – einen richtigen Kerl von Mann.«

Die endlosen Autokolonnen auf den Champs-Élysées erfüllten den Abend mit funkelndem Glanz, und das Leben in den Vergnügungsstätten der großen Stadt begann zu pulsieren. Ein Pärchen schlenderte einmütig durch die Gärten der Tuilerien und fand eine Bank unter Bäumen.

»… Inspektor Hyde hat mehr Charme, als ich dachte«, sagte Antoinette. »Wie reizend von ihm, mich in seinem Charterflugzeug mit nach Paris fliegen zu lassen.«

Holt lächelte ihr zu. »Wir mußten sowieso noch einmal hierher. Die Pariser Gefängnisse sind die sichersten für Typen wie Milton und seine Leute. Außerdem waren nach dem gestrigen Tumult in Cherbourg noch einige Einzelheiten zu klären … Aber lassen Sie uns nicht mehr davon sprechen, Antoinette. Habe ich Ihnen schon gesagt, wie hübsch Sie in Ihrem neuen Kleid aussehen?«

»Das haben Sie, mehrmals. Aber Sie können es mir noch ein paarmal sagen.«

»Möchten Sie nicht Fotomodell werden, Antoinette?«

Sie schüttelte den Kopf.

»Aber ich dachte, jedes britische Mädchen zwischen dreizehn und –«

»Nein, ich nicht.«

Ihre Augen blickten in die seinen, und das Thema Mord und Fälschung, das sie ursprünglich zusammengeführt hatte, schien weit entrückt. Sie neigte sich zu ihm, und ihr schönes bräunliches Haar streifte seine Schulter.

»Antoinette, nie zuvor habe ich Sie als so reizvoll empfunden, ausgenommen vielleicht –«

Der Duft ihres Parfums hatte eine Erinnerung geweckt – die Erinnerung an ein großes sonnengebräuntes Mädchen mit kurzem weißem Bademantel in einem lachsfarbenen Bungalow …

Als ihre Lippen sich nach einer langen Umarmung voneinander lösten, flüsterte sie: »Philip, wollen Sie noch immer das Pariser Nachtleben studieren?«

»Ich beginne den Plan aufzugeben.« Nach kurzem Schweigen fügte er leise hinzu: »Vielleicht sollten wir lieber ins Hotel zurückkehren …«

Als sie das Hotelfoyer betraten, wurden sie von Inspektor Hyde empfangen, der Antoinette flüchtig zunickte und Holt eine Hand auf die Schulter legte.

»Eben habe ich mit Eastbourne telefoniert«, sagte er. »Ich dachte, Sie sollten es wissen – Ruth ist krank!«

16

Ruth schmunzelte, als sie die Karte las, die mit den Blumen gekommen war: ›Für Ruth, eine sehr tüchtige Privatdetektivin. Werden Sie bald gesund. Philip.‹

Eine sehr tüchtige Privatdetektivin! Da er sie bisher nur als seine Sekretärin betrachtet hatte, konnte dies als eine kleine Beförderung gelten.

Sie lehnte die Karte gegen die Fruchtschale auf ihrem Nachttisch – eine Gabe von Inspektor Hyde. Ein netter, väterlicher Mann, der Inspektor. Wie reizend von ihm, sie bei all diesen Aufregungen aus Paris anzutelefonieren, um sich nach ihrem Befinden zu erkundigen.

Nachdem die Ereignisse den Inspektor und ihren Chef außer Landes geführt hatten, war Ruth irgendwie verzagt und mit den ersten Anzeichen einer schweren Erkältung ins Hotel zurückgekehrt. Sie hatte eine schlechte Nacht verbracht, am Einschlafen gehindert durch Kopfweh und den heftigen Sturm, der sie häufig an die auf See befindliche ›Sunset‹ und deren bunt zusammengewürfelte Passagiere denken ließ. Der nächste Tag im Bett schien kein Ende nehmen zu wollen; umgeben von Zeitschriften, Heizkissen, Hustentropfen, fiebersenkenden Mitteln, Papiertaschentüchern, Inhalierapparaten und ähnlichen Dingen, hatte sie den ganzen Scranton-Fall noch einmal an ihrem geistigen Auge vorüberziehen lassen und sich immer wieder vergebens gefragt, was zur Zeit jenseits des Kanals auf französischem Boden geschehen mochte.

Erst als am Montag abend Inspektor Hyde aus Paris antelefonierte, hatte sie einen flüchtigen Überblick über die Ereignisse erhalten. Inzwischen waren Hyde und Holt in der gecharterten Beechcraft nach Eastbourne zurückgekehrt und hatten ihr, ehe sie sich zu Julie Benson begaben, bei einem Zweiminutenbesuch versprochen, daß sie am Nachmittag die ganze Geschichte zu hören bekäme.

Diese Aussicht half ihr, sich beträchtlich besser zu fühlen. Erwartungsvoll in ihren Kissen ruhend, vermochte sie sogar ein gewisses Interesse für die dutzendfach durchgeblätterten Zeitschriften aufzubringen. Schließlich wurde an die Tür geklopft. Ruth, eben von einem heftigen Kitzeln in der Nase geplagt, antwortete mit einem Niesen.

Holt trat zuerst ein. »Hallo, Ruth! Wie fühlen Sie sich?«

»Oh, ha-hatschie, nicht zu schlecht. Es ist ja nur, hatschie, ein Schnupfen.«

»Dennoch müssen Sie sich schonen«, mahnte Hyde, der Holt ins Zimmer gefolgt war. »Gehen Sie keine weiteren Risiken ein. Sie sind eine sehr wertvolle junge Lady!«

»Vielen Dank, Inspektor. Doch das ist, fürchte ich, auch die fragwürdige Julie Benson. Wie geht es ihr?«

»Schon wesentlich besser. Und sie hat eine ganze Menge ausgeplaudert.«

Ruth zügelte ihre Neugier, bis die Besucher Platz genommen hatten. Dann bat sie: »Und nun erzählen Sie mir alles, ja?«

Hyde faßte kurz zusammen: »Milton und Legere sind sicher hinter Schloß und Riegel. Sie werden sehr viele Fragen zu beantworten haben. Antoinette ist völlig unschuldig. Julie hat sich als eine alberne junge Person erwiesen – so verliebt in Vanc, daß sie nicht mehr vernünftig denken konnte. Jimmy Wilde liebte Julie und hat sich eingemischt, weil er ihr zu helfen versuchte.«

»Ist das alles?« fragte Ruth enttäuscht, als der Inspektor schwieg. »Da muß doch noch mehr sein. Erzählen Sie mir den Rest! Alles! Fangen Sie mit dem Anfang an, Philip, und lassen Sie hören, was Sie herausgefunden haben.«

»Nun gut. Die ganze Sache fing damit an, daß Robert Scranton, damals nichts als ein ehrenwerter Waschmaschinenfabrikant, eines Tages gefragt wurde, ob er ein wertvolles altes Bild kaufen wolle. Scranton hatte keine Ahnung von solchen Dingen, aber sein Sohn verstand sich darauf. Vanc erkannte das angebotene Bild als eine Fälschung, jedoch als eine Fälschung von ausgezeichneter Qualität. Und er erkannte auch die Möglichkeiten, die sich hier zu bieten schienen, wenn man die Sache mit kaufmännischem Können anpackte, wie zum Beispiel sein Vater es besaß.

Er überzeugte seinen Vater, daß ein Versuch sich lohnen würde. Sie verfolgten das Bild bis nach Paris zu Dunant, einigten sich mit ihm und organisierten nach und nach einen beinah weltweiten Handel mit gefälschten Meisterwerken französischer Impressionisten.«

»Scrantons Vertrauensmann in England war Ashley Milton«, ergänzte Hyde. »Milton stellte neue Verbindungen her, kontrollierte die finanzielle Seite der Dinge und hielt nebenbei ein Auge auf Vanc, der sich schon bald als recht eigenwillig erwies.«

»Die Scheckabschnitte, die Milton mir zeigte«, warf Holt ein, »betrafen kein Erpressungsgeld, sondern einen Teil der Beträge, die er über Vanc an Dunant zahlte.«

»Jedenfalls blühte das Geschäft«, fuhr Hyde fort, »vor allem, seitdem Milton eine hochseetüchtige Motorjacht gekauft hatte und mit ihrer Hilfe in aller Welt neue Absatzmärkte erschloß. Dunant mußte sich nach und nach einen Stab von sechs oder sieben Mitarbeitern zulegen. Robert Scranton war übrigens fast von Anfang an hinter dem Decknamen Christopher verschwunden, um sein Ansehen als ehrbarer Waschmaschinenfabrikant nicht zu gefährden.«

»Aber warum hat Vanc im College einen anderen Studenten getötet?« fragte Ruth mit steigendem Interesse.

»Er wollte aus irgendeinem Grund nicht mehr mitmachen«, entgegnete Holt. »Milton berichtete hierüber dem alten Scranton. Als Vanc erfuhr, daß sein Vater nach England kommen würde, entschloß er sich, seinen eigenen Tod vorzutäuschen. Dies erschien ihm als der einzig mögliche Weg, der Herrschaft des Vaters zu entrinnen. Er lud also an dem Konzertabend, als er sicher sein konnte, daß sonst niemand im Studierzimmerflügel anwesend sein würde, Graham Brown in sein Studierzimmer ein. Unter irgendeinem Vorwand veranlaßte er Graham, sich zunächst für ein Weilchen allein in dem Zimmer aufzuhalten. Dann kam er, erschoß Graham, fälschte die Indizienbeweise und verschwand einfach. Julie Benson liebte ihn ungeachtet der gebrochenen Verlobung noch so sehr, daß sie versprach, sein Geheimnis zu wahren und ihm nach besten Kräften zu helfen. Milton argwöhnte, was geschehen war, und setzte Vanc über Julie unter Druck. Unter anderem drohte er, Vanc um die ganze Welt zu hetzen, falls er den Ring nicht zurückgäbe.«

»Welche Bewandtnis hatte es mit dem Ring?« erkundigte sich Ruth gespannt. »Konnten Sie das herausfinden?«

»Ja«, bestätigte Hyde. »Robert Scranton hatte zwei Ringe machen lassen. Einer war bei Dunant in Paris, der zweite bei Vanc in England. Sie benutzten das Monogramm als Echtheitskennzeichen bei gewissen Paketen und Nachrichten. Vancs Ring besaß also, wie Sie sehen, eine sehr wesentliche Bedeutung. Das ist der Grund, weshalb verschiedene Leute ihn zu bekommen versuchten.«

Ruth fügte ein weiteres Stück des gedanklichen Puzzlespiels hinzu: »Tatsächlich konnte Vanc sich also nicht von der Sache lösen, weil er seinen Ring nicht mehr besaß – er hatte ihn Antoinette gegeben. Und Julie drang in Antoinettes Bungalow ein, um den Ring zurückzuholen, aber sie fand ihn nicht!«

»Genau!« sagte Holt. »Als ich ihn Julie im Restaurant zeigte, berichtete sie es prompt Vanc, dem dann der Einfall kam, ich sollte den Ring in Dalesfords Keramikbecher deponieren.«

»Wer schlug Dalesford nieder? Legere?«

»Ja. Er belauschte Julies Telefongespräch mit Vanc. Er war zufällig in der Nachbarzelle, als sie im Postamt Eastbourne telefonierte.«

»Aber keiner der drei ahnte«, warf Hyde ein, »daß Milton den Ring inzwischen von Mr. Holt gestohlen hatte.«

»Wenn es Milton war, der ihn gestohlen hat«, sagte Ruth kopfschüttelnd, »warum gab er ihn dann der Polizei?«

»Nun, als er von Dunants Verhaftung hörte, wurde er ängstlich und hielt es für klug, den Ring schnell wieder loszuwerden«, meinte Holt. »Er überredete Jimmy Wilde, das fatale Stück dem Inspektor zu bringen, wodurch gleichzeitig der Verdacht auf den armen Jimmy gelenkt wurde.«

»Was schwebte diesem lächerlichen kleinen Mann bloß vor?« wunderte sich Ruth. »Wenn er Julie helfen wollte – warum sagte er ihr dann nicht, daß die Polizei den Ring hatte? So stellte sie alles mögliche an, um den Ring für Vanc zurückzuholen!«

»Ich glaube, unser kleiner Mr. Wilde war von Anfang an mehr gegen als für die ganze Sache«, bemerkte Inspektor Hyde milde. »Er begriff wohl nicht recht, um was es eigentlich ging. Er wußte, daß Julie schrecklich betroffen war über Vancs Tod oder Verschwinden, und versuchte, gut zu ihr zu sein. Daß Julie ihn ins Vertrauen zog, halte ich für ausgeschlossen.«

Ruth dachte über das Gehörte nach. »Vanc wußte also nicht, daß die Polizei den Ring hatte, und versuchte verzweifelt, ihn von Mr. Holt zurückzubekommen?«

»So war es. Und Milton zog Vorteil aus der Situation. Er hatte bereits beschlossen, Vanc zu beseitigen, da die Dinge außer Kontrolle zu geraten drohten.«

Holt ergänzte: »Milton arrangierte es, natürlich durch Julie, mit Vanc auf der Pevensey Road zusammenzutreffen. Vanc war einverstanden, weil er hoffte, zu dieser Zeit wieder im Besitz des Ringes zu sein und die ganze Sache zum Abschluß zu bringen. Aber Milton war früher da als ich – und was dann passierte, wissen Sie.« Holt nahm sich eine Grapefruit aus der Schale.

»Sie sagten«, erinnerte Ruth, »Milton hätte einen Komplizen dabei gehabt, als er Vanc erschoß. Wer war das?«

»Legere«, antwortete Holt, mit dem Schälen der Grapefruit beschäftigt. »Er mußte seine Theaterverabredung mit Antoinette absagen, um Milton zu helfen. Demnach stimmte, was Jimmy Wilde uns über sein unvorhergesehenes Einspringen als

Ersatzmann erzählte.« Er genoß das erste Stück von der Grapefruit und lobte: »Sehr fein und milde, diese Grapefruit, Ruth!«

Ruth wies lächelnd zur Fruchtschale und forderte ihre Besucher auf, sich zu bedienen.

»Nun, vielleicht eine kleine Orange«, sagte Hyde und griff zu.

»Nicht so bescheiden«, nötigte Ruth. »Nehmen Sie gleich mehrere.« Dann fragte sie: »Wie kam eigentlich Curly in die Geschichte?«

»Legere hatte ihn beim Pferderennen kennengelernt«, erklärte Hyde. »Und wenig später empfahl Curly zwei alte Freunde zur Vervollständigung der ›Sunset‹-Crew – natürlich ehemalige Sträflinge.«

»Aber weshalb wurde er getötet?«

»Ja, wissen Sie«, sagte Holt ruhig, »Robert Scranton machte einen großen Fehler. Als er bei seiner Ankunft in London hörte, Vanc sei tot, da glaubte er es. Zu Zweifeln hatte er in diesem Stadium keinen Anlaß. Er und seine Frau waren so betroffen, daß sie mich baten, den Mörder zu entlarven. Wenig später jedoch, nachdem Mrs. Scranton ihren Sohn nahe dem Savoy-Hotel gesehen und Robert Scranton von Milton die Wahrheit erfahren hatte, wurde Scranton klar, daß wir beide, Sie und ich, eine Bedrohung für ihn und seine Organisation darstellten und unter allen Umständen ausgeschaltet werden müßten. Der Versuch, uns bei Brighton die Klippen hinabzustürzen, scheiterte. Als Robert Scranton dann einen Anruf von seinem Sohn erhielt –«

»Warum«, warf Ruth ein, »warum rief Vanc seinen Vater an, wenn er sich doch von ihm trennen wollte?«

»Er brauchte Geld, sehr schnell. Deshalb machte er seinen Vater glauben, er habe den Ring, und verhieß ein Übereinkommen.«

»Oh, ich verstehe.«

»Nun, als Vater Scranton diesen Anruf bekam, witterte er eine gute Gelegenheit, uns zu erledigen, und schlug die gemeinsame Fahrt nach Lewisham vor, wo er uns im Haus der Negerin umzubringen gedachte. Der Plan scheiterte, weil Vater Scranton sich plötzlich krank fühlte.«

»Warum gab er uns dennoch das Geld für seinen Sohn?« fragte Ruth verwirrt.

»Weil er in dem Haus einen Komplizen warten hatte und sicher zu sein glaubte, daß dieser Komplize uns töten und überdies Vanc den Ring abnehmen würde. Bei dem Komplizen handelte es sich um Curly, und Curly war tot, als wir eintrafen.«

»Curly!«

»Ja. Diesem früheren Ringkämpfer mit dem zaghaften Herzen steckte der Schreck über den Brighton-Job noch so in den Knochen, daß Scranton ihm leicht die Zusage abringen konnte, alles zu tun, was von ihm verlangt wurde. Als Vanc eintraf, gab es einen Streit mit tödlichem Ausgang, denn Vanc besaß Verstand und ein Messer, mit dem er umzugehen wußte, während der einfältige Curly sich auf seine großen Hände verlassen wollte, die nicht mehr schnell genug funktionierten. Curly hatte hohe Gewinne bei den Pferderennen gemacht und so viel Geld bei sich, daß Vanc beschloß, nicht auf seinen Vater zu warten. Er nahm Curlys Geld und verschwand. Wir kamen kurz danach.«

»Oh, jetzt ordnen sich die Einzelheiten wunderbar«, erklärte Ruth. »Aber ich frage mich, wie Sie das alles wissen können? Robert Scranton ist tot, Vanc ist tot, Curly ist tot –«

»Sie vergessen Julie Benson«, warf Hyde ein. »Julie war mit Vanc ständig in Verbindung. Außerdem haben auch Milton und Legere einiges erzählt.«

»Oh, dann wäre nichts dagegen einzuwenden, wenn ich noch ein oder zwei Fragen stelle?« erkundigte sich Ruth mit entwaffnendem Lächeln.

Holt lachte aus vollem Hals und nahm eine Orange aus der Fruchtschale. »Da Sie uns, seit wir hier sind, schon ein Dutzend oder mehr Fragen gestellt haben, soll es uns auf ein oder zwei weitere nicht ankommen.«

»Ruth genießt die Situation«, bemerkte Inspektor Hyde gutmütig lächelnd. »Also los, Ruth – fragen Sie.«

»Ich verstehe nicht, warum Vanc seinen Ring Antoinette schenkte, als er zu verschwinden beabsichtigte. Hätte er den Ring einfach an Graham Browns Hand gesteckt, wäre der ganze Wirbel vermieden worden.«

»Er gab Antoinette den Ring, weil er dachte, der Besitz des Rings würde für Antoinette früher oder später den Besuch der Polizei zur Folge haben, und dann würde die Polizei beinahe zwangsläufig Antoinettes hohe Begabung für das Kopieren Alter Meister mit der Christopher-Organisation in Verbindung bringen. Das wäre eine Art doppelter Rache gewesen – Rache an seinem Vater, der ihn nicht freigeben wollte, und Rache an Antoinette, die ihn abgewiesen hatte. Wie mir mehrfach versichert wurde, war Vanc kein besonders nobler Charakter.«

»Und Antoinette? Spielte sie zusammen mit Jimmy Wilde Detektiv, um ihre Unschuld zu beweisen?«

»Zum Teil, ja. Außerdem tat ihr der kleine Mann leid. Und sie wollte etwas vollbringen, um in meiner Achtung zu steigen.«

»Offenbar stand Mr. Holt als nächster auf der Liste ihrer geplanten Eroberungen«, erläuterte Inspektor Hyde zwinkernd.

Ruth äußerte sich nicht zu diesem Thema, sondern fragte nach den Christopher-Karten.

»Sie kamen alle von Milton«, sagte Holt. »Die erste war echt, auftragsgemäß in Christophers Namen und vor Vancs Verschwinden abgesandt. Die zweite und der Brief sollten den Verdacht von den richtigen Leuten ablenken und die Polizei verwirren.«

Schließlich wurde es für Holt und den Inspektor Zeit zu gehen. »Erholen Sie sich gut und schnell, Ruth«, sagte Hyde. »Sie haben bei dieser Sache hervorragenden Mut und Unternehmungsgeist gezeigt. Holt, Sie scheinen nicht ganz zu würdigen, was für eine bemerkenswerte Sekretärin Sie haben. Ruth ist schon ein Prachtstück von einem Mädchen!«

»Doch, doch, das beginne ich einzusehen«, antwortete Holt. »Sie haben recht, Hyde – Ruth ist schon ein Prachtstück von einem Mädchen! Ich denke, ich sollte ihr das Gehalt erhöhen.«

»Tun Sie das. Und ich denke, ich sollte ihr mehr Früchte schicken, wenn Sie so wacker mithalten, alter Freund.«

Als das Lachen der beiden im Korridor verklang, lächelte Ruth zufrieden vor sich hin. Von der ›Sekretärin‹ zur ›Privatdetektivin‹! Und obendrein eine Gehaltserhöhung! Anscheinend machte sie doch endlich Fortschritte …

Sie langte nach den Früchten und begann sich eine Orange zu schälen.

ENDE